中信改革发展研究基金会·中国道路丛书·专访

21世纪的中国与非洲

赵忆宁◎著

中信出版集团·北京

图书在版编目（CIP）数据

21世纪的中国与非洲 / 赵忆宁著. -- 北京：中信
出版社，2018.9
（中国道路丛书）
ISBN 978-7-5086-9277-7

Ⅰ.① 2… Ⅱ.①赵… Ⅲ.①报告文学－中国－当代
Ⅳ.①I25

中国版本图书馆CIP数据核字(2018)第 168356 号

21世纪的中国与非洲

著　　者：赵忆宁
出版发行：中信出版集团股份有限公司
　　　　　（北京市朝阳区惠新东街甲 4 号富盛大厦 2 座　邮编　100029）
承　印　者：北京达利顺捷印务有限公司

开　　本：787 mm×1092 mm　1/16　　　　印　　张：40　　　字　　数：624 千字
版　　次：2018 年 9 月第 1 版　　　　　　　印　　次：2018 年 9 月第 1 次印刷
广告经营许可证：京朝工商广字第 8087 号
书　　号：ISBN 978-7-5086-9277-7
定　　价：138.00 元

"中国道路"丛书学术委员会

"中国道路"丛书编委会

"中国道路"丛书总序言

中华人民共和国成立 60 多年以来，中国一直在探索自己的发展道路。特别是在改革开放 30 多年的实践中，努力寻求既发挥市场活力，又充分发挥社会主义优势的发展道路。

改革开放推动了中国的崛起。怎样将中国的发展经验进行系统梳理，构建中国特色的社会主义发展理论体系，让世界理解中国的发展模式？怎样正确总结改革与转型中的经验和教训？怎样正确判断和应对当代世界的诸多问题和未来的挑战，实现中华民族的伟大复兴？这都是对中国理论界的重大挑战。

为此，我们关注并支持有关中国发展道路的学术中一些有价值的前瞻性研究，并邀集各领域的专家学者，深入研究中国发展与改革中的重大问题。我们将组织编辑和出版反映与中国道路研究有关的成果，用中国理论阐释中国实践的系列丛书。

"中国道路"丛书的定位是：致力于推动中国特色社会主义道路、制度、模式的研究和理论创新，以此凝聚社会共识，弘扬社会主义核心价值观，促进立足中国实践、通达历史与现实、具有全球视野的中国学派的形成；鼓励和支持跨学科的研究和交流，加大对中国学者原创性理论的推动和传播。

"中国道路"丛书的宗旨是：坚持实事求是，践行中国道路，发展中国学派。

始终如一地坚持实事求是的认识论和方法论。总结中国经验、探讨中国模式，应注重从中国现实而不是从教条出发。正确认识中国的国情，正确认识中国的发展方向，都离不开实事求是的认识论和方法论。一切从实际出发，以实践作为检验真理的标准，通过实践推动认识的发展，这是中国共产党的世纪奋斗历程中反复证明了的正确认识路线。违背它就会受挫失败，遵循它就能攻坚克难。

毛泽东、邓小平是中国道路的探索者和中国学派的开创者，他们的理论创新始终立足于中国的实际，同时因应世界的变化。理论是行动的指南，他们从来不生搬硬套经典理论，而是在中国建设和改革的实践中丰富和发展社会主义理论。我们要继承和发扬这种精神，摒弃无所作为的思想，拒绝照抄照搬的教条主义，只有实践才是真知的源头。"中国道路"丛书将更加注重理论的实践性品格，体现理论与实际紧密结合的鲜明特点。

坚定不移地践行中国道路，也就是在中国共产党领导下的中国特色社会主义道路。我们在经济高速增长的同时，也遇到了来自各方面的理论挑战，例如，将改革开放前后两个历史时期彼此割裂和截然对立的评价；再如，极力推行西方所谓"普世价值"和新自由主义经济理论等错误思潮。道路问题是大是大非问题，我们的改革目标和道路是高度一致的，因而，要始终坚持正确的改革方向。历史和现实都告诉我们，只有社会主义才能救中国，只有社会主义才能发展中国。在百年兴衰、大国博弈的历史背景下，中国从积贫积弱的状态中奋然崛起，成为世界上举足轻重的大国，成就斐然，道路独特。既不走封闭僵化的老路，也不走改旗易帜的邪路，一定要走中国特色的社会主义正路，这是我们唯一正确的选择。

推动社会科学各领域中国学派的建立，应该成为致力于中国道路探讨的有识之士的宏大追求。正确认识历史，正确认识现实，积极促进中国学者原创性理论的研究，那些对西方理论和价值观原教旨式的顶礼膜拜的学风，应当受到鄙夷。古今中外的所有优秀文明成果，我们都应该兼收并蓄，但绝不可泥古不化、泥洋不化，而要在中国道路的实践中融会贯通。以实践创新推动理论创新，以理论创新引导实践创新，从内容到形式，从理论架构到话语体系，一以贯之地奉行这种学术新风。我们相信，通过艰苦探索、努力创新得来的丰硕成果，将会在世界话语体系的竞争中造就立足本土的中国学派。

"中国道路"丛书具有跨学科及综合性强的特点，内容覆盖面较宽，开放性、系统性、包容性较强。其分为学术、智库报告、专访、企业史、译丛等类型，每种类型又涵盖不同类别，例如，在学术类中就涵盖文学、历史学、哲学、经济学、政治学、社会学、法学、战略学、传播学等领域。

这是一项需要进行长期努力的理论基础建设工作，这又是一项极其艰巨的系统工程。基础理论建设严重滞后，学术界理论创新观念不足等现状是制约因素之一。然而，当下中国的舆论场，存在思想乱象、理论乱象、舆论乱象，流行着种种不利于社会主义现代化事业和安定团结的错误思潮，迫切需要正面发声。

经过 60 多年的社会主义道路奠基和 30 多年的改革开放，我们积累了丰富的实践经验，迫切需要形成中国本土的理论创新和中国话语体系创新，这是树立道路自信、制度自信、理论自信、文化自信，在国际上争取话语权所必须面对的挑战。我们将与了解中国国情、认同中国改革开放发展道路、有担当精神的中国学派，共同推动这项富有战略意义的出版工程。

中信集团在中国改革开放和现代化建设中曾经发挥了独特的作用，它不仅勇于承担大型国有企业经济责任和社会责任，同时也勇于承担政治责任。它不仅是改革开放的先行者，同时也是中国道路的践行者。中信将以历史担当的使命感，来持续推动中国道路出版工程。

2014 年 8 月，中信集团成立了中信改革发展研究基金会，构建平台，凝聚力量，致力于推动中国改革发展问题的研究，并携手中信出版社共同进行"中国道路"丛书的顶层设计。

"中国道路"丛书的学术委员会和编辑委员会，由多学科多领域的专家组成。我们将进行长期的、系统性的工作，努力使"中国道路"丛书成为中国理论创新的孵化器，中国学派的探讨与交流平台，研究问题、建言献策的智库，传播思想、凝聚人心的讲坛。

孔丹

2015年10月25日

目　录

走进喀麦隆

走进苏丹

走进肯尼亚

走进南苏丹

走进刚果（布）

走进毛里塔尼亚

中国全力助推非洲经济起飞，实现非洲梦

40 年前，9.6 亿人口的中国是世界上最贫穷的国家，人均国内生产总值（GDP）低于撒哈拉以南非洲国家的人均值，但到 2016 年，中国的人均 GDP 已相当于非洲的 4.2 倍。[①]已经富起来的 14 亿中国人民始终关注有着 12 亿人口的非洲大陆何时实现经济起飞，以及怎样才能实现经济持续起飞；也关注非洲大陆怎样才能够像中国 40 年前那样让十几亿非洲人民富起来。对此，中国领导人是怎么考虑的，中国又能做出什么样的贡献。

2013 年 3 月，刚刚担任国家主席的习近平在南非德班会见非洲国家领导人时指出，中国与非洲从来都是命运共同体。中非是休戚与共的命运共同体。历史反复证明，中国发展好了，非洲发展会更顺；非洲发展顺了，中国发展会更好。[②]

1963 年，非洲联盟正式成立，52 年后的 2015 年，非洲联盟第 24 届首脑会议制定《2063 年议程——我们想要的非洲》，这是非洲消除贫困，实现工业化、现代化的第一个百年奋斗目标，渴望到 2030 年非洲将成为一个繁荣的大陆，成

---

① 1978 年，中国人均 GDP 为 308 美元，撒哈拉以南非洲的人均 GDP 为 1434 美元，相当于中国的 4.7 倍。2016 年，中国人均 GDP 为 6894 美元，撒哈拉以南非洲的人均 GDP 为 1639 美元。数据来源：世界银行数据库，https://data.worldbank.org/indicator/NY.GDP.PCAP.KD?locations=CN-ZG。

② 2013 年 3 月 28 日，习近平在南非德班同非洲国家领导人会谈，来源于新华网。

为全球生活质量最好的地区之一，非洲的总体GDP要与非洲占世界人口和自然资源的比例相称，使世界级的、一体化的基础设施遍布非洲大陆，非洲占国际贸易份额从2%增加到12%，非洲内陆贸易增长从2013年的12%上升至2045年的50%，非洲将在世界舞台上成为一支重要的社会、政治和经济力量，实现整个非洲大陆共同富裕。这就是非洲雄狮的"非洲梦"。

我们需要走进非洲、了解非洲、认识非洲，才能更好地帮助非洲。目前，国内绝大多数人没有去过非洲，对非洲大陆知之甚少，即使是学术界，对非洲和非洲国情的系统研究也是相当有限的，这与中国对非洲经济增长、工业化、基础设施、双边贸易、直接投资、承包工程、增加就业、发展援助、减少贫困、培养人才、医疗健康、文化交流等贡献极不对称。

《21世纪的中国与非洲》一书的作者行走非洲，在2016—2017年，历时120天，对非洲七国进行了调研，行程6.5万公里，考察中国公司在非洲的102个工程项目，访谈302人次，包括3位国家总统、3位国家总理、18位政府部长。这本书的重要价值在于作者获取了大量的一手资料，可以说这是目前中国国内对非洲研究具有开拓性的重要进展。通过本书，读者可以深入了解到非洲大陆正在经济起飞，有一大批普通中国企业家、技术员、工人及外交人员深度参与其中，助推非洲实现工业化与现代化。

这里，我从中国与非洲的视角，说明非洲为什么进入经济起飞阶段，为什么中国全力助推非洲经济起飞。

进入21世纪，曾经被视为世界最为贫穷和落后地区的非洲正在快速进入经济起飞阶段，被《2063年议程——我们想要的非洲》视为非洲的转折点。根据世界银行的数据，1990—2000年撒哈拉以南非洲地区年均经济增长率为2.3%，低于世界平均增速（3.0%）；1990年，该地区人均GDP（PPP，2011年国际美元）为2 513美元，高于中国人均水平（1 526美元），到了2000年，该地区人均GDP仅为2 379美元，比中国人均水平（3 701美元）低得多；2000—2016年，该地区年均经济增长率提高至5.1%，明显高于世界平均增速（3.6%），2016年，该地区人均GDP提高至3 453美元，比2000年增长了45.1%；工业增加值从2000年的2 722亿美元增长至最高峰2015年的4 588亿美元，增长了69%；

货物和服务出口额从 2000 年的 1 197 亿美元增长至最高峰 2012 年的 5 341 亿美元，增长了 3.46 倍；外国直接投资从 2000 年的 68.75 亿美元增长至最高峰 2015 年的 462.81 亿美元，增长了 5.73 倍。以上数据表明，非洲创下了有史以来的持续高增长纪录，正在经济起飞，后来居上。

为什么二战之后，经过了 50 多年经济发展的起起落落，直到 21 世纪初，非洲才进入经济起飞阶段？

直接的原因是，非洲从 21 世纪初才开始进入工业化时代，2000 年之后，工业增加值年均增长率达到 5.2%，服务业增加值年均增长率达到 5.6%，带动了总体经济增长。但从总体上看，在独立后的 50 年，非洲未能建立一个比较独立、互为配套的工业化体系，2017 年，撒哈拉以南非洲工业增加值（2010 年美元价）占世界总量比重只有 2.0%，GDP（2010 年美元价）占世界总量比重为 2.2%，显然，只有加速工业化才能加速经济发展。为此，非洲联盟 2007 年发起了"非洲加速工业化发展行动计划"，提出了加速工业化发展的七个优先领域，将工业化作为非洲发展战略的主体，其目标是在 21 世纪使非洲成为工业化大陆。

间接的原因就是中国全力助推非洲工业化进程，具体表现为以下五个方面。

第一，中国成为非洲最大的贸易伙伴，2000 年中国与非洲国家贸易额为 100 亿美元，到 2014 年增至 2 200 亿美元，之后虽然由于世界贸易额持续下降，直接影响中非贸易额下降，但是据中国海关统计，2017 年中国与非洲进出口总额约为 1 697.5 亿美元，占非洲进出口总额（9503 亿美元）比重为 17.9%，其中，中国对非洲出口约 945 亿美元，占非洲出口总额（4 167 亿美元）比重为 22.7%，自非洲进口约 752.5 亿美元，占非洲进口总额（5 336 亿美元）为比重为 14.1%。

第二，中国主动对最不发达国家实行零关税，对部分非洲国家减免进口关税，极大地刺激了非洲国家对中国的出口增长。

第三，中国成为非洲最大的投资来源国，2017 年中国对非洲贷款额超过 1 000 亿美元，是 2010 年贷款额的 50 倍，其中 2007—2017 年中非发展基金作为合作方在中非开发项目投资总额达到 200 亿美元，建设了 100 多个非洲工业园，铺设了近 6 000 公里的铁路、4 000 多公里的公路，建成了 9 座港口、14 座机场，也建成了 34 座火电发电站、10 座大型水电站、1 000 座小型水电站。

第四，中国企业成为非洲基础设施工程最大承包商，根据《工程新闻纪录》（ENR）杂志的 2017 年全球最大 250 家国际承包商最新数据，中国企业在非洲基础设施工程承包市场占有率为 56.2%，其中大部分建设资金来自中国政府框架合作项目的"两优贷款"。

第五，中国成为非洲第二大官方援助国，向非洲国家直接提供对外援助，包括人力资源、发展规划、经济政策等方面的咨询培训，扩大科技教育、医疗卫生、野生动植物保护、减少贫困等领域的对外援助和合作，提供免息减息贷款等。据美国全球发展中心估计，2000—2016 年中国对非援助总额约为 750 亿美元，据美国霍普金斯大学高级国际问题研究院中非研究所估计，中国向非洲国家提供的贷款总额累计超过 1 000 亿美元。正因如此，中国极大地助推了非洲经济起飞，推动了非洲"三网一化"的建设，即建设非洲高速铁路、高速公路和区域航空"三大网络"及基础设施工业化。由此可见，中国"走出去""投资非洲"与非洲工业化、经济增长、减少贫困是同向、同行、共建、共赢。

以上事实表明，中国与非洲的关系，并不是西方媒体所描绘的"新殖民主义"，而是中国特色的"共赢主义"，突出表现为中非关系的五大要素合作：一是政治上平等互信；二是经济上合作共赢；三是文明上交流互鉴；四是安全上守望相助；五是国际事务中团结协作。中国与非洲的关系，是典型的合作伙伴关系。这不仅根源于 20 世纪五六十年代中非的传统友好关系，也体现在 2000 年在北京创建的中非合作论坛，与 52 个非洲国家以及非洲联盟建交，更体现在 2013 年习近平主席所倡导的"一带一路"倡议，并于 2015 年中非共同制定了《中非合作论坛——约翰内斯堡行动计划（2016—2018）》，明确了中非关系未来发展的具体目标和任务，包括中非全面战略合作伙伴关系"五大支柱"，着力实施工业化、农业现代化、基础设施建设、金融、绿色发展、贸易和投资便利化、减贫惠民、公共卫生、人文、和平和安全"十大合作计划"。正是基于此，中国政府大力提倡并鼓励中国企业"走出去"，与非洲各国实施"十大合作计划"。

正处于经济起飞的非洲走什么路？对此，有两种截然不同的道路选择。

一是美国模式。2018年6月18日，美国国务卿蓬佩奥在底特律经济俱乐部（Detroit Economic Club）明确表示，要把西方模式，也就是人权、法治、知识产权理念教给非洲，这样非洲的发展就将更接近"西方模式"而非"中国模式"。他还指出，一个经济体可能暂时不采用美国模式，但最终只有"美国模式"才可能产生活力、创造力和技术创新。事实上，美国模式并没有让非洲国家富起来，诚如前文所述，非洲人均收入不仅没有增长反而下降，非洲大陆最缺的从来都不是"美式民主"，而是严重不足的现代基础设施，许多设施基本上是殖民主义时代留下的遗产。如果将电力视为一个家庭、社区、地区和国家的现代化因素，根据世界银行提供的信息，2000年非洲未能获得电力供应和服务的人口比例达到3/4，这意味着非洲有7亿~8亿人口不具有现代化因素。从历史上看，美国对非洲更愿意出钱出兵发动战争，但在基础设施建设方面却是一个典型的"葛朗台"！

二是中国经验。为什么非洲各国愿意从中国发展道路中汲取经验，向中国学习呢？因为中国从来不输出"中国模式"，更不会强迫非洲国家采用"中国模式"，而是提供"中国经验""中国方案"，如中非"十大合作计划"。正如这本书所详细介绍的各种典型案例，特别是中国的五年发展规划经验对非洲国家极有吸引力和借鉴之处，它们纷纷到中国实地考察、学习取经，我自己多次为其授课和讲座，它们不仅关心中国五年规划是如何制订的，更关心五年规划是如何实施和评估的。最主要的还是非洲各国通过大量的"中国工程""中国技术""中国标准""中国运营"的案例来认识中国、了解中国，把中国视为成功实现工业化、现代化的"老师"，学习中国经验，如中国帮助非洲国家修建水电站、火电站、国家电力网等，极大地消减了非洲无电人口比例，到2016年，非洲的无电人口比例已降至57.2%，又如中国帮助肯尼亚实施"三位一体"的现代化：基础设施现代化、人才现代化、工业现代化。特别是中国提出的"要想富先修路"的简单道理，已经成为非洲各国的共识，要求中国帮助它们修建各类基础设施，到目前为止，中国已帮助非洲国家修建了近6 000公里的铁路，这相当于非洲6万公里铁路存量的1/10，相当于新修建铁路总里程的90%以上。仅以 2017 年建成通车的蒙内铁路为例，这条 480 公里长的铁路将带动肯尼亚 GDP 提高 1.5 个百分点。中国企业如华为、中兴，帮助非洲建设最先进的电信基础设施，消除数字鸿沟，如 2000 年，非洲移动电话用户量只有 1100 万户，到 2016 年，已经高达 7.54 亿户，相当于 2000 年的 68.5 倍。中国在非洲大陆参与的港口建设多达 20 余个，这为非洲贸易进出口创造了基础设施条件。中国经验对非洲国家具有极大的吸引力和示范效应，它们纷纷效仿中国港口、工业园、经济特区、经济开发区、保税区等做法，采取优惠政策吸引外国直接投资，特别是来自中国的投资，发展出口导向产业。

特别需要指出的是，中国对非洲各类援助和投资，不只是"授之以鱼"，更重要的是"授之以渔"，大力开发人力资源。2017 年，非洲来华留学生达到近 5 万人，是 10 年前的 20 倍；同年，由中国政府出资主办的各类培训项目超过 4 万人次参加，其中来自非洲的学员占 60% ~ 70%。此外，中国有大量的企业、工程技术人员、医务人员进入非洲、援助非洲，这标志着中国与非洲进入大合作阶段，中国助推非洲进入大发展阶段，也标志着非洲开始了富起来的新阶段。

早在 1974 年 2 月，毛泽东在会见赞比亚总统卡翁达时首次公开提出"三个世界"的思想。同年 4 月，邓小平在联合国大会第六届特别会议上发言，全面阐述了毛泽东关于"三个世界"划分的理论。他指出：中国是一个社会主义国家，也是一个发展中国家，中国属于第三世界。中国同大多数第三世界国家一样，具有相似的苦难经历，面临共同的问题和任务。

中国富起来之后，逐渐改变了两个世纪以来的南北"大趋异"，进入 21 世纪，世界首次出现了南北"大趋同"。在这一全球背景下，习近平主席创造性地提出"坚持推动构建人类命运共同体"。在党的十九大报告中，他首次提出"加大对发展中国家特别是最不发达国家援助力度，促进缩小南北发展差距"，让非洲 12 亿人富起来，加速南北"大趋同"。1982 年 1 月 1 日，邓小平在会见阿尔及利亚政府代表团时说："'南南合作'是新提法，这个提法好，应该给发明者一枚勋章。""'南南合作'是国际关系中一个重要问题，是历史发展的方向。"改革开放 40 年后，在中国人民与非洲人民"南南合作"的助推之下，非洲的经济起飞正在成为现实。富起来与强起来的中国有意愿有能力帮助非洲实现工业化、城镇化、信息化、现代化。从这个意义上看，这本书中所展现的那些为了帮助非洲，受中国政府以及企业的派遣，不远万里去到非洲的普通中国企业家、技术人员、工人以及外交家等，每个人都应当获得一枚勋章！

胡鞍钢[①]

2018 年 6 月 19 日于清华大学

---

① 胡鞍钢系清华大学国情研究院院长、清华大学文科资深教授。

中非从来都是命运共同体

120 天，7 个非洲国家，6.5 万公里行程。

从 2016 年到 2017 年年初，我对非洲进行采访，走过的国家包括纳米比亚、喀麦隆、苏丹、南苏丹、肯尼亚、刚果（布）和毛里塔尼亚；实地考察中国公司在非洲的 102 个承包工程与投资项目，也包括中国政府在非洲的援助项目；共访谈 302 人次，包括 3 位国家总统、3 位国家总理、18 位政府部长，以及 8 位中国派驻所在国大使、代办与经济参赞。

对于非洲，印象中经常会浮现广阔的撒哈拉沙漠，蜿蜒多姿的尼罗河，绮丽的东非大裂谷……而在壮美的自然景观之外，非洲还有近现代经济发展落后，贫穷与疾病丛生。

但这次采访，我无法忘怀的是非洲与中国深厚的感情。

2017 年 1 月 18 日，我从毛里塔尼亚首都努瓦克肖特国际机场乘飞机回国。在漫长的回国飞行旅途中，拿出毛里塔尼亚开国总统达达赫的夫人玛丽梅赠送的总统自传《迎风破浪中的毛里塔尼亚》。

总统夫人在扉页上写道："以现代毛里塔尼亚奠基人的名义，用我们全部的友情，向伟大的中国人民和他们的领导人致敬。" 600 多页的自传有一章 "外交为发展服务"，其中，达达赫叙述了毛里塔尼亚与中国交往的一系列标志性的事件：

——1958 年 11 月毛里塔尼亚伊斯兰共和国宣布成立，于 1965 年 7 月 19 日同中华人民共和国正式建立了外交关系。

——1971 年中国重返联合国，投票结果以 76 票赞成，35 票反对，17 票弃权的压倒性多数，恢复了中华人民共和国在联合国的合法席位。投赞成票中有 26 个非洲国家。我在 1974 年就已经见过邓小平。他造访了我在纽约的住所，并向我转达了中国人民和领导人对毛里塔尼亚的感谢，感谢我国帮助中国恢复了在联合国的合法席位。

——中国是唯一一个令我铭记的援助国。中国人民没有丝毫的炫耀或是傲慢，始终充满了人道主义关怀和细致入微的体谅。每当我们对他们的慷慨表示感谢时，他们总是说做得还不够，因为中国还是一个发展中国家……要是全世界的援助国都能向中国学习该多好。

——1979 年 6 月（达达赫总统被囚禁期间在基法的医院接受治疗），中国主治医生对我说道："出发之前，国内许多人对我们说，您为中国恢复在联合国的合法席位以及发展同非洲人民的友好关系帮过大忙，中国人民欠您和毛里塔尼亚人民一个大大的人情。"

读完这几段文字后，我的眼角湿润了。我在毛里塔尼亚采访了 1978 年中国援建的毛里塔尼亚友谊港项目，这是 20 世纪继援助修建坦赞铁路之外，中国援助非洲的第二大工程。虽已深刻了解了中非之间的密切关系，但我还是被达达赫总统叙述的中非之间"结交在相知"的情谊所打动。至今，毛里塔尼亚人民对中国怀有一种特殊的情感。

20 世纪，中国支持非洲国家的民族解放运动，并给予其从精神到物质的帮助。当时中国几乎是倾囊相助非洲国家实现经济上的独立，直到今日非洲人民还在感念中国的义举。

纳米比亚开国总统努乔马在接受记者采访时说："我对中国有着非常深厚的感情。"

可以说，中国至今还在收获中非这份珍贵的、持续半个多世纪的友谊红利。如今，曾经的"穷朋友"中国发展成为世界第二大经济体，而大多数非洲国家仍旧挣扎于"贫困陷阱"中。中国之所以有今天在国际舞台的影响力，与非洲朋友的支持分不开。现在，中国已经成为联合国安全合作机制的积极参与者、维护者和建设者，中国也从没有忘记是非洲兄弟把我们"抬进联合国"。

邓小平生前曾经多次对非洲领导人说，中国给非洲的援助数量不大，是穷朋友之间的相互帮助，将来中国发展了，我们对非洲的贡献就会大一些。

现在，中国正在兑现历史的承诺：中国将为非洲做得更多。自 2006 年 1 月至 2014 年 7 月间，中国在非直接投资累计高达 1 504 亿美元。2016 年前 10 个月，中国企业对非洲非金融类直接投资流量同比增长 31%，投资金额超过 25 亿美元。2015 年 12 月，在约翰内斯堡举行的中国—非洲合作论坛首脑会议上，国家主席习近平宣布，中国将在 3 年内向非洲 10 个领域累计投资 600 亿美元，相当于人均 60 美元。中国正以实际行动践行习近平主席提出的"真实亲诚"对非政策理念。中国外交部部长王毅说："不管中国今后发展到什么程度，我们都会继续同发展中国家站在一起，同非洲兄弟站在一起，因为中国外交的基础是发展中国家，而非洲则是这一基础中的基础。"

当醒来的中国睡狮与正在行动的非洲狮（lion on the moving）相遇，必将再次令世界为之震惊——随着中国与非洲多方位的经济融合与合作，非洲大陆正迎来前所未有的曙光。

非洲国家目前处于结构转型与产业升级的关键时期，正在共同学习中国经验，以消除增长的瓶颈。最亮眼的是大规模的基础设施建设。如今的非洲，不是原始、落后、战争、疾病的代名词，也不是与现代化因素隔绝的大陆。在记者所到访的 7 个国家中，从下飞机开始，一个个作为国家现代化象征的国际机场，大跨度钢结构的航站楼、银灰色的跑道延伸到绿洲或荒漠中；一条条高速公路像黑灰色的丝带，依山谷缠绕，穿过上百公里热带雨林，蛰伏在一望无际的戈壁荒漠；沿非洲大陆两岸的北大西洋与印度洋，新建的深水港口正在呈爆发式地增长，形成港口地域组合的港口群，马士基、中国海运的集装箱比比皆是。无论在机场、高速公路、港口、铁路、发电厂、新建住宅小区，3G 甚至 4.5G 网络的覆盖范围与速度惊人，各种技术提升了非洲的宽带普及率。

非洲国家正在使用有限的资源，集中投入基础设施建设，为经济起飞与产业转型奠定基础，中国企业引入资金、技术，以中国标准、中国速度，帮助非洲国家完成"非洲成果"，即国家基础设施现代化。这些都是为非洲国家夯实经济起飞做准备的必要条件。变革性基础设施的建设，将为非洲国家经济转型带来巨大的乘数效应，也是"中国工程"的重要标志。

最亮眼的是非洲国家正在进入产业升级的尝试中，不同的国家瞄准不同的潜在优势领域，正在启动建设经济特区、工业园、加工区，有的已经建成，有的正在将蓝图变为现实。可以说，借助内外力量，非洲大陆已经看到希望，有可能摆脱上百年来对资源性产品输出的依赖，实现将自然资源禀赋转化为生产性资产的飞跃，实现非洲国家工业化的梦想。

中国工业加工区的经验吸引着非洲国家，非洲国家的政府高级官员纷纷来到中国参加经济特区、产业园、工业园建设规划的"速成、速赢"学习班，表现出强烈的工业化发展的政治意愿；政府制定了国家发展规划并建立评估机制，推动现代部门的扩张，建立重要的制造业主导部门。复制中国的成功经验，已经成为非洲国家的共识。

今日的非洲，正处于前所未有的经济起飞期。2000—2015 年，撒哈拉以南的非洲 GDP 年平均增长率高达 5.3%，高于同期世界平均增长率（3.7%）。处于结构转型与产业升级的关键时期的非洲，21 世纪也将是它们摆脱贫穷落后、走向繁荣富强的历史机遇期。

毛里塔尼亚总理对我说，让人民过上好日子一直是非洲人的梦想，非洲国家期盼像中国那样花 50 年的时间实现城市化、工业化的发展目标。中国就是帮助非洲实现"非洲梦"的国家。诚如 2013 年习近平主席在非洲访问时所提出的"中非从来都是命运共同体""中国梦要与非洲梦联合起来一起实现"。

触摸中国全球战略版图　记录当代中国大历史

2014 年年底，我规划了两个年度报道设想，一个是"一带一路"沿线国家的采访，另一个就是非洲大陆的调研。2015 年，"一带一路"采访完成，《21 世纪经济报道》刊登了来自 7 个国家的 8 组专题报道，这也是国内媒体从未有过的来自第一线的大型系列调研报道。

2016 年 9 月 20 日，我启程开始非洲的采访。原计划在两个月完成的采访，后来却成为一次长达 4 个月的跨年度采访。在 120 天中，我走访了北非、西非、中非、东非和南非的 7 个国家，总行程 6.5 万公里。

回首凝望 34 年的记者生涯，我是被什么所吸引，一次次准备行装，又一次次出发？虽然每次采访议题和采访对象不同，但主题都是围绕一个中心：中国与世界。

近 20 年来，凡是围绕中国的话题都成为全世界关注的焦点，这是因为中国崛起的速度、规模及影响远远超出想象。作为后发的现代化国家，又是人口大国，中国从没有像今天这样，正在走向世界舞台的中心。面对中国正以从未有过的积极态度参与全球治理，有议论、有不同认识，或者被恶语中伤其实都很自然。

但中国媒体不能缄默不语，必定要针对相关话题主动回应。这就需要跳出中国，从世界看中国，才能深刻理解中国与世界正在发生什么，中国的崛起产生了什么影响，才能看清一个真正的中国。

国家主席习近平在 2015 年首次提出"共商共建共享"的全球治理理念，"一带一路"正是中国为参与全球治理提供的"中国倡议""中国方案""中国行动"；一个发展起来的具有国际建设性的大国，与一个充满抱负和活力的非洲大陆结成"命运共同体"，正是中国扮演世界大国角色、重塑世界经济地理的全球责任所在。

中国记者该做什么？做记录历史的新闻就是中国记者的担当。我们有责任记录中国崛起的这部大历史，只有镶嵌在历史中的报道才能成为有价值的新闻。中国的全球战略布局初步形成，"一带一路""非洲大陆"之后还有许多的地域空间拓展，我们只有紧紧跟上中国的全球战略步伐，触摸这一版图的每个地区，才能记录下这一段重要的历史。

诚如李大钊所言："现在的新闻，就是将来的历史。"我们有幸在这个时代做记者，人身难得今已得，若我不为，何人为之？若非此刻，更待何时？

能够顺利完成非洲的采访，首先要感谢中交集团，中交集团不仅是世界 500 强公司，也是全球国际工程第三大承包商，仅非洲地区所覆盖的五大区域内就建立了 42 家分公司和 29 家办事处。中交集团是完成此次非洲采访的组织者与协调者，不仅为我的行程做了精心的准备与安排，同时为了确保人身安全，全程派人陪同我实地采访。其次要感谢外交部、商务部和国资委，正是在它们的支持和帮助下，我才得以顺利完成对所在国驻外大使、临时代办，经济参赞的一线访问，才得以完成对所在国的大型央企非洲项目的实地采访，这在我长期海外采访生涯中还是首次，与他们的成功合作也形成了媒体与官方合作的新模式。

法国

北京

毛里塔尼亚

苏丹

喀麦隆

南苏丹

刚果（布）

肯尼亚

纳米比亚

走进纳米比亚

纳米比亚：摧毁你对非洲国家的一切想象

"纳米比亚，勇敢的大地。"

国歌中，唱出了纳米比亚为自由而进行的斗争。这个世界上最年轻的国家之一，在 1990 年才最终独立并被接收成为联合国第 160 个成员国。

我的非洲七国之行，第一站是她。

如果用一句话概括我对纳米比亚的印象，那就是这个国家不断"摧毁你对非洲国家的一切想象"。

首先是数据。出发之前，我从世界著名的几大数据库收集了这些国家的经济与社会发展的数据。每一个置于全球版图的国家数据都是一条轮廓线，可以拼凑一幅全图，领你初识一个国家的概貌。从数据来看，纳米比亚的表现不俗。

在全球经济增长率下滑态势下，2016 年纳米比亚达到 4.20% 的经济增长率，在全球 225 个国家和地区中排第 55 位，高于 2016 年全球平均经济增长率 3.1% 的水平。而从人均收入来看，按照购买力平价（PPP）计算，2016 年纳米比亚人均 GDP 为 11 800 美元，在全球 225 个国家和地区中排第 128 位，处于世界中低收入国家水平，但排在这次访问的 7 个国家之首。

其次，当来到纳米比亚，给我留下最深刻印象的细节是，这个国家的城市与乡村居然看不到垃圾，清洁到了令人吃惊的程度。

"垃圾遍地、遍地垃圾"，这是发展中国家普遍存在的现象。为什么处在同一发展水平的纳米比亚如此另类？

易卜拉欣非洲国家治理指数（The Ibrahim Index of African Governance，IIAG）对纳米比亚有定量的分析。

易卜拉欣非洲国家治理指数起始于 2007 年，该指数从四方面进行评分，包括安全、法律、政府治理，公众参与和人权，人力资源发展以及经济可持续发展。根据个人安全、法律法规、国家安全，以及问责制度四大类对非洲各国进行评分。

2016 年易卜拉欣非洲国家治理指数公布，在百分制评分中，纳米比亚获得 69.9 分，排名第 5 位。排名前 6 位的国家分别为毛里求斯（79.9）、博茨瓦纳（73.7）、佛得角（73.0）、塞舌尔（72.6）、纳米比亚（69.9），以及南非（69.4）。

纳米比亚前任总统波汉巴还被正式授予"2014 年度莫－易卜拉欣非洲领袖奖"。易卜拉欣奖创始人易卜拉欣先生说："波汉巴为这个国家留下的宝贵财富，就是在他总统任期内推出了多项改革措施以建设和发展整个国家，他是非洲大陆的榜样性人物。"

而这个国家良好的政府治理和社会稳定，给到这里的人们留下深刻印象。纳米比亚华人商会主席赵抒明对我说："我在非洲从南非到北非都待过，有的国家是工作，有的国家是旅游。以前说纳米比亚是整个非洲最好的国家，我到这里后发现，没有之一，而是唯一。从法制机制、安全稳定、政府治理各个方面，它都是最好的。"

我对中国有着非常深厚的感情

访纳米比亚开国总统、国父萨姆·努乔马

萨姆·努乔马，出生于 1929 年，已近 90 岁高龄，是深
受纳米比亚人民爱戴的领袖和享誉世界的非洲领导人之
一，同时也是亲历和见证中非关系、中非友谊建立和发
展的历史性人物。努乔马参与创建了西南非洲人民组织
（SWAPO，简称人组党）和纳米比亚人民解放军，领导
和指挥了纳米比亚 30 余年的民族解放斗争，1990 年至
2005 年任纳米比亚独立后的首任总统，被纳米比亚人民
尊称为"国父"。努乔马于 1960 年创建西南非洲国民大
会，并担任其领导，后于 2007 年 11 月卸任，由纳米比
亚前总统波汉巴继任。

尽管已近90岁高龄，老总统十多次到中国公司承建的翁奥铁路（Ondangwa- Oshakati）参加义务劳动，推车倒土，为加高路基尽力。在他的带动下，共有400多名当地政府官员、各行各业的志愿者参与其中。

努乔马认为，基础设施建设对于纳米比亚的发展十分重要，对纳米比亚北部地区交通和经济发展以及非中友谊的发展都起到了重要的推动作用。他高度评价了中国建设者第一次参与到纳米比亚的铁路建设中。

纳中双边关系有坚实的基础

赵忆宁：您能回顾一下纳米比亚与中国建交的过程吗？

努乔马：纳米比亚和中华人民共和国的友谊和团结，发源于纳米比亚人民争取独立的斗争年代，在1990年纳米比亚独立以来继续发扬光大。纳中两国人民一同与殖民主义抗争，两国关系是在友谊和互利互惠的基础上不断发展起来的。

中国与非洲国家的交往从20世纪50年代开始。许多非洲国家的民族解放运动都接受过中国提供的政治、道义和物质支持。

非中关系的三大支柱是政府、政党和非中人民的良好关系。政党之间的交流能够服务于双方的实际需求，也有利于我们带领各自的国家实现繁荣发展。

赵忆宁：中国人民一直称您是中国的"铁杆朋友"。凡是中国所关心、希望得到国际支持的问题，纳米比亚都毫无保留地支持中国。是这样的吗？

努乔马：我去过中国很多次，大概有17次甚至更多，我对中国有着非常深厚的感情。在某次访问中国时，我向中国领导人提议，将非中交往的历史写下来，让我们的子孙后代都能够了解这段历史。在我的提议下，中国共产党和西南非洲人民组织共同举办了第一届非中青年领袖论坛（Africa China Young Leaders Forum），2011年5月在温得和克举办。这届论坛有来自中国和18个非洲国家的青年领袖参加。围绕"友谊、合作和发展"的主题，参会者充分讨论了非中关系的相关问题，例如非中交往历史、现状、机遇和新时期的挑战。

2012年6月，第二届非中青年领袖论坛在北京召开，有来自中国和38个非洲国家的近两百名青年领袖参会。时任中国政协主席贾庆林和我本人出席了这次论坛。与会者围绕"中非合作和年轻人发展"的主题进行了广泛讨论，并在会后形成了《北京宣言》。该论坛不仅让我们能够回顾传统友谊，还提供了进行新合作的平台。

最重要的是，我希望重申纳米比亚对一个中国的支持，以及中国政府实现和平统一的支持。纳米比亚政府也支持中国通过和平手段解决朝鲜半岛核问题的努力。

赵忆宁：在约翰内斯堡召开的中非合作论坛上，中国国家主席习近平强调，中国在非洲的发展与非洲国家的合作有两大优势，一是政治互信，二是经济互补。对此，您怎么评论？

努乔马：纳中关系是友好、团结的，是在争取自由和独立的艰苦斗争年代中建立起来的。中国人民和其他热爱和平的国家人民的团结、友谊，帮助纳米比亚实现了真正的自由和独立。我可以明确地说，纳中两国良好的双边关系是有非常坚实的基础的。

《2030 远景规划》围绕八大主题

赵忆宁：我这次访问纳米比亚，看到您曾经前往湖山铀矿视察的照片。湖山铀矿项目是中国在非洲最大的单体投资项目。您能告诉我们这个项目对纳米比亚的意义所在吗？

努乔马：湖山铀矿投资项目是纳米比亚最大的投资项目之一，充分体现了中国和纳米比亚之间的友谊和团结。我希望两国能够共同努力，促进商业贸易与合作，共建命运共同体，实现双赢。

20 多年前，在纳米比亚实现独立之后，中国立刻与纳米比亚建立了外交关系。自那以后，双边关系在互惠互利的基础上得到不断加强。从 1990 年到现在，中国一直大力支持纳米比亚实现经济和社会发展，为许多项目提供帮助，包括国家议会和地方议会办公场所、医院和诊所、学校以及湖山铀矿和集装箱码头、油码头。中国也为纳米比亚捐赠了许多设备和物资，极大地帮助改善了纳米比亚人民的生活水平，我们衷心地感谢中国所提供的帮助。

赵忆宁：在鲸湾，我还看到了中国港湾工程有限责任公司（以下简称"中国港湾"）正在帮助纳米比亚建设集装箱码头和油码头。这些建设将为纳米比亚的经济发展起到什么作用？

努乔马：作为一个历史很短的发展中国家，纳米比亚非常希望借鉴中国的发展经验，利用本国的自然资源，提供更多附加值，并加快经济的工业化进程，以消除贫困、疾病和文盲。我衷心地希望，两国政府和人民能够继续探索新的合作方式，并在南南合作精神的指引下，强化两国的关系。

赵忆宁：据我所知，由您和波汉巴总统、根哥布总统共同组建了总统咨询委员会，咨询与讨论国家的一些重大问题，能介绍这个委员会吗？

努乔马：根哥布总统成立总统咨询委员会的目的，是希望国家前任总统和总理能够贡献他们的智慧。波汉巴前总统和我一共担任了 25 年的总统职务，根哥布总统认为我们两个人的智慧和经验不能浪费，而是应该为国家服务。总统通过签署行政令，成立了这个咨询委员会，标志着纳米比亚政治的和谐，尤其是在执政党西南非洲人民组织内部。的确，在非洲文化中，长者就像是充满智慧的图书馆，供其他人利用。因此，我非常赞同成立总统咨询委员会的想法。

赵忆宁：在您的心中，希望将纳米比亚建设成为一个什么样的国家？纳米比亚的国家梦想是什么？

努乔马：2004 年，纳米比亚通过了《2030 远景规划》。这份文件明确提出了国家发展目标和战略，《2030 远景规划》紧紧围绕八大主题开展经济社会建设，以实现国家长期愿景。这八大主题分别是：不公平现象和社会福祉保障；人力资源开发和机构能力建设；宏观经济问题；人口、健康和发展；纳米比亚自然资源；知识、信息和技术；外部环境因素等。

远景规划的目标是改善纳米比亚人民的生活质量，到 2030 年赶上发达国家的水平，通过打造繁荣、工业化的纳米比亚，利用本国人力资源，创造和平、和谐，实现政治稳定。《2030 远景规划》清楚地描绘了纳米比亚的现状以及未来发展目标，并明确了时间表。这份文件将带领纳米比亚走向未来，引导国家提升人民的生活水平。这份文件也将统一思想，为政府部门、私营部门、非政府组织、公民社会及地方政府提供指引。

中国才是纳米比亚人民可信赖的朋友

访纳米比亚国家副总统尼奇·伊扬波

尼奇·伊扬波与作者赵忆宁

尼奇·伊扬波（Nickey Iyambo），出生于1936年，是纳米比亚的政治家、医学家，2015年开始担任纳米比亚副总统。他早年获得芬兰赫尔辛基大学的四个学位，包括理学学士（1969年）、政治学硕士（1970年）、医学学士（1974年）以及医学博士（1980年）。在赫尔辛基大学期间，伊扬波积极参与学生运动，成为西南非洲人民组织在学校的学生领袖。作为西南非洲人民组织党员，自纳米比亚1990年3月独立以来，伊扬波一直担任纳米比亚内阁成员。他前后担任过卫生与社会服务部部长（1990—1996）；区域和地方政府及住房部部长（1996—2002），矿产和能源部部长（2002—2005），农业、水资源和林业部部长（2005—2010）以及退伍军人部部长（2010—2015）。在担任副总统后，伊扬波继续兼任退伍军人部部长。

湖山铀矿项目已成为纳米比亚的骄傲

赵忆宁：在纳米比亚我调研了鲸湾港口扩建，包括油码头和集装箱码头，也调研了湖山铀矿项目，感受到纳米比亚正处于兴建基础设施以及实现工业化的过程中。国家制定的《2030 远景规划》涵盖了很多内容，因为没有量化指标，怎样才算完成这一愿景呢？

尼奇·伊扬波：对纳米比亚而言，首要的是基础设施建设，包括所有支撑经济社会活动的主要网络，比如公路、铁路、航空以及港口等；其次是淡水及海水淡化技术；最后是农业、电力和信息通信产业有关的各个领域。西方殖民者 100 多年前就来到非洲，可 100 多年过去了，今天的非洲大陆基本上还是殖民者离开时的发展水平，没有现代化的交通基础设施，没有现代化工业，也没有现代化的农业设施。举个例子，目前有很多非洲国家没有铁路，所以没有覆盖整个非洲大陆的统一铁路网。当年殖民者为了将在非洲开采的铜矿运抵南非德班港口，绕过纳米比亚修建了一条穿越刚果、津巴布韦、南非等国的铁路，但并未投资其他配套的基础设施。

而中资企业投资在建的鲸湾港口扩建项目完工后，纳米比亚将成为非洲重要的港口中转枢纽，为纳米比亚和周边内陆国家提供除德班以外的另一条水运航线。除此以外，中资企业还在纳米比亚北部修建了公路。中国援建的陆上及水上运输纽带从真正意义上使纳米比亚融入世界经济一体化之中。

赵忆宁：在"中非十大合作计划"框架下，第一条就是促进非洲国家的工业化。在纳米比亚我考察了投资逾 20 亿美元的湖山铀矿，这是中国企业在非洲最大的实体投资和全世界规模最大的露天铀矿，投产后预计每年向纳米比亚政府上缴企业所得税高达 11 亿~17 亿美元，年出口贡献约 74 亿美元，将提振国内生产总值 5%。您对这个项目有何评价？

尼奇·伊扬波：受知识技术所限，我国富饶的自然资源尚未得到充分利用，亟须资本与人才雄厚的中国友人前来投资开发隐藏在地下的资源。从 2006 年宣布发现矿体到 2016 年湖山铀矿项目建成投产，只用了短短的 10 年，一座巨型现代化矿山从荒漠中拔地而起。这个项目的建成提升了纳米比亚的工业化水平，也符合政府倡导的"团结繁荣计划"（Harambee Prosperity Plan）。湖山铀矿项目不仅成为纳米比亚的国家骄傲，也极大地促进了国家经济发展，增加了就业。目前斯科公司93%的员工属纳米比亚籍，可以说，湖山铀矿项目打破了矿业"只提高经济不提高就业"的谬论。

赵忆宁：目前中非关系以及中非合作越来越紧密，2015年中非合作论坛约翰内斯堡峰会将"中非新型战略伙伴关系"提升为"全面战略合作伙伴关系"，中国国家主席习近平提出"十大合作计划"。您认为在该框架下，未来在哪些领域中国能够帮助与促进纳米比亚的经济与社会发展？

尼奇·伊扬波：中非合作有源远流长的历史。1959—1964年，中国为很多非洲国家提供了重要援建项目，包括铁路、水电站、发电厂等，特别是修建了著名的坦赞铁路，中国对非洲人民推翻种族隔离实现国家的独立做出了历史性的伟大贡献。

进入21世纪以来，中国与非洲的关系更加紧密。就纳米比亚而言，我们目前大力发展对外贸易，与南非及欧盟签署了自由贸易协议。如今，凡在纳米比亚生产的商品（武器除外）都可自由免关税出口到南部非洲国家和部分欧盟成员国。这正是纳米比亚政府积极利用政治智慧，加强对外联系，创造友好投资环境的体现。外商投资给纳米比亚带来了亟须的技能和就业机会，促进了经济增长，也给外方带来了商业回报，达到了双赢的效果。所以我们欢迎中国企业到纳米比亚比亚投资。不久前，一家中资企业在纳米比亚北部发现了一座大型赤铁矿，然而水电供应紧张导致该项目举步维艰。中国朋友或许可以伸出援手，与纳米比亚企业一起通过海水淡化技术解决难题。

与中国合作是实现愿景的最好方法

赵忆宁：您本人曾与纳米比亚开国元勋努乔马一起参加过争取民族独立的斗争，并担任过重要的部长级职位。争取民族独立是纳米比亚国家独立之前的梦想，而纳米比亚人民当下的梦想是什么？怎样才能实现最终梦想？

尼奇·伊扬波：纳米比亚《2030远景规划》提出，在2030年以前将纳米比亚打造成一个工业化国家，这就是我们的国家梦想。为此，第一是优先发展交通基础设施，目前国内已有两个分别位于首都温得和克及鲸湾的国际机场，中资企业正在投资建设第三个国际机场，我们全力支持开罗至开普敦高速公路的建设，打通非洲大陆由南向北的公路连接；第二是发展通信技术；第三是在中国朋友的协助下提高本地人的知识技能水平，希望像斯科这样的公司能够越来越多地培养纳米比亚籍员工，使他们及早地胜任工程师等高级工作岗位；第四是加大农业技术投入，保证粮食安全。如果能够实现上述四点，纳米比亚就算实现了工业化。

实现工业化当然需要一个过程。发达国家虽然称为发达国家，但其实也是在不断发展的过程中取得进步的。纳米比亚实现工业化也是一样。《2030远景规划》是开国元勋对年轻一代提出的要求，即使在我有生之年等不到这一天，我们也要尽最大的努力，日后才能对国父有所交代。而与中国合作无疑是实现愿景的最好方法。中国倡议成立的"金砖国家新开发银行"及亚投行等机制，有助于改变传统的全球经济格局。

回顾西方与中国各自在纳米比亚留下的历史痕迹，中国人民才是值得纳米比亚人民信赖的朋友，不仅我个人乐见中国向非洲投资，南南发展（合作）本身也是纳米比亚开国总统的心愿。纳米比亚见证了中国在短短40年间从一个贫穷落后国家一跃成为全球第二大经济体的奇迹，纳米比亚希望能够学习中国的发展历程，造福纳米比亚人民。纳米比亚将义无反顾地选择与中国共谋发展。

推动契合纳米比亚发展目标的优势产能走出去

访时任中国驻纳米比亚临时代办吴伟

吴 伟

在中国外交的整体布局中，发展中国家是基础，非洲作为发展中国家最为集中的大陆，可以称为是中国外交"基础中的基础"。

当前，非洲已经上升为国际社会一支无法忽视的重要力量。中国一直支持非洲的经济与社会发展，而庞大的非洲中产阶级的崛起，亦为中国提供了更广阔的市场。随着 2015 年底中非关系定位提升至全面战略合作伙伴关系，中非合作开启了一个崭新的发展阶段。

非洲当前的发展状况如何，中非合作如何互利共赢？在纳米比亚，哪些领域是可能的合作切入点？就这些问题，笔者采访了中国驻纳米比亚临时代办吴伟。

非洲已成为世界政治舞台上的重要一极

赵忆宁：你之前在中国常驻联合国代表团工作，见证了联合国做出的一系列全球事务的重大决议。伴随着世界多极化趋势，非洲国家在联合国的话语权加重，对此，是否可以介绍几个实例？对于非洲国家在联合国寻求更大的影响力，如何评论？

吴伟：正如你所说，随着非洲联合自强不断取得新进展以及国际力量对比的变化日趋明显，非洲已经上升成为国际社会一支无法忽视的重要力量。

非洲联盟是非洲联合自强的旗帜。在非盟的引领、参与和推动下，非洲国家在全球发展、气候变化、国际治理体系改革等重大问题上休戚与共，共同发声，这样的事例每天都在联合国总部和全球很多城市发生，这表明非洲联合自强的趋势在增加。现在，非洲的声音全世界都需要倾听，非洲的作用各方都要给予尊重，非洲已成为世界政治舞台上的重要一极。中国同非洲在历史遭遇、发展经历、发展目标等方面有很多共性，在现阶段双方发展又有很强的互补优势，中非关系越来越密切也是非常自然的。

赵忆宁：就是在十几年前，非洲还被西方社会视为"失败的大陆"，而现在，世界所有大国都在大幅调整对非政策，非洲成了各大国竞相与之提升关系的"热土"。美国提出构建面向 21 世纪"美非新型伙伴关系"，欧非首脑会议决定双方建立面向 21 世纪的"新型战略伙伴关系"。世界几乎所有大国都在同步重视非洲，并加强对非关系，这在现代国际关系史上是前所未有的。你如何评价？

吴伟：近年来，美、欧、日、印、韩等纷纷与非洲举行各种形式的峰会，以谋求加强合作，从中不难看出，非洲在国际上越来越受到重视，非洲国家的发展需要更多的合作伙伴，我们也乐见更多的国家支持非洲。但是我们觉得关于发展的会议不应该政治化，非洲国家也是这么认为的。我不便评论其他国家加强对非关系的战略意图，但中国的想法远没有西方国家想象的那么复杂。我们就是要与非洲实现合作共赢、共同发展。在当前国家间相互依存不断加深的现实下，一个国家不可能抛开其他国家实现独自发展。换句话说，只有大家好，才是真的好。这也就是为什么中国一直倡导建设一个持久和平、共同繁荣的和谐世界。

中非合作将开启一个崭新的发展阶段

赵忆宁：你认为中国在非洲的战略利益是什么？

吴伟：关于这个问题，文章很多。我能想出的最简单的答案是：非洲是我们的全面战略合作伙伴。在当今全球一体化背景下，中国的国家利益无论是从内涵还是外延上看都是全方位与全球性的。中国未来的发展离不开世界，所以我们的发展与非洲息息相关。比如，在援助非洲国家的问题上，形式上看是在帮助非洲，实际上是互利共赢的，为我们自己培育了市场。非洲是我们的伙伴，帮助非洲就是帮助我们自己。

有研究预测，到 2060 年非洲中产阶级人口比例将增加到 42%，伴随着非洲中产阶级的崛起，中国制造的产品可以更多地销售到非洲。你能相信吗，依靠非洲市场，中国深圳制造的传音（TECNO）手机，2016 上半年竟然出口了 3 286 万部，加上华为 2 537 万部，这些既使非洲人民享受到了质优价廉的产品，又增加了中国的出口。当然，下一步我们可以争取让很多手机实现"非洲制造"。所以中非关系是紧密相连的。

2015 年底举行的中非合作论坛约翰内斯堡峰会是中非关系史上的里程碑。习近平主席和非洲领导人们一起，不仅将中非关系定位提升至全面战略合作伙伴关系，更确立了"政治上平等互信、经济上合作共赢、文明上交流互鉴、安全上守望相助、国际事务中团结协作"的"五大支柱"。峰会还推出了促进中非合作、助力非洲发展的"十大合作计划"，突出了"合作共赢、共同发展"这一新时期中非关系的主题，体现了中方"真、实、亲、诚"的对非政策理念以及"义利并举、以义为先"的正确义利观，受到与会非洲国家领导人的高度评价。我们有理由相信，在约翰内斯堡峰会成果的指引下，中非合作必将开启一个崭新的发展阶段。

赵忆宁：关于非洲在经济领域的一体化建设，非盟积极落实 2001 年发起的"非洲发展新伙伴计划"，大力促进非洲大陆经济的融合和整合，还制定了到 2017 年建成全非自贸区的时间表。你如何评价非盟深化一体化的进程？它将给非洲大陆带来哪些重大的影响？

吴伟：从"非洲统一组织"到"非洲联盟"，非洲在联合自强的道路上不断前行，区域一体化建设也取得很大进展。当然在这个过程中，非洲也遇到很大困难，50 多个国家，历史、民族、宗教、政治制度等都千差万别，协调难度可想而知，导致一体化进度落后于规划。但是非洲推进一体化的决心没有动摇。我相信，只要非洲国家保持团结，共同努力，非洲联合自强的目标就一定能够实现。

纳米比亚增长有所放缓

赵忆宁：2016 年纳米比亚的经济形势并不是很乐观，前三季度GDP增长只有 1%，国际货币基金组织（IMF）预测，纳米比亚 2016 年的经济增长率将放缓。

吴伟：过去 10 年，纳米比亚国民经济的平均增长率为 4.6%，这个速度在非洲国家中处于中等偏上的水平。这 10 年间，全世界发达经济体的经济增长率在 2%~3% 之间。纳米比亚当前经济增速下降与世界经济和地区经济的大气候有关，我看到报道，国际货币基金组织将撒哈拉以南非洲地区 2016 年的GDP增长率由过去预测的 3% 下调至 1.6%，为 20 多年来的新低。主要原因：一是石油等国际大宗原材料价格低迷，二是南部非洲旱情严重。从长期情况看，我对纳米比亚经济仍抱乐观态度。

赵忆宁：对于发达国家，国民经济增长率在 3% 以上就叫高增长；而发展中国家，要达到 6%，甚至 8% 以上才算是高增长，这在经济学是有定义的。纳米比亚连续制订了四个国家发展五年规划，与中国有相似之处。你能不能介绍一下五年规划执行的情况？

吴伟：纳米比亚从独立以来一直是西南非洲人民组织执政，具有执政理念与政策实施的延续性，包括国家发展目标都有延续性。现在执行的是第四个国家发展计划（NDP4），到 2017 年 3 月份结束，目前正在制订第五个国家发展计划（NDP5）。政府对第四个五年计划进行了评估，有厚厚的一大本。报告显示有的指标完成了，有的指标没完成。比如，纳米比亚 2014 年、2015 年经济增速分别为 6.3% 和 5.3%，均未达到 6.4% 的既定目标。创造就业数字虽然好于预期，但失业率仍然偏高。纳米比亚当前失业率为 28.1%，青年失业率为 40%。关键是制造业发展缓慢，不能释放吸纳就业潜力。制造业是工业化的基础和支柱，也是吸引就业的重要源泉。所以根哥布总统把 2016 年定为规划执行年。在他推出的"团结繁荣计划"中，很重要的一条就是强调执行力，并提高到突出的地位。总统与各个部长签订了绩效协议，规定必须在什么时间完成什么目标，可见根哥布总统重视各个部门对规划的执行。这一点令人印象深刻。

纳米比亚处于政策选择的十字路口

赵忆宁：世界三大信评机构之一的惠誉，把纳米比亚的经济前景展望调整为负面，你怎么看？

吴伟：惠誉还是维持了纳米比亚 BBB 的国际信用评级，显示了国际金融机构对纳米比亚经济发展的信心。据报道，惠誉将纳米比亚前景展望调为负面，主要考虑的因素有三条：一是政府债务比例高，债务占 GDP 的比例从 2014 年底的 23.2% 上升到 38.2%；二是财政赤字增大，纳米比亚的财政赤字占当年 GDP 的 8.3%，高于 5% 的既定目标；三是正在酝酿的《新平等经济赋权法案》（NEEEF）。

国际上衡量财政赤字有两条警戒线的标准：第一条警戒线，财政赤字占GDP 的比重不能超过 3%。如果超过了 3%，财政赤字就超过了警戒线，就会出现财政的风险。第二条警戒线，政府的财政赤字不能超出财政总支出的 15%。由于受汇率变化等因素影响，纳米比亚的债务负担增加比较快，据估计，2016 年可能超过 GDP 的 42%。为此，2016 年纳米比亚政府及时采取了近年来最大规模的削减预算措施，包括冻结了修建新国会大楼和总理府大楼的计划，冻结的开支总额达 55 亿纳元（约合 27 亿元人民币），积极应对财政状况的恶化，加上正在讨论的以《新平等经济赋权法案》为代表的一系列战略性经济改革计划也正在酝酿之中，目前应该说处于一个政策选择的十字路口。

赵忆宁：在高债务和高财政赤字的约束条件下，不能借债也不能扩大赤字，纳米比亚下一步发展经济的思路有什么样的创新？

吴伟：纳米比亚的资金来源渠道比较多，也在比较不同的借贷条件。由于汇率变动，纳米比亚从南部非洲关税同盟（Southern Africa Customs Union，SACU）得到的税收分成下降，税收收入减少影响新的举债能力。所以目前国家对举新债持非常慎重的态度，包括政府担保都是非常谨慎的。目前人组党高层人士正在考虑如何解套债务问题。有些领导人提出，纳米比亚有国有企业，能不能以创新的方式加强中国和纳米比亚国有企业之间的合作，比如组建合资企业，通过投资的方式解决融资瓶颈问题。纳米比亚有 70 多家国有企业，比较大的是港口、机场、水务、电力公司等，还有一些小规模的国有企业。

中纳贸易总量不大，但有潜力

赵忆宁：目前中纳两国各领域合作成果丰硕，请概要介绍中纳两国经贸合作的情况？

吴伟：纳米比亚是非洲大陆最年轻的国家之一，1990 年才获得独立。纳米比亚独立以来，中纳两国经贸合作全面快速发展，合作成果丰硕。纵向比较，与大多数非洲国家一样，中纳经贸合作也从以贸易、援助为主逐渐向工程承包和投资转变。

1992 年两国贸易只有 12 万美元，此后快速增长，近几年双边贸易额的峰值出现在 2014 年，达到 8.63 亿美元，之后开始下降。2016 年上半年，中方统计中纳双边贸易额为 1.91 亿美元，同比下降 41.6%，这其中有纳元贬值（2015 年贬值 30% 以上）和纳米比亚对安哥拉转口贸易大幅下降等因素影响。而纳米比亚对我国出口保持了增长势头，考虑到国际矿产品价格大幅下跌，我国自纳米比亚进口的矿产品、有色金属及制品货量不一定减少，但货值增加不明显。

目前，双边贸易面临两大利好：一是纳米比亚牛肉输华程序基本完成，纳米比亚牛肉及渔业产品对中国仍有较大出口潜力；二是中广核投资的湖山铀矿即将投产，这将推动我国自纳米比亚进口额的显著增长，有利于缩小我国对纳米比亚贸易顺差。

对纳经援目前仍是中纳经贸合作的重要组成部分，覆盖教育、医疗、基础设施等多个社会领域，涉及十多个具体项目，近年来不断取得新进展。举两个突出例子：一是我在纳米比亚首都温得和克低收入社区援建的奥乔姆西中学已于 2016 年 3 月交付使用，成为当地标志性建筑，极大改善了当地和周边地区的教育基础设施。二是纳米比亚近年来遭遇连年干旱，总统已宣布进入国家紧急状态并向国际社会求援。中方又是第一个伸出援手，宣布向纳米比亚提供 4 000 吨大米粮援，再次体现了中纳患难与共的深厚友谊。

赵忆宁：在纳米比亚，几乎大的国家基础设施建设项目都是中国公司在做，包括港口、铁路等，中国在非洲最大的单体投资项目湖山铀矿也在这里。

吴伟：近年来，随着中纳两国各自的快速发展，承包工程和投资逐渐成为两国经贸领域的支撑力量。截至 2015 年，在我馆经商处注册的中资企业超过 50 家（2012 年约 30 家），涉及房建、路桥等工程承包、矿业勘探及采矿投资、信息通信等众多领域，并于 2015 年成立了中资企业商会。在投资和承包工程领域，多个重大项目发挥了非常重要的作用，如：中广核集团投资的湖山铀矿项目、中国港湾承建的鲸湾港集装箱和油码头两个项目、中国土木集团承建的纳米比亚内政部大楼项目、中铁七局承建的机场新公路一期项目等。据不完全统计，截至 2015 年，中资公司中方员工超过 1 700 人，为当地增加直接就业超过 6 000 人，在纳米比亚承包工程在建项目数超过 50 个，合同额累计 33.29 亿美元，完成营

正在建设中的鲸湾港码头

业额 23.29 亿美元。同时，我国对纳米比亚直接投资存量约 9.95 亿美元。

赵忆宁： 如果横向与其他非洲国家相比是什么状况？

吴伟： 如果横向对比，中纳经贸合作区别于其他非洲国家的主要特点有：一是总量不大，但有潜力。纳米比亚仅有 230 万人口，本地市场容量不大，与南非、尼日利亚、安哥拉、埃塞俄比亚和肯尼亚等大国相比，规模略逊。但纳米比亚正在积极利用区位和港口优势，推进南部非洲发展共同体物流枢纽计划，两国未来经贸合作还有很大空间；二是矿业占比较大，纳米比亚铀、铅、锌、钻石等自然资源储量丰富，素有"战略金属储备库"之称。中广核投资的湖山铀矿在中纳经贸合作中占据重要地位，是目前中国在非洲最大的单体实业投资项目。中纳之间的矿业合作蕴藏着很大潜力。

中纳将以清洁能源合作为切入点

赵忆宁：在中非"十大合作计划"框架下，中纳两国未来深化经贸关系的领域是哪些？特别是习主席在 G20 杭州峰会上，再次强调将促进非洲实现工业化。就纳米比亚而言，我们两国在未来合作的契合点是什么？

吴伟：2016 年 2 月，王毅外长访问纳米比亚，他与纳米比亚副总理兼外长共同探讨了在中非"十大合作计划"框架下中纳合作的领域，中纳两国合作将聚焦于工业化、农业现代化、基础设施、绿色发展、减贫惠民、教育与技能培训等领域。后来王毅外长在与纳米比亚总统根哥布会见的时候，有关意见也得到根哥布总统的赞同。

当时王毅外长提出：第一是以太阳能、风能等清洁能源合作为切入点，帮助纳米比亚解决能源问题。纳米比亚缺电，目前 60%~70% 的电力依靠进口，能源安全是重要的问题。第二是发展海洋经济和建设临港工业园，以建设鲸湾临港工业园为抓手，帮助纳米比亚建立新的经济增长点。第三是以农牧渔业合作为重点，帮助纳米比亚实现粮食安全。当前，纳米比亚 60%~70% 的粮食依靠进口。第四是以矿业和制造业合作为龙头，帮助纳米比亚解决自主发展的问题。第五是加强减贫惠民合作，筑牢中纳合作的根基。

这些合作首先是符合纳米比亚的发展需求，其次是与中国帮助非洲实现工业化，推动优势产能走出去等发展目标相契合，也可以进一步推动中国企业逐步向"投融资一体化"、"建营一体化"及"技能转让"等合作方式升级。

赵忆宁：关于产能合作，你觉得最有可能突破的是哪一个领域？

吴伟：可能是供水，海水淡化供水是当务之急。纳米比亚已经连续 4 年大旱，首都温得和克周边供水的水库，现在水量只有库容量的 9%。温得和克市已经实行最严厉的节水措施，游泳池停用，关闭所有街道的喷泉，不允许浇草坪，甚至不允许随便洗车。多年生的植物一个月允许浇水两次。纳米比亚国家要发展，要解决三个瓶颈：第一就是水资源，第二是粮食，第三是电力。如果在这三大领域国内的企业有意向，我个人认为是比较好的介入点。目前纳米比亚政府内阁专门成立水资源委员会，由农业部长牵头，包括财长、贸工部长、国家计委主任等，要找出解决纳米比亚水危机的方案。

有的部长对我讲，在纳米比亚中部偏北的地方有世界上最大的地下湖，探明有丰富的地下水资源，有待开发。但是目前他们更倾向解决用水问题的出路是海水淡化，在鲸湾附近建设大型海水淡化设施，以满足工业和生活用水需要。与之相配套，修一条输水管线到温得和克，有 400 多公里长，落差在 1 700 米左右，中间需要建一些太阳能泵站。鉴于财政赤字和债务水平，政府提出可以考虑采取复合投融资方式，就是贷款加上投资，甚至包含一部分援助，比如技术援助。但是这些目前都只是在探讨阶段。

赵忆宁：纳米比亚人如何看待中国与非洲关系？

吴伟：根据我自己在纳米比亚的工作和生活经历，纳米比亚人总体对华友好，对中非关系的评价较为客观，认为中国人勤奋、努力、敬业，中国企业有着先进技术和生产方式，中纳务实合作有利于帮助纳推动经济社会发展。

湖山铀矿：中国在非洲投资的旗舰项目

访中广核铀业斯科有限公司CEO郑克平

郑克平

湖山铀矿位于西南非洲纳米比亚境内，紧邻大西洋的沙漠之中，是近十年来全球发现的最大铀矿，资源量约 29.3 万吨，位列世界第三；湖山铀矿是迄今世界设施规模最大的铀矿，年开采剥离量 1.4 亿吨，年处理矿石 1 500 万吨，设计年产量 1 500 万磅 U_3O_8（八氧化三铀），总产量可满足 20 台百万千瓦级核电机组近 40 年的天然铀需求。中广核在核电建设和运行方面有 30 年的经验，在工程建设安全与质量方面具有世界水平。在湖山铀矿建设中，中广核充分借鉴了以往的核电站建设经验，吸收了当地矿山建设好的做法，采用了"走出去"与国际化相结合的办法，走出了一条较为独特的投资、建设、经营道路。

2016 年 12 月 31 日，在人们准备迎接新年之际，全球铀业界都在注视从纳米比亚传来的消息：湖山铀矿成功生产出第一桶天然铀 U_3O_8。灰黑色的八氧化三铀，将通过纳米比亚鲸湾港海运回中国，为中国核电发展提供有力的天然铀保障。

根据国家核安全局网站信息，中国目前投入运营的机组 35 台，在建机组 21 台，是目前世界核电发展速度最快的国家。随着中国大规模核电项目建成投产，国内天然铀需求将快速增长，为此国家制定了利用"两种资源，两个市场"保障核电发展的资源保障体系，加快对海外铀资源投资步伐。2012 年，中广核铀业发展公司联合中非发展基金成功收购纳米比亚湖山铀矿，这是迄今为止中国在非洲最大的单体实业投资项目。这一投资不仅对我国天然铀保障具有重要的战略意义，也给纳米比亚带来巨大的经济效益与社会效益。

纳米比亚埃龙戈省的大漠深处，是地球上最古老的 5 万平方公里沙漠，千百年来，广袤的砾石平原、高耸的山脉和陡峭的峡谷人迹罕至。如今，浩瀚的大漠中矗立起一座现代化的工厂，给沉寂千年的荒漠注入了生命活力与现代因素，颠覆性地改变了原有的时间和价值形态。这就是湖山铀矿。

被总统誉为纳米比亚工程建设的"旗舰项目"

赵忆宁：十多年前我访问过世界最大的露天铜矿——美国犹他州宾翰铜矿（Utah Bingham Copper Mine），俯视 4 英里深的矿坑摄人心魄。站在湖山铀矿水

湖山铀矿水冶厂

冶装置的塔顶，瞭望茫茫大漠深处矗立起的这座现代化工厂，再次受到震撼，非常了不起。

郑克平：已经建成的湖山铀矿是世界上设施规模最大的铀矿。从 2007 年湖山铀矿床的勘探发现，到 2012 年 5 月中广核完成对湖山铀矿项目 100% 股权的收购，这是前期的工作；由于中广核在收购期间就开始部署项目建设工作，完成收购后，中广核铀业就开始派人到纳米比亚筹备开工建设。矿建工作的正式启动是 2013 年 4 月，到 2014 年，我们已经开始铀矿剥采生产，时任纳米比亚总统波汉巴到场剪彩，2016 年年底铀水冶厂开始生产俗称黄饼的八氧化三铀产品。从勘探发现铀资源到产品生产，我们只用了 10 年，这在世界铀矿界是少见的。

赵忆宁：你们的同行也是这样评价的吗？

郑克平：到湖山访问最多的是我们的同行和产品销售的潜在客户。为开拓国际市场，中广核铀业在英国设立了销售公司，搭建销售平台，开拓欧美市场。来访的同行对湖山铀矿的规模、新建的设施表示惊叹。其中，加拿大卡美库公司（Cameco Corporation）是世界第二大铀矿生产和销售商，这个公司自己就有很多铀矿资源，他们对我们在戈壁沙漠上建成的铀矿感到非常惊叹。对于矿业人来讲，一辈子能参与过一个类似湖山铀矿的矿山建设，本身就是一件了不起的事情。

赵忆宁： 只用了不到 4 年的时间完成铀矿建设工程，项目建设被纳米比亚总统誉为纳米比亚工程建设的"旗舰项目"，你们是如何做到的？

郑克平： 中广核在核电建设和运行方面有 30 年的经验，在工程建设安全与质量方面具有世界水平。在湖山铀矿建设中，我们充分借鉴了中广核的核电经验，吸收了当地矿山建设好的做法，采用了"走出去"与国际化相结合的办法，走出了一条较为独特的投资、建设、经营模式。总结起来有几条：第一，项目工程建设投资巨大，在目前世界经济下滑状况下，能够保证投资资金的到位，是最重要的因素；第二，优选当地职业经理人和南部非洲承包商担当重要角色，有利于成本控制和满足本地化要求；第三，除了聘请当地及南部非洲承包商外，我们引入中国企业参与项目建设和运行服务，包括中建、中电建、中核建、中冶科工等大型央企，承担部分重要施工和生产服务，中国承包商的参与是保证项目进度和实现投资控制目标的一个重要因素；第四，合法合规经营，与所在国政府、当地政府和包括工会组织在内的利益攸关方保持良好互动，以获得他们的支持；第五，支持地方和社区发展，树立企业在当地的标杆形象，为公司可持续发展做长远谋划。湖山铀矿被纳米比亚总统誉为纳米比亚国家的"旗舰项目"。在建设资源严重匮乏、当地管理经验相对薄弱、劳动技能和效率偏低的条件下，应该说作为海外项目建设，特别是在非洲工程建设里面是不多见的。

赵忆宁： 从《"十三五"核工业发展规划》来看，我国还将保持加快核电发展的态势。湖山铀矿达产后每年生产 6 500 吨八氧化三铀，首先是运回国内销售，还是全球市场销售？

郑克平： 我想对中国来讲，即使湖山铀矿达产后将产品全部运回国内也很容易被核电站消纳。以核电百万千瓦级机组计算，反应堆首炉料核燃料组件一般需要 300~400 吨八氧化三铀经纯化提炼后制成，换料每次则需要近 200 吨。湖山铀矿每年生产 6 500 多吨可以满足 20 多台机组的需求。目前，中广核就有 19 台机组在运行，还有 9 台机组在建，对天然铀的需求量是相当大的。这也是中国政府鼓励企业"走出去"找资源的原因所在。

其次，我们在纳米比亚建设的是国际一流的铀矿，既然做了国际化的项目，开发使用了国际资源，产品的销售也是两个市场，我们不会放弃国际市场的销售。这就是中广核铀业为什么在伦敦有一个国际销售公司的目的所在。

我认为，从国家铀资源保障的长远目标考虑，继续加大海外开发力度，走出去找资源是未雨绸缪之举。

纳米比亚展示国家实力的一张"名片"

赵忆宁：纳米比亚总统根哥布在中非合作论坛约翰内斯堡峰会上，向习近平主席和 42 位非洲国家元首、政府首脑介绍说，"这个矿山给以前失业的纳米比亚人的生活带来了意义和希望，我们欢迎这些项目，这就是为什么我们来参加中非合作论坛，意图增强与中国的关系，寻求更多的双赢机会"。在国际会议上，较少见到国家总统谈及一个项目，而且把一个投资项目与国家经济发展和双边关系联系在一起。

郑克平：是的。即使与非金属矿相比，湖山铀矿也属于超大型矿业投资项目，湖山铀矿是迄今为止中国在非洲最大的实业投资项目，有望使纳米比亚成为世界第三大天然铀生产国和出口国，大大提升纳米比亚矿业的国际竞争力。

总结起来湖山铀矿项目对纳米比亚有几方面的贡献：第一是对经济增长的贡献，湖山项目达产后，将使纳米比亚国内生产总值每年净增约 5%。第二是投资的贡献，根据中国驻纳米比亚使馆的统计，中国企业在纳米比亚的总投资为 30 亿美元左右，湖山铀矿一个项目的投资占到 73%。第三是就业的贡献，2013 年 4 月正式动工，建设过程中提供了 7 000 个建设就业岗位，投产后将为纳米比亚提供 2 000 个永久就业岗位，加上就业连带关系，给纳米比亚带来的就业岗位是几万个，这也是根哥布总统大加赞许的主要原因之一。第四是税收的贡献，项目达产后每年产量约为 6 500 吨八氧化三铀，每年向纳米比亚政府上缴的企业所得税将高达 11 亿~17 亿纳元。第五是进出口额的贡献，每年将对纳米比亚年出口贡献约 70 亿纳元，使纳米比亚进出口增长约 20%。

赵忆宁：这些数字非常震撼，一个项目的溢出效应如此之大确实不多见。湖山铀矿是一家股份公司，中广核、中非基金与纳米比亚国家矿业公司在项目的股比分别为 54%、36% 和 10%，纳米比亚国矿占股比最小。但是经常有报道称，纳米比亚国家领导人陪同非洲其他国家总统一并前来，他们为湖山铀矿自豪的原因是什么？

郑克平：湖山铀矿是纳米比亚国家的骄傲。国家政要到我们这里来就像走亲戚一样，对湖山铀矿充满着亲情，原因就是项目和纳米比亚国家经济发展紧密相连、中纳历史友谊相传。在我们的施工营地——湖山村，总共有 4 000 多个床位，在非洲称得上是个超级案例。2014 年 5 月 8 日采矿生产开工时，纳米比亚前任总统波汉巴来到项目现场，他在湖山村里转了一个多小时。为什么？因为波汉巴总统出身于矿工，对工人的生活有切身感受。他感叹道："我们那时的矿工哪有这么好的条件，湖山村的条件比温得和克的一些酒店都要好。"

整个营地项目的基建部分占地 37 公顷，投资了 2.5 亿纳元；另外运营费用为 1.6 亿纳元。按照当时的汇率计算总共加起来 4 000 多万美元。

赵忆宁：我看到了，工人住的营地是酒店式管理，有空调、浴室和食堂。在一片荒漠中建设这样的营地，是其他投资者难以企及的，这里毫不逊色于中国二滩水电站的欧方营地，只是自然环境存在差异，你们在苍凉大漠深处增添了一抹现代化的色彩。

郑克平：项目建设和运营一直受到纳米比亚总统、总理及各个部委的关注和支持。纳米比亚开国总统、前总统、现任总统、总理及多位部长都来现场考察，特别是现任总统在 8 个月内两次到湖山，他对我说，他一向敬佩"能在贫瘠之中创造出一番天地的人"。

根哥布总统十分自豪地向非洲国家展示这一伟大工程，他曾分别邀请赞比亚总统伦古和马里总统凯塔访问湖山。赞比亚总统伦古在现场留言，"项目投资巨大，令人折服，它是中国人民对非洲承诺的象征。"马里总统凯塔在湖山访问时表示，"湖山矿规模宏大，不愧为世界级铀矿。"根哥布总统回应说，马里和纳米比亚的情况类似，地下都有钻石、黄金和铀矿，他建议中广核在马里再建一个湖山铀矿。凯塔总统在留言中写道："此次到访湖山项目给我留下了十分深刻的印象，也有重大的收获。非常感谢能有机会亲眼看见一个全新的纳米比亚在崛起的道路上迈出的重要一步。纳米比亚万岁！伟大的纳中两国合作万岁！中非合作万岁！"

实际上，湖山铀矿项目不仅成为展示纳米比亚国家实力的一个窗口，也成为纳米比亚现代工业化的一张国家名片。

湖山项目高度契合纳米亚国家发展规划

赵忆宁： 中国人到非洲投资矿产资源也引起了一些争议。你如何看待？

郑克平： 矿产资源开发的问题一定会有不同的视角和看法。纳米比亚媒体自由度非常高，确实有媒体在报纸上指责政府吸引外资的政策。根哥布总统在公开场合表示："我们虽然拥有钻石、黄金和铀矿资源，但这些资源都在地底下，并不能当饭吃，只有请投资者进行开发，才能释放资源的隐藏价值。中国投资者在纳米比亚投入的是真金白银，纳米比亚每年的经济总量不到100亿美元，而湖山项目投资巨大，给我们国家带来的就业、税收、技能提升方面的贡献是显而易见的，我们欢迎这样的投资者。"一个最重要的背景是近些年来世界大宗资源性产品价格下降，使撒哈拉以南近1/3的国家处于经济总量下滑的痛苦之中。在非洲国家还没有形成工业化能力的时候，凭借已有的资源吸引新的投资伙伴以推动经济增长是一段时期内面临的紧迫问题。

赵忆宁： 总统根哥布在约翰内斯堡峰会上说："非洲现在是自由的，我们有自由处理我们选择的交易，我们已经从单纯的资源出口升级为重视增值、技能开发和技术转让项目。"湖山项目在这三个领域为纳米比亚带来哪些增值？

郑克平： 纳米比亚于2004年6月颁布《2030年远景规划》，国家第三个五年计划（NDP3）确立了知识经济和科技立国、经济竞争力、自然资源有效利用与环境可持续发展等8个关键领域的发展目标，我们的项目在工业化、基础设施建设、培训教育、自然资源有效利用和环境可持续发展等方面与之高度契合。以出口为例，湖山项目投产之后，每年需要进口大量试剂和消耗品，年进口总量在30多万吨左右，相当于2015年纳米比亚货物进口总量的约10%。我们所有的进出口货物都要从鲸湾港走，每天将有几十辆货运车往返于斯瓦科普蒙德与鲸湾之间。基础设施的提供与经济发展之间是线性关系，目前鲸湾港集装箱码头货物吞吐量能力有限，加上老码头个别泊位维修存在滞港问题，导致港口使用费较高，中国港湾正在帮助港务局扩建集装箱码头。

赵忆宁： 我看过一张努乔马总统站在你们修的公路上的照片，他发自内心的喜悦很有感染力。

郑克平： 那是我们在 2014 年 5 月 7 日道路开通仪式上的照片。我们刚到这里时还是一片荒漠，要建成一个现代化的工厂，有太多的大型设备要从港口运到这里，原来的沙漠公路的承载和宽度满足不了大型设备运输等级的需要。所以我们修了这条与纳米比亚最高等级公路（B 级沥青路）相当的进场道路，总长 22 公里，总投资近 2 亿纳元。

对纳米比亚而言，交通基础设施建设仍是促进增长与减少贫困的关键手段，虽然纳米比亚拥有非洲最好的道路交通设施，全国公路总长约 3.5 万公里，但是大多是砂石路和土路。根哥布总统非常看重这条路，他称赞我们在贫瘠的山丘与山脉中，建设了一条通向现代化的高速公路。同时，我们还投资建设了一条 65 公里长的输水管线，为沙漠带来新生和希望。这些都已经建设完成，我们还会考虑将现场营地的部分预制房屋用于扶持社区建设，以回馈社会。

赵忆宁： 这个项目在技能培训方面做了什么？

郑克平： 纳米比亚是人力资源较缺乏的国家，湖山项目的目标是建成世界一流的矿业企业，所以十分注重对员工的技能培训。湖山承包商工人和运行操作员、维修工在上岗前都要经过培训，考核通过后再上岗，我们在培训方面的投入近 2 亿纳元。比如矿车设备驾驶员的培训，都是使用有矿山道路实景的 3D 模拟机培训和现场实操培训，由于湖山矿车装载量达 330 吨，车斗大小差不多半个网球场那么大，所以培训上岗是必需的。在我们投资 600 多万美元的实验室，聘请雇用了 60 多名当地员工，每个月要试验出 7 万个样本结果数据，同样，实验室员工也要进行岗前培训。

中国企业在纳米比亚投资面临的挑战

赵忆宁：在现场我看到水冶装置正在试运行，铀的水冶纯化需要大量的水资源，而纳米比亚目前缺水缺电，是否能够保证生产的需要？

郑克平：是的，水的问题相当大，最主要的是降雨量小，矿山所在地域年平均降雨量才大约 30 毫米。2016 年 6 月下了一场至少是十年一遇的暴雨，16 个小时内降雨量达到 38 毫米。一般湖山铀矿所在地每年只有一两场毛毛雨。干旱气候对矿山的生产来讲是好事，但造成生产用水价格很高又是坏事。在我们附近有三大矿山，用的是海水淡化的水，每吨水的价格超过 4 美元，而居民用水主要是来自地下水，价格机制不同，但地下水资源越来越少，长远来看，当地居民势必也得依靠很大份额的海水淡化水。为此，总统内阁专门成立了包括矿业与能源部长、水利部长、环境部长组成的水资源委员会，商讨如解决水危机的问题。

赵忆宁：海水淡化使用的是什么技术？为什么成本这么高？

郑克平：实际上成本高并不完全是采用何种海水淡化技术造成的。由于海水淡化生产、供水涉及不同参与单位，所以水价由三部分组成：一是淡化厂设施费

湖山铀矿水冶厂夜景

用（这个海水淡化厂是由法国阿海珐在纳米比亚开始建铀矿时建设的，但是由于其暂停铀矿生产，所以海水淡化厂闲置）；二是海水淡化厂耗电费用（纳米比亚电力公司）；三是输水管线费（纳米比亚水务公司）。铀矿用水价格大概是居民用水价格的 5 倍。由于缺水和缺乏资金，纳米比亚政府近期鼓励采取 PPP 的方式以吸引外来投资者建设海水淡化厂。

赵忆宁：纳米比亚是全球最大的铀资源产地之一，就电力供应来讲，纳米比亚是否有发展核电解决电力短缺的计划？

郑克平：目前纳米比亚全国装机容量约 60 万千瓦，包括水电、煤电和太阳能，实际年电力需求大约是 100 万千瓦的装机容量，所以纳米比亚部分用电是从周边国家购买的，属于缺电国家。根哥布总统是纳米比亚独立后的首任总理，在其第二次担任纳米比亚总理期间访问中国时，受我们的邀请访问了中广核大亚湾核电基地。纳米比亚前任矿业与能源部部长也曾经考察中广核大亚湾核电基地，他当时向我们提出希望引入中国的核电技术，以提升纳米比亚的工业化与技术水平。

中广核铀业将进入世界天然铀生产前五名

访中广核斯科公司党委书记、高级副总裁彭新建

彭新建出生于1966年，毕业于中国地质大学和南京大学，获得工学博士，现任中广核铀业发展有限公司总工程师，中广核铀业斯科有限公司党委书记、公司运作高级副总裁。彭新建先后在中国核工业集团公司和中国广核集团公司从事铀矿勘查、开发的技术和管理工作，曾在日本、哈萨克斯坦、纳米比亚等国家从事海外铀资源勘查、开发的技术研究和项目管理工作多年；他曾参与我国天然铀发展规划、中国能源安全评价研究等多项国家重大研究项目，是一位具有研究、管理与市场实操经验的人才。

"从规模上讲，我们现在已经跨进世界前五的阵营，要想真正成为前五，需要练好内功，补上短板，有规模和产量不等于有能力，特别是技术能力与可持续发展能力。中广核铀业公司作为一个新进入者，我们是使劲往前奔跑的人，甚至是边跑边系鞋带，核心能力、技术能力都处于成长期。但是我相信，如果再给我们 10 年的时间，我们能够成为真正的前五。我想，湖山项目的建成，是中广核铀业迈入世界主要天然铀供应商行列的重要基础，我们在世界天然铀市场的地位和话语权将大大提升，这样的收益是无价的。"

中国不是贫铀国

赵忆宁： 铀与人们的日常生活看似很远，但是铀与核相连就不陌生了，比如核电站、核武器。你是地质专业的博士，又长期从事铀矿地质及铀矿海外开发工作，能否介绍一下铀矿资源及其在全世界的分布情况。

彭新建： 关于全世界的铀资源，其实记住一个大的概念就可以了：全世界铀资源量以及开发与生产能力，可以满足现有全球核电及规划的核电发展需求。这个结论来自经合组织核能机构（OECD Nuclear Energy Agency）与国际原子能机构（IAEA）的最新报告《铀资源、生产与需求—2016》，目前已经是第 26 版。此报告是基于 37 个国家的官方数据，提供了 49 个铀生产和消费国的相关分析和信息得出的结论，除了评估 2015 年铀供应和需求情况外，该报告还对 2035 年的趋势进行了预测。之前一版的红皮书有一个结论，铀资源是"绰绰有余"的。也就是说，人类已经发现的或者待发现的铀资源足够我们发展核电的需求，至少可以满足几十年或者 100 年的需求。更长远的未来，可变的因素很多，比如核电技术本身的发展，极大地提升铀资源的利用效率，会对铀资源的需求产生革命性的变化。

赵忆宁： 在你们专业领域，如何划分界定经济可采与高成本资源?

彭新建： 经济可采是任何矿产商业性开发都需要遵循的原则，经济可采是一个技术加经济的概念，甚至还牵涉政策层面的因素，最终表现为开发的收益，是一个动态的概念。目前，国际原子能机构把开采成本分为"小于 40 美元每千克铀，40~80 美元每千克铀和大于 130 美元每千克铀"三个段位，应该说是一个参考信息。真正的经济可采是需要结合不同的项目具体测算的。比如，某一个铀矿，其直接生产成本可能不高，但其所在国家的税收政策、地方的各种限制条件等，可能导致该铀矿成为不经济可采。

关于高成本资源，一般就是指生产成本较高的铀资源，比如国际原子能机构是指成本大于 80 美元每千克铀的铀资源。

赵忆宁：但是，国内有学术观点认为中国是贫铀国。

彭新建：我并不认同这一观点。中国的铀资源占世界铀资源的比例不能说小，但中国铀资源的特点是大矿少，分布广而散，类型全，总量并不少。我们所在的纳米比亚，湖山矿有 30 万吨 U_3O_8，罗辛矿有 21 万吨 U_3O_8，兰格海因里希矿也有 6 万吨 U_3O_8。更不要说哈萨克斯坦、加拿大等国的铀矿资源，都是几万到几十万吨级的大矿。近 20 年来，中国在北方中—新生代盆地中发现了不少砂岩型铀矿床，采用地浸方法开采，取得了较好的进展，较大提升了中国铀资源的总量和经济水平。比如，新疆伊犁盆地已探明有较大规模的铀矿资源/储量，并即将建成年产 1 000 吨级的铀生产基地；近期在鄂尔多斯盆地发现多处有望成为大型、特大型砂岩型铀矿床的区块，正在进行开采试验研究；松辽盆地也发现了具有一定规模砂岩型铀矿并投入生产。所以，中国并不是贫铀国，我们缺乏的是对铀资源的深入勘查和开采方法的研究提升。

赵忆宁：什么叫大矿？

彭新建：大于 3 000 吨的叫大型矿，1 000 吨到 3 000 吨叫中型矿，500 吨至 1 000 吨的叫小型矿，这是中国过去对硬岩型铀矿的分类标准。对可地浸开采的砂岩型铀矿，大于 1 万吨的为大矿。我没有见到过国外有类似的分类标准，至少一个矿要达到万吨级，否则基本上就不开发了。

赵忆宁：行外人确实不了解。

彭新建：中国的铀矿总资源量不少，但是块头小。我们小时候在农村捡肥，有人捡到的是牛粪，有人捡到的是羊粪，可能要捡几百个羊粪蛋才抵得上一泡牛粪，差别就这么大。虽然我们铀矿的规模小一些，但资源总量加总起来并不少。

布局世界四大铀资源区

赵忆宁：正是因为这个原因，你们才走出去找铀矿的吗？

彭新建：2003—2005 年，我曾参与国家铀资源开发规划的制订。在这项规划中首次提出"坚持内外结合，合理开发国内资源，积极利用国外资源的原则"，并提出了"建立国内生产、海外开发、国际铀贸易三渠道并举的天然铀资源保障体系"。2006 年，发改委组织了大型研究课题，对我国能源安全状况进行评价，我负责铀资源安全保障研究，当时我们也提出了要加大海外开发、建立经济安全的海外供应渠道的建议。事实证明，目前中国核电发展所需的铀资源大部分来自海外，国际市场依存度高达 80% 以上。可以说，核电发展对铀资源经济安全供应的需求，是我们"走出去"的原因和动力。

赵忆宁：铀资源保障的方向明确后，就是如何寻找和利用国际资源的问题，包括如何走以及走到哪里去？

彭新建：2006 年，中广核铀业发展有限公司成立的时候，国防科工委批准我们的业务范围就是天然铀的海外开发与国际贸易。所以我们一开始的业务就是做天然铀的国际贸易和海外资源开发，从哈萨克斯坦起步。我们选择"走出去"的目标国或地区，是基于对世界铀资源分布以及对探明铀资源的所有者和生产商的深入研究，也包括对世界天然铀市场的深入分析。我们确定的基本原则是，瞄准世界铀资源丰富的地区，包括中亚、澳大利亚、南部非洲和加拿大。尽管世界其他地区也有较多的铀资源，比如俄罗斯、蒙古、南美和中北部非洲，但海外铀资源开发在考虑自然资源的同时，必须十分谨慎地考虑政治、经济、法律环境，以及外部交通、能源供应、水资源保障、工业基础、人员技能，甚至宗教文化等诸多因素。因此，我们选择上述四大目标地，作为我们"走出去"的范围。

赵忆宁：能讲讲你们在这一过程的经历吗？

彭新建：2006 年，我们开始和哈萨克斯坦国家原子能公司商谈合作，经过一年多的努力，于 2008 年 10 月达成合作协议，12 月成立合资企业，开采哈萨克斯坦的伊尔科利和谢米兹拜伊两个地浸砂岩型铀矿。我本人全程主导或参与了这个项目的技术尽职调查、合作协议谈判、合资公司组建和外派管理工作。2009 年初，我受中广核委派，到哈萨克斯坦谢米兹拜伊铀合伙企业工作 2 年，负责接管伊尔科利铀矿和建设谢米兹拜伊铀矿，待两个铀矿都进入正常生产后，于 2010 年回国。

之后，我们在澳大利亚收购上市公司 EME（能源金属公司），获得了 4 000 多平方公里的勘探权区块，并取得了在澳大利亚开展天然铀贸易的资质。2012 年 11 月，首批产自澳大利亚的天然铀产品运抵国内，开辟了我国从澳大利亚进口天然铀的重要渠道。

此外，我们还和乌兹别克斯坦地矿委合作，成立了铀矿开采和勘查合资公司，取得了联合开发几个硬岩型铀矿的资格，并拿到乌兹别克斯坦砂岩型铀矿区块。

2010 年，中广核着眼非洲地区，紧盯当时世界重大铀矿发现——罗辛南铀矿（收购后更名为湖山铀矿），开始前期工作。我从哈萨克斯坦回国后，参与到该项目的前期工作中，负责技术工作、外派队伍招聘、培训。2012 年 4 月，完成了对罗辛南项目 100% 的收购，并于当年 8 月外派到纳米比亚工作。现在的湖山铀矿，就是我们经过 2 年多前期工作，3 年多建设工作的成果。湖山铀矿无论从资源量、产量，还是从管理控制程度上讲，都是我国在海外铀资源开发中的重大项目，完全由中广核自主组织、管理，是我们自己的铀矿，是对国家铀资源供应保障的压仓石项目。

2016 年我们还在加拿大成功入主了一家加拿大上市矿业公司，取得了一个高品位铀矿的开发权。至此，我们完成了世界四大产铀区的战略布局。

赵忆宁：哈萨克斯坦伊尔科利和谢米兹拜伊铀矿的年生产能力是多少？

彭新建：两个矿设计年产能总计为 1 430 吨铀，其中，伊尔科利铀矿年产 750 吨铀，谢米兹拜伊年产 680 吨铀。投产后，经过不断摸索改进，两个矿都表现出了较好的技术状态。2009 年我们在哈萨克斯坦拿回在海外生产的第一桶铀，具有十分重大的意义，对"走出去"是一个巨大的鼓舞，更加坚定了"走出去"的信心。

赵忆宁：四大铀矿资源区是如何排位的？

彭新建：从资源量来讲，澳大利亚是最多的，但以伴生铀资源为主；哈萨克斯坦的铀资源排名世界第二,且几乎都是低成本的可地浸开采的砂岩型铀矿,经济性最高;加拿大铀资源量排名第三,其特点是分布集中,品位很高,但开采难度大,经济性总体也很好;非洲的铀资源,总体而言,类型多,品位偏低,经济性中等。从产量来讲,中亚的哈萨克斯坦在 2009 年超过加拿大成为世界第一大产铀区,根据 2015 年数据占到世界总产量的 39%;加拿大多年以来是世界上最大的产铀国,2009 年后屈居第二,约占全球产出的 22%;而澳大利亚的铀产量排名第三,但由于经济性以及矿业市场低迷,有减少的趋势;非洲的纳米比亚提供世界铀矿产量的大约 10%,随着湖山铀矿的投产,纳米比亚将超过尼日尔成为世界第四大产铀国。

铀矿投资建设与市场价格

赵忆宁:在矿业资源类的央企中,应该说中广核的海外开发是最成功的,但是 2011 年日本福岛核事故后,在投资领域以及 U_3O_8 价格也是受到了冲击。

彭新建:福岛核事故发生后,冲击首先表现在铀市场价格的下跌。U_3O_8 的价格在 2007 年时达到顶峰,每磅 U_3O_8 达到 137 美元,2011 年价格在 70 多美元,之后下降到 40 美元左右。除了事故以及日本核电重启不确定因素外,德国核电的关闭计划等市场信息都意味着未来将减少铀的预期需求。但是核电在世界能源结构中的重要地位并没有改变,天然铀的长期需求仍然是增长的,而资源确是有限的。因此从长远来看,中国仍然需要在海外投资铀资源。

赵忆宁:但是你们完成收购恰恰就是在福岛核事故发生的一年之后,为什么要逆势而行?

彭新建:我们没有停步的原因:一是中广核本身有强大的核电市场需求,另外,国家的核电发展虽然出现了曲折,但是并没有停步;二是我们对核电发展的长期是有预判的,对世界铀资源的长期供应格局也有分析,从中长期来看,天然铀产能是会有缺口的。天然铀资源不可重生,福岛核事故造成的市场冲击,从某种意义上讲是给收购和未来开发带来了好的契机,降低了收购成本和建设成本。有这么一个大的市场需求背景,我们还是要继续做,虽然遇到了很多困难,但是总体还是比较平稳的。在这期间，两个项目比较抢眼：一个是加拿大雪茄湖铀矿，另一个就是纳米比亚的湖山铀矿。国际核能机构认为，全球铀矿勘探和矿山开发支出增加10%，很大程度上归因于这两个项目的开发。

赵忆宁：这一轮价格周期还有多长时间？

彭新建：矿业市场本身有一个周期，不同的学术观点说法不一。铀矿作为能源资源，同时又是战略资源，其市场在遵从矿业市场规律的同时，还有其他的影响因素，我不能具体判断有多长的时间。但结合各种因素考虑，一个总的趋势是要开始复苏，价格必然要逐渐向上爬坡。

赵忆宁：你在海外有多年的经验，湖山铀矿的建设有什么不同吗？

彭新建：坦率地讲，铀矿资源开发是成熟的技术，也没有太多的科技含量，最多是技术提升方面，比如运用信息化、互联网、云计算的数字化矿山体系，进

赵忆宁与湖山铀矿外方员工

行精细化管理；另外就是要高度关注中西方文化的融合，形成可持续发展的文化氛围。所以说在海外做铀资源开发，技术问题并不是第一重要的，最重要的是战略眼光。

赵忆宁：但是我从北京得到的消息说湖山铀矿的国际化程度很高，是不得已而为之？

彭新建：不是不得已而是主动为之。中广核铀资源海外开发 10 年了，建设过程中抓主要矛盾——投资控制，而不是所有事情自己干，这是我们必然的选择。到现在为止，中广核铀业公司只有大约 50 人左右的铀资源开发专业技术人员，同时我们做的国际项目，大多充分利用市场资源。中国建立了完整的工业体系，可以充分利用高校、设计院、研究院，拥有众多资源，还可以利用国际资源。湖山项目聘请国际上大的工程公司、设计公司，挑最好的公司为项目服务。此外，到纳米比亚投资，企业也理所当然地要承担社会责任，带动当地经济、社会发展，为我们扎根本土、持续稳定发展奠定基础。很多实践经验表明，本地化做得好是项目成功的一个重要经验。因此，湖山铀矿有较高的国际化，是我们找到了最合适、最有效的方式。

赵忆宁：湖山项目建成，除了资源之外，还将带来什么样的收益？

彭新建：从规模上讲，我们现在已经跨入世界前五的阵营，要想真正成为前五，需要练好内功，补上短板，有规模和产量不等于有能力，特别是技术能力与可持续发展能力（参见表 1–1）。中广核铀业公司作为一个新进入者，我们是使劲往前奔跑的人，甚至是边跑边系鞋带，核心能力、技术能力还处于成长期。但是我相信，如果再给我们 10 年的时间，我们能够成为真正的前五。我想，湖山项目的建成，是中广核铀业迈入世界主要天然铀供应商行列的重要基础，我们在世界天然铀市场的地位和话语权将大大提升，这样的收益是无价的。

同时，我们在核心能力建设方面也有一系列措施和行动，比如，在建设湖山铀矿的初期，我们紧急招聘了 20 个毕业生，其中有 19 个来到湖山。4 年过去了，他们已经入门，如果再给他们几年的时间，就能够成为小专家，再过十年八年就能够成为大专家，这些人今后就是我们能力提升的载体。

表 1-1　2016 年世界十大铀矿公司排名

排名	公司	国家	产量（吨）	占世界%
1	麦克阿瑟河铀矿	加拿大	7 354	12
2	特尔库特蒙库姆铀矿	哈萨克斯坦	4 109	7
3	奥林匹克坝铀矿	澳大利亚	3 161	5
4	索麦尔铀矿	尼日尔	2 509	4
5	尹凯铀矿	哈萨克斯坦	2 234	4
6	布德诺韦克奇 2 期铀矿	哈萨克斯坦	2 061	4
7	南尹凯铀矿	哈萨克斯坦	2 055	4
8	普利阿斯凯铀矿	俄罗斯	1 970	3
9	兰格海因里希铀矿	纳米比亚	1 937	3
10	中央姆库杜克铀矿	哈萨克斯坦	1 837	3
总量			29 227	49
—	雷茄湖铀矿	加拿大	1 130	7
—	湖山铀矿	纳米比亚	6 500	11

计算数据来源：World Nuclear Association: U_3O_8biz。

1. 雪茄湖铀矿是世界最高级别的铀矿山，商业生产始于 2015 年 5 月，预计 2017 年底将占全球铀总产量的 7%。

2. 湖山铀矿 2015 年底进入试运行，设计生产能力在 2016 年世界铀总产量不变的条件下，预计占全球铀总产量的 11%。

一个非洲工程项目部对国际化和本地化的探索

访中国港湾纳米比亚分公司经理、纳米比亚鲸湾项目经理冯元飞

冯元飞，1998 年到 2004 年在孟加拉国三期公路项目任土方分部经理、副总工程师；2005 年参加中港集团境外高级项目经理研修班，赴英国科斯塔因（COSTAIN）公司交流；2006—2009 年，任中国港湾驻阿尔及利亚办事处经理，负责北非地区阿尔及利亚、摩洛哥、突尼斯、利比亚等国的区域市场开发；2009—2014 年，任中国港湾工程部亚洲和非洲处经理，分管亚洲与非洲项目，包括著名的缅甸马德岛皎漂港项目；2014 年，担任纳米比亚鲸湾项目部经理。他所在的非洲南部区域公司业务覆盖 9 个国家，包括南非、安哥拉、莫桑比克、马拉维、赞比亚、波茨瓦纳、津巴布韦、纳米比亚、马达加斯加。他在负责两个大型项目施工的同时，还肩负着纳米比亚市场的开拓工作。

工作千头万绪，但冯元飞是个外表平和的人，如果走入他的内心，会发现外表平和是他待人的态度，而他的内心却蕴藏着创新探索的能量。2014 年 5 月，中国港湾承建的纳米比亚鲸湾港集装箱码头扩建项目开工，项目合同额 3.8 亿美元；2015 年 1 月，中国港湾承建的纳米比亚鲸湾油码头和油储设施项目开工，工程合同额约 3.6 亿美元，两个项目的合同额总计超过 7 亿美元，在海外承包工程中属于大型项目。

冯元飞担任这两个项目的经理，管理两个作业内容跨领域的项目，要面对不同的业主、咨工、设计和施工分包单位，实属不易。给人留下深刻印象的是他在项目部所做的国际化、本地化的探索性创新。

在日本和中国之间我们选择了中国

赵忆宁： 纳米比亚集装箱扩建项目是你们进入这个国家后拿到的第一个项目？过程中遇到什么困难吗？

冯元飞： 2005 年，我就接触过纳米比亚的项目，当时我们与一家中资企业合作火电项目，集装箱扩建项目从那个时候就已经开始跟踪了，10 年后才把它拿下。其实这个项目是日本人做的早期规划，后来项目在决定给中港授标后，日本驻南非大使专程飞来纳米比亚（日本在纳米比亚没有大使馆），就这个项目的事找纳米比亚政府。所以到现在为止，纳米比亚港务局在讲这个项目的重要性时经常说，我们现在选择了中国港湾，实际上是在日本和中国之间选择了中国，选择了与中国的合作，这个项目直接关系到两国政府的关系。

赵忆宁： 按照常理讲，谁做规划谁中标概率会大一些？当时参与竞标的都有哪些公司？

冯元飞： 这是一个现汇项目。参与集装箱扩建项目竞标的共有 7 家公司，包括 3 家中国公司。之前我们希望把这个项目做成优买、优贷，就是使用中国资金的政府框架项目。为此，中国进出口银行来过两次，但是纳米比亚对中国资金不是很感兴趣：首先是认为中国贷款利率偏高，不能和日本百分之零点几的利率或者零利率相比；而德国借给纳米比亚的资金甚至不要利息；其次是中国资金往往附带一些条件，比如项目由中国公司实施，还要使用中国标准。

赵忆宁：虽然中国在非洲的借贷没有政治条件，但我们现在有商业附加条件。

冯元飞：纳米比亚是一个法律体系完善的国家，基本上与南非没有差异。该国的招标法规定，政府项目必须要公开招标，业主只有在招标完成后无资金来源的情况下，才考虑中标方提出的融资方案。但在一般情况下，招标的时候已经考虑资金的来源了。因为纳元与南非兰特挂钩，汇率波动很大，业主要考虑汇率风险的问题，不愿意美元借贷，基本上都是以当地货币结算，所以最终业主选择了从非洲发展银行融资。我们承接的集装箱和油码头工程，加上意大利公司做的一个水坝项目，总共加起来合同额为 10 多亿美元。

赵忆宁：纳米比亚的国家经济体量小，GDP 只有 120 多亿美元，三个大项目投入超过 10 亿美元，可以说是举全国之力了。国家规避了汇率风险，但是对承包商则带来了汇率的风险。你们如何应对？

冯元飞：纳米比亚元与南非兰特挂钩为 1∶1 的比率，南非的汇率波动很大，所以南非的经济波动会迅速波及纳米比亚。2013 年我在南非待过一个月，当时南非兰特与美元的汇率是 8∶1，当我几个月之后来到纳米比亚做项目时，已经变成 10.5∶1。我们的项目就是以纳米比亚元结算的，这是投标的商务条件。当时我们已经意识到汇率风险很大，坚持部分美元支付，谈判很艰苦，纳方在最后的时刻同意承担部分风险。同时，我们采取了一定的金融手段进行风险对冲。未来如果有中国的金融企业为我们海外项目保驾护航就再好不过了。

挑战硫化氢气体与硅藻土岩层

赵忆宁：仗让你们越打越精了，使用的工具也越来越多了。项目施工从工程技术方面应该没有问题吧？

冯元飞：是的，但是集装箱码头施工时，我们遇到了特殊的硅藻土地质，这是我们施工经验中没有遇到过的。经过查询，世界其他国家在这种地质上施工的项目也并不多，之前只有墨西哥的一个项目和日本的关西机场。

赵忆宁：日本大阪关西机场从建设开始就一直在沉降，目前机场所在的人工岛已经下陷了十多米。

冯元飞：对。硅藻土由单细胞水生植物硅藻的遗骸沉积所形成，独特的构造导致孔隙率大和密度较低，所以我们聘请了有丰富国际工程经验的丹麦科威咨询公司（COWI）做咨询与评估。

　　赵忆宁：为什么首先想到的是科威而不是中国公司呢？

　　冯元飞：首先考虑的是经验和实力，此外，科威名气大，我们也希望客户放心。除了硅藻土层之外，我们在承接这个项目之前就知道集装箱码头施工区域的土壤中有硫化氢有毒气体。在集装箱码头填海造地和疏浚时，硫化氢气体受扰动后外溢，会损害人体的中枢神经系统和呼吸系统，接触极高浓度的硫化氢后可导致呼吸骤停，也可数分钟内昏迷，因呼吸骤停而死亡。当时港务局业主告诉我们，他们曾请国际某知名的疏浚公司进行维护性挖泥，实施过程中由于疏忽打开了驾驶舱窗户，导致驾驶舱里的所有船员都短暂地失去了意识，在10分钟的时间里整个船处于失控状态，非常危险。

　　当知道现场施工中可能遭遇硫化氢气体侵害以后，我们把保障安全提到最高级别，项目未开工前，就聘请了四川天宇石油环保安全技术咨询服务有限公司做咨询和评估，他们是油气行业公司，了解硫化氢，水工领域施工硫化氢极为罕见，我们对硫化氢是一无所知。项目开工后，为保障施工现场安全，聘请的是新加坡的拉特里奇勘探公司（Rutledge E&P Pte.Ltd），他们提供了专业的硫化氢防护方案，从硫化氢防护措施、施工船的改造等方面给出了专业的建议。所以在船调遣到纳米比亚之前，在新加坡这家公司的指导下，在国内对耙吸船进行了改造，包括船体、泥仓、排放、密封、监控、报警系统等。另外，施工期间该公司提供24小时驻场工程师的专业指导与监控服务。

　　赵忆宁：施工过程都要戴面罩？期间出现过问题吗？

　　冯元飞：疏浚作业时操作人员随身佩戴一个可维持30分钟的便携式氧气瓶，船上同时备有大型供氧储瓶。当探测器检测到气体浓度超过警戒值时，会自动发出警报，听到警报就要戴面罩，面罩内有扩音装置，船长会根据检测到的气体浓度依据应急预案下达进一步撤离或者戴面罩继续作业的指令。硫化氢不仅影响我们船上施工人员的安全，还会对原有码头上的工作人员乃至周围居民产生影响。我们在岸上布设了专人值守的监控设备，并和业主安全部门形成联动机制。因为高度重视，从工程开始到疏浚工作结束，项目没有出过任何硫化氢导致的安全问题。

展现工程管理的国际一流水准

赵忆宁：还有其他领域聘请国际公司吗？

冯元飞：做集装箱项目时，我们聘请了英国伊甸园国际公司（Eden International, UK）提供商务支持，还聘请澳大利亚沃利帕森斯（Worley Parsons）集团做项目设计的第三方独立审核，这是一家处于世界领先地位的专业工程公司。技术咨询公司聘请的是丹麦科威咨询公司。在油码头项目，聘请了一家巴西公司做第三方设计独立审核，德国的南德意志大中华集团（TÜV）作为油气等设备第三方建造，岸桥驻场监造是法国国际检验局（Bureau Veritas, BV）。

赵忆宁：在大的项目上，比如港珠澳大桥项目上看到过这种阵仗，全部用的是世界顶尖的咨询公司，那是千亿美元以上的工程，而这里只是普通的两个工程项目，你为什么要这样做？

冯元飞：作为中国港湾来讲，我在公司工程部做了很长时间，知道公司在项目管理方面的优势在哪里，需要提升的是哪些方面。比如，中国港湾在施工领域有很强的国际竞争能力，商务水平也达到了可以和国外知名公司同台较量的水准，但是在软环境方面还有差距，比如安全、环保、文件管理和意识层面。所以这个项目之后，我们希望进行提升管理水平的探索，如果能为公司在海外的项目管理方面积累一点经验就太好了。近些年来，中国港湾海外工程非常重视人才的国际化与本地化，我们在这个方面主动地做了一些探索。

赵忆宁：能详细讲讲吗？

冯元飞：在项目人员使用上，我们从全球市场聘请了多名经理层面的人员。首先是从希腊聘请了设计部经理祖巴纳基斯·鲁索斯（Zobanakis Roussos），项目在工程设计技术方面不存在任何问题，但是缘于项目设计的复杂性，需要和业主、第三方独立审核机构、监理以及执行团队有效沟通，所以需要一名有丰富沟通经验的设计管理人员，虽然支付的薪酬比较高，但是为了提升工程管理和能够近距离地学习，还是聘请了他。另外，我们还聘请了质量部经理菲奥娜·基尔（Fiona Keir），她是苏格兰人。她工作专业、认真，整个项目的文档体系全是她建立的，现在她不仅负责项目质量，也负责评审施工方案。正是从她那里，我们学习到西方公司的质量监管体系，虽然中国港湾也有自己的管理体系，两相比较，我们才可能看到差距所在。另外还聘请了一位菲律宾籍进度计划工程师，两个项目都要求用P6软件，现在国内这方面人才还是稀缺的。我们还从南非聘了一个安全总监，叫罗伯特·戴维斯（Robert Davies），其实他是英国威尔士人，正是鉴于两个项目的特殊性以及管理提升的需要，在工程安全方面不仅要有硬件的投入，也要在软件方面进行再投入，人才就是最有效的投入。安全部团队有一名中国工程师，其他4位都是外国人，罗伯特是安全总监，还有两名印度工程师和一名英国裔健康环境管理体系（HSE）培训工程师。他们的加入不仅加强了项目的管理实力，也使年轻员工英语、技术和管理水平很快提高，同时促进了多文化交流。

赵忆宁：难道中国人做不好安全工作吗？

冯元飞：当初我们曾想过中国人自己做，但是考虑到中国人的安全文化，比如关系好就拉不下脸来，你知道我们的分包商都是自己的兄弟单位；而国外团队则会严格按照要求去做，他们以规章为原则，不讲情面。过去我们是按照业主的要求去做，现在是我们要主动提升软实力，与国外著名工程公司竞争。基于这些考虑，咱们就用了这么多的外国人强力推进我们的工程安全理念。另外，从中国港湾自身讲，也在强调国际化与本地化。

赵忆宁：人们都明白聘请最好的人是有成本的，但项目的合同额是给定的，是否会压缩盈利空间？

冯元飞：这个项目的配置确实比其他项目的配置要高，高的目标当然有成本，但是还要算另外一笔账，即人才的培养与品牌效应。这是中国港湾在纳米比亚承接的第一个工程，我们肩负着打造中国港湾品牌的责任，同时也是为纳米比亚市场的开拓奠定基础。

赵忆宁：变化真快。2015 年我在"一带一路"沿线国家采访时，曾经调研了 40 多个中国公司海外承包项目，包括中国港湾的工程，除了监理工程师之外，在项目的重要岗位上基本没有外国人。没有想到在不到两年的时间里，一个工程项目的国际化程度已经如此之高，你们这样做的目的是什么？提升管理水平或者其他？

冯元飞：这样做的目的是希望提升工程管理水平。虽然我们在海外工程承包市场打败一个个大牌的国际知名公司，但我希望除了在工程技术与工程质量和工期短的优势之外，也能够展现工程管理的国际一流水准，比如与科斯塔因公司相比，我们在项目管理层面有不足的地方。项目管理的提高是没有止境的，引进国际专业的管理人才，尝试性地探索能否带来工程项目管理的提高只是一个方面，最终的目的还是为业主提供满意的产品，由此为公司带来利润。

赵忆宁：中国港湾要成为国际一流的经营管理型工程公司，与国际领先的同业公司比肩甚至超越，还有一段路。

冯元飞：是的。中交集团已经是国际知名承包商，但是我们的员工国际化程度还是比较低的。用中国人当然是熟门熟路，管理起来也驾轻就熟；而使用国际人才，因为理念和工作方式的不同，管理他们并不容易；项目部前后聘请了十几个直接参与项目管理的外籍员工，确实对管理者提出了新的要求，多用一个和你不一样的人就多一分管理难度，何况还是来自不同的国家和不同的文化背景，做每一件事情都需要沟通与协调。

利用当地资源为中国港湾项目服务

赵忆宁：我认为除了你讲到的两条之外，其实是与你的国际化视野分不开的，你曾经在英国公司做过几个月的交流，看到了国际化的公司是如何进行管理与使用人才的。人力资本的投入会带来不可计算的回报。我的问题是，你们的项目除了国际化外是如何本地化的呢？

冯元飞：雇用当地员工以及项目在本地的支出在合同中有明确的比例规定，本地化一是为满足合同要求，二是为推进公司当地化的总体战略。目前，在集装箱码头项目中，我们雇用当地员工 22.9 万工时，当地花费占到 33.06%；当地用工已经远远超出合同要求的数量。除此之外，我们主动使用本地的资源为公司与项目服务，为鲸湾两个项目聘请了当地的人力资源公司（Afrisay Group Holdings Ltd.）。纳米比亚是一个法律比较健全的国家，行业工会发达，政府劳动部门监管严格。我们刚进入一个新的国家，对当地的法律和诉求甚至一些习俗所知甚少，所以就请了这家公司为我们做法律法规与人文习惯的解读，以便我们做出正确的决定。这家公司总部在首都温得和克，在纳米比亚全国有十多家分公司。我们请他们帮我们做人力资源管理，主要是管理当地员工，从某种程度上讲，其实相当于项目部一个部门的功能。

赵忆宁：有实际的案例吗？

冯元飞：有，2014 年 9 月 22 日，集装箱项目发生了罢工事件，罢工的缘由是有两个工人的合同到期没有续约。那天早上还没有上班，有 70 多人聚集在营地门前静坐，有很多家媒体的记者在人群中。我们管理团队迅速与人力资源公司商议，要采取开放透明符合法律程序的做法。我们请记者们进入营地并发表一个简短的说明。主要观点是：这是一起不符合法律程序的非法罢工。这是人力资源公司给我们在法律法规上的专业意见。人力资源公司根据纳米比亚法律规定认为，按照纳米比亚法律规定，工人罢工要由所属工会书面通知公司，要写明罢工的目的、原因、时间、地点、参加人员和发起委员会的名单，而在事前没有告知雇主的罢工被视为非法罢工。

赵忆宁：集装箱项目刚刚开工 5 个月就发生了罢工事件，会牵动各个方面的神经吧？

冯元飞：是。我们首先感受到来自业主的压力，因为总统即将视察鲸湾港务局，所以港务局非常紧张。如果是按照正常的罢工处理程序，我们可能会有其他的处理方式，正是因为获得这家当地人力资源公司的信息，给了我们很大的信心，从被动变为主动。我们向总部表示，将按照法律处理罢工事件。按照纳米比亚的法律，雇主对非法罢工者有开除的处置权，所以，纳米比亚国家工人联合会（NUNW）秘书长找到我们，劝我们不要开除 77 名参与罢工的工人，最后与总工会达成一致，回来工作是有条件的，每个人给一个警告处分，再发生问题随时解除合同关系。

赵忆宁：这件事情的滞后影响是什么？

冯元飞：中国港湾获得了尊重。中国港湾作为一家国际公司，用什么来获取人家的尊重？要得到别人真正的尊重，我们必须提高自己的综合实力，包括硬实力和软实力，通过较量，让对方看到我们不同凡响或与众不同的一面，让对方认为你值得尊重。罢工事件的处理，让对方看到了我们是从内心深处承认对方法律权威与价值。如果我们按照惯常息事宁人的做法，就不会有后来的结果。

赵忆宁：最后什么结果？

冯元飞：到 9 月 29 日罢工结束，所有工人恢复工作。在召开的联合新闻发布会上，纳米比亚国家工人联合会秘书长代表罢工工人向中港管理层道歉，指责工人缺乏对劳动法的充分理解，未与雇主充分沟通导致了这次非法罢工。他说，罢工的组织者纳米比亚冶金联合工会（MANWU）隶属于纳米比亚国家工人联合会，他代表纳米比亚国家工人联合会和纳米比亚冶金联合工会为罢工给港口扩建这一重大工程带来的负面影响向中港道歉，承认自己作为工会领导者领导不善的责任，并承诺及时改进工作。他感谢中港以高姿态和专业的方式解决此次非法罢工。

赵忆宁：中方，比如忻顺康大使怎么评价这件事？

冯元飞：忻顺康大使的评价是："在中资企业里面你们开了处理这类事情的一个先例，打破惯常的思维处理这种很敏感的事情，有理有利有节。"经参处还专门请我就此事与中资企业做过一次交流。所以，使用当地资源非常重要。

赵忆宁：是的，对一个新的进入者而言，理解当地的法律需要有一个过程，而使用当地的资源实际上是减小了交易成本，为公司带来更高的附加价值，当然也包括你所讲的提高公司的信誉度。中交集团目前是全球国际工程第三大承包商，在海外有 100 多家分支机构，但从严格意义上讲还不是国际化的公司，所以看到你们这个项目的国际化和本地化的探索，对中交集团是有示范意义的。

冯元飞：中国港湾有关部门在考察我们的项目后，鉴于项目本身门类比较齐全，国际化、本地化也做得比较好，他们建议把鲸湾项目做成公司的一个人才培训基地。这个其实就是一个评价了。

赵忆宁：能概括一下你们的工程理念吗？

冯元飞：我们概括为"一个起点、两个打造、两个实现"。首先是高起点，纳米比亚对项目的要求是很高的，所以一开始给自己设定了高目标，要把非洲的项目当成是欧洲的项目做，当然就要具有较高的管理水平，包括商务管理、质量管理、安全管理与环保。其次是两个打造，即打造优质工程与优秀的团队，优质的工程首要的是有一个优秀的为港湾服务的团队。最后是两个实现，就是实现项目按期竣工和公司对项目要求的各项指标。在我的内心，培养一批人才，能够顺利高质量地完成项目就是我们现在的目标。你看墙上的字幅，之前是"兵贵神速"，我现在换成"观海听涛"了，即顺其自然静下心来。无论是市场经营还是项目管理，我们希望做"取势、明道、优术"，顺应形势，定好目标，提升管理，实现目标。

促进非洲的工业化与基础设施发展

赵忆宁：在中非合作论坛约翰内斯堡峰会上，习近平主席提出帮助与促进非洲国家工业化、基础设施等领域的发展，你们现在正在做的就是基础设施工程，加上中交集团的"五商中交"战略，在工业等领域是否有投资的考虑？

冯元飞：从整个非洲来看，纳米比亚是非洲国家中为数不多的政治稳定、区域安全的国家之一。他们自己也挺自豪的，虽然经济体量不大，但政治经济社会相对稳定、法律健全、基础设施满足了一般的需求，所以投资是相对安全的。纳米比亚现任政府也列出中非之间合作的方向，第一个就是工业化。为了响应国家和公司的战略，我们准备从渔业投资入手做点事情，寻找工业领域合作的机会，助力非洲工业化进程。非洲发展工业化已经讲了很多年，但是一直没有实质性的变化。

赵忆宁：是的，联合国从 1989 年开始设立非洲工业化日，每年都发表相关报告，现在已经 27 年过去了，非盟和非洲开发银行等也发表了很多声明倡议。但是，国际社会致力于非洲工业化的发展并不成功。

冯元飞：毫无疑问，工业仍然是拉动经济发展的主导力量，制造业仍是国民经济的支柱，依靠资源型产业会受到价格波动的影响，对非洲国家脆弱的经济带来致命的打击。所以非洲大多数国家推动工业化的发展首要任务是拉动经济；另外相关的是解决就业，非洲大陆高达 60% 的青年失业率严重地影响到社会稳定，而发展制造业具备吸纳并维持大量从业人员的能力。关于工业化，纳米比亚有强烈的发展意愿，但是要找到突破的方向。作为公司而言，投资一定是市场化的和能够盈利的，所以我们现在聚焦在渔业捕捞、养殖和加工领域。

赵忆宁：这儿需要养殖业吗？纳米比亚拥有 1 600 公里的海岸线。

冯元飞：纳米比亚国家法律规定，捕鱼是有配额限制的，为了保证渔业的可持续发展，每年的配额是给定的。但如果是近海养殖就不一样了，这里最出名的是生蚝养殖，我们将和渔业与海洋资源部对接，希望整合资源做一个渔业加工工业园，以捕捞和养殖渔业加工为突破口，加工就是工业化的范畴了。

赵忆宁：我今天去油码头项目时路过渔业加工区，看到有八九家公司，应该说渔业加工已经是初具规模了。

冯元飞：虽然初具规模，但是这些企业大多由西班牙、葡萄牙等西方公司控制。实际上，纳米比亚捕捞配额只发给当地人，这些渔业公司要从当地人处购买捕捞配额。我们希望和纳米比亚的渔业公司合资，这样既响应了习近平主席的倡议，也能给纳米比亚增加收入。

赵忆宁：另外也实现了"五商中交"的战略，是多赢。

冯元飞：是的。第二就是在农业领域，包括农业种植业以及水利工程方面的合作。第三个是跟我们关系更密切的基础设施升级改造，包括公路网、铁路网、航空的升级改造。现在我们正在建设集装箱码头，港口和物流密切相关。还有一个重点就是水资源。纳米比亚是一个缺少淡水的国家，国家的思路有两条路径：一条是之前纳米比亚希望引入位于安哥拉中北部的宽扎河（Kwanza River）水，修建水库；另一条是在沿海建设海水淡化厂，满足周边矿业区和居民用水，并引入中部地区，解决中部地区缺水问题。目前我们在跟踪海水淡化项目，包括海水淡化厂、水输管线和蓄水设施。这些就是在中非合作框架下我们想要做的事情。

两个 100 万安全工时是如何做到的

访中国港湾纳米比亚鲸湾港项目安全总监罗伯特·戴维斯

罗伯特·戴维斯（Robert Davies），毕业于英国威尔士阿伯里斯特维斯大学（Aberystwyth University of Wales），获得理科学士学位，专业方向是职业健康与安全。他从事安全管理工作已有 30 年，大部分时间在中东工作，仅在阿布扎比一地就工作了 10 年，期间为美国雪佛龙等公司服务。拥有 NEBOSH（英国职业安全与健康资格）和 IOSH（英国职业安全协会）等资格证书，以及注册审计师的执业资格。

第一次遇见罗伯特是在鲸湾港集装箱码头项目工地。他身着猎装开着SUV（指运动型实用汽车）唱着歌，车身过后则是尘土飞扬。这就是热情、外向的罗伯特。

他在中国港湾营地办公室接受了我的采访。采访结束时，他送我两个小礼物：其一是他编撰的《健康、安全、环境程序手册》（*Health, Safety & Environment Procedures Booklet*），其二是他为南部非洲《中国港湾》杂志撰写的文章，描述了他为什么对安全管理工作如此充满激情。

我选择了中国港湾，中国港湾也选择了我

赵忆宁：能否分享你选择中国港湾的原因？

罗伯特·戴维斯：我从事安全管理工作已经29年，安全管理工作就是我的生命，我对这份事业充满激情。老实说，我在满世界飞了20多年后，不想再四处奔波了，因为我生活中最重要的还是家庭。我想找一份在非洲干到退休的工作。而中国港湾正好在非洲有公司，而且当时刚刚拿到莫桑比克、安哥拉、赞比亚等多个项目的合同。中国港湾作为规模最大、项目最多的公司当然是我最理想的选择。

我希望自己的工作是有连续性的，从一个项目做到另一个项目。我妻子也希望我能在非洲工作，她的心脏不太好，从中东回一次南非的家至少需要飞10个小时，而在非洲回家会方便很多。虽然在中东赚钱多，但金钱并不是生活的全部，这是我选择离开中东的原因。我非常幸运，不仅是我选择了中国港湾，中国港湾也选择了我。这里的同事非常信任我，愿意把重要的工作交给我。

赵忆宁：中国港湾虽然在非洲有不少项目，但你的同事大多是中国人，你之前一直在西方公司工作，到中国公司是否适应文化的差异？

罗伯特·戴维斯：我曾在世界各地工作过，与各种文化背景和多种肤色的人打交道，所以加入中国港湾，与中国人一起工作对我而言没有任何问题。我并不是非得要和外国人在一起才感觉自在，只要我在工作上觉得开心，与什么国籍的人一起工作不重要。我可以适应中国公司的食物，学习中国的文化。每当有足球赛的时候，我们大家一起聚在食堂里看电视转播。虽然现在公司里加上我一共只

中国港湾纳米比亚鲸湾港项目的安全培训

有 6 个外国人，但这不是困扰，我甚至认为这更有利于我和中国人进行交往。

赵忆宁：没有任何挑战？

罗伯特·戴维斯：在一个以中国人为主的公司里工作当然有挑战，比如在项目的问题上会遇到一些困难，但我适应得不错。中国港湾的工作理念是勤奋，可以说，在我 29 年的工作生涯里，中国港湾的工作理念毫无疑问是最棒的，如果其他公司一个项目一般需要 7 年才可完成，中国港湾则只需要 5 年的时间。当然，作为安全负责人，初始会有些疑虑，工程进度快会不会在质量安全方面有问题。事实上，中国港湾做得非常棒。

确保所有工作都符合安全标准

赵忆宁：世界上大型工程建筑承包商对施工的安全标准要求非常高，中国港湾的安全标准与西方公司的要求有差距吗？

罗伯特·戴维斯：的确，这些企业的安全标准非常高，比如我曾经工作过的油气公司，对高级管理人员都有安全考核指标，生产和安全是两个同等重要的方面，中国港湾与它们相比还有差距，但是我看到中国港湾正在进步的过程中，开始把安全提到更重要的位置，平衡生产与安全这两方面。在此过程中，我带领的安全团队能够得到项目管理团队的支持是非常重要的。

刚到中国港湾时，我知道自己有能力、资质和经验，能够给公司带来什么价值，但同时我也在赌，因为当时并不清楚公司能够为我提供什么样的支持。事实上我得到冯先生（项目部经理）的巨大支持：安全团队制定了培训计划表，根据每个人所需要的知识技能的不同，向所有相关人员提供各种安全培训，带来的直接效果是冯先生不需要再为安全问题头疼了，项目部和业主保持良好的关系，减少了很多和业主的摩擦。

赵忆宁：能否描述一下你作为安全总监的日常工作？

罗伯特·戴维斯：我们的整个安全团队规模很小，所以我这个安全总监虽然本来应该做一些指导性的工作，包括参与制定公司的安全政策等，但在项目上其实是事无巨细什么都做。我要到现场进行安全检查，向工作人员解释安全问题，纠正不规范行为，向现场安全主管解释他们的岗位、职责；也要负责安全文档，撰写事故说明和风险评估报告；还要经常和业主、分包商见面；在培训经理到岗前我还要负责培训人员，我是身兼数职——既是培训经理又是安全人员，还是安全总监。但是我很享受这些工作，虽然有时候我半夜三点还会收到工作邮件，但是我对安全工作充满激情。

赵忆宁：油气公司的安全组织架构和中国港湾的差异表现在哪些方面？

罗伯特·戴维斯：比如我在阿布扎比综合建设公司（Consolidated Construction Company）担任安全总监时，公司健康安全部有 4 名负责不同区域的安全经理（中东、非洲地区等），还有 12 名专业人员和 5 名行政人员。综合建设公司在各国都有项目，每个项目都有安全经理，我记得当时共有 96 个项目在进行中。所以我需要经常出差拜访各个项目业主和相关方。我喜欢这种生活，并不喜欢整天待在办公室，甚至参与项目招标的成本计算工作。在中国港湾的工作主要还是和现场项目有关，我也知道，如果我还继续担任安全总监，未来总有一天我的工作要上升到更宏观的层面，真正发挥我的管理能力。

赵忆宁：冯经理告诉我，中国港湾南部非洲区域公司当时希望你担任区域安全总监，但是目前鲸湾港的项目更需要你，你的到来提升了项目安全管理水平，未来还是要回到区域公司的。那天我们在港口相遇，你去做什么？

罗伯特·戴维斯：我是去检查工作的。我要确保所有工作都符合安全标准。我给了工人3个小时的整改时间，然后回来进行检查。有一次一个业主代表半夜打电话说，一个起重机的灯不亮了，我马上表示现在就去现场看一下，他说可以让下属去看就行了，但我还是坚持自己去。安全问题什么时候都会发生，不会只发生在人们正常的工作时间，而晚上可能会发现各种状况，因为有时候人们可能在晚上偷懒不遵守安全规则。

两个百万安全工时与"工具箱"谈话

赵忆宁：施工现场有中国工人和当地工人，你如何与中国工人交流？

罗伯特·戴维斯：在现场沟通时确实遇到语言障碍，因为不是每个工人都能说流利的英语，所以我们准备了这本中英文对照的《健康、安全、环境程序手册》，小到可以随身放在上衣兜里，方便现场随时拿出来对照。这是中国港湾在全世界项目中第一个采用中英文对照手册，为此我们感到非常骄傲和自豪。这个小册子可以帮助员工了解安全知识，减少安全事故，加快工程进度。

赵忆宁：在鲸湾港有两个正在建设的项目，人们对安全规则的重视和遵守情况如何？

罗伯特·戴维斯：到目前为止，鲸湾油码头项目达到了百万安全工时，即连续100万无损工时（工人因受伤24小时不能干活），连续16个月没有发生任何损工事件，为此业主给我们颁发了100万安全工时的证书。集装箱码头现在连续安全工时约为160万工时。这很不容易，在100万工时内没有一起因伤离岗的事故，如果发生一起损工工时安全事故，就要清零重新开始。所以做到100万安全工时是不容易的。

赵忆宁：你们是如何做到的？

罗伯特·戴维斯：我们每周安排一次"工具箱"（toolbox）谈话，从来没有中断。每个星期一项目总经理会联合安全部门，给所有现场施工人员做"工具箱"谈话，就是从小册子里选一个主题，向所有员工宣讲安全知识。除了主题宣讲外，每一个班组的工长在每天开工之前，也都要给班组成员进行"工具箱"谈话，告知安全注意事项。这些做法是国际大公司的惯例。

我来之前，港湾虽然也做过，因为中国港湾负责施工的各个班组也是分包商，缘于态度或者语言问题，有时候班组工长给成员讲的时候也会犯怵，虽然"工具箱"谈话的规定一直都有，但是执行情况并不是很好。我认为从我入职以来，施工安全问题有了非常明显的改善，我们需要通过不断的努力，以强硬但是公平的方式推进，对我而言，这就是工作上取得的成绩。在我看来，施工和安全是同样重要的，我知道施工进度有很大的压力，我也很尊重人们的付出，但是首要的是尊重生命与安全，所以我们必须精诚合作。

赵忆宁：你对安全管理工作为什么能那么充满激情呢？

罗伯特·戴维斯：我非常享受从事安全管理工作，因为安全管理工作不仅事关人的生命，也深知安全管理对个人和公司的价值。有些人觉得安全管理是件头痛的事情，但我认为这就是挑战，每当出现问题，你就得找出解决方案。虽然安全管理工作是全天候不间断的，但是我还是很享受。

我在中国港湾工作得非常开心，不仅适应公司的文化、人员、场地，还在学习中文。我的付出也有了回报，现在中国港湾的人都认得我，我也很高兴能够和公司的项目团队合作，您知道，如果没有项目团队的合作，安全管理就无从进行。中国港湾作为全球最大的工程建筑公司之一，对安全也必须更为重视。我也非常希望能够为公司做好安全管理工作。我曾经在中东的油气项目工作过，那里的安全要求非常高，虽然中国港湾要达到那么高的安全标准还存在一定的困难，但是只要我们一直不断地改进，中国港湾会比雪佛龙等跨国公司做得更好，前提是对安全能够像对施工一样重视，当然这需要一个过程。

希望把BIM系统引入到工程项目中

专访中国港湾纳米比亚项目部质量经理菲奥娜·基尔

菲奥娜·基尔，毕业于英国普利茅斯大学土木工程专业，毕业后曾先后在苏格兰、英格兰几家海洋土木工程公司工作，由于喜欢旅游，喜欢体验不同的文化、与不同的人群打交道，她一直向往有海外工作的机会。领英（LinkedIn）网站猎头顾问告诉她有客户对其资质感兴趣，这个客户就是中国港湾南部非洲（南非）区域公司。她通过视频电话（Skype）进行了面试并被录用。

菲奥娜·基尔奔放豪爽，喜欢简单、自然的生活，相信快乐不是来自物质，而在于心灵的感受。菲奥娜·基尔认为，非洲不能给予很多外在的物质享受，但却适合寻求心灵平静的人。她非常享受在纳米比亚的生活，工作之外，她驾驶雅马哈越野摩托车驰骋在广袤的沙漠，在星空下露营入眠。

推行全过程质量管理

赵忆宁：昨天在办公室见到你有些惊讶，之前采访过一些中国港湾在海外的项目，除了咨询工程师以外，从没有见过项目部有这么多聘请的外国员工。你为什么决定加入中国港湾呢？

菲奥娜·基尔：我是在面试之前才开始了解到，中国港湾是一家大型公司，有很多大型国际项目，比我之前工作过的项目都要大很多，其中大多是海洋土木工程，这是我的专业和希望从事的领域。中国港湾也是一个工程承包商，而我在为设计公司工作几年之后，也希望能够重新回到工程承包公司工作。加上我希望能够在海外工作，中国港湾对我而言是一个非常理想的选择。

赵忆宁：作为负责项目质量管理总监，你觉得中国港湾的质量管理体系和你之前所在公司有什么相同和不同之处？

菲奥娜·基尔：有很大不同。西方公司奉行的是全过程质量管理，也就是说要管理施工中涉及的所有流程，利用工作流程和程序保证质量合格。而在中国公司，人们更多关注的是结果。

赵忆宁：面对这种差异很大的情况，你是选择融合妥协，还是采取措施改进呢？

菲奥娜·基尔：我们在承包西方国家的工程项目，当然要按照西方国家的标准要求质量水准。但是因为我的很多同事都还不熟悉西方的全过程质量管理，一开始我花了很大工夫来说服大家按新方法做，现在大家都能够理解全过程质量管理。我的方法就是先动手做，给大家看成果，之后告诉大家应该怎么做。同事们在了解到质量监督工作的流程之后，都能做得很不错。

赵忆宁：你能讲一个例子吗？

菲奥娜·基尔：以施工说明为例，西方业主通常都希望能够提前拿到一份描述施工方案的文档，方便提出意见，确保大家都同意施工方案。现在中国港湾的项目就是提前向业主提供施工方案，在施工前就让方案获得业主的同意，比施工后再接到业主投诉要好得多。

现在我们的施工说明可以在各个部门之间共享，比如健康安全部希望了解施工方案，确保没有安全问题；质量监督部门也希望阅读施工方案，确保其中包括质量控制体系，而且分包商和业主都了解相关要求。

与施工方案相对应的，我们还有文档控制体系。在中国公司，质量工程师主要是看测试材料，但是在西方公司，我们关注的是为客户提供标准化服务，每个客户都知道我们能做出什么成果。作为公司的质量经理，我关心的不仅仅是测试材料，还要确保所有人员都能遵守项目质量规划中的各项流程，以同样的方式工作。为此，我要对相关人员进行培训，进行文档控制。

希望在中国港湾推广BIM系统

赵忆宁：我知道，你为中国港湾带来了国际先进的管理经验，还希望能够在中国港湾推广BIM系统，这个系统在建筑行业应用得广泛吗？

菲奥娜·基尔：BIM系统的全称是建筑信息建模系统（Building Information Modeling），是用来管理施工项目的。这个系统的关键在于了解项目相关人员之间的信息流动，比如谁创造了某个信息，谁应该拿到这个信息。整个系统的理念就是利用计算机软件来精简信息分享的全过程。

我曾经在其他公司担任过BIM系统协调员，非常擅长这个系统，有非常丰富的经验。许多用过BIM系统的人都只了解其设计功能，对施工这方面功能的了解非常有限。而我在设计公司、工程承包商都工作过，它们都会用到BIM系统，所以我对这个系统很熟悉。有许多公司都提供BIM系统，但是在英国，其行业标准是欧特克公司（Autodesk）设立的，就是提供自动计算机辅助设计软件（AutoCAD）的公司。

举个例子，设计师建一个3D模型，把模型里每个部分都标上代号，承包商和设计师一起合作完成模型，之后就是可视化的项目施工，贯穿整个施工全过程。同时，还可以通过这个模型来计算所需要的工料，协助相关部门进行采购。这个模型还可以比照当前与最低施工进度之间的差距，了解某些地方施工进度是否落后。更进一步可以在 IPad 上安装模型软件，现场材料的测试、保存记录的工程师可以在 IPad 终端上录入信息，让所有后台人员实时了解施工动态。

赵忆宁：据你所知，国际大型承包商有没有用过这个软件进行全过程的质量管理呢？

菲奥娜·基尔：我曾经在荷兰 BAM 皇家集团（Royal BAM Group，以下简称 BAM）英国公司工作过，BAM 在 2007 年已经成为欧洲最大的建筑承包商之一，是欧洲建筑行业的领跑者，在英国、爱尔兰、比利时和德国有着举足轻重的市场地位。在国际建筑业权威杂志美国《工程新闻记录》（*Engineering News-Record*）公布的 2015 年全球最大 250 家国际承包商中排名第 19 位。BAM 拥有 2.8 万名员工，每年实施数以百计的工程项目，其中部分员工从事国际项目设计工作。公司预算和人力资源充足，一直在用 BIM 系统，也在教其他公司用这个系统。所以之后在英国，凡是英国政府出资建设的项目，都强制承包商使用 BIM 管理系统。

赵忆宁：你一直希望把 BIM 系统引入到中国港湾的项目上来，目前进展如何？

菲奥娜·基尔：第一是我负责的质量监督管控工作非常繁重，没有多余的精力来推动这个系统上线。第二是这个系统要想成功运转，必须要在工程运作之前有规划，因为在设计师的设计阶段就要使用相应的软件，相应地，承包商也要相匹配。对于我们目前的项目来说，准备时间不够充分。第三是项目在赶进度，比如油码头设计还没有全部完成，事实上我们已经开始施工了，所以无法实现把完整的设计模型以及施工方案和进度加入 BIM 系统中。因为 BIM 系统需要提前一定时间进行规划，还需要购买软硬件设备，时间和金钱成本都比较高。

虽然我在这个项目推广使用 BIM 系统失败了，但是今后在中国港湾和中国交建的其他一些项目上还是有可能应用到 BIM 系统的。

努力学习中文

赵忆宁：你之前都是在西方国家的公司工作，你刚来中国港湾的时候感受如何？

菲奥娜·基尔：我之前做得比较多的是工程设计，没有完全做过质量管理工作，但是中国港湾安排我做质量经理，我通过学习转变角色。在此之前我也没有接触过中国文化，也很愿意积极学习各种新事物，比如学习使用筷子，阅读关于中国历史的书籍，还学习打麻将，总之，一切能够融入这个集体的事情我都愿意做。我也正在努力学习中文，当然现在工作比较忙，学得不多。

赵忆宁：你去过中国吗？

菲奥娜·基尔：我还没有去过，但是很希望有机会去。之前是没有足够的旅费，现在是没有足够的假期和时间。中国的食物、音乐、文化都很吸引我，我喜欢能够在旅行中更多地深入人们的日常生活。

从被质疑到被认可，跨文化沟通的尝试

访纳米比亚鲸湾项目总经理部副总经理、党支部书记徐玉青

徐玉青，2000 年毕业于长安大学筑路机械系机械电子工程专业；2013 年，获得河海大学交通运输工程硕士学位；2001—2005 年，先后参加中国港湾孟加拉国三期公路项目与孟加拉国吉大港新锚地集装箱码头项目，担任设备主管工程师、经理；2005—2014 年，先后任中国港湾工程管理部船机设备主管，工程部设备采购处副经理、经理等职。2014 年，任中国港湾纳米比亚鲸湾项目总经理部副总经理与党支部书记，主管项目的党建，健康、安全和环境（HSE），人力资源（HR），公共关系（PR），行政，后勤等工作。

在纳米比亚采访期间，徐玉青一直帮我协调采访日程，带我调研项目的行车路途中，为我打开了快速了解纳米比亚社会的窗口。

赵忆宁：纳米比亚是一个不同凡响的非洲国家，自然唯美，城市整洁漂亮，从一个侧面反映了政府的治理水平，现任总统和总理都在美国受过教育，具有现代国家治理的能力和意识。撒哈拉以南的非洲有这样一个经济和社会稳定的国家实属不易。纳米比亚的思想体系和其他国家不太一样，西方理念深入到国家治理体系中。中国与纳米比亚在 20 世纪结下的争取民族独立的情谊，随着时间的流逝会不会变淡？

徐玉青：在纳米比亚，老一辈对中国的感情还是比较深厚的，比如像开国总统努乔马这一代人。但是年轻一代往往没有这段历史的记忆了，毕竟支持纳米比亚民族独立已经过去了半个多世纪。我们刚来时会看到媒体对中国报道的一些负面言论，有些也涉及我们的工程，那时真的很伤心。

赵忆宁：都有哪些负面言论？

徐玉青：比如我们刚来时在鲸湾建设了施工营地，不久当地媒体就有报道出现，把我们的营地称为"迷你中国城"（mini china town），担心来这么多中国人会打扰这个城市的生活。因为鲸湾很小，虽然是纳米比亚的第二大城市，但是只有 6 万多人口。

赵忆宁：这是什么原因？

徐玉青：目前大约有 46 家中国公司在这里，最大的是中广核的湖山铀矿。这两年有越来越多的中资企业来到纳米比亚，纳米比亚是一个只有 240 多万人口的国家，市场规模比较小，加上没有什么制造业，所以就业岗位很少。与此同时，来到纳米比亚的中资企业的数量越来越多，原来由欧美公司把持的行业逐渐被中资企业取代，当地有些人认为中国人抢走了他们的饭碗。当地报纸曾经列过承包项目的清单，工程承包类的公路、房建基本上都被中资公司囊括了。其实，竞标过程是一个对实力进行打分的过程，纳米比亚政府对中资公司的技术和成本的优势十分认可。

英国BBC记者在访谈中问根哥布总统："你们引进这么多的中资公司或者华人企业，他们真的有那么好吗？"总统回答道："中国有很多值得学习的地方。"

赵忆宁： 可以说纳米比亚高层是高度认可中国的发展模式的，但是媒体是否要另当别论？

徐玉青： 据当地媒体报道，纳米比亚有两三万名中国人。纳米比亚失业率在 26% 左右。所以，媒体一直在讲中国人抢走了本地人的饭碗。在争论期间，《纳米比亚独立报》(*Namib Independent*) 发表题为《为什么纳米比亚人的工作被中国人抢走了》的文章反驳这一说法。文章从多角度分析为什么中国人能让生意更赚钱，为什么中国企业更有竞争力，以及为什么当地的纳米比亚工人总数正在减少。还是很客观的。

赵忆宁： 我看到过忻顺康大使讲的一个数字，说中国企业为当地创造了 6000 多个工作岗位。

徐玉青： 我们已经意识到这个国家媒体的特点。我们刚刚进入纳米比亚不久就发生了罢工事件，但我们对罢工事件的处理很成功，这让我们意识到媒体的重要性。集装箱码头和油码头是纳米比亚最大的两个国家战略性项目，媒体高度关注很正常。所以，我们开始思考在后来的工程实施期间，采取什么有效的方式与所在国的民众进行沟通。我在项目部负责公共关系，但是我们对当地媒体资源并没有积累，所以聘请了一家在纳米比亚比较有影响力的公司辅助我们做公共关系。这个公司还有丰富的政府与媒体资源，我们将他们提供的服务职能划归到项目管理部门的序列中，以借用外力迅速达到发挥有效作用的功能。

赵忆宁： 实际上就是公共关系的外包，这很有创造性。

徐玉青： 我们商定，定期在主要媒体上发布项目信息，尽量使信息披露及时、透明，让纳米比亚人了解工程项目和我们。在此期间，其他中资企业也发生了罢工事件。所以公关公司建议，基于媒体是向广大受众传播信息的重要工具，为达到快速有效沟通的目的，主办一个媒体公开日，借助大众传播工具，在集中时间内向公众介绍项目进展，目的是为项目建设创造积极的外部环境，更好地理解中国港湾项目与纳米比亚社会经济增长的相关性，让纳米比亚人为未来能拥有如此大的项目而自豪；同时披露一些工程技术的难点，介绍为什么要引进中方技术工人，如何对当地工人进行技术培训和技术转让，如何开展项目实施期间的安全与环保等工作，如何尊重、遵守当地的法律法规要求，让不同层级目标群体对我们产生正面认知，使公司的行为由被动变得更加积极主动。

赵忆宁：效果如何？

徐玉青：我们采纳了这项建议，在2015年3月3日主办了媒体公开日活动。邀请了当地十多家主要媒体来到项目部，包括《纳米比亚太阳报》《纳米比亚人报》《共和者报》《纳米比亚经济》《新时代报》，也包括美国广播公司（NBC）和非洲电视台等。港务局首席执行官比塞（Bisey）先生将集装箱码头项目与国家发展计划相联系做了演讲，冯元飞经理介绍了项目的进展情况，记者们的所有提问都得到满意的回答。同时，我们带领记者们参观项目现场，展示现场壮观的、热火朝天的文明施工场景，并分区域单独重点介绍了几个重要的分项工程，每个分项由专职工程师负责现场讲解，这样，记者们对项目实施留下深刻印象，也对项目实施的复杂性有了切实的了解。当地媒体反响积极，事后都大篇幅刊登和发出了非常积极的报道。当晚，纳米比亚国家电视台进行了3分多钟的集中新闻报道。

赵忆宁：你们在公共关系方面与业主合作得怎样？

徐玉青：我们和港务局的合作融洽并达成共识，包括我们的媒体发布都是由双方承担发布的费用，我们是利益共同体，所以凡是对媒体发布消息也听取他们的意见，他们也需要掌控信息的发布情况。比如，以港务局名义定期在报纸上发布项目进展情况，工程进展两个月航拍一次，我们之间共享视频资料。

总体上来讲，现在媒体对中国和我们工程的负面消息少了很多，媒体与我们建立了相互尊重的关系，很多报道是客观积极的，这与我们利用当地的公共关系公司以及我们现在做的这些对外发布机制还是有关系的。我们已经实现了目标。

纳米比亚要成为非洲南部的物流枢纽中心

访纳米比亚港务局总工程师埃尔塞维尔·盖洛德布朗

埃尔塞维尔·盖洛德布朗（Elzevir Gelderbloem），毕业于南非金山大学（University of the Witwatersrand）土木工程专业，毕业后回到纳米比亚，先后在纳米比亚水公司、交通部任工程师，在接受港口工程方面的培训后，目前担任纳米比亚港务局总工程师。

埃尔塞维尔表示，"我是接受了纳米比亚政府的全额资助去南非留学并学习土木工程的，深感自己有责任回到纳米比亚，为国家的发展贡献绵薄之力，而不是留在南非。"

鲸湾港（Walvis Bay）集装箱码头扩建是纳米比亚港务局负责的大型重点项目。鲸湾港是纳米比亚主要港口城市和最大深水海港。2013 年通过招标，该工程由中国港湾承建。

打造南部非洲的物流枢纽中心

赵忆宁：我在鲸湾港调研了正在扩建的集装箱港、油码头项目，看到一些老的泊位十分陈旧。是否可以介绍一下鲸湾港的历史？

埃尔塞维尔：1890 年左右这里就已经有港口了，但当时还只是个小渔港。20 世纪 90 年代初，随着全球货运进入集装箱时代，纳米比亚开始认识到港口要具备集装箱的吞吐能力，所以决定建设集装箱码头，并于 1999 年建成了第一个集装箱码头，但设计吞吐量很小，只有 35 万标准箱。

建成之后，集装箱货物吞吐量飞速增长。1994 年鲸湾独立之前，[1]很多非洲内陆国家都是通过南非来进口货物，鲸湾港集装箱码头建成后，不仅为本国进出口货物，也为周边其他非洲内陆国家的进出口服务，很快就遇到码头吞吐量不能满足需求的瓶颈。

我们从 2005 年开始计划筹备鲸湾集装箱码头的扩建工程，并着手做可行性评估等研究。2013 年，中国港湾开始承建鲸湾新的集装箱码头工程。新的集装箱码头将不仅服务于纳米比亚，还将辐射周边国家。

赵忆宁：新集装箱码头的规划顺利吗？从哪里获得的建设资金？

埃尔塞维尔：这是港务局承担的第一个大项目，规划包括可行性研究等，所以进展比较缓慢。在可行性研究完成后，我们接着进行了环境影响评估，因为码头选址的地方对环境的影响非常敏感，所以花费的时间更长，直到 2010 年才全

① 1990 年，纳米比亚从南非独立出去后，只余下鲸湾港一地仍未被纳入纳米比亚版图，使其一度成为南非的外领地，一直到 1994 年才正式回归纳米比亚。——编者注

部完成前期工作。我们从非洲发展银行获得了修建新码头的资金，所以必须进行国际竞争性招标。当时我们收到了十几份标书，吸引了来自世界各地的承包商投标，也包括中国港湾在内。港务局委派顾问对这些标书进行了评估，最终中国港湾中标，我们就把项目交给了中国港湾。

赵忆宁：新的集装箱码头以及油码头项目是纳米比亚的《2030 远景规划》中所规划建设的大型项目吗？

埃尔塞维尔：纳米比亚有两份重要的文件，一是《2030 远景规划》，二是《国家发展规划》，它们都是中长期规划。《2030 远景规划》是一个纲领性的文件，《国家发展规划》则详细列出了具体要落实的任务和项目，二者的时间跨度是一样的。在这两份文件里，鲸湾码头扩建工程都是重点项目之一。

《2030 远景规划》明确提出，纳米比亚要建设成为非洲南部的物流枢纽中心，就像新加坡作为亚洲的物流中心一样，所以鲸湾港口扩建和建设机场等其他基础设施同样重要，为了促进国家发展，旧的鲸湾码头必须进行扩建。外来的货物要从纳米比亚进入非洲，然后通过纳米比亚运送到非洲南部各个国家。建设新的集装箱码头正是要助力纳米比亚成为物流枢纽。这个新的集装箱码头将在其他基础设施的配套协助下发展起来，所以我们还建设了北部的其他配套码头，这些码头将直接服务于非洲内陆国家的货物进出。其中的油码头还要为博茨瓦纳、赞比亚等国家提供成品油服务。

赵忆宁：纳米比亚要成为非洲南部的物流枢纽，根据你们的测算，南部非洲 13 个国家在未来 5~10 年航运物流需求量的规模大概会有多少呢？是怎么测算出来的？

埃尔塞维尔：在决定扩建之前，我们首先进行了详尽的可行性研究。日本、德国、美国三国的专业机构都提供了相关的研究，所有研究结果都显示，纳米比亚成为南部非洲的物流枢纽是可行的。可行性研究中包括了对物流的预测，我们就是基于预测结果来决定新集装箱码头的设计吞吐量的。新码头设计吞吐量为 75 万标准箱，我们预计这可以满足到 2025 年的需求。然后我们需要继续对码头进行扩建。

鲸湾未来将成为纳米比亚第二大城市

赵忆宁： 纳米比亚的国土面积广阔，但是只有 240 多万人口，可见纳米比亚还是非常有区域性发展的战略眼光。

埃尔塞维尔： 正是鉴于纳米比亚地广人稀的国情，要想实现国家的发展，不可能照搬照抄中国、南非、尼日利亚这些国家的经验和做法，所以我们决定要成为一个物流枢纽，为周边国家提供物流服务。因此，我们的港口不可能只以满足纳米比亚本国需求为目标，而是要服务周边内陆国家。纳米比亚政府也进行了可行性研究，结果也显示纳米比亚具备成为物流枢纽的全部条件。

赵忆宁： 这几天我在鲸湾的大街小巷走了一遍，人口不多。这个城市从渔港起步，逐渐发展了相关的物流、渔业加工业等。考虑到港口是依托城市的，从要素聚集的角度，当地政府有没有对城市的人口增长、工业布局进行相关规划？

正在建设中的鲸湾港

埃尔塞维尔： 您可能也看到了，这个城市发展得非常快。现在有两个大型的购物中心正在建设过程中，还新建了很多住宅区，还有工业园区。市政府 2015 年刚刚发布了新的城市扩建规划。这份规划就是为港口扩建带来的发展而服务的。规划包括建造许多新的购物中心、住宅区、工业园区，这些都是对应物流枢纽这个概念的，因为鲸湾将是物流枢纽的一个关键节点。

赵忆宁：工业园区除了水产和鱼业加工和深加工，还有其他类型的产业吗？市政府有没有对城市人口增长规模进行相关的规划？

埃尔塞维尔：工业园区里有各种产业，其中很重要的就是物流枢纽的核心产业之一的组装业。比如跨国电视品牌会把零部件运到鲸湾，然后在工业园区里完成组装，再运到非洲南部国家。汽车等行业也是如此。因为纳米比亚人口较少，所以制造业并不是很发达，主要还是组装和配送，这也符合纳米比亚作为物流枢纽的定位。

现在鲸湾有约 7 万人口。市政府的预测显示，虽然现在由于全球经济不景气，鲸湾人口增长比较缓慢，但是在未来 5 年将出现较快增长。而且，鲸湾将在未来十几、二十年里成为纳米比亚的第二大城市，现在是第三大城市。

中国港湾表现出色

赵忆宁：集装箱码头扩建和油码头这两个项目对纳米比亚和港务局来讲都是非常大的工程，投资额都很大，为什么都选择了中国港湾这一家公司来做？

埃尔塞维尔：集装箱码头扩建工程的招标工作是港务局负责的，油码头是政府负责的。从港务局角度来讲，在对比所有材料之后，中国港湾就是投标承包商里最好的。

赵忆宁：到目前为止，港口扩建工程已经开工两年了。你是纳米比亚港口建设首屈一指的专家，可以从专业的角度评价一下这两个工程吗？比如工程质量把控、对环境的影响以及企业的社会责任等。

埃尔塞维尔：这个项目非常大，承包的合同也非常详尽，列明了各种要求。到目前为止，中国港湾都能够满足这些要求。一开始，我们非常担心工程对环境的影响，因为项目附近有养殖场、野生动物和湿地生态保护区，所以我们在开工前就对环保问题有些担心，担心开工后挖泥会有影响，但是中国港湾到现在没有出过任何问题，其影响是在可接受范围内的。我们也有一个很庞大的环境影响团队对工程进行评估，到目前为止还没有出现环境事件，中国港湾做得很好，表现出色。

至于工程质量，也没有出现过什么问题。港务局在现场也有很多监督人员，每天都要评估工程质量。在工程进度方面，由于地下硅藻土的原因，进度有一点落后，但是我们对整体施工情况还是满意的。

在合同中，我们约定中国港湾必须有 30% 的合同金额是花在纳米比亚的，合同还规定中国港湾要在当地创造 22.9 万个工时，并提供 707 人次的培训。到目前为止，中国港湾都一直遵守这些规定。

至于社会责任问题，任何企业都有进步的空间，虽然合同中没有对社会责任的规定，但是中国港湾在鲸湾也承担了不少社会责任，包括为学校捐款、给员工做免费的艾滋病检测，等等。我们对此非常支持。港务局也有社会发展项目，也鼓励中国港湾能够承担更多的工作。

赵忆宁：我在油码头采访了几位当地的工人，有一个小伙子就生活在码头旁边的村庄里。他说在中国港湾，如果加班的话，每个月能赚到 1 万多纳元，他帮助父母交房租、买食物，给弟弟妹妹交学费。没有什么能够比这个更令人开心的了。

埃尔塞维尔：对我们而言，创造就业岗位是非常重要的。目前，纳米比亚的失业率很高，接近 30% 左右，增加就业是最大的问题。所以在各个大型项目上，我们都希望能够尽可能地创造就业岗位。我们也希望，在这些项目结束之后，这些员工不会再次失业。这也是为什么我们希望中国港湾能够为这些人提供培训，给他们资质证书。这样在中国港湾的项目结束之后，这些人还可以去其他地方找到工作，具备可持续就业能力。

赵忆宁：这个小伙子的梦想是去中国学中文、学技术，这令我有些意外。

埃尔塞维尔：纳米比亚有很多学生在中国留学。我们港务局的一个工程师就是在中国河海大学读过书，而且还会说中文。像我一样，以前绝大多数纳米比亚人都是去南非留学的，但是现在很多人都去中国，因为中国政府提供了不少奖学金。鲸湾有不少人希望去中国，我一点都不感到惊讶。中国文化非常开放。

学习中国管理国有企业的经验

赵忆宁：港务局是纳米比亚最大，也是管理最好的一个国有企业。能否介绍一下纳米比亚国有企业的现状，以及港务局在国企中的角色？

埃尔塞维尔：纳米比亚有 100 多家国有企业，其中港务局是最大的，比较大的还有电力局、水务局，等等，也有一些很小的国有企业。港务局的管理水平很高，运转也良好。我还担任道路建设公司（Road Construction Company）的董事，它也是一家国有企业，但是由于历史遗留问题，比如基础设施陈旧等问题，正在接受政府的支持与帮助。政府希望通过改革，比如改进企业的管理模式，以增强企业的竞争力，为此引入了董事的制度。

赵忆宁：政府认为港务局哪些地方做得比较好？对于那些管理不是很好的企业，政府是选择私有化还是加强管理？

埃尔塞维尔：港务局的良好运营有许多因素。我们的员工和管理团队非常好，企业文化也很好。我们也一直在很好地维护基础设施。对于管理不是很好的一些国企，过去政府做过私有化，效果并不是很好。最近政府刚刚成立了一个全新的部委专门管理国有企业（类似中国的国资委）。政府不再卖掉国企，而是邀请专家们为这些国企找出存在的问题并提出解决方案，以改善全国 100 多家国企的经营情况。

赵忆宁：中国港湾的母公司是中交集团，他们是中国国企里保值增值做得最好的企业之一。

埃尔塞维尔：我相信我们可以从中国学到许多经验，包括如何提升国有企业运营表现的经验。纳米比亚负责管理国企的部委还刚成立不久，只有一年多的时间，所以还在学习各方的经验，包括学习中国管理国有企业的经验。

赵忆宁：我看了纳米比亚当地一些媒体的报道，媒体对中国人和企业在纳米比亚有各种各样的说法，你对此怎么看？

埃尔塞维尔：纳米比亚国内是有不同的看法。有些中国人在纳米比亚开小店，卖的也是当地人常用的东西，所以一些当地店主就认为中国人抢了他们的生意。但是，中国人来到纳米比亚，也创造了很多就业机会。纳米比亚和中国的文化是不同的，对工作的态度等都有差异，彼此理解融合需要一定的时间。中国文化是东方的，而纳米比亚文化更偏西方，在 1990 年独立之前，纳米比亚一直是南非的一部分。

赵忆宁：你认为纳中两国有没有互补性？有没有合作的前景？

埃尔塞维尔：在纳米比亚独立之前，执政党就和中国保持着良好的关系，所以纳中关系有着悠久的历史。在国家独立之后，纳中关系发展得更为密切，我个人认为这是一件好事，我相信未来会更上一层楼。中国是世界大国，纳米比亚能有中国这样的大哥帮助非常好。的确，两国文化存在不少差异，但是我们可以互相理解，互相帮助，实现共赢。

赵忆宁：你去过中国那么多次，对中国印象最深的是什么？

埃尔塞维尔：中国的美食和基础设施。我去中国最关注的就是基础设施。过去，我以为高铁只可能出现在美国和欧洲，但是我去了中国才发现，中国的高铁比欧洲还要好，而且四通八达，所以我们可以从中国学到很多。

有中国做榜样，共同期待纳米比亚30年后的变化

访纳米比亚住房城乡部地方政府部部长兼首席发展规划官

舒亚·彼得勒斯

舒亚·彼得勒斯（Shuuya Petrus），在纳米比亚和英国完成本科与研究生课程，2012—2013年，在清华大学公共管理学院获得公共管理硕士学位，之后回到纳米比亚，在住房与城乡部工作。

近些年，中国加大对非洲国家政府官员的短期培训以及学位课程的教育。舒亚·彼得勒斯表示，纳米比亚每年有 500~700 名政府官员到中国学习。

赵忆宁：你在清华大学学习对哪些课程印象最深？

舒亚·彼得勒斯：清华大学公管学院硕士学位课程包括经济学、中国政治与中国政府、公共政策分析、国际政治经济学、谈判技巧、规划研究与设计等。印象最深的是国际政治经济学、公共政策分析和中国公共管理实践这三门课。

赵忆宁：你回到纳米比亚住房与城乡部负责哪方面的工作？

舒亚·彼得勒斯：我现在负责政府项目的规划，项目的名称是"一个地区，一个行动"（One Region，One Initiative），这是一个地方（乡村）发展规划。我们负责项目的设计、筹款、监督进度、评估等工作。这个项目是纳米比亚与日本政府的合作项目，两国政府商定各出一半资金。虽然过去 3 年日本政府一直允诺提供资金，但是至今一直还未提供资金。我是这个项目的经理，资金不落实很着急。

赵忆宁：纳米比亚有 14 个行政区，每个地区是否都有各自的发展规划？

舒亚·彼得勒斯：目前纳米比亚发展规划制定规则有新的变化。过去，纳米比亚在落实三个国家发展规划的同时，各地区都有各自的发展规划。但是在第四个国家发展规划框架下，整个国家只有一个大规划，取消了各个地区自己的规划，代之以相应的项目。

赵忆宁：纳米比亚是非洲国家为数不多坚持做五年规划的国家之一，能否介绍一下制订国家发展规划的情况？

舒亚·彼得勒斯：我们有国家发展规划委员会，这个委员会负责主持发展规划的制订工作。在制订之前，委员会要征求地方委员会的意见，确定发展的需求和重点。在纳米比亚刚刚独立后制订的前两个国家发展规划里，地方提出的项目都是为地方自己的需求服务的，而在后来第三、第四个国家发展规划里，我们制定全国性总的发展目标，地方、部委的项目在设计的时候都要为这个大的目标服务。所以，现在制订规划的重点是确定国家优先发展目标，之后向地方征求意见和匹配的项目，这些项目必须服从国家重点发展目标。纳米比亚还有一个"团结繁荣规划",它主要是组织和动员全国力量消除贫困的规划,到现在也是第四个五年规划了,消除贫困也包含在国家的发展目标中。

赵忆宁:你在中国学习的时候有没有接触或者研究过中国的五年规划?是否比较过两国的五年规划有什么相同和不同之处?

舒亚·彼得勒斯:我大致比较过。总体上讲,中国的中央政府和地方政府都非常强大,所以三级政府(中央、省、市县)规划中确定的目标和相关项目基本上都能够得到很好的落实,这是制定规划的科学性和强大财力保证下才能做到的。而纳米比亚不同,我们是中央政府强大,地方政府弱势,所以很多项目都没法很好地落地,核心问题是财力。而对于规划而言,落地才是至关重要的。在纳米比亚,可能需要至少两年的时间才能把国家发展规划中的项目落实到地方,加之地方政府较弱,其过程中是个博弈的过程。这是最大的不同之处。

赵忆宁:纳米比亚除了国家规划还有行业规划,这点其实与中国是相像的。

舒亚·彼得勒斯:的确,我们也有类似的行业规划。比如"实现工业化"的目标就是由贸易和工业部牵头制定标准与项目,比如贸易和工业部负责制定钢铁制造等各个行业的标准,以推动纳米比亚的工业发展;而农业部负责农业加工的工业化工作。无论是哪个部门,都要围绕国家发展规划的总目标,分头负责落实。而我所在的住房城乡部则负责城乡的发展规划,包括住房、城市内的交通、地区和乡村的发展问题等。

赵忆宁:作为纳米比亚为数不多的公共政策专家,你能否告知之前的三个五年国家发展规划的评估结果吗?哪些目标实现了,哪些目标没有实现?

舒亚·彼得勒斯:在第三个国家发展规划中,确定了国家的 9 大支柱行业。其中做得最好的行业之一是采矿业,超出发展目标,服务业、渔业等发展也很快。虽然采矿业对国家经济发展做出了重大的贡献,但是纳米比亚目前经济结构单一且过度依靠第一产业和出口矿产原料,所以政府提出经济需要转型,因为只有转型才能使经济进入高速稳定的增长轨道。此外,在提供住房方面做得很不够,远远落后于规划目标。2015 年原预计经济增长率为 6.3%,实际经济增长率为 5.7%,也没能完成目标。但是,社会发展指标完成比较好,比如在提高识字率方面。

赵忆宁： 根哥布总统曾明确表示，纳米比亚要成为一个工业化国家，纳米比亚要成为一个什么样的工业化国家？

舒亚·彼得勒斯： 实现国家的工业化就是要提高所有纳米比亚人的生活水平。为了实现这个目标，我们要有相应的工业发展水平，能够生产商品，让人们获得收入。我们已经看到其他国家借助工业化，大大提高了人民的生活水平，比如中国，工业化的发展不仅带来就业机会，还鼓励人们创造新产品，直接推动经济增长，扩大了国家的经济总量。这也是为什么在"团结繁荣规划"里，我们相信必须要鼓励工业发展，国家第一次设立工业发展署，落实工业结构转型项目，发展产业价值链。不仅要改变以原材料出口为主的经济模式，还要扩大进口替代品生产。现在纳米比亚的工业化水平还相对较低，很多渔业产品、木材等都是没有经过加工直接出口的，也许我们现在还无法直接出口制成品，但至少能够对原材料进行一定的加工，提升工业化水平。总的来说，我相信工业化能够提升人们的生活水平。

赵忆宁： 你也知道，中国是世界上最大的制造业国家，中国已经表态，愿意帮助或促进纳米比亚的工业化发展，双方有哪些合作的机会？

舒亚·彼得勒斯： 双边贸易是一个重要机会，技术转移对纳米比亚也很重要。中国有很多自主研发的成熟技术，如果这些技术能够转移到纳米比亚，前景非常好。尤其是在太阳能发电方面，中国技术是世界一流的，纳米比亚电力供应比较紧张，但是太阳能资源丰富，全国一年有300多天都是晴天，如果两国能够在太阳能发电技术上有合作，就非常好。在采矿业、渔业方面，两国也可以有很好的合作，比如，纳米比亚大部分捕获的水产品都不会经过加工，在市场上只能买到冷冻的鱼。但是在中国，我看到渔民自己就有加工水产品的能力，在市场上可以买到各种加工产品。还有就是，专业培训项目也是合作机会，我国人口相对少，专业技术人才更少，包括培训工程师、医生等。

赵忆宁： 在中国学习期间，什么事情给你留下深刻的印象？

舒亚·彼得勒斯： 中国的各个方面都给我留下了极为深刻的印象。我的研究课题是工业园区，所以去过上海、天津、安徽、山东、广州、深圳等地，亲身感受到中国公共交通系统的便捷，包括高铁、地铁，等等。世界上并不是所有国家的人都可以享受中国那样便捷的交通，而这些成绩都是中国在短短的 30 多年里取得的。中国的发展非常迅速，北京、上海、天津、深圳都已经崛起为现代化大都市，中国城市的发展轨迹可以说是奇迹般的。回头看纳米比亚，我们国家独立也将近 30 年了，但是成绩和中国相比还是有限的。中国的成功也给了我们很大的信心，只要有决心和毅力，我们非洲国家也可以在 30 年里实现跨越式发展。

赵忆宁：我刚刚从鲸湾过来。其实当年深圳也只是个小渔村，还没有鲸湾这么大。我看到鲸湾进行集装箱码头扩建以及建设油码头，这些都是在为纳米比亚的发展做好基础设施的准备。我们希望纳米比亚人能够通过自己的努力，有朝一日，把鲸湾建设成像深圳一样的大城市。

舒亚·彼得勒斯：我们也希望把鲸湾建设成一个辐射周边内陆国家的枢纽，有中国做榜样，让我们期待纳米比亚 30 年之后的变化吧！

法国

北京

毛里塔尼亚

苏丹

喀麦隆

南苏丹

刚果（布）

肯尼亚

纳米比亚

走进喀麦隆

喀麦隆的非洲缩影

中国工程、中国标准、中国运营三大领域全面出击

赵忆宁与喀麦隆儿童

　　非洲是世界上使用法语最多的大洲，有 24 个国家以法语为官方语言，约有 1.15 亿非洲人讲法语，喀麦隆是其中之一，虽然国家法定的官方语言为法语、英语，但是南部法语区占将近 80% 的人口。所以喀麦隆的国歌唱道："但愿你的儿女听令整装，不分东西把热心奉上，效忠祖国就是唯一的愿望。"

中部非洲法语区国家在 20 世纪先后获得国家独立，但殖民地时期输入的政体、文化和语言被深深地植入当地文化生活中，这里的人们不仅说的是标准法语，看的是法国电影，吃的也是法棍面包；昔日非洲旷野处于日暮残年的铁路、公路是当年殖民国家为输出资源与产品而建，如今直接管控或者间接管控非洲国家战略性重要部门运营的也是当年的殖民国家的相关公司，从铁路、公路、航空、通信、输变电站、水厂、金融等不一而足。西方国家至今在这些国家的政治、经济、文化领域仍旧拥有巨大影响。

而作为非洲的战略合作伙伴，中国与非洲走的则是一种平等相待、真诚友好、合作共赢、共同发展的道路。从 1995 年开始，中国改革了对外援助的方式，即把政府援外资金与银行资金、企业资金相结合，为非洲国家解开长期陷于缺少资金又急需建设奠定经济起飞基础的死结，比如基础设施、工业化项目等，成功打通了通向国家发展目标之路的最后一公里。这个名为中国"两优贷款"的关键性措施，从一开始就受到众多非洲国家的追捧，也成为中国大规模帮助非洲搞经济建设的有力抓手。数据显示，截至 2015 年年末，中国进出口银行的"两优贷款"已支持近 1 000 个装备制造业进出口和走出去项目，贷款余额超过 3 000 亿元人民币，支持商务合同金额约 1 350 亿美元。

只要你在非洲行走，到处可以看到使用中国"两优贷款"建设的项目，无所不及无所不在，道路、港口、机场、水电站、铁路、工厂、等等，每一处都留下中国建设者的身影；只要你和非洲国家领导人交谈，他们就会扳起手指一个接一个地告诉你，有哪些新的项目正在与中国政府商议中，其兴奋溢于言表，因为每一个国家、每一个项目，都是所在国人民几十年的"国家梦想"。

虽然法国、英国都有国际发展署，也对非洲给予了可观的援助，但其援助方式仍停留在国际援助模式的 1.0 版本阶段。之前西方公司是非洲最大的承包商，而今已经比较难看到它们在竞标中取胜。一位来自欧洲著名咨询公司的设计师说，迄今为止，没有哪个国家的政府会动用这么多的资金为非洲国家搞建设，我们没有中国的"两优贷款"。了解问题所在却无力改变才是最大的痛苦，一时间在非洲大地冒出种种抹黑中国的言论，其背后不乏西方国家的身影。他们的说法，无非都是从"主导者"变成"围观群众"情绪落差的宣泄。

　　面对诽谤与怀疑，中国的态度是合作。出于非洲国家政治与社会稳定、发展经济的大义，中法两国签署了《中法政府关于第三方市场合作的联合声明》，其中最重要的是"三国共同选择，第三国同意，第三国参与，第三国受益"原则。当前，中国在非洲出现非常好的合作发展态势：初始在工程承包领域全面推进，而现在，在"两优贷款"的强大支持下，中国标准正在大踏步地进入非洲基础设施建设领域。最新的动态是，中国企业不再为他人作嫁衣裳，开始在自己修建的基础设施运营维护领域初显身手。世间千年如我一瞬。在中国的帮助下，在中非命运共同体的合作框架下，非洲国家一定会实现多年的梦想。

助力非洲实现经济转型是非中合作首要挑战

访喀麦隆经济计划及领土整治部部长路易·保罗·莫塔泽

路易·保罗·莫塔泽，1959年出生于喀麦隆南部地区，毕业于雅温得大学国家行政学院，随后赴法国学习，于1985年获得国际运输硕士学位。莫塔泽于2015年担任喀麦隆政府经济部部长，从他的职业履历上看，这是他第二次担任此职，2007年到2011年他曾担任此职，2011年到2015年担任喀麦隆总理办公厅秘书长。在喀麦隆，他被视为政治家。

莫塔泽部长非常忙。笔者在喀麦隆采访期间，他在国外访问，为此他委托经济部对外合作总司长代他接受采访。他于 2016 年 10 月 15 日回国，在笔者离开喀麦隆的前一天晚上 8:00，他在家中接受了采访。

喀麦隆经济计划及领土整治部是喀麦隆政府最重要的职能部门，相当于中国的发展改革委，但前者职能更加宽泛，在制订国家长期投资规划、协调国家各领域发展战略、协调并统一领导国家各项经济规划的调研任务之外，还包括筹备中期财政支出规划和公共投资预算，与财政部共同管理公共投资预算，以及与财政部共同监管国有企业、研究并协调国家及地区层次上的领土整治问题。与中国政府机构设置与职能相比，实际上该部门还担负了相当于财政、国资委与国土资源部的部分职能。

喀麦隆要成为新兴工业化国家

赵忆宁：经济计划及领土整治部是喀麦隆最重要的部委，负责国家规划的制订与国家各项工程的实施。你有没有与中国的国家发改委官员进行过交流？

路易·保罗·莫塔泽：是的，我们现在有不少在建的项目，因为喀麦隆目前最关心的是经济增长。在喀麦隆人口构成中，年轻人的比例是较高的，为这些从学校毕业的年轻人创造更多的工作岗位，只有在经济增长较快的情况下，我们才能满足就业的需求。所以，喀麦隆政府希望凭借《2035 年远景规划》战略，在 2010—2020 年间实现年均 5.5% 的经济增长；到 2020 年，将失业率从 75.8% 降低到 50%，而且每年创造数千个正式就业岗位；将贫困率从 2007 年的 39% 降低到 2020 年的 28.7%。要想实现上述目标，需要大力建设基础设施，发展农业和工业生产。

此前当我还在总理办公室工作的时候，喀中当时有一个很重要的铁矿石开采合作项目，那时我们和中国国家发改委的官员们见过面，因为我知道发改委是中国负责审批重要项目的政府主管机构。有时候在会议上我会遇到中国商务部的官员，2016 年 7 月，我到北京参加中非合作论坛约翰内斯堡峰会成果落实协调人会议，我和中国商务部时任部长高虎城见了面，我们还一起签署了几个合作协议文件。

赵忆宁：2009 年，喀麦隆政府公布了《2035 年远景规划》，重点是发展农业，扩大能源生产，加大基础设施投资，努力改善依赖原材料出口型经济结构，争取到 2035 年使喀麦隆成为经济名列非洲前茅的新兴工业化国家。这个规划已经过去了 7 年，你如何评价朝着实现目标的进展？

路易·保罗·莫塔泽：喀麦隆政府和公民社会、私人部门以及开发伙伴一起，制定了未来 25 年的长期发展规划。这一规划的实施工作分为三部分，其中第一部分通过《经济增长和就业战略发展规划》（2010—2020 年）（*Growth and Employment Strategy Paper*）得以明确。这份文件为各项政策和政府行动，以及与技术和财政发展伙伴合作提供参考。

在基础设施方面，尤其是电力方面，目前正在建设几个大坝。预计到 2018 年，喀麦隆全国总装机发电量将达到 1 685 千瓦，确保满足各个行业的用电需求。港口和公路运输基础设施建设也在大力发展中，尤其是克里比深水港、乌里（Wouri）第二大桥、杜阿拉东西入口、与刚果相连的一些重要公路。

在农业方面，喀麦隆采取了多项措施，包括棉花价格风险管控机制、可可与咖啡重振计划，目标是到 2020 年将可可产量提高到 60 万吨。喀麦隆目前还在建设一条拖拉机生产线，并致力于提高种子质量，最终提高产量，发展第二代农业。

赵忆宁：贵国总统保罗·比亚在 2016 年新年致辞中提道："2016 年的主要任务是为国家实现真正意义上的工业化创造条件。"此次我在非洲调研的 7 个国家中，喀麦隆是在世界工业竞争力排名最高的，名列世界排名第 100 位，高于刚果（布）和肯尼亚（这两个国家世界排名分别是第 102 位和第 105 位）。经济学家钱纳里按照人均收入水平划分一个国家或者地区的工业发展阶段，2015 年喀麦隆人均收入 3 100 美元，应该属于成熟的工业化时期；如果按照工业化水平划分工业经济体，目前非洲还没有已经完成工业化的经济体。而喀麦隆属于正在进行工业化的经济体，已经跨越了不发达经济体。我的问题是：喀麦隆目前的工业发展阶段属于什么状态？总统先生所说的"真正意义的工业化"目标，所指的是新兴工业经济体，还是工业化经济体？

路易·保罗·莫塔泽：要想成为新兴国家，喀麦隆必须成为新兴工业化国家，工业化指导计划旨在扩大工业对国内生产总值的贡献度，目前工业产值占国内生产总值的 13%。预计到 2035 年，制造业占 GDP 的比重将达到 23%~24%，工业制成品占出口的比例要超过原材料占出口的比例。喀麦隆的工业化战略就是要大力发展可以在本地制成的产品，减少对进口的依赖，同时提高对原材料的加工能力，改善在全球价值链中的地位。因此，喀麦隆不仅是要增加工业原材料的产量，还要通过设备的更新换代来提高工业产能。除了要保障日常的电力供应，喀麦隆还在发展工业园区，提升国家的工业化水平。同时，喀麦隆政府也采取了一系列措施，确保本国制造的工业品在当地和国际市场上流通。

为推动工业化发展奠定基础

赵忆宁：每年的 11 月 20 日是联合国非洲工业化主题日，从 1994 年开始确定这个主题日，到目前为止已经过去了 22 年，而非洲国家除南非之外还没有一个国家成为工业化国家。是什么原因造成非洲工业发展的滞后？你们都进行过哪些尝试和努力？又遇到过哪些障碍？

路易·保罗·莫塔泽：虽然喀麦隆政府采取了许多措施来推动工业化发展，但仍然面临下列障碍：首先是原材料供应不足，主要受制于交通基础设施落后，加工处理能力、储存能力较低；其次是电力能源的不足，尽管我们正在修建隆潘卡尔水电站、曼维莱和莫肯水电站，还有克里比和隆巴巴（Log–Baba）的天然气厂，这些项目将使喀麦隆的发电装机容量从 2010 年的 974 千瓦增加到 2018 年的 1 685 千瓦，但是我们目前还是面临交通能力不足的问题。此外，我们自 2009 年起开始实施《喀麦隆标准与质量法规》，但是在法律法规方面还存在不完善的问题，当然也缺少现代技术的运用。

赵忆宁：从喀麦隆主要制造业产值占制造业增加值（MVA）的比重来看，主要是食品和饮料、焦炭、精炼石油产品、核燃料，以及化学品和化学产品。你认为喀麦隆渴望建成一个什么样的工业化国家？喀麦隆目前是否正在编制工业化指导计划（PDI）的进展、优先发展产业和实现的目标？

路易·保罗·莫塔泽：鉴于喀麦隆的农牧业发展潜力巨大，比如气候、生态环境等条件较好，农业加工将是喀麦隆工业化的一个主要部分，包括提高可可豆的本地加工率，以及咖啡、茶叶、蔗糖等产品的本地加工能力。此外，为了优化喀麦隆的出口结构，其他工业原材料的加工能力发展也是非常重要的，包括木材、纺织、合金（铝合金等）、建筑材料（水泥、锌），以及燃料、沥青、化肥等产品的加工能力。在工业化规划中，服务业尤其是维修保养以及电子行业是第三大重点发展领域，为其他行业的发展提供支撑。

工业化指导计划正在最后的编制工作阶段，由相关部委负责。刚才我提到的这些重点工作也将写入这份计划，更好地指导我们开展相关工作。

非中合作挑战经济转型

赵忆宁：中国在中非合作论坛约翰内斯堡峰会提出未来 3 年与非洲国家的"十大合作计划"。这十大合作计划中哪些能够对接或者契合喀麦隆的发展战略或者国家发展计划？哪些领域是喀麦隆最优先与中国进行合作的选项？

路易·保罗·莫塔泽：在十大合作计划中，与喀麦隆重点项目相关的包括工业化、基础设施建设、生产设备现代化、公共卫生、商贸往来以及投资和金融领域的合作。

赵忆宁：中国在短短的几十年间完成了工业现代化的过程，你认为中国的哪些成功经验是可以借鉴的？你对喀中深化合作，特别是工业化合作还有什么希望与建议？

路易·保罗·莫塔泽：在过去 40 年里，中国企业在喀麦隆承建了多个项目，包括大坝、医院、公路、健身设施及光缆等。这些项目都受到了喀麦隆人的热烈欢迎。目前，喀麦隆正在致力于将两国合作进一步多元化，推动在生产能力、技术转移等方面的合作，并提高当地劳动力和当地原材料、产品在这些项目中的使用。喀中两国在进一步深化合作时，需要考虑上述方面，并与中国一道就政策进行协调。

赵忆宁：约翰内斯堡峰会上除了提出中非"十大合作计划"之外，中国政府

还提出未来 3 年（2016—2018 年）将向非洲提供总额 600 亿美元的资金支持。在
这一轮合作中，喀中双方目前是否已经达成合作项目或者签署了哪些协议？这些
协议的签署是否在喀麦隆发展规划之中？

路易·保罗·莫塔泽： 2016 年 7 月 28—31 日在北京召开的约翰内斯堡峰会
后续成果落实会议上，喀麦隆和中国已经签署了价值 2 800 亿中非法郎的融资
协议。其中 2 170 亿中非法郎将提供给阿达马瓦省（Adamaoua）的比尼瓦拉克
（Bini Warak）大坝发电项目建设。这一水力发电设施发电量为 75 千瓦，将很快
由中国水电建设集团承建。喀麦隆与中国达成的其他协议还包括为克里比深水港
二期工程建设提供的融资 900 亿中非法郎，以及为新的国家组装生产线建设项目
提供可行性研究资金 900 亿中非法郎。这些融资项目都已经写入喀麦隆发展规
划中。

赵忆宁： 喀中合作已超过 40 年时间，你如何评价中国与喀麦隆的合作？喀
麦隆需要中国给予哪方面的帮助？

路易·保罗·莫塔泽： 中国和非洲国家的合作为本地区的基础设施发展提供
了很大的帮助。如今，随着非洲国家对基础设施的需求不断提高，中国在该领域
也积累了宝贵的经验与技术，非中基础设施合作进一步深化。在不少项目招投标
中，中国企业提供的标书从性价比来说也是最具竞争力的，受到非洲国家好评。
目前，非中合作的主要挑战在于如何使非洲经济真正实现转型。当前，非洲企业
还处在全球产业链的底部，主要还是依靠原材料出口，而非工业制成品。如果全
球经济要实现共赢，非洲经济就必须进一步发展升级。

中国从来没有离开过非洲

访中国驻喀麦隆特命全权大使魏文华

魏文华，出生于1957年，毕业于北京第二外国语学院西欧语系法语专业；2003—2007年，他担任中国驻马里共和国特命全权大使；2007—2012年，担任中国驻科特迪瓦共和国特命全权大使；2015年1月至今，担任中国驻喀麦隆共和国特命全权大使，他的驻外大使生涯全部与非洲相连。

2016 年 10 月 6 日，采访魏文华大使的那天，使馆刚刚结束"读报晨会"。所有外交官们坐在一起，汇集当天来自报纸、电台、电视台的所有新闻，评估信息与事件的重要性程度，以及可能对局势产生的影响，乃至对双边关系的影响。

因为笔者的来访，魏大使放下批阅文件、落实国内指示等事情，不然，他会在处理日常性工作后，接待来汇报工作的中资企业人员。

正是由于长期在非洲担任大使，魏大使对非洲有非比寻常的见解，无论是关于"促进非洲工业化"的独特见解，还是对西方"中国重返非洲论"的驳斥，以及"参与基础设施运维刻不容缓"的敏锐洞察，他将半个多世纪中国援助非洲的历史回声传递给倾听者，将有历史纵深厚度支撑的立论呈现，以及对来自非洲一线发展中问题的回应，都使整个访谈极具吸引力。虽然他诙谐地形容其观点有点"非主流"，但在我眼中则是"实事求是"，是对非洲的利益关切以及中国国家利益的责任感。

中国已成喀麦隆的第一大贸易伙伴

赵忆宁：请介绍一下中喀贸易与贸易平衡状况。

魏文华：2015 年两国双边贸易额为 26 亿美元，中国成为喀麦隆的第一大贸易伙伴，印度、法国位列第二和第三。如果你去杜阿拉，会看到市场上很多商品都是中国制造的，除了华人之外，当地的商人也愿意到中国采购，双边贸易非常频繁。

2015 年喀麦隆贸易逆差达 26 亿美元，2015 年 1-8 月喀麦隆对中国贸易逆差为 7.15 亿美元。其贸易累计逆差已达 83.2 亿美元。尽管喀麦隆贸易逆差绝对值在增加，但近年来增速放缓。如果再深入分析，石油产品进口额在喀进口额中占很大比重，油价下跌必然导致进口额萎缩，加上政府正在实施的三年紧急计划和大规模公共投资也与此密切相关。

我们不愿意看到非洲国家对华贸易逆差状况长期存在，所以想尽办法减少双边的贸易逆差，比如增加对喀麦隆的直接投资。中化国际并购了新加坡的 GMG 公司，该公司在喀有上千公顷橡胶园，接着中化国际又增加投资，开发橡胶林达上万公顷的规模，这是中国在非洲比较大的一项投资，天然橡胶炼成原胶就地生产，出口欧美市场。所以说橡胶园的投资属于农业的种植业，加工则属于化工制造业。

赵忆宁： 类似于农业种植或者工业初级产品加工的市场在哪里？

魏文华： 大多数情况下，一部分产品当地消化，一部分销往国际市场，主要是欧洲。因为欧洲的原材料原本就有一部分来自非洲。我们在非洲直接投资，既可以带动非洲国家一起发展，又可以规避欧洲市场的贸易壁垒。2016 年 8 月 4 日喀麦隆与欧盟签署的《经济伙伴关系临时协议》（简称 EPA）生效，在喀麦隆生产的所有产品均可以免税进入欧洲市场。类似的贸易协定在其他的非洲国家也有。这就意味着，在非洲投资与生产的产品可以不受配额限制直接销往欧洲。

另外，2009 年中国石化以 75.6 亿美元成功收购总部位于瑞士日内瓦的阿达克斯石油公司（Addax），2011 年，中国石化以阿达克斯公司为平台收购接管了壳牌在喀麦隆的油气资产。壳牌公司之前判断认为喀麦隆附近的海上油田年产量只有 50 万吨左右，中国石化收购后实现了阿达克斯喀麦隆公司权益产能百万吨，比收购前产量翻了一番，成为中国石化在西非又一个年权益产能达百万吨的石油生产基地。目前，石油收入仍旧是喀麦隆国家主要的外贸收入来源，虽然石油价格下跌，但生产的扩大部分抵充了价格下降的损失。总体来说，中国的国有企业在这里投资还是太少。

新舟 60 飞机背后的竞争

赵忆宁： 我了解到，双方经贸关系并非一帆风顺，比如新舟 60 飞机进入喀麦隆市场。

魏文华： 新舟 60 落地喀麦隆确实下了很多功夫，历任大使们都做了很多工作。2016 年 1 月，喀麦隆航空公司举行两架中国产新舟 60 飞机的开航仪式，目前喀方共接收了 3 架新舟 60。所以西方竞争者一直不断地宣传我们的飞机有质量、安全性的问题，他们在《青年非洲》杂志上刊登漫画，把机身画成一个棺材，两个翅膀上写着"新舟 60"，非常恶劣。这背后实际上是竞争。中国正在搞自己的大飞机，这对他们也是威胁。他们担心中国的商用飞机今后会源源不断地进入非洲民用航空领域，影响到他们对非洲航空市场的统治地位。而我们就是要高调宣传中国飞机的可靠性，打消非洲市场的顾虑。

所以我们第一步是赠送喀军方一架新舟 60 飞机，安全飞行了 1 000 多小时，一点问题没有，用飞机的安全质量来回应人们的质疑。新的两架飞机过来后，我和喀麦隆的交通部部长、外交部部长还有各界的名流坐上飞机参加了首航仪式。新舟 60 是双涡轮螺旋桨支线客机，只有 60 个座位。中国还有 ARJ21，C919 也将首飞，这都是喷气式客机，今后的竞争会更加激烈。

赵忆宁： 除了经贸关系之外，中喀双边政治关系如何？

魏文华： 中喀双边的政治关系一直很好，比亚总统曾五次访华；前国家主席胡锦涛和前国务院总理朱镕基都曾访问过喀麦隆；2015 年 1 月，外交部部长王毅来访；2015 年 6 月，喀麦隆总理访华；2015 年 8 月，喀麦隆外交部部长到中国出席双边经贸混委会，商谈双边合作。另外，部级领导的互访也很多，2016年，喀方也有一些部长到中国访问。

在国际事务中，中喀能相互支持，特别是近些年来各种国际组织的竞选越来越多，中国人开始大踏步进入国际组织发挥作用，像世界卫生组织、国际货币基金组织、联合国工业发展组织、联合国教科文组织、国际电信联盟等，中国籍人士担任主要领导职务，这在过去是不可想象的。而每一个国际组织的竞选都是一个国家一票，所以要靠各个国家支持。喀麦隆对中国几乎是有求必应，只要是中国需要。

重要的基础设施几乎全部是中国建设

赵忆宁： 目前，中喀两国各领域合作从地面到天空。请概要介绍中喀两国深化经贸、文化交流合作的情况。

魏文华： 2016 年是中喀建交 45 周年。两国建交以来，双边合作发展非常快，现在中国是喀麦隆的第一大贸易伙伴，同时喀麦隆还是非洲利用中国"两优贷款"排第三位的国家，尼日利亚和肯尼亚分别排第一和第二。截至目前，喀麦隆获得中国"两优贷款"总批贷额达 254 亿元人民币。喀麦隆与中国的合作项目非常多，这里重要的基础设施几乎全部是中国帮助建设的，之前援建的项目更不用说，比如会议大厦、雅温得体育馆已经成了喀麦隆的标志性建筑。

另外，中国援建的拉格都水电站，位于北方省首府加鲁阿市上游 40 千米的拉格都峡谷，1984 年竣工，是当时我国最大的援外水利水电工程之一，到现在，喀麦隆北方地区的用电主要依靠拉格都电站的电力。

赵忆宁：目前由中国在建的重大基础设施工程都有哪些？

魏文华：目前最大的是克里比深水港，一期已经建成，马上要上二期，这个港口建成对喀麦隆有非常重要的意义。现在喀麦隆虽然有港口，但都是浅水港，比如杜阿拉港虽然贸易繁忙，但是港口水太浅，大型船舶只能停在外海，然后使用小驳船往里运，时间和运输成本高。而克里比深水港一旦建成，大船可以直接停靠码头。另外还有从首都雅温得到杜阿拉的高速公路，杜阿拉是喀麦隆经济中心，全长 195 公里双向六车道，这也是喀麦隆的首条高速公路。现在从首都到杜阿拉需要 4~5 小时，这条高速公路一旦建成，将是喀麦隆建设交通大通道的开始，目前还有其他 5 条高速公路正在规划中。

中国帮助建设的喀麦隆南部大区贾-洛博省莫坎水电站，2015 年一号机组成功发电，正在建设的曼维莱水电站（Memve'Ele Hydroelectric）已经蓄水，过一段时间就可以发电了。喀麦隆面临严重的能源短缺，电站建成后将有效缓解首都雅温得及南部大区电力紧张状况。为了缓解电力供应紧张情况，还有很多水电站项目将要实施，比如芒楚水电站（Menchum）、比尼瓦拉克水电站（Bini A Warak）与颂东水电站（Song Dong Hydropower）等。如果这些水电站建成，对喀麦隆和周边国家将产生重大影响。

赵忆宁：喀麦隆有丰富的水资源，在非洲排第二位，怎么会严重缺电呢？

魏文华：不仅缺电还严重缺水，尤其到旱季连着几个月不下雨，连使馆都会经常停水。在首都雅温得，中资企业帮助建设萨纳加河供水厂，水供应量 30 万立方米/天。利用中国进出口银行优惠贷款在 9 座城市修建清洁饮用水厂的规划，目前已经完成了 4 个城市的水厂建设，包括已建成杜阿拉亚都饮用水处理厂，为杜阿拉上百万居民提供清洁饮用水。还有 5 个城市水厂也将开始建设，这是惠及众多人口的民生项目。另外，中国还帮助喀麦隆偏远地区打井，共有 145 口深水井，这是从 2015 年开始实施的项目。

参与基础设施运维刻不容缓

赵忆宁： 目前，喀麦隆几乎所有的公共设施的运营都是外国公司，我们在这里出钱、出力修建基础设施，实质上是让其他国家挣更多的钱？

魏文华： 目前，中喀在基础设施领域的合作模式是中国提供资金（融资），中国企业帮助修建，之后是政府还贷。虽然在建设过程中，中资企业把中国设备、中国标准带出国门，但建完之后基本上是拍屁股走人。确实如你所说，很多工程是交给了西方人运营。比如 20 世纪 80 年代中国援建的拉格都水电站，现在是英国人运营，杜阿拉水厂是摩洛哥人在运营。这些都是中国援助与建设的，而我们没有参与运营，等于是在给他人作嫁衣。所以国内的运营企业走出来的迫切性凸显，应该自己经营我们援助和建设的公共基础设施项目。

事实上，中国建设和中国运营连在一起对所在国有好处。喀麦隆为什么缺水缺电？因为这些运营者根本不做任何新的投入，拉格都水电站建了 30 年，现在所有的设备还是 20 世纪中国援助时的老样子，三台机组目前只有一台机组还在发电，其他两台机组都已转动不了了，英国人光挣钱不投入。

赵忆宁： 如果是中国人运营可以避免出现这样的情况。

魏文华： 几个喀麦隆年轻人跟我说，你们中国人修了这么多项目，为什么不自己经营？为什么要交给西方人经营？是你们太无私还是没有能力？他们想不通。目前，我们在喀麦隆的企业几乎都是工程承包类企业，让这些企业去运营，转型任务十分艰巨。虽然商务部和进出口银行在推进企业参与运维方面有指导意见，其中优惠贷款的附加条件是参与运维，鼓励我们的企业参与到其中，但是工程承包类企业向运营转型需要时间。

最有效的方式是让国内的运营企业走出来。如果工程承包商与中国的运营企业形成合力，就会事半功倍。赞比亚亚吉铁路已经做了很好的示范，中国承建、中国设备、中国标准，然后由中国负责铁路运营。另外，克里比深水港也是使用中国的融资，但他们把深水港交给法国人运营了。有进步的是中国港湾在克里比深水港项目集装箱码头的运营中标 20% 的股份，这些都是好的开端。

赵忆宁：这也是来之不易。

魏文华：但是之后的建设项目到运维阶段就不应该只有 20% 的股份了，因为喀麦隆目前的外债水平不断提高，下一步的融资将会出现还贷风险。如果是我们中国企业利用中国的银行贷款参与投资，再转成投资企业的股份，由中国企业运营，则会是良性循环。这还需要与喀麦隆政府协商。下一步推动虽然很难，但是我们也一直在努力。而且我觉得在双边合作当中，第一要做的事情是，要以投资+运营的方式参与到我们已经建设的基础设施中，目的是减轻喀麦隆的债务和提高运营效率，此后才能更进一步吸引更多的资金进来，这也是出于喀麦隆国家利益的考虑。

从"互利双赢"到"互利三赢"

赵忆宁：李克强总理在 2015 年访问法国时，提出中法开展国际产能合作、共同开发第三方市场的倡议，中法两国已经签署了《开发第三方市场合作协议》，第三方应该是包括非洲，这将提出新的问题，原来是"互利双赢"，而现在是"互利三赢"，对此您怎么看？

魏文华：我们对在非洲搞三方合作持开放态度。比如克里比港的运营就是三方合作的探索，除了法国波罗雷公司之外，中国企业和本地公司各入股 20%，中方和喀方都有管理人员参与运营公司，我们愿意向西方人学习在非洲如何经营管理企业，如何与驻在国打交道。但是我个人认为，无论是几方合作，首先是非洲人要提出来，非洲人要同意，并让非洲人发挥主导作用。正是由于中国进入到非洲，西方人也在开始改变自己的做法，克里比深水港运营模式的示范作用也就在这里。所以说，任何游戏规则都不是一成不变的，只有通过交流甚至博弈从而达成新的游戏规则。

一盘棋总体规划布局非洲工业化

赵忆宁： 在中非"十大合作计划"框架下，特别是习近平主席在G20杭州峰会上再次强调将帮助非洲完成工业化，您怎么看这个问题？

魏文华： 从喀麦隆来讲，短期内我们急需要做的事情是参与运维。关于促进和帮助非洲工业化，实质上是产能合作的问题，首先这是一个很好的事情，但也是个非常难的事情。我们一直在讲产能合作，但是我们的企业主要是国有企业不愿意来非洲投资，比如我们的钢铁产业，虽然产能过剩1/3，我并没有看见哪家钢铁厂到非洲投资。按说非洲是"地理大洲"、"人口大洲"和"资源大洲"，非洲国家有品位很高的铁矿石资源，为什么不来呢？有我们主观上的问题，包括体制机制方面的问题，比如企业领导的短期行为，对他们的绩效考核内容不是鼓励他们对外投资，反而束缚了对外投资意愿；也有客观原因，主要是风险太大，投资环境不佳，基础设施跟不上，用水、用电、运输都存在问题，更关键的是市场容量有限。整个非洲钢铁需求量仍然很低，加上全球钢铁产能都在消减，产能不是说说就能转移到非洲的。

赵忆宁： 国内有很多投资咨询公司的报告，一般给出的建议是，在中短期内向非洲出口钢材具有较大的贸易机会，而投资建钢厂长期看是个不错的选择。言外之意现在不是时候。

魏文华： 企业对市场最敏感，企业走出来自然会考虑到产业链的完整性，非洲虽然有资源和人口优势，但缺失后面的产业链，以供需链为例，一个零件坏了都要回国找，成本势必增加；就市场来讲，每个国家的人口有限，所以市场是分散的，这也是非洲为什么要搞非洲统一的原因之一，只有形成一个大的市场，非洲才有希望。促进和帮助非洲实现工业化要把非洲当成一盘棋布局才行。

赵忆宁： 一盘棋布局，前提是需要强有力的中央政府，而非洲似乎做不到？

魏文华： 很难做到，如何实现非洲的工业化是个有待破解的难题。转移中国产能到非洲理论与逻辑是通的，但是欧洲在20世纪产能就过剩了，怎么没有转移到非洲呢？非洲这么多年工业没有发展起来是有多方面原因的。我认为，促进非洲工业化的前提，必须先要帮助非洲做一个工业化的总体规划，而且只有跟非洲人一起商量才能做成，难度很大。所幸的是，人们已经认识到了这一点。现在非洲遇到了中国，出现了非洲国家实现工业化的新机遇，中国有资金、技术、产能，最重要的是有意愿，剩下的是怎样把双方的意愿变成现实。

加大对非洲人力资源的投入

赵忆宁： 20 世纪中国曾经帮助非洲开展工业化建设，在文献中有记载。

魏文华： 中国除了援助非洲国家基础设施之外，还帮助很多国家建设工厂。我在马里当大使的时候他们告诉我，马里的整个工业体系都是中国帮助建立的，包括建了糖厂、纺织厂、碾米厂、药厂、茶厂、火柴厂，等等。那个时候并不是产能转移，而是中国勒紧裤腰带在帮助非洲建设工业体系，目的是帮助非洲国家经济独立。后来我发现很多工厂都不存在了，只剩下一个糖厂、一个纺织厂和一个药厂。当时我们做的是交钥匙工程，给当地人做一些技术培训后就全部撤离了，由马里人自己负责生产运营，结果是基本全部垮掉。我在的时候药厂也关门了，工人们请愿要求中国人把厂子接过去。为什么糖厂和纺织厂还能存在？是因为与中国搞了股份合作，并交给中方管理才活下来。所以我们必须要汲取历史的经验与教训，总结这些企业为什么经营不下去的原因，为新一轮促进非洲工业化做好准备。

赵忆宁： 马里是个案吗？

魏文华： 不是个案。当时中国援助非洲铁哥们儿国家，除了马里外，还有坦桑尼亚、毛里塔尼亚、几内亚和加纳等。我们现在讲"授之以鱼"不如"授之以渔"，回溯曾经给非洲建了这么多工厂大多倒闭的事实会发觉，并不是给一根鱼竿就会钓鱼的，也不是给条渔船就能捕鱼的，还要不断供给渔网、燃油、维修、培训。你白给，人家不珍惜，最后成了填不满的无底洞。实践证明这种做法不可持续。发展中国家工业化建设的核心，说到底是工业化人力资源能力的建设，这需要几十年的积累。

赵忆宁： 说到人力资源，布鲁金斯学会的杜大卫（David Dollar）有一份新的报告，评论中国与非洲的交往从自然资源领域到人力资源领域的变化。

魏文华：我们每年为喀麦隆提供 30 多个政府奖学金名额，2016 年有 33 人到中国学习，目前累计有 1 500 多学生到中国学习。最近几年增加了对政府各级官员的培训，2015 年有 150 多名中高级政府官员到中国学习，包括部长级、司局级和处级官员。2016 年喀麦隆成立了中国培训官员联谊会，有中国学习经历的官员们经常在一起交流，使馆也尽可能地给予帮助。商务部每年给使馆提供培训项目的清单，有的是技术培训，有的是官员培训，有的是专业的培训，有上百个项目，涉及中国很多所高校。习近平主席 2015 年提出的"中非人文合作计划"，为非洲提供 2 000 个学历学位教育名额和 3 万个政府奖学金名额，每年组织 200 名非洲学者访华和 500 名非洲青年研修。中国加大对非洲人力资源的投入，其滞后收益是高回报和长期性的。

中国从来没有离开过非洲

赵忆宁：西方媒体一直在说中国是重返非洲，您讲的是上个世纪的故事，从逻辑上讲"重返非洲"是不通的。

魏文华：是的，中国从来没有离开过非洲。20 世纪六七十年代中国帮助非洲国家修铁路、建港口、建工厂是中国在非洲的第一阶段。从修铁路和建工厂中发现不可持续的问题后，中国进入到改革开放时期，转到以经济建设为中心，加大对经济建设的投资。那时中央财政非常困难，所以有段时间减少了对外援助。怎么办呢？这个时期开始为非洲国家建标志性建筑，现在非洲国家的标志性建筑几乎都是中国人建的，政府大楼、体育场馆、会议大厦、文化宫，等等。如果划分阶段，这就是第二阶段。在这两个阶段交替的过程中，人们会觉得中国离开非洲了，加上冷战结束后美国、俄罗斯各自解决自己的事务，这时非洲有些失落。

西方媒体所谓的"中国重返非洲"，可能指的是中国在非洲的第三阶段。首先中国从来没有离开过非洲，与第二阶段建楼堂馆所比较，中国在非洲的形象是一个崭新的形象，中国已经是世界第二大经济体，中国与非洲合作的实力背景今非昔比，从过去靠自己勒紧裤腰带援助非洲，到现在以全新的、可持续性的方式，以"平等合作、互利共赢"的原则与非洲合作，中非"十大合作计划"前所未有地燃起非洲国家对加快发展的憧憬，当然这对西方国家是很大的冲击。

非洲既不是西方人的非洲，也不是中国人的非洲，而是非洲人的非洲。中国人在非洲就是与非洲国家合作共赢，在非洲走出一条与西方国家不一样的对非合作发展道路。

赵忆宁：所以，西方国家对非洲的现状可能会有失落感。

魏文华：2016 年，使馆举办国庆招待会，我一口气可以举出中国在喀麦隆建设的几十个项目，没有任何其他国家的大使可以举出这么多与喀麦隆的合作项目，他们能举出几个就不错了，这肯定会让人有失落感。无论是资金量、项目量，以及合作的远景，都是他们所做不到的。参加招待会的阿尔及利亚驻喀麦隆大使对我说："这是中国的气派，中国人现在说话的底气不一样了。"确实，在非洲当中国大使我感到非常骄傲。

西方国家将非洲国家作为殖民地管理了上百年，到现在非洲也没有发展起来，是中国以低成本建设的合作方式在帮助非洲发展，给非洲一种新的选择。虽然现在西方国家有失落感，但慢慢地就会习惯了。西方人不习惯，我们中国自己也不习惯如何做一个大国呢。所以不仅我们自己要慢慢习惯如何做大国，西方人、包括非洲人也需要慢慢习惯如何与中国这个崛起的大国相处。当大家慢慢习惯了以后也就变成了新常态。

赵忆宁：说到合作共赢，非洲的获益随处可见，而中国在非洲的利益是什么？这是人们回避的话题。

魏文华：中国当然有利益，没有必要回避。中国过去在非洲确实不讲自己的利益，都是无偿援助，援助完以后走人，就出现要么是本地缺乏经营管理经验企业倒闭，要么是交给第三方运营第三方获益的情况，总之对我们和非洲国家都是损失。与中国"兼爱无私"的价值观形成反差的是利益最大化的西方价值观。而现在我们提出"互利、合作、共赢"的正确利益观是可持续的，中国近代思想家严复提出，"两利为利，独利必不利"。其实最大的受益者还是非洲国家。中国对外开放的成功已经证明，打开国门中国是最大的受益者。而中国与非洲的深化合作，毫无疑问，最大的受益者是非洲。

合作开发第三方市场　喀麦隆是最大的利益攸关者

专访中国港湾中部非洲区域管理中心总经理许华江

许华江，出生于1976年，1998年，毕业于上海海运学院涉外会计专业；2000—2008年，他在中国港湾尼日利亚有限责任公司工作，先后担任财务经理、副总经理兼首席代表；2008—2010年，任中国港湾安哥拉办事处财务总监；2010年至今，在中国港湾喀麦隆办事处任职，历任办事处筹备组组长、中国港湾喀麦隆公司总经理、中国港湾中部非洲区域管理中心总经理。

许华江的工作经历犹如绘画中的线条，这根线条浓浓地浸染着非洲的色彩。他 24 岁来到非洲，在非洲已经整整 16 年。前一个 8 年中，他常常背着标书奔波在非洲国家间，包括尼日利亚、加纳、喀麦隆、安哥拉等。2006 年，他只身来到喀麦隆，只是因为得到喀麦隆政府有意向建设克里比深水港的信息。之后，他一个人住在雅温得的中餐馆里，为中国港湾争取到了克里比深水港项目。仅仅用了 8 年，从一个人的筹备处变成现在有 73 人组成的中国港湾喀麦隆公司、中国港湾中部非洲区域管理中心；他们不仅完成了喀麦隆最大的国家工程——克里比深水港一期项目（合同金额为 4.97 亿美元），也将深水港二期工程揽入手中（合同金额 7.94 亿美元）；4.54 亿美元的蒙波罗—克里比（MBORO–KRIBI）高速公路项目已完成大半，克里比自由贸易区的规划也正在实施中。

当浓稠的色彩向外喷射时，浸透和渲染了画面外的空间。中国港湾在自己修建的克里比港口，以主导者的身份突破性地进入特许经营体系——获得港口的特许经营权，开始从传统的工程承包企业向建设运维一体化的企业转型尝试。在非洲中部法语区国家，公共基础设施运维领域隐藏着西方国家获取后殖民红利的秘密，中国公司的进入开始打破历史轨迹的均衡，即打破了垄断者的利益，但并没有出现对所有人都不利的"纳什均衡"结局，因为中国公司把喀麦隆视为第三方市场合作的最大利益攸关者，争取其理应得到的经济收益。有中国在，绝不会重演所在国被排斥在外、由大国操纵的历史一幕。许华江生动地讲述台前幕后反复博弈的故事。

大时代搭建了大舞台，大时代也造就了新一代的企业家，许华江就是其中之一。

"两优贷款"成为筑梦非洲"利器"

赵忆宁：之前听说你从财务专业转型做市场和管理的故事。你是什么时候接触克里比港口项目的？

许华江：第一次接触喀麦隆是 2002 年到林贝参加投标，那时我在尼日利亚中国港湾办事处当财务经理。真正接触喀麦隆是从 2006 年开始，公司在此前做了市场调研，了解到喀麦隆政府有意建设克里比港项目的信息，让我到喀麦隆跟进信息与推动深水港项目。

赵忆宁： 你当时得到了克里比港的什么信息?

许华江： 喀麦隆政府长期以来有建设深水港的愿望。实际上，深水港项目已经规划了将近 20 年。之前一直是法国公司在帮他们做规划和研究，包括选址的不同方案，还应允帮助修建港口。2007 年 4 月，喀麦隆总理府秘书长邀请中国港湾派代表考察克里比深水港项目。总理府秘书长当时代表总理与内阁接待我们，对我们寄予很大期望。那时，喀麦隆也没完全放弃法国，只是项目长期被搁置，希望在法国以外寻求新的可能实现的渠道。实际上，那个时候他们的重心还是寄托在法国人身上。

赵忆宁： 一个项目规划了二十多年而没有启动，原因是什么? 法国人为什么没有去做?

许华江： 没有启动的原因很多，最重要的是资金问题。以前喀麦隆把所有期望都寄托于欧洲（主要是法国），但实际上在过去的这几十年里，法国人并没有帮助他们实现。虽然法国发展署（French Development Agency）在非洲进行了一些援助，但每个项目规模较小，其他的项目都是依靠企业投资。加上当时克里比什么都没有，就是一片原始森林，对于任何一家企业来讲，在没有配套基础设施的情况下投资，是需要承担非常大的风险。实话实说，还是因为法国没有类似于中国政府与企业结合的投资政策。

赵忆宁： 我读过原商务部副部长魏建国写的《此生难舍是非洲》一书，他在书中记述了关于"两优贷款"政策出台的始末。中国进出口银行为发展中国家提供的具有援助性质的中长期贷款是一项"四两拨千斤"的制度创新。

许华江： 是的。"两优贷款"是解开非洲国家发展资金短缺死结的"金点子"。非洲国家实现财政收支平衡的很少，而欠发达国家面临的最大问题又是发展和建设问题，中国进出口银行的"两优贷款"起到了杠杆的撬动效应，也是中国承包工程企业走出去的强有力支撑。

赵忆宁： "两优贷款"最早在 1995 年中国向苏丹提供优惠贷款勘探开发石油时首次使用，2006 年的时候也并没有全面铺开。你能介绍一下喀麦隆的情况吗?

许华江：当时中国政府的"两优贷款"政策在喀麦隆还没有开始试点，至少在2007 年时还没有先例。所以在我们走之前连意向都没有签，只是承诺为港口做一些技术方案，我们没有向喀麦隆政府要一分钱，而此前法国人做的技术方案都是收费的。2008 年，我们把技术方案交给喀麦隆政府后，再次接到喀麦隆政府的邀请，他们邀请了所有潜在的承包商，以及所有可能给政府提供融资的金融机构共同参加"圆桌会议"，当然也就包括中国进出口银行，这也是中国进出口银行第一次接触这个项目。2008 年 8 月，会议在雅温得希尔顿酒店召开，参加会议的有 40 多人，包括世界银行喀麦隆代表处、非洲开发银行、中东伊斯兰开发银行以及中国进出口银行等，还有欧洲各大承包商，比如全球最大的建筑承包商法国万喜集团（VINCI）、排名世界第一位的疏浚公司荷兰波斯卡里斯（Boskalis）等，中国承包商就是中国港湾一家。会议主持方——喀麦隆经济计划部临时安排中国港湾和中国进出口银行做讲演，我从中国港湾的技术能力与周边市场的项目业绩做了介绍，中国进出口银行则把中国政府"两优贷款"的政策做了详细的介绍。

会后当地媒体采访我们，包括喀麦隆国家电视台（Cameroun TV）和最大的主流媒体《论坛报》，分别以"中国人来了"和"一个新的希望正在升起"为主题，一致认为克里比港口的建设终于迎来了希望的曙光，并称中国有可能帮助喀麦隆实现多年未能实现的国家梦想。

赵忆宁：我看到当地媒体的报道，在喀麦隆，此前有关克里比的报道更多的是围绕法国和欧洲公司，而且很长时间内只要提到克里比港就被当地人视为笑话。可以理解，因为从 1980 年欧洲公司做规划时起，政府就说过太多次几年内要建成克里比深水港，但一直没进展。推动中国进出口银行的"两优贷款"需要很长的过程吧？

许华江：是的。2009 年我们与喀麦隆政府正式签署了克里比深水港一期商务合同，商务合同的条件是我们协助政府落实中国进出口银行的贷款，但没有明确是"两优贷款"，当时我们自己都没有信心。克里比深水港是一个大项目，项目合同额为 4.97 亿美元，1995 年，中国政府为苏丹石油项目提供了 5 亿元人民币优惠贷款，因为当时石油走出去是为了国家的能源安全。所以我们担心中国政府不可能全额提供优惠贷款，能做到一半是优惠贷款，另一半是商业贷款就不错了，当时喀麦隆政府认为，中国进出口银行能给商业贷款也可以接受。但是中国进出口银行与喀麦隆经济计划部部长谈判时表示，中国进出口银行对项目进行了评估，结论是项目效益好，而且对喀麦隆具有战略意义，表示可以考虑百分之百的优惠贷款。

克里比深水港一期

赵忆宁：结果远远超出预期。

许华江：是的，他们真是高兴极了，我记得当时经济计划部部长反复地问："这是可能的吗？"喀麦隆人用了 36 年追逐这个梦想，是在中国的帮助下才实现了这一梦想，所以他们觉得非常骄傲。克里比深水港一期项目是中国进出口银行在非洲的第一笔最大的"两优贷款"项目，也是在非洲单笔利息最低的贷款，通常利息是 2.5%，这个项目只有 2%。2011 年 6 月 11 日，项目正式起动。

探索"第三方市场合作"模式

赵忆宁： 中国投资者在非洲获得了几乎所有的基础设施、能源建设的项目，特别是发生在前法国有深厚根基的中部非洲，给法国公司的冲击很大吧？

许华江： 在非洲工程承包市场，中国企业有无可匹敌的竞争优势。杜阿拉港航道每年要疏浚两次，每次工期 4 个月。我们没来之前欧洲公司在这里做了几十年，自从 2011 年中国进出口银行支持我们进入喀麦隆市场到现在，杜阿拉疏浚市场就被我们"垄断"了。在市场竞争中的"垄断"，取决于对市场、竞争对手和自己的成本研究得很透彻，对市场把握非常精准，欧洲公司早就失去竞争优势，这是非常普遍的现象。

赵忆宁： 随着中国企业承包的工程越来越多，经济关系也随之紧密，客观上减少了非洲国家对西方的依附，接下来的事情没有那么平静吧？

许华江： 在我们与喀麦隆政府推动中国进出口银行优惠贷款的同时，法国表示他们在做BOT（建设-经营-转让）的研究，但是一直没有结果。当我们的贷款落地后，喀麦隆政府对外宣布项目采用中国进出口银行的"两优贷款"，项目将交给中国港湾实施时，一些法国公司的情绪出现了反弹，包括通过咨询公司向喀麦隆政府施压，对中国港湾的技术、能力等提出质疑。法国公司掌握的当地媒体传出喀麦隆把这么大的项目"交给一个不称职的公司"的说法。

欧洲人推动这个项目的 20 年间，做了多个版本的规划和 8 个专题技术研究，我们一拿到这个项目就免费做了港口规划，这让喀麦隆政府觉得不可思议，"怎么中国公司和欧洲公司不一样呢？"而且我们的设计方案与之前法国人的设计从理念到使用标准都是不同的。

为了采用我们的设计方案，2011 年喀麦隆政府专门在法国巴黎召开技术研讨会，参加者来自喀麦隆政府、原来的法国设计公司联营体和中国港湾三方。会议开了两天，实际上相当于喀麦隆政府主持的中法辩论会，我们回答了所有对方提出的水流、波浪等技术问题，他们提出的所有质疑我们不仅都考虑到了，而且有我们的设计道理所在。喀麦隆的技术专家能够辨识哪些有道理，哪些没有道理。实际上，技术研讨从最初质疑我们能力的会议变成双方讨论技术问题的会议了。

赵忆宁：我想这是喀麦隆政府在寻求平衡的做法吧？

许华江：是的。我的理解有几方面原因：第一，这是喀麦隆国家最大的项目，重视程度前所未有；第二，因为我们与喀麦隆政府也是第一次接触，他们对中国港湾也没有十足的信心；第三，我想他们可能乐见中法之间的竞争，从技术上辨识设计方案的差异与优劣；最后，也是想借此缓解喀麦隆政府所受的压力。后来，在喀麦隆还开过三四次这样的会议。

赵忆宁：其实也能理解，法国在非洲已经存在很久，之前法国一直是非洲第一大直接外资投资者，2014 年法国对非洲的投资总额约 183 亿美元，长期垄断非洲的建设工程，而当年中国在非洲投资排在第四位。当法国企业在非洲遇上了中国企业，加之外交的压力，发生交锋在所难免。

许华江：这个项目注定不那么简单。辩论会后我们思考，怎样把摩擦力变成事物发展的动力？正如帆船调整风帆改变方向，使阻力变成了风力，有的时候摩擦力是否最终变成阻力取决于人们的选择。就法方提出的海浪波稳的问题，虽然我们完全有信心通过实验证明计算是正确的，中交建第四航务工程勘察设计院以及中科院都能做实验，但是我们聘请了法国阿特莉雅集团公司（Artelia Group）帮助我们做波浪模型实验研究，这是法国有名的工程公司，它位于法国与瑞士交界的小镇，该公司按照我们的设计做了防波堤的波浪模型，模拟当地海浪收集数据，最后证明我们的设计是正确的。其实法国公司也不是铁板一块，可能承包公司会不高兴，但是我们主动邀请咨询公司合作，他们反而觉得是机会。之后，我们还与其他法国公司进行了合作。

赵忆宁：在中部非洲采访，看到中国在帮助非洲国家修建基础设施，但是这些公共基础设施的运营权几乎全部在法国人手中，会让人感到是中国政府出钱，中国公司出技术和劳动力，为法国公司更新基础设施，让它们赚更多的钱。

许华江：是的，法国人基本上控制了喀麦隆的经济命脉。比如喀麦隆国家铁路，虽然名称是叫喀麦隆铁路公司（Camrail），但实际运维控制权在法国人手中，法国博洛雷占股 77.4%，喀麦隆政府占股 10%，国家铁路收益的大头是法国公司，这种案例很多。但是，我们拿到了克里比深水港的运营特许，2016 年 9

月 26 日，喀麦隆总理菲勒蒙·扬签署了关于克里比深水港集装箱泊位运营商中标结果的总理府公告，正式将克里比深水港集装箱泊位的特许经营授予中国港湾、法国博洛雷（Bolloré Logistics）、法国达飞海运集团（CMA–CGM）联合运营体和喀麦隆当地企业。我们的加入改变了之前特许经营权的股权结构，最重要的是提高了所在国的股份。

赵忆宁： 这也挺难为你们的，从工程承包公司要转型到运营公司的模式，很不容易。

许华江： 虽然我们是传统的工程公司，但是集团的发展战略是完成从工向商的转型，成为基础设施一体化解决方案的供应商。法国万喜就是中交建集团与国际同行企业对标的公司，万喜在国际工程领域排名靠前，其营业收入主要来源不是基建而是特许经营。我们有不如别人的地方必须要学，而且是认真地学。所以我们要自加压力尽快完成这一转型。在这个过程中，喀麦隆政府也建议我们跟法国人去谈合作。

赵忆宁： 为什么？

许华江： 我认为有这样几个原因：第一，中国港湾缺乏港口运营的经验，我们处于由工到商转型的起点。第二，港口要有运量的保障，而运量又依赖航线，船运公司愿意选择这里作为枢纽港才行。现在法国达飞海运集团是联合运营体的成员，它是世界排名第三的集装箱全球承运公司，仅次于马士基，而在中西非的运量排名第二。第三，物流的保障，博洛雷公司是目前全球最大的物流公司，网点遍及全球，深耕非洲物流领域多年，在 46 个非洲国家设有 250 家办事处，拥有 280 座仓库，是业界在非洲拥有最庞大的综合性物流网络的公司。这些就是我们为什么要选择这两家法国公司合作的背景。有运量、航线和物流的保障，法国公司占大头也是有道理的。

赵忆宁： 看来合作是你们主动的选择。

许华江： 是我们的主动选择。当时一共有 11 家国际运营商来投标，但是我们还是选择这两家公司作为我们的合作伙伴。法国公司虽然缺少将融资和发展结合在一起的国际投资渠道，但它们在非洲已经很长时间，有很多管理经验，包括和当地人打交道的经验。比较而言，我们还是新手，两国合作具有互补性。当然，除了上述原因我们也有其他方面的考虑，中国港湾在运营行业处于起步阶段，我们选择的合作伙伴一定是世界顶级的公司，一方面我们有足够的自主性，另一方面我们也有敞开胸怀学习的渴望，在合作中学习是贴身无距离的学习，更是实战运用型的学习，也是不交学费的学习，我相信我们一定会在学习中快速成长。

赵忆宁：2015 年 7 月，李克强总理访问法国时提出了中法在第三方市场合作的倡议，他在巴黎经济合作与发展组织总部发表演讲时表示，中方愿将自身的装备与发展中国家的需求和发达国家的优势结合起来，推动国际产能合作。你们与法国谈合作从 2014 年就开始了，可谓捷足先登。

许华江：准确地说，应该是比较敏感地把握了大的趋势。说老实话，我们在非洲这么多年，尤其在法语区体验到其他地域没有的复杂性，如何寻求一种更加平衡的发展模式，如何把阻碍发展的因素变为有利因素，是我们一直在探索的。这不仅有利于中国企业和法国企业，也有利于所在国，三者是利益攸关的关系。以克里比港运营为例，喀麦隆政府希望看到我们能够同法国博洛雷公司合作。除了他们具有运营经验之外，对三国关系也是一个利好。而当地企业在联合运营体中占有 20% 的股份，这在喀麦隆公共基础设施运营行业的历史上恐怕也是第一次。

喀麦隆是最大的利益攸关者

赵忆宁：其实在利益攸关的三边关系中，按照主导程度排序，依次是法国、中国、喀麦隆。最强势的是法国，中国是强有力的竞争者，而最弱势的是喀麦隆。但是在所能接触到的信息中，并没谈到对所在国的利益保护。我想人们并不愿意看到两个强者联手算计弱者。

许华江：港口虽然使用的是中国优惠贷款，也是中国企业建设的，但这是喀麦隆的国家项目。我认为只有让最大的利益攸关者收益最大化，中法两国在第三方市场的合作模式才算是成功。为此，除了通过承包工程帮助所在国发展基础设施解决发展的瓶颈外，以全球视角和中国经验为其整合资源提出建设性的意见，使政府极为有限的投资实现乘数效应，使国家经济尽早步入良性循环，这就是所在国最大的利益所在。

赵忆宁：你们做了什么？

许华江：比如，喀麦隆政府要在克里比成立新的部门港口局，他们提出要去中国海关考察管理流程，并提出让我们帮忙联络。后来我们想到深圳盐田港与广州南沙港是我们建的，港口运营过程中跟港务局保持很好的关系，最后是港务局帮我们联系海关作为非正式的接待。喀麦隆海关关长带队访问，他们对中国海关的整套管理系统感到震惊，包括电子口岸通关与报关的信息化管理、物联网技术应用等。只要喀麦隆政府提出这类的事情，在不是投入很大成本的情况下，我们都会尽力帮他做好服务。

赵忆宁：如果这些事情放在西方咨询公司是要收费的。

许华江：我们为喀麦隆做了很多免费的咨询。对业主的服务不仅仅是局限于自身业务领域，有些事即便跟我们没有任何利益关系，我们也都做，包括喀麦隆政府与中国政府部门、银行机构及企业投资的谈判，他们都请我们做咨询，并给他们提供政策建议。中交建分管海外的副总裁孙子宇说过，"有舍才会有得，

施工中的克里比深水港的进港高速公路

要先舍而后得"，我们与喀麦隆政府的良好关系就是在这种信任的基础上建立起来的。

赵忆宁： 你们的主业是工程承包，你们在喀麦隆所承接的工程都是国家的大型项目，最好的工程公司其实都是一揽子方案提供者，针对喀麦隆基础设施建设经验的不足，你们是否在这些项目中给出乘数效应的解决方案呢？

许华江： 你调研了克里比疏港高速公路，原来政府规划的疏港高速公路是双向两车道，当时我们向喀麦隆政府建议改为双向六车道，先建两车道，中间预留两车道，这是我们的经验结论。我之前在安哥拉办事处工作过两年，安哥拉罗安达港（Luanda，Angola）的疏港公路堵得一塌糊涂，原因就是双向四车道；我在尼日利亚工作了 8 年，一个集装箱货柜从阿帕帕港（Apapa，Nigeria）到市内只有十几公里，但有的时候堵在港口一天也出不去。虽然现在克里比周边还是原始森林，但可能用不了 10 年，这个区域就是一个新的城市，那时疏港高速公路两边会建有很多民房，再想扩建公路的成本会非常高，在尼日利亚，政府拆迁一个茅草屋就要补偿 20 万美元，到时港口的使用率很有可能受到交通瓶颈的制约，非要做的时候无疑加大政府投入的成本。

赵忆宁： 政府是否采取了你们的建议？

许华江： 他们不仅同意而且让我们重新做道路的规划。现在这条路是双向六车道，中间预留两个车道的方案，未来有需要时马上可以加宽路面，我们一次完成桥和涵洞工程，到时再做成本就太高了。喀方以总统令的形式表示，未来喀麦隆所有高速公路必须参照这个标准。

赵忆宁： 你们所做的工作已经超出传统的工程公司，正在向基础设施一体化的咨询公司过渡。

许华江： 其中也涉及喀麦隆铁路规划的问题。2012 年，喀政府公布了"2012—2020 年喀麦隆全国铁路近期与中长期指导规划"。根据规划，喀麦隆未来计划新增铁路里程 3 200 公里，将新建 4 条线路，实现中北部、东南部矿区与西南沿海地区尤其是克里比深水港的铁路连通，以及西南部沿海城市之间的连通，目前，喀麦隆的铁路里程不到 1 000 公里，为单轨道和一米窄轨，是 1908—1927 年德国与法国修建的。未来修建的铁路选用什么标准？当政府向我们咨询的时候，我们给出的意见是，政府应该下决心采用全球通用的标准轨道。

赵忆宁：怎样才能与老铁路连接，不同轨未来将增加换乘的成本？

许华江：关键要看谁能起到主导作用。前面我们谈到了喀麦隆铁路公司。1996 年，喀麦隆国营铁路管理公司私有化之后，被喀麦隆铁路公司取而代之，法国的 SCCF（法国波罗雷集团子公司）成为喀麦隆铁路公司最大股东，占股为77.4%。另外三大股东分别为：喀麦隆政府（占 13.5%）、喀麦隆道达尔公司（占5.3%）、喀麦隆 SEBC（赛里集团子公司）（占 3.8%），特许运营期为 30 年。政府不能主导铁路运营事务，但铁路投资和建设事务仍由喀麦隆政府主导。

既然是国家的规划，首先要体现国家的收益，铁路投资和建设权必须要掌握在国家手中，只能让老的铁路融入新的体系。未来最重要的物流来自克里比，而且具有辐射到其他内陆国家的功能，比如中非与乍得。目前老的铁路已经太陈旧了，运营公司基本不做投资改造，无法满足未来物流的需求。所以，现在喀麦隆全国铁路规划的标准采用的是标准轨道。

赵忆宁：真是不可思议！

许华江：现在有几个国家还用米轨呢？世界各国的轨距从 1 067 毫米到1 676 毫米不等，其中 75% 的铁路轨距为 1 435 毫米（72 万公里），1 520 毫米轨距的排第二位，占 14%（22.8 万公里），而 1 067 毫米轨距的只占 11%，总长11.2 万公里，主要分布在赤道两侧国家。米规的机车都是特制的，维护成本也相对比较高。喀麦隆政府这次将铁路权紧紧攥在了自己手中，这是国家命脉。

非洲是中国与西方国家标准之争的主战场

赵忆宁：在项目实施过程中你们都碰到过什么问题？

许华江：最大的问题是"改标"。疏港高速公路项目启动实施后，喀麦隆公共工程部来函，要求我们把合同规定使用的中国标准改为法国标准。

赵忆宁：改标？喀麦隆政府受到多大的压力才这样做呢？

许华江：首先，监理都是西方国家，他们不熟悉中国标准。其次，喀麦隆作为曾经的法属殖民地，法国标准对他们来说根深蒂固。

赵忆宁：你们怎么处理的？

许华江：最重要的问题是尊重合同，这是我们的原则。这个项目是中国进出口银行提供的"两优贷款"，中国进出口银行贷款有一整套严谨的评审程序，该程序所有基础都是合同，如果基础调整了，中国进出口银行势必要重新评审。再有，合同标准发生变化，定会涉及费用增减，资金从哪来？说实话，上述问题解决了，我们可以改，因为用法国标准对我们来说不存在任何技术障碍，我们企业有这个实力。如果对方不按规则和程序提出"改标"，又不解决这些问题，我们只能按合同执行。

赵忆宁：后来问题是如何解决的？

许华江：我们面临了不小的压力，一旦事态恶化，不仅对公司造成巨额损失，也影响国家形象和软实力，我们必须要直面问题，用智慧化解风险。化解问题需要技巧，为了管控继续下去可能带来的工程风险，我们采取先停工后沟通的方式，在遵守原则的基础上正式回函，强调此次合作要遵守合同。同时多方面做工作，如安排他们的技术官员到中国考察中国标准下的项目，然后做该项目中法标准的对比研究和计算。

赵忆宁：是否请求过使馆的帮助？

许华江：在整个事件的过程中，中国驻喀麦隆使馆、经参处做了大量沟通协调工作，给了我们很大的支持和帮助。实际上，这并不是哪个标准好与坏的问题，而是商务上的问题。我们一向秉承一个原则：技术问题通过商务渠道解决，商务问题也可以通过技术途径解决。在商务上，喀麦隆过去一直使用法国标准，并不了解中国标准，因此我们邀请他们的工程师去中国考察以中国标准建好且在运营的项目，并通过项目向他们讲解中法标准的区别。在技术上，我们通过严谨的计算来做中法标准的对比和分析，排除了他们对我们不能提供高质量工程的疑虑。此外，我们还强调，我们正在和喀麦隆政府洽谈该项目未来的运营权，如果我们达成一致，该工程未来的维护、保养费用都是我方出资，因此建设阶段我们不可能忽视质量。

赵忆宁：能举个中法标准对比计算的例子吗？

许华江：以路面沥青厚度为例，法国标准路面承载力比中国标准高一些。我问他们，这条路你们准备走坦克和装甲车吗？路面搞那么厚有必要吗？所增加的成本做急需的其他事情不好吗？我们拿出交通量等数据，说明中国标准的路面完全可以满足使用功能。路面厚一些，对做工程的来说根本就不是问题。但这并不能说中国标准比法国标准低，对于不同类型的项目，不同标准突出的重点是不一样的，比如说我们已经完工的克里比深水港一期项目，在项目实施过程中，我们也给喀麦隆政府提供了中法标准的对比和分析，在水工领域，中国标准远比法国标准高，我们坚持使用中国标准，原因就是如上所述：一是尊重合同；二是我们的设备采购可以使用中国制造。

赵忆宁：你怎么解读中国标准的国家利益所在？

许华江：我认为中国标准走出去是展示中国软实力的重要标志，让中国标准扎根海外才是我们最重要的国家利益。克里比港一期合同总额 4.97 亿美元，项目所有的设备采购加起来超过 1 亿美元，它们都是按中国标准生产的，这是我们国家重要的商业利益。否则，很多设备乃至实验设备只能从法国进口，不仅会大大增加我们的成本，而且违背了我们政府通过提供优惠资金支持基础设施项目带动我国装备制造及设备出口的初衷。这就是为什么各个国家都不遗余力去推广他们自己标准的核心价值所在。

赵忆宁：在目前状态下，除了作为贷款条件之外，怎么样做才能更加有利于推行中国标准呢？

许华江：我认为首先是要通过更多的国际合作，让欧洲公司学习中国标准。我们在海外有很多项目，我们要主动地与欧洲公司合作，显然，它们不学习中国标准就没法与我们合作。以前都是我们在学习别人的标准，比如说法国标准、欧洲标准、英国标准、美国标准，现在通过合作，迫使它们研究中国标准、学习中国标准，在合作的学习中让中国标准逐渐获得同行认可。克里比港一期时我们聘请了法国公司帮助我们做海浪实验，现在我们正在与法国万喜集团谈合作。到现在，中国企业不应再是自己关着门单打独斗，而必须要有更加开放的胸怀，通过与有国际影响力的咨询公司合作把中国标准推向全球。

赵忆宁：未来中国企业除了做好工程之外，还有推动中国标准走向世界的一份责任。

许华江：是的。目前，随着中国在非洲的工程越来越多，实际上非洲国家政府的中高层或者新生代政治人物，已经从技术层面接受中国标准。这还不够，首先，未来需要我们全面系统地推广中国标准，比如每项合同应该包括中国标准的培训计划，不同的项目中应该有中法标准、中欧标准、中英标准的对比研究。其次，是标准共享。另外也提供英文版以外的多语种中国标准版本。我们需要多语言版本的中国标准，便于向不同的目标市场、目标客户进行推广。我们正在跟踪喀麦隆铁路项目，其中就涉及铁路中国标准的英文版本。

制造业走向非洲，更好利用境外资源与市场

赵忆宁：在约翰内斯堡峰会上，习近平主席主推"中非工业化合作计划"，那么在帮助和促进喀麦隆工业发展方面你们有什么打算或者行动？

许华江：我们在 2008 年刚开始与喀麦隆政府接触时，他们委托荷兰公司正在做《克里比工业区规划》。该规划于 2012 年 3 月完成。工业区规划包括重工业区、轻工业区与物流园。比如，重工业区中有炼油厂、钢铁厂、化工厂等。这个规划已经获得国家批准，整个规划用地面积 260 平方公里，相当于 9 个上海自贸区。从 2011 年开始，喀麦隆政府开始启动征地工作，完成了绝大部分土地征迁，说明政府是很有决心的。与此同时，我们根据中国发展的经验做了《克里比自由贸易区规划》。做规划期间，除了与喀麦隆政府的沟通交流外，把喀麦隆发展经济的需要与深水港的港口布局结合，重要的是推进规划与未来项目紧密结合。我们做规划的目的是使目标能按照预期有效实现，接下来要搭建一个平台并逐个地落实项目。

赵忆宁：《克里比自由贸易区规划》包括什么内容？

许华江：克里比自贸区分为克里比物流园与出口加工工业园两项内容，目前已经与政府签订了框架协议。自贸区规划用地总面积 29.47 平方公里。我们计划分两步走：第一步是依托克里比深水港建设中西部非洲重要的国际贸易和物流集散中心，第二步在商贸物流产业发展基础上，依托自由贸易区优惠政策和劳动力等资源优势，建设出口加工工业园，集中发展加工制造业，帮助喀麦隆实现他们

自己的工业化。

赵忆宁：你们从什么时候开始做这项工作的？

许华江：在喀麦隆政府制定《克里比工业区规划》时期，我们曾带着负责规划的经济建设部官员几次到中国，就该规划听取中国专家的意见。其中一次是拜访国家开发银行海南分行，当时他们负责对接喀麦隆，这是国家开发银行（以下简称"国开行"）跨国规划的抓手之一，到现在为止"走出去"的工业区建设都是国开行推动的。国开行海南分行非常重视这次来访，专门邀请了总行规划部门的专家与喀麦隆政府对接，共同审核这份规划。当时国开行的专家针对规划的细节提出了建议，核心问题也是规划涉及的产业从哪里来？投资者是谁？并结合与中国产业合作的可能性提出了政策建议。当初只是帮助喀麦隆政府，但海南之行后我们开始思考何时以何种方式介入工业区建设。我不赞同所谓国内产能过剩的说法，而是中国工业产能在全球市场的一次重新配置，配置产能当然需要具备外部条件，随着克里比港口、疏港公路的建设，我们认为时机成熟了。

赵忆宁：喀麦隆需要实现工业化，按照你的观点，喀麦隆需要什么样的产能配置呢？

许华江：克里比工业区规划的目标是将克里比建成喀麦隆工业化发展的新基地。如果看一下中喀两国的进出口贸易就知道，喀麦隆从中国主要进口机电产品、高新技术产品、鞋类、纺织纱线、织物及制品等，向中国出口的主要是原木、农产品、棉花、锯材、天然橡胶等。在两国贸易中喀麦隆处于产品价值链的低端，如果能够帮助他们建立初级加工制造产业，将提高工业增加值的比重，减少贸易逆差，同时降低失业率。我们经过专题研究，以实现进口替代以及出口导向为目标，锁定配置工/农业产品加工制造业，包括农用机械组装区、食品加工制造区、林木加工制造区以及日用轻工产品制造区，总之，均属于劳动密集型和技术密集型产业范畴。

赵忆宁：你谈到全球产能的重新配置，我认为这个观点区别于所谓的产业转移。

许华江：从根本上讲并不存在所谓的产能过剩，一个企业如果生产多了，利润下降时自然会以新产品代替旧产品，原来那种产品的过剩自然不复存在。某个企业暂时生产"多了"对社会不会构成"过剩"问题，市场价格信号会迫使企业调整产量。但是如果以全球市场配置资源则不同。我认为工业企业向非洲转移，是利用境外的资源与境外市场。现在中国进口很多资源和原料后，通过生产再出口到全世界，如果我们依托境外工业区就地生产、就地销售、就地出口，不仅可以减少国内的环境压力，也可以促进所在国的工业化进程，并能避免贸易壁垒。

非洲是我们能源进口的一个重要地区，一方面，我们从安哥拉进口大量的石油、橡胶和铁矿石；另一方面，非洲本身是个非常大的市场，其轻工产品基本都是从中国进口，你如果有机会去尼日利亚采访，就会发现尼日利亚是非洲最大的轻工产品批发集散地，来自中国温州的鞋，一次几十个集装箱发往尼日利亚。很多年前尼日利亚就已经限制了中国纺织品进口，但并没有禁止其他国家的纺织品进口，喀麦隆盛产棉花，如果能够在喀麦隆生产纺织品，既可以减少喀麦隆纺织品的进口，同时也可以出口到非洲其他国家，甚至是欧盟，欧盟给予喀麦隆贸易最惠国待遇，喀麦隆向欧盟出口的产品享受零关税待遇。

赵忆宁：你讲的好处显而易见。但是中国在境外建设的一些工业园，似乎成功的并不多，你不担心会成为失败的分母吗？

许华江：我们是有信心的。我在尼日利亚工作了 8 年，熟悉莱基自贸区，它是经我国政府考核确认的 9 家境外经济贸易合作区之一。一个自由贸易区依靠土地的一级整理，以出售土地的商业模式赚钱注定是不成功的。目前我们中国港湾正在帮助尼日利亚修建莱基深水港，而自贸区离港口有 160 公里，当初自贸区设置的初衷是为了救莱基港，而不是市场化的需求，那里外部条件太差了。前面谈到尼日利亚一个集装箱离开港口要一天时间，根本就没有经济性。就克里比自由贸易区而言，喀麦隆本来就是一个大国，有 2 200 万人口，有自身的市场需求，再加上中西部非洲地区人口稠密，邻国尼日利亚有人口 1.7 亿，是非洲第一大经济体，消费需求潜力很大。最重要的是，自贸区发展依托克里比深水港码头，在可见的未来将取代杜阿拉港，成为喀麦隆最大的公共海运服务枢纽港；克里比自贸区是临港工业区，有完善的基础设施配套，以港兴城，必将促进克里比发展成为喀麦隆南部、国家枢纽港型贸易门户城市。

我们这代人要实现喀麦隆的经济起飞

访喀麦隆经济计划及领土整治部区域一体化及合作司司长

查尔斯·阿萨莫巴·翁格多

查尔斯·阿萨莫巴·翁格多（Charles Assamba Ongodo），出生于1957年，1993年毕业于喀麦隆国际关系学院（Institut des Relations Internationals du Cameroun），并获得博士学位。1997—2006年，任喀麦隆驻法使馆二等秘书，负责促进喀麦隆与联合国教科文组织间的合作；2006—2010年，任喀麦隆对外关系部欧盟事务副经理；2010—2013年，任喀麦隆经济部合作司新兴国家合作处处长；2013年4月，被任命为喀麦隆经济计划及领土整治部区域一体化及合作司司长。

　　喀麦隆经济计划及领土整治部负责国家所有大项目的审批，其职能还包括与财政部、对外关系部共同协调国际多边合作项目，而且是牵头部门。近些年，中国企业在非洲基础设施投资增速很快，加上正在建设的大量市政道路、高速公路、立交桥、铁路和港口项目，非洲成为中国企业在全球开展工程承包的第二大市场。查尔斯·阿萨莫巴·翁格多是喀麦隆经济计划及领土整治部区域一体化及合作司司长。与把希望寄托在欧洲人身上的喀麦隆老一辈政治家相比，新生代政治家不仅有较好的教育背景，也更加融入全球一体化之中，他们认同国家间的竞争，也怀有强烈的实现国家经济起飞的理想与抱负。在中国为非洲国家提供新的选择的情形下，他们毫不犹豫地为国家发展选择与中国合作。

在全球产业与价值链中获得应有的收益

赵忆宁：在工业体系薄弱的国家短期内完成工业化是非常困难的，但是喀麦隆雄心勃勃，也正在为国家实现工业化创造条件，目前遇到的主要问题是哪些？

阿萨莫巴：我们在实现工业化的过程中遇到很多挑战。首先是能源不足的问题，我们必须有足够的发电量才能支撑工业生产的需要；其次是法律问题，2013年，喀麦隆通过了《鼓励私有投资法》，与其他鼓励投资措施相比，该法律具有独特性质和价值，现在我们要加速落实贯彻这部法律的精神。喀麦隆有非常丰富的原材料资源，我们工业化的目标，第一步是具备工业化的基础条件，包括设施、人才和知识储备，第二步是使用这些资源建加工厂、制造厂，把原材料变成成品或者半成品，供喀麦隆本国消费或者是出口。工业化是全面的、综合的，可以为整个经济社会发展带来附加值，可以促进GDP增长、就业增长以及贸易增长。我们希望喀麦隆发展成为一个新兴国家，但如果没有工业化，新兴国家就无从谈起。所以比亚总统如此强调喀麦隆要实现工业化，他把2016年视作奠定喀麦隆工业化基础的关键一年。

赵忆宁：纵观全球，只有非洲大陆是没有完成工业化的大洲，是什么原因造成非洲工业发展的滞后？你们都进行过哪些尝试和努力？都遇到哪些障碍？

阿萨莫巴：对喀麦隆而言，在国家财力有限的制约下，国家不是主导工业化的主力，所以我们的大部分工作是提升私营部门的能力，喀麦隆的工业化还是主要由私营部门完成。我们与联合国合作，为此，政府专门成立了能力提升局，在雅温得和杜阿拉设有办事处，负责提升本国私营企业的国际竞争力。我们制定了相关的法律法规，鼓励外国直接进入喀麦隆投资，帮助我们完成工业化。在杜阿拉，世界银行下属的国际金融公司（International Finance Corporation）也设有办事处，与政府合作在全国范围内推动"提升私营部门能力"项目，我们希望通过这个项目，使公共部门和私营部门共同合作，一同提升工业化能力。政府还降低了企业的税率，吸引全球企业到喀麦隆设厂投资，以增加喀麦隆的就业岗位。喀麦隆政府还成立了杜阿拉、雅温得等三个工业园区，在克里比还成立了自由贸易区。未来每个经济区将根据各自的比较优势发展重点产业。这些就是喀麦隆采取的推进工业化的措施。

赵忆宁：从经济中心杜阿拉到首都雅温得，一路上我看到最大的企业是石油开采企业与啤酒厂（SABC），特别是在您谈到的三个工业园区，下一步如何培育制造业，方向是什么？

阿萨莫巴：喀麦隆在不少领域具备比较优势，比如咖啡、可可、椰子、甘蔗、木材、橡胶、棕榈等，但是我们希望不仅仅在原材料生产方面领先，还要提高产品的附加值，而不仅仅是产量，这就要加快提升加工水平，从而获得全球产业链与价值链中应有的收益。工业园和自贸区的建设是提升上述行业的工业化加工水平的载体，我们希望喀麦隆能够成为一个经济多元化的工业化国家。

"十大合作计划"是天赐良机

赵忆宁：中国在中非合作论坛约翰内斯堡峰会提出未来三年与非洲国家的"十大合作计划"，喀麦隆最优先与中国合作的领域是基础设施而非工业化？

阿萨莫巴："十大合作计划"是天赐良机，中国是在诚心诚意地帮助非洲，与我们的国家规划十分匹配，如果有可能我们希望推动相关所有的合作项目。但是我们要面对现实，分轻重缓急。你说的没错，我们最紧迫的是基础设施建设，能源、公路、航空、铁路，这些都是基础设施。我们正在修建道路、港口，确保喀麦隆生产的产品能够通过港口、道路运出去。我们也在建造水电站，为工业生产提供电力。喀麦隆还有一个重点发展行业就是农业，这是经济支柱之一。所以说基础设施、能源、农业是我们最关注的三个领域。这些领域的项目都已经写入了喀麦隆《就业和增长战略 2010—2020》中。

赵忆宁：喀中合作已超过 40 年时间，您对喀中深化合作，特别是工业化合作还有什么希望与建议？

阿萨莫巴：我认为是技术转移。中国人不仅非常勤劳，也具有专业领域世界领先的技术，我们希望中国在尽可能短的时间内教给喀麦隆人相关的技术。中国已为喀麦隆带来了投资、建设了项目，如果在工程中培养更多的高技术人才，那么中国带来的投资不仅奠定了工业化发展的基础，也会满足喀麦隆经济起飞后对人才的需求。总之，我们要让喀麦隆和中国的合作变成双赢合作。

五年计划助飞国家的梦想

赵忆宁：当前世界范围内，有国家发展规划的国家不多，我们看到喀麦隆政府已经连续制定过四个五年规划。您认为国家经济规划对促进本国经济、社会发展起到了什么样的作用？您如何看待经济发展过程中，政府与市场的关系？

阿萨莫巴：此前喀麦隆曾有些经济问题，并遭遇了经济危机，于是我们制订了五年计划，确定了优先发展的计划，以及制定五年的发展目标，我们通过自己的方法来对抗经济危机，制定了摆脱贫困、实现经济增长的政策，并获得了国际贷款。五年计划不是独立的而是连续的计划，我们还制订了 2011—2020 发展计划，由此我们确定了在此期间优先重点发展的领域，正如此前所说，我们要重点发展农业、基建、电力、教育等领域。我们要在喀麦隆培养一批层次较高的专业人才，让他们在国家发展中起到重要作用。

赵忆宁：是否有阶段性的评估？

阿萨莫巴：在满 5 年和 10 年的时候，我们会对现有的发展计划和发展成果进行评估，在 2015 年我们进行过评估，总结了过去 5 年的发展成果。目前我们投资并修建了一批大的基建工程，包括曼维莱水电站、克里比深水港一期项目等，但是这些项目是否真的有助于经济增长，目前还不得而知。我们希望之前的决策是正确的，这些投资将有助于经济增长，同时这些项目也将服务于中部非洲经济和货币共同体（CEMAC）区域市场。因此现在我们重新审视十年计划中第二个阶段的发展路线，重新评估这期间的发展目标，并努力实现这些目标。我非常希望能在我们这一代人实现喀麦隆的经济起飞，能实现"Made in Cameroon"（喀麦隆制造）的商品走出国门。

让克里比变成喀麦隆的深圳

访喀麦隆公共工程部技术设计司总司长盖·丹尼尔

盖·丹尼尔，出生于1965年，1989年毕业于雅温得国家高等综合理工学院土木工程专业，曾在喀麦隆国土管理部、经济计划及领土整治部任职，2016年至今，任喀麦隆公共工程部技术设计司总司司长、总工程师。

从 20 世纪 80 年代起，喀麦隆就开始研究克里比深水港项目，直到 2008 年，与中国港湾携手合作，才启动实质性的建设。在 2014 年以后不到 3 年的时间，克里比深水港一期工程完成。

用喀麦隆公共工程部技术设计司总司长盖·丹尼尔的话来说，这就像一个梦想的实现。克里比深水港的建成，不仅可以解决喀麦隆经济发展的瓶颈问题，而且整个港口最终将逐步发展成为中西非地区的综合枢纽港。

盖·丹尼尔负责喀麦隆国家重要基础设施项目的工程建设，我们谈话的主题正是克里比深水港。

一切就像一个个梦想的实现

赵忆宁：克里比港即便对中国来说也算是比较大的港口。喀麦隆最早计划建这个港口是在什么时间，意图是什么？

盖·丹尼尔：40 多年来中国和喀麦隆之间有很多合作项目，而且都是喀麦隆的国家大型项目，包括修建的水坝电站、混凝土道路，中国还为我们修建了很多医院。现在喀麦隆有了自己的深水港口，这一切就像一个个梦想的实现。

赵忆宁：为什么把一个深水港的建成称为一个梦想呢？

盖·丹尼尔：当我还年轻的时候这个项目就一直在研究规划中，前后历经了 20 多年，这 20 多年也是喀麦隆结构调整以达到重债穷国的债务减免倡议完成点的时期，所以国家没有财力实施大型项目。当我们进行更新研究的时候，很多人认为这又是一次"纸上谈兵"，没有人相信我们真的能建成这个港口。

我从 2002 年开始接触这个项目，那时我在喀麦隆经济计划及领土整治部担任基建处处长，2008 年我们与中国港湾开始商谈携手合作，2014 年之后不到 3 年的时间，克里深水港一期工程完成。现在港口已经可以使用，下一步是通过特许经营协议开始港口的运营。我们有港口的所有配套工程，电力保障、疏港公路和商业基础设施，所以港口不久就会运营。

赵忆宁：在 30 年前就提出来要修建克里比港，中间都经历了什么？

盖·丹尼尔：港口的第一次研究是从 1980 年开始，前后做了几次技术方案，是欧洲人帮助我们规划的。你知道，建设一个港口的投入很大，多年以来政府的投资能力不及，因为我们还有很多其他紧迫的问题需要解决，我们必须建立学校让孩子们有学上，必须要让人们吃饱肚子，所以克里比港项目只能被长期搁置。

从 2000 年以后，喀麦隆开始制订国家发展战略与总体规划，修建为国家经济发展奠定基础的基础设施排在了优先的位置，比亚总统曾经说过："发展基础设施是实现工业化的重要前提。"所以我们必须要重新审视与改进欧洲的港口规划，也包括完善国家铁路网的总体规划。

在完成港口、道路、铁路总体规划后，我们改进了喀麦隆有关公私合营模式（PPP）的新法律，这意味着将部分政府责任以特许经营权方式转移给社会主体（企业），确立了公私合作伙伴的关系，我们希望让外国资本投资喀麦隆的基础设施建设。喀麦隆要谋发展、要实现工业化，就需要建设新的港口、新的铁路、新的高速公路做支撑。我们开始了与中国政府还有中国公司的合作，因为只有中国可以帮助喀麦隆完成总统"伟大成就"的目标。

克里比要成为小深圳

赵忆宁：喀麦隆有港口，有铁路，也有还不错的公路，为什么克里比港是喀麦隆人的一个梦想？

盖·丹尼尔：比亚总统在 2004 年总统选举期间提出国家的发展目标，就是要喀麦隆实现经济起飞，并把喀麦隆建设成为一个新兴经济体国家。此外，我们还要实现联合国千年发展目标，需要与贫困做斗争，尽快使我国人民富裕起来。基础设施发展对经济增长和减少贫困的贡献已经被中国经验证明。

现在喀麦隆有了自己的深水港口，这一切就像一个个梦想的实现。

赵忆宁：您什么时候访问的中国？

盖·丹尼尔：2000 年我第一次访问中国的深圳，当我们从深圳前往香港的时候，我体验了深圳的高速公路，同行人向我们解释说，深圳在 1980 年的时候，也就是法国人为喀麦隆做港口规划的同一时间，它还是一个小渔村。我很疑惑是什么力量推动的呢？作为经济特区的深圳，改变政策、投资基础设施、开发工业，小渔村变成大城市，正是克里比需要学习的。

我们需要深水港、高速公路、铁路，还有类似硅谷的工业区布局，我们称为工业综合体，为工业发展创造空间，以便吸引外国投资。在怎样为增长的基础设施融资方面，中国的经验也为我们提供了有价值的借鉴，我们将按照中国深圳的案例建设克里比地区，要让未来的克里比变成喀麦隆的"深圳"。

赵忆宁：把克里比变成喀麦隆的"深圳"，只是您个人的看法吗？

盖·丹尼尔：这不是我一个人的看法，而是所有喀麦隆人希望看到的。深水港仅仅是克里比港口综合工业区四大组成部分之一，另外三部分包括港口工业区、港口新城、港口基础设施网（包括高速公路、铁路、输电线和输油管道等），下一步将签署港口特许经营协议，运营者将对港口实现最佳管理。我们还规划了连接克里比—杜阿拉—雅温得的铁路（Kribi—Douala—Yaound），同样允许私人公司投资。在我看来，从现在到 2035 年，克里比将成为喀麦隆第一经济和工业中心。

也有可能在 2035 年之前，克里比地区将发展成为一个小深圳，就像中文常说的，这是"必须的"。

我们需要中国速度

赵忆宁：克里比深水港是按中国标准建设的，使用什么标准会成为困扰的问题吗？

盖·丹尼尔：不会。我们没有标准的困扰，在我们眼中唯一的标准就是质量。我认为质量是国际性的，任何国家和地区的质量标准都是相同的。对我们来说，所需要的不仅仅是一个高质量的项目，而且是好而不贵的项目，以及建设速度更快的项目。为了实现国家长远的发展目标，我们关注质量；我们同样关注成长和创造就业，尽快地完成项目，意味着给更多的人创造就业机会；不了解的人说：不，不要这样！为什么不呢？难道还想失去另外一个 30 年吗？我们遵循中国标准，因为它有良好的质量；请中国人来建设，是因为我们需要中国速度。

赵忆宁：其实您刚刚说的这些，非常吻合中国曾提出的"多快好省"。

盖·丹尼尔：我知道"多快好省"。中国公司在最短的时间内建成了克里比港，我们想要一个更好的生活，而港口可以帮助实现这个梦想，通过港口和自由贸易区，喀麦隆距离到达梦想的彼岸会越来越近。

赵忆宁：法国在喀麦隆拥有毋庸置疑的影响力，如今中国公司进入这个市场，喀麦隆政府怎样平衡其间的利益关系？

盖·丹尼尔：喀麦隆是自由经济体国家，在这里中国公司可以自由进出市场，法国不能加以阻止，我们每个大项目都是面向全球招标，法国、美国、中国和英国谁来都可以。而我们现在更喜欢中国人，因为他们以较低的成本运作，喀麦隆所有新的道路、港口、水电站都是由中国公司修建的。

我们是自由的，也不会依赖中国。但是中国是我们的好朋友，当然，即使有友谊在商业领域也是有竞争的。

赵忆宁：克里比深水港一期工程已完成，并已签发检验证书。从一个专业工程师的角度来看，您对克里比港口怎么评价？

盖·丹尼尔：是的，现在港口一期工程已经完成，做得非常好。这项工程由法国艾吉斯（EGIS）公司与美法合资的伯杰建筑公司（Lious Berger）监督，他们对工程的评价非常高。中国公司现在的工作还包括港口的运营，也说明中国公司做得很好。由于中国公司加入运营商的管理，我们最终可以共同见证工程的质量。此外，我们很愿意中国港湾继续留在克里比港，完成的港口还需要维护，有他们在这里做维护我们很放心。

获取电力是喀麦隆最重大的关切

访中国电建集团喀麦隆曼维莱水电站工程项目经理陈高

陈　高

电力能源是一个国家建设现代化的必要能源，经济增长与电力需求是观测一个国家经济运行状况的两个重要指标，国际上的一些研究机构通过分析实际用电量来判断经济增长状况，经济学家针对包括GDP等十余项经济指标与电力负荷间的关联关系进行了量化的分析。喀麦隆对能源紧迫的需求与巨大的投入背后，最重要的因素是产业结构发生了变化，正如喀麦隆总统保罗·比亚所讲，"能源短缺正在惩罚工业和第三产业部门。没有电能，就不可能获得真正的发展：工业不能发展，农业和矿产原料也不可能有所转变。总而言之，没有电能，就不可能有现代化的经济体系。"

从喀麦隆首都雅温得驱车350公里，来到坐落于恩特姆河（Ntem River）上正在修建的曼维莱水电站项目。当汽车行驶到距离水电站93公里的梅约时，开始进入非洲赤道热带雨林中，柏油路变成了红土砾石路，两边是遮天蔽日有着奇异板状根的巨树，犹如一堵绿色长廊，在湛蓝色的天空下，阳光穿过树缝反射在雨后留下的一块块水洼上。在这条笔直的大道上几乎没有村庄，只是偶尔才会与几辆摩托车和头上顶着盆、身后背着孩子的女人交汇，这一切都说明，这里尚没有被开发。后来被告知，这条路是喀麦隆政府投入4 300万美元专门为修建曼维莱水电站所建。

正在建设的曼维莱水电站是喀麦隆目前最大的在建项目，项目总投资6.37亿美元，其中85%资金从中国进出口银行商贷融资，15%由喀方自筹。在此之后，喀麦隆政府规划将兴建另外三座水电站，包括比尼瓦拉克水电站、芒楚水电站、颂东水电站，三座水电站投资总额约15亿美元。

已经初步建成的曼维莱水电站犹如仙境一般，不久，这里将传来发电机机组的轰鸣，曼维莱水电站的输电能力将占喀麦隆发电总量的20%，而恩特姆河上的这座宏伟的水电站也将成为喀麦隆一个新的旅游胜地。

喀麦隆举全国之力修建电站

赵忆宁：在喀麦隆，人们都在谈论曼维莱水电站，这项工程对喀麦隆为什么如此重要？

陈高：喀麦隆目前总装机容量为 132 万千瓦，原来政府曾介绍电力缺口是 31.9 万千瓦，是按照经济年增长 6%、电力增长 12% 计算的。但实际经济增长比之前预期的速度快，后来更正为电力缺口大概在 50 万千瓦。到目前为止，实际缺口占目前电力装机容量的一半以上。曼维莱水电站建成后将是喀麦隆第二大水电站，装机容量 21.1 万千瓦，年发电量是 11.87 亿千瓦时。松格鲁鲁（SONG-LOULOU）电站排名第一，是法国人帮助建的，也是目前运行的最大电厂，装机容量为 28 万千瓦，但是电站设备老化后没有钱修，有些机组已经停掉了。另外，在 20 世纪 80 年代中国政府为喀麦隆援建的拉格都水电厂，至今仍是北部地区电力供应的主要来源，电厂的运维在西方人手中，他们只运营不投入，因年久失修，一些机组已经不能发电了。有政府官员评论说，由于破旧不堪的设备，国家目前正在失去 40% 的电力发电。目前喀麦隆几个电厂的运维掌握在英国公司手中。喀麦隆全国电力接入率不足 22%，人均电力装机不到 0.05 千瓦，人均年用电量 160 千瓦时，仅占世界平均水平的 6%。中国的年人均用电量在 4 000 千瓦时左右。

赵忆宁：发电厂的运维在外国人手中，国家电网呢？

陈高：喀麦隆国家电网在 1995 年开始私有化，2001 年美国爱依斯电力公司（Aes Einccoo）以 7 100 万美元（约为 202 亿法郎）收购了喀麦隆国家电力公司（Sonel）56% 的股份，并负责其运营。之后爱依斯电力公司将非核心资产出售给英国公司。目前全国输电供电网络总长为 2.5 万公里，分为三个独立电网，北部、南部和东部，它们互相之间没有连接，电网结构非常薄弱，输电损耗很大。曼维莱水电站建成后将是南方电网的一个主力电厂。2016 年 2 月，喀麦隆国家水资源与能源部成立了新的国家输变电公司（Sonatrel），这是一家全新的国有企业，负责喀麦隆全国输变电网络的开发和运维。未来是否收回国家电网的运营权不得而知。2015 年，水资源与能源部与中国电建集团所属水电顾问集团签署了喀麦隆全国骨干电网及其互联互通建设研究合作协议，中国电建将为喀麦隆规划全国骨干电网及互联互通做出贡献。

赵忆宁：喀麦隆是从什么时候开始计划修建曼维莱水电站的？

陈高：其实他们想建这个电厂已经很长时间了，在 20 世纪 60 年代法国人就做了规划，到八九十年代日本人也做了可研报告，直到 2007 年喀麦隆政府与英国南部能源公司（Sud Energie）签订议定书，拟采取"建设—经营—转让"模式（BOT）建设曼维莱电站，还称将于 2009 年动工，并于 2013 年完工。但是并没有按计划开工。2009 年，喀麦隆能源与水资源部与中国水电建设集团国际工程有限公司签署了项目合同。可以说 50 多年间，为了这个项目法国人来过，日本人来过，英国人也来过，但是都没有开工，直到中国人来了才真正开始了。修建曼维莱水电站是喀麦隆，最起码是南部人民的一个梦想。

建设中的曼维莱水电站

赵忆宁：为什么建设一个水电站会是一个国家的梦想？

陈高：喀麦隆水资源比较丰富，在非洲仅次于刚果（金）和埃塞俄比亚，排第三位，虽然拥有丰富的水资源，但水能资源的利用率还不到 5%，虽然目前喀麦隆水力发电量占总发电量的 72%。喀麦隆电力紧缺问题非常严重，统计数据显示，由于电力短缺，造成国民经济增长率损失两个百分点。喀麦隆有 1.3 万个村庄，却只有 2 300 个村庄有电力供应。松格鲁鲁电站有 1/3 的电量让炼铝厂消耗掉了，总体来讲，大概有 53% 的喀麦隆人口缺乏电力供应，工业用电严重不足。让每一个乡村的孩子可以使用电灯读书，当然是人们的梦想。所以，喀麦隆总统在开工仪式上讲，"今天，事关电能；明天，采矿业将获得新生，农业也将进行无声的革命，其他行业的改变亦将随之而来，我国的经济发展将蒸蒸日上。"

赵忆宁：这个项目是使用中国进出口银行的优惠贷款吗？6.37 亿美元的总合同额，喀麦隆政府要自筹 15% 的资金也不是小的数额。

陈高：不是优贷，是商贷，喀麦隆政府迫切要上这个项目。合同的付款条件是预付款 20%，包括中国进出口银行预付 5% 和喀麦隆政府一次性付清 15%。你采访了克里比深水港和公路项目建设，可以说现在喀麦隆的基础设施建设是铺天盖地，这两年又碰上全球经济下滑，这些钱可以说是举全国之力了。包括前期 93 公里的进场路，政府投入了 4 300 多万美元，这条路从 2011 年 5 月开工到 2013 年 9 月竣工，工期三年多，中间有两年没有按时付款，政府没钱了，而我们并没有停工而是垫资建设，到 2013 年 9 月以后，他们陆续把钱支付给了我们。现在开始二期工程，也是 4 000 多万美元，在红色砾石路面铺上沥青混凝土路面，这也是喀麦隆政府投资。

赵忆宁：发展中国家搞建设很不容易，只有当家的人才知道有多难。财政这么困难为什么不贷款呢？

陈高：喀麦隆政府为建设基础设施已经举债很多了。6.37 亿美元只是电站的投资，配套的进场道路和输电线路不在合同范围内。原来喀麦隆政府准备自己搞输电线路工程，他们到非洲发展银行去融资，结果却没有融到，最后还是由我们向中国进出口银行进行融资，但是到目前为止，输电线路还没有签贷款协议，也是我们垫资在做，为的是电站能够尽快将电输送出去。曼维莱水电站面临的最大问题是电输不出去，因为电网太薄弱了。喀麦隆能源部长在莫肯电站的发电仪式上说："很感谢中国政府双优贷款援助我们修建电站，但是由于喀麦隆电网比较落后，希望中国政府能够帮助我们建电网。"

海外市场中国企业的有序竞争

赵忆宁： 在喀麦隆不止中国电建一家电力建设企业，你们相互之间有激烈的压价竞争吗？

陈高： 在喀麦隆的电力建设企业有五六家，中国电建集团有中水16局和中水14局两家，属于中国电建下属的中国电建国际中西非区域总部。我们两家之间的关系由电建国际协调，比如一个项目是由哪家公司竞标电建国际说了算。其他的电力建设企业还包括中国能建集团（2011年由葛洲坝、中国电力工程顾问公司和国家电网公司、南方电网公司等所属辅业单位重组而成）、中国建设基础设施有限公司下属中国电力建设有限公司和中工国际工程股份有限公司等。目前喀麦隆在建的项目有3个水站，曼维莱是我们承建；隆潘卡尔水电站建设项目由中水14局修建，合同额2亿多美元；还有一个是总统故乡的莫肯水电站，这是中国进出口银行的优贷项目，首台机组已经发电了。

赵忆宁： 这么多电力建设企业在这里，企业间市场关系使馆经参处是如何协调呢？他们做得好吗？

陈高： 我觉得他们做得很好。魏文华大使来了几年了，还有商务部的高永勤参赞，他们与喀麦隆政府以及能源部关系紧密融洽，同时对在喀麦隆的中国企业比较了解，他们会根据企业实力划分与协调项目的招投标。举例说，喀麦隆所有的水电项目每个企业都在跟踪，而到签署合同层面的时候需要使馆出具支持函，什么项目由哪家企业做更合适，他们心中是有数的，会根据每个项目的特点选择给合适的公司开具支持函。除了面上的开具支持函外，在底下也会跟企业沟通协调，比如说，哪一天我们要去搞深水港项目的话，使馆一定会劝我们放弃，因为这不是我们的专业领域，如果中国港湾来参与电站的建设投标，他们肯定会说，许华江（中国港湾喀麦隆总经理），你搞不来电站，所以基本不会出现中国企业间为争夺项目而相互压价的情形。无序竞争已经是往事了。

赵忆宁： 目前的状态比我在2015年采访"一带一路"五个国家时要好很多，使馆和经参处发挥了重要的调节和管理作用，中国企业走出去越来越有序了。

陈高： 魏大使和高参赞经常调研当地中资企业。另外，高永勤参赞法语非常好，与喀麦隆能源部和公共工程部等部委关系都不错，做了很多协调工作。

中国标准是软硬实力的综合体现

赵忆宁：这个项目不是"两优贷款"，是中国进出口银行的商业贷款，合同里规定使用的是什么标准？

陈高：合同明确使用中国标准，但后面加了一句话，"使用中国标准时要采用对应欧洲标准进行复核"，其实指的就是法国标准。从土木工程来讲，中国的技术是世界一流的，标准虽然是学苏联的，但是经过改革开放后的几十年，参照了各个国家的标准，基本上与欧美标准融合，其中有些标准比欧美标准还要高。中国的公路、大桥以及电站大坝标准比欧美更加严格。问题是，在非洲或者中东地区施工，监理基本上是来自欧美公司，突出的问题是他们对中国标准了解不够，这情有可原，因为原来基本上是他们垄断市场。这些年来中国公司走出去后，欧美公司已经没有竞争力，退缩到监理环节中，这就需要我们主动推介中国标准。

赵忆宁：推介中国标准通过什么样的环节最有效？

陈高：当然是通过一个个工程最有效。每一个采用中国标准的工程，都是让所在国和监理工程公司认识和了解中国标准的机会。但是，中国标准目前只有英文版，很少有其他语言版本，到现在为止我没有见过法文版的。我们在施工中只能拿英文版自己翻译成法文。项目上的翻译基本上是刚刚毕业的大学生，翻译水平有限，工程专业知识有限，有的时候人家就看不懂，由此，对中国标准产生不信任感。你知道，监理工程师原本就是最爱较真儿的。

赵忆宁：曼维莱项目的监理公司是哪家？

陈高：曼维莱水电站的监理公司是法国的柯尼贝利亚公司（Coyne & Bellier），这是一家全球咨询和工程公司，专长于水坝、核水电厂、道路、隧道等领域。我们的监理告诉我，中国建水电站的技术水平已经远远超过法国，法国至少在二战之后就没有再建过水电站。我们的监理工程师除了来自法国，还来自加拿大、塞尔维亚、突尼斯、马达加斯加等，即将开工的比尼瓦拉克水电站的监理来自葡萄牙。法国有一些在工程领域全球领先的工程咨询公司，中国标准只有英文版本是不利于推广的，你也知道，法国人并不愿意使用英文。另外就是标准的编制，现在仍旧是中国人关起门来自己搞，如果加快中国标准的国际化，在编制的过程有一些国际合作也更有利于我们推介中国标准。另外，中国标准的框架、等级众多，有国标、省标、部标以及行业标准，别说外国人了，就是我们自己有的时候都搞不太清楚。

赵忆宁：你谈到的问题其他项目同样存在，这需要中国标准化管理委员会重视来自一线的声音，尽快组织课题组翻译多种语言版本的中国标准，适应中国企业走出去的步伐。您是否能以水电工程的实例，告诉我们中国标准哪些方面要高于法国标准？

陈高：举个钢筋焊接的例子。如果焊接部位强度比较弱，钢筋拉起来后焊接的地方就会断开。在我们以往的工程中，使用的大部分是焊接的技术，其焊接强度超过了钢筋本身的材质，检验焊接质量时断开的地方不在接头，而是在其他地方断，由此可以证明中国标准焊接工艺是符合要求的。但是监理不让我们使用焊接技术，要求钢筋搭接绑扎工艺，因为法国的标准不允许焊接，导致我们钢筋的使用量增加，浪费了不少钱。当我们拿着实验数据跟监理工程师谈的时候，他承认中国标准的焊接质量没有任何问题，也表示个人并不反对，但他的老板是法国人，要在有冲突的地方参照执行法国标准。法国的建筑和土木工程技术标准制定于1975年，几十年间，新的焊接工艺方法不断涌现，专业焊接设备日新月异，但法国标准没有改过。按照我的理解，中国标准是集新技术和节省成本为一体的标准，而法国标准是固守老套浪费钱的标准。

赵忆宁：整个工程做下来，共有多少个标准有冲突的地方？

陈高：一共有10多个。每遇到有冲突的地方都要谈判。但是，电站是我们建的，使用的所有设备也来自中国，凡是与设备相关的冲突我们坚决不让步。比如电器设备，中国的接地叫三线五相制，从变压器过来是两根线，到门口时多了一根线，而法国标准一出来就是3根线，他认为我们的不安全。发电厂需要最多的是电气设备，如果要改的话，提供厂家几乎要重新出模具另外做，我们坚决不同意，中间有多次冲突，最后同意在整个电压系统使用中国标准。其实订购什么样的产品对我们没有什么损失，但会给厂家增加成本，这是我们不能让步的地方。虽然合同中写明"当中国标准与上述标准存在矛盾时，中国标准优先"，但执行起来很困难，业主并不懂专业，加上接受的几乎都是法国教育，监理不签字就不能保证按时完工，承包商处于一种弱势地位。

赵忆宁：中国标准才刚刚走向世界，总要有一个让西方人学习和适应的过程。我更关心这个工程带出来多少中国制造。合计价值是多少？

陈高：作为电站项目，最主要的是水力发电机组及相应的设备，包括水电机组、主变压器、高低压开关设备、泵及水系统设备等，都是中国制造。绝大多数的施工设备，大宗材料也是从中国进口，确确实实拉动了中国的机电制造行业。比如建筑材料，包括钢筋水泥也是从中国进口，我们使用了 1.6 万吨钢筋、20 万吨水泥、1 200 吨炸药。另外，机电设备相比欧洲采购价格低 50% 左右。应该说使用中国制造获益最多的是喀麦隆，节省了建设成本。再一个现在我也发现，特别是机电设备这种东西，在一些不是很发达的非洲国家，人家都把这个看得很神秘，水电发电机确实也需要很多技术。对我们国家的国际地位，他们现在都知道中国是世界第二了。

赵忆宁：都向哪些企业进行了采购呢？

陈高：从电站设备来讲，比如浙江富春江水电设备股份有限公司的水电发电机组，山东泰开集团的主变压器，而桥式起重机、门式起重机等都是杭州江河工程机械有限公司的产品，变电站的高压电器设备买的是西开电气的，计算机监控系统来自南京自动化股份有限公司，等等；另外就是施工机械设备，陕气的自卸车购买了 115 部，还有推土机、挖装运、载重卡车、推土机，有的来自徐工，有的是山东推土机厂的。总之，工程机械设备全部来自中国。

赵忆宁：在你的眼中，中国标准的意义是什么呢？

陈高：水电站的建设是基础设施建设中技术含量最高的，投入很大，而非洲欠发达国家由于没有工业基础，建设成本远远高于其他地区，使用中国标准可以节省一些不必要的浪费。如果从国家影响力层面看，当然是有助于提高我们的地位，其实标准就是一个国家软硬综合实力的体现。

新舟 60 在非洲，与市场共同成长

访中航工业喀麦隆代表处代表杨昊、外籍员工魏杰

杨昊，中航工业喀麦隆代表处代表。

魏杰，中航工业外籍员工。

赵忆宁与中航工业喀麦隆代表处代表杨昊在新舟 60 驾驶室

酷烈的阳光铺洒在杜阿拉机场，停机坪上七零八落地停放着飞机，民用客机、运输机和战斗机。阳光强烈，阴影深邃，很多飞机要么是披着一层厚厚的尘土，要么就是锈迹斑驳，仿佛轻轻触碰生锈的金属就可瞬间剥落。其中不乏波音727 客机、美国 C130 运输机、苏联米格 E-8 战斗机。

此时，一架机身涂装三色喀麦隆国旗绿、红、黄三条直线的飞机降落，这是由中国航空工业集团公司下属西安飞机工业（集团）有限责任公司研制、生产的双涡轮螺旋桨发动机支线客机新舟 60（Modern Ark 60，MA60），目前正在喀麦隆空军服役。

2015 年 4 月 1 日，喀麦隆政府向中国进出口银行申请优惠贷款购买的两架新舟 60 飞机降落在杜阿拉 201 空军基地，喀麦隆保罗·比亚总统把新舟 60 比喻为"喀航机队实现现代化"的标志。而李小龙机组驾驶的新舟 60 则是中国政府于 2012 年 11 月赠送喀麦隆政府并交由喀麦隆空军使用的。

中国民用航空产品在全球市场的战略布局是"站稳非洲市场，竞争亚洲市场，开拓南美市场，关注欧美市场"。新舟 60 销售范围几乎涵盖了世界五大洲。而非洲是新舟 60 海外销售的主战场，喀麦隆则是这个主战场的前锋。

新舟 60 并不是高端民用客机，为什么在非洲国家受到欢迎？喀麦隆人均收入只有 3300 美元，处于买得起飞机修不起的状况，新舟 60 虽不是最好的，但它是最适合的。喀麦隆交通部长乌马鲁说，如果使用大型飞机来执行短途航线，其运输成本将会非常昂贵，喀政府购买两架新舟 60 飞机只是一个开始，这将满足喀麦隆航空公司的首要需求。

喀麦隆是新舟 60 在海外的 3 个标杆客户之一，另外两个是刚果（布）和尼泊尔。为了喀麦隆能够有效地使用这 3 架飞机，中航工业派遣了四名工程师保驾护航，领导这个团队的是一位只有 28 岁的年轻人——中航工业喀麦隆代表处代表杨昊，他的搭档魏杰也只有 31 岁，共同讲述了中国飞机在喀麦隆为什么受欢迎的故事。

新舟 60 给喀航带来新希望

赵忆宁： 喀麦隆航空公司现在是一个什么样的发展状况？

魏杰： 喀麦隆航空公司成立于 1971 年，经历了三个发展阶段。当时作为合资公司，喀麦隆航空公司的国有股份占 96.43%，剩余股份由法国航空公司持有。后来由于喀麦隆航空公司饱受财政困难，导致安全及维修方面的困难，被法国民用航空管理局无限期禁止经营巴黎航线。为了拯救濒临破产的航空公司，喀麦隆政府与布鲁塞尔航空公司的母公司比利时飞机控股（SN）签署协议，以确保未来资金，但计划没有实现，2002 年喀麦隆航空公司还是破产了。后来依据 2006 年 9 月 11 日 2006/293 号总统令成立的喀麦隆航空有限公司（Camair—Co）为国有独资公司，注册资本 1 亿中非法郎，专营航空客运和货运业务。

赵忆宁： 这中间都发生过什么？

魏杰： 20 世纪 80 年代，喀麦隆航空公司处于辉煌时期，我们从波音公司引入两架涂装喀麦隆国旗的波音 737–200 的飞机，这在当时是很先进的机型。不仅开通喀麦隆国内航线，也开通飞往罗马的国际航班；不仅如此，当时喀麦隆在中非地区是唯一能做C检大修的国家。在飞机检修中分A、B、C、D检等级别，C检是仅次于大修、翻修的D检层级，要完成拆结构、检修、再组装，完全恢复到飞机原有的可靠性的过程。当时喀麦隆航空公司是非洲前五大航空公司之一，因为与波音打交道比较早，喀麦隆航空公司受到波音的一些支持。公司破产之前，喀麦隆航空公司有5架飞机，破产后除了一架767，剩下的747和737飞机就都卖出去了。

赵忆宁：破产的原因是什么？

魏杰：破产的原因有很多，涉及运营和内部管理等方面，比如人员的不断培训，特别是维修的成本核算，花钱采购的备件，如果不能管理好、使用好，会成为一项很大的支出，从而拖累整个公司的财务运转。虽然喀麦隆具有C检的能力，但是没有做市场推进，所以也没有吸引周边国家的业务。最后在检修领域亏本很多。喀麦隆航空公司当时是喀麦隆最大的国有企业之一，政府认为它具有不可推卸的责任。2012年建立了国家100%控股的新航空公司，目标是盈利，就没有在维修方面进行投入，飞机检修都是请别人来做，结果就是丧失了能力，加上盈利状况并不好，飞机有问题的时候，人家没有拿到钱是不会来的，所以很多飞机有了问题只能放在那里，没有钱维修。

因为这种原因停飞的飞机并不少，比如空客的飞机停飞一年多了，就因为起落架缺个部件没修。另外空军购买过5架加拿大CC–115"水牛"飞机，平均只飞行了300多小时，就都放在那里了，还有一架波音727，只飞了几个起落就停下来了。

赵忆宁：说说新舟60吧，开航顺利吗？

杨昊：2016年1月23日的开航时间点实际上提前两个月就已经敲定了，但当喀麦隆交通部长和喀麦隆航空公司总经理分别在国家电视媒体上宣告2架新舟60开航的消息时，我还是感到巨大的压力，因为这是喀麦隆国家的大事，喀麦隆交通部长甚至向总统做了成功开航的保证。开航前那段时间我一直睡不好觉，担心飞机出现故障来不及从中国国内调件，但还是顶着所有的压力，把所有的问题解决在萌芽状态中。

2016年1月21日，开航仪式前的傍晚，喀麦隆航空所有的人都来了，有的带着孩子，有的带着老人，在机库外观看新舟 60 起落架收放实验，当飞机起飞那一刻，我看到很多人的泪水夺眶而出，他们看到的是国家的"希望"飞了起来。当时，喀麦隆航空公司总经理与我站在跑道的一角，我们的手紧紧握在了一起，所有的分歧都烟消云散了，取而代之的是理解、包容、合作与信任。我想这也正是对民机服务工作的最准确诠释，用户的依托和信任就是我们最大的成功。

赵忆宁：我能理解。

杨昊：2016 年 1 月 23 日早上的情形非常壮观，3 架新舟 60（包括空军一架）同时起飞冲上云霄，从杜阿拉飞向首都雅温得。喀麦隆几乎所有的政要都在飞机上，包括三军司令。下飞机的时候，当我看到魏文华大使和我的领导站在人群中时，眼泪忍不住地流了出来，所有压力在那一刻都释放了出来，如果飞机出现哪怕是一点点故障，不仅影响两国关系，也会因为飞机的质量延伸到对中国制造的质疑。这两架飞机顺利放飞，具有中国民机飞向世界里程碑式的影响。

赵忆宁：目前飞机的运行的情况如何？

杨昊：这两架飞机分别飞两条航线，其中一架飞杜阿拉—雅温得，另一架飞杜阿拉—巴富萨姆（Bafoussam）—雅温得，每天三到四个航班，截至 2016 年 10 月初，两架飞机已经累计飞行超过 1 000 小时，共运送旅客 1.5 万人次。2016 年 10 月 14 日，又开通另外一条新的航线，从杜阿拉飞往巴富萨姆，这里号称中国的小温州，商业繁荣，有钱人比较多。虽然航程只有 300 公里，但是因为山路很崎岖，开车要 5 小时。喀麦隆国土面积 47.5 万平方公里，很多省的省会比较偏远，交通不发达。

新舟 60 起飞之路

赵忆宁：面对喀麦隆航空的困难情况，你们做了什么？

杨昊：2015 年初两架新舟 60 抵达之时，由于长期经营不善和管理乏力，喀航已是奄奄一息，勉强维持着 1 架 B767 和 2 架 B737 的少量国内和国际航线运营，新舟 60 的到来，对喀麦隆国内支线航空网络起到关键的推动作用。面对喀航薄弱的基础和运营能力，摆在我们面前的第一个难题就是尽快帮助喀航建立起新舟 60 运营的各项能力，最终实现两架新舟 60 飞机在喀麦隆航空公司的顺利开航。

赵忆宁： 在喀麦隆，飞机开航要做哪些前期工作？

杨昊： 首要之事是取得飞机适航证和注册证。为配合喀麦隆航空管理局对两架新舟飞机适航审定工作，2015 年 9 月至 12 月，作为现场代表，我先后参加了喀麦隆民航局十余次适航审定工作会议。面对民航局在新舟 60 适航管理、随机资料、转场文件和手册翻译等问题上的诸多问题，我们要调动一切资源给予回应。一路走来虽很艰难，但最终于 2015 年 12 月 26 日，喀麦隆航空管理局正式致函喀航关闭所有开口项，向 2 架新舟 60 颁发了单机适航证、注册证及电台执照。新舟 60 机型第一次叩开了喀麦隆民航适航监管的大门。

赵忆宁： 这只是一张入场券吧？

杨昊： 对，有了"身份证"，还得有飞起来的能力。为保障 2 架新舟顺利开航和运营，还要解决"人"和"资质"的问题。我们于 2015 年 11 月 20 日获得喀麦隆民航局向中航工业西飞培训中心颁发的培训资质证书（Approved Training Organization，ATO），这也是西飞培训中心第一次在海外获得培训机构的整体认可；2015 年 12 月 26 日，中航国际、西飞和喀航签署放飞技术支持三方协议，喀麦隆民航局最终向喀航维修部门正式颁发 145 部"维修许可证"。至此，喀航以中方放飞支持为基础，初步建立了包括航线维护、4A 及以下定检和机轮组装等在内的 145 部维修能力，同时保证 2 架新舟开航后在喀航当地的持续适航，同时避免中方协调第三方维修机构过分介入当地日常维修所带来的项目风险。这也是喀麦隆航空历史上第一次拥有了自己独立的 145 维修机构。这一工作也为民机业务在海外协助用户建立自身 145 资质进行了一次成功的尝试。

赵忆宁： 喀航有波音飞机几十年了，至今还没有维修能力吗？

杨昊： 喀麦隆航空公司历史上从来没有这个资质，喀航波音飞机的维修都是委托给埃塞俄比亚航空公司，在自己没有能力的情况下，就要花更多钱委托别人做。实际上他们期盼了很久，希望自己能够有维修飞机的能力。我们以新舟机型帮助他们申请，因为在新舟交付的同时，配了很多维修设备与工具，更关键的是，还派了维修工程师帮助他们。喀航拿到喀麦隆民航局审批的维护、维修、远行（MRO）资质，喀麦隆航空公司终于可以自己维修飞机了，这对他们是一个重大的突破。而波音、空客是不会管谁来维修飞机的。我们的主张不同，我们不仅仅卖飞机，同时要带动用户全方位的能力成长，因为我们的宗旨是与用户共同成长，我们从培训、备件和维修三个层面帮助客户建立体系。

赵忆宁： 在机场看到很多不能得到及时维修的飞机，主要是资金的问题，你们是怎么解决这个问题的？

杨昊： 我们提供的备件供应，不要求提前付款，只要客户有需求，甚至不等订单，会先把配件发给他们，因为喀麦隆航空公司自身管理并不是很有效率，付款周期特别长。其中有的备件需要向国外供应商采购，货款不到位人家是不会发货的。所以我们创新了垫付款的方式，为的是不耽误飞机飞行。我们对用户出现的所有问题，在24小时内必须响应，并给客户提供解决方案。这是空客与波音做不到的，他们的人不在，而我们的人在这里，其实这是我们中航工业最大的优势。

赵忆宁： 这不是占用了你们的资金吗?

杨昊： 是的，所以别的飞机制造商是不会这样做的。我们在航空公司的备件库里专门划出一块区域，按照中航工业运营的经验，提前用我们自己的资金采购一批备件，需要的时候从仓库里面拿出来直接用。目前计划投资50万~100万美元，这就是我们备件的服务方案；另外关于培训，当飞行员完成培训回来后，我们专门从国内协调教员带教、带飞。现在有一套中国的机组人员在这里，包括机长和副驾带着当地的飞行员飞航线。波音是少有带教的，需要提高飞行技能时可以到培训中心去，当然要跟你签合同、收费。我们从国内协调幸福航空的教员来到喀麦隆，虽然国内人力资源很紧张，但我们还是重点保障海外市场能力的建设。

赵忆宁： 你们的做法让我想ARJ21和C919，未来也将要面对海外市场的销售与售后服务。

杨昊： 中国的民机生产能力已经被证明是没有大问题的，我相信无论是ARJ21和C919终将拥有海外客户。而让产品具有竞争力，飞机售出只是第一步，必须要提供优质的售后服务。我们要培养一批有国际营销经验与民机本地化售后服务的人才，这是未来中国的民机提高竞争力的关键。

新舟 60 与喀航共同成长

赵忆宁： 你对喀麦隆航空未来的发展有什么预期？

杨昊： 目前喀航共有 5 架飞机和 800 名雇员，处于亏损状态。整个喀航有 30 多名飞行员，老的占大多半，目前看整体经营比较平稳，但是未来是否能够盈利还取决于能不能提升管理水平。因为内部管理的事情，不在我们的影响范围之内，要依靠他们自己慢慢学习、慢慢提高。但是中航国际会一直帮助和支持喀航，至少两架新舟 60 飞机不会掉链子。

赵忆宁： 企业不能逐步减亏并实现盈利就会失去它存在的价值。你们怎么办？

杨昊： 我们面对的就是这样的客户，能做的就是想办法与它共同成长。因为我们知道喀麦隆国内市场对航空的需求，但是供给又严重不足，这一点才正是我们在这里坚持的核心。要在一个并不太好的环境中生长和发展，很不容易。

赵忆宁： 对你们而言，喀麦隆航空公司意味着什么？

杨昊： 由于中国的民航适航管理尚不完整，以及我们对喀麦隆航空公司用户的管理制度也不完整，产品及服务体系在非洲的适应性也还需要继续改进，正是在这个过程中，中国的民机才能一步一步地成长起来。我们在这里所做的一切，其最大的意义是帮助中国的民机、中国民用航空适航管理的成长。其实，喀麦隆航空公司也是在帮中国航空制造业，通过项目帮助我们运营，帮助我们培养一批做民机营销、客服的人才，还给我们一个战场锻炼队伍。我们希望与喀航的合作最后实现商业的共赢。

赵忆宁： 共赢点在哪里？

魏杰： 这可能与理念有关。总体上讲，空客和波音属于一类，中航工业属于另一类。西方国家厂商包括波音与空客，是将飞机卖给有能力运营的公司，这无可厚非。但中国的策略是双方一起成长。

杨昊： 我们在这里有一支专业技术团队，一是帮，二是教，实际上就是知识的传递和技术转让，目的是经过几年以后，让喀麦隆航空公司提高能力和实现成长，喀航成长得越好，未来对飞机的需求就越大。虽然新舟 60 不是高端民机，但它是适应非洲市场的一个产品，用一句很简单通俗的话说，我们的飞机结实，它对跑道的要求特别低，甚至在没有铺柏油的跑道上都可以降落，波音和空客的轮胎不敢在沙石、沙粒的跑道起降，但是我们可以。另外是短跑道起降，最短一千米的跑道就够了。这就是为什么我们要投入如此大的精力和物力在这里，我们考虑的是更长远的商业利益。

赵忆宁： 2014 年，中国宣布实施"中非区域航空合作计划"，在这个框架下，除了提供民用支线客机之外，你们还打算做些什么？

杨昊： 为对接"中非区域航空合作计划"，中航工业制订了"2123 计划"。首先是在非洲成立两个维修中心，已经确定在刚果（布）布拉柴维尔建设第一个维修中心，2017 年开始动工；其次是建立一个飞行培训中心，目前南非已经有中航国际的南非艾唯航校；还要建立两个国产民机在海外的营销中心，计划一个在英语区的肯尼亚，另一个在法语区的喀麦隆，肯尼亚的营销中心已经开始动工了；最后是建立 3 个备件中心，覆盖北非、南非和西非，以保障新舟飞机的运营。

赵忆宁： 这种架势不是只为十几架飞机的配置吧？资金从哪里来？

杨昊： 在非洲虽然现在只有 12 架新舟飞机，但未来这个区域将会有更多中国制造的飞机，不只是新舟，还有 ARJ21 和 C919。我们提出"2123 计划"的设想，将在未来 10~20 年内全部完成。我们在非洲很多年，知道怎么跟非洲国家打交道，知道怎么实现共赢，所以我们希望联手合作。习近平主席在中非合作论坛约翰内斯堡峰会宣布，中国将提供 600 亿美元资金支持中非"十大合作计划"，其中部分资金将专门用于促进非洲区域航空的合作发展。

管理一个面积几乎与新加坡相等的种植园的挑战

访喀麦隆赫韦卡姆橡胶园运营副总监刘海鹏

刘海鹏，2000 年毕业于北京大学法律系，同年加入中化国际，在上海工作了 10 年，曾在泰国、比利时工作，2013 年到喀麦隆赫韦卡姆橡胶园工作。

2016 年 10 月，我们前往喀麦隆赫韦卡姆（HEVECAM）橡胶园采访，赫韦卡姆橡胶园距离克里比深水港虽只有 70 多公里，但这段路程走了两个多小时。雨后的红色土路已经变成一段段大水坑，即便是紧紧抓住越野车的扶手，头也时常会被撞到车顶。

当进入到橡胶园时，瞬时被热带种植园的美景吸引，在高大的橡胶树的遮蔽下，一条蜿蜒的红色小路通向远方，每棵橡胶树上都有螺旋式的割纹，树下一个个小杯子接住从树上流下的液体，橡胶凝固后变成一个个的白色的"小馒头"，"小馒头"们被堆放在树下，像一座小山。

如果读过玛格丽特·米切尔的《飘》，到达橡胶园中央办公区的第一印象就是，如果把停车场的汽车换成马车，这里就是塔拉庄园的再现。

这里的人们穿戴整洁，举止文雅，平和安详，有人会面带微笑主动与你打招呼，清澈的眼神在传达着对生活的无忧，与我在喀麦隆其他地方见到的人都不一样。这里是洞天福地还是世外桃源呢？当见到橡胶园运营副总监刘海鹏时，所有的疑问得到了解答。

管理一个面积几乎与新加坡相等的种植园对任何人来讲都是一个挑战，在刘海鹏的带领下，我参观了橡胶园的村庄、苗圃、医院、学校和橡胶工厂，无论走到哪里人们都会和他打招呼，说上两句，显然这里没有人不认识他。

中化国际在喀麦隆收购、投资有两个橡胶种植园，赫韦卡姆橡胶园只是其中之一，位于距离杜阿拉218公里远的里特（Niete）区；另外一个苏特卡姆种植园（SUD CAMEROUN HEVEA SA）面积约 6 万公顷。

自 2007 年起，中化国际不断在东南亚和非洲向天然橡胶的加工、种植等中上游业务领域拓展。2007 年收购马来西亚欧马橡胶加工厂 75% 的股权，构建起天然橡胶业务海外拓展的桥头堡；2008 年收购新加坡 GMG 全球公司 51% 的股权，进入天然橡胶上游种植领域；2012 年，收购比利时 SIAT 集团 35% 的股份，其种植园资产位于非洲的科特迪瓦、加纳、尼日利亚和加蓬四国，主要业务为天然橡胶和油棕的种植、加工、生产和销售。截至 2015 年年底，中化集团已发展成为集种植、加工、营销于一体的天然橡胶产业服务商，建立起覆盖全球的全产业链版图。

中国驻喀麦隆特命全权大使魏文华评价说："在喀麦隆的中国企业有 40 多家，像中化国际这样成功的案例不太多。中化国际在喀麦隆发展的做法，是一次成功的国际资本运作，也是一次中国标准、技术、设备、管理等进入非洲并实现共赢发展的实践。"

种植园就是一个小社会

赵忆宁：这里的人为什么与我在外面见到的不一样，无论从穿戴还是言谈举止，为什么？

刘海鹏：橡胶园是 1986 年建成的，当时有 17 个村子，现在增加到 18 个。每个村子以家庭为单位，由我们提供住房、清洁水和电力，住房是免费的，未成家的单身人士提供一间 16 平方米的房间，成家的家庭提供 32 平方米的住房，新盖的房子是 56 平方米，两室一厅。电费、水费是计价收费的，但是当公共电网停电时，我们用自备发电机发电，这是不收费的。

赵忆宁：在来的路上我看到了你们的医院。

刘海鹏：那是我们的综合医院，有 140 张床位，可以做简单的手术，比如阑尾炎手术、手外科手术。除了内外科、儿科，还有眼科、产科、牙科，我们有外科手术室、血液化验室、X 光、B 超室，这些设备是在私有化以后添置的。我们的员工享受公共医疗，看病可以报销 75%，员工家属报销 50%。所以我们的员工把家属从更远的地方接来看病。除了综合医院，每个村里都有卫生所。我们一共才有两名主治医师，有 70 多名护士，如果医生看不了的病会转到雅温得和杜阿拉的医院。医疗保障是我们企业的社会责任，但是可以获喀麦隆国家 50% 的税务减免，医疗支出每年 200 万美元，我们可以从喀政府要回 100 万美元。但是有一个问题，钱拿走了再想要回来很难，到今天为止喀政府还欠我们 600 万美元。

赵忆宁：可以理解，喀麦隆政府正在举全国之力搞建设，钱紧。

刘海鹏：种植园现有雇员 4 800 人，2016 年年初是 5 300 人，上个月我们裁了 600 多人，公司要降低成本。

赵忆宁：这么好的福利，被解雇意味着要搬出村子，不会有争议吗?

刘海鹏：没有。我们遵守当地法律付离职费，按照工作年限每一年付一个月的工薪。我们这里的员工都要参加喀麦隆社保局的社保，60 岁以后可以向社保局申领退休金，90% 是我们负担的。虽然整个种植园园区的人口只有 4 800 人，如果把家庭人口全包括在一起共有 3.5 万人，一个家庭基本都有 4~5 个孩子。所以在每个村里都有幼儿园和小学，一共有 36 个幼儿园和学校，包括一所双语学校和一个职业高中，一共有 300 多个老师，从幼儿园到高中一共有 8 000 多个孩子。公司配了 5 辆美国的校车，从不同的村落里接送高中以上的学生到中心学校读书。

赵忆宁：种植园俨然是一个小社会。

刘海鹏：是的，为了维持常住人口的秩序，我们有两个宪兵队，一共 40 个武装宪兵，并配有轻型武器。因为 3.5 万人在一个密集的作业面生活，加上我们这里是一个选区，是需要维持秩序的。同时还有 270 人左右的保安队驻守。宪兵队的支出由中央财政支出，保安队部分是由种植园支出。比较特殊的是，我们还要保护区内的俾格米人（Pygmies），历史上，他们曾是非洲中部地区的主要居民，是喀麦隆的少数游牧民族。一共有几十个人，他们白天生活在树上，晚上生活在地上，我们有责任照顾他们，比如提供免费的医疗等。上面讲到这些，可能就是你感到不太一样的原因所在，在喀麦隆，住房和医疗是比较大的支出，种植园基本上都负担了。

我们还要担负一些政府的职能，比如道路的维修。你今天体验过很差的道路。今年受厄尔尼诺天气的影响，整个雨季从 3 月份一直延续到今天，没有时间修道路。这条道路由 3 家公司出资维护，除了我们之外还有棕榈公司和木材公司，那两家是法国公司。

成功的国际资本运作

赵忆宁：能否介绍一下公司的情况?

刘海鹏：我们的全称叫喀麦隆热带橡胶植物公司。最初建立于 1975 年，是世界银行出资 1.2 亿美元的扶贫项目，种植天然橡胶。占地面积 410 平方公里，相当于三分之二个新加坡或北京三环以内。最开始橡胶园是喀麦隆的国有公司，1996 年金融危机后私有化，以 1 亿美元出售给新加坡 GMG 全球公司（GMG Global Ltd），也就是我们的前身公司，当时通过私有化收购了 90% 的股权，剩余的 10% 由政府持有。2008 年，中化国际以 1.2 亿美元完成对 GMG 全球公司 51% 的股权收购，共同成立了喀麦隆 GMG 国际橡胶公司。当时，这也是中化国际第一次并购海外上市公司。

赵忆宁： 在私有化浪潮之前，喀麦隆所有的企业中，国有公司所占的比重是多少？

刘海鹏： 到目前为止，橡胶园是喀麦隆第三大企业。如果从就业的角度看，喀麦隆政府排第一位，排第二位的是喀麦隆发展公司（Cameroon Development Corporation，CDC），这家公司非常大，以种植橡胶、油棕和香蕉为主，橡胶的种植面积和我们目前是相当的，有雇员 2.2 万人。我们是第三大企业。在私有化之前，喀麦隆大的国有企业估计不会超过 10 家。喀麦隆的失业率非常高，如果我没有记错的话，整个就业比例不到劳动人口的 25%。我们吸纳就业近 5 000 人，这对喀麦隆的贡献相当大。

最重要的是土地与价格

赵忆宁： 喀麦隆的土地价格怎么样？

刘海鹏： 橡胶园获得的土地租期是 100 年，年租金 30 万美元，相当于每公顷土地不到 10 美元。2012 年我们又获得了新的 1.9 万公顷（190 平方公里）土地开发权。中化国际在喀麦隆的第二个投资项目总金额为 6 亿美元，获得了 7 万公顷土地种植橡胶。

目前南方种植园的土地面积是 4 万多公顷，已经种植橡胶树的面积是 19 504 公顷，种植率 50% 左右，其中成熟的胶林面积是 14 000 公顷。但是树龄结构有问题。橡胶树的经济寿命为 35~40 年，这个公司成立于 1976 年，到现在已经 40 年了，第一批树已经进入老龄，因为私有化投入 1 亿美元收购后缺乏现金流，就没有再拿钱复种橡胶树。目前产胶效率很高的青年树占了 20%，老龄树占了 70%。我们要通过 10 年的努力将青年树变成 70%，老龄树降为 20%。总部已经批准种植园的计划，到 2020 年，每年将复种 1 000 公顷，2016 年 1 000 公顷复种的指标已经完成了。

赵忆宁：目前橡胶产量如何？

刘海鹏：每公顷产量为 2.3 吨，部分区域可以达到每公顷 3 吨，已经达到世界较高的水平，未来的目标是达到每公顷 3.5 万吨。我们的橡胶加工厂有 35 000 吨的加工能力，主要产品是乳胶和干胶，日常生活中用到的乳胶手套、乳胶枕头、床垫等，都要用到乳胶；而干胶是用来做轮胎的。目前橡胶加工厂干胶生产能力是 28 000 吨，乳胶加工能力是 7 000 吨，这些成品橡胶仅仅作为轮胎原料卖给大跨国公司，客户是普利司通（Bridgestone）、固特异（Goodyear）和德国大陆（Continental）等。我们"走出去"也承担了国家战略安全储备的任务，一旦国家需要，会毫不犹豫地把橡胶运回中国。

赵忆宁：目前中国市场橡胶的供给与需求怎样？

刘海鹏：橡胶、棉花、粮食、石油统称为四大战略资源。新中国成立之初，我们是用大米换橡胶，后来遭遇西方国家的封锁。1954 年华侨雷贤钟从马来西亚带回橡胶良种，在海南培植芽接胶苗及芽条，并全部成活。1956 年周恩来总理在北京接见雷贤钟时，称赞他带回的橡胶良种"比金子还贵重"。后来在全国建立了一些橡胶种植基地。

目前海南每年有 30 万吨天然胶的产量，云南也有 30 万吨的产量。虽然我国是世界第一大橡胶消费国，但中国天然胶自给率严重不足，80% 的天然胶需要进口，中国橡胶年消费量为 360 万吨，每年有 300 万吨的缺口，需要依靠进口。目前全球橡胶的消费量在 1 100 万吨左右。据国际橡胶组织（IRSG）统计预测，全球天然橡胶的年供需缺口近 110 万吨。橡胶的主产区在泰国和印度尼西亚，产量占世界的一半以上，非洲的橡胶产量约占世界产量的 6% 左右。

我们在非洲投资，最重要的优势是土地价格，如果在亚洲，没有哪个国家会给你这么大的土地，获取土地的成本会高出很多，所以盛产橡胶的非洲将成为中化国际的战略要地。

大宗商品价格冲击

赵忆宁：2008 年后受金融危机影响，大宗商品价格受到很大冲击，橡胶行业又如何呢？

刘海鹏：2010 年，我们的最高营业收入达到过 9 600 万美元，之后开始一路下滑，2011 年为 5 100 万美元，2012 年继续下降到 2 700 万美元，2015 年只有 1 222 万美元。我们的运营成本是固定的，营业收入的变化是由于市场价格变化所致，利润的变化反映的是产品价格的变化。受金融危机影响，在 2008 年年底，天然橡胶的价格降到最低点，每吨不足 1 200 美元，之后几年全球天然橡胶价格一直保持低价位，但是据《欧洲橡胶杂志》的信息，英国行业调研机构"橡胶经济学家"（The Rubber Economist . Ltd）称，2016 年和 2017 年天然橡胶和合成橡胶消费量增长将会上升。这一趋势预测很可能会导致未来两年橡胶价格上涨。我们预计 2017 年会有净收入，2018—2019 年将有 1 300 万美元与 2 600 万美元的营业收入。

赵忆宁：中化国际在 2008 年投入 1.2 亿美元，按照你的数据，2013 年之前已经收回了投资？

刘海鹏：是的。2016 年 7 月，国资委国有重点大型企业监事会主席骆玉林等人考察了赫韦卡姆天然橡胶种植园，对中化国际国有资产的增值保值给予充分肯定，并勉励我们为实现中化国际天然橡胶战略使命再立新功。

赵忆宁：克里比深水港一期已经建成，这会为你们节省运输成本吗？另外你们是否打算在工业园延长产品的产业链，比如深度加工？

刘海鹏：克里比深水港的建成对我们非常有利，克里比港口与我们的直线距离只有 8 公里，如果修一条公路，可以节省 80% 左右的运费。目前我们的货物走杜阿拉港，两者之间的距离是 220 公里，每吨产品的运输成本是 70 美元。如果送到克里比港的话，仅仅需要 12~15 美元。另外，我们也向工业园递交了 50 公顷土地的申请，计划建立集装箱倒载中心，现在仅仅是文件申请阶段。关于深度加工，我们没有这个打算。

严格遵守土地界限

赵忆宁：中化国际在喀麦隆还有另外两个新的种植园项目，大面积建设种植园，是否对环境有影响？

刘海鹏：喀麦隆国家林业部、农业部把土地评级分红、绿、黄、粉四个颜色，红色代表原始森林，并建立了三四个国家森林公园，在国家公园内不能有任何开发，里面栖息着大猩猩、长颈鹿、大象等动物，这说明喀麦隆政府已经把原始森林保护起来了。他们只是把次生林或者已经被砍伐的树林划拨给公司发展，我们的土地评级使用的是粉色级别的土地，划拨给我们的时候已经认定了这里可以发展林业农业经济。只不过这项标准与热带雨林保护组织的口径有出入，所以才会有种植橡胶会破坏森林的说法。我们使用的土地是经过政府批准划定的，我们严格遵守土地界限，种植橡胶总不太可能去撒哈拉沙漠吧。

赵忆宁：热带雨林保护组织是什么机构？

刘海鹏：目前我们向"雨林联盟"（Rainforest Alliance）申请了可持续农业发展网络资质的认证。这是一家国际非政府环境保护组织。他们的使命是通过改变土地利用模式、制订长期的资源利用计划和维持生态平衡。这项认证的重要性体现在两个方面，首先，如果有"雨林联盟"的认证，可以增强产品的议价能力，比如原来产品在国际市场可以卖100美元，有了这项认证可以卖到102美元；其次，如与米其林这样的跨国公司打交道，拥有这项认证是与他们做交易的必备条件，没有这项认证一切免谈，他们希望更多的企业承担起社会的责任。

目前，种植园获得了由国际标准化组织制订的环境管理体系标准ISO 14001认证，橡胶加工厂获得了质量管理体系核心标准ISO 9001认证。目前我们在喀麦隆的投资达到10亿美元，其中我们的大型天然橡胶种植园苏特卡姆2017年有产品下树，可以开始割胶了，成熟胶林已经有6 000多公顷，可以说，我们在喀麦隆橡胶种植领域已经初具规模。

男儿志兮天下事　但有进兮不有止

访中国港湾中非区域中心党总支书记兼克里比地区项目
总经理李敬军

李敬军，1993年毕业于南京航务工程专科学校（大专）港口及航道工程专业；1995—1997年，工作于中国港湾孟加拉国办事处；1999—2004年，任中国港湾孟加拉国SD桥项目部商务部经理；2004—2005年，任中国港湾斯里兰卡A5公路项目B标段、C11公路项目、波图韦勒（POTUVIL）海啸援助项目经理；2005—2006年，任中国港湾孟加拉国办事处副总经理；2006—2007年，任中国港湾巴基斯坦瓜达尔港二次进场项目经理；2010—2011年，任中国港湾苏丹办事处副总经理；2011至今，任中国港湾中非区域中心党总支书记、副总经理兼克里比地区项目总经理部总经理。

诸多磨难尽管在内心波涛汹涌，但信念却像暴风雨中颠簸船上的罗盘指针，仍能准确地指出方向，这就是不凡之处。李敬军在海外工作18年，先后在孟加拉国、斯里兰卡、巴基斯坦、苏丹和喀麦隆工作。工作期间，他曾遭遇过巴基斯坦瓜达尔港的火箭弹袭击，亲历了武装撤离的胆战心惊，也经历过斯里兰卡海啸的救援。在中国建筑工程承包公司中，像他这样有多国工作经历以及受过严酷环境考验的人并不在少数。

但正是这些磨难以及他们不忘初心的坚持与追求，造就了一大批优秀的充满理想与富有经验的中国工程师。对同行而言，他们做着平凡的工作；但对于我们而言，他们做着不平凡的事。他们长期在海外生活，对父母亲的孝道只能是多打几次电话，并不能"常回家看看"；对妻子儿女的关爱只能是"隔着屏幕"的对话。在海外的工程建设者中流传一个真实的故事：平日父亲只能在微信上与女儿对话，当他回家时，女儿见到现实中的父亲，无论如何都不肯相认，父亲把自己关到另一个房间中，隔着房门打开微信听到女儿喊"爸爸"，心都碎了。

只有两条路可以通向远大的目标，并完成伟大的事业：力量与坚忍。他们经历了大多数人没有经历过的，为的是最初的梦想，锲而不舍、默默坚守。面对工作的挫折与艰险，他们选择了责任；面对生活的考验与磨难，他们选择了坚守。

两件难忘的事：瓜达尔港遇袭与斯里兰卡海啸救援

赵忆宁：长期的海外经历，有什么令您印象深刻的事情吗？

李敬军：参加工作后的两件事给我印象很深刻。一是我们在巴基斯坦的瓜达尔港项目二次进场时遇到火箭弹袭击。当时我参与了项目主体完工后的二次进场，因为机电设备安装还有一些收尾的事，公司就派我去了，不到一年就遭遇了火箭弹袭击。对方主要袭击一座山的取水处，后来我方发现了一个定时发射装置，目标就是我们的营地。当初建营地的目的是保证安全，2004年，我们有三名同事在路上遇袭身亡。就在半夜12时左右，一颗火箭弹打到水塔边上，引起了剧烈的爆炸，差一点就打到营地，我们躲过了一劫。

赵忆宁：瓜达尔港项目二次进场有多少人？

李敬军：那时候营地人很少了，只有十多个人。直到收尾工作结束后，我们仍然面临火箭弹袭击的危险，巴方对我们的安全特别重视，研究了几套从瓜达尔港撤离的方案：一个方案是派军舰从海上走，撤离到卡拉奇；另一个方案是派直升机，避免陆路的危险；最后一个方案是从陆路去瓜达尔机场，最终采用的是陆路这个方案。这是我第一次坐装甲车，虽然路途不是特别长，但是挺难熬的；车队最前面是警队摩托车，中间是装甲车，我们坐在装甲车里要戴钢盔，压轴的是架着机枪的军用吉普车，路两边有警察站岗。我们最后撤退时一切都是不确定的，让我们随时做好准备。

赵忆宁：陆上走其实很不安全。

李敬军：不过，那天我们都非常感动。在瓜达尔港那段时间，我们与港务局、项目相关的业主以及负责安全保卫的相关方面都相处得非常好，当我们终于到了瓜达尔机场时，包括警察局、安全部门、边防部队，还有海军的负责人，都穿得整整齐齐的列队欢送。后来，我们乘坐巴方海军的运载飞机到达卡拉奇。临上飞机之前，所有人都是热泪盈眶，瓜达尔港项目终于结束了，他们为了我们在这里顺利完成项目，做了很多的安全保障工作，付出了太多的努力，所以大家都很感动。

赵忆宁：瓜达尔港二次进场您负责什么？

李敬军：我是项目总负责人，主要是负责机电安装，项目最后的竣工验收，向港务局分项移交工程，以及做供水测试，等等。2004 年我在斯里兰卡，正好遇到海啸，那是第二件令我难忘的事。

赵忆宁：2004 年印度洋海啸发生时您在斯里兰卡？遇到了什么？

李敬军：我当时是在 A5 公路项目，在宝石城附近。这是一个很重要的港口。那是一个周末，正好赶上当地的一个节日，项目部带着大家去了科伦坡北边海边游览。12 月 26 日早晨七八点钟，大家都起床了，有几个同事去海边散步，我和一个同事在房间的阳台上照相，发现潮水涨得很高。散步的同事说一开始没有太在意，随着潮水不断地涨，开始觉得不太对劲，突然，一个同事在后面喊，快往回走。这时，木头已经漂浮起来了，潮水迅速地涨上来了。当他们往回跑的时候，发现已经跑不到酒店了。酒店和海滩中间有一些小树，他们跑到那里都爬到树上了。一会儿的工夫，潮水就把游泳池给淹了，直接冲到了一楼的房间里，只听见酒店一楼的窗户玻璃噼里啪啦碎了，还有人们的尖叫声，此时手机没有信号了。我赶快组织大家往楼顶上跑。也是万幸，我们这边没有遭遇巨浪。潮水慢慢退去后，我们从房顶下来，发现一楼一片狼藉，沙发、床垫等全都被冲出去了。我们赶快集合队伍迅速撤离。撤到停车场时，发现水都已经涨到车轱辘上面了，再涨一点发动机肯定被淹了。

赵忆宁：如果是在南部海啸重灾区就非常危险了。

李敬军：刚回到驻地，就接到通知，让我负责带队去一个小岛上进行援助工作。这个小岛面积不是很大，有一座水泥桥和陆路连接，桥被冲断了，印度政府派了工兵帮助架钢架桥，我们的任务是负责把桥两边的路基做起来。我带了项目部一个当地的施工副经理先期考察情况。真是惨不忍睹，空气里全都是尸体的味道。那天又下大雨，好不容找到一个民房驻扎下来，就马上开始调设备，找石头找土填塌陷的地方。那段时间，太阳把我们晒得跟黑猴似的。但那一段时间也挺自豪的，印度派了工兵架桥，加拿大派了部队连接交通，美国派了一艘小航母到附近用黑鹰直升机运物资，还有其他国家的一些志愿者也去了，我们是中国的代表，觉得挺自豪的。大家合力进行援助。

四海为家，选择这份工作就选择了一份责任

赵忆宁：A5 项目结束后，您又调到哪里去了？

李敬军：后来调回孟加拉国吉大港，从吉大港回国工作应该是 2005 年、2006 年，然后不久就去了瓜达尔港二次进场。2007 年在国内，2009 年我父亲去世。我和父亲的感情很深，从小我的父母分隔两地工作，我母亲毕业于河北农大植物保护专业，她在张家口工作，我的父亲是老师，在河北滦县工作，我妈是工作起来不要命的人，所以我从小在北京的姥姥家生活了一段时间，之后就跟我父亲在一起。1976 年唐山大地震，就在地震之前，我妈探亲来到滦县看我们，不知道为什么，我哭着闹着非要跟我妈走，结果就去张家口了。没多久发生了唐山地震，我妈没有得到父亲的消息都快急死了，好在我父亲住在学校，房子和窗户门框都变形，但是没有塌，躲过了一劫。后来我考上大学，毕业之后分回北京。在我成长

的过程中，我和父亲在一起朝夕相处了 10 多年，所以父亲的去世对我打击很大。

父亲去世 20 天后，2010 年的春节刚刚过完，我就去了苏丹。临走的时候我心里很难受，北京空空荡荡的家就剩我母亲一个人，有什么事情只能她自己料理自己了。我妈今年 71 岁，作为儿子，什么忙都帮不上，我感到特别内疚。

我在苏丹办事处配合总经理工作，当时的项目主要是在苏丹港，并已经开始筹备喀土穆新机场项目。苏丹是我们中国港湾的老牌办事处，中国港湾成立之后没多久就有苏丹办事处了，业务一直在持续。虽然单个项目规模不大，但是意义在于怎么进行持续发展，我们怎么帮助业主解决他们面临的困难，同时我们企业也能够实现生存和发展。我在苏丹工作了一年。主要是配合那里的同事管理经营，开拓市场，进行在建项目管理，期间也去邻国厄立特里亚开拓市场。

赵忆宁：您的经历真是挺丰富的。

李敬军：毕竟从 1993 年到现在，我在中国港湾工作 23 年了，海外工作也 10 多年了。2011 年春节过后，我回国休假，在迪拜机场转机的时候接到公司领导电话，说克里比深水港项目要上了，派我做项目总经理。我休假 20 天左右，之后回苏丹做工作交接，就来到克里比深水港项目。

赵忆宁：所以我们觉得你们快成半军事化了，基本上一个项目结束就转移战场，而且说实话是承担着很大的责任吧，一直在很大压力下工作。

李敬军：做项目就是这样，因为项目结束我的工作就结束了，在办事处或者在中心本部相对来讲会稳定些，我也不知道这种工作生活、这种节奏还要延续多长时间。其实也挺想早点回国稳定下来。不过，选择了这份工作，在享受自己努力后获得的成就的同时，更重要的就是要负起一份责任，这是任何时候不能忘记的。从另外一个角度来讲，我也发自内心地感谢公司领导对我的信任和能力的认可。对我个人来讲，这其实也是一个学习和提高的机会。在克里比深水港这个项目之前，没有做过这么大规模的项目，项目本身 5 亿美元，加上高速公路又是 5 个多亿美元，还有一个进场道路 4 000 万美元，马上克里比港口二期又要开始了，又是 7 个多亿美元，加起来一共 18 亿美元。好在不是同时开工的。对我个人来讲，就是要服从公司的安排，因为做了这个职业就要敬业，要遵守公司的规章制度，这是应该的。

赵忆宁： 10多年来一直在东奔西走，你们这样的工作会不会遇到婚姻危机？

李敬军： 我今年（2016年）44岁，我们常年在外，肯定会遇到婚姻问题。不避讳地讲，我已经离过两次婚，常年在外肯定是主要因素。比如1995年我第一次结婚，那时候在孟加拉国工作，出去之前我们就认识了，1997年时，对方就有些承受不了了，让我必须回国工作。后来跟公司提出申请，我就回国了，但还是离婚了。之后有了第二段婚姻，但是1999年又要被派出，关系还是没有维系下来。从女方来讲，主要的诉求就是这个男人家里的什么事都管不了，甚至连个说话的人都没有，如果再遇上生病更会加重孤独感。第二段婚姻只维持了两年。每次探亲一个月，回来的时候有陌生感，刚刚熟悉起来就又走了。我能理解。

赵忆宁： 有没有孩子呢？

李敬军： 我没要小孩。后来，与第二任妻子也没有要小孩。之后是认识了我现在的妻子，我们现在没有自己的小孩，她也是离过婚的，有一个女儿。

我是两方面考虑：第一是面对现实，我还是要长期驻外，有了孩子也照顾不了；第二是妻子带来一个女儿，就把她视如己出。其实也是很害怕再受伤，开始的时候也并没有十分的信心，毕竟离婚两次了。所幸的是，现在我们还比较稳定，能够互相包容、理解、支持。我妈非常理解我，她从来没有跟我说过一次抱孙子的事，这让我心里更加难受。实际上在海外工作，婚姻是一方面，还有老人是另一方面。我妈前些年能跑能动的时候，对不同国家的文化感兴趣，喜欢旅游，我就尽力赞助她，让她开心。上次回国探亲的时候跟我妈聊天，说虽然您挺独立，不愿意请阿姨，但岁数也越来越大了，有些事还是要提前考虑，关键是一个人也不安全，等到出问题的时候再琢磨就来不及了。我想不外乎两条路：一是跟我们一起过，严格地说是跟我现在的妻子一起过。实话实说，虽然媳妇对我妈特别好，但是我总也不在，把照顾老人的事情都让她承担，这难免不太好。另外一条路就是送到养老院。

赵忆宁： 您觉得还能在海外工作多少年？

李敬军： 我个人的想法是，怎么着也得把克里比深水港二期和高速公路搞得差不多，对公司有个交代。差不多应该是在2019年，到时候也快50岁了。我也想和母亲、妻子在一起享受享受生活，岁数再大想跑也跑不动了。

喀麦隆对实现国家工业化有强烈的意愿

访喀麦隆雅温得第二大学经济管理研究中心德西雷·埃姆教授

德西雷·埃姆（Desire Avom），喀麦隆知名经济学家，目前担任雅温得第二大学经济管理研究中心经理，同时兼任德尚大学经济学院院长。德西雷·埃姆在雅温得大学完成本科学业后，获得政府奖学金前往法国，先后在里尔大学和里昂大学读书，1999年，获得里昂大学博士学位，并于2000年回到雅温得第二大学任教，其研究领域为发展经济学与货币及一体化等。

以经济多样性发展抗击风险

赵忆宁： 可否介绍一下喀麦隆经济学学者研究的现状以及较为关注的领域?

德西雷·埃姆： 我目前主要关注区域经济一体化的研究。在中非地区,就是如今的中部非洲经济与货币共同体联盟(Communauté Economique etMonétaire de l'Afrique Centrale,CEMAC)有四个组成部分,包括中部非洲经济联盟、货币联盟等,我的主要研究领域是中非地区的经济。

如今当我们关注中非地区的经济数据时,就会发现喀麦隆经济保持了持续增长,尽管遭遇了国际经济危机,喀麦隆经济依然保持坚挺,很多年前就保持着4%~5%的经济增长率。CEMAC其他6个国家保持经济增长主要是依赖对石油的出口,因此其经济相对更容易(或其经济结构构成中有较大比例)受到国际油价的影响。不过,喀麦隆经济一直保持多样性,石油出口仅占经济总量的40%~50%。而CEMAC的其他国家最高达到95%,由于其经济依赖初级资源的贸易,其经济状况受到国际市场的很大影响。

赵忆宁： 比如2015年刚果(布)的经济增长率仅2.5%,喀麦隆增长率为5.9%,喀麦隆是如何实现经济多样性以保持经济持续高增长的?

德西雷·埃姆： 如今喀麦隆保持经济多样性,就如同我们不能把所有鸡蛋放在同一个篮子中,而是应当将鸡蛋放在不同的篮子中。多样性是指国家经济在不同活动领域中制造商品和提供服务的能力,我们不只是出口初级产品,我们同样拥有初级产品的加工产业,我们提供金融、保险、交通等服务,如今服务业占到经济中很大比例,所有这些都是经济多样性的重要组成部分。

赵忆宁： 前不久国际货币基金组织对喀麦隆经济状况总体评价积极,评估意见认为,近年来喀麦隆经济显示出较强的抗击风险能力。

德西雷·埃姆： 喀麦隆自20世纪60年代便开始发展经济的多样性,直至80年代经历中非经济危机才有所停止。喀麦隆在20世纪70年代已经可以生产自行车、摩托车,不幸的是,这些工业并未能经受住80年代的那场经济危机的考验,这场危机延长了我们对经济结构的构建进程,世界银行及国际货币基金组织都将喀麦隆定义为结构调整期。随着国际借贷及私人领域投资的不断引入,尤其是中国占据越来越大的比例，我们也在为私人投资创造便利条件。如今喀麦隆政府制定了大型关键工程的清单，比如大型水坝的建设，也是为经济转型奠定能源需求的基础。同时相较于其他国家，喀麦隆还拥有更丰富的人力资源，拥有更多的专业人才，保证了喀麦隆经济的多样化。喀麦隆在各个领域都是多元化的，如金融领域，有多家银行，他们共同从事喀麦隆的金融活动。因此相比中非经济体的其他国家而言，喀麦隆在经济危机中更加稳健，有较大的承受力或者是抗风险能力。

实现中非区域一体化

赵忆宁：中非共同体中的其他国家表现如何？

德西雷·埃姆：CEMAC整体经济主要依赖于对资源的开发，比如中非、乍得等国家主要依赖对石油的开采，几乎放弃了其他领域，包括农业、加工业等。当我们谈到多样性时，其涉及两个领域：一是对多种自然资源的开采，不仅限于石油，也包括天然气、可可、木材等；另一个是对于自然资源的加工和产品的生产。中非国家的经济主要依靠对原始资源的开采，但是，目前这些国家都拥有发展经济多元化的意愿，也纷纷制定了经济发展多元化的政策。

赵忆宁：请介绍CEMAC货币联盟成立的背景，如今的作用，以及对其成员国的利弊？

德西雷·埃姆：CEMAC于1994年建立，代替了之前的中非经济海关联盟（Union Douaniere Economique de l'Afrique Centrale，UDEAC）。UDEAC联盟在各个国家独立前的1964年成立，成员包括喀麦隆、刚果（布）、中非、乍得以及加蓬5个国家，建立该联盟是为了在成员国间删除关税壁垒，促进区域内的贸易，同时增强相较于区域外国家的竞争力。UDEAC联盟在建立之初是很成功的，成员国的经济保持高速增长，直至20世纪80年代，中非区域发生了经济危机，UDEAC联盟不再能有效运转。1994年，为了摆脱经济困境，成员国纷纷采取了一系列措施，但收效甚微，于是各方开始评估货币联盟的可能性，终于在1995年，UDEAC成员国和赤道几内亚共同成立了CEMAC联盟，其意义在于使得区域内政治经济小国组成联盟，以便在国际政治及经济舞台上更具有分量，更具有话语权。CEMAC联盟包括两个部分，即经济联盟和货币联盟，CEMAC中央银行位于雅温得，CEMAC总部位于班吉，其作用是为了更好实现该区域持续稳定的发展，使成员国成为更加民主富强的国家。谈及CEMAC的弊端，与其说是弊端，更应该说成一体化的约束，这就如同机会成本的两面，为了更好实现一体化，成员国或多或少要舍弃各自的一部分利益。

赵忆宁：你如何评价喀麦隆政府的外汇管制，外汇管制是否会影响全球资金进入喀麦隆的态势？

德西雷·埃姆：喀麦隆政府于1993年8月建立了货币监管机制，在1993年以前，中非法郎（FCFA）也是国际自由流通的货币，即可使用中非法郎在国外自由地买卖。由于喀麦隆工业薄弱，大量的工业产品需要在境外购买，这也使得中非法郎大量地流向境外，却没有对喀麦隆国内的经济有所贡献，因此，政府制定了货币监管政策，以确保本国货币通过官方渠道流出。另外，考虑到CEMAC货币联盟受法国政府的监管，货币监管有助于稳定中非法郎的国际汇率，从而确保CEMAC成员国家经济的稳步发展，因为CEMAC区域薄弱的工业出口，并不能有效地调节中非法郎的国际汇率。

国家工业化的强烈意愿

赵忆宁：非盟及联合国工业化组织曾提出若干个方案以帮助非洲工业化的发展，而且喀麦隆在1991年也曾提出10年工业计划，一直在致力于工业化的发展，能否用历史数据为我们说明喀麦隆目前的工业化水平，以及未来想达到的水平？

德西雷·埃姆：喀麦隆目前的工业化水平还是较为低级的，其对经济的贡献也是很微弱的，而且其发展也是较为艰难的。在工业化的过程中，喀麦隆遭遇了很多限制，比如遇到了产业结构的问题，也遇到了行政的问题（目前喀麦隆政府已致力于简化行政流程，发布中小企业的组建机制），同时还有基础设施不足的限制。基础设施的缺乏严重影响了企业的日常运转，企业的运转需要资金、人力、金融、基础设施多方面的支持，喀麦隆在电力、网络、交通方面如今还有很多需要完善的地方。幸运的是，喀麦隆早就意识到这个问题，现在有诸多大型基建项目正在进行，这些项目将确保日后国家体系及企业的正常运转，未来在电力能源方面，我们将不仅能自足，还可用于出口。喀麦隆的工业化也将在基建项目建成后的未来几年进一步发展，正如比亚总统所说，无工业不发展。随着工业化的发展，喀麦隆将不再仅仅出口初级资源产品，同时也将实现原材料的加工，生产工业产品，获得更多的经济附加值。喀麦隆政府对实现国家工业化有着强烈的意愿。

赵忆宁：您是 2012 年《全球人类发展报告》喀麦隆地区的咨询专家，在取得独立之后，喀麦隆在实现 HDI（人类发展指数）方面的进度是什么样的幅度，目前喀麦隆 HDI 是 0.628，在喀麦隆独立前后，能否请您做个大概的比较？

德西雷·埃姆：不可否认的是，喀麦隆的 HDI 指数是不断增长的，喀麦隆经济在过去产业调整的 20 年里承受着高额的成本，这对于喀麦隆来说是十分艰难的。在 20 世纪 60 年代，喀麦隆的工业化获得良好的发展，其增长态势在 80 年代经济危机及产业调整过程中受到严重影响，影响了诸多指标的表现，包括教育、健康等，这期间人均寿命有所下降，但是人口数量持续上升，学生数量也持续上升，致使人民的需求持续上升。在政府的大力推动下，喀麦隆重新走上了经济复苏之路，如今的人均寿命已经达到 50~51 岁，相比于此前的 45 岁，有了明显的改善。提高 HDI，改善人民生活水平，需要在各个领域大量的投资，正如今天中国在这里投资。在疾病方面，比如艾滋病，现在有越来越多的治疗方法，平均寿命有明显提高，但是因为产业结构的原因，前进的道路上还是有很多限制，需要大量的投资改善基础设施。

克里比港是"龙的礼物"

访喀麦隆克里比港及工业园区指导监督委员会副协调员汉德

汉德·巴希尔（Hand Bahiol），出生于1962年，1980年，毕业于喀麦隆国家高等工程学院（巴黎综合理工学院）电力和机械专业；1982年，在美国科罗拉多州博尔德和纽约大学经济学研究所（纽约）工商管理研究生院学习；1984年，获纽约大学工商管理学硕士学位。他回国后在喀麦隆国有投资公司（The National Investment Corporation of Cameroon）负责工程管理工作，目前，他在克里比港指导监督委员会担任副协调员。

汉德·巴希尔介绍说，参与克里比深水港（一期）工程，是他迄今为止做过的最大项目。

为建设克里比深水港以及配套工业园区，喀麦隆政府专门成立了克里比港区指导委员会，该委员会由 20 多名部长组成，主席是经济计划国土部部长，副主席是交通部部长。委员会下设指导监督委员会，具体负责项目的技术与监管的工作，汉德担任指导监督委员会副协调员。他告诉记者，"我们在很多项目上都采用设立委员会的方法，但在克里比港政府选择由 20 多个部委共同参与的指导委员会，这在喀麦隆还是第一次"。

克里比港是喀麦隆人的自豪

赵忆宁： 从杜阿拉港来到克里比港，感觉两者还是有不同的。您能否从专业视角对这两个港口进行比较？

汉德·巴希尔： 克里比港是一个深水港，目前水深有 15~16 米；而杜阿拉港在中国港湾进行疏浚之后，最多也只有 8 米的水深。作为深水港，克里比港能够接纳的船只是吨位比较大的，而杜阿拉不具备这种条件。从货物进出而言，克里比港的条件更好，具备相应能力，现在也做好了一切准备接纳大型船只。

克里比港的建成可以为喀麦隆降低运费。过去只有杜阿拉港，港口比较小，只能靠小船一批批运进来，运费相对比较高。而克里比港是深水港，能够接纳大船一次性运进来，运费就会相对较低。例如进口水泥，从杜阿拉港每次只能容纳 1 万吨的船进来，但是从克里比港走，每次的运力能提高好几倍，我们可以将港口的货物输送到中非其他地区。运费降低了，货物成本就降低了，货物的售价也可以降低，这对人民的生活和国家项目的开展都是有利的。

赵忆宁： 克里比港口项目在您的职业生涯中是一个什么样的地位？

汉德·巴希尔： 对我个人的职业发展来说，能参与克里比港的建设也是一段宝贵的经历。我之前做过道路、工厂、医院的项目，但是这些项目的合同金额都没有超过 1 亿美元。克里比深水港一期工程是我做过的合同金额最大的工程，而且也是内容最复杂的一个，包括机电、土建等各个部分，让我从中受益匪浅。这个工程也是我做的第一个设计采购施工一体（EPC）的工程，之前做的项目都是政府现汇项目。

赵忆宁：在西非海岸线，克里比港也算是规模超大、设施非常先进的港口。喀麦隆人对克里比港这样一个现代化超大港口的建成，是否感到很自豪？

汉德·巴希尔：这个港口还没有正式运营，所以只能说"将会是"最大的港口。就我了解，喀麦隆人对这个港口非常自豪，而且也非常惊讶这个大项目竟然能按时完工，当时他们也有一点儿怀疑。港口是在 2015 年 3 月交付的，如期建成给人们带来了惊喜，大量新闻媒体对克里比港口进行了正面积极的报道。

赵忆宁：给您印象最深的报道是什么？

汉德·巴希尔：2011 年，比亚总统访问中国，中交建的领导送给总统一个礼物，是中国传统琉璃制作的九龙壁，当时喀麦隆媒体报道说，这是"龙的礼物"，中国公司要把克里比港作为一个礼品送给总统。媒体把礼品象征性化与形象化了。

喀麦隆有非常强烈的发展意愿

赵忆宁：就全球而言，非洲是欠发达国家最多的大陆。从您个人的角度，是否有要追赶上发达国家的愿望？

汉德·巴希尔：不仅仅是我，太多人都有这种愿望。上百年来喀麦隆都没有发展起来，我们经受各种困难，一次次地丧失各种机遇。如今我们这代喀麦隆人所做的一切，都是为下一代人在努力。我们现在也有很多规划，包括港口、高速公路、基础设施建设，等等，但还是面临财政资源有限的困难。2019 年的非洲国家杯足球赛将在喀麦隆举行，总统也为此制订了三年规划，包括道路、场馆建设等。喀麦隆人是有非常强烈的发展意愿的。

赵忆宁：您在职业生涯最大合同金额的工程项目中学到了什么呢？

汉德·巴希尔：不仅仅是对我，对于喀麦隆来说，都是第一次建设这么大型的港口，我们从中收获了很多专业知识与经验，在这个项目我们（喀麦隆工程师）是边学习、边建设、边请教。从专业来讲，水工项目和土建项目是完全不同的，土建项目可以说是大同小异，但是水工项目每一个都有各自的专业知识，我们需要了解这些知识，在和承包商中国港湾打交道的过程中，一直在不停地学习他们先进的技术。

在港口开工之前，中国港湾给我们提供了之前他们在安哥拉建设的洛比托港作为样本。港口建设有很多种方式，在决定采取什么样的方式达到最便捷、高效和优质目标的过程中，他们为我们提供了多种选择方案，并提出了他们的专业建议，最后我们与业主和企业共同协商，找到双方都认同的方式施工。所以，无论是在施工技术、工程管理还是专业知识方面，我们都学习到很多。

中国标准更适合我们

赵忆宁： 克里比港建设使用的是中国的标准，但是之前非洲国家工程师们的经验都是来自英法或者欧盟标准。现在港口的一期工程已经完成，您认为不同国家和地区的标准有高低之分吗？

汉德·巴希尔： 克里比港和高速公路用的是中国标准，这是当时合同里规定的。从实施的情况来看，业主也认为用中国标准比较好，而我个人认为，中国标准其实是更好的。我们是一个发展中国家，原本国家的财政就有困难，中国标准建设成本是最低的，而质量上并不分高下。在高速公路项目上，我们做了法国标准和中国标准的对比研究，结果发现在道路设计时速 120 公里／小时以内的情况下，两种标准没有实质性区别，而且中国标准节省建设成本，适合的就是最好的，中国标准更适合我们。可能是因为有些人对中国标准并不了解，才会觉得中国标准不如其他标准。主要是施工方不仅严格遵守中国标准，并把中国标准执行到底，这点中国港湾做得非常好。

赵忆宁： 港口项目也做了标准间的比较研究吗？

汉德·巴希尔： 是的，因为我们对水工项目没有积累，而对道路、桥梁工程更熟悉一些，之前使用的是法国标准、喀麦隆标准，所以在港口项目上我们没有能力做中国标准和其他标准的研究。但在高速公路项目中进行了中国标准和法国标准的对比研究，结果没有发现孰优孰劣。按照中国标准路面设计时速是 100 公里/小时，但法国标准和当地标准没有具体的时速限定，在比较中我们发现，中国标准的 100 公里/小时时速基本相当于其他标准的 110、115 公里时速。

另外，通过比较还发现，中国标准的线型设计，就是勘查之后道路的路线设计，尤其是弯道的曲径设计更合理。再比如，港口工程堆场上的连锁块，中国对材料、形状、厚度、宽度都有一定的标准，而且有检测方法来证明这些连锁块是合格的，但不需要做抗弯折实验，而在西方标准里这类块体是有抗弯折实验的。当时我们就提出来要做抗弯折实验。中国人建议我们取样本送到喀麦隆国家实验室测试，结果发现实验结果非常好。

赵忆宁：您知道，在一些人的眼中，中国标准不如其他国家的标准，但是他们并没有科学的依据。

汉德·巴希尔：我个人认为中国标准是先进的，因为中国标准是中国在吸取国际经验基础上，结合自己的实际情况做了调整的标准。喀麦隆市场一直习惯使用法国标准或其他标准，但是在这个项目完成后，我们看到了按照中国标准修造的项目质量非常好，进度也有保证，现在喀麦隆市场非常认同中国标准。

赵忆宁：现在项目的一期工程已经完工，二期工程也马上就要开始。在一期项目进行中，你们聘请的是世界上知名的咨询工程师或者顾问公司。在二期工程建设中，你们能否独立进行工程监理？

汉德·巴希尔：从信心上我们当然是有的，但是根据国家法律规定，超过 1 亿中非法郎的大型公共项目要聘请第三方咨询公司。

赵忆宁：您刚才也提到人们对港口一期工程的评价是两个字"快"和"好"。能否从专业角度给我们提供几个例子，解释一下"快"在哪里，"好"在哪里？

汉德·巴希尔：我很难给你举一个具体的例子来说明这个工程是如何又好又快。工程验收分为 13 个部分，花了整整两个月，每个部分、每一项都是由咨工、业主和现场工程师一同验收通过的，然后才接收项目的。只要符合标准和要求，就是"好"的体现。

赵忆宁：整个工程你们都没有不满意的地方吗？

汉德·巴希尔：这么大规模的工程，说完全没有不满意的地方也是不可能的。但是，这个项目是我们认真验收过的，说明它的质量是符合我们预先约定的标准的。如果运营商进入之后认为有需要改动的，那是运营商的意见，至少我们从工程角度对工程质量很满意。

走进苏丹

通往工业化与现代化之路

苏丹是这次系列采访的重中之重。这些年来，我采访过几十个国家，唯有置身于苏丹的感受与众不同：无论走到哪里或者与谁对话，苏丹人民对中国发自内心的尊敬与温暖的亲情总会环绕在身边，这些敬意和亲情与血缘无关，而是经过20多年岁月洗礼的馈赠。

说到苏丹，自然离不开石油。早在20世纪70年代，美国雪佛龙公司就进入苏丹石油勘探业。雪佛龙1993年撤离苏丹，成为50多年来西方石油公司对苏丹影响的终曲，也开启了苏丹与中国石油工业合作的重大前奏。1995年，苏丹总统巴希尔亲赴北京邀请中石油进入苏丹石油市场。谁都没想到，在被雪佛龙抛弃的苏丹"鸡肋"上，中石油仅用了短短的5年时间，就抱回两个千万吨级油田的"大金娃娃"。

在长达21年的时间里，制裁给苏丹带来巨大的经济损失。但是，苏丹人民拖着灌满铅的双脚，仍旧踏上了经济发展之路与实现苏丹工业化进程之路。伴随着制裁，从1995年开始，苏丹人均GDP从1 922.78美元（2011年国际美元比价）却一路上升到2015年的4 121美元，从中下等收入国家进入到中上等收入国家。其中最重要的因素是发现石油与中石油的进入，而且两者相互作用密不可分。

从20世纪50年代开始，苏丹几乎与所有世界大石油公司都进行过数轮合

苏丹人均国内生产总值（GDP，PPP，2011 年国际美元）

资料来源：世界银行数据库。

作，但并没有发现具有巨大商业利益的油田。中石油凭借世界一流的石油勘探开发技术，仅在 5 年内就在苏丹找到两个千万吨级的大油田，给苏丹带来 1 000 多亿美元的石油收益。如果按照西方石油公司的做法，最多修一条通向港口的输油管线，将原油直接在国际市场销售，这种例子在非洲比比皆是。但是，中石油与西方石油公司不同，中国帮助苏丹建立了上下游一体化完整的石油工业体系。经过短短的 20 年，苏丹已经掌握了完整的石油工业技术，从上游的勘探开发技术、管道建设技术，到管道运维、油田管理、炼厂运营、炼厂标准，等等，甚至在肯尼亚总统找到苏丹的时候，他们非常自信地答应帮助肯尼亚建设一个与苏丹"一模一样"的炼油厂，由此跨入了石油工业技术转移阶段。除此之外，炼油厂下游产品聚丙烯还催生出由 200 多家塑料加工企业组成的产业群，传导作用与溢出效应巨大。不仅使苏丹完成由石油净进口国到净出口国的转变，而且使苏丹从石油工业中受益，提高了其制造业增加值的比重。

中国帮助苏丹建立完整的石油工业体系的成功样板，是一个"非典型"的案例，还是一个可以"复制"的案例？在非洲采访期间，几乎所有的国家政要都谈到要"学习中国工业化成功的经验"，因为中国是拥有完整工业体系的国家。为什么中国能够建立完整的工业体系？这要追溯到 60 多年前中国工业化的初期。1954 年，毛泽东对我国工业基础的落后有过十分形象的描述："现在我们能造什么？能造桌子椅子，能造茶壶茶碗，能种粮食，还能磨成面粉，还能造纸，但是一辆汽车、一架飞机、一辆坦克、一辆拖拉机都不能造。"[1] 其实这种状况就是今天非洲工业的现实。

就撒哈拉以南大多数非洲国家而言，基础工业是制约其工业发展的短板，包括煤炭、石油、电力等能源工业和钢铁、有色金属、化工、石油化工等原材料工业。放眼全球，没有哪一个大陆像非洲一样工业化如此落后。长期以来，非洲国家为什么改变不了只能通过出售自己的资源和劳动力换取发达国家的机器设备、关键材料和部件的状况？主要是没有建立工业化的基础工业。从工业革命至今的世界经济史告诉我们，所有发达国家几乎都是依靠建立工业体系为基础促使现代经济发展起来的。

中国是如何实现从造桌椅板凳到门类齐全的工业体系的跨越呢？一个重要的节点是新中国的第一个五年计划，《中华人民共和国发展国民经济的第一个五年计划》规定其基本任务是：集中主要力量进行以苏联帮助中国设计的156个建设项目为中心的工业建设，包括建立现代化的钢铁工业、机器制造工业、电力工业、煤矿工业、石油工业、有色金属工业、基本化学工业，等等。第一个五年计划期间，中国政府把156项工程和其他限额以上项目中的相当大的一部分摆在了工业基础相对薄弱的内地，考虑到资源等因素，将钢铁企业、有色金属冶炼企业、化工企业等，选在矿产资源丰富及能源供应充足的中西部地区；将机械加工企业，设置在原材料生产基地附近，由此奠定了今日中国完整工业体系的重化工业基础。

从历史上看，非洲的工业化已经有上百年了，在20世纪80年代，还提出了1980—1990年"非洲工业发展十年"，但至今仍未能实现目标。非洲国家发展工业化能否复制中国这一成功的经验？有人说完整的工业体系必须得是大国才能建成，没错。如果我们换个视角将整个非洲大陆视为一个整体呢？非洲有3 020万平方公里的土地面积，是美国或中国的三倍以上，拥有11.5亿人口，如果根据各个国家丰富的资源禀赋进行规划与设计，优先进行基础工业的布局，其结果是

---

① 毛泽东.毛泽东文集：第6卷［M］.北京：人民出版社，1999：329.

否可以在非洲看到更多的苏丹石化工业带动下游产业群这样的案例？目前达成共识的观点认为，工业园区模式是推动非洲实现工业化的最有效手段。而苏丹上下游一体化聚丙烯的案例告诉我们，200 多家塑料加工企业既没有在一个工业园区内，也不是外来的所谓"产能转移"，而是在建立重化工业体系后带来的本地内生推动力。

2015 年 12 月，中国国家主席习近平在中非合作论坛约翰内斯堡峰会上提出实施中非"十大合作计划"，工业化为首要任务，并承诺帮助非洲国家发展工业。

21 世纪中非合作最大的任务也是最大的挑战就是如何帮助非洲实现工业化与现代化，以什么方式来实现。令人可喜的是如今有了明确答案，中国"十三五"规划纲要首次明确提出："为发展中国家提供更多免费的人力资源、发展规划、经济政策等方面的咨询培训"。这就需要中国政府相关部门与各个国家已有的国家发展规划对接，与非盟组织以及非洲国家共同制订工业化的发展规划，帮助非洲完善区域内的发展规划以及产业布局，为非洲国家提供更多有效的经济政策咨询。

可以预见，进入 21 世纪，当非洲遇到跃升为世界第二大经济体的中国时，非洲人民期待着实现工业化，让丰富的资源变为驱动经济发展的引擎进而告别落后与贫穷的梦想将会实现。

加强中非合作，苏丹愿意先行先试

专访苏丹总统助理奥德·艾哈迈德·贾兹

贾兹与作者赵忆宁

奥德·艾哈迈德·贾兹（Awad Ahmed Al-Jaz），出生于1950年，1973年获苏丹喀土穆大学工商专业学士学位，1979年、1982年分别获得美国南加州大学工商管理专业硕士、博士学位。

贾兹在苏丹是一位令人尊敬的政府高级官员，他也被誉为"苏丹石油工业的奠基者"，其职业经历非常独特与丰富，先后担任苏丹五个政府部门的部长，包括贸易、合作与供应部部长，能源矿产部部长，财政和国家经济部部长，工业部部长和石油部部长。不仅在苏丹，就是在全球也实不多见。

对贾兹来说，有一个重要的时间节点，就是他在 1995—2008 年担任苏丹能源矿产部部长期间，见证了中石油在苏丹穆格莱德盆地 6 区、1/2/4 区、3/7 区石油勘探开发的过程，也代表苏丹政府与中石油签署了建设喀土穆炼油厂的协议。他任职苏丹能源矿产部部长期间，苏丹西部达尔富尔地区发现大型油田。"他领导了苏丹的能源革命。"现任石油部部长扎伊德这样评价贾兹。

在苏丹，人们称贾兹为"中国教授"，因为他不仅是中国人的老朋友，也对中国有深刻的见解。2014 年贾兹从石油部部长岗位退休，为了振兴苏丹经济与苏丹石油工业，他被召回为国家服务。2016 年 2 月，苏丹总统任命其为总统助理。

2016 年 2 月 1 日，苏丹总统颁布《决议》成立"苏丹发展对华关系委员会"（Higher Committee for Sudanese–Chinese Relations），其主要职责为发展与推动苏中两国合作关系。这个委员会由 12 个部委成员组成，包括苏丹国防部、外交部、财政部、农业部、工业部、石油部、水电大坝部、投资部、交通部、矿业部、苏丹央行、总统事务部，巴希尔总统任委员会主席，贾兹任副主席。在委员会成立 6 个月后，总统指示该委员会增加对印度及俄罗斯的合作关系，随后委员会更名为苏丹发展对中国、印度及俄罗斯关系委员会（The Higher Committee For Sudan Relations with China, Russia and India），但其合作的主要对象为中国。

苏丹对华关系委员会是成立仅有一年多的部门。所有与中国相关的经济合作事务都通过这个委员会推动，委员会定期召开会议，会议内容包括对投资人士建立统一的窗口、放宽行政程序；讨论将向中方提供的战略性项目的选择与可行性研究。贾兹作为副主席也会定期向总统汇报，比如中国为落实约翰内斯堡会议倡议所设置的委员会和项目的执行情况，以及苏丹在不同领域依赖中国的能力获益的努力。从得到的公开信息可知，这个委员会讨论最多的议题大多数与中国相关，包括接待希望投资红海沿岸自由贸易区的中国公司代表团等。

2016 年，中国国家主席习近平为贾兹颁发了"中国阿拉伯杰出友好贡献奖"。

在苏丹的对外关系中，除一些阿拉伯国家之外，最重要的就是与中国的关系，也包括与俄罗斯和印度的关系，特别是在经历了长达 20 年的经济制裁后，在上述三个国家中，苏丹与中俄的关系最为紧密。2015 年 9 月 1 日，苏丹总统应邀参加中国人民抗日战争暨世界反法西斯战争胜利 70 周年纪念活动，国家主席习近平与巴希尔总统发表联合声明，中苏建立战略伙伴关系。几乎同时，苏丹也致力于推动与俄罗斯构建战略伙伴关系。

中苏关系一直以"好朋友、好兄弟、好伙伴"来描述，只有在苏丹，才能切身感受到苏丹人民对中国的真挚情感，中苏关系是一种相互尊重、相互分享、可以在对方需要的时候自觉给予力所能及的帮助的持久关系。在与贾兹谈话的整个过程中，时时可以感受到苏丹人民对中国的感情与信赖，是那种朴实无华、不声张、埋得很深的情感。

这份感情从何而来？苏丹是被美国经济制裁了 20 多年的国家，在喀土穆，当你看到 1998 年 8 月美国导弹袭击苏丹制药厂的废墟，再看到中国帮助苏丹建设的炼油厂就会明白。制裁、定点轰炸与帮助经济发展乃天壤之别。

哪家公司好就选哪家，中石油并不是内定的

赵忆宁：首先祝贺您 2016 年获得了由中国国家主席习近平颁发的"中国阿拉伯杰出友好贡献奖"。我的第一个问题是，长期以来，苏丹在哪些中国最为关切的问题上给予中国人民支持？

贾兹：苏丹和中国的关系源远流长，我本人曾经 58 次到访中国。苏中的政府和民间友谊合作很早就开始了。苏丹一直坚持"一个中国"原则，在领土问题上一贯支持中国政府。总统先生 2015 年 9 月 3 日参加了在北京举行的中国人民抗日战争暨世界反法西斯战争胜利 70 周年庆祝活动，显示了苏丹和中国密切的关系。在南海问题上，苏丹对华关系委员会发表声明重申支持中国在南海问题上的立场，强调解决南海问题的唯一途径是有关各方通过对话和直接谈判，而不是单方面提交国际仲裁。

赵忆宁：感谢苏丹人民和政府对中国的支持。您之前曾经担任苏丹石油部部长，中国和苏丹在石油领域的合作，是给世界带来影响的一桩大事。此前，美国雪佛龙公司曾在苏丹进行过长期的石油勘探，但是苏丹政府最后选择了与中石油进行合作开发油田，人们会认为，这是苏丹政府放弃了美国而选择了中国。巧合的是，就在 1995 年中苏就石油开采签约之后，联合国发起了对苏丹实施外交、航空制裁的决议，给出的理由是苏丹藏匿企图刺杀穆巴拉克的嫌疑人，在您看来，这两件事情背后是否存在关联性？

贾兹：当时我们邀请了世界各国，包括来自欧美、中国、中东的很多公司前来投标，与苏丹共同合作开发石油资源，这是一次公开的招标，中石油是参加者之一。在此之前，雪佛龙公司曾在苏丹进行过石油勘探，是他们自己考虑到局势安全问题撤离的。后来我们曾邀请雪佛龙参加项目投标，或者由苏丹政府向雪佛龙公司提供石油勘探的经济补偿，雪佛龙选择了经济补偿。在我们最终收到的所有标书里，中石油的标书是最好的，如果有其他公司能够拿出更好的标书，那我们也会选择他们的，可惜没有。有的外国公司说中国人在海外开采石油方面没有经验，不应该选择中石油。对此我们表示，只要中石油的标书符合我们的技术和商业标准，我们就会选择中石油，而不会考虑中国是否有过海外开采的经验。最后，中石油和几家公司组成了联合体开采石油。苏丹是一个独立的自由市场国家，我们也进行了公开的招标，哪家公司好就选哪家，中石油并不是内定的。

石油收入都用到国家和人民需要的地方

赵忆宁：这是我第一次来到苏丹。来的时候很多人告诉我，苏丹在发现石油之后，整个国家的社会与经济都发生了巨大的变化，当我看到喀土穆有如此多的汽车时就不能不相信他们的话。能否简单谈谈石油带来的变化？石油换来的收入都投到了哪些社会与经济领域，它们又是如何改变了人们的生活？

贾兹：在苏丹发现石油的时候，社会经济发展都处在困难之中。虽然我们有很多自然资源，石油只是其中之一，苏丹与包括中国在内的许多国家共同努力，希望能够通过发展石油产业，把苏丹经济建设起来。我们也需要建设相应的基础设施。幸运的是，当时国际石油价格比较高，所以苏丹通过出口石油赚到了不少钱。关于如何使用这笔石油收入，政府也制订了相当大规模的计划，其中包括我刚才提到的基础设施建设，例如建设了连接各地的公路，建设了尼罗河上的几座大坝，以便提供电力，还有就是发展农业生产，以及新建了很多学校、医院，包括大学。我们把石油收入都用到国家和人民需要的地方，这就是苏丹政府的计划。当时苏丹交通、通信都不发达，电力短缺、教育投入不足，很难吸引外国投资者，所以我们就用石油出口获得的收入来改善这些条件，吸引更多人能够来到苏丹，与我们一起开发丰富的自然资源。苏丹自然资源很丰富，牛羊成群、土壤肥沃、水资源充沛，适宜农作物生产。我们希望利用石油收入来改善投资环境，吸引投资者带着资金、专业技术和机械设备来到苏丹。

赵忆宁：从数据来看，自苏丹开始开发石油资源以来，按照世界银行的统计，苏丹的人均收入已经从300美元跃升至3 000美元。您刚才提到，苏丹利用石油收入对基础设施等方面进行了大量投资。您能否介绍一下苏丹与中国合资的石油公司在开发中获得了什么收益？

贾兹：可以说这个合资公司是相当成功的。目前已经有7万中国人在苏丹石油行业工作。在合资公司刚刚成立的时候，全球油价是11美元/桶；到我们开始装船出口的时候，油价是22美元/桶；在合资公司日产量达到5 000桶时，世界油价已经上升至158美元/桶，在那段时间里我们的产量不断提高，油价也在逐步攀升，所以公司的效益非常好。可以说，苏丹和中国的投资者都非常幸运。我们也利用一部分收益来建设工厂，进一步开发苏丹丰富的油气资源。

我们向中国提交了一百多个合作项目清单

赵忆宁：在约翰内斯堡峰会上，习近平主席提出了中非"十大合作计划"，其中第一条就是要促进非洲国家工业化的发展。大家都知道，撒哈拉以南的非洲国家中，除了南非之外，几乎都不具备现代化的工业基础。也正是由于工业基础薄弱，加上每一个国家的资源禀赋又是不同的，对各个国家而言，建立一个相对独立完整的工业体系是非常困难的。那么在您看来，中国应该如何帮助非洲国家或者苏丹的工业化发展？

贾兹：中国与苏丹的合作情况良好，两国政府间有着坚实的合作基础，民间交往也非常密切友好，这些都是进一步提升苏中两国友好合作的基础。苏中在工业化领域的合作已经开始了，例如在技术要求较高的石油行业，苏中就在建设炼油厂等方面进行了大量合作。我们认为，未来推进中非合作可以选择从苏丹开始，因为苏丹与非洲各国关系都很好，而且和阿拉伯世界的联系也非常密切。在苏丹政府内部，我们也成立了由总统牵头的高层领导小组，对外的全称是苏丹发展对华关系委员会，负责协调对接苏中合作，我本人也在小组中担任重要职务。我们已经提出了 170 个可行的苏中合作项目清单，并提交给中方考虑，其中涉及农业现代化等领域。这些项目可以先在部分地区试点，然后进一步推广。我们还要建设自由贸易区、自由港，建设与其他非洲国家相互联通的公路等。我们非常欢迎习近平主席关于加强中非合作的表述，并愿意先行先试。

赵忆宁：您刚才提到的自由贸易加工区，以及向中国提议的 170 个项目计划，这些项目清单中是否包括了重工业或者机械加工项目？众所周知，国家的工业发展重工业是基础，苏丹的计划清单中是否包括这类项目？

贾兹：苏丹的工业基础薄弱，主要工业有纺织、制糖、制革、食品加工和水泥等。近年来重点发展了石油、纺织、制糖等工业。另外，苏丹的矿产资源也非常丰富，我们邀请中国朋友来苏丹投资矿业，开设工厂，包括黄金和铀矿等。

赵忆宁：在中国第一个五年计划（1953—1957 年）期间，苏联曾为中国提供了 156 个重大项目的援助，奠定了中国工业化发展的基础。当时 156 个项目是按大区、省、市来进行布局的。撒哈拉以南非洲国家资源禀赋不同，在每一个国家建立完整工业体系是不现实的，在中国提出帮助非洲国家实现工业化的目标框架下，有没有可能视撒哈拉以南非洲国家作为一个整体，由中国提供若干个大项目援助，在区域内实现产品交换，减少贸易成本，共同实现工业发展？

贾兹：中国作为一个发展中国家，成功地实现了工业化，是非洲国家学习的榜样。非洲的资源非常丰富，苏丹也有大量的矿产、土地、水资源等，但是不同资源分布的地区不同。我们现在也在与中国合作，利用中国的投资、技术和机械设备，并根据苏丹不同地区的资源环境等条件，建设厂房、港口和道路，将各地联通起来。由于苏丹和其他非洲国家关系也很好，这个模式未来也可以推广到其他国家。

苏丹需要支持与援助渡过难关

赵忆宁： 您既担任过石油部部长，也担任过财政部部长。由于南苏丹的独立，苏丹石油收入锐减 3/4，加上国际油价低迷，而且最近美国又延长了对苏丹的制裁，这些会对苏丹财政负担造成什么影响？我还看到消息说，前几天，苏丹部长委员会批准了一项新的经济改革政策，包括汇率并轨、石油价格以及电力价格市场化，这些变化将在短期或者中长期对苏丹的经济和政治产生什么影响？

贾兹： 的确，石油收入的减少，加上美国的制裁，给我们的财政造成了一定的压力。特别是现在，我们还想进一步发展基础设施来吸引投资者。所以我们转向中国朋友寻求投资和帮助。现在，苏丹面临的问题就是虽然资源很丰富，但是需要资金购买相关设施和设备把资源开发出来，所以我们需要投资者，去开发资源丰富的地方，把开发收入用来帮助那些需要帮助的人群。同时，我们也呼吁在海外的苏丹人为国家投资。现在财政上的确有一些问题，我们也在努力吸引投资来发展经济。

中苏石油合作带动苏丹经济全面发展

访中国驻苏丹特命全权大使李连和

李连和，出生于1964年，大学毕业，曾在叙利亚、约旦、也门、黎巴嫩、利比亚、埃及工作过。2014年11月至今，他担任了中华人民共和国驻苏丹共和国特命全权大使。

采访是在中国驻苏丹大使馆进行的。在没有见到李连和大使之前，我研究了他的简历，最吸引人的地方是他的外交职业经历。他曾经在叙利亚、约旦、也门、黎巴嫩、利比亚、埃及工作过，现在又担任中国驻苏丹大使。

1995 年，中石油进入苏丹。21 年来，以中石油为代表的中国石油企业帮助苏丹建成了年产 2 600 万吨的三大油田和年处理 500 万吨的炼油厂，为苏丹建成了体系完整、技术先进、规模配套的一体化石油工业体系，中苏两国的合作，让美国制裁苏丹的目的落空。苏丹不仅实现了从石油进口国向石油出口国的转变，也大幅增加了财政收入，带动了整体经济的发展。

西亚和北非一直被欧洲人称为"近东"，而把这个地区称为"中东"的则是美国海军战略家阿尔弗雷德·塞耶·马汉，他是从美国视角看待一个在世界历史上一直起关键作用的战略地区。现在这里的人们都采用了"中东"一词来称呼这一地区，足以衡量美国 20 世纪在这个地区的影响力。而今，这种影响已经不复存在。

采访李连和大使是在我即将结束苏丹采访任务前的几天。在苏丹采访期间，李连和大使给予了重要的帮助，特别是对苏丹政要的采访，包括照会苏丹总统府典礼局约见，虽然最后未能成功采访总统先生。但在使馆的直接帮助下，我采访了总统助理、苏丹发展对华关系委员会副主席贾兹先生，以及石油部部长和农业部部长，获得了非常重要的信息。

赵忆宁：您的外交生涯与非洲国家紧密相连，曾经在叙利亚、约旦、也门、黎巴嫩、利比亚、埃及以及目前的苏丹工作。在过去这些年里，这些国家分别都经历过不同程度的震荡，能否讲述一下，在这些国家使馆工作的时候，都经历了哪些重大事件？

李连和：在约旦工作期间我经历了海湾战争，在亚丁工作期间我经历了也门南北战争，在埃及工作期间我见证了西亚北非局势的动荡。亲身经历这些重大历史事件，不仅使我对当地民众所遭受的苦难感同身受，更使我深切感受到作为一名中国外交官、一名中国人的幸运和自豪。这种幸运和自豪来源于以下几点。

首先是国家对海外人员安全的关心，以及外交部所践行的"外交为民"理念，这给所有身在海外的中国人提供了坚实的后盾，使他们坚信，不论身在距离祖国多么遥远的地方，经历着多么紧张动荡的局势，祖国都在牵挂着他们，惦记着他们每一个人的安危。

其次是国家实力的快速增长，让身在海外的中国人更有底气，也更加自豪。我经历的几次重大事件都出现了撤侨，但一次比一次手段多、效率高，证明我们国家实力越来越强大。我举一个例子，在利比亚撤侨期间，中国政府在短短 12 天的时间内，调动了 182 架次民航包机、4 架军机、5 艘货轮和 20 余艘次外籍邮轮，将分布在利比亚各地的 3 万多名受困中国公民安全撤出，开创撤侨史上的先例，令世界刮目相看。如果没有强大的国家实力作为保障，这一撤侨行动毫无疑问是根本无法完成的。

再次是外交人员队伍对"忠诚、使命、奉献"的外交人员核心价值观的坚持。在这几次重大事件期间，我与其他同事顽强拼搏，夜以继日，尽了我们最大的努力，克服了很多难以想象的困难，而支持我们排除万难，最终圆满完成各项任务的，就是我们一直所坚持的"忠诚、使命、奉献"的外交人员核心价值观，这短短的六个字时刻提醒我们自身所肩负的责任和使命，可以说是我们力量的源泉。

最后是和平稳定的难能可贵。正是因为亲身经历了中东地区众多国家局势的剧烈动荡，看到了当地民众缺衣少食、流离失所的悲惨遭遇，才愈发感受到我国国内和平稳定的来之不易，我相信很多有过在国外工作经历的中国同胞都会与我有着相同的感受。

赵忆宁：中苏两国合作是"优势互补、互利互惠、共同发展"的典范。中国是苏丹的第一大投资国、第一大贸易伙伴、第一大援助国、第一大承包工程伙伴国。但是，为何是中国呢？

李连和：正如你所说，中苏两国在各领域的务实合作都取得了丰硕成果，中国已多年保持苏丹第一大贸易伙伴地位，2015 年中苏贸易额为 31.2 亿美元，占苏丹同期进出口总额的 20%，中国同时也是苏丹第一大投资国和第一大工程承包伙伴，中国在苏丹石油、农业、矿冶等领域进行了大量投资，也在承包工程方面完成了麦洛维大坝、上阿特巴拉水利枢纽等多个重大项目。这是双方共同努力的结果，主要得益于以下几点。

一是中苏两国的传统友谊十分牢固，这为双方开展务实合作奠定了坚实基础。建交以后，两国一直相互尊重、相互支持，中国也长期为苏丹经济社会发展提供力所能及的帮助，其中既包括中国援建的友谊厅、新总统府等一系列在苏丹家喻户晓的重大项目，也包括为苏丹白内障患者实施白内障手术的光明行等"接地气"的民生项目。显而易见，这种牢固的传统友谊为两国各领域合作都奠定了坚实基础，使得中苏双方都将对方看作开展合作的优先方向。

二是中国坚持的相互尊重、不干涉内政原则深得人心，这为双方开展务实合作提供了坚实保障。众所周知，中国一贯坚持不干涉内政原则，不论是向苏丹提供援助，还是同苏丹进行合作，都不附加任何政治条件，对苏丹内部事务从不指手画脚，而且长期以来一直坚定支持苏丹维护国家主权、独立和领土完整的努力，赢得了苏方的赞赏，这使得苏方更加愿意与中方开展合作。

三是两国合作意愿真诚，发展任务相同，这为双方开展务实合作创造了有利条件。一方面，两国政府高度重视发展两国关系，积极推动两国务实合作发展。中苏两国秉持真诚互助、互利共赢的合作原则，积极开展两国务实合作，中国先进的技术非常适合苏丹的发展，中国物美价廉的商品受到苏丹人民的广泛欢迎。另一方面，中苏两国都面临着发展民族经济，提高人民生活水平的共同任务。中国目前正大力推进"一带一路"建设和国际产能合作，苏丹也在积极推动国家工业化进程。两国发展理念和战略的相互契合同样促进了双方务实合作的深入发展。

赵忆宁：中石油在苏丹的项目，从一开始进入就遇到了无论是本地区还是国际形势都极为复杂的情况。也正是在如此复杂的情形下，使中石油在"走出去"的过程中受到多方面的考验。

李连和：自1995年中国石油企业进入苏丹以来，中苏石油合作已经走了21个年头。21年以来，以中石油为代表的中国石油企业克服了南苏丹分离、安全形势复杂严峻、天气酷暑难耐、自然条件恶劣、社会依托严重不足等重重困难，与苏方精诚合作，取得了多个令人瞩目的成就，比如帮助苏丹建成了年产2 600万吨原油的三大油田和年处理500万吨的炼油厂，建成了体系完整、技术先进、规模配套的一体化石油工业体系，使苏丹实现了石油的自给自足和盈余出口。为苏丹培养了一大批石油管理和技术人才，并在文化、教育、农业、医疗等领域持续开展公益捐助项目，切实履行了企业在苏丹当地的社会责任。中苏石油合作极大带动了苏丹经济的全面发展，也有力地促进了苏丹人民生活水平的提高。

中苏石油合作堪称中苏合作、南南合作乃至发展中国家合作的典范，得到了两国领导人的高度评价。两国石油合作有力推动了中苏友好合作关系的发展，夯实了两国人民的传统友谊。

赵忆宁： 苏丹经历了与中国从贫油到富油相似的过程，也正在经历石油工业从无到有以及从石油进口国到出口国转变的过程。在 G20 会议上，国家主席习近平再次重申发达国家要促进非洲工业化进程。那么您觉得中国帮助苏丹完成石油产业现代工业化的案例所带来的示范效应是否具有外溢性，其他的非洲国家是否可以借鉴？

李连和： 事实上，中苏石油合作不仅树立了两国关系的典范，也开创了发展中国家间合作的新模式。这一合作产生了良好而广泛的示范效应，不仅直接带动了中国同非洲国家乃至发展中国家的务实合作，也为中国石油工业"走出去"发挥了重要作用。两国石油合作之所以能够产生这样的示范效应，是因为这一合作是互利、互补的，为双方带来了实实在在的利益。

通过与中国合作，苏丹实现了从石油进口国向石油出口国的转变，这大幅增加了苏丹的财政收入，带动了苏丹整体经济发展，提高了人民生活水平。此外，苏丹建成了上下游一体化、完整的现代石油工业体系，又培养出了很多石油领域的高素质专业人才，具备了石油工业自主化的基本条件，这在非洲国家之中是不多见的，也得到了苏丹的高度肯定。

苏丹项目是中国石油企业在海外投资最早、规模最大、效益最好，也是最成功的项目之一，为中国石油企业赴其他国家投资积累了经验、打下了基础、树立了典范。

赵忆宁： 苏丹是非洲的传统农业国，也具有相对好的农业基础设施，在这个领域的中苏合作前景如何？

李连和： 中苏两国在农业领域互有优势，双方农业合作前景广阔。从苏丹来看，其农业自然禀赋良好，发展潜力很大。苏丹拥有广阔肥沃的土地，目前已耕种土地面积1 200万公顷，仅占全部可耕种面积的四分之一；苏丹有青、白尼罗河纵贯全国，水资源丰富，并且地处热带，光照充足。从中国来讲，中国是历史悠久的农耕国家，在农业耕种方面具有非常先进的技术和丰富的经验。

近年来，苏丹政府高度重视农业发展，将其作为国民经济的支柱，称为"永恒的石油"。苏丹也非常期待同中方深入开展农业合作，希望将农业打造为继石油合作之后双方合作的又一个龙头产业。当然，中方也高度重视同苏方开展农业合作。不久前，中国农业部部长韩长赋访问苏丹，这是中国农业部部长首次访苏。访问期间，韩部长与苏丹农业部长黑里共同主持了中苏农业合作执委会第三次会议，双方就推动农业高层互访、技术交流、人才培养、农业投资与贸易等领域的合作达成一致。两国农业部长还为中苏农业合作开发园区揭牌。中苏双方优势互补，又具有这么强烈的合作意愿，相信在双方的共同努力下，两国农业合作一定会不断取得丰硕成果，切实造福两国人民。

赵忆宁：苏丹政府在1999年颁布了《投资鼓励法》。您认为目前苏丹依旧是投资的最佳选择地吗？

李连和：作为使馆，我们一直鼓励有实力、信誉好的中国企业来苏丹投资。我认为我们中国企业在苏丹投资是有一定优势的。

第一，中苏两国政治基础牢固，人民友谊深厚，特别是2015年两国刚刚建立了战略伙伴关系，中国企业来苏投资的政治环境和社会环境都比较好。苏丹总体局势是安全稳定的，在苏丹从来没有发生过所谓的"排华事件"，恰恰相反，中国人在苏丹的大街上往往都会被称为"萨迪格"（朋友）。

第二，苏丹欢迎中国企业来苏投资的愿望非常强烈。不久前，苏丹特别成立了由巴希尔总统亲自担任主席、总统助理贾兹担任副主席的发展对华关系委员会，这个委员会的一项重要任务就是吸引更多中国企业来苏投资。此外，在我担任驻苏丹大使两年的时间里，我在会见苏丹各部门、各级官员时，对方往往都会谈及希望有更多的中国企业来苏投资，苏丹愿提供一切便利，并全力保障中方人员和机构的安全，这些都充分说明了苏丹对吸引中国企业来苏投资具有强烈意愿。

第三，苏丹的投资机会很多。中国企业来苏丹投资也具有一定优势。苏丹正在朝着实现国家工业化的方向发展，农业、矿业、工业、加工业、基础设施等领域都方兴未艾，可供投资的机会很多。中国企业的产品或技术本身就具有很强的竞争力，加之中苏两国在石油等领域成功的合作经验使得苏丹认可中国产品、中国标准、中国质量，中国企业来苏投资具有一定的优势。

苏丹为中国与非洲石油合作开启了大门

访苏丹共和国石油部部长穆罕默德·扎伊德·欧德

穆罕默德·扎伊德·欧德（Mohamad Zaid Awad），在哈士穆大学取得地质专业硕士学位，在德国柏林大学获得博士学位。1997年，扎伊德被调到石油部，2014年9月，被任命为苏丹石油部国务部部长（副部长），2015年6月至今，担任苏丹共和国石油部部长。

约定采访时间在下午 3 点。但是到达石油部的时候，部长扎伊德召开的会议还没有结束，出面接待笔者的是苏丹《石油天然气报》首席记者，他曾参加记者联盟代表团访问过中国。

笔者和他的聊天从南苏丹开始。他说，南苏丹占据了四分之三的油田，但大多数的油田设施都在北部，包括管道、炼化设施。虽然两国政府的关系不是很和谐，但是原油通过管道一直在流向苏丹港。南苏丹和北苏丹彼此依靠，也需要合作。

当笔者问到，南苏丹是否在计划修建通向肯尼亚的输油管线时，他说，南苏丹当然可以有其他选择，之前日本丰田公司和一些中国的公司建议南苏丹铺一条通往肯尼亚的输油管线，但最终的研究表明，这些方案都不具有经济可行性，因为越境管线越往南地势越高，而且修管道费用很高，于是就放弃了铺设直达肯尼亚的输油管线，南苏丹最划算的是使用北苏丹的石油管线。

笔者问到，中国人帮助南苏丹修建新的输油管线，假设克服地形障碍铺设新管道，北苏丹就收不了原油过境费，你们不生气吗？他回答说，"为什么要生气呢，这些中国公司是应南苏丹政府的要求才调研修建新输油管道的，中国公司帮助南苏丹就是一笔生意。如果不能收到原油过境费也没问题，北苏丹向南苏丹出口大约 70 类商品，很多南苏丹的商品原来都产自北苏丹。"

一个多小时后，笔者见到了石油部部长扎伊德。苏丹石油部在苏丹是最重要的部门之一，石油收入占国家财政收入的 75% 左右，在政府机构中是仅次于财政部的第二大机构。扎伊德介绍自己的时候自称是一位"老师"，虽然有 20 年的任教经历，也是硕士和博士的毕业论文导师，但他自始至终没有使用"教授"这个词。他掌握多国语言，除阿拉伯语之外，还有英语、德语、法语，也会说些中文。

谈话还没开始，他拿出一本厚厚的书作为礼物赠给笔者，书名是《苏丹石油地质与石油资源》（*Sudan's Oil Geology And Oil Resources*），于 2015 年 11 月在德国出版。

在两个小时的采访中，扎伊德用大量事实描述了他心目中的苏中关系：中国人是"我们尊贵的客人"，中国"为苏丹石油经济发展做出了巨大贡献"，"中国

站在我们这一边希望我们获得收益","中国朋友在患难时与你站在一起","中国
兄弟们对我们给予了很大的帮助"。

满满都是诚挚的感谢、感谢,还是感谢,他甚至都没有一次提到中国与苏丹
石油合作的中方收益。

石油改变国家经济结构

赵忆宁: 关于苏丹已探明的石油储量在国际上有不同的说法,希望从您这里
得到确切的信息,目前苏丹已探明的石油储量到底是多少?

扎伊德: 苏丹目前已经探明的原油储量约为 15.78 亿桶。苏丹从 1999 年 8
月开始生产并出口原油,到目前为止已经出口了 6.12 亿桶。在南苏丹独立之前,
我们的原油日产量为 45 万桶,但是独立之后我们的日产量为 12 万桶,也就是说
75% 的油田在南苏丹,我们只拥有 25% 的产量。原油收入曾经占国家外汇收入
的 90%,但是南苏丹独立之后,我们只拥有曾经的外汇收入的 75%~80%。南苏
丹是 2011 年 7 月独立的,这是造成苏丹经济衰落的重要原因之一。

赵忆宁: 石油产业对苏丹进口、出口、收入、就业有什么影响?

扎伊德: 众所周知,石油收入是国家生产总值的重要组成部分,石油行业
正在改变整个国家的经济结构。1999 年以来,苏丹经济发生了翻天覆地的变化,
为了确保可持续发展,石油行业的发展成果被用于实现农业现代化,这是苏丹政
府的工作重点。苏丹从本质上来讲是个农业国家,苏丹总人口约为 3 000 万,其
中 80% 为农业人口,农业一直是苏丹最重要的经济支柱,贡献了 40% 的 GDP。
但是目前,苏丹其他重要的自然资源包括水资源,每年(农业、家庭和工业)的
利用率只有 11%。此外,苏丹全国有着多样的气候条件,全年都适合农业生产,
全国良田面积约为 100 万平方公里,但目前开垦的只有 10% 左右。正是石油行
业为农业现代化提供了能源保障,传统的农业依赖人力,而农业机械引入之后需
要能源驱动。

电力行业也是这样,发电需要能源,我们也建设了很多热电厂。有了石油
做能源才能发电,而电力行业对其他产业会产生影响。因此,石油行业的作用举

足轻重，甚至关系到我们日常做饭使用的天然气，以及所有日常生活的领域，等等。在石油领域我们实现了从贸易逆差变为贸易顺差的转变，过去几年里，通货膨胀率急剧下降，从曾经最高的 110% 降到个位数。

与中国合作取得丰硕成果

赵忆宁：中国和苏丹在石油领域的合作具有世界性影响和重要意义，能否简单介绍一下 20 年来双方合作的成果？

扎伊德：毫无疑问，双方合作取得了丰硕成果，苏丹与中国通过中国石油集团开展的合作引发了苏丹石油界的一场革命，具体来说，目前苏丹已经拥有了相当齐全的石油基础设施。当然合作的第一步是勘探，然后是生产，其次是炼化，我们把石油产品输送到苏丹港，在世界市场进行销售。这些基础设施与生产设备的完善，都要归功于中国石油集团；中石油还为我们建立了喀土穆炼油厂，迄今为止中石油是唯一一家参与建立该厂的企业，这也是苏丹独一无二的炼化厂。当然，这只是中国石油集团参与的众多项目之一，中石油首先进行调研，东方物探采集地震数据，还有中国的一家（工程）建设公司（BEB），这两家公司都进行了前期测绘，目前这两家公司仍然在进行地质调研，而在钻井领域则有包括长城公司在内的一些中石油下属单位参与其中。长城公司在苏丹钻了很多井，当然也有一些其他中石油子公司参与其中。目前我们也购买了很多中石油的设备，还有很多中国的零件和产品。因此可以讲，他们为苏丹石油经济发展做出了巨大贡献。

赵忆宁：在中国进入苏丹石油市场之前，也有一些世界知名的石油企业在苏丹作业，为什么合作的不是它们而是中石油呢？

扎伊德：中国和苏丹之间的战略合作开始于 60 年前，初始的合作主要集中在军事和政治方面，经济领域合作起步较晚。但是通过此前的政治和军事合作，苏丹加深了对中国的了解和信任，友谊源自信任，苏丹也成为中国的朋友，兄弟和朋友都是并肩作战的。

此前我们也和其他一些公司合作，这里我所指的是公司，而不是特指某些国家。苏丹早在独立前的 20 世纪 50 年代就开始了石油勘探。首先是意大利阿吉普集团（AGIP）于 1959 年在苏丹红海沿岸获得石油勘探特许权。但是经过 AGIP 的广泛勘探并没有发现具有巨大商业利益的油田。由于 20 世纪 70 年代的石油危机，石油价格迅速从 3 美元/桶涨到 12 美元/桶，而苏丹红海沿岸成为众多石油公司的重点勘察对象。1974 年雪佛龙进入苏丹，苏丹政府和雪佛龙公司签署了"开发生产共享协定"，雪佛龙公司得以在苏丹领土内部地区进行勘探。1979—1980 年雪佛龙在穆格莱德盆地的油井被开发出来，如联合 1 号油井、联合 2 号油井以及阿杜—加布拉 1 号油井。雪佛龙是一家美国公司，也是一家国际知名的石油公司，后来是他们自己选择了离开。

赵忆宁：您认为西方公司与中国公司有什么不同？

扎伊德：我们发现有一些差别。这些国家来苏丹就是投资而已，只是为了获取经济利益，苏丹与这些西方国家的合作起始于经济合作；但是与中国的合作起始于友谊，因此中国无论面临什么情况都与我们站在一起，而西方国家只有见到了利益才会与我们合作，少有信任和友谊可言。中石油目前作业的区块曾经由雪佛龙控制，这片区域与南苏丹接壤，由于雪佛龙担心在当地的安全问题曾经停止过作业，所以他们仅仅是想获得当前的自然资源。但是作为朋友，中国站在我们这一边，希望我们获得收益，因此取得了现在的成就。

赵忆宁：中石油于 1995 年进入苏丹，它与苏丹人民见证了很多历史性事件，您一定有很多故事吧？

扎伊德：开始还不叫中国石油天然气集团公司（CNPC），而是叫中国石油（Petrol China），是一家大型公司，在很多国家都能看到 Petrol China 的身影。但是在苏丹我们看到的是 CNPC。我就说一个巧合的事件，我听说 Petrol China 在 1997 年引发了中国石油发展史上的一件大事，实现了从国内采油到国外采油，从买油到国外采油运回中国的飞跃，而就是在同一年，苏丹开始受到美国的经济制裁。如果没有 CNPC 的重大项目，苏丹将会遭遇到严峻的挑战，虽然经济制裁对于苏丹的经济产生了非常消极的影响，苏丹被禁止进口很多种所需的原料和能源，幸亏有 CNPC 帮我们实现了原料的自我供应。这只是众多事件中的一件。

另外我想提的是南苏丹边境上的安全问题，那里有很多安全隐患，但是中石油从未退却，南苏丹独立之后的 2012 年 4 月，南苏丹的一所营地被袭击，所幸没有造成中方人员伤亡，我们帮助中石油撤退回来，10 天之后苏丹军方接管这个地区之后，中石油没有提出过任何赔偿和保险问题，而是在恢复局势后重新回岗作业，这就是我所说的朋友，只有朋友才会在患难时与你站在一起。

赵忆宁：您认为中苏在石油领域的合作，将产生什么样的影响，尤其像中苏这样的南南合作会对西方国家产生怎样的影响？

扎伊德：中苏合作是南南合作模式的典范，也就是发展中国家相互合作的典范。每个国家都有自身的特色，发展中国家之间的合作有利于推动双边的社会经济发展，共同实现技术进步，而苏丹则是南南合作的重要环节。

我认为苏丹与中国的合作是互利共赢的，喀土穆则是中国迈向非洲的一扇大门。在 1995 年中期的时候，中国人发现苏丹人在待人接物与文化方面与自己很相似，但是我们当初与其他一些国家也有石油合作，比如印度、马来西亚，等等，他们的文化都与我们的有很大差异。不过我们都合作得很不错。我曾经在最大的石油出口公司大尼罗河公司工作了 7 年，大尼罗河公司是一家集团公司，就像联合国一样，职工来自世界各地，我们之间相互交流分享经验。中国人刚到苏丹的时候只讲中文，但是现在很多人都会讲英语和阿拉伯语，这就是一个很重要的事件。因此我认为中苏合作是奠定了中国和非洲合作的基础，所有石油领域的投资都源于苏丹，成功也源自苏丹，我们为中国与整个非洲合作开启了大门。

以上我所说的仅仅是经济利益，苏中合作还有重大的政治意义。现在中国人民币已经被世界银行所承认，在包括沙特阿拉伯这样的海湾国家中，人民币同美元和欧元一样流通，当然也在一些发展中国家流通，这是一件很重要的事情，带动了一些西方国家也想与我们合作。但是中国与我们的合作是平等的，而不是像西方那样居高临下的，这也为南南合作注入了活力。

制定了一系列措施应对经济下行

赵忆宁：根据世界银行的统计，苏丹的经济增长率 2007 年为 11.5%，到 2012 年为 2.2%，2016 年稳定在了 3.4%。在南苏丹独立之后，特别是在油价下跌的局势下，苏丹石油工业面临怎样的挑战？

扎伊德：南苏丹的独立是苏丹经济发展的一个转折点。此前世界银行曾经预测 2012 年和 2013 年苏丹经济增长为负数，但是后来他们很惊讶地发现居然是正数。当然这些经济成就归功于一系列经济措施的制定，在南苏丹独立之后我们制定了一系列平稳经济的措施以应对石油收入大幅下跌的挑战，这些经济措施成功抑制了苏丹的经济衰落，使得经济增长为正值。世界银行也对苏丹取得这样的成就感到惊讶，并研究我们制定的政策。我们从 1997 年便开始适应经济制裁，尽管南苏丹独立发生在 2011 年，但我们早已制定了一系列政策措施，并做了相关部署，从而渡过了这一难关。此外，2011 年我们发现了大量的黄金资源，尽管很多黄金是通过民间而不是大型公司交易的，但这对国家经济也起到了一定的支撑作用。所以说，是我们制定的一系列经济增长的措施和政策，以及大量黄金的出现帮助我们渡过了难关。

赵忆宁：面临的挑战是什么呢？

扎伊德：首先是美国现在仍在执行的经济制裁。由于经济封锁，苏丹被束缚了手脚无法销售、生产产品，也不能将技术引入国内，因此引入技术的成本非常高，所以经济制裁是苏丹面临的最大经济问题。

其次，我们面临的另一个挑战是如何提高产能，目前苏丹的贸易逆差很大，也就是说我们的进口额大于出口额，因此需要我们大力发展生产以克服贸易逆差。苏丹拥有非洲大陆上最丰富的动物资源，因此我们需要提高相应产业的产能。我们不仅要生产粮食，还应当进行粮食产品的加工，以提高粮食产品的附加值。举个例子来说，我们出口芝麻但是可以用芝麻制成油料，最后将残余物质用作牲口饲料，这就是农业和畜牧业的深加工，现在我们只出口牲畜，我们还需要有一大批加工厂完成牲畜产品的深加工。

现在我们从中国学习到了 170 个深加工项目，2016 年，我与穆罕默德·欧德·贾兹先生前往中国并提交了相关的方案，以申请获得贷款。我们考虑到一些项目既有利于农业发展也有利于畜牧业发展和石油行业发展，因此向中国提交了这些项目方案，等待中国投资者帮助我们渡过难关。

赵忆宁：绝大多数非洲产油国家基本上是将原油出口，再进口所需要的汽油、柴油。苏丹与众不同，拥有非常完整的石油工业体系。在约翰内斯堡峰会上，习近平主席曾提到过希望促进非洲工业化的发展，对此你有什么评价？

扎伊德：我们生产各类石油副产品，汽油、液化天然气、煤炭、重油、沥青，这类原材料都产自苏丹。我之前也提到过我们有一座喀土穆炼油厂，这座炼油厂是我们向中国申请贷款后建成的，用于原油炼化和生产各类副产品。目前这座炼油厂已经归苏丹所有，苏丹人民占有 90% 的股份，苏丹总统曾经自豪地提到过这一点。苏丹拥有各类原料，举个例子来说，我们生产玉米但是不能仅仅出口玉米产品，而是对其进行加工后再进行出售，以获得更大的利益。这就是苏丹人的思维，我们生产石油并自己炼化石油，中国对我们给予了很大的帮助。

赵忆宁：石油炼化厂有很多下游产品，石油通过炼化厂大概生产了多少原产于苏丹的下游产品？

扎伊德：目前炼化厂还拥有一个附属的小工厂，用于加工塑料、椅子、各类器皿等小型产品。未来我们希望吸引投资进入石化行业，比如化肥、橡胶、印刷油墨、塑料、燃料和合成纤维，等等。苏丹石油上下游行业仍然有很大的发展前景。

希望与中国长期合作

赵忆宁：请问部长先生，近些年来苏丹每年的石油收入是多少？向南苏丹收取的石油过境费是多少？

扎伊德：我们苏丹不进口原材料，只进口一些特定的衍生品。我们在喀土穆炼油厂炼化原油产出的汽油满足国内的需求，因此就不再进口汽油了，同时把汽油出口埃塞俄比亚，但是我们有 43% 的柴油需要自周边国家进口，天然气则需要从周边国家进口 15%，当然我们在做饭使用的天然气进口方面取得了很大进步。目前苏丹的商品自足率为 85%，也就是说，进口约占 15%，对于柴油而言，我们的产量为 57%，进口 43%；对于汽油而言，我们从不进口而只有出口，很难讲每年石油收入有多少。

我们每年与合作伙伴在阿尔哈库玛（AL HAKUMA）岛上开采出原油，原油收入也来自原油的输送，也就是说每年南苏丹生产的石油都经由苏丹政府铺设的管线输送到我们这里，按桶收过境费，每桶 20 美元，根据产量的不同，收入也不同。

赵忆宁：据我所知，中国的一些公司和苏丹政府签订的部分区块合作协议已经超过了合同有效期限。下一步苏丹政府是怎么打算的，还会再与中国合作吗？

扎伊德：我们希望与我们合作了二十多年的伙伴能够一直在一起，首先是出于友谊和信任，其次是我们的伙伴在该领域具有丰富的经验，对各类挑战和困难非常了解。另外就是中国拥有先进的技术，无论是勘探还是开发领域。我们还没有终止这些合同，我们会就此与相关部门进行谈判与协商，因为中石油并不是唯一的公司，我们希望给每家公司机会，所以会与他们进行谈判，但是我们希望中国能和我们继续合作下去。

非洲国家工业化苏丹样本：
从全产业链石油工业到技术人才输出

访中石油苏丹尼罗河公司总经理贾勇

贾勇，出生于1965年，1987年毕业于西南石油大学石油地球物理勘探专业，2011年获得休斯敦大学工商管理硕士学位，现任中国石油尼罗河公司总经理、党委副书记，中国石油驻苏丹地区企业协调组组长。

喀土穆炼油厂的建成标志着苏丹拥有了完整的石油工业产业链，既在上游有油田、管道，又在下游有炼厂、销售，形成从勘探、开发、管道、炼化、销售环节的完整的石油工业产业链，不仅实现了自给自足，还能出口，不再受制于任何人，保证了国家能源安全。

中石油与苏丹合作的故事已经上演了 20 多年。这一幕大戏高潮迭起，而我们听到更多的只是简短的报幕词，鲜有人能走到舞台幕后探个究竟。

我们错过了新闻报道的最好时机——项目合作最辉煌的时期，或者叫"一次创业"期。那时，苏丹石油年产量最高峰时达到 2 600 多万吨，经济效益也较为可观。特别是在 2011 年年底，中石油海外油气合作项目的作业总产量突破 1 亿吨，权益产量当量超过 5 000 万吨，建成第一个"海外大庆"，而在中石油海外近 90 个项目中，苏丹项目的贡献最为突出。

当我们能够在苏丹第一线采访中石油项目的时候，尼罗河公司已进入了"二次创业"时期，也是自 1995 年中石油进入苏丹实施石油合作以来最困难的时期。

2016 年 1 月底，国际原油（布伦特）价格跌到每桶 27.1 美元，已低于开采成本，项目变为亏损状态，这是在过去二十多年经营当中从来没有遇到过的。从 2015 年年底开始，中石油苏丹尼罗河公司提出"保生存、保双正，坚决打赢保效益攻坚战"的目标，"生存"来自亏损的压力，"双正"（利润与现金流同时为正）是实现集团公司"三年必须盈利"目标的前提。当我第一次见到中石油苏丹尼罗河公司总经理贾勇的时候，他首先告诉我的就是 2016 年前三季度，他们守住了确保员工人身安全的"红线"和实现安全生产的"底线"，生产原油 874 万吨，占全年计划的 82%；加工原油 323 万吨，占全年计划的 86%；利润和现金流均大幅超额完成年初下达的经营指标，实现了低油价下"双正"的目标。

伴随着价格波动周期越来越短，石油公司受国际原油价格的冲击也会越来越频繁。鉴于篇幅的关系，这篇访谈我们选取了另外一个十分重要的内容，即中石油帮助苏丹建设的上下游一体化的石油工业产业链，是如何增加产品附加值以及如何带动相关产业的建立与发展；在产业链技术转移的过程中，是如何创造产业链中的大部分知识流，培养实现产业链联盟持续的竞争优势和创新能力，最重要的结果是怎样提升了苏丹的工业制造水平以及全套炼化向其他国家的技术转移。

苏丹石油开发经历了三个阶段

赵忆宁：请简要介绍下苏丹石油开发的历史。

贾勇：苏丹石油开发大致经历了三个阶段，第一阶段是在 20 世纪 60 年代初，在苏丹政府的邀请下，先后有意大利阿吉普、美国海洋石油（Oceanic oil）、东得克萨斯（Texas Easter）、法国道达尔、英荷壳牌及英国石油（BP）等众多石油公司投资于苏丹石油勘探。但随后因在 1967 年爆发中东战争，苏丹与西方国家关系恶化，油气勘探无果而终。

第二阶段是从 20 世纪 70 年代初到 90 年代初，美国雪佛龙公司在苏丹与西方国家恢复关系后进入苏丹，进行了 20 多年的油气勘探作业，他们在苏丹境内 51.6 万平方公里的范围内勘探石油。主要作业区集中在苏丹西南部的穆格莱德盆地和迈卢特盆地，取得了一些油气发现，比如在 6 区、1/2/4 区和 3/7 区打井发现了一些小油田和出油点，但是，总体上规模比较小，不具备大规模商业开发条件。1993 年，美国将苏丹列入"支持恐怖主义国家"名单，包括雪佛龙在内的西方石油公司纷纷撤出苏丹，苏丹石油工业发展基本处于停滞状态。

第三阶段始于 20 世纪 90 年代，中石油开始进入苏丹进行油气勘探开发。1995 年，苏丹总统巴希尔访华，希望中国公司到苏丹勘探开发石油，帮助苏丹建立自己的石油工业。这一提议得到中国领导人的支持。随后中国派出中石油的专家组赴苏丹考察，认为苏丹油区地质状况与我国渤海湾盆地十分相似，中石油具备相应的技术和油气田开发经验，于是中苏双方达成一致意见，由中石油与苏丹合作开发油气田。1995 年 9 月，中石油与苏丹政府签订协议，获得苏丹 6 区石油作业权，开始在苏丹进行油气开发作业；1996 年 11 月，中石油中标苏丹 1/2/4 区石油作业权，由此拉开了中石油在苏丹进行大规模石油勘探开发的序幕，使石油资源丰富的苏丹从贫油国成为石油出口国。

中石油的技术优势

赵忆宁：在中石油进入苏丹之前，西方公司已经在这里做了多年的勘探，而中石油进入苏丹拿到的 6 区和 1/2/4 区，正是雪佛龙等公司曾经勘探作业的区块，它们退出的主要原因是什么？

贾勇：人们谈到雪佛龙撤离苏丹时，更多地注意到的是安保原因。雪佛龙技术人员在油田现场作业的时候被南苏丹武装袭击，3 名工程师丧生。其实，这只是直接诱发因素。雪佛龙之所以撤离苏丹，最重要的因素是没有发现大油田，当时他们发现的油田不具备商业开发规模，不支持长输管道建设和原油出口。从 1978 年到 1992 年间，雪佛龙公司对包括穆格莱德盆地在内的苏丹地区进行了大规模的油气勘探，仅发现了四个小型油田和一些含油构造，包括黑格里格（Heglig）油田（2 区块）、团结（Unity）油田（1 区块）和苏丹 6 区的 2 个小油田，这样的收获与巨大的投资相比得不偿失。此外，美国制裁苏丹后，调整了美国公司对苏丹的投资政策，取消了一些政策优惠。三者叠加的作用导致雪佛龙抛弃苏丹这块"鸡肋"，转向其他更有开发前景的石油生产国。

赵忆宁：为什么在同一区块作业，结果却完全不同？中石油的技术优势在哪？

贾勇：收集到的地质资料只反映地质现象，需要对这些资料进行分析评价。同样的资料，不同的技术人员进行解释会得到不同的结果。中国石油工业经过半个多世纪的发展，不仅建成了独立、完整的石油工业体系，而且培养和造就了一批卓越的地质学家和石油地质工作者，他们创造了中国陆相盆地油气勘探开发理论，掌握了一整套世界一流的石油勘探开发技术。中石油进入苏丹初期，凭借着近乎 100% 的油气勘探成功率向世界同行展示了中石油的技术实力，中国陆相盆地找油技术在苏丹地区得到了成功的推广和应用。

苏丹盆地地质结构比较复杂，需要进行系统性、综合性的专业分析与判断。西方公司在处理类似这种复杂地区油气勘探方面有技术上的局限性。中国技术人员在国内积累的勘探开发经验以及中石油上下游一体化的优势，是我们在苏丹取得成功的主要技术原因。

7 年时间两个千万吨级大油田投产

赵忆宁：根据你的经验判断，雪佛龙前期的勘探花了多少钱？按照市值评估又值多少钱？

贾勇：有报道说他们花了十多亿美元。做油气勘探风险很大，沉没成本非常高。无论投入多少，只要没有商业价值，不能进行油田开发，投入就没有价值。雪佛龙留下的资料只反映了地质的表征，到底有没有油，要依靠地质人员做出判断并给出结论，这个过程也存在巨大风险。根据资料分析的结论有油，实际也可能没有油，一口钻井费用达几百万，甚至上千万美元。全球的勘探成功率基本上在 25% 左右。客观地说，对资料的评价和地质认识，中石油有自己的技术实力和优势。早期的地质资料给我们后期的勘探做了探索和铺垫，才使我们在很短的时间内确定了重点区域，并开始做进一步的地质勘探。我们进入苏丹两年之后，在1999 年落实并建成了中石油海外第一个千万吨级的大油田（苏丹 1/2/4 区油田）。

苏丹 1/2/4 区油田全景

赵忆宁：这样的话，还真是勘探能力与经验的差异。

贾勇：我们在 1996 年 11 月底与苏丹政府签署《苏丹 1/2/4 区项目产品分成协议》并组建联合作业公司（GNPOC），到 1999 年 5 月千万吨级油田投产，并修建从 1/2/4 区到苏丹港长达 1 506 公里的输油管道，只用了两年多的时间，体现了中石油的快速高效和上下游一体化的技术优势。

鉴于在 1/2/4 区的成功合作，苏丹政府后来希望中石油参与合作开发 3/7 区。2000 年 11 月，中石油与苏丹政府签署了 3/7 区合作协议。通过中方技术人员的系统评价和快速勘探开发，仅用两年时间即 2003 年就发现了法鲁济大油田（Palogue），到 2006 年又建成了第二个千万吨级的大油田。

赵忆宁：从当年带头"走出去"至今，中苏石油合作已 20 多年，成功的标志是什么？

贾勇：这 20 多年的合作非常成功。首先，在经济效益上实现了合作共赢。根据苏丹政府的数据，政府在上游的直接收益有 600 多亿美元，这还不包括企业上缴的各种税费，以及当地工程技术承包商和建设服务商的收入所带动的经济发展等。如果再包括下游产品的间接收入 400 亿美元的话，20 年间，苏丹方面的总收入超过 1 000 亿美元。

其次，在深化中苏友好关系上，中石油协助苏丹建立了完整的上下游一体化石油工业体系，确保了苏丹能源供给的独立自主，维护了苏丹能源安全。

最后，在社会效益上，中石油在苏丹的成功合作，极大地树立了中国在非洲合作共赢的良好形象，推动了中非合作和"一带一路"的建设。所以，中国与苏丹的石油合作在经济、政治、社会领域都获得了巨大的成功。

建立上下游一体化的石油工业体系

赵忆宁：中石油与苏丹的合作不仅实现了苏丹资源与中国投资及技术的合作，更重要的是，帮助苏丹建立了上下游一体化的石油工业体系。这是件非常了不起的事情。

贾勇：是的。西方石油公司开展国际合作更多的是从事上游行业，主要是因为上游行业产业链短且效益直接，比如找到石油后直接到国际市场销售，马上有现金流，可以做到短平快。而下游的合作产业链比较长，炼油厂要从上游买油加工，加工完成后再去卖成品油，成品油卖完了才能有现金流。

赵忆宁：为什么中石油的苏丹项目变成上下游联动投资呢？

贾勇：1996 年，在 1/2/4 区项目谈判结束后，苏丹能源矿产部部长向中石油提议：能不能帮助苏丹建设一个炼油厂，为苏丹圆一个成品油自给自足的梦。
1996 年 11 月 29 日，中石油与苏丹政府草签了 1/2/4 区勘探开发产品分成协议；
12 月 2 日，双方就确定了合资共建喀土穆炼油厂的原则；1997 年 3 月 1 日，签
署了合资建设喀土穆炼油厂协议：中苏建立联合公司（各占 50% 股份），用中国
标准、技术、装备建设喀土穆炼油厂，一期原油加工能力 250 万吨。中石油只用
不到 20 个月建成了炼油厂，可以满足苏丹 100% 的市场需求，包括柴油、汽油、
航煤油，根本改变了苏丹传统的原油出口、汽柴油进口的历史，形成了高附加值
汽柴油出口的新格局。2004 年的时候 6 区进入商业开采阶段，苏丹提出扩建炼
油厂二期工程，二期炼油能力是 200 万吨，主要是炼 6 区高酸高钙原油。这套炼
化装置即便是在国际上也很少，因为高酸高钙对设施的腐蚀性很强。至此，苏丹
具有 450 万吨/年的炼油能力，除了能够实现自给自足以外，部分汽油还能向周
边国家出口换汇。

苏丹第一船油进入国际市场

赵忆宁：事实上，非洲国家的本地货币贬值风险很大，你们为什么要这样
做？又是如何规避风险的呢？

贾勇：喀土穆炼油厂的合作模式是我们不参与原油采购与成品油销售环节，
炼油厂只是一个加工厂，只收取每桶原油的加工费，这个模式可以规避风险。另

外，当时更多考虑的还是中苏两国的友好关系，建一个炼油厂既是苏丹的石油梦想，也是苏丹的国家诉求，他们的迫切心情溢于言表：我们有原油就相当于有了小麦，自己加工变成面粉就不用进口了。此前苏丹港有一个近两万桶能力的小炼厂，是壳牌公司帮助建设的，由于原油供应的问题，开开停停，在喀土穆炼油厂建成之前已经停产很长时间了。

喀土穆炼油厂成为苏丹国家名片

赵忆宁：喀土穆炼厂除了炼油还有相应的下游产品，比如聚丙烯？

贾勇：炼厂是一次加工，还不是精细加工。我们的想法是要把炼化的全过程效益发挥出来，提出再建一套聚丙烯装置，但是政府认为有柴油、汽油就可以了，所以我们决定自己投资，给了政府 5% 的股份。

赵忆宁：当时是否想到这套装置带出了一个塑料加工行业？

贾勇：坦率地说，没有。当时还担心产品销售的问题，事实上，确实有一段时间产品滞销。苏丹之前没有精细化工行业，"聚丙烯"是做什么的都不知道，为了消化产品我们为此又建设了一个塑料袋编织厂，编织袋的销售供不应求。随着苏丹人开始认识聚丙烯的作用，现在市场上销售的塑料凳子、塑料椅子、塑料桌子等绝大多数都是这套装置的下游当地企业生产，确实带动了塑料加工产业的发展，是无心插柳的结果。目前聚丙烯供不应求，而且还能出口，结束了苏丹进口聚丙烯的历史。

赵忆宁：无论走到哪里，苏丹人最引以为自豪的就是这个炼油厂。

贾勇：他们把炼油厂当作国家的"宝贝"。引以为豪的原因主要在这样几个方面：第一，喀土穆炼油厂的建成标志着苏丹拥有完整的石油工业产业链，在上游有油田、管道，在下游还有炼厂、销售，形成从勘探、开发、管道、炼化、销售环节的完整的石油工业产业链，不仅实现了自给自足还能出口，不再受制于任何人，保证了国家能源安全。

第二，喀土穆炼油厂获得国际质量管理体系 ISO 9001 认证，标志着苏丹企业已经取得进入国际市场的准入证，这对苏丹是一项历史性的突破。在喀土穆炼

航拍炼油厂新厂

油厂建成以后，苏丹方面邀请英国标准化机构（BSI）对产品生产流程、工艺、技术与安全性进行验收。喀土穆炼油厂能够生产欧Ⅳ标准的汽柴油，其能源清洁度与欧洲基本接轨。

第三，为处理高酸高钙原油的延迟焦化技术自豪。苏丹石油部的官员们到欧洲参加世界能源大会时发布了这套装置的信息，得到了世界同行的极大关注，特别是能炼 6 区这种高酸高钙特质油的装置尚属世界唯一，这项技术是中国石油的创新。苏丹人说，是中国人帮我们建设的，内心充满自豪与感激。

帮我们建一个与苏丹一模一样的

赵忆宁：我到炼油厂调研的前一天，肯尼亚总统参观了炼油厂。他希望能在肯尼亚复制喀土穆炼油厂的"苏丹样板"。

贾勇：喀土穆炼油厂已经成为苏丹政府展示能源工业一体化、完整产业链的标志性工程，炼油厂接待过 12 位国家元首、政府首脑和 50 多位各国部长级官员。只要是到苏丹访问的非洲国家政府高级代表团，肯定会提出参观炼油厂。可以说炼油厂为中石油带来了巨大的国际影响力，也树立了中国与非洲合作的崭新形象。

赵忆宁："苏丹样板"实质是中国帮助非洲国家实现工业化的新模式，从另外一个角度也可以折射出非洲产油国对发展石油工业的渴望。非洲有 16 个产油国家，几乎占到非洲国家的 1/3，都有哪些国家提出要求呢？

贾勇：比如埃塞俄比亚、尼日尔、乍得、毛里塔尼亚，也包括肯尼亚，他们在参观喀土穆炼油厂后，回国就去找驻本国的中国大使馆，提出相同的请求：让中石油也来给我们建一个与苏丹一模一样的。他们讲的"一模一样"指的就是一个完整的石油工业产业链。

赵忆宁：更多的国家希望你们帮助建设全产业链的石油工业，前提是这个国家有石油才行。

贾勇：是的，前提是要具备石油生、储、盖条件。我们尽量向对方解释，苏丹穆格莱德盆地属于中新生代裂谷盆地，蕴藏有丰富的石油资源，并不是所有的地方都有良好的生储油条件，比如肯尼亚是高原地区，地质条件与苏丹盆地构造不同。还比如像乌干达，会找一些"金豆子"油田。但是我们还是留有余地不能轻易给人家下结论。

赵忆宁：有没有地质条件允许的国家呢？

贾勇：有。我们进入了阿尔及利亚、尼日尔与乍得。在苏丹项目之后，第一个成功复制苏丹上下游一体化模式的是阿尔及利亚阿达尔油田及炼油厂。2007年 4 月，阿达尔炼油厂投产，原油年加工能力 60 万吨。这套装置是阿尔及利亚第一套重油深加工装置，可生产汽油、柴油、航空煤油和液化气。中石油与阿尔及利亚国家石油公司合作，中石油拥有该炼油厂 70% 的权益。

再以尼日尔项目为例，仅用了 3 年（2008—2011 年）时间，中石油在撒哈拉大漠之中就完成了油气勘探开发、管道和炼油厂建设及运营"三部曲"，实现年产原油百万吨，年原油加工能力百万吨及输油管线近 500 公里的目标。尼日尔津德尔炼油厂于 2011 年 11 月投产，原油年加工能力为 100 万吨，可生产汽油、柴油、燃料油、液化气等，也实现了成品油自给自足，同时拥有了囊括上中下游的完整石油工业体系，告别了石油依靠进口的历史。

与乍得、阿尔及利亚和尼日尔的合作

赵忆宁： 中石油也进入了乍得，而且几经波折？

贾勇： 是的。1999 年 8 月乍得总统代比参加苏丹港原油出口庆典仪式并参观喀土穆炼油建设工程现场后，向苏丹总统巴希尔表示，也想建与苏丹一模一样的上中下游的完整石油工业体系。据说巴希尔总统讲，你们要去找中国，找中石油。当时乍得跟中国没有恢复外交关系，所以只能通过苏丹给我们传递信息。

2003 年进入乍得初期，我们从加拿大克里夫顿（Cliveden）能源公司购买了 25% 的股份，拿到资料研究评价了区块的潜力之后，股份增加到 75%，并找到了近 600 万吨产能规模的油田。2006 年 8 月中国与乍得恢复外交关系后，我们帮助建设了恩贾梅纳炼油厂，原油年加工能力为 100 万吨，除了满足乍得国内需求还能向周边国家出口。中石油拥有该炼油厂 60% 的股份。恩贾梅纳炼油厂 2011 年 6 月投产，这也是中石油在海外建设完成的第二大炼油厂。炼油厂的竣工标志着乍得人民几代人几十年的梦想实现了，乍得从此实现了能源独立自主。

赵忆宁： 阿尔及利亚炼油厂现在怎么样？

贾勇： 中国石油与阿尔及利亚的油气合作是集油田开发、炼油厂建设和经营、销售一体化的项目，也是阿尔及利亚自石油天然气领域对外开放、引进外资以来与外国公司合作的第一个一体化项目。后来我们把销售权移交给了资源国国有销售公司，主要原因是考虑员工人身安全。

赵忆宁： 尼日尔的合作情况如何？

贾勇： 尼日尔津德尔炼油厂于 2011 年 11 月投产，原油年加工能力 100 万吨，可生产汽油、柴油、燃料油、液化气等。津德尔炼油厂投产，标志着尼日尔从此告别石油依靠进口的历史，步入产油国行列，成品油也将实现自主生产，并出口国际市场。被欧美石油公司勘查了近半个世纪，宣布没有石油勘探和开发价值的尼日尔，同时拥有了囊括上中下游的完整石油工业体系，并且中尼双方在合作中加强了互信。2008 年 6 月 2 日，中国石油与尼日尔政府正式签署阿加德姆区块 PSA 协议，即上下游一体化项目，包括油气勘探开发、管道和炼厂建设及运营三个部分。三年时间内，中国石油安全、优质、高效地完成勘探任务，石油地质储量大幅增长，在撒哈拉沙漠腹地建成年产百万吨原油的生产基地、462 公里的输油管线和一座现代化炼油厂，圆了尼日尔人民盼望已久的石油梦。

苏丹模式的技术与人才外溢效应

赵忆宁：为苏丹建设完整的石油工业产业链，带来哪些外溢效应？

贾勇：下游的示范效应与外溢效应最突出，最主要的是本地人才的培养。苏丹之前在石油产业下游领域几乎是空白，自喀土穆炼油厂 2000 年投产以来，中石油为苏丹石油工业培养了一大批专业人才。现在无论是苏丹政府还是苏丹国家石油公司，可以说大部分人才都是三个联合作业公司（1/2/4 区、6 区、3/7 区）以及喀土穆炼油厂培养出来的。比如现任石油部部长穆罕默德·扎伊德·欧德，当初与我都是 1/2/4 区联合作业公司的同事，石油部国务部长（副部长）原来是1/2/4 区管道运行部副经理。可以说，苏丹石油部的上游局、下游局、技术局和运行局的很多人才都来自上面这三个联合作业公司。而下游局的干部大多都来自喀土穆炼油厂，仅炼油厂培养出的官员、管理者有 40~50 人，包括下游局局长。

赵忆宁：这种情形非常像 20 世纪 50 年代鞍山钢铁厂，为中国钢铁行业培养输送了一大批干部。

贾勇：2008 年全球金融危机后，中东的科威特、沙特与阿联酋等国建设液化天然气（LNG）或升级炼油厂，喀土穆炼油厂的高中级苏方管理和技术人员纷纷离职去中东应聘，因为中东国家炼厂付的是美元工资，特别是高级管理人员工资高出数倍，喀土穆炼油厂的人才流失严重。只要中东国家建一个大炼油厂，就有苏丹的技术和管理骨干人才去。截至 2016 年上半年，仅喀土穆炼油厂就离职了 130 人，而巴希尔总统对于人才的输出感到很自豪。

赵忆宁：石油部部长与喀土穆炼油厂的苏方经理也谈到这个问题，他们为什么自豪？

贾勇：如果从另一个角度看，苏丹是一个传统的农业国家，现在可以输出石油工业的专业人才到中东国家，这种民族自豪感是我们难体会的，所以苏丹政府也没有采取限制的措施，其中也有苏丹人从中东回来报效国家。另外，上游项目也有管理和技术人员离职，2009 年中石油伊拉克项目启动，上游联合作业公司一次过去数十人。

另外，苏丹已经掌握了完整石油工业体系技术，从上游的勘探开发技术、管道建设技术，到管道运维、油田管理、炼油厂运营、炼油厂标准，等等，常规技术都掌握了。所以在肯尼亚总统找到苏丹的时候，他们非常自信地答应向肯尼亚输出全部技术。如果抛开经济的可行性，只从技术上讲，苏丹完全可以帮肯尼亚建设炼油厂，常规技术上已经没有问题。

赵忆宁：经历短短的 20 年，在中石油的帮助下苏丹不仅仅建立了完整的石油工业体系，现在还能向其他非洲国家输出技术。这个案例对苏丹乃至对所有非洲国家实现工业化，都是一个成功的样板。

贾勇：除此之外，在全产业链建成之后，我们还进行了技术转移，比如帮助苏丹把本地的技术服务体系建立起来了，与上下游产业相关配套的地震勘探、钻修井、油田建设等方面服务，当地承包商都可以胜任，配套服务的本地化率非常高。虽然没有合同要求，但是我们愿意这样做，我们践行了"互利共赢、合作发展"的中国对外合作理念。另外，在我们 3 个联合作业公司中，本地化率已经达到 95%。

高峰期十多万人为油田服务

赵忆宁：对人才的培养是成功合作最重要的标志之一。另外，是否对苏丹的工业产业发展起到了推动作用呢？

贾勇：下游炼厂需要的高温高压、防腐设备，目前苏丹还没有能力制造，不仅仅是苏丹，这种特殊装备也就中石油等几家大公司有能力制造。除了高端技术之外，在全产业链的带动下，提升了苏丹的工业制造水平，其中常规技术部分我们都与当地投资者成立了合作公司，比如前面提及的地震勘探、钻修井等技术服务领域。

赵忆宁：你们是否算过带动了多少人就业？

贾勇：油田和炼油厂建设高峰期大约有 10 多万人直接为油田服务，进入投产期后至少也还有 3 万~ 4 万人。早期是以中方承包商为主，之后逐渐由本地承包商替代，2005 年以后基础服务性工作都是本地公司来做。

赵忆宁： 在创造就业的同时，你们也对减少当地贫困做出了贡献。

贾勇： 中苏石油合作 20 多年来，中石油在苏丹、南苏丹积极履行社会责任，投入到公益事业累计金额 1.2 亿美元，包括修桥、建医院，以及在油田建学校，仅仅在 3 个油区就建了 104 所学校和 50 家医院和诊所。另外，帮助村民打水井不计其数。捐建的 104 所学校的就读人数累计超过 64 万人次；捐建的 50 家医院治疗人数累计超过 179 万人次；打水井 400 多眼，受益人数超过 150 多万。

附录·采访手记

非洲国家应该走什么样的工业化道路

当前，中国正在致力于帮助与促进非洲国家实现工业化的过程中，中石油在苏丹的案例从多个侧面带给我们新的思考：

首先，非洲发展工业化的首要选项是什么？中石油为苏丹建立技术先进、产业链完整、规模配套、上下游一体化的现代石油工业体系，才衍生出与产业链相关的众多配套服务公司、制造业企业，包括培育出下游200多家塑料加工企业的结果，说明只有优先发展基础工业的上游，才有可能带来中游乃至下游产业群的出现。

其次，非洲国家优先发展重工业还是轻工业？就撒哈拉以南大多数非洲国家而言，基础工业是其工业发展制约短板，包括煤炭、石油、电力等能源工业和钢铁、有色金属、化工、石油化工等原材料工业。目前成为共识的观点认为，工业园区模式是推动非洲实现工业化的最有效手段，而中石油在苏丹的案例告诉我们，200多家塑料加工企业既没有在一个工业园区内，也不是外来的所谓"产能转移"，而是完全来自本地内生的推动力。

再次，非洲国家应该走什么样的工业化道路？如果说非洲国家可以复制中国工业化发展的成功经验，早在1956年毛泽东在《论十大关系》中，对发展重工业和轻工业、农业的关系有精辟的论述："重工业是我国建设的重点。必须优先发展生产资料的生产"。如果非洲大陆没有一个成规模的钢铁厂，连一颗钉子都要从国外进口，何谈工业化？更不要说发展与钢铁相关的机械加工、汽车产业，等等。

最后，中国帮助与促进非洲国家实现工业化最重要的是什么？历史有过很好的答案，中国工业化也是在20世纪50年代初在苏联帮助下从第一个五年计划起步的。《国家"十三五"规划纲要》首次明确提出："为发展中国家提供更多免费的人力资源、发展规划、经济政策等方面咨询培训"。这就需要中国相关部门根据各个国家已有的国家发展规划，真心实意地帮助他们完善国家发展规划以及产业规划，为非洲国家提供更多有效的经济政策咨询。

喀土穆炼油厂是苏丹的心脏

访苏丹喀土穆炼油有限公司苏方总经理
阿里·拉赫曼·穆罕默德

阿里·拉赫曼·穆罕默德（Ali Rahman Mohamed）

喀土穆炼油厂是苏丹最大的炼油厂。项目启动于 1997 年 3 月 1 日，采用中国标准、中国技术、中国装备建设。该炼油厂不仅成为苏丹展示能源工业一体化、完整产业链的标志性工程，也为苏丹培养了一大批石油管理和技术人才。

至今，喀土穆炼油厂已投产 16 年，中石油即将移交一些重要岗位。苏丹方面对炼油厂项目如何评价，移交后如何保证炼油公司运营安全与稳定？笔者就此采访了苏丹喀土穆炼油有限公司苏方总经理阿里·拉赫曼·穆罕默德。

炼油厂推动了苏丹经济发展

赵忆宁：请介绍一下喀土穆炼油有限公司对苏丹的社会经济发展起到了哪些作用？

拉赫曼：喀土穆炼油有限公司是苏丹最大的炼油厂，生产的柴油和液化石油气能够满足苏丹市场 70% 的需求，而汽油则能满足市场 100% 的需求。目前只有很小一部分柴油和液化石油气需要进口。而汽油除了满足国内需求之外，还出口到其他国家，主要出口国是埃塞俄比亚。

赵忆宁：我从纳米比亚、喀麦隆过来，在苏丹的大街上，我看到有很多汽车，多得令人难以想象。

拉赫曼：我们非常感谢中国政府以及中石油给予苏丹的支持和帮助，这是苏中友谊的一个重要标志。喀土穆炼油厂为苏丹的发展贡献了不少力量。石油可以在这里进行炼制，加工成各种产品，这对苏丹经济发展来说是很大的推动，毫无疑问也带动了消费。

赵忆宁：石油炼制是石油工业化技术含量比较高的环节。作为苏丹人，苏丹拥有现代化的炼油设施，您是否感到自豪？

拉赫曼：是的，我们不仅仅为苏丹有炼油厂骄傲，也为能够成为喀土穆炼油厂的一分子感到非常骄傲。在我看来，喀土穆炼油厂就像苏丹的心脏，将血液输送到身体的各个地方。我们非常幸运，能够在苏丹、在喀土穆和中石油一起合作，是中石油让我们了解石油炼化行业最新的技术，这里的许多工程师和技术员工作一段时间之后，就可以学习到许多新技术与新知识，可以说所有来到喀土穆炼油厂的人都学到了很多各自专业领域的知识，比如机械、工程、化工等。此外，苏丹工作人员还从中方同事那学到了非常重要的一点，那就是纪律。我想这些知识将会被人们带到苏丹甚至是国外其他地方。

赵忆宁： 培养一个关键岗位的工程师需要很多年，这些人才是输出好还是把他们留在苏丹好？

拉赫曼： 就我而言，当然是希望他们能够留在喀土穆炼油厂，无论是知识还是经验都需要一个积累的过程，他们的经验与技术能让工厂受益良多。但是我也不能很自私，这些人才如果能去国外，从技术、金钱回报上来说都比留在苏丹更好，外国公司给的工资更高。当然如果我能够选择的话，我还是希望他们能够留在喀土穆炼油厂。

赵忆宁： 在我来这之前，肯尼亚总统刚刚访问喀土穆炼油厂，您在任期间，接待过多少位到访的外国政要？他们是如何评价这座炼油厂的？

拉赫曼： 喀土穆炼油厂给肯尼亚总统留下了非常深刻的印象，他还向我们表示，希望喀土穆炼油厂能够运用其技术帮助肯尼亚发展炼油产业，我们也很期待能够这样做，把我们掌握的技术扩散到需要的周边国家，使更多的国家能够实现能源独立。自从炼油厂建成后，实在有太多位总统、部长和重要政商人物来

喀土穆炼油厂外景

参观，其中大部分来自非洲国家，只要他们来苏丹访问一般都要来炼油厂参观考察。喀土穆炼油厂所采用的先进技术、整体运营情况甚至是厂区环境都给他们留下了非常深刻的印象，也令他们很羡慕。

保证移交后的运营安全与稳定

赵忆宁：喀土穆炼油公司马上要面临交接，您有信心依靠苏方技术人员在未来继续保证炼油公司运营的安全与稳定吗？

拉赫曼：喀土穆炼油厂已经投产 16 年了，在这期间苏方技术人员收获了许多宝贵的技术和经验，我认为苏丹人自己维持普通正常的生产已经完全没有问题，所以依靠苏方人员继续保持炼油厂的安全稳定我很有信心。但是，因为石油炼化是一个非常复杂的行业，常常会遇到新问题，所以我们还需要中石油的帮助与指导。

2017 年，我们将要进行炼油厂的全面检修，所以我们还是需要中石油的工程技术人员给予支持和帮助，我们都希望能够尽最大努力保证炼油厂的安全运营。炼油厂就像是苏丹与中国合作的一个孩子，虽然中石油即将移交一些重要岗位，但是我们永远需要中石油的支持和帮助。我相信双方都会呵护它的健康发展。

赵忆宁：目前还有很少部分核心运营岗位是由中方人员承担的，您认为需要多长时间苏方人员能够顺利接替他们的岗位？

拉赫曼：其实在这些核心运营岗位上都有苏方人员担任副手，他们和中方人员共事了很长一段时间，所以我相信他们能够顺利地接手这些关键岗位。当然，中石油仍然将在炼油厂扮演重要作用，或许不再从事管理，但还是会作为顾问为我们提供各种建议。

赵忆宁：炼油厂是否促进了相关下游产业的发展？

拉赫曼：炼油厂除了生产汽油、航空煤油、液化石油气和柴油之外，带动下游的主要产品是聚丙烯，聚丙烯可以用来生产塑料杯子或者塑料盘等制品。刚开始的时候生产出来的聚丙烯主要是用于出口，因为那个时候在苏丹没有生产的需求。但是近 10~15 年来，随着苏丹各类工业企业不断发展，对聚丙烯的需求也越来越大，很多塑料小企业生产塑料加工制成品，目前 20 万吨的年产量已经无法满足国内市场需求了。

赵忆宁：作为经理，您认为炼油厂在未来 5~10 年会遇到哪些挑战？

拉赫曼：现在炼油厂已经培养了许多经验丰富的技术人员，我认为未来最大的挑战就是如何能够留住他们。沙特、卡塔尔等许多国家都在跟我们竞争这些技术人员，我们要想方设法留住他们，让他们愿意在喀土穆长期工作。第二个挑战是维护设备，确保工厂能够继续安全生产十几年。喀土穆炼油厂投产已经 16 年，一些设备开始老化，我们需要特别注意，而且需要制订计划，在出现问题前逐步更换一些部件，保证生产运营安全。第三个挑战是增加产量，因为目前炼油厂的产品已无法满足国内市场的需求。我们已经有计划，向一家中国制造商订货，更换那些受制裁（无法获得）的老化部件。我们进行了全部的相关研究，目前正在安排资金及相关工作。

赵忆宁：目前苏丹财政面临一些困难，外汇储备也很有限，货币也在贬值。对于喀土穆炼油厂这样一座大型现代化工业设施而言，后期的维护等投入成本是非常大的。您认为苏丹财政部会不会提供有力支持，保证炼油厂的安全运行？

拉赫曼：炼油厂是苏丹人民的骄傲与财富，苏丹财政部、石油部等各个部委都意识到喀土穆炼油厂的重要性，政府对炼油厂所有问题都非常重视，并给予相关资源，确保炼油厂的安全运行。尽管各方面资源都非常有限，政府还是竭尽全力要保证喀土穆炼油厂的安全运行。

苏丹塑料加工行业诞生记

访中国石油尼罗河公司苏丹化工项目
（喀土穆化工有限公司）总经理王立民

王立民

中国石油尼罗河公司苏丹化工项目处于苏丹石油产业链的末端，投资建聚丙烯装置的初衷是以炼油厂产品为原料生产高附加值的化工产品，但聚丙烯产品却带来了意想不到的传导作用与溢出效应：聚丙烯产品为苏丹催生了一个全新的产业——塑料加工业。短短10多年间，200多家塑料加工企业从无到有，其中最大企业的雇员超过了1 000人，不仅实现了部分塑料加工制品的进口替代，而且提高了苏丹制造业增加值的比重，促进了苏丹经济的转型。

化工项目填补了苏丹化学工业空白

赵忆宁：中石油苏丹化工项目是石油全产业链的重要组成部分，请介绍大概的情况。

王立民：苏丹化工项目是中国石油所属中油国际有限公司和苏丹国家石油公司合资兴建的化工企业，中油国际占95%的股份，苏丹国家石油公司占5%的股份。公司于2001年在苏丹注册成立，合资公司的名称为喀土穆化工有限公司，2002年1月15日正式投产。目前公司主要有两个生产单元，一个是聚丙烯装置，另一个是编织袋生产车间。聚丙烯装置的年设计加工能力为1.8万吨，编织袋的年设计加工能力为2 000万条。当时建设这套聚丙烯装置的主要目的是消化喀土穆炼油厂液化气中的丙烯，生产高附加值的聚丙烯产品。因为当时苏丹民用液化气的使用还没有普及，大部分液化气都白白烧掉了。这套聚丙烯装置的投产应该说填补了苏丹化学工业的空白，也是中石油在海外的第一个化工企业，该项目的投产也标志着中石油在苏丹实现了上下游一体化全产业链的布局。我们是一家依靠市场、自主经营、自负盈亏的企业，这与苏丹炼油厂是有区别的。

赵忆宁：产品生产的情况如何？

王立民：企业成立初期，聚丙烯在苏丹的需求量很低。据相关资料显示，2002年苏丹进口的聚丙烯只有2 000吨。由于落后的基础工业，聚丙烯产品还没有被当地所认知。虽然聚丙烯装置投产后生产非常顺利，但也遇到了大问题，那就是销售，因为苏丹当时的塑料加工企业就十几家，规模非常小，年消耗总量不足2 000吨，而我们的生产量达到了15 000吨以上，所以当时聚丙烯市场的开发是一个难点，因为销路解决不了，生产就会陷入瓶颈。我们在初期遇到的最大问题是销售，而不是生产。难以想象，2003 年我们的库存曾高达 5 000 吨，看起来像个小山一样。项目管理层也非常着急，发动大家想尽办法找客户、开发市场。因为当地市场毕竟有限，因此我们把目光转向了国外市场，为此，我们制定了培育当地市场、拓展国外市场的销售策略。2004 年，我们成功向埃及出口了约 1 万吨聚丙烯，不仅消化了库存，关键是解决了公司生产经营活动所需的资金问题，盘活了企业，之后我们再接再厉又向埃塞俄比亚、叙利亚和肯尼亚出口了聚丙烯产品。当然，我们并没有放弃苏丹市场，随着苏丹国民经济的快速发展，经过 4 年的培育和开拓，苏丹当地市场也逐步发展起来，到 2008 年的时候，我们实现了所有聚丙烯产品在当地销售，而现在已经是供不应求了。当前我们的产品只能满足当地市场需求的 40% 左右，其余的还需要进口，当地塑料加工企业发展到了 200 多家，所以经过 10 多年的发展，苏丹的塑料加工业也发生了巨大变化。

推动苏丹塑料加工业发展

赵忆宁： 这个过程很有意思，属于是"无中生有"，在苏丹催生出一个塑料加工行业。

王立民： 是的，现在看起来确实因化工项目的投产推动了苏丹塑料加工行业的发展。苏丹塑料加工企业从 2002 年的十几家发展到当前的 200 多家，应该说化工项目起到了关键的作用，塑料产品已广为当地老百姓所接受，而加工企业生产的产品也多种多样，包括编织袋、塑料绳、桌椅板凳、塑料杯子、烟灰缸，等等。苏丹政府组织的各种石油和化工展览会都邀请我们参加，苏丹有了自己的塑料加工业，他们也觉得很骄傲。

赵忆宁： 你们通过什么途径创造本地的需求呢？

王立民： 创造需求的手段前面谈到过就是市场开发。不论是苏丹市场还是国际市场的开发，我们都做了大量的调研工作，掌握了很多周边国家的市场信息以及国际贸易的相关政策。同时也采取行之有效的宣传手段和促销手段，对外参加周边国家的工业展览会寻找客户，我们与厂家开展聚丙烯产品试验推广活动和发布广告信息等，这些方法都非常有效。我们首先找到的是埃及客户，主要是考虑埃及与苏丹在语言、宗教、文化方面比较相近，边境安全，运输方便，交易顺畅。

赵忆宁： 几年间冒出 200 多家企业，市场的培育工作没有说说这么简单吧？

王立民： 确实，市场的培育过程比较长，这绝对不是一朝一夕的事情。基本上是从零开始的。总体来讲，从 2002 年公司投产起到 2008 年全部实现在苏丹内销经历了近 6 年的时间，具体可分为三个阶段：第一个阶段是 2002—2004 年，是以出口市场为主，当地市场开发为辅；第二个阶段是 2005—2006 年，出口和当地市场并重；第三个阶段是 2007—2008 年，是以当地市场为主，出口市场为辅。2008 年之后聚丙烯就实现了全部内销，现在是供不应求。在这三个阶段，我们也做了大量的推广工作，包括广告宣传、客户试验、技术支持和优惠条款合作等。

我们遇到的最大问题就是客户在技术管理上比较薄弱，一旦出现问题，就需要我们派技术人员解决和指导，非常花精力和时间。但我们始终秉持互利共赢、长期合作的理念，随叫随到，这也让我们的客户很感动。例如，卡明公司（Carmin）是我们的一个老客户，有 300 多人，2013 年的时候他们引进了二手设备，因为技术人员对设备不熟悉，生产的塑料绳子老是达不到市场要求。这时，我们就主动派技术人员去帮助他们，教他们怎么调试机器，怎么在不同加工环境下设置不同的技术参数，等等。他们对我们的技术支持非常满意，进一步加强了彼此的信任和合作。

赵忆宁： 这 200 多家加工企业的规模如何？

王立民： 这些塑料加工企业的规模有大有小，90% 以上都在喀土穆地区，主要是考虑到在喀土穆地区建厂交通方便、电力供应充足、配送渠道畅通等诸多便利条件。其中位于恩图曼老工业区的阿迪森公司（Addison）是比较大的一家塑料加工企业，有员工 1 000 多人，他们主要生产塑料注塑产品和绳子等，每年聚丙烯的需求量大概在 4 000 吨，占我们公司实际年产量 1.5 万吨的近三分之一。小点的企业几十个人不等，年聚丙烯需求量在 40~100 吨之间。我们调研过一些加工企业，很多企业是引进二手设备，生产顾问来自印度、巴基斯坦等，基本上是我们国家 20 世纪 90 年代的加工水平。当然，有些企业近些年也进口了来自奥地利和德国的机械加工设备，也在不断提高设备和工艺制造水平。

赵忆宁：当地企业加工的制成品，都是在当地销售吗？

王立民：是的，当地加工企业的产品基本上在当地销售。我们在这里买过当地生产的塑料产品，比如七彩塑料杯子、塑料绳、拖把杆，但市场最常见的是塑料桌子和塑料椅子。苏丹人比较爱用塑料的东西，因气候炎热的地方，塑料产品凉快一些。

赵忆宁：苏丹塑料加工行业进入大发展阶段了吗？

王立民：苏丹塑料加工企业发展的高峰阶段是 2011 年以前，聚丙烯年需求量达到 5.5 万吨，每年要进口 3.5 万 ~ 4 万吨左右才能满足市场的需求。随着南北苏丹分离，国家经济形势下行，特别是外汇十分紧张，客户在进口设备、添加剂等物资方面出现了问题，所以产量逐年下降，从高峰期的 5.5 万吨降到了 2016 年的 4 万吨左右。从市场预期看，毕竟苏丹有需求的存在，我们判断不太可能进一步下滑，随着经济基本面的好转，我们认为苏丹塑料加工业还会进一步发展，市场空间巨大。

培养了众多苏丹化工人才

赵忆宁：能够在非洲有炼油厂的其他国家复制这一经验吗？

王立民：我们中石油也在有条件的国家推动炼化一体化发展，运行模式视具体情况而定，并不完全一样。比如中石油在乍得就有一个同等规模的聚丙烯厂，但是对当地塑料加工企业带动就没有苏丹这么明显。因为企业的发展与诸如政治、经济、文化、市场等多种因素相关，需具体问题具体分析，不能一概而论。

赵忆宁：讲讲你们自己为什么要建立一个编织袋厂？

王立民：编织袋厂的建立，就是考虑到聚丙烯装置 2002 年投产后产品有些滞销，在调研过程中我们发现，苏丹每年需要进口大约 4 000 吨由聚丙烯制成的编织袋用来包装食品、谷物等。如果把聚丙烯制成编织袋不仅解决了我们聚丙烯的出路问题，也为当地企业节省了外汇，提供了方便。因此，公司于2004年建立了编织袋厂。这个厂的建立，本身是为了解决聚丙烯的部分出路问题，但实际上，也取得了非常不错的经济效益和社会效益。

赵忆宁：编织袋厂解决了多少人的就业？

王立民：公司中方人员有38人，当地员工人数在2004年的高峰期曾经达到近300人，后因技术改造、设备升级等原因，当地员工人数减少到目前的约220人。随着本地化进程的推进，中方人员会逐渐减少，当地员工会逐步增加。

赵忆宁：事实上，由于你们这套炼化装置生产了聚丙烯，在苏丹带出来一个塑料加工行业，而且培养出一个新的产业工人群体，这是促进非洲国家实现工业化的一个典型案例。

王立民：客观上来讲，苏丹塑料加工行业有这样一个发展确实也有自身良好的资源基础，化工项目为苏丹塑料加工行业的发展起到了巨大的推动作用，同时为苏丹培养了很多化工方面的管理和技术人才。在这样一个特殊的环境下能够成功运作这样一个项目也是中石油在海外比较典型的案例，非常不容易。当然，苏丹政府、工业协会也看到了市场的投资前景，也会进行指导，并起到了一定的促进作用。中国的通信企业进入苏丹市场也带动了这个行业的发展。

赵忆宁：华为与中兴在苏丹带动的是通信服务业，推动了当地IT服务业的发展，并不包括IT产品制造。而你们培育的是化工产品制造业。设想一下，如果其他基础工业包括煤炭、电力等能源工业和钢铁、有色金属、石油化工等原材料工业落地非洲国家，将会带动多少下游产业群的出现？

王立民：苏丹乃至非洲最大的工业问题就是基础薄弱，虽有良好的资源，但缺乏资金投入、缺乏有效管理，当然还有社会安全、部落冲突、经济落后等诸多外部因素影响。按照国内石油加工模式开发完整的产业链，多创造一些经济价值，确实实现了当初的目的。现在回过头再来看，影响和贡献确实也蛮大。

赵忆宁：企业运营过程中遇到的困难是什么？

王立民：现在制约我们发展的最大问题就是外汇短缺，苏丹获取外汇的难度较大。因为苏丹市场基础非常薄弱，公司生产经营活动所需的备品备件和主要化工试剂都要进口，因此，外汇的问题不解决会给安全生产和市场产品供应带来很大影响，而公司的收入只有部分是美元，还有一部分是当地货币苏丹镑，而当地货币又存在贬值的风险。我们希望随着苏丹经济形势的好转，该问题能得到进一步缓解。

赵忆宁： 拿不走的苏丹货币部分为什么不考虑新的投资？

王立民： 我们是国有控股企业，投资有严格的要求。如果在苏丹当地做新的投资，同样会出现苏丹镑支付的问题，这个"结"还是解不开。从我们企业的角度，特别期望中国的银行能够加快在苏丹市场的业务拓展，如果能够以人民币结算，这个"结"就可以解开了。目前公司实行美元和当地币销售双轨机制，当地货币存量已大幅减少，总量处于可控制范围之内。

中苏合作为苏丹农业转型奠定了坚实基础

访苏丹农业与林业部国务部部长亚古布

亚古布·穆罕默德·塔伊布·易卜拉欣（Yagoub Mohammed Aitayeb Ibrahim），毕业于经济专业，拥有项目规划的硕士学位，曾在管理和经济金融领域就职，后被调到了农业项目管理岗位，在农业领域工作了9年。目前，担任苏丹农业与林业部国务部部长。

农业是苏丹国民经济的重要支柱，农业对整个国民经济的贡献率达 30%。

为促进农业发展，苏丹制订了 2016—2019 年国家农业投资全面执行计划，每年从总体预算中拿出 10% 给各个农业部门，以推动农业增长率达到 6%。

而在从传统农业到现代化农业的转型过程中，苏丹也在借鉴中国经验，即"推动农业发展的举措开始于生产结束于出口"，以实现可持续发展的经济贸易型农业。苏丹农业与林业部国务部长亚古布·穆罕默德·塔伊布·易卜拉欣详细介绍了苏丹的农业发展战略。

推动农业增长 6% 的计划

赵忆宁：苏丹在没有发现大油田之前，农业一直在国家经济领域扮演重要的角色。这十几年来在推进石油产业以及工业化的进程中，国家对农业有什么新的定位？

亚古布：农业是苏丹国民经济的重要支柱，国内有 80% 以上的人口将农业视为他们赖以生存的来源，包括从事种植业与畜牧养殖业。在苏丹发现石油之后，农业在国民经济中的贡献略微下降了一些，但是很快人们意识到了农业作为其他各行各业的主要推动力的重要性，尤其是在南苏丹 2011 年独立出去之后，苏丹失去了原来石油收入的 70% 和大部分油田资源。由于这些资源的割裂，农业重新占据了国民经济的主导地位，在国民经济中的贡献率又上升了。

此外，苏丹国内已经开始为实现农业从传统的自给自足向推动其他各行各业发展而积极努力，从而实现一种可持续发展的经济贸易型农业。根据 2014 年苏丹银行的年度报告数据，农业对整个国民经济的贡献率为 30%，工业在国民经济中的贡献率为 21.5%，石油行业对于国民经济的贡献率仅为 2.5%。为了适应这种趋势，国家制定了一系列战略和措施，最重要的是《苏丹农业投资国家规划》（SUDNAIP），这是一项旨在推动农业增长 6% 的促进方案。

赵忆宁：之前苏丹制订了若干个农业发展五年规划。能否简要介绍一下这些规划？规划的实施结果如何？苏丹有新的农业发展规划吗？

亚古布：南苏丹分离出去之后，苏丹又开始重新依靠农业，从而制定了《五年经济改革方案》。根据这项方案，农业成为国家的重要支柱产业。根据苏丹与其他非洲国家签订的地区性协议——《非洲国家农业全面投资方案》，所有签署这项地区农业协议的国家首脑需要组织编写全面的发展方案，以促进非洲的农业发展。根据这项协议，所有相关国家每年至少应当投入年度总体预算的10%用于发展农业生产，以实现农业产值增长6%以上，而苏丹就是这项协议的签署国之一。

我们根据《非洲国家农业全面投资方案》，制订了2016—2019年国家农业投资全面执行计划，该计划是在《非洲国家农业全面投资方案》的框架下执行的，涉及前面所说的《五年经济改革方案》的各个领域。

《五年经济改革方案》旨在促进农业和畜牧业发展，推动农产品加工业发展。所有这些方针政策就是《苏丹农业投资国家规划》。《五年经济改革方案》和《苏丹农业投资国家规划》的制订旨在扩大农产品出口，增加农业产值，促进所有与农业相关的产业发展，确保苏丹的粮食安全，从而推动苏丹的农业生产从传统农业模式升级到活跃的农业发展态势，满足自由市场经济发展要求，积极参与国际竞争，提高农产品的质量和附加值。

赵忆宁：能介绍一下《苏丹农业投资国家规划》吗？未来苏丹农业发展的优先目标是什么？是增加土地的复垦，还是进一步提高农产品的附加值？比如棉花？

亚古布：苏丹制订的《苏丹农业投资国家规划》，第一期方案预计于2017年至2020年之间执行。这一规划旨在推动农业的发展，预计将每年从总体预算中拿出10%给各个农业部门，进而实现农业增长率达到6%。

规划中已经进一步强调了农业的重要性和优先发展的必要性，主要内容包括以下几个方面：首先是提高各类农产品的竞争力，并致力于提高农产品的质量。通过各类加工产业增加农产品的附加值，发展产业链条，建立完善的农产品销售体系与设施。其次是重点优选了8类具有一定竞争力的农产品，其中最重要的是棉花、各类油料作物（花生、芝麻、大豆、葵花籽、玉米）、各类动物资源、肉类、糖、阿拉伯胶、有机蔬菜和水果，等等。当然，我们还要通过改善各类农业体系、完善农业服务和建立各类信息体系以及数据库的方式提高农业产量和生产力。

推广农业机械化

赵忆宁：苏丹农业的发展具有比较好的基础设施建设，包括有效的灌溉系统。现在苏丹传统棉花出口占总出口贸易的比重有多大？

亚古布：的确，苏丹拥有丰富的水资源、广袤的可耕地和多样化的气候，这使得苏丹凭借着自身的特色以及独有的物产和资源成为非洲大陆上拥有良好基础设施的国家之一。"半岛项目"是非洲最大的农业基础设施项目。苏丹还拥有三个大型水利灌溉项目（哈拉夫、拉哈德以及苏基）、多个水库、高效灌溉系统，以及为连通苏丹港的商品出口口岸与驻地而铺设的多条公路和铁路。

因此，苏丹有能力生产一些具有一定竞争优势的经济作物，其出口量在苏丹国民经济中占有显赫地位，最重要的经济作物包括棉花、油料作物、动物资源及其各类加工制品、阿拉伯胶。苏丹的棉花质量上乘，因此，2011—2014 年，苏丹国内出现了持续上涨的种棉热，人们持续增加棉花的种植面积，利用各类先进手段种植棉花，最终使得棉花的年产量从 2012—2013 年的 13.1 万吨增加到了2014 年 16.2 万吨，增长率为 23.7%。与此同时，棉花的种植面积从 17.7 万费丹增加到了 19.3 万费丹，增长率为 9%。值得一提的是，苏丹的棉花生产出现了很大改观，一直保持上涨的生产态势，这当然与同中国的合作有关。

赵忆宁：在非洲国家中，苏丹的农业生产机械化水平较高，它与非洲其他国家比较有什么不同？

亚古布：苏丹与非洲其他国家在农业发展要素上最大的不同是农业机械使用的程度。苏丹主要有三种农业形式，分别是传统农业、机械农业和灌溉农业。从20 世纪 70 年代初期开始，苏丹开始实施一系列农业体系的革新，其中包括在苏丹辽阔的国土上使用农业机械设备。我们在达玛兹因地区积累了成功的农业经验，即无须犁地作业技术（艾卡蒂项目）。我们在农业的各个环节都大量使用各类机械设备。在苏丹作业的很多公司都使用先进的生产技术，包括阿联酋公司（阿姆塔尔公司）、巴西公司、苏卡尔·卡奈奈公司。苏丹的私营经济部门也拥有并使用各类机械设备和高科技手段，例如达尔公司以及公私混合制企业吉亚德集团，等等。

目前，苏丹农业部正在推行全面解决方案计划，这包括一揽子先进的农业技术和作业手段，其中最重要的便是使用各类农业机械设备和现代化体系。

赵忆宁：苏丹有 8 400 万公顷的耕地，占国土面积的 33%，而常年耕种的土地仅为 1 260 万公顷，只占耕地总面积的 15%，是什么原因导致 7 140 万公顷的可耕地一直闲置呢？

亚古布：苏丹曾经拥有的可耕地面积为两亿费丹，但是我们实际耕作的土地只有 4 000 万费丹，大概占可耕地面积的 20%，而不是你说的 15%。目前正在实施的《五年经济改革方案》和《苏丹农业投资国家规划》提出扩大农业用地面积以及提高农业总产值。但实际上我们并不愿意一味地追求农业用地的扩大，而是更加强调通过对农业技术的投入提高农业总产值。这就需要投入科技、化肥、农药，等等，但是资金的缺乏又是最大的限制因素。为了解决这一问题，我们与私营经济体进行合作，这些经济体曾经是国有经济体或者外资企业。为了解决灌溉领域的诸多困难，我们也采用了扩大资本投入的手段。

赵忆宁：从 1997 年开始，美国一直对苏丹实施经济制裁，对农业带来什么影响？

亚古布：现在我们一直都在用各种技术手段促进农业生产，比如加大农业机械化的生产以及提高新的农业技术的应用。但是大多数农业技术都在经济制裁之列，当然也包括农产品出口。经济制裁对农产品出口和外汇收入影响很大，各类农产品是苏丹的主要出口商品，也就是说，基本上有 70% 的出口商品都是农产品，包括棉花、芝麻、各类油料作物以及阿拉伯胶。其中阿拉伯胶主要出口到欧洲，棉花出口到欧洲、中国和其他阿拉伯国家。但美国的制裁限制了苏丹农产品的出口，最终对苏丹农业生产和人民生活造成负面的影响。

与中国优势互补

赵忆宁：在中国，农业现代化的进程与工业现代化的进程同步。正在推进的苏丹国家工业化的进程中，国家将采取什么措施完成从传统农业到现代化农业的转变？

亚古布：在中国改革开放中，工业与农业基本同步实现了现代化，苏丹也意识到了将农业及其现代化举措与工业相联系的重要性。正如你所说的，农业不仅仅是将种子播种在土地里，也不仅仅是犁地和生产，而是一个动态的过程，与工业有着错综复杂的联系，例如，化肥、农药、机械等与农业发展密切相关。与提高附加值相关的手段源自收割环节，收获了农作物之后需要进行各类深加工并形成产业链。在中国，这项旨在推动农业发展的举措开始于生产结束于出口。苏丹也正朝着这个方向努力。

赵忆宁：能评价一下山东高速集团在苏丹建设的农业示范项目吗？正在建设的农产品加工园区是否有示范效应？

亚古布：正如你所说，我们与中国的合作是真诚和务实的，我们双方的合作为苏丹农业的发展奠定了坚实的基础，首先是在苏丹的拉哈德农业区，其次在半岛州。这包括人们广为熟知的纺织产业园。目前纺织产业园仍在研究实施阶段，预计产业园将包括种植、生产棉花，亚棉花的纺织、加工、出口。苏丹一直以来注重原料棉花的出口，我们与山东高速集团的合作将成为苏丹棉花产业发展的重要一步。

中国是世界上人口密度最大的国家之一，但是国土种植面积有限，因此，中国和苏丹的合作是互利共赢的。众所周知，资金、人力、土地是农业发展的关键要素，苏丹拥有广袤的国土和多种灌溉方式的农业用地以及高素质人力资源，中国拥有技术和资本，我们希望通过与中国进行合作引进先进的技术，尤其是在棉花种植方面。中苏之间的互补优势将提高苏丹的农业产量，苏丹将从中国的工业和粮食生产方面吸取经验。

20 年间只有中国不遗余力地帮助苏丹

访原苏丹交通部副部长、苏丹港务局总经理罗菲

罗菲，出生于 1938 年，1965 年获得喀土穆大学工学院土木工程学士学位；1967—1969 年，在英国波斯福德有限公司（POSFORD PAVRY）学习工程设计，获得混凝土与钢结构设计证书；1989—1997 年，担任苏丹交通部副部长，负责苏丹海港、河港、铁路、桥梁和道路的建设；1997 年退休后至今，他被交通部任命为港口工程发展顾问。

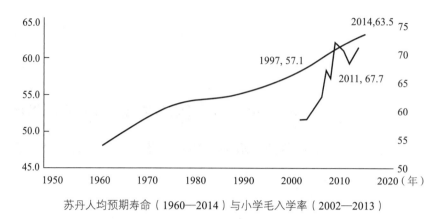

苏丹人均预期寿命（1960—2014）与小学毛入学率（2002—2013）

资料来源：世界银行数据。

作为工程师，罗菲曾在苏丹铁路系统工作了 13 年，负责苏丹铁路的新工程建设与维修；之后任职于苏丹海港公司总经理，由于时任苏丹总统加法尔·尼迈里要求所有由世界银行等外国或国际组织贷款的项目，总负责人、监理必须是苏丹人，所以罗菲被指定为苏丹港新项目建设的总负责人，包括 1978—1985 期间由世行援助的新港口项目与萨瓦金港口的建设咨询工程师，上述两项工程由英国阿尔伯里·吉尔福德公司（Albury Guildford）与庞蒙德（Pomogrd）承包商执行。

罗菲介绍说，萨瓦金港口最早是在英国殖民时期建设的，已经被废弃 50 多年了。1985 年苏丹政府表示需要不止一个港口，所以决定重建港口。

当中国港湾在 1995 年来到苏丹的时候，当时"监理不得为外国人"的规定还在，他同时兼任项目监理，正是在这个过程中，罗菲见证了中国港湾在苏丹港所有项目的建设过程，包括苏丹港南码头、达玛油码头、新集装箱码头和萨瓦金新渔业港。从 1995 年到现在一直和中国港湾合作。缘于其丰富的经验，他成为他的同事中唯一一个到了退休年龄之后继续担任监理职务的人。

罗菲到访中国 20 多次，此外，他也曾以咨询工程师的身份到德国、英国、荷兰、利比亚、埃及、伊拉克、坦桑尼亚和南斯拉夫等国家参与交通运输项目相关的工作。

在喀土穆期间，我两次见到罗菲，其中一次是他与现任港务局局长一起听中国港湾就萨瓦金加工区项目的介绍。会议期间，更多的是罗菲提出一些问题，或者给身边的现任港务局局长做翻译并与之进行商讨。

到 2020 年苏丹港吞吐量将达 3 000 万吨

赵忆宁：我参观了苏丹港和正在建设的萨瓦金港。苏丹港目前是苏丹唯一的港口，承担全国 95% 的出口和 90% 的进口运输任务。是否可以介绍一下这个港口的建设历史？

罗菲：苏丹港始建于 1906 年，是英国人建造的，1909 年建成 5 个泊位，即苏丹北港 1–5 号泊位及相关陆域设施，码头吨级约为 2 万吨。1974 年苏丹政府成立了苏丹港务局，开始作为独立的海运管理机构负责苏丹港口的承建、发展及运营服务。到 20 世纪 80 年代中期，苏丹港共建设了 15 个泊位（北港 1–11A 号泊位，及南港 13–15 号泊位），岸线长约 2.4km，但其码头只能停驻几千吨级的货轮，要靠拖船、驳船等方式克服水深不够的困难。集装箱码头也是因为吃水浅，只有一两百箱的吞吐量。

自 1997 年开始，中国港湾先后在竞争中以最低的价格中标了 3 个苏丹港国际招标的港口建设项目，帮助我们建设了 17、18、19 号泊位，之后又建设了东边的绿港（Green Harbor），以及达玛油码头，单船吞吐能力是过去的 10 倍，可以容纳 5 万到 7 万吨级别的货船。过去只要有油轮进入苏丹港我们就很头痛，因为所有其他货轮都必须停下来让路，直到油轮卸货完毕离开。而有了这个新的油码头，因为吃水够深，可以容纳 5 万吨级的油轮进港，吞吐能力大大提高。

另外，中国港湾也承建了萨瓦金港，萨瓦金港的规划非常宏伟，一共有 23 个泊位，前期的 3 个泊位集装箱、油码头、牲畜码头正在建设中，目前 3 个码头的疏浚工作已经全部完成。苏丹是非洲重要的农业国，我们还向其他国家出口牲畜，但是过去经常受到交通运输条件的限制。现在我们有了这个专门的牲畜码头，可以出口更多的牲畜。

整个工程可能要花很长的时间，或许在我有生之年都看不到项目完工了，但这个项目会一直和中国港湾合作。总的来说，苏丹港现在实际的吞吐量大概是1 200 万~1 300 万吨，而这些港口、码头建设完毕后，无须再建造新港就能满足吞吐需求。到 2020 年，总吞吐能力将达到 3 000 万吨。

为什么不断扩建苏丹港

赵忆宁： 港口吞吐量达到 3 000 万吨是一个重要的标志。

罗菲： 中国港湾为苏丹港的建设做出了许多重要的贡献，如果没有中国港湾，苏丹港是不可能有现在这样的规模。在中国港湾之前的几个项目我们使用的是世界银行贷款，由外国公司承包建设的，承包商要求我们一次性付清大部分费用；后来因为特殊原因，贷款停止，苏丹不得不自己负担高昂的建设费用。而中国港湾和西方公司不一样，他们同意我们先付一笔费用，然后随着工程进度再慢慢付清，这样使达玛油码头、萨瓦金港项目等得以进行下去。

赵忆宁： 苏丹在财政面临很大困难的情况下，为什么还要不断扩建苏丹港？

罗菲： 因为从苏丹出口的货物一直在不断地增加，老港口已经不能满足需求了，所以必须要扩建港口来满足出口的需求。比如过去，苏丹每年出口的牲畜大概也就不到 50 万头，但是现在每年已经达到 700 万头。港口建设需要时间，所以要有超前一些的规划，才能适应经济发展的需求。我们不仅要成为苏丹的港口，而且已经与乍得、中非以及埃塞俄比亚签署了港口使用协议，因为这几个国家没有自己的港口，这也是为什么我们要扩建新建港口，不然就无法满足苏丹本国以及上述国家出口量增加的需求。这不仅是为了苏丹的发展，也是为了周边国家的发展。当然他们也可以选择尼日利亚或是其他国家的港口，我们要加快发展来满足不断增长的需求。

中国港湾多次被证明是最好的

赵忆宁： 您任苏丹港务局主席多年，也跟中国港湾合作多年，能否跟我分享几个你印象最深的故事？

罗菲：我对中国港湾印象最深的就是施工的质量。中国港湾总是能够按时移交按合同技术标准完成的项目，关键的是不会超出合同金额，而之前的英国等外国承包公司会出现工期延误、质量不达标、超出预算金额等各种问题。中国港湾承担了 17、18 号泊位修复，19 号泊位新建，萨瓦金港疏浚，牲畜码头修建等 9 个项目，这 9 个项目都是我负责的，其中没有一个项目出现超预算的情况，这对苏丹来说是非常重要的。

讲到工程质量，作为一名专业工程师，我希望承包商最后移交的工程是严格按照工程设计来完成的，是按照合同来建设的。但是在其他外国公司承包的项目中，这一点总是没有能够完全做到，我们总是遇到一些问题。但是和中国港湾的合作没有任何工程质量问题，而且全部工程都能按时完成。苏丹一些其他的大型工程项目都是要进行全球招标的，但是在苏丹港的项目上，我向苏丹财政部建议，从合作经验来看，中国港湾无论是质量、价格还是工期来说都是最好的选择，所以苏丹港的项目我们只和中国港湾就方案进行谈判和讨论，然后直接交给他们来做。

赵忆宁：这有些意外。

罗菲：这是在我们与多家承包商合作之后的比对结果，既然中国港湾多次被证明是最好的，又何必再浪费时间走程序挑选承包商呢？我们已经找到了最好的承包商。现在大型船只在苏丹都停靠在绿港、达玛油码头，这些都是由中国港湾承建的。如果不是中国港湾而是西方国家承包商，不仅会要求我们一次性付清大笔费用，而且比中国港湾的价格高出很多，我们就不可能有这些能够容纳大型船只的港口，毕竟苏丹财政负担很重，一下子拿不出一大笔钱来。这次牲畜码头想交给中国港湾做，也是因为我们没有能力来完全承担码头相关基础设施，例如水电、照明等工程，我们可以和中国港湾签署一个一揽子总包的协议，就利润分配达成一致意见，然后按照既有的模式，先支付一笔启动资金，未来再慢慢偿还。

赵忆宁：您曾经把苏丹港与中国港湾的关系定义为"生命共同体"，这是一种很高的合作境界，为什么您给出这么高的评价呢？

罗菲：苏丹港和中国港湾是互相信任的关系。首先，几乎没有承包商愿意业主延迟付款的，而中国港湾愿意先施工，等工程项目有了收益再慢慢收款。其次，即便是同意延迟付款，承包商也往往要抬高价格，然而中国港湾的报价是非常合理的，而且总是能按期甚至是提前完工。西方公司动不动就向我们进行天价索赔，而中国港湾从来没有。这就像是两个工人，一个方案灵活、干活质量高、报价低而且总能按时完成，而另一个完全相反，你会选择哪一个？

作为苏方负责人，我要保证工程从质量、时限等方面都达到要求，而从我和各个承包商打交道的经验来看，中国港湾无疑是最好的。我们也和其他承包商合作过，但是他们会出现偷工减料的问题，质量上不达标，还增加了成本。

其实不仅是苏丹港青睐中国港湾这样的中资企业。我曾经去德国不来梅港参观考察，结果发现有一部分工程也是中国承包商做的。我就问德国人，你们有技术、有资金、有经验，为什么不自己做，而是要找中国承包商来做呢？德国人给出的理由和我刚才说的一样，中国承包商高质量、低价格，而且能够按期完工。

经济制裁使交通运输受影响

赵忆宁： 经济制裁对苏丹普通人民的生活带来了哪些影响？

罗菲： 首先是对交通运输的影响。我之前曾在苏丹铁路工作多年，苏丹铁路大概有 90 辆美国、德国生产的机车，但是现在因为制裁，我们无法获得维护所需的相应零部件，也没有别的渠道能买到，导致这些机车无法使用，大大限制了运力。即便是我们想要把机车卖给其他没有受到制裁的国家，也要花 200 万美元的运输成本。交通运输能力受到限制后，使得商品成本提高，普通民众生活当然会受到影响。

其次是对医疗的影响。比如医院有些设备维修、维护所需的零部件，原来一直是靠进口的，但是现在我们无法获得必要的部件，很多医疗活动无法开展，因为医疗事关普通民众的生命健康，制裁会严重影响民众获取可靠的医疗服务。

最后，经济制裁之后，许多欧洲国家的监理公司也不再与我们合作，如果不是中国企业进入到苏丹的话，我们根本没法完成基础设施的建设，实现国家的发展。因为制裁，许多过去和西方国家做生意的苏丹企业都没有业务能开展了。其实对苏丹进行制裁或者支持制裁的国家，比如美国、法国、德国、英国也会遭受损失，因为他们失去了苏丹这个市场。所以无论是对被制裁的国家还是对实施制裁的国家，都是损失。

赵忆宁：制裁就像是一枚硬币有两面性。

罗菲：1967 年，我去英国留学的时候，苏丹镑和英镑的汇率是 1.2∶1，而现在是 20∶1。曾经苏丹镑对美元的汇率是 3∶1，而现在是 18∶1，这都是制裁带来的结果，使我们无法获得足够的外汇收入，也无法进口必要的医疗设备零件。如果制裁继续下去，苏丹镑对主要货币还将继续贬值。

过去，苏丹高级政府官员的平均工资是 300 苏丹镑，这样的工资水平足够家庭体面的生活，而且每个月还能攒下 100 苏丹镑；如今，高级官员的工资是 7 000 苏丹镑，一般人员的月收入在 2 000—3 000 苏丹镑，这样的工资水平只可以维持一般的生活。可以说苏丹镑完全不值钱了。

现在我买一种药需要 159 苏丹镑，价格是过去的 20 倍。前面讲过医院设备无法维修，虽然有钱人可以去私人医院看病，但一次就要 3 000—4 000 苏丹镑。普通民众如果去一次医院，再加上平时的生活开支，他们的工资根本负担不起。所以说制裁给苏丹人民的生活造成了非常大的困难。

没有中国伙伴，就没有苏丹港的今天

赵忆宁：听到您所讲的让人心里非常难受。

罗菲：的确如此。所以我们非常感谢一些国家对苏丹的帮助，包括沙特、科威特等阿拉伯国家，以及中国、日本和韩国等。苏丹国民议会下设很多个专业委员会，包括运输委员会、医疗委员会等。运输委员会的委员们都非常清楚，中国与苏丹的合作有多么重要，如果没有中国的帮助，我们根本没法把港口建起来。没有中国伙伴，就没有苏丹港的今天。

很多苏丹的专家出于收入等各种原因去了国外，包括工程师、学者、医生等。据我了解，现在有 6 000 名苏丹籍的医生在英国从业，在美国从业的也很多。我儿子就在沙特的一所大学担任医学教授。除了我儿子，还有数百名在沙特大学里工作的苏丹籍教授学者。虽然苏丹非常需要这些专业人才，但是因为这里的生活实在是太困难了，所以很多人都选择了出国。

赵忆宁： 苏丹政府正在与美国协商解除制裁，但是我看到消息，又延长了时间。

罗菲： 制裁已经长达 20 年了，美国的制裁对苏丹有利有弊，带来的困难上面都说了，但是也是机会。20 年间只有中国不遗余力地帮助苏丹，中国和苏丹始终站在一条线上。

中苏共通的文化与共同的梦想

赵忆宁： 在您看来，中国文化是什么样的呢？

罗菲： 中国的文化和苏丹有很多相同的地方。在我们和中国港湾相处的这么长的日子里，我们会经常走动，他们也会来我家中做客，每次来总会带一些中国茶之类的礼物，当我和我的家人生病的时候，只要他们知道了，就会送一些药品过来。

在苏丹，我们在很多节日里都会去别人家串门。这是一种亲情。在苏丹与中国，我们都会抚养父母、照顾他们。所以说苏丹与中国除了经济上的合作，实际上我们两国人民的文化有很多地方是相通的。

赵忆宁： 那苏丹人的梦想是什么？

罗菲： 我想这个答案很简单。所有人都希望有更好的生活，享受更好的医疗服务，接受更好的教育，吃到更安全的食品。我知道中国的梦想也是让全体人民过上富裕的生活，而苏丹现在处于困难时期，我们只有渡过这个时期，才能实现上面这些目标。

但是苏丹人是非常独特的，他们是世界上难得的能够体会他人痛苦的人民。如果我在街上发现有人穿得破破烂烂，我会回家拿一套衣服给他穿，这就是苏丹人民。如果我们发现有人饿肚子，就会和他一起分享食物。有的人生病后没钱买药，医生就会送药给他。你去任何人家里，请求需要任何东西，他们都不会拒绝。

中国不也是这样的吗？在苏丹最困难的时期，一直是中国人民在帮助苏丹人民搞建设。中国有句话叫"患难见真情"，苏中的友谊就是建立在这个基础上的。所以说，苏中两国人民都是非常热心、慷慨、乐于助人的。我最近一次访问中国的时候，那时中国港湾正在建设萨瓦金港的集装箱码头。中国在实现自己梦想的时候也把苏丹人民的梦想记挂在心上，这样的国家是我们的兄弟国家，这样的国家和人民也是令人肃然起敬的国家和人民。

中国与非洲：生命共同体，致富带头人

访中国港湾副总经理、东非区域管理中心总经理吴迪

吴迪，出生于1968年，1987年毕业于长沙交通学院港口与航道工程专业，1999年到苏丹工作至今，现担任中国港湾副总经理、东非区域管理中心总经理。

这是一个完整的叙事故事，讲述人描述了一家中国企业在20多年的时间里如何帮助苏丹港发展的历程。

苏丹港建港110年，到20世纪80年代中期共建设了15个泊位，其码头靠泊能力只停留在2万吨级以下的水平。此后，中国港湾进入苏丹港，在20年间，他们以平均每两年建设一个泊位的速度完成了10多个泊位的建设，将苏丹港打造成为一个与国际一流港口相媲美的现代化港口，使得其集装箱码头靠泊能力提高到了7万吨级。

这20年间，美国对苏丹进行单方面的经济制裁，几乎阻断了苏丹与全球各国金融机构的资金往来，致使苏丹外汇奇缺。在20年中，中国港湾在10多个泊位的建设中为业主着想，采取了在国际承包工程中很少使用的按月付款方式；他们历经3年完成用珊瑚礁砂（砾）作为海岸工程填料的科研创新，为业主节省千万美元的工程造价；面对苏丹石油收入减少带来的财政压力以及经济转型畜牧业出口上升的压力，投资参与苏丹牲畜码头专用港区的建设。为此，苏丹港建港110年以来第一次转让港口股份，第一次组建合资运营公司，他们为的是感谢中国港湾20年的帮助，"没有中国伙伴，就没有苏丹港的今天"，为的是"吃水不忘挖井人"。

为什么一家中国公司能够得到业主如此评价？为什么这家公司20年来千方百计地帮助苏丹？吴迪讲述了他在苏丹的18年间所目睹的这个国家的所有艰难。吴迪认为中国港湾有一种特殊的责任，中国港湾应该帮助苏丹，帮助苏丹渡过最困难的时期，帮助苏丹实现经济发展。

为了建设苏丹喀土穆机场，中国港湾花了7年时间不遗余力地推动项目的进展；为了帮助苏丹的工业发展，他们帮助苏丹做经济特区规划。所有行为的背后只是两个字：感恩。在苏丹，经常听到苏丹人用"恩泽"来表达对中国的谢意，苏丹感谢中国给予的所有帮助。中国港湾也用他们的行动向苏丹人民和政府表示最真挚的谢意。"人之有恩于我不可忘也"，中苏双方给予对方的每一份"恩泽"与"回报"都孕育两国关系的升华。

中国是非洲国家致富的带头人

赵忆宁：中国港湾进入苏丹近 30 年，一直致力于苏丹港的建设。为什么一个港口修了这么多年？

吴迪：苏丹港始建于 1905 年，英国人为了运输农产品开通了苏丹港，作为连接红海及尼罗河铁路的海上运输终端，于 1909 年建成 5 个泊位。之后的 100 多年间，随着与中东及非洲周边国家贸易往来的发展，苏丹港逐步发展成为红海沿线重要的干线港。1974 年，苏丹政府成立了苏丹港务局，使之作为独立的海运管理机构负责苏丹港口的承建、发展及运营服务。中国港湾于 1985 年进入苏丹市场，已经有 32 年的历史。[①] 从 1997 年开始进入苏丹港建设项目，20 年间，我们在苏丹港建设了 10 多个泊位，包括滚装、集装箱、成品油等泊位，已经将苏丹港打造成了与国际一流港口相媲美的现代化港口，其中集装箱码头靠泊能力提高到了 7 万吨级。

苏丹港全貌

赵忆宁：英国人当时建港口是出于什么目的？

吴迪：英国人最初进入苏丹并不是在现在的苏丹港，他们第一脚踏上的是距离苏丹港 64 公里外的萨瓦金，公元 1500 年前后这里曾经是东部非洲最富有

---

① 采访的时间是 2016 年，故说中国港湾进入苏丹市场已有 32 年历史。——编者注

的港口城市，后来因为一次地震，整个城市变为废墟，包括银行、海关、酒店等设施都给震塌了。之后，红海州首府从萨瓦金迁移到苏丹港。英国人不仅修建了港口也修建了几条铁路，除了为打仗服务之外，几条铁路都是将苏丹港与资源产地相连接，比如苏丹棉花种植区的杰济拉省（Jazirah）、阿拉伯胶产地欧拜伊德（Ubayyid）、加达里夫粮区（Qadarif）等，都是为了将农产品以及资源输送到英国。

赵忆宁： 英法德等国当初在非洲修建基础设施，中国人如今也在非洲大规模修建基础设施，在您看来，两者有什么本质的不同？

吴迪： 在非洲国家民族独立之前，非洲的大部分资源早已控制在西方国家的手中，他们长期控制这些资源但并不开发，致使在经历了数十年后，非洲仍未发展起来。而中国不是，我们拿到资源后立即开发，让所在国在最短的时间内获得收益，不仅发展了相关的加工产业，也创造了就业，刺激了当地的经济发展。

赵忆宁： 能举个例子吗？

吴迪： 中国在吉布提的阿萨尔盐湖（Lake Assal）盐化工业园项目就是一个。殖民时期，阿萨尔盐矿资源掌握在法国人手中，法国人待价而沽，几十年来多次将之转手，并没有进行规模化的工业和商业开发，当地政府也只收到每吨20美分的税收。而由于中国的参与，中国交建将对100平方公里的阿萨尔盐湖进行盐和盐衍生品的开采、加工和出口销售。该项目将为吉布提建设盐化工产业，生产溴素、水洗工业盐、粉洗食用盐等。此外，还生产其他精细专用化学品，以及带动其他行业发展的基础原材料。对自然资源的开发，不仅带动了加工工业的发展以及相关基础设施的建设，而且对于吉布提的社会经济发展也具有促进作用。

赵忆宁： 两者都是与资源相关，但还是有区别。

吴迪： 我们在非洲拿到的资源大多是从经济合作与发展组织（OECD）成员国家手中购买的，除了吉布提的盐矿之外，埃塞俄比亚达洛尔钾盐矿与厄立特里亚的钾盐矿连在一起，之前达洛尔钾盐矿的所有者是以色列人，厄立特里亚钾盐矿的所有者是澳大利亚人，都没有开发。钾盐资源的下游链可以生产氯化钾、氯化钠等化工产品，如果我们希望帮助厄立特里亚开发钾盐矿，就必须去跟澳大利亚人协商购买。在非洲，很多资源性产品的所有权并不在政府手中。包括苏丹的金矿，现在被炒得很热，如果溯本求源，几乎都是从当年的殖民者手上买下来的。

中国拿到资源绝不是为了占有或者待价而沽，而是恨不得赶紧开发出来，一天都不耽误，开发的结果是当地成为最大的受益者，带动了当地经济的发展。典型的例子就是中石油进入苏丹，不仅找到了 3 个千万吨级的大油田，还帮着苏丹建设了一个从勘探设计、勘察、管道到炼油的完整的石油产业链。中国在非洲是合作，西方则是占有。

中国人就地发展加工产业，提高了资源性产品的附加价值，给非洲国家带来崭新的发展动力。在这个过程中，西方国家的影响力与话语权也随着中国与非洲国家的经济合作在逐渐减弱。关键是中国与非洲国家互利双赢的关系在加强。可以看得出，中国在非洲赢得的是真正的尊重。

赵忆宁： 您认为中国在非洲扮演的是什么角色？

吴迪： 一句话，中国就是非洲国家致富的带头人。长期以来，非洲缺少的就是帮助他们致富的带路人。中国改革开放 30 多年，成功的经验与教训可以让非洲国家借鉴，非洲有资源，有充足的劳动力，只是在技术、能力以及效率方面稍微差一点，我们也经历过这个阶段。我觉得习近平主席提出的对非关系"真、实、亲、诚"四个字非常好，中非就是生命共同体与利益共同体。我在非洲 18 年，也是从一个不自觉到自觉的过程，而且越来越坚定地相信，最有前景的投资是在非洲，这里有巨大的需求与市场，有丰厚的资源做支撑，但是缺资金、缺技术、缺人才、缺管理，我们在这里做的每一件事情都能够实实在在地帮助当地人。

"延期付款"合作模式的创新

赵忆宁： 中国在海外的基础设施承包工程，无外乎是政府框架项目或者是现汇项目模式，而你们与苏丹港 10 多年的合作，一直采取"延期付款"的合作模式，为什么是这种选择？

吴迪： 我是 1999 年来到苏丹，那时美国制裁苏丹已经有 6 年的时间。因为苏丹发现了石油，人均收入提高，一般的民生没有太大问题，但制裁对苏丹金融的影响随着时间的延长越来越大。美国的制裁等于是将苏丹剥离于整个世界的金融体系以外，他们几乎不能顺顺当当地去做生意，所有贸易都要通过欧美中转银行，只要是与苏丹做交易，这些银行必定执行美国发布的"苏丹制裁法案"（The Sudanese Sanction Regulations），逐条逐项严格审查，一不小心就上了美国的黑名单，导致苏丹外汇短缺，这给苏丹带来通货膨胀与货币贬值的影响，老百姓受到的伤害最大。

赵忆宁：美国对苏丹的经济制裁有没有标志性的社会影响事件？

吴迪：2003 年，苏丹航空一架波音 737 飞机从苏丹港起飞，预定飞往喀土穆，但是起飞仅 10 分钟，机组人员报告引擎熄火，返航时在距机场 3 英里处坠毁。当时机上载有 106 名乘客和 11 名机组人员，仅有一名 3 岁男孩幸存。死难的乘客中有一名中国人，当时使馆打电话委托我们去认领遗体。这件事情在苏丹影响很大，苏丹外交部长谴责是美国对苏丹进行的制裁，导致苏丹航空得不到应有的飞机配件，飞机也得不到及时的更新维修。可以想象，一架飞机在 5 年内得不到配件与维修将会是什么样的结果？现在苏丹航空只能租赁其他国家航空公司的飞机。在苏丹几乎看不到跟美国有关的一切产品。

赵忆宁：你们的承包工程采用"延迟付款"的形式，是不是与苏丹外汇短缺有直接的关系？

吴迪：是的。中国港湾最早承建了苏丹港 17、18 号泊位修复改造工程，这是一个合同额不大的现汇合同。由于受到制裁，苏丹外汇非常少，但是苏丹港务局的运营是有收入的，每年的运营收入在两亿美元左右，其中一部分外汇收入苏丹财政部留给苏丹港自我发展使用，留多少取决于财政部，每年几千万美元不等，所以他们就使用这部分钱一点一点地实现自我循环发展，基本上做到了与经济发展需求相匹配。因为港口基础设施建设的投入比较大，苏丹在被制裁的情况下，也没有那么多钱一次性完成。20 年以来我们与苏丹港的合作，一直是其从每个月的运营收入的留成部分拿出一些钱给我们，就是在这样的条件下，中国港湾后来又完成了 17、18 号泊位延长段及疏浚工程、达玛成品油码头一期工程及绿地一期 21、22 号泊位工程。每个合同都是采取"延期付款"的模式，可以说这是在苏丹最困难的情况下，找到的一种能够帮助其发展的方式。

赵忆宁：在海外大的承包工程中没有见过按月付款的案例，这是第一次，这种付款方式即便是在国内也大多限于普通的民用房屋建设中。业主能按时付款吗？

吴迪：你说的没错。苏丹港业主的信誉非常很好，他们一直按照双方的商定按月付款，目前这几个项目全都完成了。现在新的集装箱码头与萨瓦金牲畜码头还差一点。最开始的项目大约只在 2 000 万美元左右，合同规定在 4 年内每月付款，后来随着合同额的增大，我们商定付款时间加长，有的是 6 年，到现在有的已经是 10 年了。比如一个 7 000 万美元的工程合同，如果是 10 年收回，战线拉得是比较长的。这两年，苏丹的财政状况越来越差，苏丹财政部把原来留给苏丹港的发展基金拿走了，致使港务局没有办法按月还款。对此，港务局曾经在媒体上抱怨说，财政部的做法让他们多年来形成的良好信誉受到损害，港务局自己是非常内疚的。虽然有些欠款未能按时偿付，但他们一直在支付我们利息。

赵忆宁：苏丹这个国家是一个很讲诚信的国家？

吴迪：是的，苏丹是一个讲诚信重感情的国家。中国港湾林懿翀董事长对我们说，苏丹港是我们多年来合作的伙伴，人家现在有困难，咱们不能在人家遇到暂时困难的情况下逼迫人家还款，而是应该多想想办法去帮助他们渡过难关。中交建的合作理念就是"舍得"，我们要把握舍与得的原则和尺度。苏丹港与我们有 20 年的合作历史，目前只是遇到暂时的财政困难。我个人也认为，不能因为苏丹出现暂时的困难而动摇与苏丹港务局的合作，坚决不能动摇。"铁哥们""好兄弟"不只是一个称谓，我们要做"铁哥们"与"好兄弟"应该做的事情。

用科技成果转化帮助业主渡过难关

赵忆宁："兄弟"简单两个字承载了太多的感情，兄弟是不离不弃、共患难与亲情的诠释。

吴迪：有一句话叫"兄弟合心，其利断金"。作为兄弟，我们想什么办法才能帮助他们渡过难关？科技成果可以转化为效率与能力，也可以转化为资金。苏丹港区分为南港、北港、绿地、达玛油码头四部分，最初建设的老港区有 18 个泊位，我们参与了 17、18 号泊位的建设。后来我们承建的绿地港区有 4 个泊位，其中两个是 5 万吨级散货泊位，另两个是 5 万吨级集装箱泊位，达玛油码头也是 5 万吨级油码头，新建设的集装箱泊位位于老港区入口处，可同时停靠两艘 7 万吨级集装箱船。当我们完成 17、18 号泊位延长段及疏浚工程，即将开始绿地港区建设时就在想，如何才能够在工程造价上为业主节省投资？

苏丹港达玛油码头

赵忆宁：为什么叫绿地港区？

吴迪：苏丹港位于天然构造活动形成的指状海沟边缘，其泊位的前方为成片的珊瑚礁盆岩，珊瑚礁前缘线地带为港区构筑了一道天然的防波堤，深海区和浅海区过渡十分明显。低潮时珊瑚礁露出水面，高潮时被海水淹没。浅海区海水的颜色是绿色的，远处是深蓝色的，非常漂亮。我们施工的正前方就是一片绿色的浅海，所以就叫了绿地。通常挖港池后要购买砂石料做堆场，外运石料 18 元一方。当时我们就想，能不能使用从绞吸船挖下来的珊瑚礁做回填料呢？

赵忆宁：可以吗？之前有人使用过这种材料吗？

吴迪：没有。这在现行《港工工程标准》与《水工工程标准》中没有先例。

我们要做吹填珊瑚礁砂（砾）用作海岸工程填料的压实性能研究。我们专门成立了课题组，实验结果表明，珊瑚礁砂（砾）作为海岸工程的填料，其工程性质及碾压效果良好，在后来的泊位建造中，我们都是利用海中港池开挖珊瑚礁作为回填地基材料。就地取材大大降低了工程的造价，每个项目都要回填上百万方回填土，匡算下来 7 个泊位为业主节约了上千万美元的资金。

赵忆宁： 这对苏丹港很重要。也加深了我对苏丹港务局总经理罗菲讲话的理解，"没有中国伙伴，就没有苏丹港的今天"，这不是一般的评价。

吴迪： 我们刚进入苏丹的时候，苏丹很穷，我们也很稚嫩，当时仅仅是抱着一个简单的目的而来，就是作为一个承包商来建设工程。但是在 20 年的合作过程中，目睹了苏丹与中国共同经历的风风雨雨，苏丹港之前在与西方国家合作中吃尽了苦头，最后选择了中国港湾，这个时候我们已经从仅仅完成工程的角度上升到一种责任的高度。我们深刻了解对方所关切的问题，苏丹确实遇到了困难，但苏丹港现在是实现其国家收入增长的一个重要部分，只有把这些码头都建设起来才能进一步提高财政收入，我们稍微延长一点时间收款就会给对方一个缓冲，这就是患难见真情吧。其实这也给我们一个启示，苏丹和苏丹港有发展的需求，也有发展的空间，我们只要真心实意，就可以针对他们目前存在的困难，拿出一个既让对方不为难又让我们自己也可以接受的解决方案，最终实现双方共同发展，我们可以在苏丹港的发展中分享投入的回报。所以我对"生命共同体"的理解越来越深切。

赵忆宁： 你们和业主之间是一种什么样的关系？

吴迪： 我们之间的关系就像是亲戚。只要苏丹港的人到中国，一定会到我们公司看一看、聊一聊；中国港湾的领导到苏丹来，也都要到苏丹港走一走，就像亲戚串门一样。我们很珍视这种亲情，我对所有新来的同事讲，我们要像爱护眼睛一样爱护我们几十年来跟业主取得的这种关系，希望他们能够把这种信任、友谊、亲情传承下去。苏丹就是我们的第二故乡。

赵忆宁： 我看到过一篇论文，题目是《珊瑚礁砂作回填地基材料的研究及利用》，结论是采用新型材料珊瑚礁砂作回填土，不仅加快了工程建设速度也降低了造价。珊瑚礁地质条件作业的创新和突破贡献巨大。

吴迪：在 17、18 号泊位建设的时候我们用的是抓斗挖泥船。到绿地项目时遇到珊瑚礁地质条件，面对坚硬的珊瑚礁，我们几次作业都失败了，无论是锤、削、砍都无济于事，最后锤子都掉到海里去了。之后，中交建的疏浚专家建议我们使用绞吸式挖泥船，就是你看到的 215 绞吸船，直径 3 米的绞刀头削石如泥。215 绞吸船的船龄现在已经有 30 多年了，自从 2001 年到了苏丹就一直没有离开，在这里度过近 1/3 的船龄。你知道，后来中交建天津航道局自主建造了著名的天鲸号，它是自航的绞吸式挖泥船，其疏浚能力为亚洲第一、世界第三，我相信在设计过程中参考了我们在苏丹施工的一些成功经验与教训。为此，"绞吸船开挖珊瑚礁灰岩施工工艺研究"与"绞吸船开挖珊瑚礁灰岩施工工法"获得中国水运建设行业协会科学技术二等奖与中国住房和城乡建设部国家级工法认证。

经济特区助力苏丹工业发展

赵忆宁：你们用技术创新减少了业主的支出，非常了不起。

吴迪：其实，在工程上帮助苏丹港节省一些钱，并不能解决苏丹发展转型需求的大问题，如何加大力度帮助他们实现发展才是最迫切的问题。自从南北苏丹分离导致苏丹石油收入下降后，苏丹经济开始转型，比如农业一直是苏丹重要的支柱产业，在没有大规模开采石油之前，农业对于整个国民经济的贡献率为 30%，粮食和牲畜也一直是苏丹换取外汇的主要出口产品。目前农业又重新占据了国民经济的主导地位，随之为国家出口创汇做出贡献。苏丹港务局的数据显示，2011 年苏丹出口牲畜 289 万头，此后每年以两位数的速度增长，到 2015 年出口牲畜已经达到 597 万头。几年前我们承接了萨瓦金港牲畜码头的疏浚工程，合同额为 6 000 多万美元，但是在疏浚工程完成后，苏丹港确实已经无力支付码头和后方堆场的投入。一方面是出口数量上升增加对码头的需求，另一方面是没有钱投入修建码头。于是我们就主动与苏丹港协商，中国港湾投资帮助修建牲畜码头专用港区，同时持有部分股份并参与运营，获得该码头运营特许经营权 30 年。

赵忆宁：苏丹港把港口的股份转让出去这是第一次吗？

吴迪：这是第一次。我们现在签署了合同，目前正在等待财政部批准。中国港湾与苏丹港共同组建运营公司。目前第一期 2 万吨级牲畜滚装泊位已经建成。苏丹港务局局长在接受电视台采访的时候说：经过 20 年的建设，苏丹港已从一个设施陈旧、货种单一的小规模港口发展成为优质高效、集多功能于一体的国际化港口群；苏丹港务局原先从来不是上缴利税第一名，但是自从石油收入减少后，苏丹港务局已经成为上缴利税的第一名。"这个成绩的取得是中国港湾在 20 年间以延期收款的方式，持续不断地帮助我们修建码头所带来的，我们要吃水不忘挖井人。"听到他们这样讲，我们也很感动，中国港湾在人家困难的时候帮助了苏丹港，苏丹港第一次转让股份及出让特许经营权，当然也是因为我们长期以来对苏丹港做出的贡献。

赵忆宁：实际上你们从承包商的角色转变为投资者与运营者了。

吴迪：未来苏丹的牲畜都将从这个泊位出口。将来牲畜码头专用港区还将建设配套的牲畜加工园区，我们希望以此培植苏丹的农畜产品加工制造产业，实现从初级产品到中间产品的加工，以提高农畜牧业的附加价值。原来意义上的港口是通过促进物流收取服务费用，其自身不像制造业能制造产品。我们希望未来港口的建设能够与促进苏丹工业发展相结合。我们在 2012 年时已经完成《萨瓦金港总体布局规划》，巴希尔总统 2015 年访华的时候，提到希望中国帮助苏丹在苏丹港建立一个自由贸易区，我们正在调整萨瓦金加工区与萨瓦金经济特区的对接。

赵忆宁：你们要在萨瓦金建设经济特区吗？

吴迪：是的。萨瓦金经济特区规划占地面积为 90.3 平方公里，包括港口主体、工业园区和城区建设。我们为经济特区发展制订的规划分为三个阶段。

短期来看，考虑到目前区域地理条件和资源的情况，船运物流将是最主要的发展对象，计划在萨瓦金建设大型深水专用集装箱港区，苏丹港相应升级为与国际水平相当的第四代港口。我们希望能够依托萨瓦金港发展配套工业园区，比如纺织业、轻工业制造业等，并提供相关的支持性服务，加强萨瓦金港和城市间的联动。同时，我们也将推进水电等基础设施供应。

中期来看，我们希望能够进一步提供配套支持服务，为在此停靠的外来商人以及不断增长的城区和工业区人口服务，加强城市服务功能。同时也要发展铁路、农业以及各种工业，以支持当地经济发展。

长期来看，我们将提升区域产能和服务水平，提高深加工能力，增加石油等主要出口产品的附加值，加入红海自由贸易区来促进经济贸易交往。"城以港兴，港为城用"，我们希望萨瓦金以港口经济为纽带的相关产业得到发展壮大。

赵忆宁：这是迄今为止听到的一个逻辑完整的故事，从延迟付款，到以技术创新帮助业主节省工程造价，再到投资港口建设、参与运营以及帮助苏丹建立经济特区，贯穿的一根主线就是帮助苏丹实现经济发展。经济特区的产业发展方向是什么？

吴迪：确定有 10 个不同的产业。比如棉花纺织，制造业产品的来料加工，包括摩托车在内的中等技术产品，当然还有物流、仓储、保税区等。但主要的是制造业的加工，让未来的苏丹不仅出口原材料，还将有能力出口工业制成品，提升出口水平，增加政府的财政收入。非洲国家在 20 世纪六七十年代曾经有过一轮工业化的建设，成功的不多。金融危机以来，特别是石油价格下跌之后，非洲版图呈现 3 个群体：一是北非西亚经历过政局动荡的国家，经济基本上是无增长；二是产油国家，经济增长大约降低了 3%~4%；三是无资源依靠内生性经济增长的国家，经济增长率都在 5%~6%。这也说明，目前苏丹推行经济转型是正确的。建经济特区是苏丹经济复苏的重要途径之一，在这个阶段我们希望继续助苏丹一臂之力，帮助苏丹走上工业化之路。

赵忆宁：在苏丹这么多年，您是怎么坚持下来的？提任了中国港湾副总经理可以回到北京，为什么还不回去？

吴迪：算算在苏丹已经坚持了十六七年。刚到苏丹的那几年，当时曾经和同事开玩笑，我在半个小时之内就能把行李收拾好，只等公司的一纸调令。现在调令来了我却不能说走就走。这么多年在苏丹，已经发现不是坚持在支撑着，而是扎根在心里的情感。苏丹给我打开了一扇观察国际关系的窗户，也打开了一扇帮助发展中国家发展的大门，个人的职业生涯早就融入与苏丹共同的发展中。但归根结底是四个字："道义"与"责任"。

在苏丹还有很多事情没有完成，比如喀土穆机场项目。我在苏丹有一半的时间是为了推动这个项目，长期以来，建立新的机场是苏丹人民的国家梦想，放眼世界已经没有几个国家的机场位于城市的中心。2013 年，苏丹政府与中国港湾工程签署了建设喀土穆新机场（一期工程）的建设合同，合同总额 7 亿美元。机场一期建设将满足每年 320 万人次的客运量。现在项目就要进入中国进出口银行放贷的关头，这个项目对苏丹意义重大，对中苏关系的发展意义更加重大。我们公司以前做过很多机场项目，但仅限于部分工程，独立完成苏丹喀土穆机场这么大的工程还是第一次。眼看机场项目就要落地了，还有很多事情要我去做。

打造苏丹棉花产业链的人们

访尹庆良、张雷、李会民、何昭顺

尹庆良，苏丹农业示范中心
主任

李会民，新纪元法乌种植
加工基地副总经理、总工程师

张雷，苏丹农业示范中心
棉花种植专家

何昭顺，新纪元农业发展
有限公司总经理

巴比科尔告诉我们他家这几年种植"中国 1 号"的纯收益，2013 年是 8 万苏丹镑，2014 年 12 万，2015 年 11 万。当我们去他家访问的时候，他向我们展示了他的皮卡车，他说这台车就是用卖棉花的钱购置的，买的时候花了 8.4 万苏丹镑。不仅如此，他还盖了新的砖房，造价在 5 万苏丹镑左右。最让他自豪的是他的两个孩子上了大学。他特别感慨地对我们说，他从没有想到他可以供两个孩子同时上大学。

这是一个有关苏丹棉花的故事。故事起源于距离喀土穆大约 260 公里的加达里夫州的法乌镇，这里是中国商务部在苏丹的农业示范外援项目所在地。2011 年示范中心的一位棉花专家把中国"鲁棉研 28 号""鲁棉研 37 号"带入苏丹，并被苏丹品种审定委员会命名为"中国 1 号""中国 2 号"，新的棉花品种以每亩高于当地品种 150 公斤的产量，如旋风般席卷整个苏丹。几年来"中国 1 号"的种植比例在 94% 左右，有 23 万苏丹农户受惠于此，平均每个农户因种植"中国 1 号"年增收 8 400 苏丹镑。

苏丹棉花的故事到此还仅仅是个开始，在苏丹棉花产量迅速增加的同时，山东高速集团所属的中国山东国际经济技术合作公司联合山东鲁棉集团在拉哈德灌区投资兴建了棉花加工基地，进行棉花种植和加工，建成了从棉花繁种、种植到加工的产业链。他们的脚步没有停止于此，一个作为中国—苏丹农业投资合作平台的中苏农业合作开发区的建设正在进行之中，继续向上游的棉花育种、农机、农资和下游的纺纱、织布、印染到成衣制作的全产业链延伸，同时将产业横向扩展到粮食、油料作物和牧草、畜牧业养殖、屠宰及出口加工等。

在中石油的帮助下，苏丹已经建成世界一流水准的石油"黑色"全产业链；中国企业的下一个目标是参与苏丹"白色"棉花产业链的建设，为苏丹经济转型发挥更大的作用。

为了更加清楚地了解中国在苏丹的农业示范外援项目，笔者专访了苏丹农业示范中心主任尹庆良，苏丹农业示范中心棉花种植专家张雷，新纪元法乌种植加工基地副总经理、总工程师李会民和新纪元农业发展有限公司总经理何昭顺。

一个成功的农业示范中心

赵忆宁：这是我在非洲接触的第二个农业示范中心，在喀麦隆也调研了那里的农业示范中心，请介绍一下你们这里的情况。

尹庆良：2006 年，中非合作论坛北京峰会期间，中国提出了援助非洲的八项举措，其中一项举措就是在非洲 20 个国家援建 20 个农业技术示范中心。第一批确定的是 14 个，苏丹是首批援建的 14 个示范中心之一。农业示范中心采取以省对口国家的合作方式，确定山东省对口苏丹。山东省由企业采用议标的方式承担项目，包括建设与运营。山东省外经集团为项目的总承包单位，因为山东外经集团长期以来在国外搞工程项目承包，所以联合山东省农科院共同承担这个项目。项目分三个阶段：第一阶段是建设期，从 2009 年 4 月项目开始动工兴建，商务部一次性投资 4 000 万元人民币，2011 年 4 月交付使用；第二阶段是三年技术合作期，是从 2011 年 11 月开始到 2014 年 11 月结束；第三阶段是商业化运营期，期限是 7 年，目前我们正处在这个阶段。项目到 2021 年 11 月结束，然后移交给当地政府。

赵忆宁：中心运转的情况怎么样？

尹庆良：商业化运营期既要依靠我们自己维持示范中心的运转，还要保持各项公益功能不变，目前示范中心运转得非常好。示范中心占地总面积是 975 亩，其中建设用地 180 亩，试验田是 795 亩。我们当时计划要完成四项任务，包括农作物的试验研究、新品种和新技术的示范推广、农作物良种的繁育以及农业技术培训。最初示范中心希望以推广玉米和花生为主，棉花、蔬菜作为辅助项目，棉花专家张雷来了之后，我们逐步调整了研究方向，以推广棉花"中国 1 号"（Seeni1）、"中国 2 号"（Seeni2）为主，目前"中国 1 号"在整个苏丹得到了大面积的推广种植，这个结果是我们自己也没有预料到的。

赵忆宁："中国 1 号""中国 2 号"是从国内带来的什么品种？

张雷："中国 1 号"在国内叫"鲁棉研 28 号"，是山东棉花研究中心的一个品种，在山东、河北、江苏、安徽包括新疆大面积种植，它的特性就是抗虫、高产，籽棉产量在 300 公斤左右。新疆地膜种植可以达到 400~500 公斤。

我是 2009 年在示范中心成立之前来到苏丹的，几年间从国内带了 30 多个棉花品种，每次带几克或者十几克种子。2010 年种了 40 亩棉花试验田，当时选择了 4 个品种进行比较种植，那时的代号叫 CN–C–01，CN–C–02，就是后来审定的"中国 1 号""中国 2 号"，还有当地的两个品种"哈梅德"（Hamid）和"阿伯叮"（Abdin）。"中国 1 号"亩产 246 公斤，而当地的两个品种亩产只有 46 公斤与 40 公斤。经过两年的试验，2013 年 12 月 24 日在时任苏丹农业部部长易卜拉欣·穆罕默德（Ibrahim Mahmoud）的见证下，中国援建苏丹农业技术示范中心 95 亩棉田现场收获，单产达到每亩 399.1 公斤。

赵忆宁： 苏丹之前种植长绒棉非常有名，是什么原因产量这样低？

尹庆良： 苏丹的长绒棉最早的品种是从埃及引进的，但这个品种适应种植的区域范围很小，因为对气候条件要求很严，"哈梅德"和"阿伯叮"相当于中绒棉。当地品种低产的主要原因是苏丹一年四季非常炎热，导致棉铃虫危害比较严重，而这些品种不抗虫，棉铃虫爆发的时候几乎没有产量。苏丹曾经号称是一个大的产棉国，20 世纪 70 年代棉花种植高峰时期，根据苏丹政府的官方统计数据，当时种植面积达到过 600 多万亩。因为当地的品种无论是长绒棉还是中绒棉都不抗虫，所以产量特别低，农民种植的收益也很低，再加上当时苏丹石油开采进入盛产期，换来大量的外汇收入，所以很多农民就不种棉花了，2010 年的时候，苏丹全国棉花种植面积不足 10 万亩。基本上没有什么棉花种植了。拉哈德灌区第二区（Section 2）经理阿拉敏·阿尔·巴希尔（Alamin Al Basher）告诉我们，灌区每年向农民提供种子、化肥及耕作、飞机喷药等服务，棉花收购时再扣除这些投入，当地原来的品种一亩地产 50 公斤，几乎挣不到什么钱，所以灌区种植棉花的面积逐年收缩。

自从有了"中国 1 号"后，这里的人们都开始种这个品种，目前苏丹棉花种植面积恢复上来了，从不到 10 万亩扩大到现在的 250 万亩。苏丹政府计划在 2017 年扩大棉花种植面积，从 2016 年的 250 万亩增加到 630 万亩，可能创下苏丹棉花种植面积的纪录。因为这个品种收益太高了。

赵忆宁： 你们是如何推广"中国 1 号"的种植的？

尹庆良： 示范中心的功能首先是要选品种，其次要有栽培技术，最后是要为当地人培训以及产品推广。我们与苏丹农业部合作，中方制定培训方案和教材，苏丹农业部组织学员，来的人都是农业技术员。苏丹的体制与中国有相同之处，中央政府设有国家农业部，在每个州里有州农业部，除了四大国有灌区直属国家农业部管理，各州其他的农业生产由州农业部管理，每一个灌溉区有完整的农业技术指导与推广系统。

赵忆宁：早就听说苏丹有非洲最大农业灌溉区，一共有多少个？

张雷：苏丹大大小小有十多个灌溉区，灌区总面积达到 189 万公顷（约 2 800 万亩），比较大的有四个灌区，包括吉齐拉灌区（Gezira）、拉哈德灌区（Rahad）、苏基灌区（Suki）和新哈尔法灌区（New-halfa）。最大的灌区是吉齐拉灌区，有耕地 1 300 多万亩，也是苏丹最大的棉花产地。以示范中心所在的拉哈德灌区为例，1977 年拉哈德灌区设立之初，成立了 50 个村庄，村子以数字命名，从南往北第一村，第二村，第三村，一直到第五十村。村民大多是从灌区外迁徙而来，每个村庄最初安置 250~400 人，经过 40 年的发展，现在每个村庄人口达到 1 500~2 000 人左右。有点像中国的黑龙江农垦区。

赵忆宁：这是世界银行的援助项目吗？

张雷：除了吉齐拉灌区，另外 3 个是的。吉齐拉灌区是 20 世纪二三十年代，英国殖民时期兴建的。20 世纪 70 年代，大多数灌区原来都是没有人烟的荒地，为了解决靠天吃饭的问题，世界银行为苏丹援助建设了 3 个灌溉项目，其中就包括拉哈德灌区，灌溉面积达 200 万亩，总工程耗资 8 000 万美元，其中世界银行提供 4 000 万美元的无偿援助。这项工程是从尼罗河把水引过来，修建了上游大坝和五级引水渠，包括主干渠、次干渠、枝干渠以及到田间的毛渠，这个工程 1979 年才完成。拉哈德灌区的水渠长度约 1 500 公里。

赵忆宁：难怪苏丹向中国政府提出的"十大合作计划"农业合作项目远离水源地，我们还不太理解，人家是有历史的记忆。可能苏丹希望按照世界银行援助的模式进行新的农业合作。现在已经进入商业化运作期，中心运转的情况怎么样？

尹庆良：示范中心每年要搞棉花原种的生产，棉花原种的生产加工出来以后，我们卖给当地的种子公司，或者是当地的政府部门，然后由他们来安排大田用种的生产。为了维持示范中心的商业化运营，2015 年，我们与苏丹农业部达成协议，苏丹全国范围内所有的"中国 1 号"与"中国 2 号"两个棉花品种的原种，由示范中心统一安排生产，统一销售，其他任何单位不能从事原种的生产。每年原种生产大约是 100 到 150 吨。为了原种的生产，我们租赁了 1 000 亩地。1 000 多亩地的棉花，再加上种子，每年有 600 多万苏丹镑的收入，以此维持商业化运作期的发展。

另外，每年还有一些培训项目。2015 年，我们与商务部、农业部合作，搞了海外"走出去"培训班；2015 年搞了四期培训班，学员来自全苏丹，仅当地学员就培训了 120 人。除了向国内争取项目之外，我们也同联合国粮食计划署签了三年的合作协议，帮助他们联合搞一些培训。授课专家有中国的，也有苏丹本地的。每年还有一些大专院校的学生到我们这儿来实习，每年都要接待几批，比如苏丹喀土穆大学农学院的学生每年都来。总之，我们要想尽各种办法，不仅让示范中心生存下去，而且能够发展壮大起来。

"中国 1 号"成为致富的法宝

赵忆宁：你们怎样培训当地的人？

张雷：良种良方配套才能成功推广。"中国 1 号"审定的同时我们进行了栽培技术的研究，总结出了一套简化栽培技术，我称之为 ETE 种植技术，也就是"早播、密植、经济施肥"。这都是针对当地传统种植习惯中的问题来设计的。以第一条"早播种"为例，根据我们的试验结果，从 6 月下旬到 8 月底是适合种棉花的季节，每晚播种 10 天产量减少 12.7%。而当地人习惯从 7 月下旬才开始种，陆陆续续种到 8 月底。我们提出来这套技术，不增加任何生产成本，也不增加任何操作难度就能大幅度提高棉花产量。这套技术也随着"中国 1 号"的推广得到了苏丹各方面的广泛认可。如果到一个灌区参观，看到长势好的棉花，肯定有当地人会说：这里有 ETE。

灌区每个村庄都有技术员，每年举办种植技术培训班，他们学到技术后回去推广。灌区的管理体系是三级管理，每 5 个村庄为一个小区（Block），小区设经理 1 名。每 3 个小区成立一个大区（Section，有的灌区称为Group），每个大区设置大区经理 1 名。每个村有农民协会的分支机构，四个村形成一个片区农协，拉哈德灌区总部还形成一个总部的农民协会，我们的合作对象主要是农民协会和灌区管委会。原因是这里所有的地都归灌区所有，对于灌区内农民的种植管理非常严格。1977 年成立时，每户农民分到 22 费丹土地（1费丹=6.3亩），必须种植 11 费丹的棉花，11 费丹的花生；由于农民没有粮食吃，此后改为 11 费丹棉花，8 费丹花生，3 费丹高粱；到 2009 年，由于建设、水渠维护、修路等原因，每户的耕地减少到 20 费丹，其中 75% 的耕地用于种植高粱，其他的 25% 种植棉花、花生等，棉花面积已经很小了。2012 年"中国 1 号"推广之后，拉哈德灌区规定 10 费丹种棉花，5 费丹种高粱，5 费丹种花生、小麦、蔬菜等。

赵忆宁：在苏丹引种中国棉花品种会遇到什么问题？

张雷：首先是收集气候条件和土质对不同品种棉花的生长影响。"中国 1号"虽然在国内表现很好，但是国内的栽培技术照搬到这里不行，必须要摸索出一套适应当地的栽培技术才行。但是总体来讲，这里太适合种棉花了，首先是气候条件，其次是土壤。这个灌区的土地属于黑土地，学名叫变性土，

中国 1 号

土壤中有机质和钾元素含量非常高。在国内农业种植的瓶颈就是钾元素低，每年要从国外进口钾肥，而这里不用补充钾肥。今天看到的棉花大田，如果是国内棉花吐絮的时候，叶子基本上就落光了，这里还是绿油油的。形容棉花有个谚语叫"青枝绿叶吐白絮"，应该说的正是这里。

赵忆宁：你们的试验田棉花亩产能达到多少公斤？质量如何？

张雷：最高一亩地收获 400 公斤籽棉，在国内很难达到这个水平，除了新疆个别地区可以，黄河流域棉区达不到这个水平。示范中心大面积种植平均产量达到 300 公斤。鉴定棉花品种优劣的一个重要经济指标是衣分率（lint percentage），就是单位重量的籽棉能轧出的皮棉的比例，正常情况下，棉花的衣分率为 33%~40%，即生产 33~40 公斤的皮棉需要 100 公斤的籽棉。"中国 1 号"和"中国 2 号"的衣分率达到 44%，而当地品种的衣分率只有 33%~34%。巴比科尔·卡罗尔（Babeker Karor）是拉哈德灌区第六村的农民，他对我们说，"中国 1 号"棉花品种非常好，不仅产量高，而且拾棉花的时候感觉"涨手"，而当地的品种抓到手里感觉扎人，也就是"中国 1 号"棉花衣分率特别高，当地品种一麻袋可装 140 多公斤籽棉，而"中国 1 号"一麻袋最多装 110 公斤。

关键是"中国 1 号"不用防治棉铃虫，一亩地能节约 100 多苏丹镑的成本。以往种植当地的品种，每到棉花开花的季节，飞机天天喷药，效果却并不理想，常常花了钱也没治住棉铃虫，最后有时还颗粒无收。

赵忆宁：能算清楚农民们从种植"中国 1 号"中获得的收益吗？

张雷：可以算出来，2016 年苏丹棉花种植面积是 250 万亩，根据苏丹联合资本银行（United Capital Bank）的统计，种植"中国 1 号"的面积占 94%，大约为 235 万亩。如果保守地按照每亩增收 150 公斤计算，苏丹棉花市场每公斤籽棉售价 5.6 苏丹镑，一亩地增收 840 苏丹镑，235 万亩棉花仅增收部分就是 19.74 亿苏丹镑。2017 年苏丹政府计划扩大棉花种植面积，从 2016 年的 250 万亩增加到 630 万亩，假设种植"中国 1 号"的比例仍旧维持在 94% 左右，可以让农民增收 53 亿苏丹镑。

赵忆宁：涉及多少农户？

张雷： 没有在苏丹农业部与联合国粮农组织查到这方面的数据。但是我们所在的拉哈德灌区约有 4 000 户农民，灌区棉花为 4 万费丹，如果按照苏丹一个农户大约有 10 费丹土地计算，全国大约应该涉及 23 万个农户受益。估算下来每个种植棉花的农户增收 8 582 苏丹镑。

赵忆宁： 苏丹农村人口占 70% 左右，也就是说，大多数的人们从种植"中国 1 号"中受益。能讲个典型的案例吗？

尹庆良： 还以巴比科尔为例，他今年 51 岁，家里有 11 个孩子，他是"中国 1 号"的铁杆粉丝，从"中国 1 号"推广后的第二年他家就开始种植，至今已经 4 年。他家共有 14 费丹（88 亩左右）土地，第一年种植时即获得了 220 公斤/亩籽棉的好产量，2014 年亩产高达 380 多公斤，这个产量在苏丹棉区是没有过的；2016 年收成也不错，亩产达到 350 公斤。他告诉我们他家这几年种植"中国 1 号"的纯收益，2013 年是 8 万苏丹镑，2014 年 12 万，2015 年 11 万。当我们去他家访问的时候，他向我们展示了他的皮卡车，他说这台车就是用卖棉花的钱购置的，买的时候花了 8.4 万苏丹镑。不仅如此，他还盖了新的砖房，造价在 5 万苏丹镑左右。最让他自豪的事情并不是盖了新房、买了车，而是他的两个孩子上了大学。他特别感慨地对我们说，他从没有想到他可以供两个孩子同时上大学。巴比科尔最小的孩子出生于 2014 年，而新房子也是同年建设，所以当地人经常开玩笑说，这个孩子是"中国 1 号"的副产品。

张雷： 拉哈德灌区是中国援建苏丹农业技术示范中心所在地，"中国 1 号"及其配套栽培技术首先在这个灌区推广，而当地农民最早受益；附近的村民也都和巴比科尔·卡罗尔一样种植了"中国 1 号"；2016 年拉哈德灌区共种植"中国 1 号" 22 万多亩。我们去巴比科尔家的那天，附近村的村民听说中国示范中心的专家来了，都纷纷跑来与我们打招呼，个个都向我们伸出大拇指说：西尼够意思（中国人很好）。第 10 村的农民哈梅德（Hamid）接近 80 高龄，也过来了，见到我们时又亲又抱，且右手食指指向天空，高声告诉安拉："西尼（中国人）是苏丹人的兄弟，西尼是苏丹人的朋友。"

棉花加工厂延长棉花种植产业链

赵忆宁： 有了好品种，有了种植面积，你们什么时候开始有了投资棉花项目的意向？

何昭顺： 新纪元农业发展有限公司隶属于山东高速集团旗下的山东国际经济技术合作公司。山东国际公司在苏丹的业务有两大板块，工程板块和农业板块。工程板块起始于 2002 年，2008 年进入农业板块，就是苏丹农业技术示范中心，示范中心是以山东国际经济技术合作公司为主承建的。由于山东国际经济技术合作公司是外经贸企业，没有农业经验和技术，山东省商务厅、农业厅联合推荐我们与山东省农科院合作实施这个项目。我们从 20 世纪 80 年代开始在海外做对外经贸，而农科院有技术优势，就这样我们走到了一起。2010 年示范中心建成后，我们两家注册了山东金色农业开发有限公司，这是根据中苏双方政府签署的农业技术示范中心议定书规定，我们不仅负责示范中心的建设，还要设立一个公司负责建成后 10 年的运营。示范中心建设与前 3 年的技术合作期由中国政府提供补贴，之后 7 年是可持续发展期，则完全靠金色农业开发有限公司的经营维持示范中心各项援外职能的运转。

通过示范中心的运营我们看到苏丹在农业方面有很大的潜力和投资机会，所以 2011 年我们与山东鲁棉集团开始决定在农业示范中心以外，再搞一个棉花投资项目。

赵忆宁： 新纪元农业发展有限公司和示范中心是一个什么关系？

何昭顺： 新纪元农业发展有限公司是在示范中心的基础上成立的。示范中心以农业技术研究和服务为主，而新纪元则侧重于大农业投资。因为示范中心是一个政府援助项目，这就决定了它的公益性，没有太大的利润，仅靠自身经营也难以维持自身的运转；同时，示范中心成功实现了棉花高产品种的引进，我们认为进行大农业投资的时机已经成熟，决定再成立一个农业投资公司。一方面将示范中心的新品种、新技术进行大面积的推广和示范，另一方面示范中心以商业模式为投资公司提供品种和技术服务，能够更好地保证有更多的收益来维持示范中心的运营。所以，我们联合山东鲁棉集团成立了新纪元农业发展有限公司进行农业投资。投资项目在 2011 年初开始论证和调研，年中正式启动。到现在，通过 4 年多的运作，已经建成了 4 万亩的种植基地和现代化的棉花轧花车间、脱绒车间和种子加工车间。

李会民：当年考察得很详细，我们跑遍了苏丹所有州的产棉区，也考察了苏丹港物流仓储条件和苏丹棉花进出口质量检测中心。关键的是农业示范中心做了《苏丹棉花产业发展报告》，这份报告对苏丹棉花生产管理体系、棉花生产历史、棉花种子生产、棉花加工概况以及苏丹棉花产业发展建议有详尽的分析，使我们的决策建立在科学化的基础上。棉花加工基地是按照年产 1 万吨皮棉的加工能力设计与建设的，总投资额 2 000 多万美元。我们将农民出售的籽棉，经过初步加工为纺织工业、油脂加工业提供可以直接利用的原

苏丹棉花加工基地

料皮棉和棉籽。棉花加工也称籽棉加工或棉花初步加工，是轻纺工业的前道工序。

赵忆宁：你们的原料来源有几个方面？

李会民：工厂的原料来源有三个部分：第一是我们自己种植的棉花，包括与当地农户合作种植（公司+农户的模式），目前种植了 10 万亩，其中 3 万亩是租赁灌区农户的土地，一亩地每年的租金是 40 苏丹镑，租赁期限 10 年，10 年后可以续租。2016 年因为主灌渠泵站供水设备出问题，错过棉花最佳播种时间，加上雨季部分排水不畅棉花受淹，所以平均产量亩产只有 180 公斤，但是管理好的区域亩产能够达到 270 公斤。我们收获自己种植的籽棉 5 000 多吨，加工皮棉有 1 000 多吨。第二是收购当地农民的棉花，因为我们自己的产量满足不了加工厂的负荷，就与苏丹联合资本银行合作，联合资本银行长期以来投资灌区的农业，帮助当地农户种植棉花，我们的合作就是让他们支持的种植户把棉花交给我们代加工，由银行为农民支付加工费。第三部分是承接苏丹其他公司的来料加工。通过加工原料转化为产品，提高附加值，效益还可以，如果单独考核种植部分，因为农资和人工管理成本投入大，那么利润空间就小一些，这也就是我们为什么建加工厂的原因。

赵忆宁：你们租赁了 10 万亩土地能解决多少人的就业？

李会民：我们请的都是法乌镇附近的村民，3 万亩土地每年就业人数不固定，田间管理用工旺季大致应该有 6 000 多人。3 万亩分成两部分，其一是我们从国内带来 15 个人，他们在国内是有棉花种植经验的管理者，在苏丹每个人承包 1 000 亩地，总计 15 000 亩，为当地人开展棉花示范种植，公司协助他们招收当地农民除草、浇水等，我们是监管者。双方协商实行基础工资与定额产量挂钩超产奖励的激励措施，目前产量定额为亩产 150 公斤籽棉，单产超过 150 公斤按照三七分成。由于加强了对派出的棉花种植能手的管理以及实行承包激励机制，棉花单产逐年提高。2015 年最高棉花产量达到 270 公斤，一个管理者承包了 1 300 亩土地种棉花，仅在苏丹待了一个种植收获季节，就拿到了 15 万元人民币的工资和超产分红。另外的 1.5 万亩委托给当地具备棉花种植管理经验和有一定资金实力的人。

我们对棉花托管种植采取公司投入必需生产资料，田间管理全程委托给当地人，棉花收获后公司根据投入的成本折算成棉花扣掉，剩下收益部分都归当地受托人。我们的投入主要是种子、化肥、农药、机械设备的费用。近年来跟我们合作的当地人，有的买了车，有的自己买了拖拉机，有的从茅草屋盖成了砖瓦房，比如11村的村长，2015年我们给他3 000亩地，一年就买了拖拉机。

赵忆宁： 加工厂有多少人就业？

李会民： 工厂雇员根据每年加工量有所不同，近两年每季加工量大概在1.5万至2万吨籽棉，一般安排两个班次昼夜生产，工厂生产雇员60个人左右，另外还有一部分原料及产品进出厂装卸人员。为延伸完善棉花初加工产业链，我们还配套建设了棉籽剥绒和种子加工生产线，经过调试投产后可增加提供50人就业。

赵忆宁： 听说你们要和中国港湾联合起来在苏丹港建工业园？

何昭顺： 开发区的规划里面包括种植区、加工区、雨养种植区、综合服务区以及苏丹港的仓储物流区。因为苏丹绝大部分的进出口都是通过苏丹港，所以苏丹港的仓储物流区也是一个非常重要的领域，我们了解到中国港湾目前正在计划在苏丹港建设工业园，经过初步沟通，他们也很希望能够合作，在一起建设开发；下一步我们将继续就此事进行商谈。

赵忆宁： 苏丹的纺织业状况怎么样？

何昭顺： 目前苏丹一方面大量出口原棉，另一方面大量进口纺织品，每年进口服装等纺织类产品30多亿美元。苏丹最大的纺纱厂是20世纪70年代中国政府援建的，后来中国政府援外专家撤离，纺纱厂被废弃了几十年。前几年土耳其一家公司与苏丹吉亚德集团联合起来成立合作公司，接手改造这家纺纱厂，主要生产军队与警察的制服。这几年随着"中国1号"种植面积的推广，特别是苏丹政府计划在2017年扩大棉花种植面积，从2016年的250万亩增加到630万亩，必将带动纺织和服装工业的需求与发展。

另外，棉花产业链除了纺织外，还可以带动棉籽油和棉籽蛋白加工业发展。苏丹食用油远远不能满足市场需要，每年要进口动植物食用油约16.5万吨，相邻国家埃及每年进口 100 万吨；2012 年苏丹政府与埃及私有企业联合建设食用油加工厂，以满足两国需求。苏丹大大小小食用油加工厂 140 多家，能够正常生产的约 29 家；规模最大的食用油加工厂在首都喀土穆，生产全国食用油的 75%，主要产品是棉籽油、花生油和油葵油，但产量严重不足。苏丹畜牧业相当发达，但饲料严重缺乏，棉籽蛋白工业也是空白；投资棉籽蛋白粉生产将会对棉籽消费找到更好的出路，并为畜牧业提供优质饲料。

跟随中国，走中国工业化发展道路

访苏丹吉亚德工业集团吉亚德卡车公司总经理哈马德

阿卜杜拉·哈马德·穆罕默德（Abdulla Hames Mohamed）

从喀土穆向南驱车约 50 公里，来到吉济拉州的吉亚德工业城，吉亚德集团所属的生产性企业大多集中于此。在被美国制裁的苏丹企业名单上，前三名与这里相关，它们分别是吉亚德工业城，吉亚德汽车、重型车生产公司与吉亚德喀土穆工业公司。而笔者要采访的正是吉亚德汽车、重型车生产公司。

吉亚德工业集团（GIAD GROUP）成立于 1993 年，是目前非洲最大的工业集团之一，也是苏丹最大的具有军方背景的国有企业，业务覆盖交通运输、医疗、食品、汽车、钢铁等多个领域。旗下的吉亚德卡车有限公司就是落户于吉亚德工业城的其中一个汽车公司。

吉亚德汽车致力于本地和区域的卡车与轿车制造和组装业务。这家公司有自己的组装厂，曾经组装雷诺自卸（GVW 40T）、奔驰轿车与大轿车。在苏丹遭到美国制裁后，苏丹进一步强化与中国的合作，先后与东风汽车公司、中国山东重汽集团与比亚迪股份公司等合作，开启"中国＋苏丹制造"的汽车组装模式。在《吉亚德五年发展计划（2017—2021）》中，提出独立自主制造汽车的国家目标，即制造"国家汽车"。这将是苏丹促进产品本地化生产、升级国家工业化发展战略目标的典型案例。吉亚德工业集团吉亚德卡车公司总经理阿卜杜拉·哈马德·穆罕默德接受了笔者的专访。

目前更多与中国企业合作

赵忆宁：目前吉亚德汽车产业发展情况如何？

哈马德：吉亚德汽车集团是在 2000 年建立的，我们目前正在致力于吉亚德汽车在苏丹制造中新的产业定位与行业赋权改革，新的定位与赋权就是能够有权力制造汽车而不是仅仅组装汽车。我们希望按照国际标准，成为行业的领导者，其定位不是成为苏丹的或非洲的领导者，而是要成为在世界上享有一席之地的汽车公司。

目前在吉亚德客车厂已经能够组装客车、轿车、重型卡车，之前更多的是与西方公司合作，比如德国的梅赛德斯、法国标致汽车公司。现在更多的是与中国公司的合作，比如中国山东重汽集团、东风汽车公司与比亚迪股份公司等。

赵忆宁：是什么样的合作方式？

哈马德：吉亚德用现金付款购买上述公司的整车散件，之后在我们这里进行组装，然后按照分期付款形式卖给客户。因为我们能够按照分期付款的形式帮助客户，所以目前吉亚德占有苏丹市场销售额的第一名，通常全部收回车款需要一年半左右的时间，有的时候也可能是两年。这种销售形式在苏丹是新的尝试，因为苏丹本地银行还不支持信用贷款购车，所以大多数情况下我们的销售对象是中小企业，它们都能按照约定的时间付款。吉亚德的合作伙伴更希望吉亚德有比较多的资金扩大销售量。

赵忆宁：分期付款有没有银行担保和资产担保？

哈马德：没有，就是一张空头支票，到时间后客户都会按时付款，苏丹是一个具有契约精神的国家，我们相互尊重约定与承诺，基本没有出现延时或者不付款的情况。除了苏丹市场外，我们还要扩展市场范围，比如说苏丹的邻国埃塞俄比亚、乍得与南苏丹，南苏丹现在也需要我们的产品。我们有一个新的《吉亚德五年发展计划（2017—2021）》，这个计划的目标是进一步提高我们在本地市场的营销比例，从现在的35%提升到50%，进一步提高对埃塞俄比亚和乍得的出口份额，开拓南苏丹市场。目前我们已经有南苏丹订单，只是因为安全因素，放缓了进入节奏。

赵忆宁：今天去工厂，看到不同的厂区生产不同的产品，吉亚德客车厂一共有多少人？

哈马德：1997年我们开始建立这家公司，开始引进汽车组装生产线，正式运行是在2000年。

吉亚德集团规模比较大，整个集团有6 000多人，也是苏丹最大的国有制造企业之一。虽然是国有公司，但是我们的下属企业也可以与私人公司合作，国家的政策是开放的。

吉亚德集团有3个比较大的部门：第一个是汽车公司，设有7个分公司，包括客车公司；第二个是金属部门，设有钢铁厂、合金厂、管道厂以及电缆厂；第3个是投资制造部门，有电瓶制造厂、电器制造厂、纺织厂，还有冰箱、空调制造厂。

赵忆宁：刚才你说有钢铁厂？

哈马德：对，我们的钢铁厂在金属部门，钢铁厂也是在 2000 年兴建的，目前生产低合金钢材。苏丹目前有 30 家钢铁厂，其中有 14 家企业生产钢材，未来苏丹对钢材的需求将因建筑及制造业的发展而显著增加。苏丹工业部也明确今后一段时期将大力发展钢铁业，设立更多的苏丹本国及合资的铁矿石开采企业，以提高铁矿石附加值。苏丹还将扩大机械制造业、汽车产业和家电产业。

引入外资实现技术转移

赵忆宁：吉亚德客车现在大散件组装中国车，你们为什么要自己组装？出于价格、税收还是提高技术能力的考虑？

哈马德：进口比亚迪、东风等散件自己组装，我们做过价格方面的比较，在苏丹组装有价格的优势。第一是可以免关税；第二是本地组装可以按照我们这里的环境和客户的特殊要求组装；第三是产业定位的需要，我们要引进国外技术消化吸收，逐渐建立自己的技术体系；第四是为苏丹人民创造更多的工作机会。

赵忆宁：你能介绍目前苏丹工业及相关产业发展的定位是什么吗？

哈马德：苏丹大部分工业企业都是私人企业。苏丹原来是英国的殖民地，自从 1956 年独立之后，基本上是私人投资开设工厂。比如白糖厂、水泥厂、面粉厂和纺织厂等，因为这些东西长期要依靠进口，所以这部分工业企业起到的是替代进口的作用。目前苏丹建筑行业发展速度比较快，对水泥的需求量很大，所以建设了好几个水泥厂，实现了部分进口替代。

赵忆宁：汽车产业是否也有进口替代的定位？

哈马德：进口替代是国家的产业政策，吉亚德也会朝着这个方向努力，比如汽车的过滤器、轮胎我们都可以自己做，是通过引进外资实现的，轮胎是与韩国一家公司合作，目前吉亚德准备自己出资建设一个同样的轮胎厂，我们通过引入外资学到了技术、提高了能力，这就是名副其实的"苏丹制造"了。苏丹每年大量进口各种各样的商品，特别是机械设备等，我们希望引入外资实现技术转移。最成功的案例是喀土穆炼油厂，但是实现技术转移的案例很少。苏丹是一个发展中国家，随着外国直接投资的增加一定会促进更多的技术转移。

赵忆宁：据您所知，苏丹政府在工业领域重点鼓励哪些行业实现进口替代？

哈马德：政府在 1999 年出台了《投资鼓励法》，比如外国投资者来到苏丹投资，国家有 5 年的税收减免；如果兴建工厂，国家几乎是免费提供土地。原材料从国外进口也享受 5 年减免关税。目前投资最大的是来自中国的石油开采业，电气设备、建筑材料投资主要来自阿拉伯国家。

赵忆宁：这个很像中国改革开放初期，中国政府也是这样做的。

哈马德：对。我们也非常希望苏丹变成中国那样，中国 30 多年以前也比较落后，但是开放给中国带来了活力，鼓励外商投资，使中国变成强大的国家。中国是我们的兄弟，所以我们希望能够跟随中国，走中国工业发展的道路，苏丹也会慢慢变成一个现代的工业化国家。

"国家汽车"项目打造苏丹制造

赵忆宁：吉亚德未来要做成世界知名汽车公司，现在每年的客车、重卡等组装量是多少？您认为吉亚德要克服哪些困难，才能最终成为世界知名汽车公司？

哈马德：我们每年组装 6 000 辆左右。现在有两条生产线，一条是客车生产线，另一条是轿车生产线。我们与世界知名的汽车企业没法做比较，因为我们刚刚起步，但是我们一定要向它们学习。能做比较的仅仅是在非洲区域内，但是我们的目标更长远，与工业落后的邻国比较没有意义。

赵忆宁：苏丹获得了大量的石油收入，政府是否会用石油收入来发展工业，比如支持吉亚德这样的企业做大？

哈马德：国家把所挣的石油收入投在几个领域，包括工业、矿业、基础设施，也包括农业。投入最多的领域是金矿的开发、基础设施与农畜牧业。特别是基础设施领域，国家修建了很多路桥、港口，都是用的石油收入。

赵忆宁：《吉亚德五年发展计划》中是否有实现独立自主制造汽车的目标？

哈马德：在这个五年计划里，有一个项目叫"国家汽车"，国家汽车就是苏丹制造，我们要自己制造一辆汽车，这个项目将在中国企业的领导和支持下完成，项目已经开始准备，预计从 2017 年就开始行动。

赵忆宁：在约翰内斯堡举办的中非合作论坛上，中国提出"中非十大合作计划"，其中第一个就是要促进和帮助非洲国家发展工业，吉亚德多年与中国合作，您觉得中国怎样帮助苏丹实现工业化？

哈马德：我们和中国的关系非常好，两国有悠久的传统友谊；最近这些年，中国在苏丹帮助我们修建了绝大部分基础设施。下一步苏丹的国家梦想是实现工业化，中国是世界最强大的制造业国家，我们希望中国能够在经济技术方面与苏丹合作，我们需要中国的帮助。比如说"国家汽车"项目，它是苏丹实现工业化的象征，我们希望得到中国的汽车制造技术，另外，我们也希望中国帮助苏丹培养汽车设计工程师，等等。

"苏丹制造"大大提振国家自信心

访中国重汽集团苏丹商务代表巩新原

巩新原,毕业于山东交通学院汽车服务工程专业,2012年,只有22岁的他就开始独自驻扎苏丹市场并担任中国重汽集团苏丹商务代表。

中国重汽集团在国内重卡行业是领军级企业，无论是企业规模、销售业绩还是研发能力。中国第一台重型运载卡车就是由中国重汽生产的。2016 年整车出口 2.1 万台，占全国重卡行业出口总量的四成，并连续 12 年占据国内重卡企业出口首位。

我们可以从一个年轻销售代表的微观视角，感受到苏丹工业企业在经济困难时期对引进技术的渴望与坚定信心。

巩新原到任苏丹时，已经错过了苏丹高速发展的黄金时期，销售市场份额以 50% 的速度下滑，但是这个 90 后的小伙子，在历时两年的时间里，不仅在面对 3 家竞争对手的情况下赢得 76 台苏丹军车招标项目，还与苏丹最大的车企吉亚德卡车公司就在当地建设生产线组装项目达成一致，并在 2015 年苏丹总统巴希尔访华期间，在北京成功签订 600 台组装重卡的订单，实现了中国重汽产品从整车销售向当地组装的转变。

赵忆宁： 中国重汽是在什么时候进入苏丹市场的？

巩新原： 中国重汽从 2004 年开始进入苏丹市场，2005 年与苏丹凯尔运输公司签订了 3 个月交货 810 台重载卡车的合同，这也是当时国内重型运载卡车单笔出口量最大的合同。那个时期苏丹的石油收益很好，外汇储备也非常多，处在经济大发展的高峰时期。到 2016 年，中国重汽在苏丹卖出 6 000 台左右，其中绝大部分是在苏丹南北分离之前卖出的，当时基本上每年能卖出 400 台整车。从苏丹南北分离开始，苏丹市场份额开始下降，从原来的每年 400 台下降到 200 台，并且这 200 台的销售也是非常非常艰难的。

赵忆宁： 这从一个微观视角折射了苏丹的经济状况。艰难怎么解释？

巩新原： 我是 2011 年苏丹分裂后来到苏丹的，这几年喀土穆几乎没有什么新的建设，每次巴希尔总统去中东国家访问都是去借钱。艰难在于交易的过程，比如我们跑市场、跑客户，好不容易找到有购买意向的客户，会碰到外汇及如何打款的问题。苏丹目前外汇储备很少，人们只能在黑市购买，换汇成本高出一倍还多。另外是汇款问题，有个客户要购买 10 台车，从迪拜打款中途经过美国纽约银行，然后让美国给扣了。只要是跨国美元汇款，一般都需要双方在美国大银行有结算账户，所有的交易汇款信息也就被这些银行掌握，美国有权暂扣这笔钱并要求汇款人进行解释，即便交易的只是汽车也认为有嫌疑，银行拖了两个月才放款，这种情况我经历了 3 次。

赵忆宁：如果用人民币、欧元汇款，走不同的清算路径美国就监控不到了。他们为什么不开人民币账户呢？

巩新原：苏丹做中国进出口贸易的大公司，一般在广州或北京设立办事处。我们公司有 3 个苏丹的经销商，一个在广州，一个在北京，一个在我们总部济南。建立海外办事处也有成本，包括租房、人员的各项支出，小公司难以做到在中国的办事处设立人民币账户在国内进行交易。虽然苏丹方面从 2011 年开始，力促两国间的交易以苏丹镑和人民币取代美元，但是好像后续进展不力，我们所有的交易几乎还是使用美元。在苏丹也还没有见到中国的金融机构进入。

赵忆宁：从你的视角看，苏丹被美国制裁后的困难是什么？

巩新原：苏丹人之前更愿意买欧美的车，但是一旦车出了问题就不好办了，如果想换个配件都没有地方换。我认识的一位朋友告诉我，如果他买 10 台车只能销售 9 台，另外一台整车当配件，当出售的 9 台车有问题时，就从这台整车上拆，有的少个螺栓，有的把手坏了，大的零部件没事放在那里，比如大轴承，东西都给拆没了，这辆车也就成废品了。

赵忆宁：你们的产品不会是这样的吧？这里没有 4S 店的服务吗？

巩新原：是当地人自己建的 4S 店。在尼日利亚我们建了 4S 店，是基于每年销售 3 000 台的状况，公司要做盈利平衡点测算，比如一年销售 1 万台肯定配套 4S 店。虽然没有 4S 店，但是这里有 4 家苏丹人自己开的商店经营我们的配件。整车销售配件是基础，但是前提是要有一定的量，几十台车恐怕就很难有配件了。

赵忆宁：你们的产品在苏丹销售是否做过适应当地化的改变呢？

巩新原：在配置方面，我们做了针对苏丹市场的改装，比如我们更换了更大的轮胎，因为这里的路面不好，还有针对炎热气候对发动机做了特殊的处理，把水的小循环改成大循环，同时配上较大的风扇散热。我们尽力做到让产品配置符合苏丹市场的需求。

赵忆宁： 公司对你的业绩有要求吗？

巩新原： 有的。2016 年的指标是销售 150 台，实际完成了 205 台。在苏丹，中国重汽的品牌认可度很高，行业内都知道中国重汽。虽然苏丹受到经济制裁，但生活还要继续，企业也要生存，比如物流与建筑企业还是会有需求的。另外，在苏丹的中资企业也是我们重要的客户，比如中水七局与中水五局在苏丹有一个加达里夫供水项目，铺设一条从上阿特巴拉水利枢纽工程灌溉取水口至加达里夫市区约 70 公里的供水管线，所以也会从我们这里买车。2013 年开始的项目，现在应该完工了。之前这里的人认为欧美车是最好的，一台车的价格相当于中国三台车的价格，经济不景气的情况下，中国制造更加显示出物美价廉的优势，这对我们来说也是一种机遇。

赵忆宁： 一直做整车销售，为什么后来变成与吉亚德合作组装了呢？

巩新原： 我 2012 年到苏丹后，一直在与吉亚德打交道。我们知道他们有组装线，当时他们正在组装法国雷诺与比亚迪轿车（F3，F6 和 S6）。在苏丹，人人都知道比亚迪，中国家用轿车比亚迪排名第一。刚开始接触时他们也想买整车，由于价格与付款方式一直没有谈拢，最主要还是付款方式，因为国企不像私企外汇来源多，提出赊销的方式，这就涉及我们向中信保投保的问题，中信保通过调查发现，苏丹政府还欠中国好多钱，所以不给投保。我们也想开具银行信用证担保，但是都没有成功。

赵忆宁： 组装是由谁先提出来的？

巩新原： 是吉亚德方面提出来的。组装是一个大的概念，企业选择什么样的组装取决于海关关税。苏丹小轿车进口关税为 200%，轻卡关税是 120%，重型卡车的关税在 50%~60% 左右。苏丹国家政策鼓励基础设施建设，所以越是大型的设备，比如挖掘机、推土机等关税只有 20% 左右。因此，吉亚德改变买整车的想法，提出进行散件组装，关税降到 30%~40%。但是我认为，除了关税的原因，吉亚德表现出强烈的引进消化吸收技术的愿望。我给他们算过一笔账，组装从成本上讲并不划算，如果整车均价 5 万美元（到岸价不含税），完税后的价格约 7.5 万美元左右。组装涉及散件的包装费，一台车有多少部件？一盘散沙的零件要一个个地包装，加上这部分的费用也是 7.5 万美元。如果再加上人工的支出，我觉得并不划算，但是他们坚持一定要自己组装。

赵忆宁：发展中国家，特别是苏丹这样的非洲国家，在经济这样困难的情况下，仍然希望引进技术，就像当初的中国一样。组装成功吗？

巩新原：成功了。第一批组装 26 台重卡（载重 25 吨）是于 2016 年 1 月举行的下线仪式。实话实说，前期组装总会出现一些问题，比如件与件之间的密封度不是很好。生产线的检测设备已经很老了，很多设备已经无法工作，这些检测设备大多是来自欧美国家，受到制裁后无法更换零件，又不能扔掉。好在我们在苏丹有一家 4S 店帮助。2016 年又开始第二批和第三批的组装，分别是 15 台和 20 台。第一批下线的 26 台都卖出去了。

赵忆宁：你从专业的角度评价，苏丹的组装能力如何？

巩新原：吉亚德的组装能力是相当强的。他们之前组装过雷诺自卸（GVW 40T），是全散件的（CKD），也组装过现代大轿车，现在正在组装比亚迪 F3、F6 和 S6，积累了丰富的经验。由于中国重汽的产品对他们来说是新产品，处于熟悉的过渡阶段，所以开始的时候组装的是半散件（SKD）。他们有能力也多次向我们提出要组装全散件，这说明他们希望多掌握一些技术以及服务理念。我们双方商定在 2017 年组装全散件的。全散件的进口关税只有 12%，这样可以降低成本。我们也真心希望他们成功。苏丹人有很强的国家自豪感，他们组装的汽车后面都贴一个"苏丹制造"（Made in Sudan）的牌子。特别是在美国制裁的情况下，这大大提振了苏丹的国家自信心。

赵忆宁：虽然整车价格和组装后的价格相同，苏丹还在努力提升自己的技术，确实是一种了不起的精神。他们吸收知识的能力如何？

巩新原：我们的工程师为组装项目来讲过两次课，吉亚德的工程技术人员就掌握了关键技术。第一批组装车既有载重 25 吨的载货车，也有自卸翻斗车，是不一样的产品。但他们学习得很快，毕竟有基础。

赵忆宁：中国重汽在非洲的市场销售如何？

巩新原：我们的产品 2016 年上半年累计全球出口 2.5 万台，非洲大陆占出口量的一半，几乎每个非洲国家都有我们的产品。比如，向尼日利亚市场一年出口 3 000 台，连续几年了。我们的产品占据了苏丹市场销量的 70%~80%。

法国

北京

毛里塔尼亚

苏丹

喀麦隆

南苏丹

刚果（布）

肯尼亚

纳米比亚

走进肯尼亚

全方位助推肯尼亚经济起飞

2017 年 5 月 31 日，肯尼亚蒙巴萨—内罗毕标轨铁路（简称蒙内铁路）将举办通车仪式，这条全长为 480 公里的中国标准铁路，以及正在修建的 487.5 公里的内马（内罗毕—马拉巴）铁路，将实现肯尼亚、坦桑尼亚、乌干达、卢旺达、布隆迪和南苏丹国家以"铁路相连"的梦想。这样东非区域将真正实现铁路网的互联互通，并成为整个非洲大陆六大经济体中率先实现区域内公共交通铁路网一体化的区域。

中国庞大的"钢铁之臂"已横亘铺陈在整个非洲大陆。目前中国总共为非洲国家修建了近 6 000 公里铁路，包括 20 世纪援建的坦赞铁路，以及 21 本世纪修建的本格拉铁路、莫桑梅德斯铁路、阿卡铁路、亚吉铁路和蒙内铁路。这些铁路与非洲现有数万公里米轨铁路一样，将再次为非洲大陆注入现代化因素。

非洲是世界第二大洲，土地面积约 3 000 万平方公里，约占世界陆地总面积的 20.2%，有 3 个中国大，但是撒哈拉以南非洲地区铁路总里程却只有 59 634 公里，即便加上北非国家的 19 102 公里，也只有共计 7.8 万公里，约占世界铁路总里程的 7.4%，相当于中国铁路里程 12.4 万公里的 62%。非洲现存的铁路大多已经走过百年辉煌岁月，以乌干达铁路为例，1900 年设计的一米宽的窄轨铁路，因年久失修、设备老化，最重只能承载 15 吨货物，时速仅为 15 公里。

一百多年以来，非洲大陆先后经历了 3 次大规模的铁路建设，非洲现存的铁路大多是百年前西方殖民者所修建，中国在 20 世纪 70 年代援建坦赞铁路后，于 21 世纪开始大规模参与援建非洲现代化铁路。这对于推进非洲基础设施现代化，重塑非洲国家的经济地理与区域内经济一体化，启动非洲工业现代化进程都起到了重要作用。

值得祝贺的是，5 年来肯尼亚已经踏上经济起飞的轨道。根据世界银行提供的数据，2010—2015 年期间，肯尼亚 GDP（2011 年国际美元）年平均增长率达到 5.5%，高于世界年平均增长率 3.4%；肯尼亚人均 GDP 年平均增长率达到 2.7%，高于世界人均年均增长率 2.2%，也明显高于 OECD 国家人均年均增长率 1.1%。

从肯尼亚经济起飞的案例中，我们可以发现和总结非洲经济起飞的动因和动力，就是"三位一体"的现代化。一是基础设施现代化，二是人才现代化，三是工业现代化。本篇以大量事实描述了中国是如何帮助肯尼亚推进三个现代化的过程。

基础设施现代化，"要想富先修路"这样的简单道理在非洲再适合不过了。非洲的基础设施现代化最大的瓶颈是缺乏资金，也缺乏技术，中国的资金、技术、人才起到了雪中送炭的作用。中国以价格的优势、强大可靠的技术保障、明显的集群和品牌示范效应，以及融资能力，在非洲基础设施建设市场占据"半壁江山"，使非洲国家以前未有的速度实现基础设施的现代化。

人才现代化，非洲是世界第二大人口大洲，总人口达到 12 亿，但是各类人才短缺，总量规模很小，培养人才是支撑非洲经济起飞的第一资源。据中国商务部的统计，中国商务部 2014 年举办了 893 个援外培训班，在全球范围内培训了 16 797 名学员；2015 年培训班达到 1 153 个，学员 29 486 名；2016 年计划举办 1 200 多期培训班，学员将超过 3 万名；2017 年预计培训学员超过 4 万名。其中非洲学员每年约占培训学员总数的 60%~70%。非洲的现代化本质上是人的现代化，中国对非洲的援助最突出的特点就是促进非洲的人才现代化，这并不被世人和国人所了解。

工业现代化，迄今为止，非洲的工业不仅极端落后，而且缺乏齐全配套的工业体系。目前，以中国企业为主体，按照市场化的运作，正在为非洲国家建立工业园、出口加工区、经济特区，投资非洲制造业、出口加工业。这将会极大地推动非洲的工业现代化，也会极大地推动非洲的制成品出口，而不只是原材料的出口。中国对非洲的援助和投资可能成为非洲实现基础设施现代化、工业化、城镇化发展的最大推动力，在援助过程中，中国企业也树立了非常好的样本，分享了中国的成功经验。

2015 年 12 月，中国国家主席习近平在中非合作论坛约翰内斯堡峰会上提出中非"十大合作计划"，国务院总理李克强提出帮助非洲实现"三网一化"，即帮助非洲建设高速铁路网、高速公路网、区域航空网、工业化。由此形成了中国援助非洲的方案，即基础设施现代化、工业现代化、人才现代化的"三位一体"现代化方案，全方位地助推非洲国家经济起飞。肯尼亚则是这一发展援助方案中的典型案例。

中国成功了，非洲是否能够学习中国的成功经验实现现代化？是否能根本改变最贫穷、最不发达的面貌？这将是 21 世纪上半叶非洲最大的一场突破"贫困陷阱"、实现现代化的试验。

更快更便捷的交通对肯尼亚及东非地区至关重要

访肯尼亚前交通和基础设施发展部副部长伊伦谷·尼亚凯亚

伊伦谷·尼亚凯亚（Irungu Nyakera），出生于 1982 年，2007 年获得美国斯坦福大学工程学学士学位；2015 年被肯尼亚总统任命为交通、基础设施、房屋与城市发展部副部长；2017 年 4 月，被任命为分权与规划部副部长，分管国家发展规划、经济数据统计与预测。

非洲大部分地区停留在贫困状态的原因之一是基础设施落后。

在过去 10 年，肯尼亚加大了基础设施的投入。其中，由中国路桥修建的蒙巴萨到内罗毕的铁路将于 2017 年 5 月 31 日贯通。蒙内铁路全长 480 公里，是肯尼亚百年来建设的首条新铁路，也是包括肯尼亚在内的东非六国打造"东非铁路网"的开端工程。

伊伦谷·尼亚凯亚向笔者介绍了肯尼亚的交通发展和蒙内铁路建设情况。

致力于国家间的交通连接

赵忆宁：我曾经读过肯尼亚总统乌胡鲁·肯雅塔（Uhuru Kenyatta）的一篇文章，他讲的一句话给我留下了深刻印象。他说，"我们肯尼亚人，乃至非洲人的梦想，就是用铁路联系各个国家"，能否对此做一个更详尽的阐述？

伊伦谷：建设东非铁路网确实是我们国家和总统的梦想，或者也可以说是非洲联盟国家的共同梦想。肯尼亚自从 1963 年独立以来，一直希望建设一条横穿肯尼亚延伸至乌干达、卢旺达、布隆迪、苏丹的铁路。东非铁路整体规划从蒙巴萨出发经内罗毕到乌干达，之后从乌干达分为两路，一路向北到南苏丹首都朱巴，另一路向南从乌干达首都坎帕拉到卢旺达，经布隆迪最终到达坦桑尼亚，铁路网规划全长 2 700 公里。

我们正在建设的东非南部走廊的铁路，从蒙巴萨到内罗毕的路段 2017 年 5 月 31 日即将贯通，全长 480 公里，这是修建"东非铁路网"的开端工程。目前正在修建的内马铁路，起点位于内罗毕，终点是肯尼亚与乌干达边境城市马拉巴，全长近 500 公里。2016 年乌干达与肯尼亚签署了标轨铁路的双边协议，这将实现整条铁路的无缝对接。而北线铁路将把东非和北非相连。

赵忆宁："拉姆走廊"也在其中吗？

伊伦谷：是的。"拉姆走廊"（The Lapsset Corridor）是东部非洲最大和最雄心勃勃的基础设施项目，这个巨大项目包括港口、区际公路、区际标准轨距铁路、国际机场和原油管道等七个重点基础设施项目。走向和正在建设的蒙内铁路是一样的，起点是拥有 23 个泊位的拉姆（Lamu）深水港，区际标准轨距铁路线从拉姆到伊西奥洛（Isiolo），再分别从伊西奥洛通往朱巴和斯亚贝巴以及内罗毕，目前拥有 23 个泊位的拉姆港正在建设中。

所以总统说"用铁路联系各个国家"，不仅是要让东非的 6 个国家（肯尼亚、乌干达、坦桑尼亚、布隆迪、卢旺达、南苏丹）以铁路相连，未来还要接通中非、西非和北非，就是要把这些区域的国家都用铁路连接起来。

更快更便捷交通的重要性

赵忆宁： 为什么把各国用铁路连接起来会成为一个国家的梦想？

伊伦谷： 首先从贸易看，当下非洲各国间的贸易额只有 6%，这是交通不发达所导致的。举个例子，在 2015 年肯尼亚到埃塞俄比亚的公路通车前，肯尼亚与埃塞俄比亚这两个邻国之间是没有公路交通连接的，所以国家间的交通是一个发展重点；另外，从发展和运输成本看，整个东非地区将成为新一轮投资热潮目的地，根据非洲开发银行最新报告数据，2016 年中国企业在全部非洲绿地项目投资超过 300 亿美元。铁路建成后将为当地降低超过 60% 的运输成本，并刺激生产，降低商品及服务成本。这条线路将主要承担出口运输，以及面粉、糖、机械产品、钢铁和煤渣（水泥的原材料）的进口运输，同时可以加大货运集装箱的承载量及运输速度，极大缓解肯尼亚国内陆路运输压力。

到 2018 年，我们希望拥有互相联通的高速公路、海港和铁路，更快更便捷的交通对肯尼亚及东非地区的未来至关重要。

赵忆宁： 东非共同体基础设施设的发展目标，在多大程度上影响着每个国家的人们？特别是哪些内陆国家？

伊伦谷： 基础设施落后是东非地区经济发展的主要瓶颈，成员国落后的基础设施已经无法顺应甚至阻碍一体化的进程。就基础设施领域，在东非共同体的 6 个国家中，其中乌干达、卢旺达、布隆迪与南苏丹四国均为内陆国家，已有的公路和铁路不能形成有效的交通网络，六国间虽有公路连接，但连接点少、道路等级低、损毁严重，无法满足大规模商业物流的需要。东非共同体内主要依靠肯尼亚的蒙巴萨和坦桑尼亚的达累斯萨拉姆两个港口进出货物。

对非洲内陆国家而言，交通运输成本占总生产成本的30%~40%，远远高于发达国家平均10%的比例；另外，货物运输的边界通关手续一般需要6天，港口货物的清关过程也长达3天，严重阻碍非洲国家间的优势整合、经贸往来和市场效率。

交通很重要，我们正给予关注的标轨铁路，将把肯尼亚、乌干达、南苏丹和卢旺达相连，这四个国家共同决定一起参与东非北部走廊铁路建设。目前肯尼亚人的交通成本占到所有消费支出的40%，如果能降低交通成本，物价也会随之降低。所以我们达成共识，目的就是致力于国家间的交通连接。

蒙内铁路建成将使GDP提高1.5个百分点

赵忆宁： 在见到你之前，我沿着正在修建的蒙巴萨到内罗毕的铁路走了全程，如果仅仅从工程的角度讲，我看到了两条伟大的铁路，一条是一百多年前修建的裂谷铁路，一条是正在兴建的蒙内铁路。这两条铁路代表着非洲的两个不同时代，我想请你评价一下这两条铁路。

伊伦谷： 老铁路是1901年建好的，它把货物从肯尼亚蒙巴萨港一直运到乌干达，确实为肯尼亚做出了很大的贡献。可是随着港口容量的不断上升，这条米轨铁路已经不能够满足货运需求了。蒙巴萨港的容量是2 800万吨，但米轨铁路的运量只有450万吨。由中国路桥承建的蒙内标轨铁路的运量为2 200万吨，所以蒙内铁路能够比米轨铁路运载更多的货物。另外，米轨铁路的速度只有45~50公里/小时，而蒙内铁路货运的速度能达到80公里/小时，客运速度为120公里/小时，而且车厢内的设施也有很大的改善。这项工程将发挥极强的革新作用，减少货运时间，提高内罗毕交通运输效率，从而大大缓解公路运输压力，同时减少60%的交通运输成本。这项巨大的工程将至少提高肯尼亚GDP1.5个百分点。

蒙内铁路通车后，这两条铁路将一起为国家服务，裂谷铁路全长2 765公里，往北到基苏木港，然后到乌干达，我们希望之后能对其做些改善；而新建的蒙内标轨铁路将以更快的速度和更大的运载量将货物从蒙巴萨港运到各国。

赵忆宁： 当我调研这条铁路时，有人告诉我原定工期为60个月，现在工期只用了 30 个月，实现了提前通车，提前通车的原因是什么？

伊伦谷： 根据合同，这条铁路应于 2017 年 12 月完工，但现在提前到了 2017 年 5 月。提前的原因有两个：一是总统答应人们这条铁路 2017 年就能完工，所以提前到 5 月的话，总统就（确保）实现了他的承诺；另一个原因是我们对工程质量并没有做任何的妥协，我们在监理方加大了人力投入，中国路桥不仅加大了人力投入，还投入了更多物力，比如增加了很多设备。我们还加强与中国进出口银行的合作，得以尽可能早地获得建设资金以提前完工。以上这些因素都是施工进程得以加快的原因。

总之，在质量方面，因为有了专业的监理工程师，我们也没有过多地担心。另外，在乌干达举行的一个首脑会议上，四国总统均决定中国路桥为标轨铁路运营项目的承包商，时间为 5~10 年，这就意味着，铁路的质量是有保证的。蒙内铁路是肯尼亚近百年来建设的首条新铁路，人们也期盼早些通车。我们对蒙内铁路的建设进展很满意。

肯尼亚《2030 愿景》

赵忆宁： 肯尼亚《2030 愿景》中描述肯尼亚当时的基础设施很"贫乏"，在《2030 愿景》制定之前，肯尼亚的基础设施是怎样的状况？

伊伦谷： 肯尼亚《2030 年愿景》是国家的发展计划，从 2009 年到 2030 年，《2030 愿景》的目标是帮助肯尼亚转变成为一个新兴工业化的中等收入国家。愿景重点是改革和发展的八个关键领域，改善糟糕的基础设施是目标之一。之前肯尼亚的基础设施确实很贫乏，当时只有 4 000 公里的公路，铁路运营状况不佳，机场只有三四个，整个国家的交通都很落后，非洲大部分地区停留在贫困状态的原因之一是缺少基础建设。但在过去 10 年，政府加大了基础设施的投入。特别是 2013 年肯雅塔担任总统以来，肯尼亚大力发展公路交通建设。据肯尼亚交通部数据，自 2013 年 3 月至今，肯尼亚新建公路 1 822.4 公里，翻修重建公路 888.04 公里，累计公路建设里程超过 2 710 公里。

赵忆宁： 交通部在《2030 愿景》下有没有交通方面的子规划？

伊伦谷：有的。这个规划叫《交通一体化规划》，目标是实现国家交通的互联互通，涉及海运、公路、航空、铁路、内陆水运；还要大力推广城市间的公共交通，以缓解交通拥堵。《交通一体化规划》与《2030 愿景》相匹配，规划是在2009 年制订的，直到 2030 年。我们现在所做的所有交通基础设施的建设，都是在执行这个规划的内容。

赵忆宁：过去 10 年，政府加大了对基础设施的投入，肯尼亚中央政府的投资和吸引外商的投资大概各占比多少？

伊伦谷：基础设施的投资主要来自中央政府。但现在，我们的国债已经比过去 10 年都多了，这些从别国借的钱都是用于基础设施建设的。世界银行报告说，尽管目前肯尼亚公共债务仍可持续，但债务继续增加的空间已急速缩减。2015—2016 财年，肯尼亚公共债务占 GDP 的 50%，目前债务总额已达 3.2 万亿肯先令（约合 315.3 亿美元），财政赤字超过 7%，主要是由于大型基础设施项目的建设使得政府支出超过其财政收入水平。

但世界银行同时指出，通过与国际货币基金组织（IMF）联合研究，肯尼亚目前陷入债务困境的风险仍很低，且其基础设施项目带来的红利开始显现，将帮助肯尼亚缓解债务负担。

中国在肯尼亚：从工程承包到投资、人力资源与绿色发展

访中国驻肯尼亚使馆经济商务参赞郭策

郭策，出生于 1970 年，曾经工作于外经贸部进出口公平贸易局、商务部进出口公平贸易局，曾担任过商务部国际商务官员研修学院副院长等职，2015 年，他开始担任中国驻肯尼亚使馆经济商务参赞。

肯尼亚首都内罗毕

　　没有见到参赞郭策之前，笔者是从中国驻肯尼亚使馆经济商务参赞处的网站上了解他的行踪，只要是中资企业的项目，他几乎都去过。认识他之后，是从他的微信朋友圈了解他的行踪，进而关注中资企业在肯尼亚项目的进展。2017年5月14日，他发了9张建设中的拉穆港项目的图片，这是肯尼亚正在建设的大型港口，也是肯尼亚继北部走廊建设后拉穆走廊的开端。中国交通建设股份有限公司中标首期3个泊位的合同。

　　我结束对肯尼亚的采访后，一直十分关注他的微信。

　　有一天，他在微信中晒出一个大男人温情地抱着小猎豹的图片，这是中国驻肯尼亚大使馆领养的内罗毕国家公园动物孤儿院的一只小猎豹，取名娇娇。娇娇生于索马里与肯尼亚接壤的加里萨（Garissa）郡，在被盗猎者贩卖途中被解救，当时仅有一个半月大。他在微信上写道："仪式上，小娇娇在30多双眼睛的注视下身体在发抖。想想30余月后再次相见时，若无笼子，发抖的肯定不是她。祝娇娇健康成长！愿她有重返东非大草原的那一天！"

　　看着郭策的这张照片，翻出采访他时的笔记，那些画着红线的疑问被重新思考："肯尼亚需要的是对大自然的尊重和节制性的工业化过程"，肯尼亚的"工业化发展通常应限定在特定区域中，比如工业区、产业园等"。

中国驻肯尼亚大使和参赞的确与众不同：在与大使刘显法见面的两个小时中，大半的时间他在谈历史、文化自信以及传播，甚至还有非洲哲学；而参赞郭策会经常把话题引入到环境保护和野生动物上。

除了关注环境、野生动物，郭策更加关注对非洲人力资源的培训。在访谈中，他给出翔实的数据以及调查问卷的结果，介绍了中国近些年是如何加大对非洲国家人力资源的投入，这些数据几乎是首次披露。

对自然的尊重与节制性的工业化过程

赵忆宁：国家主席习近平在中非合作论坛约翰内斯堡峰会上强调要支持非洲国家推进工业化发展，中国在工业化或者工业制造领域与肯尼亚的合作状况是怎样的？

郭策：根据国际机构的统计数据，近些年肯尼亚工业制造产品的种类逐年下降，制造业只占 GDP 的 9%，基础设施占 14%，农业占了 29%，服务业占到48%。为什么肯尼亚的第三产业即服务业比重相对高？这是因为，经过 40 多年的发展，肯尼亚有了以观赏野生动物闻名世界的旅游业。我们当然愿意支持非洲国家发展工业，但是发展路线的选择要考虑当地社会与工业化的基础，符合其文化、政府管理体制。依照非洲国家目前的整体状况，从传统农业社会转变成为工业经济社会应该还有很长的路要走。所以，帮助非洲实现工业化是一个目标与愿景，实施的过程需要逐步地推进。

赵忆宁：在撒哈拉以南的非洲国家中，肯尼亚是否有可能率先实现工业化？

郭策：世界银行的数据显示，撒哈拉以南非洲国家工业增加值占 GDP 比重为 24.5%，而制造业增加值年增长率只有 0.84%。工业增加值同比增长率排在前五位的是埃塞俄比亚、刚果（金）、乌干达、科特迪瓦与刚果（布），增长率分别为 15.8%、13.7%、11.6%、10.4% 和 10.3%。肯尼亚排名第 15 位，增长率只有3.5%。但这并不是说肯尼亚没有可能率先实现工业化，原因在于，首先，它的年轻人口以及较高的识字率水平，其成人识字率达到 82%，高于非洲国家 60.8% 的平均水平。这些都是实现初期工业化的初始条件。其次，也是最关键的原因是，肯尼亚整体国民经济的发展是内生性的，而不是依靠石油和天然气带动的，所以不会随着大宗商品价格的起伏而出现经济的大起大落。这些年来，肯尼亚的经济增长率一直保持在 5%~6% 之间，是相对稳定的高增长国家。

赵忆宁：印象最深的是赤道几内亚，发现石油后经济增长率在 1997 年达到最高峰，出现 149.9% 的极高增长率，但 2013 年以后一直是负增长，到 2015 年经济增长率下降到 -8.2%。

郭策：根据麦肯锡《狮子在奔跑 II：实现非洲经济的潜力》（Lions on the Move II：Realizing the Potential of Africa's Economies）报告分析，撒哈拉以南非洲国家自 2010 年以来整体经济增长率放缓，主要是由于石油出口国，包括尼日利亚、安哥拉等 10 多个国家的经济增长率从 2000—2010 年的 7.3% 下降到 2010—2015 年的 4.0%；另外，受政局动荡影响的北非国家，比如埃及、利比亚、突尼斯等，2000—2010 年经济增长率为 4.8%，而 2010—2015 年增长率为 0。支撑非洲经济增长的贡献者恰恰是没有石油资源、没有政局动荡影响的埃塞俄比亚、肯尼亚、坦桑尼亚与乌干达等 10 多个国家，这些采取内生型经济增长模式的国家，平均经济增长率一直保持在 4% 左右，自 2010 年以来肯尼亚平均年经济增长率为 5.95%。

赵忆宁：远高于世界 2.8% 的平均增长水平。

郭策：2015 年肯尼亚政府公布了未来十年工业化发展规划，包括 5 项具体发展战略，即在农业加工、纺织、石油化工等诸多领域设立旗舰投资项目，加快工业化进程。2015 年中非合作论坛约翰内斯堡峰会提出中非"十大合作计划"，中国分别确立了对非产能合作的火车头国家、先行先试示范国家以及重点合作对象国家。中国将埃塞俄比亚、肯尼亚、坦桑尼亚和刚果（布）等国家列为中非产能合作先行先试示范国家，这 4 个国家中的 3 个属于东非国家。作为东非两大经济引擎，埃塞俄比亚和肯尼亚的经济发展水平在东非乃至整个非洲都是名列前茅的，而肯尼亚也成为崛起的非洲大陆上一个难以忽视的新增长点。在这个过程中，中国工业化成功发展的经验，包括政府规划推动、制定实施优惠政策、改善基础设施和政府服务、大力推进技术创新、设立经济特区和工业园区等，是可以让非洲国家借鉴的。中国愿意与肯尼亚分享其在工业发展过程中积累的经验和专业技术，帮助肯尼亚加快推进工业化进程。

赵忆宁： 您认为肯尼亚工业化发展选择的路径是什么呢？

郭策： 我认为，肯尼亚发展工业的路径选择必须极为慎重，不能像我们国内某些地区那样遍地开花式地推进工业化。非洲大陆是世界现存野生动物最多的大陆，正是因为这里有最原始的生态环境和多样性物种，我们有责任在非洲大陆协调处理好人类发展与保护动物之间的关系，不能让众多野生动物如同在其他大洲一样消失。以往，非洲大陆影响野生动物生存和多样性的是人类活动，特别是农业活动，我们不应该再加上无节制的工业活动。也就是说，非洲的发展要对环境保护有充分的考虑。

但我们也不能走到另一个极端，就是为了保护环境而不发展经济。当蒙内铁路穿过东西察沃国家公园的时候，某国《国家地理》杂志写道，中国人在世界最大的保护区里面修了一道长城，阻碍了动物的迁徙。殊不知，蒙内铁路的路基平均高 5 米，也就是他们讲的"长城"，如此高的路基，正是因为蒙内铁路在设计时就充分考虑了这一点：修建很多涵洞和高架桥乃至特大桥，让包括长颈鹿和大象在内的高大动物可以通过，方便动物的迁徙。这样，路基起到了引桥的功能。现在已经发现斑马和长颈鹿开始熟悉并使用这些通道，它们在东西察沃之间的迁移并未因铁路的建设而面临很大的阻碍。这就是发展与环保相互协调的一个典范。

当然，在目前的情况下，如果想在这里大炼钢铁则是不现实的。曾有企业考察发现察沃国家公园附近的山区有铁矿，先不讲铁矿石的品质，目前谁都不可能接受高炉与斑马、狮子和长颈鹿相互衬托的场景。世界上并不是每个试图搞工业的地方都需要达到中国那样的制造业水平。工业化无疑是非洲解决发展问题的重要手段，中国的相关企业也已经开始逐步投资其制造业，有些西方学者甚至预言下一个世界制造业中心可能就在非洲。但在描绘这些积极的非洲工业化愿景的同时，我们应该意识到，经济发展模式是多样化的，它应该是尽量与所在地域和谐发展的产物。所以我认为，在肯尼亚推进工业化，首先是对大自然的尊重和节制性的工业化过程，应尽量限定在特定区域中，比如工业区、产业园等，要对环境保护有充分的考虑并采取有效的措施。

赵忆宁：您的意思是非洲不要搞自己的重工业了吗？

郭策：我个人认为，至少目前不应在肯尼亚发展炼钢业以及可能产生高污染的重工业。我们国家目前已经认识到发展过程中出现的问题，现在强调创新、协调、绿色、开放和共享五大发展理念。推而广之，非洲如果要发展工业，也应该遵循这五大发展理念。因此，我认为在肯尼亚搞工业化，应该充分考虑其实际情况和环境承载力。在现阶段，最好是大力发展与农业关联性强的加工业，促进其农产品附加值的提升，以及诸如生物制药等高新技术产业。如果有些企业一定要在钢铁业投资，在解决了稳定的电力和水的供应后，在充分进行了环境影响评价后，可以考虑在适合的地区建立轧钢厂。

中国在非洲：从资源到人力资源

赵忆宁：您虽然是经济商务参赞，但是充满人文情怀。

郭策：促进当前的合作，我们应该回顾历史。我们有中肯交往的历史记忆，很多肯尼亚人都知道郑和来过。据《郑和航海图》等史料记载，郑和船队最远到达的地方应该就是现在的马林迪和蒙巴萨，比葡萄牙航海家达·伽马首次航海抵东非早80多年。马林迪和蒙巴萨不仅流传着郑和的故事，更有考古出土的大量中国古瓷和钱币，肯尼亚也因此成为海上丝绸之路的重要节点。

赵忆宁：谈到人的培养，近些年来商务部一直致力于加大对发展中国家，特别是对非洲国家人力资源培训的力度。

郭策：20世纪60年代，我们就已经开始对非洲国家进行人力资源的培训，那时主要集中在中国援建非洲的能源项目和制造业技能培训领域。2000年中非合作论坛北京峰会时，中国承诺在未来3年之内分别为非洲培训1.5万、2万和3万各类人才，目前已经全部兑现。中国在2015年中非合作论坛约翰内斯堡峰会上再次承诺，未来3年将以工业化为重点，在涉及非洲经济发展和民生改善的相关领域，为非洲提供4万个来华培训和研修的名额，并加大对非洲青年和妇女的培训力度，帮助非洲培训更多技术和管理人员。

肯尼亚最大的潜力就在于人力资源，"提升本国的人口素质"的目标也已经写入肯尼亚《2030 愿景》发展蓝皮书中。中肯双方一致认为，要把核心公务员的能力建设放在极为重要的位置，同时发展肯尼亚政府重点关注的专业领域能力。

赵忆宁：有没有关于非洲与肯尼亚人力资源培训的详细数据？

郭策：据中国商务部的统计，中国商务部 2014 年举办了 893 个援外培训班，在全球范围内培训了 16 797 名学员；2015 年培训班达到 1 153 个，学员 29 486 名；2016 年计划了 1 200 多期培训班，学员将超过 3 万名；2017 年预计培训学员超过 4 万名。其中非洲学员每年约占培训学员总数的 60%~70%。近年来，通过"中国技术合作援助项目"（TCAP），在肯尼亚急需发展的领域，比如教育、农业、贸易、能源、电信、公共政策、安全和外交等十大领域，中国政府提供的技术援助帮助肯尼亚公务员有效提升了履职所需的知识、技术和能力。自 2016 年以来，累计有 400 多名肯尼亚学员收到了中国培训项目的录取通知。

赵忆宁：中国在肯尼亚大约有多少涉及人力资源培训的项目？

郭策：中国在肯尼亚人力资源培训的项目很多，主要有以下两种形式：一是中国—肯尼亚教育奖学金，这个项目于 1988 年启动，主要由教育部执行；二是 2000 年启动的中国与发展中国家技术合作项目，就肯尼亚而言，中国方面由商务部负责执行，肯尼亚方面则由肯尼亚公共服务、青年和性别事务部负责协调组织，项目提供 2 周到 3 个月的短期培训，既有多边也有双边，还有应肯尼亚方面的要求专门为其量身定制的研修班。在过去 5 年里，中国支持了超过 1 200 名（不包括 2015—2016 年参加的学员）肯尼亚公务员前往中国参加各类研修班和短期课程。仅 2016 年为了贯彻约翰内斯堡峰会提出的"十大合作计划"，中国加大了对肯尼亚人力资源开发的支持力度，在 2016 年 1 月到 6 月间，中国帮助培训了 400 多名肯尼亚公务员。

赵忆宁：为肯尼亚量身定制的课程都涉及哪些领域？

郭策：内容太多了。比如"经济发展部级研讨班"，当时有 30 余名肯尼亚部长、副部长和其他官员参加，这是一个最高级别的培训班；"肯尼亚旅游业发展和管理研讨班"，这是在海南海口举办的，有 20 名肯尼亚公务员参加。截至 2016 年，中国为肯尼亚举办了 20 多个能力培训项目。

除此之外，从 2015 年开始，商务部还设立了硕士和博士奖学金项目，主要面向肯尼亚的中青年人才，支持他们在中国攻读硕士、博士学位，设有 2~3 年的硕士支持计划和 3~4 年的博士支持计划。2015 年有 26 人获得商务部奖学金，2016 年有 29 人获得商务部奖学金。

还有就是中资企业的培训，比如蒙内铁路全线各标段选择优秀的当地雇员到西南交通大学进行技术培训，还在肯尼亚招聘优秀的当地技术人员到铁路技术培训学校进行铁路运营技术方面的培训，在内罗毕的学习由西南交通大学的老师执教。

赵忆宁：你们是否收集了学习效果的反馈信息？

郭策：2016 年，肯尼亚政府学院（KSG）曾对 75 名参加过中国培训项目的学员发送了调查问卷，培训项目的主要课程涵盖金融投资和项目管理；铁路投资、融资、管理和运作；林业法和林业治理以及面向非洲教师的经贸课程等。大多数回复者都表示，中国举办的研讨班、培训活动的课程质量和授课老师的教学水平都非常高，有 90% 的回复者对中国政府赞助的培训活动表示满意，认为讲师专业水平高、培训方法有效，满足了学员对课程的期待，这些培训课程帮助公务员有效地提升了技术和知识，并掌握了高效、有效履职所需的新能力。

赵忆宁：中国有五年规划的制订，肯尼亚也有国家发展规划。他们有这个方面的需求吗？

郭策：肯尼亚的高级官员到中国访问，对参观的苏州工业园，或者贵州的生态园印象深刻。从 2015 年开始，肯尼亚政府开始和中国交流探讨如何制订国家中长期发展规划，他们关注处于初级发展阶段的国家应该怎样制订规划，怎么整合资源办大事，特别关心国家规划的目标怎样做才能形成社会共识，或者说怎样让老百姓理解这个发展目标，并愿意投身这个发展目标。制订国家五年发展规划是中国经济与社会发展成功的秘诀之一，我们会毫无保留地与非洲国家分享治国经验。所以加强交流和加大力度培养人才非常重要。总体来看，2014 年肯尼亚有 740 位政府官员到中国参加商务部主办的各种培训，2016 年大约是 600 多位。我们希望未来除了有经济特区培训班、产业园培训班、工业园培训班之外，也可以举办国家发展规划培训班。

建设蒙巴萨经济特区将为中肯产能合作提供平台

赵忆宁: 这个逻辑关系清晰,之前我会认为搞产业园、工业园区甚至经济特区仅仅是企业深化投资的行为。

郭策: 非洲国家有发展的愿望,但是普遍缺少建设基础设施的资金。很多国家通过向国际开发组织和其他国家贷款来解决这个问题。但是,以油气等资源性产品出口为主要收入的国家,在世界大宗商品价格下降时,能否按时足额偿还债务就成为问题。目前很多非洲国家已经达到、接近或者超过债务警戒线,中非未来如何深化合作呢? 是否能继续走融资借贷的建设发展之路? 值得思索。非洲国家的政府愿意依靠借贷来建设基础设施,因为这样相对简单而且快捷,有轻车熟路的感觉。但是,仅借贷而无稳定的财政收入来源,这种发展路径是不可持续的。

肯尼亚政府希望中国在这里投资,帮助其发展制造业,解决就业,创造税收,而不增加其政府债务。正是出于这些考虑,肯尼亚政府开始与中资企业商谈位于蒙巴萨南岸的经济特区的建设事宜。蒙巴萨经济特区规划占地 3 000 英亩(12 平方公里),兼具港口装卸、保税物流、转口贸易、金融服务等多种功能。中资企业初步测算初始投资约 15 亿美元。

我们虽然号召在肯尼亚的中资企业要由承包商向投资商转变,但真要开始投资时,的确要细细思量,因为企业要投入的是真金白银,风险程度远大于一般的承包工程。在蒙巴萨建经济特区,考虑到东部非洲第一大港的位置,考虑到即将建成的蒙内铁路对东非的辐射范围,蒙巴萨经济特区一旦建成并由中资进驻,无疑有极大的可能性成为沿蒙内铁路经济走廊的龙头,成为中肯产能合作的平台,为中国的制造业扬帆非洲创造机遇。因此,对于蒙巴萨经济特区的投资,虽然是企业行为,但对中肯制造业的合作,对实现肯尼亚工业化的愿景都将起到重要作用。对于这样的投资,我希望国内企业在充分论证之后审慎决策,并充分考虑到经营园区的专业匹配性;与此同时,我们对非的相关发展基金,也应有所作为,助力中资企业"走出去",助力中资企业实现投资转型,助力中资企业促进肯尼亚工业的发展。这个属于我前面所提到的在特定区域内。对于肯尼亚政府负责外围配套的基础设施建设，中国的金融机构以及出口信贷机构，应该给予支持。

赵忆宁：据说蒙巴萨这一经济特区的开发历时数年，但尚无最终结果，是这样吗？

郭策：2015 年 9 月中国交建和肯尼亚工业化部初步签署了蒙巴萨Dongo Kundu（南岸）经济特区开发商务合同，到目前为止还没有签署正式的合同。如果谈历史的话，早期日本曾经为肯尼亚政府做过蒙巴萨南岸的规划，大体就是目前规划的经济特区的位置。据说，日本政府希望将日本制造的车辆出口到非洲，规划设计的是一个依托蒙巴萨港、以汽车贸易为主的物流中心。中国方面的规划远远超越一个物流中心，而是一个经济特区的框架，不但有港口、物流还有工业园区。其架构是基于中非产能未来合作发展平台的建立，我们希望在经济特区能生产出肯尼亚制造的制成品，出口到欧洲、美国、非洲甚至出口到中国。这个一揽子的解决方案获得了肯尼亚政府的认可，所以才有双方签署的谅解备忘录（MOU）和小签的商务合同。当然，经济特区的推进并不是一帆风顺，有的国家希望也加入进来，并表示提供相应的融资支持。目前谈判还在继续，我相信，中方真心与肯尼亚合作在此发展制造业的愿望，最终会取得双方满意的结果。

赵忆宁：肯尼亚之前有米轨铁路，一个世纪过去了，中国在这里为肯尼亚建设标准轨铁路。您能谈谈这对肯尼亚意味着什么？

郭策：肯尼亚米轨铁路的修建始于 1896 年，在 1901 年修到了维多利亚湖边的基苏木，从而使得当时的英国殖民者控制了大湖地区。而一个世纪以后，肯尼亚政府决定修建标准轨铁路，它是肯尼亚独立以来最大的工程，被称为"世纪工程"。全长 480 公里的蒙内铁路，全部由中国进出口银行提供 38 亿美元的融资，中国路桥公司承建，并且采用中国的标注、技术和管理，使得东非铁路网从一开始就注入了中国基因。它的建设者是 3 000 余名中国建设团队与 30 000 余名本地员工，它是肯尼亚人即将拥有并且自己参与建设的铁路，肯尼亚的普通老百姓和媒体每每谈起都为之自豪。它作为东非铁路网的开局之作，将见证中肯"21 世纪海上丝绸之路"合作的早期成果，也将见证肯尼亚经济在该铁路的带动下腾飞，进而实现国家富强。当今以蒙内铁路为开端的东非铁路，以及将来在此基础上可能延伸为横跨非洲大陆连接印度洋与大西洋的"两洋铁路"，可能成为非洲大陆经济起飞的"跑道"。

赵忆宁：修建东非铁路，让非洲国家以铁路相连是非洲人的"国家梦想"。为什么在当今世界只有中国才能帮助非洲国家实现这个梦想？

郭策：回答这个问题，我认为可以概括为"四有"：一是有能力，中国经过近几十年的基础设施建设，已经拥有世界上最长里程的高速铁路、高速公路以及最长里程的桥梁和隧道，因此中国公司在基础设施设计、建设与施工方面的能力是世界领先的，我们有能力完成；二是有财力，目前中国的国家开发银行和进出口银行所提供的发展合作融资金额已经远远超过其他世界上知名的同类机构，中国还倡导组建亚投行，成立中非发展基金和中非产能合作基金等，因此，中国有财力为投资巨大的基础设施项目提供融资；三是有人力，中国目前不但有很多出色的工程师，尤其是还拥有可以在一线带领本地员工一起工作的技术工人，在肯尼亚由中资承建的基础设施项目上，通常一个中国员工带领十个本地员工，不仅保证了工程的质量、进度，也有利于实现本地化和对本地员工的技术转移；四是有心力，中国企业基于当前对经济形势的判断，愿意"走出去"，愿意到海外，愿意到非洲从事建设，并且有优质的施工能力和良好的组织能力，加上与当地政府和员工的亲和力，我这里统称为"心力"，逐步实现了在非洲的发展。

世纪梦想助推非洲实现"三网一化"

访中国路桥公司副总经理、中交建东非区域中心总经理李强

李 强

2016 年 5 月，肯尼亚总统视察蒙内铁路施工，李强正在为总统讲解铺架机工作过程

在肯尼亚采访即将离开的时候见到中国路桥公司副总经理、中交建东非区域中心总经理李强。短短两小时的采访，他给了笔者太多的信息，梳理所有信息后才发现，李强如同一位优秀的围棋手，他的娓娓道来实际上是在复盘一局气势宏大的棋局，李强和他的团队以广袤的东部非洲国家为棋盘，以加快实现非洲国家"三网一化"为指导，展现了磅礴大气的布局。而蒙内铁路只是这盘大棋局布阵的开始，铁路采用中国标准也只是抢占要点布置阵势，目的是为了完成整个"东非铁路网"建设的中盘布局。细观被他称为"一根扁担两桶水"的布局，不能不感叹招数精妙，两个经济特区的规划，如占据棋盘的两个角，中腹以近千公里的铁路相连，这个以东非北部走廊为依托的均衡性布局设想，可以说是开局有道有序，正如"抢实地，张外势，两翼张开连成片"的典型布局。

当然，这仅仅还是一盘刚刚完成布局阶段的棋局，在进入中盘阶段，更需要棋手战术的综合运用能力。中国政府倡导"命运共同体""利益共同体""不附加条件合作"的对非合作理念，得到了非洲国家的广泛认同。近年来，中肯全面合作伙伴关系快速发展，两国关系正处于历史最好时期。肯尼亚是中非产能合作先行先试试点国家之一，在中非合作中发挥着引领和示范作用。

围棋的灵魂到底是什么？是棋理还是计算？在我看来棋理是根本，而计算只是棋感。围棋的博弈或者取得最终的胜利必定要有谋取大局的魄力。围棋的胜负是靠实力说话的，只有努力提高自己的棋力才是王道。

蒙内铁路最艰难的是"中国标准"

赵忆宁：在蒙内铁路整个项目推进与实施过程中，什么是最艰难的？

李强：蒙内铁路从施工技术上来讲，对我们没有任何问题，主要挑战是这种长距离特大型项目在非洲大地施工，社会资源缺乏，必须周密筹划。蒙内铁路项目的谅解备忘录是 2009 年签署的，直到 2014 年 5 月才签署了中肯蒙巴萨—内罗毕铁路贷款协议，中间经过了 6 年多的时间。这个过程中，规划设计方案被修改了多次，谈判过程很艰难，最艰难的则是关于铁路标准的问题。人们现在看到蒙内铁路采用的是中国标准、中国技术、中国资金、中国设备，或者说它是代表中国铁路全产业链"走出去"的项目，但在这条铁路筹备之初，肯方甚至都不让中国企业设计。那时中方还没有中国铁路标准的英文版文件，肯方也不知道中国标准是什么，他们一直认为美国标准最好。仅标准之争就花了一年半的时间，这期间，我们将中国铁路标准主要文件翻译成英文，组织国内专家对美国标准与中国标准进行对比研究，逐一向肯方不同层级、不同领域的官员介绍中国标准，多次带领肯政府官员、议员到中国实地考察高铁建设及运营效果。肯政府从最初对中国铁路标准的完全否定、怀疑，到将信将疑、相对保留，到最后铁路即将建成时伸出了大拇指高度赞扬。

赵忆宁：在这个过程中你们学到了什么？

李强：对基础设施工程而言标准太重要了。标准是当前国际市场竞争的重要手段，标准之争是最高层次的竞争，采用谁的标准，就意味着谁对这个标准具有法律意义上的最终解释权，就意味着相关领域全产业链的受益。所以说标准才是真正的制高点。

特别是我们在海外施工多年，深深体会到标准的重要性。2009 年我在哈萨克斯坦工作时，我们吃过亏也上过当。当时我们的一个项目雷管用量很大，中国生产的只有几毛钱人民币一颗，而德国生产的是一两美元一颗。但是业主不同意使用中国生产的雷管，只准购买德国的产品。相同的质量和效果，就因为标准认证问题，一颗雷管价格相差几十倍。在这方面我们已经交了几十年的学费，人家只要用一句"不符合标准"，就能让我们的工程蒙受巨大损失。

从这个意义上来看，谁的技术成为标准，谁制定的标准为世界所认同，谁就会获得巨大的市场和经济利益。

赵忆宁： 据了解蒙内铁路所用的水泥好像是肯尼亚本地的？

李强： 水泥是我们自己让渡的。蒙内铁路项目造价38亿美元，使用的是中国进出口银行的优惠贷款，对项目所需的物资、技术等都有中国成分的要求，只有坚持中国标准才能在这个大的项目中带出更多的中国制造。同时，肯尼亚作为东道国，也希望蒙内铁路建设能带动当地经济的发展，他们也有自己的诉求，工程材料等采购肯方也要求更多的当地元素。所以我们尽可能满足人家的需求，比如肯尼亚当地有的，包括水泥、钢筋等，只要不是特殊标号以及特殊钢材，首选使用当地生产的。但是按照中国的标准，肯尼亚生产不了高强度值525型号水泥，我们只能从中国进口。在蒙内铁路的带动下，目前肯尼亚也已经可以生产高标号水泥了，未来如果当地能够生产，我们会优先考虑当地生产的水泥，因为水泥长途跋涉海运，面临受潮、保质期等一些不确定因素。同时，这也充分体现中国政府和中交建关于"互利共赢""利益共同体"的合作理念。

赵忆宁： 中国标准是否将在整个东非铁路网应用？

李强： 我觉得应该还是会使用中国标准。蒙内铁路投标的开始阶段，我们与国际主要竞争对手竞标，最终中国赢得这个项目，这不仅仅是中交建的胜利，更是中国铁路的胜利。因为这个项目使用中国标准，对非洲铁路确立中国标准将有巨大的示范与带动效应，具有标志性意义，未来一定会影响东非甚至整个非洲铁路网的标准选择。非洲铁路还没有形成互联互通，建设整个非洲铁路网，中交建吃不下整个市场份额，包括两铁（中国铁建、中国中铁）以及中车等全产业链都会受益。假设还是按照欧洲或者美国标准建设蒙内铁路，意味着将来在这个产业链的中国公司几乎没有市场机会。

赵忆宁： 采访蒙内铁路副总监理工程师时，他告诉我，监理团队由三家公司组成，其中牵头方是中国铁三院①，第一感觉是采用中国标准后，不仅带动了中国装备出口，还带动了中国设计监理服务"走出去"。

李强：肯尼亚已经有100多年没有建过铁路了，而中国铁三院可以说是中国的王牌设计院，中国铁路标准就是他们参与制定的。在肯尼亚铁路局对蒙内铁路监理标的国际公开招标中，中国铁三院与肯尼亚两家当地监理公司组成的联营体以绝对的优势中标。为了保证工程的质量，他们与当地监理公司共同组建监理团队，作为业主的代表直接对业主负责。这种第三方监理的身份，既保障了蒙内铁路在质量保证的前提下快速高效的建设，同时也在共同监理工作中提高了当地设计咨询队伍对中国铁路标准的认识，为肯尼亚未来培养了铁路专业人才队伍。在当初评标过程中，有人质疑中国铁三院第三方的独立身份，理由就是中国路桥与中国铁三院都是国资委领导下的大型国有企业。但是他们可能永远也不会明白，没有人比我们更希望把蒙内铁路做好的了。

铁路建设要经得起百年的考验

赵忆宁：在记者调研的几个标段看到，工程的每一个环节质量控制非常严格，你们是在真心诚意地要把蒙内铁路打造成为一张金光闪闪的中国名片。

李强：这项工程对肯尼亚意义非常重大，我举几个数字就可以说明。蒙内铁路项目的造价为38亿美元，根据世界银行的统计数据，2015年肯尼亚GDP（现价美元）为363.98亿美元，一个项目的投入相当于全国GDP的10%左右；另外，肯尼亚财政部公布2014—2015财年预算数据显示，肯尼亚2014—2015财年预算总额约合203亿美元，其中能源、基础设施和信息通信技术（ICT）总投入约29.5亿美元。这些数字说明肯尼亚是在举全国之力建设铁路项目，我们只能做得更好，否则对不起肯尼亚人民。

赵忆宁：肯尼亚政府对蒙内铁路也是十分重视的。

李强：正是因为投资巨大，肯尼亚政府对蒙内铁路高度重视。中交建副总裁

---

① 铁三院是指原铁道第三勘察设计院集团有限公司，2017年4月正式更名为"中国铁路设计集团有限公司"。

陈云担任蒙内铁路指挥长，而肯尼亚方面的指挥长不是交通部部长，而是肯雅塔总统亲自指挥。比如肯雅塔总统每季度都要召开现场办公会，肯方与项目有关的七八个部长都参加，包括交通部、土地和住房部、财政部、司法部、环境和自然资源部，等等。中方是陈云指挥长以及中国驻肯尼亚大使刘显法、商务参赞郭策等参加。肯雅塔总统主持会议时，他总是问我们："你们在建设中还有什么需要解决的困难？我们没有做到的你们就说出来。"当我们提出一个尚待解决的问题后，总统就会追问参加会议的相关部长："你们什么时候能解决？今天？明天？还是后天？"很多事情现场就能定下来。这说明总统不是一般的重视，所以蒙内铁路的工程进展非常顺利。想想看，500 公里沿线整体拆迁，这里土地是私有化的，向私人征地是很艰难的过程。肯尼亚政府只用了不到一年的时间完成征地，而且在关键路段是按照我们的计划进行的，基本上没有影响施工。蒙内铁路之所以能提前完工，与肯雅塔总统雷厉风行的风格，以及中肯两国政府的高度重视和大力支持是分不开的。应该说，是我们中肯两国人民的共同努力创造了"蒙内速度"。

赵忆宁： 在土地私有化的国家做到这点非常不容易，不少国家基础设施建设缓慢的原因之一正在于此。

李强： 我们的母公司中国交建对蒙内铁路项目高度重视，专门成立了以陈云副总裁为指挥长的中交蒙内铁路指挥部，整合中交集团优势资源，要把蒙内铁路建成"百年优质工程"。蒙内铁路项目部在现场具体组织项目实施，实施过程中，我们办事处在前方更多的是扮演肯尼亚交通部代理人的角色。我经常以"模拟业主代表"的身份参加蒙内铁路项目部的各种工作会议，讨论问题时，也建议大家换位思考，始终坚持"互利共赢"的理念。在肯尼亚与国内修建铁路完全不同，比如在国内修建铁路相对简单，我们施工有铁道部相关部门的各种检查，只要通过检查验收，我们作为施工方就踏实了。而在这里，我们是 EPC 承包商（设计、采购、建设总承包商），我们要对项目的总体负全面责任。同时，肯尼亚自独立以来没有建过铁路，正是因为人家不懂而我们懂，所以我们要为人家多操一份心，必须要为业主把关，为"中国交建"和"中国铁路"的国际品牌把好关。

赵忆宁： 这份责任太重了，能举个例子吗？

李强：蒙内铁路的技术方案讨论反反复复历经两年，最开始肯尼亚政府要求蒙内铁路修建双线、高速还要电气化。从承包商角度来说，这样项目的合同金额更大，从企业自身经济效益考虑是好事。但是肯尼亚的能源状况落后，总人口约有 4 100 万，全国的电力接入率刚刚实现 56%。电力供应严重不足如何实现电气化？经我们反复做说服工作，最终肯方接受内燃机车，但预留了电气化改造条件。现在铁路即将建成通车，一些当时坚持要电气化的肯政府官员对我说：幸亏你说服我们没有坚持电气化，否则无法运营的后果会让我们无法向人民交代。

另外，按照国际惯例EPC总承包合同，业主把工程的设计、采购、施工全部委托给我们，由我们对工程的安全、质量、进度和造价全面负责。无论工程盈亏都由我们自己承担。但是在实际施工中，比如车站的建设以及机车的型号，都比我们所签署的合同标准要高。原来所有车站设计得都比较简洁，现在我们自己主动提高建设标准，比如蒙巴萨主体站是蒙内铁路起始站，是郑和下西洋的终点，也是东非铁路网的起点，更是中国标准铁路的门面，现在车站的建设标准比合同要求要高一个等级。我们把蒙内铁路看作是一个品牌项目，并不是想通过这条铁路赚多少钱。

赵忆宁：你们这样做有情有义。

李强：我们做这个项目并没有把赚钱放在第一位，而是把国家的声誉与中肯两国的友谊放在第一位。我们希望铁路运营后能够发挥推动肯尼亚社会经济发展的作用，达到铁路设计的运输效益，造福当地老百姓，所以必须要做出一个让他们满意的工程，铁路建设的硬件要经得起百年的考验。从中国交建来说，蒙内铁路是我们在海外的第一个大型铁路项目，同时也是我们从"工"到"商"的转型项目，现在我们正在与肯方就蒙内铁路的运营进行商务谈判，肯尼亚交通部部长表示，作为蒙内铁路承建商，中国路桥最有资格也最有优势运营蒙内铁路。这是给予我们的巨大信任与责任。

深度参与互动合作打造经济走廊

赵忆宁：去蒙内铁路一标调研时，看到你们对工程的要求非常高。你们希望蒙内铁路能够成为样板工程，是基于未来的长远考虑？包括东非铁路网？

李强：从国家的非洲战略来讲，在发展区域互联互通及产能合作领域，中国要帮助非洲国家推进"三网一化"，重点打造公路网、航空网和铁路网，推进实现工业化。我们在这个大框架下寻找肯尼亚急需发展的项目，并依据这条主线确定优先建设东非铁路网，在中非产能合作领域精选经济特区和工业园区等。铁路网及经济特区的建设也十分契合肯尼亚《2030 愿景》。

近些年来，我们的主要工作是帮助肯尼亚政府做国家以及区域发展规划，我形容这些规划为"一根扁担两桶水"。所谓"扁担"是指路网的建设，480 公里蒙内铁路连接肯尼亚最大港口蒙巴萨和首都内罗毕，它是"东非铁路网"的开端工程；内马铁路一期工程已经开工，起点位于内罗毕，终点是肯尼亚与乌干达边境城市马拉巴，全长近 500 公里。这是继蒙内铁路后继续采用中国标准、中国技术建造的干线铁路。届时这条铁路将由东向西贯通肯尼亚平原与东非大裂谷，进而延伸与东非其他 4 个国家铁路网相连。东非铁路网从蒙巴萨出发经内罗毕到乌干达，从乌干达分为两路，一路向北到南苏丹，另一路向南从乌干达首都坎帕拉到达卢旺达，经布隆迪连接到坦桑尼亚，规划全长 2 700 公里。

目前乌干达与卢旺达等国也在积极推动东非铁路网的建设。在东非共同体的 6 个国家中，乌干达、卢旺达、布隆迪、南苏丹均为内陆国家，主要依靠肯尼亚的蒙巴萨和坦桑尼亚的达累斯萨拉姆两个港口进出口货物。比如乌干达现有铁路是 1900 年设计的窄轨铁路，最重只能承载 15 吨货物，而且由于年久失修，目前时速仅为 15 公里。2014 年，东非共同体北部走廊三国（肯尼亚、乌干达和卢旺达）首脑在坎帕拉举行峰会，肯尼亚总统通报了蒙内铁路的进展情况，他们就建设连接各自国家的铁路项目达成一致协议。东非共同体成员国迫切需要改变落后的基础设施，以顺应东非一体化进程。

赵忆宁："两桶水"指的是什么呢？

李强："两桶水"是指蒙巴萨港经济特区和维多利亚湖综合开发项目。2014年 9 月，中交建与肯尼亚工业化和企业发展部签署了蒙巴萨经济特区开发合作谅解备忘录。2013 年开始推动这个项目时叫自贸区，当时的想法是以贸易为主，签署谅解备忘录之前改名叫经济特区，主要是肯尼亚政府认为只依靠贸易的拉动不能带动更多的就业，如果加上工业园，不仅能创造更多的就业机会，还能加速推进其工业化进程，我们一拍即合改为蒙巴萨经济特区。为此，我们做了大量的前期工作，首先是做总体规划，产业定位，比如经济特区的功能与产业布局；再有就是技术方案，包括港口、工业园区以及配套设施的初步设计方案等。经济特区包括港口物流区、免税仓库区、工业园区、综合服务区以及住宅休闲区等。

赵忆宁： 目前有实质性的进展吗？

李强： 推动政府立法。国际资本的流动与投资非常重视法律的保证，经济特区是否有法律地位？外资在特区投资设厂以及进行贸易，是否有对外资的优惠政策及法律保障？这些都是吸引外资最基本的条件。我国为了赋予经济特区的法律地位，1980 年颁布了《广东省经济特区条例》。这个条例是我国兴办经济特区的第一个法律文件。所以我们推动肯尼亚蒙巴萨经济特区，首先必须推动肯尼政府通过立法形式，赋予经济特区在法律上的合法地位。为此我们组织有当地律师与国际律师参加的专门法律团队，为肯尼亚政府起草法律文件提供建议参考。在各方积极努力的推动下取得了实质性的进展，肯尼亚总统签署了《经济特区法 2015》（The Special Economic Zones Act, 2015），根据这个法案，确定了经济特区内企业享有的优惠政策，肯尼亚政府还将成立经济特区管理局负责相关事务，在经济特区内设立政府一站式服务。

对于蒙巴萨经济特区项目，我们公司专门成立了由公司领导挂帅的北京总部工作组和肯尼亚前方工作组，我们花了两年多的时间做规划方案、可研报告以及初步设计等，与中国主导产业的领头企业进行了预招商，与广东省等地方政府进行了对接，根据肯尼亚公私合作模式（PPP）的规定完成了招标采购审批程序，与肯尼亚工业化部商讨完善了规划方案及设计，进行了半年多的商务合同谈判，双方已就主要合同条款达成一致，已基本具备签署商务合同的条件。

赵忆宁： 第二桶水就是维多利亚湖综合开发项目吧？这要涉及几个国家，你们是出于什么样的考虑？

李强： 对。维多利亚湖是世界第二大淡水湖，东西最大宽度为 240 公里，南北最大距离达 400 公里，是乌干达、坦桑尼亚与肯尼亚三国的界湖，也是三国的水上交通要道，成为非洲人口密度最大的地区之一。基于湖区位处东非黄金地带和优越的通航条件，以及蒙内铁路和内马铁路的修建为其打通了对外通道，毫无疑问该区域的经济将进入快速发展阶段。中国交建东非区域中心覆盖周边 12 个国家，有条件整合周边国家资源。我们做规划关键在于契合当地的需要，比如北部走廊计划是他们自己的设想，很多时候我们都是在这个大框架下提供一些方案以及项目建议。我们现在已经完成了蒙内铁路，正在建设内马铁路，当然会考虑未来铁路的运输量与货物的周转量。这条铁路就如同人体的血液循环系统，如果动脉血液离开心脏注入身体毛细血管之后，而没有静脉把毛细血管的血液回送是什么状况？维多利亚湖周边的乌干达、卢旺达、布隆迪都是内陆国家，都是通过蒙巴萨港口进出货物，在还没有完成整个东非铁路网的建设时，我们希望提升与借助维多亚湖的水上运输能力，扩大新建铁路的经济辐射范围。规划以基苏木港为中心，同步改扩建其他 5 个主要港口（即金贾、贝尔港、布科巴、姆万扎和姆索玛），依托湖区周边盛产的水果、鱼类、棉花、甘蔗、鲜花等农渔产品，建立基苏木港口工业园，必将促进湖区经济的繁荣，铁路运输也就有回头货了。未来我们还希望打通跨洋（印度洋与大西洋）铁路。

以交通走廊建设为驱动，打造肯尼亚的经济走廊，竭尽全力推动东非共同体实现"三网一化"，这是我们的最终目标。

把蒙内铁路打造成为一张金光闪闪的中国名片

访蒙内铁路蒙巴萨分指挥部副总指挥长邓学文

邓学文，1994 年，毕业于中南大学土木系桥梁专业，2004 年，获高级工程师资格，之前在中铁一局桥梁工程有限公司工作，2014 年 9 月，来到肯尼亚工作。邓学文曾参建武汉长江二桥、佛开高速潭州大桥、信阳浉河大桥（主拱 168m）、铜黄高速川口互通立交、北培嘉陵江大桥（主跨 220m）等公路项目，以及宝鸡—兰州二线铁路天水段、青藏铁路沱沱河段、宣杭铁路（宣城到杭州）二线长兴段、浙赣线电气化提速改造株洲段、太中银铁路榆次段等铁路工程。

蒙内铁路项目由肯尼亚政府贷款建设，由中国路桥工程有限责任公司以 EPC 模式总承包，中交集团为决策主体。其管理模式分为决策层、管理层与执行层三个层面，中交集团成立的蒙内铁路指挥部为决策层，负责对蒙内铁路项目进行统筹、协调、指导、服务和监管，负责重大事项的决策和重大方案的审批。管理层包括蒙内铁路项目总经理部，负责指挥、组织、协调项目的实施。此外还有 4 个派驻机构——分指挥部，邓学文所在的蒙巴萨分指挥部是其中之一。虽然这种预防性前置管理方式的设置在铁路建设中惯用，但是蒙内铁路建设过程中对工程质量把控之严、重奖重罚力度之大已近乎苛刻。蒙巴萨分指挥部副总指挥长邓学文讲述的诸多事例证明，他们这样做的目的只有一个，就是要不惜成本把蒙内铁路打造成为一张金光闪闪的中国名片。

蒙巴萨是蒙内铁路的起始点，蒙巴萨分指挥部管辖两个标段——一标和二标，管辖区域总长 214 公里（DK0–DK214），被称为蒙内铁路最重要的标段。邓学文是我走访蒙内铁路全线 6 个标段见到的第一位受访者，他对工程深刻的见解以及专业知识的丰富给我留下深刻印象。

不惜成本全面把握工程质量

赵忆宁：蒙巴萨分指挥部负责什么？管理几个标段？

邓学文：蒙巴萨分指挥部是整个蒙内铁路项目总经理部下属四个分指挥部之一，共有蒙巴萨、姆蒂托、内罗毕和三电四个分指挥部，分别负责线下、预制铺架、站房、三电的施工及设计配合管理，这个机构是总经理部的延伸，或者叫总指挥部的眼睛与一只手。蒙巴萨分指挥部主要负责管理一标、二标和八标的站场分部，监控标段的安全、质量、环保、文明施工。最重要的事情就是搞好现场的服务与监督。

赵忆宁：蒙巴萨分指挥部如何服务与监督一标、二标段呢？比如工程质量的监督。

邓学文：质量控制分为两个部分，第一是设计质量控制，第二是施工质量控制。蒙内铁路设计时速客车每小时 120 公里，货车每小时 80 公里。但在实际施工过程中，蒙内铁路设计参照的是国内线路设计时速 160~250 公里的标准，属于国铁 I 级客货共线快速铁路标准。除了平曲线半径没有提高标准外，无论是线下还是线上部分，设计质量与国内时速 160 公里没有任何区别。特别是涵洞与房建，一般来讲涵洞的作用满足排水功能就可以了，但是在蒙内铁路施工中对外观要求也非常严格。比如车站屋顶结构完全与北京西客站没有任何区别，一共有 8层，包括隔热板、塑料板、金属板、石棉瓦等。你刚才看到的马里亚卡尼车站，支撑结构的柱子全是钢柱子，这么小的一个车站柱子结构完全可以采用钢筋混凝土。我们的工程合同是 EPC 功能合同，金额是一定的，节省的钱就是我们的工程利润，但我们不会这样做，完全按照设计标准，或者是超出设计标准在修这条铁路。在工程技术人员眼里这是在"砸钱"，但是我们决策层觉得应该砸这个钱，因为我们要做的就是一个"世纪工程"，这也是中交建在海外修建的第一条铁路，超规范设计与超标准设计的目的是做一个百年工程，进而扩大中交建在非洲的影响力。所以，我们愿意砸这笔钱。

赵忆宁：设计每小时 120 公里的铁路，按照每小时 160 公里的质量建设？有这样的先例吗？

蒙内铁路蒙巴萨车站

邓学文：应该没有，这是决策层决定的。就工程质量控制而言，总指挥部从制度层面建章立制立下了汗马之功。我所在的蒙巴萨分指挥部，负责两个标段，主要有两个任务，一是帮助督促，二是监督。应该说每个标段都是经验丰富的合格分包商，作为分指挥部最重要的工作是安全质量控制，有人说我们手中拿着"鞭子"和"刀"，只要发现违规或者不符合验收标准，就毫不犹豫地推倒重来。

赵忆宁：能讲个例子吗？

邓学文：在进入施工的前期阶段，有一个标段因为混凝土变更手续不齐全，没有监理工程师的审批，虽然使用的混凝土标号没有问题，质量也没有问题，我们还是把做好的涵洞炸掉了。还有一个标段涵洞的外观不符合标准也被炸掉了。我当时跟他们说，质量肯定没有问题，修一修也没有问题，但是这不代表中交建的水平，也不代表路桥的水平。我们不能把外观难看的涵洞留在这条铁路线上。炸掉一个涵洞就是上万美元。

赵忆宁：真的有必要这样做吗？

邓学文：这是在工程开始立规矩阶段，工程操作必须严格按照标准和规范，绝不能返工。另外国内可以修补，甚至修补得你都看不出来，但是我们这里不行。那时还没有中国运营团队一说，如果是肯尼亚当地运营维护，将有损中交建和中国路桥的形象。炸了就是表明立下的规矩不能撼动。

赵忆宁：这起到一个示范效应。

邓学文：一方面是给各个标段的人看，另一方面当然会有社会效应。尽管作为当事施工单位会很痛苦，但是在蒙内铁路有很多当地的工程师、监理和工人，要让他们知道我们是如何进行质量控制的。当时确实有很多肯尼亚人都不理解，并问我们：只是因为混凝土表面有蜂窝有麻面就要炸掉吗？他们很心疼浪费的钱。也有一些肯尼亚工程师和监理向我们竖大拇指，觉得中国路桥质量管控做得好，但是他们也觉得没有必要炸掉。这种示范作用带来的影响很大，所有的施工单位都知道蒙内铁路是把质量管控放在第一位的，所以类似的问题之后基本上就没有发生过了。

赵忆宁：这是在不惜成本建设这条铁路。

邓学文：我们对质量管控非常严格。铁路线上施工的路基要填土，基层分几种材料，按照标准每层填土厚度是 30 厘米。之前在国内施工使用的是 17~18 吨左右的压路机，土层填到 30 厘米压实后达到 22~23 厘米。而我们现在使用的是 25 吨悍马大压路机，如果填土 40 厘米压到 22~23 厘米完全没有问题，虽然设备更新了，但规章制度是不能超过 30 厘米，还是得按照老的规章制度控制填土的厚度，兢兢业业把活干好。我们做这项工程不是只看结果，还要严格把控过程中的质量。

赵忆宁：有位外国工程师曾评价中国工程重结果而不重过程。你们的做法颠覆了之前的这个看法。

邓学文：是的。我们重视验收的结果，但是更重视对过程的控制。从道理上说，控制不好过程就不能保证好的结果，而是只能被动地等待结果，如果不合格再返工。过程控制可以避免很多无谓的浪费，特别是时间的浪费。

建立重奖重罚激励机制

赵忆宁：所有这些决定权都在分指挥部吗？

邓学文：不全是，分指挥部贯彻的是总指挥部和总经理部的精神，不需要事事报告，可以直接签发灰牌。从某种意义上讲，我们分指挥部的权力比监理更大，因为监理只有要求返工的权力，我们不仅有要求返工的权力还有罚款权，我们的罚款是很重的，而且是毫不犹豫地罚款，把所有的事故控制在苗头阶段。

赵忆宁：怎么重罚？

邓学文：我们设置了四种颜色的牌子，灰牌代表罚款 5 000 美元，黄牌罚款 3 万美元，红牌罚款 10 万美元，而绿牌奖励 3 万美元，奖的少罚的多。

赵忆宁：不是说"重奖重罚"吗？

邓学文：重奖在综合考评阶段。比如季度综合考评要打分，包括安全、质量、环保、文明施工、财务、人事、公共安全和外联等分项，按照百分制打分。哪个标段拿第一名就有一大笔奖励，比如一标最多一次就得了 140 多万美元的奖励。重奖主要体现在季度考评上，而平时侧重于重罚。罚款的项目有很多，灰牌是警告性罚款，黄牌是屡教不改性罚款，比如施工单位的自控体系运转不正常就要发黄牌。而前面讲的混凝土变更手续不齐全的单位被发了红牌。我在中铁工作的时候还没有这么严格的规章制度,最近几年很多公司都采取这种管理办法,国内罚款没有这么重,这里罚款是用美元说话。

赵忆宁: 我看过这几个颜色的牌子,没有想到后面跟着这么大的数额。

邓学文: 现场验收的主要责任方是监理,我们是在监理验收体系以外,内部增加了一层质量把控环节,等于是自己检查自己,当然还要报监理。一方面我们希望做出一个优质工程,另一方面因为费用的问题,中方监理工程师人手不够,而大量的肯方监理工程师没有铁路建设与监理的经验。人家 100 多年没有修过铁路,我们完全可以理解,所以我们不能撒手不管。如果这项工程有问题,没有人能记住监理工程师,记住的"是中国人、是中交建、是中国路桥"修建了这条铁路。

赵忆宁: 我发现这个工程用的都是中交建自己的人,是出于质量把控的考虑吗?

邓学文: 不是。这是一个行业内的通行做法。

全过程精细化管控监督

赵忆宁: 从 DK0 到 DK214 总共有 214 公里,怎样才能把工程质量问题消灭在萌芽之中?

邓学文: 我举个例子。沃伊客运站与蒙巴萨西站客运站你都去过,两站之间的路程大约有 140 公里,这一段重要性结构工程比较多,有桥梁、涵洞以及桥梁与土方结构的过渡段。所有的路基、面桥、路涵过渡段的每一层都要拍照片,每一张照片都要上传到总经理部。如果涵洞不大的话,每 4 个小时用一层台背回填,每一层 15 厘米,在后背墙上有划线并有一个编号,每张照片自动显示时间。如果在一个小时内填了二三层,说明现场搞假,肯定要返工,还要罚款。我们可以做到远程监控,即便人不到现场。

赵忆宁: 这种远程监控的做法,国内用得多吗?

邓学文: 除高铁拌和站和隧道口外不多。应该说这里的施工质量管控比国内修高铁还严，国内修高铁也是监理分层验收，但并没有硬性规定照片上传。可以说我们是每一个桩、每一个涵洞、每一个房屋基础、每一个结构物的基础质量把控都非常严格。除此之外，质量控制还涉及实验验收，蒙内铁路每一个标段都有独立的实验室，肯方监理工程师也有自己的实验工程室，规规矩矩做检验，包括材料的质量。一项工程除了施工以外，材料本身质量是否符合标准非常重要。质量包括三部分，一是材料，二是过程控制，三是成品。为了保证工程质量，工程所有的大宗材料都由总经理部集中采购，避免了各个标段到小厂采购便宜货。另外，我们的工程聘请了大量经验丰富的技术管理人员，齐抓共管。

赵忆宁：这样不计成本的做法有必要吗？

邓学文：之所以不计成本，是因为无论是从设计到施工以及过程控制，根本目的并不是为了赚多少钱，我们要让人们看到这条铁路是中国人修的，是中交建人修的，也为中国铁路"走出去"树立一个样板工程。人们把蒙内铁路称为"中国的名片"，我们这样做就是为了让这张名片添加金色而闪闪发光。

中国标准与其他国家标准没有差别

访蒙内标准铁路项目监理部副总经理詹姆斯·卡兰贾

詹姆斯·卡兰贾，毕业于内罗毕大学土木工程专业，之后获得项目管理专业的硕士学位。他目前是肯尼亚工程师董事会的注册咨询工程师，肯尼亚工程研究所的成员。卡兰贾在基础设施项目上有25年的专业背景，专门从事铁路、城市和农村的道路工程、污水处理，机场的招标投标文件，以及施工监理、设计和项目管理等。之前曾在大型项目"内罗毕—锡卡路（A–2）"中担任副驻地工程师，负责可行性研究、详细设计、投标管理和施工监理；也曾在菲迪克国际工程咨询公司、非洲开发银行、欧盟和世界银行的工程项目中负责采购及工程合同管理。

中国标准并不比其他标准低

赵忆宁：蒙内铁路的监理团队共有 3 家公司，包括 TSDI（中国铁道第三勘察设计院集团公司）、APEC（当地公司）、EDON（当地公司）。作为蒙内标准铁路业主对建设工程的监理负责人之一，您能不能介绍当初有多少家公司在竞争这个项目的监理？

詹姆斯·卡兰贾：最初共有 22 家公司参与了蒙内铁路项目监理的招标，他们来自不同的国家，有美国、英国、新加坡、中国和南非等。我们公司是在 2013 年 7 月 18 日进入招标程序的，但是到 7 月 22 日只有 9 家公司能够进入招标的下一阶段，最终从这 9 家公司中选了三家监理公司。入围的三家监理公司都是最有竞争力的公司，都是通过优质的价格中标赢得共同为蒙内铁路做监理的。这三家公司包括有铁路设计背景的公司，也有当地的专业监理公司，这种新型联合体监理模式覆盖了铁路建造技术的方方面面。比如铁道第三勘察设计院是中国具有专业性的铁道设计公司，而我们的公司 APEC，则是肯尼亚当地著名的基础建设工程监理公司，对当地文化、技术有很深的了解和认识。同样，EDON 也是一家当地的建筑监理公司，他们除了具有铁路监理的技术资质，还包含房建，正好符合蒙内标准铁路项目，这个项目有 33 个停靠站，所以有大量的房建设施。

赵忆宁：在招标的时候标书上明确说明了蒙内铁路是以中国标准设计和建造的，我想知道，在此之前您是否接触过中国标准？您所毕业的内罗毕大学尽管是非洲最负盛名的大学，但是一定没有学习过中国标准，而是英国标准或者美国标准。在标书的研究阶段，您对中国标准有什么样的认识程度？

詹姆斯·卡兰贾：确实如此，大学课程中学不到中国标准。但是我认为，所有的标准，包括中国标准、英国标准、美国标准和欧盟标准，都是以全球标准为基础的。我最初接触中国标准是在 2005 年，在做肯尼亚机场项目时第一次接触到中国标准，我们用中国标准和以往采用的英国标准甚至国际通用的标准做比较。当时我们看到了中国标准的英文版，反复研究对比后发现，中国标准和国际通用标准并没有什么本质上的区别，甚至在很多方面中国标准比国际通用标准要求还高。当然，我们也从英文版中国标准里学到了一些技术参数。

赵忆宁：在竞标的时候，你们对使用中国标准来修建蒙内铁路怎么看？您作为监理工程师如何评价中国标准？

詹姆斯·卡兰贾：我们确实做过一些比较，比如与英国标准、印度标准做了比较，得出结论是中国标准跟其他国家标准相比并没有缺点或者差别，而且中国标准已经在中国使用这么多年，在肯尼亚的适用性没有问题。

赵忆宁：在以往对大型工程项目的采访中，包括中国港珠澳大桥以及马来西亚槟城大桥等，项目业主都认为，英国标准使用年限更长，比如英标的使用年限是 120 年，而中国只有 100 年。您为什么说没有差别呢？

詹姆斯·卡兰贾：无论寿命是 100 年还是 120 年，这都是符合国际桥梁建设标准的。可以从三个方面看这个问题：第一，发展中国家普遍存在的问题是基础设施的短缺，特别是非洲国家，首要问题是能够解决基础设施的使用问题，只要大桥的建设能够符合设计年限并方便交通就可以了。第二是成本因素，中国标准和英国标准在成本上是有差距的，通常中国标准的造价相对低，在保证产品质量的前提下，中国标准并不比其他标准低。第三，工期短，在保证质量的前提与节约成本之后，施工时间也必须考虑。所以从设计开始，这三个方面的因素都要考虑到。

我们不用担心施工质量

赵忆宁：能否以蒙内铁路为例，告诉我们采用中国标准是如何节约资金与成本的？

詹姆斯·卡兰贾：以节省时间来说，蒙内铁路的建设合同约定是 60 个月内完工，而现在我们只用了 36 个月就完工了，提前了 24 个月的时间。这简直就是不可想象的，只有中国公司才能做到。究其原因，主要是源于中国标准的标准化流程，蒙内铁路共分为 8 个标段，每个标段都有独立的团队，我们会把一个标段的成功的经验复制到另外一个标段，来保证铁路全线的标准统一。

赵忆宁：60 个月的工期提前 24 个月完工，作为外行人来讲，听起来为工程质量担心。您作为监理工程师参与了整个过程，工程质量方面最有发言权。

詹姆斯·卡兰贾：为了达到缩短工期的要求，全线工程增加了工作时间，也加大了包括人员和设备的投入，对当地雇员实行了 8 小时换班制，每天工作 24 小时，而且保证在三个 8 小时之内的工作质量必须达到标准。当然我们也增加了对质量管控的力度，如果发现工程质量存在问题就会要求返工。作为监理工程师我们的首要任务是保证工程的质量，即便在加快工程建设速度的情况下，也必须要保证质量，质量意识是第一位的。到目前为止，我们根本不用担心中国路桥的施工质量问题，他们对质量要求有自我约束，而我只希望这个工程尽早完工，尽早投入运营。

赵忆宁：提前 24 个月完工，除了人员与施工设备的增加，与使用中国标准有关联吗？如果有，它的权重能够占多少百分比？

詹姆斯·卡兰贾：有效的管理占 50%，增加的人员和设备占了 30%，中国标准占 20%。这三个优质的组合缺一不可，优质团队、人员设备以及中国标准。

赵忆宁：第一次听到标准对于加快施工进度的作用。您能详细解释一下中国标准为什么能够提高工程速度？

詹姆斯·卡兰贾：在我们制作涵洞模板的时候，中国标准使用的是高强度混凝土，而英国标准却需要大量使用钢铁，如果按照英国标准，则需要更长的时间和更多的成本。中国标准用混凝土制作涵洞模板，效率很高，在很短的时间内就做出 500 个涵洞模板。如果做同样质量的涵洞模板，英国标准需要中国标准两倍的时间。在工程开始的时候，我们确实用中国标准和英国标准做过一个比较，最后决定采用中国标准来制作涵洞。需要说明的是，不管是用中国标准或者英国标准前提是必须保证质量。

赵忆宁：两者在质量上真的没有差别吗？

詹姆斯·卡兰贾：在开始建设铁路的时候，我们确实怀疑过涵洞的质量，因为按照中国标准建造的涵洞没有大量使用钢材。在做涵洞质量检测的时候，我们发现涵洞墙的厚度高于英国标准。但是在用中国标准反复计算和实验后，我们发现中国标准的质量是符合国际标准的，没有任何问题。

赵忆宁：随着中国帮助非洲国家修建更多的基础设施，未来会有更多的铁路、公路、机场、港口建设使用中国标准，您认为应该做哪些方面的改进？

詹姆斯·卡兰贾：我希望中国标准能够做更多的改进，标准很重要。虽然中国标准相对其他标准成本低，但是对于非洲国家而言还可以更经济一些。总体来讲，中国标准在某些指标方面的要求是过于保守安全了。还是用框架涵洞来举例，框架涵洞是一种特殊的涵洞，中国标准要求很高，涵洞墙壁很厚重，所以用料比较多。当然这在肯尼亚没有太大的问题，因为肯尼亚的水泥和石料的价格成本相对比较低，但是如果在别的非洲国家，水泥石料都需要进口，通常水泥到岸价格是中国的三倍，成本就会比较高，导致项目建设运营成本也会比较高。我的建议是，如果中国标准能针对肯尼亚或者不同市场进行适当优化和调整，在节省用料和保证质量间找到平衡，以适应当地需求为出发点，既达到质量要求又能更加经济，节省部分费用，可能会更好。这需要对中国标准做适当的调整。

时间将证明蒙内铁路是高质量的工程

访蒙内铁路第二标段检验员卡雷博·比桑格·奥万格

卡雷博·比桑格·奥万格，2010年，毕业于肯尼亚高速公路和建筑科技学院（KIHBT），在进修实验室材料测试相关的课程后获得土木工程师资格认证；2011—2014年，工作于肯尼亚交通部高速公路局，曾参与建设内罗毕为期两年的公路项目；2014年9月，参加中国路桥蒙内铁路项目，在第二标段中心实验室工作。

中国标准非常省时

赵忆宁：您之前接受过专业的学习和训练，目前实验室的常规工作对你而言有挑战吗？

卡雷博：开始的时候还是遇到一些困难，因为过去我们用的是英国标准，也有美国标准，比如美国土木工程师学会（ASCE）和美国材料及检验协会（ASTM）的标准。它们和中国标准有所不同，为此中国路桥为我们提供了 3 个星期的中国标准培训。之后通过与其他同事的交流和自己学习，我很快适应了这份新工作。在我看来，中国标准和英国标准虽然在检测方法上有所不同，但是概念体系是一样的。

赵忆宁：作为一个对英国标准非常了解的工程师，您认为中国标准和英国标准之间有什么本质上的差别吗？

卡雷博：中国标准和英国标准还是有一定差别的。两个标准的测试流程非常不同，但是最终得出的结论大部分是一样的，当然小部分会有细微的差别。总体来讲英国标准的测试耗时比较长，比如有的项目测试需要 4 天才能出结果；而中国标准测试耗时很短，测试手段更加多样化，有的测试结果只需要 24 小时就能得到，相对而言比较灵活有效。这也是我认为中国的项目能做得比较好的原因之一。

赵忆宁：您能否举一个和工作相关的具体例子吗？

卡雷博：在铁路路基施工中，判断填料强度要做土壤强度的测试，主要是测出水浸后的土壤强度，这一指标对铁路水浸路基非常重要。根据英国标准需要利用加利福尼亚土壤承载比（California Bearing Ratio，CBR）试验方法采集土壤样本，用模具固定成需要的样子，将样本放置于水中等待 4 天，然后取出来再次加压，再等待 3 天之后，才能测试土壤的承重强度和稳定性。而中国标准没有采用 CBR 方法，而是使用 DPT（动态压力测试）方法，直接采集土壤样本，用相应的仪器压实，仪器上就会显示土壤强度数据，几乎是立刻就能出结果。一个测试就能节省 7 天的时间，在我们的工程中有很多测试项目。

赵忆宁：还有通俗易懂的其他例子吗？

卡雷博：有很多。比如在测试土壤含水量的时候，根据英国标准我们要取土壤样本带到实验室，放到炉子里烘干，要等待 8 个小时，一共需要一天时间才能得到最终结果。但是如果用中国标准，我们直接在现场取土壤样本，放到带酒精的专业仪器里，马上能够测出单位体积土壤的密度和含水量，当场就能知道土壤是不是符合标准。又比如，在测试混凝土模块的时候，我们需要把混凝土样本浇筑到模具，等干透之后再进行测试，根据英国标准，这个模具是金属制作的，等测试完了之后，还需要拆卸模具再重新利用，非常耗费时间和精力；而根据中国标准，这个模具是塑料的，而且在里面抹了油，测试完一个模块样本之后，很快就可以把样本倒出来，重新利用模具，非常省时省力。

蒙内铁路

赵忆宁：拆卸模具如果用中国标准的话，能够比英国标准节省多少时间？

卡雷博：用英国标准的模具有很多螺丝，在浇筑样本之前要提前 15 分钟安装模具，浇筑本身也很费事，等混凝土干透了，还要花 15 分钟把螺丝卸下来。而如果用中国的塑料模具，可能只需要 10 秒钟就浇筑完毕，拆卸模具只要 1 分钟。在进行大量测试的时候，你就会发现中国标准非常省时。在测试混凝土强度时，如果样本强度达不到最低标准，必须去现场再取混凝土进行测试。按英国标准需要破坏现有的结构取样进行测试，但是中国标准使用混凝土强度测试仪，工作原理是用回弹法和超声回弹法两种方法测试混凝土的抗压强度，强度测试仪有一个多功能类似锤子样的探头，只要插入到结构里就可以马上读出强度等相关数据，非常方便，也省事、省钱。

赵忆宁：您刚才说中国标准比较灵活多样，而且中国承包商的工程进度比较快。能否与您之前做过的肯尼亚高速公路的情况做个比较？

卡雷博：通常工期和道路的长度正相关，道路越长需要建设的时间也越长。在肯尼亚我曾经参与过一个 24 公里的柏油路项目，因为这是建设一条全新的道路，需要做很多土方工程，就算所有条件都理想，比如资金到位、天气良好，肯尼亚人来做一般也需要三至四年，多则是五六年时间。因为在施工过程中天气条件可能不好，比如下大雨的时候就没法施工，或者因为政府没法按时付款，导致承包商没法给工人付款，使得工程没法继续下去。还有一个重要的原因就是个别承包商的管理效率低下，所以很多工程的工期都是延误的。有时候承包商延误太严重，政府也会出面干预，要求工程限时完工，否则就把工程交给其他承包商来做。

我也亲身经历了中国武夷公司承建的西卡雷博利博路（A104）项目。这条道路总长 25 公里，双向 8 车道，是内罗毕最宽的道路，而且还有很多排水工程，不少地方的道路坡度也比较大，中国人只用了 3 年就完成了。当地人不敢相信这个结果，觉得这么快就建成了，会不会是监管没到位，会不会有质量问题，会不会过一段时间路就坏了，总之都是疑问。但是到目前为止，这条路运行得非常好。

时间会证明工程是高质量的

赵忆宁：蒙内铁路合同工期是 5 年，而实际只用了 3 年就完成了，这个结果是否让更多的肯尼亚人质疑工程的质量？您自己也做过监理工程师，您对整个工程的质量怎么看？

卡雷博：现在还是有一些人会提出这样的问题，其中一些人还是我之前做过项目的总负责人和项目监理。他们目前正在附近的一个公路项目上工作，距离蒙内铁路比较近，所以也很关心我们的工程。他们问我，修建一条 480 公里的铁路应该比修一条 24 公里的公路的工期更长才对，但是中国路桥的工期这么短，质量会不会有问题？我告诉他们，首先这条铁路是通过了实验室所有测试的。其次，我认为他们质疑工程质量，是因为他们并不了解中国人现在运用的先进的铁路修建技术，他们只看到了蒙内铁路的路基很高，但是不知道我们在路基上放了土工格栅，拓宽了土工布，而他们以为我们只是在往路基上堆土，觉得这样的路基肯定会塌掉。实际上我们的技术能够有效提高土壤的承受力，而且能够尽可能减少渗水，保护路基，不会发生塌陷。我的前同事和领导质疑中国路桥工程质量还有一个原因就是工期很短，从他们自己的经验来看，工程不可能这么快完工。当我们做到这么短的工期时，他们难免有质疑。但是我相信，时间是最好的证明，能够说明我们的工程是高质量的。

赵忆宁：在沃伊镇里，有很多人像你一样是为中国路桥工作，由于工程建设，许多人都被吸引到这里来工作。沃伊镇的物价、房租等有没有发生什么变化？

卡雷博：的确，越来越多的人从全国四面八方来到沃伊镇为中国路桥工作，我自己就不是沃伊镇上的人，也是从外地过来的。这里的房租涨了很多，两年前中国路桥来之前，我们住的这套房子的房租大概只有 2 500 肯先令，而现在要 5 000 肯先令。很多有土地的当地人建了新的房子，租给外地来沃伊镇上班的人。比如沃伊靠东边的地方过去都是树林，现在都是房子。

周边的生意也活跃了很多，很多人还从郡首府贩运商品到这里来卖，做中国路桥员工的生意。中国路桥的到来改变了当地人的生活。过去这里很多年轻人可能没有受过什么教育，也没有工作，每天在小酒馆里喝酒混日子。但是现在他们在中国路桥做小工，还有的自己做生意赚钱，让家人上学，甚至有些人买了摩托车做摩的生意。你可能不会相信，很多人都是第一次在银行开了账户，这在之前都是难以想象的。但是大家也会担忧，项目结束的日子越来越近了，中国人离开以后当地人该怎么办。但是我认为至少经济已经活跃起来了。

赵忆宁： 就算中国企业走了，这条铁路会留下来，而且沃伊镇是其中的一个大站，货物的流通会带来人员和其他要素的流动，这条铁路会给肯尼亚经济和沃伊镇的经济繁荣带来推动力。

卡雷博： 确实，一开始我们是挺担忧的，但是将来铁路运营还是有其他的工作机会。我们希望中国公司运营这条铁路。未来铁路能够带来很多乘客、货运，可能会出现更多机会，其他人可以抓住这个机会做生意或者从事别的工作。这或许就是新的希望。

请相信我，总有一天我会去中国看一看

访肯尼亚沃伊镇五金店店主露西

露西·穆特尼·莫布瓜（Lucy Muthoni Mbugua）

一条铁路修建的过程，会怎样促进当地商业伙伴的发展？会给他们的生活带来什么变化？蒙内铁路整个工程投资 38 亿美元，其中本地采购比例约 40%，涉及本地供应商约 1 234 家，雇用本地员工 4.6 万人。根据 2016 年蒙内铁路项目社会责任报告披露，项目本地采购和分包直接带动了当地水泥公司、油料企业、中小企业以及运输企业的发展。截至 2016 年 2 月，蒙内铁路项目从当地最大的班布里水泥公司（Bamburi）采购超过 30 万吨水泥，为该公司带来超过 10 亿肯先令的盈利，年增加产能 10%，即约 200 万吨。项目也为当地油料企业带来数十亿肯先令的盈利，而从当地中小企业采购产品和服务，使中小企业获利在 500 万肯先令到 2 500 万肯先令之间。

露西的五金店就是众多中小企业的代表。沃伊镇属于肯尼亚东南部泰塔塔维塔郡，肯尼亚最大的国家野生动物公园——察沃国家公园通过这里。沃伊镇也是蒙内铁路施工的重要节点，蒙内铁路第二标段的营地就建在这个小镇里。露西的五金店可能是一千多家供应商中规模最小的，既不是油料、水泥供应商，也不是提供集装箱运输物资、散装材料、重型设备的运输企业。但是这家小五金店的店主和店员们，因为蒙内铁路的修建改变了生活。露西增加的 11 名新员工之前都是没有工作的待业青年，而露西一家的生活也因修建铁路发生了改变。铁路修建期间，小五金店的销售收入每年增长四分之一左右，收入提高后，露西把女儿送到内罗毕的私立寄宿学校读书。可能没有人像露西这样心情复杂：一方面她希望铁路尽快通车，这样只要 4 个小时就能到达内罗毕，看望读寄宿学校的女儿，而以往这段路程要花 8~10 个小时；另一方面她也开始担心，当最大客户中国路桥离开沃伊镇后，她的生意必定会受到影响。但露西引用了一句肯尼亚的谚语，"不要剥夺人们的希望，这是他们唯一拥有的东西"，蒙内铁路带给她最大的梦想就是"我一定要去中国看看"，她要亲眼看看孕育"中国制造"的这个国家。

蒙内铁路在修建过程中给露西和她所在的小镇带来了巨大的变化。未来铁路通车后，必定会对这一地区产生集聚效应。沃伊镇处于东、西察沃国家公园的中间位置，旅游资源也比较丰富。火车通了以后，对旅游业会有很大的促进作用，整个地方的交通运输、物流等也会发展得越来越好。沃伊一定会有新的医院和新的学校，我们和露西一起等待。

露西：我高中毕业之后，先是在隔壁的五金店打工，2004 年结婚之后就自己开了这家五金店。最开始的时候是妹妹在店里帮助我，2013 年底的时候已经有 13 名店员。2014 年中国路桥开始在沃伊镇修建铁路，从那个时候开始，店员增加到了 24 名。作为女性，创业并不容易，但是我们非常努力。

赵忆宁：你新招的店员过去是在哪里工作？

露西：大多数都是待业在家的。我的五金店只有 5 名女店员，剩下都是男店员，因为有很多货物需要搬运。在中国路桥来之前，很多年轻男人都是失业的，日子过得并不好；中国路桥来了之后，很多人都获得了工作。虽然现在工程队慢慢在撤出，但是就业情况还是比以前好。从租房市场上就能看出来，过去很多房子都租不出去，中国路桥来了之后，房子都不够租了。

赵忆宁：你是如何知道中国路桥要在这里建项目的？你为什么认为这是一个商机呢？

露西：我们很早就知道蒙内铁路将通过沃伊镇。我想中国路桥选择在我们这里进货，是因为我们给的价格很优惠。中国路桥非常友好，我们之间关系很好。以前我们和李娜（注：笔者的陪同）对接业务，但是她离开了之后，店里的生意差了很多。因为中国路桥实行了供应商比价政策，同一个东西要在不同供应商之间比较价格，挑价格最低质量又不差的。我们店的价格稍微高一点，所以他们从我这里买的就少了一些。

赵忆宁：中国路桥已经在沃伊修建铁路两年多的时间了，他们都在你这里进哪些货呢？

露西：刚开始的时候是购买碎石、沙子、木板和剑麻杆，现在是购买五金工具、方木、方钢等。碎石和沙子等在本地就可以解决，高峰时期中国路桥一家的购买量都是上千吨。现在项目接近尾声，所以砂石生意也很少了。肯尼亚本地并不能生产五金工具，方钢如果从本地进货则价格非常高。所以我们从内罗毕和蒙巴萨的供应商那进货，而供应商则都是从中国进口的。蒙巴萨的供应商是肯尼亚最大的供应商，我们店里出售的商品有 90% 都是中国制造。

赵忆宁：为什么中国制造的商品会这么多？

露西：因为中国商品价廉物美，大家都在买，我有一个妹妹在美国，她买的东西也都是中国制造的，没有人会拒绝既便宜又实惠的东西。对肯尼亚来讲，只能负担得起从中国进口的制成品，而英国、日本、德国的进口产品价格都太高了。

赵忆宁：你这几年和中国路桥合作，利润和销售收入都有多少增长？

露西：两年多来，虽然我们增加了近一倍的店员，但是每年的利润增长都在25%左右。中国路桥一直是我们店的最大客户，采购量很大。现在蒙内铁路就要通车了，中国路桥这个大客户就要走了。如果未来只依靠沃伊镇上的需求，我们店的销量会受到很大影响。我们希望政府在这里修建更多的基础设施项目。等铁路运营后，不知道中国企业是否会在这里建一所医院，如果那样，我们就不用再跑到内罗毕、蒙巴萨甚至印度去看病了。小镇的附近有高速公路，事故也很多，所以我们盼望能有一所规模更大、更先进的医院。如果能有教学质量更好的学校也会更好。据我所知，政府将会在这里再建设几个项目。比如将修建新的公路，所以我们也能继续有生意可做。我们只能静静地等待政府带来更多的基础设施项目。肯尼亚有句谚语说，"不要剥夺人们的希望，这是他们唯一拥有的东西"。

赵忆宁：有人告诉我，沃伊镇这两年发生了很多变化。是吗？

露西：两年前沃伊镇没有现在这么多人，所以消费并不高。但随着中国路桥在这里修建蒙内铁路，沃伊镇的人口在不断地增加，这里吸引了很多人来工作，也有不少供应商来这里做生意。沃伊镇是一个交通要塞，没有农业，镇上居民所有吃的东西都要从超市购买。原来最大的超市只有一层，现在最大的超市已经有三层了。人一多，物价就涨了。另外，宾馆的数量也在不断增加。几年来土地价格也涨了很多，随着大家收入增加，越来越多的人有能力买地了。过去一块50×100英尺的地卖15万肯尼亚先令（约合10 048元人民币），我买了好几块地，后来以每块60万肯尼亚先令的价格卖掉了3块。

赵忆宁：在沃伊镇还有你这样的五金店吗？

露西：另外还有4家，我的店规模排名第三。我们都是一个生意圈里的朋友。现在有些人已经不再满足于从供货商处进货，前些日子，我有一个朋友去中国找做生意的机会，她也问过我要不要一起去。我之前申请过一次中国签证，但是没能通过，如果可以的话我也想去中国看看。这么多年来我一直在销售中国制造的产品，我也希望能够亲眼看一看生产这些产品的国家，请相信我，总有一天我会去中国看一看的。2007年我丈夫曾经去过中国，他说那里非常棒。

赵忆宁：你有几个孩子？

露西：现在有3个，明年还要再添一个。这3个孩子分别是12岁、9岁和7岁。我把他们都送到私立学校了。大孩子去了内罗毕的寄宿学校，还有两个在沃伊镇上学。大孩子从幼儿园开始上的就是私立学校，她在沃伊镇读到5年级之后就去内罗毕上学了，已经在寄宿学校读了两年。中国路桥在这里建铁路，我的收入增加后，就把她送到了内罗毕的寄宿学校。那里一个学期（3个月）的学费要7万先令（约4 689元人民币），沃伊镇的学费相对便宜很多，一个学期只需要8 000先令（约535元人民币）。我每个月去内罗毕看一次孩子，等蒙内铁路通车了就会方便很多。可能没有人比我更希望这条铁路尽快通车了。

肯尼亚工业化道路的选择：
立足于资源禀赋进行产业链升级

访肯尼亚工业、贸易与合作部大中型企业部总监查尔斯·马欣达

查尔斯·马欣达（Charles Mahinda），1988年，毕业于印度旁遮普大学数学与统计专业；1993年获得国际管理硕士学位；2002—2006年，在肯尼亚工业部任工业发展专员；2011年至今，担任肯尼亚工业、贸易与合作部大中型企业部总监。

肯尼亚政府在其《2030愿景》中明确，将在2030年前实现将肯尼亚建设成中等收入新兴工业化国家的目标，届时以制造业为代表的第二产业将至少占GDP的25%。

肯尼亚如何实现这一目标，工业化选择什么样的路径，重点发展的行业及产业政策如何制定？笔者就这些问题采访了查尔斯·马欣达。

2030年建成新兴工业化国家

赵忆宁：肯尼亚政府在《2030愿景》中明确，将在2030年前实现将肯尼亚建设成中等收入新兴工业化国家的目标。提出这个目标的背景是什么？

查尔斯·马欣达：肯尼亚从1964年独立以来，经济发展经历了几个阶段，采取了各种促进增长的措施。最初肯尼亚采取的是"进口替代"工业化发展战略，希望通过进口替代，在一定程度上刺激民族工业中消费品工业的发展；之后是世界银行帮助我们进行的经济结构改革阶段，这一时期加速了将国有企业私有化的进程；最后是对外开放、自由贸易和积极融入全球经济阶段。

虽然肯尼亚是东非重要经济体，但是整个东非经济体量还是太小了，东非共同体六国GDP占非洲GDP比重为10.27%（不包括南苏丹），只占世界经济总量的0.331%，所以参与经济全球化的成效并不明显。在东非经济体6个成员国里，只有肯尼亚是发展中国家，其他都是最不发达国家，极大地限制了我们促进经济发展所能施展的空间。

目前肯尼亚是东非唯一一个完全自由的经济体，在肯尼亚经商是非常容易的，只需要缴纳正常的费用即可，而且除了政府列明的11种军火商品需要进口许可证之外，其余商品都可以自由进口。肯尼亚的外汇市场是开放的，货币也是可以自由兑换的。肯尼亚可以说是世界上经商环境最好的国家之一。

赵忆宁：在这种情形下，肯尼亚能够"一枝独秀"实现新兴工业化国家的发展目标吗？工业比重超过农业比重是一个较高的门槛。

查尔斯·马欣达：我认为这目标是能够实现的。第一，实现两个总目标的时间点是2030年，距离实现总目标还有十多年的时间。第二，肯尼亚已经进入中等收入国家。根据国际组织的数据，2016 年肯尼亚人均收入 3 400 美元。经过 10 年经济高速增长后，非洲地区人均收入超过 1 000 美元的中等收入国家的数量不断增加，目前在撒哈拉以南非洲国家中，已经有 22 个国家步入中等收入国家的行列。第三，从国内生产总值的来源看，农业贡献了 GDP 的 25%，工业产业贡献为 18%，而服务业上升到 49.3%。所以我们很有信心用十多年的时间完成工业比重超过农业比重的目标。我们预计从现在起到 2030 年，GDP 年均增长率会达到 10%，届时以制造业为代表的第二产业将至少占 GDP 的 25%。

重点发展纺织业和皮革业

赵忆宁： 2015 年肯尼亚公布未来十年《国家工业化发展规划》，此前肯尼亚是否有关于工业发展的中长期规划？

查尔斯·马欣达： 是的，之前我们也出台过国家工业化的规划，而且还有到 2020 年的工业化政策框架，其中提出了 22 个重点发展领域。新的工业化发展规划中，我们明确了若干个有助于促进就业的重点行业，因为肯尼亚失业率还是比较高的。

第一个重点行业是纺织业，肯尼亚受益于《非洲增长和机会法案》，这是美国给予撒哈拉以南非洲地区的贸易优惠，享受对美纺织品出口的免关税、免配额待遇。而且现在美国决定把这个优惠再延长 10 年。而纺织业的上下游行业也很多，大力发展纺织业有助于提高许多行业的就业，为此我们也投入了许多资源。

第二个重点行业是皮革业，肯尼亚有相当面积的国土是半干旱地区，不适宜农业种植，只能发展畜牧业，我们希望不仅要发展简单的畜牧业，还要提高肯尼亚在畜牧产业链中的地位，不仅是生产肉制品，还要发展皮革加工业。政府通过加大这方面的投入，也有助于贫困人口脱离贫困循环，进一步促进就业。

本届政府的首要任务就是创造就业岗位，发展劳动密集型产业，这也就是为什么我们要大力发展纺织业、皮革加工业和农产品加工业的原因所在。目前肯尼亚还是一个以农业为主的国家，但是我们生产的许多农产品附加值都很低，只能以原材料的形式出口，同时进口各种制成品。我们希望能够加强能力建设，提升产品附加值，增加出口收入，帮助更多人脱离贫困。

赵忆宁： 如果按照肯尼亚的官方统计，肯尼亚失业率到底是多少？我查到的有各种不同版本的数据。

查尔斯·马欣达： 我认为是50%左右，情况并不好。据世界银行报告显示，目前肯尼亚青年人失业率约为17.2%，是其东非邻国坦桑尼亚和乌干达的将近3倍，如果政府不能妥善解决失业问题，肯尼亚就像是一个迟早会爆炸的炸弹。

赵忆宁： 除了纺织工业、皮革加工业之外，关于未来肯尼亚实现工业化的路线选择是什么？

查尔斯·马欣达： 关于工业化道路选择方面，我认为立足于资源禀赋进行产业链升级是主要的工业化途径。此外，肯尼亚是东非共同体的成员国，在同盟内部实行单一关税，所以肯尼亚的国家工业化发展规划还必须要和已经制定的东非共同体工业化政策保持一致。

比如一个国家在金属工业方面有比较优势，那么我们整个区域就支持它发展金属工业。如果肯尼亚从中国进口货物收取的关税，与我从卢旺达、坦桑尼亚进口货物收取的关税是一样的，那么这就是我们这个关税同盟的优势之一。

目前，东非共同体在贸易、关税、市场共同体的基础上，正在努力实现最后一个目标——货币共同体，即各成员国保持统一的货币政策，使用单一货币。

建设经济特区与工业园

赵忆宁： 肯尼亚建立经济特区和工业园，无疑也与工业紧密相连。

查尔斯·马欣达： 是的。建设经济特区与工业园是我们一项重要的工作，目的是更好地利用外国直接投资以及实现技术转移。这项工作并不简单，我们得到了中国政府的大力支持，并与福建和江苏两省结了对子，中国政府还为我们提供了一些可以合作的企业名单，其中就有我们现在合作的中交建。在各方支持下，我们正在筹划建设肯尼亚第一个经济特区。希望在不久的将来能够看到这个经济特区顺利建成。

中国政府也将支持我们在中国宣传肯尼亚蒙巴萨经济特区，因为现在中国也有支持企业"走出去"的战略。我们希望能够吸引中国企业来这里投资，带来清洁的高新技术，而这些企业也将通过肯尼亚进入东非共同体国家。东非共同体一共有 6 个国家，市场前景广阔，而且还可以利用美国对非洲贸易的优惠政策，进而进入美国市场。我们还和欧盟有贸易协定，所以中国企业在东非设厂的话，还可以借此机会进入欧盟市场，享受免关税、免配额的待遇。总的来说，在肯尼亚设点的中国企业可以顺利进入东非共同体、美国、欧盟等各大市场。

赵忆宁：你如何看待承接从中国或南亚国家转移出来的劳动密集型轻工业、建材业和电子电器装配业？中非产能合作前景如何？

查尔斯·马欣达：我们非常希望吸引中国制造业向肯尼亚转移，根本的原因还是出于创造就业机会的考虑，当然也希望能够整合上下游产业。比如在纺织行业，已经有联发公司这家中国企业有意向来到肯尼亚。联发公司在落地肯尼亚之后，我们不仅希望支持这家企业发展纺织产业，还希望能够整合纱线、纺纱、织布等产业链上的各个环节。这种产业链整合能够有效创造就业，提高人民的生活水平。

过去几十年里，肯尼亚真正致富的是中间商。比如棉花销售价是 30 先令，但农民可能只能拿到 5 先令，严重挫伤了农民生产的积极性，最后导致了肯尼亚棉花和纺织产业的崩溃。所以，我们希望大中型纺织企业来肯尼亚投资，不仅生产纱线，还要整合产业链，重新把肯尼亚的相关产业发展起来。肯尼亚政府也会提供各项扶持政策，帮助企业实现这一目标。

皮革加工业也是如此。我们希望能够在传统畜牧业的基础上，发展附加值较高的皮革加工业。如果有相关符合条件的企业想要来肯尼亚投资，我们是非常欢迎的。钢铁业也是非常重要的，钢铁业是工业制造的基础和根本。目前，东非各国都在大力发展基础设施建设，而这过程中最需要的两种建材就是钢铁和水泥。

中国的商业银行应在肯尼亚开设分支机构

访肯尼亚预算拨款委员会主席米卡·切斯默

米卡·切斯默，1972 年，毕业于斯特拉斯莫尔会计学院（Strathmore College of Accountancy），1974 年荣获伦敦注册会计师奖学金。他曾经在几家私有企业工作数年，如 Lonrho E·A 公司、B.A.T. 肯尼亚公司、Flouspar 肯尼亚公司。此外，他还曾就职于肯尼亚、澳大利亚等国家的大学。1984—1991 年，他在肯尼亚中央银行任行政主管；1993 年，任职肯尼亚中央银行行长；2009 年，他被任命为资本市场监管局的主席；2010 年，被任命为肯尼亚预算拨款委员会主席。

肯尼亚预算拨款委员会是一个独立的机构，负责向总统和议会提供预算拨款方面的建议，同时也向中央政府、各郡政府提供公共财政管理方面的建议，而不需向任何单位汇报工作。其核心职能是就公平分配国家和地方县级政府之间的财政收入、融资和财务管理，提出政策咨询及建议，也包括建立国家和县级政府公平分配国家财政收入的基准，就国家和地方县级政府财政拨款事宜提供政策咨询及建议，以及承担确定和增加国家政府和地方县级政府的收入来源，等等，并在议会通过任何从平准基金中拨款的法案之前，提供政策咨询及建议。

肯尼亚两级政府架构

赵忆宁：谈到国家预算政府的架构，肯尼亚只有中央政府和郡政府两级，历史上就是这样的吗？

米卡·切斯默：自肯尼亚独立以来至 2010 年，每一件事都集中在中央，每一个决定都在内罗毕做出。2010 年我们有了新的宪法，根据新宪法将原来的四级行政架构改为中央和郡两级政府，在中央政府之下设有 47 个郡，每个郡都设有郡长，所以我们现在是两级政府的架构，这样的设置降低了政府管理成本。总的来说，肯尼亚的政府还是做得不错的。

赵忆宁：近些年郡政府获得的预算占总预算的比例有所增长，但实际只占财政预算总额的 11.5%，肯尼亚地方政府的预算较低，是否可以满足各郡经济社会发展的需要？

米卡·切斯默：我纠正一下，郡政府获得的预算总额不是 11.5%，而是20%。当然，20% 还不够，将来这个比重还会增加。另外，郡政府设立还未满 4 年，而郡政府的主要功能是提供公共卫生、文化服务，以及公路建设、维护和水资源管理。将来这部分预算还会增加。中央政府将减少在上述领域的参与度，但20% 的预算肯定是会增加的。

赵忆宁：您刚才讲到地方郡除了提供公共服务之外，还有公路建设与维护。

米卡·切斯默：肯尼亚有两种级别的公路：一是国道，所有的高速公路和国道都是由中央政府管理的；二是由郡政府管理的郡道，由黏土铺设，路况较差。

赵忆宁： 肯尼亚公布了 2017—2018 财年财政支出草案，其中基础设施预算相应减少，而提高了地方预算。

米卡·切斯默： 没错。基础设施预算减少的原因在于肯尼亚国债较重，肯尼亚借了大量资金，占到 GDP 的 50%。如果继续在基础设施方面投资，还债就有困难了。另外，中央政府要增加对郡政府的财政预算，各郡政府急需公共卫生、道路建设和农业等方面的资金。所以，中央政府必须减少在基础设施方面的投资，从而顺利偿还债务。

赵忆宁： 过去的这些年来，肯尼亚中央财政一直在加大公共基础设施建设和能源开发的投入，其中基础设施建设及能源建设支出占预算总额的 30%，世界银行报告认为，肯尼亚基础设施项目带来的红利开始显现，您认同这个结论吗？

米卡·切斯默： 新建公路带来的好处确实已经开始显现，比如由中资企业承建的锡卡高速公路极大地缓解了交通拥堵。这是由 3 家中国公司承建的肯尼亚第一条双向八车道的现代化高速公路，这条路目前也是东非地区最长且技术含量达到国际标准的高速公路。在此之前，还有一条新建的 A2 公路从伊西奥洛到埃塞俄比亚，也是由中资企业承建的。在这条公路通车之前，同样的路程要走 3 天，现在只需 8 小时。这条公路现在已经成为肯尼亚中部通向北部边境连接埃塞俄比亚的最重要通道。以伊西奥洛为例，受公路建设的影响，城镇里的商店、加油站、旅馆等商业设施有了明显的增加。目前从伊西奥洛到马萨比特之间的公交车价格降低了 20%，为当地居民和商贩节省了时间的同时也降低了经商成本。另外，中国路桥承建了内罗毕南环城路，也极大地缓解了交通拥堵的状况，确实是喜闻乐见的一大好事。

赵忆宁： 肯尼亚这些年为了搞基础设施建设，借债规模比较大，您对肯尼亚未来还款有信心吗？根据世界银行和 IMF 的报告，目前肯尼亚的债务已经接近警戒线。

米卡·切斯默： 肯尼亚的国债已经占到了 GDP 的一半，但我们相信，通过公路网络规划和正在建设的标轨铁路，商业成本会有所降低。从内罗毕到蒙巴萨，我们将看到整个国家经济大发展。而且我相信，肯尼亚政府不会再冒险借钱重蹈入不敷出的局面。

中国的商业银行应在肯尼亚开设分支机构

赵忆宁： 2016 年 6 月，世界银行发布 2015 年肯尼亚政府执政表现评估报告，采用了"国家和政策机构评价指数"来衡量肯尼亚政府表现。该指数满分 6 分，肯尼亚执政党朱比利（Jubilee）联盟在经济方面表现较好，特别是肯尼亚政府在货币和汇率政策方面为 4.5 分，财政政策和债务政策均为 4 分。在您任中央银行行长的 8 年中，负责实施重大经济改革，包括废除外汇管制。您是否可以谈谈在肯尼亚央行工作期间的往事？

米卡·切斯默： 我从 1993 年起担任肯尼亚中央银行行长，当时的通货膨胀率为 100%。所以，我和我的团队就要通过减少货币流通来缓解通货膨胀；另外，我们废除了外汇管制，并减少中央政府从中央银行借钱。

赵忆宁： 1966 年，肯尼亚议会通过了《肯尼亚中央银行法案》（Central Bank of Kenya Act of 1966），肯尼亚中央银行独立处理国家货币与金融政策。50 多年来，肯尼亚是如何逐步建立起比较完善的金融服务体系？中央银行是如何独立地制定货币政策与发行货币，并建立自己的清算和结算系统，以及独立地管理自己国家的外汇储备？又是如何为经济发展与稳定提供保障的？

米卡·切斯默： 20 世纪 80 年代初，新的银行取得了执照后，如春笋般大量出现。但是到 20 世纪 80 年代中期，由于提供过多的贷款，许多银行倒闭了。当我上任时，我对银行业进行整顿，关闭了经营状况不佳的银行。现在肯尼亚公立银行和私立银行加起来有 45 家，发展得还不错，都是当时我和我的团队治理银行业的成果。还有件新事物，移动手机支付 M-Pesa 被广泛使用，全球用户达 2 500 万，其中肯尼亚用户 1 900 万，平均日交易额预计 150 亿肯先令（约合 1.48 亿美元），这是为低收入消费者提供低成本的支付平台，也是金融包容性创新的成果。肯尼亚中央银行是独立运作的，有两个职能：一是减少通货膨胀，监控货币发行稳定；二是保证银行业的稳定。中央银行有董事会和行长。如果政府想购买外汇，既可以从商业银行购买，也可以从中央银行购买。

赵忆宁：在肯尼亚，本国银行与外国银行的比例各是多少？外资与肯尼亚银行业务总量各是多少？肯尼亚央行对外资银行的经营范围是否有限制？

米卡·切斯默：具体的数字我不太清楚，大概 40% 是外资银行，60% 是本国银行。中央银行对外资银行没有限制，外资银行和本国银行一样，都在相关的规定与法律框架下运作。

　　赵忆宁：在肯尼亚经营的主要外资银行，比如巴克莱银行肯尼亚分行（Barclays Bank of Kenya）和渣打银行以及南非标准银行，它们不仅在肯尼亚经营时间长久，而且其母公司是巨大的跨国银行集团，凭其金融实力与国际资源，肯尼亚本国银行如何与之竞争？

　　米卡·切斯默：20 年前，包括巴克莱银行和渣打银行在内的外资银行很兴盛。但现在，肯尼亚本国银行的实力不断增强，比如权益银行（Equity Bank）、肯尼亚商业银行、合作银行（Co-operative Bank）等，原因就在于本国的银行了解本国的情况；而外资银行当前的处境相对艰难，巴克莱银行和渣打银行已经关闭了在肯尼亚的一些分行。当权益银行开始兴盛的时候，巴克莱银行做出了政策与业务调整。

　　赵忆宁：在肯尼亚政府制定的"2030 愿景"中，提出要重点发展金融服务等产业。在中非"十大合作计划"中，中非金融合作计划是重要的内容之一，中国政府也鼓励和支持金融机构扩大对肯投资，努力提升中肯合作的质量和水平。您能否介绍一下中肯两国在金融领域的合作进展情况？目前面临哪些机遇与挑战？

　　米卡·切斯默：我认为，对两国金融领域合作有利的一件事是中国的商业银行应在肯尼亚开设分支机构，这样，中国的商业银行就能更了解肯尼亚的金融体系。我知道，中国人做事都很有效率，中国在公路、桥梁建设和商务方面的投资很大，但中国如果能在肯尼亚开设政策性银行的分支机构或商业银行的分支机构，就能更有效地帮助中国了解肯尼亚的金融体系。现在，我还没看到中国有哪家银行在肯尼亚设立了分支机构。

　　赵忆宁：您知道中国工商银行入股南非标准银行 20% 的股份吗？而且南非标准银行在肯尼亚内罗毕也有代表处。

米卡·切斯默：我知道南非标准银行，我的钱也存在那，但是，我希望中国的银行在这边的分支机构，是由中国的工作人员在这个银行的分支机构工作。有很多肯尼亚的商人到中国做生意，如果通过中国的银行进行交易将简化交易的烦琐性，这对从中国来肯尼亚做生意的商人来说也是有相同的益处。中国商人和投资者能更容易地了解肯尼亚的金融体系和银行体系。

南非标准银行搭建人民币落地非洲的桥梁

访南非标准银行董事、东非区中国业务总监曹民

曹 民

南非标准银行历史悠久，是南非乃至非洲规模最大的商业银行。2008 年，中国工商银行以 54.6 亿美元收购南非标准银行集团 20% 的股份，成为南非标准银行单一最大股东。中国工商银行的入驻给南非标准银行战略发展定位带来了影响。因此，2009 年，南非标准银行提出两个新的发展战略，一个是"回到非洲"（ Standard Bank-Back Africa ），另一个是"链接中国"（ Standard Bank-Link to China ）。

"链接中国"战略恰逢其时。中国是非洲最大的贸易伙伴，也是非洲很多国家最大的投资国，同时是非洲国家重要基础设施的投资者。在这一背景下，标准银行大力推动人民币贸易和投资结算业务，助力人民币国际化。

笔者就此专访了南非标准银行董事、东非区中国业务总监曹民。

标准银行的战略："回到非洲"与"链接中国"

赵忆宁：经济参赞郭策在介绍标准银行时提到，标准银行做人民币跨境业务，为什么是标准银行？

曹民：2008 年，中国工商银行以 54.6 亿美元收购标准银行集团 20% 的股份，成为标准银行单一最大股东。虽然工商银行不直接参与管理，但是在南非设立了一个管理系统，本质上是监管 55 亿美元的投资。当然，工商银行的入驻给标准银行战略发展定位带来了影响。因此，2009 年，标准银行提出两个新的发展战略：一个是"回到非洲"，另一个是"链接中国"。

赵忆宁："回到非洲"是什么概念？

曹民：在标准银行发展过程中曾经历战略扩张时期，先后在阿根廷、土耳其、俄罗斯等新兴经济国家设立分行。提出"回到非洲"战略的原因是，我们银行真正的竞争优势在非洲，我们是非洲本土最大的银行，有着 150 年以上的历史，对非洲各国的历史、政治、经济以及各行业有着深刻的理解。"回到非洲"就是利用我们独特的优势，继续增加在非洲各国分行资本金的投入，并进一步加大力度，在非洲国家设立新的分支机构，坚定地支持非洲各国的经济发展。为了实现这个战略，标准银行逐步退出非洲以外的市场，把处置股份和资产拿到的投资收益，用于支持我们在非洲各国分行的发展，先后开立了肯尼亚、南苏丹分行和科特迪瓦标准银行。

赵忆宁："链接中国"是什么含义？

曹民：中国是非洲最大的贸易伙伴，也是非洲很多国家最大的投资国，同时还是非洲国家重要基础设施的投资者。标准银行是非洲最大的银行，而中国工商银行是世界第一大银行，有着雄厚的资金实力和广泛的中国客户基础，两个银行的战略合作相当于在两大新兴经济体之间，架设起一座金融服务之桥，强有力地支持了双方的经贸往来，同时标准银行也可以获得巨大的利益。可以说提出"链接中国"战略恰逢其时。

赵忆宁："链接中国"的路径是什么？

曹民：标准银行是一个涉及银行、保险、信托、证券等业务的金融集团，可以全方位为中国企业提供所需的金融服务。例如在非洲PPP项目与其他大型项目融资领域，我们与中国的企业及以工商银行为代表的金融机构就有过很多合作。作为一家商业银行，我们是基于市场的专业判断和对项目自身的分析来开展融资活动，我们做的项目融资是纯商业的，而不是国家对国家的融资模式。非洲各国对基础设施建设需求很大，迫切需要资金的支持，标准银行肯尼亚团队最近就在支持一个大型电力项目。2015年，肯尼亚有一个约20亿美元建设拉姆燃煤电站项目的投标，中标的是当地海湾能源公司，而中国电建是该项目设计采购施工（EPC）的总承包商，业主委托标准银行为股权融资顾问和主要融资安排银行，初步意向是寻找中国潜在投资者，同时中国工商银行与标准银行有意联合其他金融机构一起为该项目提供融资支持。标准银行依托本土经验及对当地业主的了解，通过"链接中国"，不但为业主带来了中国的战略股权投资人，还带来了中国的资金。

赵忆宁：在非洲项目融资过程中你们扮演什么角色？是组织者还是参与者？

曹民：应该说两者兼而有之，标准银行更加了解非洲，所以在很多项目融资过程中起了很大的作用。再举一个肯尼亚年金公路项目的例子，2013年肯尼亚总统大选获胜后提出未来5年利用"特许年金"建设1万公里公路。年金公路由承包商用2~3年带资或融资修建，并负责建成后7~8年的运营和维护，政府将每半年按照年金方式等额归还建设成本和融资成本以及运维费用。从年金公路项目架构的设计到执行以及谈判，标准银行投行团队都积极地参与并发挥了影响力。

搭建人民币落地非洲的桥梁

赵忆宁： 据了解，标准银行成为肯尼亚首家人民币现钞自由兑换银行，跨境人民币结算也是"链接中国"的一部分吗？

曹民： 是的。2009 年，标准银行确立了"链接中国"战略，从 2010 年开始，全行推广跨境人民币业务。2011 年，我在安哥拉做了第一单人民币的远期信用证业务。当时安哥拉的中资企业华丰公司花 2 200 万元人民币购买中国一汽大众的几百辆汽车，基于华丰公司的银行授信，标准银行开具了远期 270 天的信用证，这是非洲第一笔人民币远期信用证交易。我认为这笔交易对中安两国贸易具有里程碑式的意义，也反映出标准银行的创新能力。2012 年 8 月，我调到东非

助人民币国际化

后，继续大力推广人民币业务，2013 年先后实现了乌干达、坦桑尼亚的跨境人民币汇款。2014 年，中国驻乌干达赵亚力大使到标准银行兑换人民币现钞实现了人民币现钞在乌干达落地。在充分总结经验的基础上，2016 年 7 月，中国驻肯尼亚刘显法大使参加了标准银行人民币现钞落地仪式，目前肯尼亚标准银行主要网点都提供人民币现钞。

赵忆宁：为什么做人民币现钞落地项目？

曹民：我们中国团队之前的工作是在东非各国广泛宣传人民币的使用和测试人民币汇路，比如客户开立人民币账户后，使用人民币汇款，我们必须要先疏通好汇款路径，通过结算行把钱及时准确地汇到国内客户指定账户上，进而逐步推广。为加大推广人民币的力度，当然要有标志性的事件，所以就有了人民币现钞在乌干达和肯尼亚的落地，目前看效果还不错。从我个人的角度来看，特别希望在非洲不单是中国企业和个人使用人民币，也希望人民币能进入非洲的千家万户。很多中国个人都有美元、欧元甚至日元的账户，为什么不能让非洲人民也有人民币账户呢？在很多非洲国家，人民币账户是可以像美元、欧元一样开立的，技术上没有障碍，结算上也没有障碍，我们的中国企业可以自己开立人民币账户。

赵忆宁：人民币在非洲交易量还很小，什么原因？

曹民：主要原因是我们的金融机构或者企业大多没有与交易对手签人民币合同，其实中国进出口银行优惠贷款很早就是人民币贷款，也被世界不少国家所接受。贸易项下大多数交易完全可以签署人民币结算的合同，币种的选择是交易双方协商的结果，应该有很大比例可以签署人民币合同。次要原因是人民币交易市场规模不足，特别是缺乏人民币长期贷款的报价。根据IMF官方公布的2016年第四季度全球外汇储备报告，在以货币种类归类的外汇储备中有人民币。所以我们要抓住时机，加大推广的力度，出台配套政策措施。

赵忆宁：是的，这需要政策的支持。正是因为借款国的意愿不强烈，才更需要大家做工作。

曹民：借款国也担心人民币汇率波动的问题。除了中国贷款项目，日益提高的中非贸易也需要我们去推动人民币的使用。所以 2014 年我们在乌干达启动人民币业务和 2016 年在肯尼亚启动了人民币现钞自由兑换业务。

当下，标准银行与日常业务交易相关的"中国流量"交易量日益增加，每年有几十亿人民币的交易量，虽然和整个中非贸易交易总量相比占比有限，但每年增长比较大。相信通过大家继续努力，增加的业务流量也会增加标准银行在整个非洲大陆整合本地和全球交易的能力。

赵忆宁：问个技术问题，南非标准银行是央行授予的跨境清算银行吗？

曹民：我们标准银行不是清算银行，只是结算银行，但我们的合作伙伴中国工商银行是清算银行，标准银行和工商银行有天然的联系，所以我们的结算量比别的非洲银行大很多，其他非洲小银行也通过我们银行和中国工商银行建立间接和直接的联系。目前中国在境外已设立人民币清算行 20 家，中国工商银行占了 8 家。通常我们是通过中国工商银行在新加坡、中国香港的人民币清算行做清算，类似于在清算行下面做零售的结算银行。

赵忆宁：人民币结算在你看来最大的益处是什么？

曹民：中国企业在非洲以人民币开展业务的好处主要有几点：其一，中国客户使用人民币作为交易货币可降低成本，中国企业以人民币结算可减少美元等兑换成本；其二，突破流动性限制，一些主要美元中转银行为规避自身风险，不愿承担部分非洲国家的中转义务，造成这些国家汇入汇出美元的困难，用人民币结算可以有效地解决这一问题；其三，由于人民币是中国企业的记账本位币，如果全部交易过程以人民币交易，也会大大简化财务核算工作；其四，其实对于非洲本土企业进口中国商品，也可以和中国出口商签订人民币合同，从而降低美元升值所带来的潜在风险。

标准银行为非洲工业化提供金融服务

赵忆宁：中非合作论坛约翰内斯堡峰会提出中非"十大合作计划"，从调研的情况看，之前更多的是政府框架项目，未来将会有更多的企业投资项目，从企业层面讲对金融服务的需求会加大。

曹民：我在非洲十几年了，加上我曾经在国际工程公司工作多年，对中国企业的需求非常了解，因而比较接地气。在我到标准银行之前，东非区的银行对中资工程公司、工业类公司、贸易公司等授信几乎是零。原因主要是虽然一些企业的母公司在中国有实力，但是非洲分公司、子公司往往资产规模小，营业额和盈利水平有限，这样就难以得到银行的支持。为此我们做了一个增值的创新，不单单看非洲本地公司的资产负债情况，还关联着看其中国母公司的财务状况、资金实力以及对海外公司的支持力度，通过合理的交易设计，既达到了增信的目标，又满足了银行自身风险控制的要求。截至 2016 年，我们在东非区完成了十几家企业近 2 亿美元的授信，预计 2017 年将新增 2 亿美元授信。标准银行也给一些中资重点客户进行集团授信，用以支持企业多国的授信需求，这些授信有效地支持了中国企业在非洲的业务，大大便利了他们的经营活动。

赵忆宁：他们不能拿到中国国内银行的授信吗？

曹民：中国国际工程公司开立保函，在中国国内审批流程时间比较长，如果转开还涉及银行间对保函格式的认同以及价格谈判，一些企业希望海外公司能够自负盈亏，也鼓励海外公司取得当地银行的流动资金支持。标准银行的当地授信有利于企业灵活方便地使用。

赵忆宁：您的客户主要是哪些？

曹民：我们部门是服务中资大客户的，银行还有服务中国中小客户的部门。目前我的客户大部分是央企，也包括省级的公司和民企。

我们有一个特别有意思的客户是森大集团，他们是 2012 年中国工商银行介绍给我们的，他们原来是一家贸易公司，出口瓷砖做到世界第一，每年出口世界两万多个货柜，主要销往非洲，是马士基在非洲最大的客户，主要出口到加纳、肯尼亚、坦桑尼亚、尼日利亚等。单肯尼亚一个国家每个月就有三四百个货柜。最近他们联合广东科达洁能公司，这是一家生产瓷砖设备的企业，计划在肯尼亚、坦桑尼亚、加纳、埃塞俄比亚建四条瓷砖生产线。目前在肯尼亚建设的第一条生产线——特福（Twyford）陶瓷厂已经量产。项目投资是中国银行做的融资，整个厂房有一公里长，不仅实现了进口替代，也为肯尼亚创造了 300 多个工作岗位。因为是两个有实力的公司各自发挥所长，因而盈利前景非常好，这类有意义的项目我们肯定要跟进。所以标准银行在工厂还没有正式投产之前，就批准了几百万美元流动资金授信，也算是支持了中国企业的优势产能与非洲的结合。

另一个项目是中国工商银行支持的东送集团在乌干达的工业园区项目，这将是一个超 10 亿元人民币的融资项目，也是工商银行践行人民币国际化的标志性项目。项目在乌干达的金融服务也将由标准银行完成。

赵忆宁： 把眼光放得更长远？

曹民： 约翰内斯堡峰会后，为了落实"十大合作计划"，推进非洲工业化的进程，中资企业目前纷纷兴建或者规划工业园、自贸区乃至经济特区。下一阶段我们将目标锁定在进入工业园的项目上，届时将会有很多中国企业进入非洲，也可以说，非洲国家将迎来实现工业化的重要战略机遇期。作为银行，我们已经介入工业园的前期建设，一些东非的既有客户也有此计划，例如中交集团的蒙巴萨经济特区，中国武夷在肯尼亚的工业园，东送集团在乌干达的工业园，以及阳光集团在坦桑尼亚的工业项目等。我们会认真分析研究各个工业类项目自身的特点，为客户提供满意的金融服务。

让人民币跨境结算助力人民币国际化

赵忆宁： 您怎么看人民币国际化的问题？

曹民： 我觉得这是一个必然。中国已经是世界第二大经济体，也是最大的贸易国，国际投资正在逐年提高，甚至成为很多国家的最大投资来源国，所以相当程度上我们可以确定贸易或投资的币种是人民币。随着"一带一路"倡议的具体落实，中国逐渐成为沿线国家互联互通的推动者，"一带一路"朋友圈不断扩大，此时也正是推进人民币国际化的绝佳时机。不仅仅是南非标准银行，所有的非洲银行都看到这个趋势，人民币最终会成为全球商品贸易交易货币。因为标准银行有中国工商银行的背景以及"链接中国"的战略，所以我们比别的银行对此更关切，也愿意付诸更多的实践和努力，希望比别人走得更快一点。

赵忆宁： 人民币国际化过程中最大的障碍是哪些？

曹民： 全球金融危机以后，由于对美元币值稳定的担心和中国经济高速增长带来的冲击，国内外对人民币国际化的讨论常常与国际货币制度改革联系在一起。我同意一种观点，货币国际化的历史表明，单纯的经济规模和贸易份额仅仅是取得国际储备货币地位的必要条件，对本币的信心和国内金融市场的开放程度更重要。从这个角度看，人民币国际化任重道远。权衡人民币国际化的利弊得失，最好本着先易后难的原则，现阶段我们应该明确以推进人民币跨境结算为目标，辅以稳妥可控的国内改革和金融市场发展的配合政策。

推进人民币国际化的必要性毋庸置疑，但是过程中还有一些不可控的风险。为了加快中国经济的开放和全球化，并且在此过程中能够有效应对当前和未来可能的外部冲击，降低中国企业所面临的汇率风险，帮助企业节约外汇交易成本，促进国际贸易和对外投资，目前紧迫的事情就是在对外经济活动的跨境结算中积极推进人民币化。具体地说，就是要使人民币结算额与实体经济对外活动规模，包括实体经济贸易与实体经济投资，相适应。因此，千里之行始于足下，在人民币国际化的远期目标下，脚踏实地落实人民币跨境结算，将其做大做强。

赵忆宁：所以标准银行的做法是值得肯定的。

曹民：其实我们就是搭建了一个桥，是用人民币铺就连接非洲与中国的一个桥，未来在非洲还会有更多这样的桥。中国公司推动非洲国家基础设施建设，我们使出自己的力量助力人民币实现国际化。

我们是中国老师的学生

访肯尼亚公共服务部人力资源发展司司长西蒙·M.安古特

西蒙·M.安古特（Simon M. Angote）

非洲的现代化本质上是人的现代化，培养人才是支撑非洲经济起飞的重要基础，也是中国对非援助的重点领域。

以公共服务能力领域的人力资源培训为例，2008年起，中国通过中国技术合作援助项目（TCAP）与肯尼亚展开合作，据统计，2008年到2015年底，肯尼亚一共有超过6 000名学员参与这个项目。此外，肯尼亚政府还先后组织了3个部长团考察学习中国经验。

在中国学习的课程内容和经验，对促进肯尼亚发展起到了哪些作用？笔者采访了肯尼亚公共服务部人力资源发展司司长西蒙·M.安古特。

西蒙·M.安古特所在部门，其职能类似于中国的劳动和人力资源保障部，重点是提供就业和公务员培训。公共服务部下设人力资源发展司，负责与中国商务部对接有关人力资源培训项目事宜。

启动公共服务能力建设合作

赵忆宁：请介绍一下肯尼亚政府是从哪一年开始和中国政府在人力资源培训领域开展项目合作的？

安古特：肯尼亚和中国政府在1963年就建交了，但是两国在公共服务能力建设合作方面是从2008年开始的。2016年7月，肯尼亚公共服务部和肯尼亚政府学院（Kenya Government College）共同完成了《与中国科技合作援助培训项目评估》报告，这份报告梳理了我们和中国合作的所有项目。

我们还有另外一份报告，这份报告包括所有为肯尼亚提供人力资源援助的国家和项目。报告显示，在所有国家中，中国援助的项目是最多的。正是因为中国政府给了我们很多支持，使得许多肯尼亚年轻人得以前往中国学习。

赵忆宁：最初是从哪些项目开始合作的？

安古特：中国是通过中国技术合作援助项目（TCAP）和肯尼亚开展合作的。主要有两种合作形式：一是1988年开始的教育奖学金项目，由中国教育部负责，资助肯尼亚学生前往中国大学深造，学习医学、法律和工程专业；二是中国从2000年开始对发展中国家的技术合作援助项目（TCDC），是在南南合作框架下进行的。

肯尼亚从 2000 年开始正式参与技术合作援助项目，这个项目包括公共服务能力建设项目，主要是面向部级官员的。项目是从 2008 年开始，包括教育、文化、农业、贸易、能源、通讯、信息技术、基础设施、医疗（主要是中国具有丰富经验的疟疾控制问题）、环境（清洁水资源等）、公共管理、年轻外交官培训、经商环境等各领域。我们首批挑选了 30 名官员前往中国，学习中国的成功发展经验和模式。培训时间有两周、三周、一个月不等。后来，中国又推出了硕士和博士项目，入选者可以在中国大学攻读硕士和博士学位。

前后组织 3 个部长团赴中国进修

赵忆宁：有多少人参与了这些项目？部级和司局级官员有多少人？

安古特：最近几年来，每年大概都有 1 200 名左右的学员参加，从 2008 年到 2015 年底，肯尼亚一共有超过 6 000 名学员参加了这些项目，包括短期项目和长期项目的培训。从 2008 年至今，一共组织过 3 个部长级培训团，每个团大概是 25 名学员，其中包括 13 名正副部长，另外 12 名是司局级官员。所以中国不仅帮助肯尼亚建设了很多基础设施项目，还为肯尼亚的公共服务能力建设做出了很大的贡献。中国政府为所有学员提供资助。

赵忆宁：部长级培训团学习的课程是什么？部长团是和中国政府哪个部门合作的？

安古特：其中一个部长团的主题是"经济与发展"，另外两个团的主题是"经济与社会可持续发展"。项目一般是由中国商务部国际商务官员研修学院（AIBO）举办，比如，如果肯尼亚农业部长希望了解有关中国农业发展的经验，那么通过 AIBO 牵线搭桥，组成一个培训团，团员中可能有农业部长、贸易部长、医疗部长，等等。他们可以组团去中国学习并去中国农业部进行交流，或者考察相关的贸易与医疗机构等。

赵忆宁：都有哪些部长参加过部长团？

安古特：2012 年的部长团有 39 人参加，包括高等教育部长、医疗部长、基础设施部部长、贸易部部长、信息部部长和副部长在内的不少部级官员都参团了。

赵忆宁：你们是怎么选择到中国学习的学员？选择标准是什么呢？

安古特：通常，中国政府在发出邀请时，会列明相应的人员资质要求，比如要求是部级官员或者司局级官员等。然后我们会向各个政府部门发通知，请他们推荐相关人选。在收齐报名信息后，我们将信息提交给位于内罗毕的中国驻肯尼亚大使馆经商处，由经商处和中国相关部门决定最终人选。所以说并不是什么人都可以参加这些项目的，必须要符合相应的条件。

赵忆宁：部长班或者司局长班大概会在中国学习多久呢？

安古特：部长一般学习两周，司局长是三周到四周。比如 2016 年第六批培训项目，除了报名资格要求外，通知还会列明培训举办的时间、地点，具体的课程内容，甚至是当地的天气情况等。

你看这份"经济和可持续发展规划研讨班"的通知里写明，主办方是中国发展改革委员会宏观经济研究院，工作语言是英语，面向的是英语国家经济部门的官员，研讨班规模是 28 人，要求学员不超过 45 岁，身体健康，具备良好的英语听说读写能力，也写明中国政府不会负担学员亲属的费用。同时，研讨班还将组织前往上海和杭州实地考察。

培训，就像打开了一扇门

赵忆宁：您有没有参加过项目的培训？

安古特：我参加过"公共管理和行政改革培训班"，2016 年 9 月 2 日到 15 日举行的。另外我也陪同参加过一次以"经济与发展"为主题的部长班。在肯尼亚很多人不了解中国进出口银行、中国路桥等国企的地位和作用。在部长班上，中国老师向我们讲解了中国进出口银行的地位与作用，就像打开了一扇门。

我们的很多老师都在美国与英国受过教育，但是他们在讲课中是用中国的价值观来审视西方的经验，非常有自信。

赵忆宁：其他学员也像您一样认为课程有收获吗？

安古特：2016 年 7 月，我们召开了一次研讨会，邀请了过去 5 年在中国参加过培训的学员参加，中国驻肯尼亚的大使刘显法先生出席并致开幕词。举办这次研讨会的目的，就是要了解中国举办的这些培训班对参与学员在能力方面的提高。

医疗部门的学员反馈称，中国在治疗和控制疟疾方面的经验对他们非常有帮助。农业部门学员表示，学到了不少中国在水稻种植方面的技术经验。因为肯尼亚恐怖分子活动也不少，我们还派过警官去中国学习公共安全方面的课程，向中国同行学习如何使用应急设备。过去一年半里，我们已经派过 50 名肯尼亚警官去中国学习，他们表示课程非常有意义。

我们还有去中国学习商务贸易谈判的学员，他们也说课程很有帮助。有个项目叫商业再造（business reengineering），指的是简化行政许可流程，改善投资环境。过去在肯尼亚进行工商登记要经过 15 个步骤，参加学习的学员们回来后，根据中国的经验以及本地的情况进行了改革，目前工商登记已经减少到了 2 个步骤。

赵忆宁：学位教育项目顺利吗？

安古特：你看这些是获得奖学金的学员名单，写明了他们攻读的专业，还有具体的大学。这些大学都是中国非常好的学校，比如清华大学、中国人民大学、北京师范大学、中央财经大学、中山大学等，还有浙江、上海、重庆等省市的重点院校。中国政府为入选的公共服务能力建设项目的学员支付学费。

教育部门学员表示，在中国学习方法很容易上手，几乎所有在中国攻读硕士和博士学位的肯尼亚奖学金获得者都能够顺利拿到学位。这些学员学成归来后，中国驻肯尼亚经商处都会举行欢迎仪式，邀请公共服务部部长参加，学员也会发言。而且硕士、博士学员在回国之后，按规定也要向公共服务部汇报学习情况。其他培训班的学员回国之后，每个人都要提交总结报告，说明在中国学习的课程内容对促进肯尼亚发展的相关性，而且要写出详细计划，如何把所学的中国经验运用到工作中去。我们对部长学员和普通学员的要求是一样的，重点是如何将中国的经验、做法在肯尼亚推广、实施。形成的定期评估报告都存放在图书馆里。

赵忆宁：我知道中国商务部也在举办关于中国经济特区、工业园区方面的培训班，肯尼亚有没有派学员参加？

安古特：我们有参加两个关于经济特区的培训班，还有贸易便利化、区域经济合作等相关的培训班。对这类的培训班中国政府要求的是中高层干部，不面向低级官员。

希望安全、海洋等领域增加课程

赵忆宁：从您的角度看，未来肯尼亚还急需哪些方面的培训？

安古特：我们提出过相关的建议，包括增加公共政策、安全和信息通信技术（ICT）、交通和基础设施建设、整形外科和脑外科的医学学位课程等。我们希望中国方面能够提供法医学的培训班。在硕士学位方面，我们希望能够新增工程、农业、经济管理、医学、公共政策和管理、安全等方面的奖学金；在博士学位方面，我们希望新增工程、农业、医药等方面的奖学金，这些都是中国有着丰富经验的领域。这些诉求并不是公共服务部自己想出来的，而是汇总了各个政府部门的意见形成的。目前中国政府已经开始给肯尼亚学生提供这些专业的奖学金了。

可以说，肯尼亚在公共服务能力建设方面最大的伙伴是中国。英国、美国、日本、韩国、马来西亚和印度加起来都没有中国多。

赵忆宁：您刚才提到，中国企业在这里也提供一些人力资源的培训，能举一些例子吗？

安古特：中国路桥等公司为肯尼亚员工提供很多在职培训，使员工具备相应的工作技能，甚至包括培训安保人员使用警察装备等，这些都不是我们公共服务部提供的。这里最大的一个体育中心，还有一家医院都是中国建的，而且他们还培训了医务人员。这些培训都是针对特定岗位的。

赵忆宁：从现在来看，中国所提供的培训名额能否满足肯尼亚政府官员学习的需求？您会不会建议增加名额或者增加课程？

安古特：已经提出了建议。我们并不会建议要增加新的名额，而是提议希望在比如安全、海洋等领域增加课程。我们最想了解的就是中国怎么做到实现粮食自给自足的，也希望向中国学习如何充分利用海洋资源。中国有 13 亿人口而不需要到处去借粮食,肯尼亚只有 4 400 万人口,气候也适宜,粮食尚且不能自足,所以我们非常希望学习中国的经验。但是具体还要看中国政府能安排多少资源。

赵忆宁:中国向肯尼亚传授了粮食自给自足的经验吗?

安古特:目前还没有,这就是为什么我们希望举办相关的培训班。我们从中国改革的经验中学到了非常重要的一课,就是不能全盘照抄照搬别人的东西。就像中国人所说的,要摸着石头过河,改革要循序渐进。中国从 1978 年开始改革开放,总体来说是非常成功的,我们希望从中国的实践中获取宝贵的经验。在反腐败方面也是,中国最近几年对反腐问题非常重视,这是非常重要的,让民众相信政府是严肃对待反腐问题的。

赵忆宁:肯尼亚政府可以和中国政府开展多方位的合作,包括邀请中国在农业、改革开放等领域的专家到肯尼亚来授课,这样就能让更多的肯尼亚官员得到培训机会。

安古特:我们也正在与经商处沟通研究国内培训项目,请一些中国专家来肯尼亚授课,由肯尼亚方面负担机票、食宿,这样我们就可以让更多的相关政府部门的官员来接受培训。因为每次肯尼亚学员去中国学习的机票、食宿等成本都很高,这些钱如果拿来请专家到肯尼亚来授课,可以请更多的专家,惠及更多的学员。我们是中国老师的学生,我们不仅能从老师那里学到知识,还能分享中国的经验。

首先思考国家利益，是我在中国学到最重要的东西

访肯尼亚总统办公室赴中国培训学员菲利浦·麦纳·茵吉

菲利普·麦纳·茵吉，本科毕业于荷兰海牙鹿特丹伊拉斯姆斯（Erasmus）大学，并获得发展经济学学士学位，政府管理硕士学位，先后在肯尼亚劳工部、公共服务部、总统府办公室工作，担任国企监察官（Inspector of State Corporations）职务。

采访菲利浦·麦纳·茵吉是在一家餐厅完成的。整个采访过程他都非常兴奋，就像遇到久别的亲人有说不完的话。他与我分享他在中国所看到和学到的一切，这些收获来自他在中国 3 个星期的学习，而此前他对中国并不太了解，更多的是"听说"、"读报"与"网上"的中国。

"但是等我真的到了中国，才发现实际情况和他们所说的完全不一样。"他说。

他说，每当工作中遇到挑战的时候，他就会想到在中国学到了什么，是否可以借鉴。作为总统府的工作人员，他负责向总统提交摘要信息，他说："首先要思考什么是最符合国家利益的事情，这是我在中国学到最重要的东西。"

笔者印象最深的，是他的胸前别了一枚国家行政学院的徽章和他带来的一个笔记本，记录了他在中国学习期间的心得。他翻阅笔记本的时候，似乎不是回答问题，而是重新拾起中国的记忆。3 个星期除了学到政府治理的知识，他还学会写一些简单的中国字。

负责国企绩效跟踪与评价

赵忆宁：你现在从事的是什么工作？

菲利普·麦纳：我在总统府负责的是绩效管理和评估。1992 年，我本科毕业，1994 年左右，我去总统府当了公务员培训生。1999 年，我前往荷兰攻读硕士学位，一年 5 个月之后我拿到学位并回到肯尼亚，在劳工部人力资源和规划部门工作。2003 年，我离开劳工部，回到总统府办公室担任国企监察官。2007 年，我加入国企咨询委员会，这个委员会的职责是确保国有企业管理良好，顺利开展政府项目，委员会就如何对国企进行管理、如何使国企更好地运营向总统提出建议。2014 年，我前往公共服务委员会工作，负责绩效评估和评价。

在肯尼亚宪法中有两个章节，分别阐述了政府管理和公共服务的价值和准则。我在公共服务委员会的职责，就是根据宪法的规定，确定各个部门的价值和原则，制定各部门的绩效评估指标体系，并运用评估指标督促各个部门根据价值和原则进行运作。在整整一年里根据宪法要求对每个政府部门进行评估之后，要对整个政府做一个综合的评价，并形成报告向总统和国会汇报。

2015年1月，我又回到总统办公室工作。在肯尼亚公务员体系中，总统是级别最高的，然后是内阁成员、常务秘书。总统办公室相当于总统府的延伸机构，与政府各部门有着很密切的关系。总统幕僚长有很多副手，在肯尼亚被称为首席行政秘书，负责方方面面的行政工作，直接参与协调政府对内阁管理的事务中去。在离开公共服务委员会后，我被派去协助首席行政秘书，负责政府各部门的协调工作，但是我的职务还是"绩效跟踪与评价专员"。

赵忆宁：肯尼亚的政府体系设置和中国的有些不同。

菲利普·麦纳：这个设置是比较特殊的。我的职务虽然是负责国企方面的，但实际上也承担了很多政府部门间的协调工作。我在2015年回到总统办公室工作之后，获得了前往中国参加培训的机会。我在2015年4—5月参加了"政府官员领导力管理和开发研讨班"的培训，有25名肯尼亚公务员参加，这是面向政府高级官员的培训班，在中国国家行政学院举办。培训班主要是为了让肯尼亚经济部门的官员能够了解中国政府的运作机制，以及在国家经济社会不断发展的过

驻肯尼亚经济参赞郭策为去中国学习的人员送行

程中，中国政府如何进行国家治理的。

在中国学到的五点经验

赵忆宁：你还记得培训中有几门课吗？

菲利普·麦纳：我们大致学习了中国的政府体系、政府和执政党的关系、中国政府的重点工作，还有中国的对外交往政策以及和其他国家政府的交流。我们还通过一些案例教学，对中国政府在重大公共政策的决策过程有了更深的了解。比如即便肯尼亚存在什么问题，中国政府也不会干预我们的内政，因为中国相信肯尼亚人是解决本国问题的最佳人选。

这本笔记本上详细记录了我当时学习的内容，比如这几页是关于"政府行政与管理理论改革"的，这是中国政府目前的工作重点之一。在肯尼亚人看来，中国已经是一个发展程度非常高的国家了，但是中国认为自己还是一个发展中国家，这促使中国学习借鉴世界上发达国家的经验、了解世界发展动向、了解其他国家政府的组织体系，从而设计最适合本国的体系。在这个过程中，中国不断地思考别的国家是怎么做的，如果他们做得好，应该怎么把这些好的做法加以改造，以适合中国的国情。

赵忆宁：我知道肯尼亚政府在你们回国后要求每个人提交学习总结，你的总结中都谈了什么？

菲利普·麦纳：这是我的课程总结，总结了我在北京学习的五点经验。第一，是廉洁、任人唯贤、法治的政府管理体系。第二，是中国的科学发展观，一切都要从科学实际出发。第三，是持续重视经济发展和社会发展并举。第四，是关注对国家发展有利的领域，或者是中国的比较优势。我记得在课上老师讲到，中国并不是盲目地跟随西方国家的发展经验，而是审慎地考虑这些经验是否符合中国的国家利益和中国社会主义市场经济的大方向，而这恰恰是肯尼亚面临的一个问题。第五，是政府和市场的关系。在肯尼亚，有人抱怨说为什么这么多商品都来自中国。但对中国来说，这实在不算什么。中国的人口基数很大，政府要为人们提供丰富的物质产品，政府在市场中扮演什么角色就很重要。"两只手"是一个非常形象的比喻，生动地描述了市场和政府的作用，给我留下了深刻印象。

中国的发展规划对肯尼亚有借鉴之处

赵忆宁： 你在去中国学习之前，对中国有多少了解？

菲利普·麦纳： 我在上中学的时候，曾经修过一门"世界文明"的课程，里面简要地介绍了中国的历史文化，包括长城和鸦片战争，等等。除此之外，我对中国了解得很少，等我真的到了中国，才发现实际情况完全不一样。比如，之前不少人说中国重工业发达、环境污染非常严重，而且政府对环境问题漠不关心。我到了中国才发现，虽然有一定的环境污染，但是中国政府对污染问题、环境问题是高度关注的，中国政府甚至在长城沿线的荒漠土地上建起了防风林。

另外，最让我羡慕的是，中国最高层的决策可以通过国务院一直下发到县一级的行政单位贯彻执行。全体人民能够形成共识，一起完成这些任务。周而复始，中国变得如此强大就不奇怪了。

但是在肯尼亚，任何一项决策的制定和落实都需要许多协调和讨价还价。比如，中国在肯尼亚修建的标轨铁路项目，在兴建之时遭到了来自各界的非议和质疑，甚至反对。人们反对和抗议土地兼并，不让铁路通过他们所在的地区。他们并没有从国家的全局考虑，思考什么才是对肯尼亚最有利的，这条铁路建成后对国家意味着什么。而在中国，大家首先考虑的都是国家的整体利益。

赵忆宁： 你处处把学到的东西与肯尼亚做比较。

菲利普·麦纳： 我回到肯尼亚后经常和同事朋友们说起，中国政府非常关注一些在肯尼亚看来是小事的问题。比如在浪费粮食问题上，培训班给我们发了中国重要党政领导人的讲话选集，我在里面就看到习近平主席就中国粮食浪费现状问题的讲话。在肯尼亚，从来没有人考虑过浪费粮食的问题。而在中国，国家领导人却对这个问题表示了极大的关注。

中国还制订了到 2020 年的国家发展规划，肯尼亚也有"2030 愿景"。中国在规划中写到，届时中国将实现全面建成小康社会的发展目标，将成为一个民主富强的国家，而且这个民主是和西方标准不一样的民主。

赵忆宁：刚才你谈到在中国期间接触到了中国的中长期发展规划。你认为中国的发展规划对肯尼亚有借鉴之处吗？

菲利普·麦纳：我认为是有的。在肯尼亚，我们有国家五年发展规划，我们也有25年的规划。过去我们只有五年的规划，但是后来意识到国家应该有更加长期的规划，所以就制定了25年规划，到2030年的发展规划，然后将其中的各项任务分解到各个五年期，形成中期发展规划。在每个五年规划阶段，各个政府部门都需要达成一些发展目标。

把中国所学运用到工作中去

赵忆宁：能否举个例子，来说明如何运用在中国的经历来解决工作上的问题？

菲利普·麦纳：我的日常工作是为幕僚长服务，需要具备对整个政府的全局视野。工作中我时常发现，政府要想推动落实一件事情会遇到很多困难，无论政府规划得多好、做了多少工作，事情就是推动不下去，然后我就会回想在中国学到的东西。

肯尼亚政府体系最大的问题就是整个政府体系缺乏纪律和落实，规划的事情不能很好地得到执行。而在中国，有一整套完整的政府运转体系，使得最高层的决策可以层层落实到最基层的组织，而且落实成果和规划不会有太大的偏差。

赵忆宁：你工作中具体遇到哪些困难，是如何解决的？

菲利普·麦纳：对所有到中国学习的学员，政府要求说明在中国学习的课程内容对促进肯尼亚发展的相关性，而且要写出详细计划，如何把所学的中国经验运用到工作中去。

在中国的学习，对我的工作有很大的帮助。我日常的工作包括阅读大量政府工作人员撰写的报告，我还要把这些报告加以汇总摘要，提交给总统。每次我都会想象，如果我是总统的话，我想要看到什么内容？这是培训教给我很重要的一点，首先要思考什么是最符合国家利益的事情，要看得更高、更远。所以当你拿到一个决策，或者说要向总统提交一份意见报告时，就要把自己放在总统的位置上去思考，如果你是总统，你希望采取什么行动？如果是私营部门等提交的意见建议，我就要认真地思考，这些建议是不是对肯尼亚最有利？会不会损害国家利益？而不是不加思考就把这些意见提交给总统。这是我在中国的培训中学到的最重要的东西。

另外，我还学到的是，要好好工作，不要在乎一天要工作多久，而是要关注自己为国家和人民做出了多少贡献。很多中国人都是这样做的。这能归结于"为人民服务"吗？

赵忆宁：可以的，为国家服务就是为人民服务。

菲利普·麦纳：以学校地契为例。过去在肯尼亚很多公立学校没有地契，无法证明其拥有学校所在的土地，这可能会导致有一天这块土地被别人偷偷卖掉了，结果公立学校就无法继续在这里办学。所以政府要求所有公立学校都必须办理地契，证明自己拥有所在土地的所有权。我被委派做这项工作。在争取幕僚长的支持下，要求相关国土部门予以配合，每个季度报告处理了多少张学校地契，这是之前他们早就该做但是一直没做的工作。这就是我理解的"为人民服务"吧！确保公立学校能够继续正常运转下去，不用遭受土地被偷卖的困扰，这也是保护国有资产的方式。

有时候，某些国有机构运转情况非常糟糕，我们就会成立特别工作组进行调查分析，提出相关建议。

赵忆宁：这是我第一次来到肯尼亚，对肯尼亚印象非常好，比如内罗毕的城市规划和卫生条件比新德里要好得多。世界银行最新的一份评估报告也显示，肯尼亚的政府治理能够在6分的满分中拿到5分，大大超过我们的想象。

菲利普·麦纳：是的。我们做出了许多努力，但是还有很大的进步空间。如果能够进一步提高公职人员的道德水平，政府治理情况会更好。

为非洲国家实现工业化培养人才

访中国航空技术国际控股有限公司肯尼亚代表处项目经理赵磊磊

赵磊磊，出生于1983年，2010—2015年，工作于中国航空工业供销有限公司、中航国际成套设备有限公司，2015年至今，任中肯职业教育合作示范中心项目经理。

培养人才对于中国和非洲国家来说是一种长期的投资，收获的是人力资源红利，将推动非洲发展从援助主导向自主发展升级。中国航空技术国际控股有限公司（以下简称"中航国际"）在肯尼亚把教育培训与助推非洲实现工业化相结合，建立了中肯职业教育合作示范中心，为肯尼亚培养了基础工业人才。在肯尼亚教育部下属的 10 所大学与中等专科学校，提供了包括职业培训体系规划、软硬件提供、教师培养、理论培训、实际操作培训等在内的"整体解决方案"，培训项目涵盖了机械工程、电子电工、自动化控制等肯尼亚国家工业化所必备的紧缺专业，创建了中肯职业教育合作新模式。自 2011 年 1 月实施以来，截至 2016 年 8 月，项目共派出中国教师 54 人次，已培训肯尼亚教师 446 名、各类学员及社会人员超过 1.8 万人次，其中在校生已达到 1.5 万人次，使得"Made in Kenya"（肯尼亚制造）和"Study in China"（在中国学习）逐渐成为现实。中航国际正用实际行动及其创立的符合非洲发展特点的中非人力资源合作模式，为中国与"一带一路"非洲沿线国家实现互利共赢做出更大贡献。

中肯职业教育合作新模式——中肯职业教育合作示范中心

赵忆宁：你们公司为什么做教育培训项目？

赵磊磊：我们这个项目叫中肯职业教育合作示范中心项目。我们与肯尼亚教育部的合作始于 2010 年，主要基于肯尼亚的实际需要，为高等院校"量身定制"培训内容，包括提供电子电工、机械加工、土建施工等领域先进的课程体系规划、实验室设备配置、教师培训、售后服务等一条龙的整套方案，这也是服务于当地的民生项目，受到了当地政府的支持。

截至目前，项目已在肯尼亚 10 所院校建成职业培训实训基地，正式运作 3 年来共培训 1.5 万名学生。而根据肯尼亚教育部提供的数据，经过职业技能培训的学生就业率（含自主创业）能达到 100%，而普通大学毕业生就业率仅有 60%。很多年轻人通过职业技能培训实现了就业，不少人还就此走上创业之路。

赵忆宁：肯尼亚教育和就业大概处在一个什么样的水平？

赵磊磊：肯尼亚年轻人比例高达 70%，但是失业率高达 60%。位于东非的肯尼亚不仅缺乏先进的技术设备，更缺乏熟练的职业技能人员，少数受教育的年轻人技能掌握的程度也不太好，没有人力资源哪里会有工业化？肯尼亚没有什么国有企业，只有几个糖厂，机械加工类的企业很少。学生实习只能到糖厂，选择的范围很小。

赵忆宁： 10 所学校实训基地分别是哪些？内罗毕有几所？

赵磊磊： 内罗毕有一所，剩下的分布在肯尼亚各地。内罗毕的这所叫肯尼亚科技大学，在我们的项目进入之前叫肯尼亚工业学院，就因为我们提供的这些设备和资源，提升了实力，所以由"学院"升格为"大学"。科技大学全国排名第六位，共有 1.5 万名学生。我们专门为这 10 所学校设置了三个专业：机械加工、电子电工、快速成型。设备是 2012 年过来的，10 所学校的安装调试都完成后，2013 年我们正式开始在肯尼亚的教育培训。

赵忆宁： 目前你们投入了多少大型设备？

赵磊磊： 设备类型是由专业设置所决定的，一期三个专业，包括机械加工、电子电工和快速成型，其中仅机械加工项下的设备就有机床类设备、测量类设备、材料分析设备及电脑等；快速成型项下设备有 3D 打印设备、金属喷涂设备以及激光扫描设备等。加上电子电工教学实训设备，所有三个专业设备共计 3 034 台套。

"授人以渔"的整体培训方案

赵忆宁： 你们是如何对学员进行培训的？

赵磊磊： 我们不参与大学的日常教学，培训中心提供培训设备，包括对教师和学生的培训，通常提供半年的集中培训。项目一期的时候，部分老师还到中国实习。目前有很多学校纷纷向肯尼亚教育部提交接受培训的申请，希望我们再组织一次大规模的教师培训。

除此之外，从 2014 年开始，我们依托于已建成的职教基地，每年举办一次非洲职业技能大赛，2016 年是第三届，其实质也是一种培训。我们从国内组织专家，对老师、学生一起集中培训两个月，有理论课程和实践课程，更多的是强化操作练习。培训结束后设置比赛环节，胜出的参赛队伍获得奖励，奖励包括生产与加工订单。

赵忆宁：加工订单是什么意思？

赵磊磊：比如说某个人或团队在大赛中获得第一名，或者前两名，中航国际就为他们提供配件加工合同。第一批的配件是工程机械平地机的备件，共有6种备件。一个订单共计10万美元。我们与三一重工国内工厂达成协议，工厂为大赛提供10万美元的订单。加工配件的出口有两条，一是销往当地的售后服务点、4S店，二是将消化不了的返回国内。我们这种做法叫"校企合作"或者"产教结合"，我们有这么多设备，一方面搞教学，另一方面在教学的过程中也为工厂生产产品，有时直接在生产过程中教学。

赵忆宁：学生们加工的水平怎么样？

赵磊磊：水平很高。刚开始国内工厂也担心加工质量，当把学生加工的备件拿给他们看后，他们放心了。学生们加工了这些订单，所在的学校就有了收入，还给他们开工资算是补贴。在2016年第三届非洲职业技能大赛中，我们又提供了10万美元的订单。中航国际在肯尼亚20多年，我们对职业教育高度重视，并不在乎成本和盈利，就是为了培养肯尼亚工业化的人才，目的是增加企业的社会收益。

赵忆宁：职业技能大赛的主要内容是什么？多少人参加过这个大赛？

赵磊磊：第一届是机床加工；第二届在机床加工的基础上，又增加了手机APP设计；第三届还是机床加工，因为机床加工是工业的基础。除了普通加工，还包括数控机床加工。参加大赛的学生第一届有64人，第二届是118人，第三届为134人，呈逐年增长的态势。大赛在当地反响强烈，已成为一个具有影响力的公益品牌。大赛只是一个形式，目的是让学员掌握更多的技能。获奖者得到的证书是肯尼亚教育部和我们联合颁发的，证书上写明学生接受了什么培训，获得了什么技能。到了第三届，越来越多肯尼亚企业承认这个证书。

赵忆宁：你们后来有没有对这些学生的就业进行跟踪评估？

赵磊磊：目前没有。但我们每年为100多个学生提供实习机会。中航国际有7家企业在非洲，包括工程机械的4S店。有两个学生实习结束后被录用了。

赵忆宁：人才培养是否也要以需求为导向？你们的精密仪器加工培训是不是超前了一些？

赵磊磊：发展工业首先是人才储备与技能储备，我们的培训就是为肯尼亚实现工业化储备人才的过程，可能短时间内看不到效果，但是当国家加大投入的时候，这些人才就是实现工业化的财富。

探索中航国际的"非洲模式"

赵忆宁：人才储备说明你们考虑得很长远。

赵磊磊：这就关系到第二期的规划设计。第一期的专业设置只有机械加工、电子电工和快速成型三个专业。考虑到要满足当地的需求，第二期将专业拓展到十大类，包括食品加工。因为机械的发展要有同步工程，如农业机械，下设农业与食品等，还有美容美发、服装设计、空调制冷、土木工程、汽车修理等专业。这里车比较多，涉及汽车修理、焊接技术、机械加工、电子电工、机电一体化等专业。最能体现当地需求的就是食品加工了，因此农业这块我们投入比较大。一期只有 10 个学校，二期将有 134 个学校加入，覆盖了肯尼亚全国所有的省，也基本上涵盖了每一个选区。针对每个学校的优势设置不同的专业。比如西北部图尔卡纳农业相对发达一些，我们就在那里的学校设置农业机械专业；蒙巴萨天气炎热，将设置空调制冷专业；而内罗毕是工业基础最好的区域，将会设置机械加工、电子电工等专业。因为前期都是根据当地需求招生，所以学生学成之后可以直接就业。第二期预计每年培训 2 万人，长期培训，如在校生，是三到四年，短期培训从一个学期到一个月不等。如果二期能顺利完成，对肯尼亚青年就业和工业化的发展是个极大的促进。

赵忆宁：有了市场就能够自我生长，以至于真正促进这个国家制造业、机械加工业的发展。

赵磊磊：2014 年第一届职业大赛结束后，我们带着所有的老师和学员去内罗毕旁边的一个城市，那里有一个加工汽车滤芯的工厂，他们从中国进口原材料，如滤芯的网、铁皮等，剩下的完全都是自己做，工厂主是个很成功的人士。

学生们参观后触动很大，在我们培养的 1 万多名学生中，如果有 100 人创业，就会为肯尼亚增加 100 个小企业。

赵忆宁：商务部很重视非洲国家政府治理人才的培训，最好也将工业化人才的培训列入发展援助项目中。

赵磊磊：我非常同意这个观点。中航国际的努力将对我们国家、肯尼亚乃至整个非洲的发展做出贡献。中航国际创立和负责的中肯职业教育合作项目不仅帮助中国装备"走出去"，还提高了肯尼亚年轻人的职业技能和就业水平，不仅结合了中国职业教育的经验，也结合了肯尼亚的实际需求，是中航国际在非洲深耕多年后探索出的"非洲模式"，一方面帮助中国企业"走出去"、践行"一带一路"倡议，另一方面也为树立国家形象履行了国企应尽的责任。

我希望让贫民窟的人看到教育的力量

访肯尼亚基贝拉贫民窟希望小学校长詹姆士

詹姆士（James）

笔者在巴西曾远眺过里约热内卢的贫民区，但进入贫民窟确是平生第一次，不由被眼前的景象所震惊。基贝拉贫民窟希望小学校长室和孩子们的教室没有区别，都是用铁皮围起来的，没有电力，他们在屋顶上开洞以水折射光源的原理，用几个装满水的矿泉水瓶给阴暗的教室带来光明。所谓的操场也不过是一块不足几十平方米且有15度斜坡的小场地，孩子们在这里踢足球。詹姆士（James）校长在整个谈话中最兴奋的事情，就是向我介绍展示架上的奖杯，尽管学校的收入严重不足，但他们还是确保学生能够参与足球、戏剧、音乐等各方面的课程活动，甚至在大区比赛中拿到奖。他指着一个奖杯说："这个是足球比赛的，我们得了大区的第二名。"发展中国家有贫民区并不奇怪，这是一个发展的过程，但是只要有教育，就会有未来的希望。正如詹姆士校长所说，他希望看着他教的学生读完高中、考上大学，通过教育来真正改变整个社区，改变他们的人生，"我希望让贫民窟的人看到教育的力量"。

基贝拉贫民窟希望小学概况

赵忆宁：校长您好，今天非常有幸能够在这里和您见面，谢谢您抽出时间来接受我的采访。

詹姆士：我叫詹姆士，是这所小学的校长。我拥有教育学和管理学的学位。从2008年开始我就一直担任这所学校的校长。

赵忆宁：能否介绍一下学校的概况，包括学校的历史和建立背景？

詹姆士：这所学校从2008年建校至今已经10年了。学校周边是一个低收入地区，地处基贝拉贫民窟（注：世界第二大、东非第一大贫民窟）。这个居住区大概有80万到100万人口，总共有180所像我们这样的学校，整个区域只有3所是公立学校。学校所在的地区很多孩子都不上学，因为付不起学费，或者是父母文化程度不高、不重视教育，所以我的同事推荐我来这里当校长，提升整个地区的教育和发展情况。

赵忆宁：您这所学校的运营是依靠政府资助、自筹经费还是学费？

詹姆士：这所学校是教会开办的。我们的经费主要来自教会，还有小部分学

基贝拉贫民窟希望小学的校长詹姆士和他的学生

费收入，校舍也是建在教会提供的土地上。我们基本没有来自政府的资助，但是我们的课程都是按照教育部的教学指南安排的。在过去 4 年里，我们每年都向对口的教育部申请经费，但是没有成功。与公立学校相比我们在校舍等条件方面还有不少差距。

赵忆宁： 在这个贫民区，目前适龄儿童入学率大概是多少？在中国，从小学到高中的学制是小学 6 年、初中 3 年、高中 3 年。那么您能介绍一下肯尼亚各个阶段的教育年限吗？学校提供的是 6 年制小学教育吗？

詹姆士： 目前，该区域的入学率大概是 80%。在肯尼亚，正式教育从小学开始，一共读 8 年，然后是 4 年的高中教育，读完高中可以继续 2 年的大学教育。我们现在是提供幼儿园，1~8 年级小学和 1~2 年级高中教育。到 2018 年年底，我们将有能力提供 1~4 年级全面的高中教育。2017 年，我们才开办了高中部，现在这些学生读高二，到 2018 年，他们会读高四，然后参加高考，希望有人可以考上肯尼亚的公立大学。

赵忆宁：您这所学校有多少学生和教员？

詹姆士：目前，我们有 451 名小学生、25 名高中生、24 名教员和 4 名厨师，教职工一共是 28 名。

赵忆宁：学校的教学质量由谁来监督？

詹姆士：由教育部直接负责。因为我们学校都是按照教育部指定的教育课程规划进行教学活动，所以根据法律规定，教育部相关负责人员每个月至少来这里检查一次教学情况。虽然学校的条件有限，但是我们确保学生能够参与足球、戏剧、音乐等各方面的课程活动。学生参加这些课外活动并在比赛中获得了许多奖杯，不光在这个区域的比赛中，还在整个大区的比赛中。

赵忆宁：为什么这所学校要叫作"希望学校"呢？

詹姆士：我们希望能够给社区带来希望。学校的校训里也是这么说的，只有接受教育，才能彻底改变这里人们的生活。

贫民窟学校教育、医疗、卫生等问题亟待解决

赵忆宁：能介绍一下本地区家庭的收入状况以及学校的学费状况吗？

詹姆士：这个地区的人均收入大概是每个家庭 8 000 肯先令（500 元人民币左右）。我们一般每个学期收一次学费，一年是三个学期，每学期的学费是 4 000 肯先令，一年是 12 000 肯先令（800 元人民币左右），学费的确不低，折合每个月将近 1500 肯先令。一个家庭每年的平均房租为 2 500 肯先令，还有各种生活开支，大概要超过 1 万肯先令，而每年的平均收入只有 8 000 肯先令，很多家庭都是还旧债、借新钱，付不清学费。相比人均收入来说，这些学费对一个家庭来说还是有一定负担的。所以我们也是在维持正常运转的前提下，减免一部分学生的学费。其实在 400 多个学生里，至少有 200 个学生是没有能力全额付清每个学期的学费的，但是我们办学的宗旨是为孩子提供教育，所以只要我们能够收到一定赞助或者学费来维持运转，还是尽力让学生都来上学。2017 年，我们最多只能再接收 20 个新学生，否则没法维持学校的运转。

赵忆宁：这所学校和其他学校的招生情况怎么样？您刚才说目前入学率大概

铁皮屋顶的教室，穿透屋顶的两个矿泉水瓶是光源，外面就是居住着近百万人的贫民窟

只有 80%，孩子们辍学的原因是学校无法满足本地区的教育需求，还是其他？

詹姆士：教育资源当然是供不应求的，另外大多数学校，资金不足，收不抵支，两者相互作用，导致学校不能正常维持运转，学校能否维持下去很大程度上看学生能交多少学费，比如，有的时候学校会让学生回家，待学费交齐了再来上课。还有一个导致学校不能正常维持运转的原因是疾病，这个地方的条件比较差，水不够干净，经常有学生得伤寒和疟疾。

如果学校能够提供一顿免费午餐，其实是能吸引很多学生来上学的。在我们学校的幼儿园，每天为孩子提供一顿粥当早饭，还有一顿午饭；其他学校是一顿免费午饭。我们希望让所有学生都能感受到自己是被平等对待的。因为在其他学校，你不交钱就没有饭吃，别人在吃午饭的时候你只能看着，很多学生觉得还不如自己在家玩，所以就辍学了。

赵忆宁：这里有清洁的饮用水吗？有没有相应的排水系统？

詹姆士：有，但是不够。这里的水主要是由小商贩提供的，每个商贩能供应 200 户人家。我们学校从周一到周五都能保证给学生提供清洁的饮用水，附近人家也可以在周末到学校来取水。现在水的价格是 20 升水 5 肯先令（人民币3 毛多）。这里也没有公共供水系统，要用水只能去买。只有在大的居住区才有厕所，我们这里的厕所就是挖个坑，如果满了就要抽干净才能重新使用。

赵忆宁：政府为什么不能在这种低收入地区建设公立学校呢？

詹姆士：政府自己也无法回答这个问题。这个区域只有 3 所公立学校，其实严格意义上说应该是没有公立学校的，这些学校只是在贫困区外附近的地方。随着农村人口不断向城区迁移，他们在城里从事的都是低收入工作，收入只够住在城郊的贫民窟里，导致区内人口增长过快，教育、医疗、卫生等各种配套设施都跟不上，而政府又没有及时干预人口增长和提供相关的公共服务设施。另外，在肯尼亚，反对党会利用这些贫困人群来增加自己的选票，随着区内人口越来越多，反对党也在争取更多的支持，政府在某种程度上也无法干涉贫民窟的发展，提供相关设施。

中国路桥援助基贝拉贫民窟希望小学

赵忆宁：您的学校现在最急需获得的是什么样的社会支持？

詹姆士：希望社会能够给予我们支持，让所有孩子都有学可上。希望社会能够营造更好、更安全的环境，保护孩子不受强奸、家庭暴力等方面的威胁。我们也希望社会能够帮助学校改善基础设施。现在教室都不是标准的铁皮房子，下午太阳晒着非常热，学生很难专心上课，而且小孩子很容易被铁皮划伤；我们还希望建设标准的厕所，2017 年，整个学校将会有近 500 人，厕所使用只会更紧张；清洁水也经常到周中就不够用了，我们不得不非常节约；储藏等空间也不够用；我们还希望能够为所有学生提供免费的早餐和午餐，但是现在经费很紧张，只能给 5 岁以下的幼儿园学生提供两餐，现在有 80% 的学生在家里吃不上早饭，只能靠学校提供的午餐。目前学校有 20 多位教职员工，他们都需要工资，但是如果我们把有限的钱都先用在书本、教室等各种费用上，就常常面临开不出工资的问题，会影响教职员工的积极性。

赵忆宁：据我所知，中国路桥曾经给予这所学校帮助？您希望他们能够提供

通向希望小学的路面被硬化，外面就是中国路桥承建的南环路项目

更多的帮助吗？

    詹姆士：当然。我们非常感谢中国路桥提供了许多帮助，他们捐赠的物资包括面粉、大米、豆子、糖、食用油等食品共计 1.5 吨，还有笔、课本、教具等共计 1 600 余件，黑板 14 块、课桌椅等共计 56 套，并对学校操场进行了整修，现在操场已经平整了很多，下雨天不再变得非常泥泞。在中国路桥的帮助下，我们的教学条件有了很大改善，这些改善使得更多的家长希望把孩子送到这里来上学，因为学生会告诉其他学校的孩子，我们的条件更好一些。这对我们来说也是一个挑战。中国路桥还修了学校门前的路，硬化了路面，过去这条路人烟稀少，现在路两边至少有 50 家生意兴隆的商店。未来如果中国路桥能够继续为我们提供基础设施、食物还有教职工工资方面的支持，那就再好不过了，这能够帮助我们"希望小学"更好地为整个社区带来希望。希望我们能够继续和中国路桥保持良好的合作关系。

赵忆宁：我相信他们未来会在力所能及的范围内继续帮助您这所学校的。

詹姆士：中国路桥所做的这些社会责任方面的工作都是我们亲眼看见的，这和大家从媒体上看到的报道是完全不同的，因为我们真真切切地感受到了这些工作为学校、社区带来的变化。

　　赵忆宁：您能否谈谈自己的故事？为什么一直坚持在这个学校教书？

　　詹姆士：就像我之前回答的那样，我希望能够在这所学校教书，看着我教的学生读完高中、考上大学，通过教育来真正改变整个社区。学生在完成大学教育之后才有可能真正改变自己的人生，才能够回馈社区，帮助社区转型。我希望让贫民窟的人看到教育的力量，因为眼见为实，他们会了解到教育的重要性，思维和观念也会有所改变。之前我也得到过很多其他的工作机会，但是那些工作并不是我希望从事的，因为我还没有完成以上这些愿景，所以我还在这所学校坚守着，希望未来也有其他人能够继承我的愿景，继续为社区和学生的

中国路桥内罗毕南环路项目部负责人与校长合影

变化而努力。

赵忆宁：您是一位令人敬佩的校长。我们会继续关注您这所学校的发展，我也希望这所学校能够走出更多学生前往大学深造。我会把这篇报道发表在报纸上，让更多的读者了解您和这所学校。

詹姆士：希望通过您的报道，有更多人能够了解我们，也希望有幸能够读到您的报道。

走进南苏丹

法国

北京

毛里塔尼亚

苏丹

喀麦隆

南苏丹

刚果（布）

肯尼亚

纳米比亚

南苏丹：无和平，无发展

南苏丹被世界银行定义为世界上最不发达以及最贫穷的国家之一。

在很长一段时间里，南苏丹一张极具震撼的照片留在我的脑海里："在极度贫困的非洲荒原，一个奄奄一息的饥饿女童在爬行，她的身后，一只凶猛的秃鹰正死死地盯着她，随时准备扑上去啄食……"这张照片由南非摄影师卡特摄于1993年的苏丹南部。2011年，南苏丹独立，目前若按"全球饥饿指数"（Global Hunger Index）来衡量，南苏丹属于极度饥饿国家，1 240万人口中有400万人处于严重的饥饿状态。

根据国际货币基金组织（IMF）的数据，2012年南苏丹建国初期，由于与苏丹就石油利益分配矛盾不断升级，南苏丹单方面关井停产，财政收入受到极大冲击，当年南苏丹GDP增速为–52.4%。2013年是南苏丹GDP增长势头最好的一年，GDP增速为29.3%，从2014年到2016年每况愈下，3年经济增长率分别为2.9%、–0.2%和–13.8%。

南苏丹经济发展严重依赖石油资源，石油收入占政府财政收入的98%。南苏丹独立初期的2011—2014年，国际原油价格一直在高位区间，维持在每桶110~120美元之间，但是2015—2016年石油价格下滑到每桶40~50美元之间。除石油开采外，南苏丹几乎没有规模化的工业生产，农业仍处于"刀耕火种"的原始状态，粮食不能自给，再加上两次内战的影响，国家已经到了破产的边缘。

经济活动可以创造财富，战争可以掠夺财富或者摧毁财富，苏丹南北两方因石油利益分配引发的矛盾，以最野蛮的战争方式摧毁了两个国家赖以生存的最宝贵财富——油田、基础设施。2012 年，南苏丹占领并炸毁了苏丹的哈季利季油田，随后苏丹派军机炸毁了本提乌的主要桥梁和一个市场。

根据世界银行数据库，南苏丹不仅是世界最欠发达的国家之一，而且是一个几乎没有任何基础设施的国家。南苏丹交通部次长告诉我：南苏丹只有 300 公里柏油公路，没有发电厂，没有国家航空公司，没有粮食储备仓库，只有废弃的铁路，以及首都朱巴的入户自来水。医疗卫生、教育等基础设施及社会服务更是严重缺失。

资本的成长实际上是伴随着战争一起而来的，公司一定总是规避风险的，更不要说是规避战争。美国雪佛龙石油公司当年就是因为两名员工在恐怖袭击事件中丧生而退出苏丹市场的。南苏丹的安全形势非常严峻，建国 6 年发生过两次内战，总统基尔与原第一副总统马夏尔率领各自的部队从油田打到首都朱巴，UN House（中国维和步兵营）、副总统营地、机场都是战场。

战争使一些人变得残忍，使一些人变得高尚。中国政府以及中国公司，在这种战争、枪杀不断的环境中，并没有放弃南苏丹，而是完成两国间的契约，不离不弃，为恢复南苏丹经济坚守在战火纷飞的油田，为南苏丹的经济发展修建急需的基础设施。

和平并不是当今世界人人拥有的生活形态。和平犹如空气和阳光，受益而不觉，失之则难存。憧憬和平的情念，是经过生与死的淬炼，对南苏丹人民而言，和平是最大的奢侈品，没有和平，发展就无从谈起。

结束冲突是南苏丹的唯一选择

访南苏丹交通部次长大卫·马丁·哈桑

大卫·马丁·哈桑（David Martin Hassan）于1956年出生于瓦乌（Wau），1979年毕业于英国牛津航空学校。他曾经是一位专业的飞机驾驶员，也是国际航空飞行员协会会员，在英国、荷兰、马来西亚、约旦等国获得多种民航运输驾驶员执照，包括波音737、空客A300/A310等驾驶执照。1985年，他曾在苏丹航空公司担任飞行员，之后任苏丹航空公司安全经理、空中客车经理及支线航空部总经理。2011年南苏丹独立后，大卫开始担任南苏丹交通部次长一职至今。

　　访问南苏丹之前，我做好了充分的心理准备，这里不仅刚刚结束内乱，而且也是全世界最贫穷的国家之一。在首都朱巴，城市基础设施的落后程度还是超出想象的，大多数地方都是坑坑洼洼的土路，整个朱巴只有 48 公里柏油路，甚至政府机构所在地也没有柏油路相连，很难想象其他地方的道路状况。南苏丹交通部位于朱巴西南方，是一个很小的院落，据说之前是一家国际组织所在地。

"我们仅有 300 公里的沥青公路"

　　大卫：非常高兴能够在南苏丹交通部与你见面。2011 年南苏丹独立，这对我们而言具有极为重要的意义，意味着我们能够独立制订计划，实现经济发展，这些在独立之前都是不可想象的。南苏丹人民对未来有着非常宏伟的梦想。

　　赵忆宁：南苏丹独立以来，我们看到新闻上报道更多的是内战。你是否可以告诉我，南苏丹在经济发展领域取得了哪些成果？

　　大卫：南苏丹人民为独立进行了 60 年的抗争，最终以 99.99％的投票比例选择了国家独立，因为独立是我们实现一切梦想的前提。

　　自 2013 年以来，尽管我们面临内战的严峻挑战，但还是取得了一些成绩。首先是基础设施，其中涉及交通部的项目就是朱巴国际机场一期工程。这项工程是我们的骄傲，南苏丹人民非常高兴能够拥有一座现代化的国际机场。如果对比现在和两年前的朱巴国际机场，可以说是发生了翻天覆地的变化。我们以这座机场为傲，也感谢中国港湾工程有限责任公司、中国进出口银行以及中国政府提供的支持。

　　赵忆宁：能详细介绍下南苏丹其他交通基础设施的情况吗？

　　大卫：南苏丹是一个内陆国家，公路条件非常恶劣。为实现发展，我们必须改善交通基础设施。由于没有港口，我们只能发展陆路交通，但是发展公路交通会涉及邻国，困难很多。因此，耗时最短和最见效的解决方法就是建设与完善机场。南苏丹独立之后，朱巴国际机场的状况非常糟糕，虽然现在机场条件改善了很多，但仍然存在很多不足。南苏丹国内 90％的物资要通过空运进行，建立国内大宗货物廉价、便捷、高效、畅通的运输系统是国家经济社会发展的首要任务，我们相信，通过南苏丹与中国进出口银行、中资企业在未来的合作，机场将会建设得更好，因为我们在一期合作得非常愉快。

赵忆宁： 在国家规划的交通基础设施领域，除了你刚才介绍的机场项目外，还有哪些重点项目？

大卫： 南苏丹的国家战略规划提出，要全面改善国家的交通基础设施，要实现将主要的城镇及邻国重要城市和南苏丹农业产区用公路连接起来。另外，我们还要建设一条贯穿白尼罗河流域的航运线路，这条线路将从南到北贯穿南苏丹，总长度为 2 000 多公里，包括 7 座港口。除公路外，我们还要建设现代化的铁路，目前关于铁路建设已经达成区域性的协议，并得到中国政府的支持。中国政府一直大力鼓励东非地区各个国家的发展，包括在南苏丹、肯尼亚、乌干达、卢旺达等建设互联互通的铁路网，而且将主要农业产区与蒙巴萨港相连。这项工程将使南苏丹得以将产品销往世界各地，包括中国。我们希望中国政府以及中国进出口银行等相关机构、部门能够给予支持，使我们能够建设通往首都朱巴的各条铁路线，以及朱巴通往北部和东部地区的铁路。我们需要尽快建设这些铁路，以提高南苏丹的交通运输能力。这些是我们要优先重点发展的项目。

赵忆宁： 你刚才提到的这些都是南苏丹政府和中国政府的合作项目。在南苏丹面临基础设施严重不足的情况下，有没有西方国家在这方面给予帮助？

大卫： 南苏丹共和国是世界上最年轻的国家，交通运输基础设施十分薄弱，加上持续数十年的军事冲突，使得原来并不多的基础设施遭到严重破坏。南苏丹独立之前境内仅有一条单线窄轨铁路，修建于 1961 年，从第三大城市瓦乌通往苏丹南部的穆格莱德市，并经过阿维尔（Aweil）市，全长约 248 千米，但是这条铁路南苏丹段已经无法运营了。目前整个南苏丹区域没有什么重大的基础设施项目，比如没有像样的公路，境内公路里程约 7 000 公里，其中仅有 300 公里的沥青路面，但是这些公路因年久失修，有的路段甚至有半年时间完全无法通行。因为境内公路通行情况差，所以去往各州主要靠飞机。南苏丹道路与桥梁部计划在未来 10 年内投资 40 亿美元，在全国修建 7 000 公里的公路网络，新的公路网络不仅将连接全国，还将与苏丹和肯尼亚相连。

赵忆宁： 我看到一条信息，2014 年中国港湾与南苏丹交通路桥部签署了南苏丹朱巴至尼穆莱铁路项目 EPC（建设工程总承包）合同，目前进展怎样？

大卫：该项目全线总长 165 公里，将采用中国铁路设计标准，作为南苏丹出入境运输的重要通道和补给线，建成后的朱巴至尼穆莱铁路将与乌干达、肯尼亚铁路连接，成为东非区域互联互通的重要组成部分。但是由于这个项目造价比较高，而且比较依赖乌干达的北线，也就是说，只有等到从尼穆莱到乌干达坎帕拉那一段通车，才能实现与乌干达和肯尼亚的互联互通，才能产生较大的经济效益。如果单纯建设从尼穆莱到坎帕拉 165 公里的孤段，将会形成断头铁路，反而给南苏丹增加负担。我们目前仍然在等待机会，等待乌干达连接肯尼亚东线以及北线的进展情况。

"南苏丹最紧迫的是增加发电能力"

赵忆宁：没有好的公路，没有能够使用的铁路，南苏丹真是太困难了。

大卫：在独立之前，南苏丹地区没有像样的农业项目，也没有大型工厂。其实南苏丹自然资源禀赋良好，我们有黄金、铁矿石、铜矿等矿产资源，还有农业资源，南苏丹是大米、高粱和甘蔗等农作物的重要产区。如果有良好的公路和铁路，加上修建一些农产品加工厂，我们就可以将生产的水果卖到其他地方，而不是任由它们烂在地里。

赵忆宁：南苏丹财政收入主要来自石油美元。南苏丹交通部每年可以获得多少财政拨款用于交通基础设施的建设？

大卫：整个国家长期处于战乱之中，没有农业或工业制成品，只有石油。这也是南苏丹政府上台后积极推出经济发展政策的原因所在。目前，南苏丹财政收入中有将近 85% 来自石油，我们希望这个比例能够降低，未来实现 85% 的收入依靠农产品、工业制成品和其他资源的出口，石油只占 15%，石油应更多地供应给国内需要发展的行业。这是我们的愿景，希望减少对石油的依赖。

赵忆宁：目前最紧迫的基础设施项目除了机场之外还有什么？

大卫：作为一个急需发展的新生国家，南苏丹最紧迫的是增加发电能力，改善交通基础设施，比如公路、水运及机场等。另外，从 2011 年独立到现在，你去任何一个政府部门，都会听到发电机的噪声，我们并不希望一直依靠自备发电机来提供电力。我们希望整个国家能够有正常的电力供应网络，不仅是为了方便大家的日常生活，更是为了使经济正常发展。电力部的同事告诉我，他们有非常好的规划，但是因为资金有限所以无法实施。电力部规划发电总装机容量达到180兆瓦，这个规划的总成本大概是30亿~40亿美元，而且是使用廉价的水电，仅这些廉价的电力供应就会降低公路、农业生产等各行各业的成本。如果交通基础设施能够得到改善，那么整个国家的经济发展将会得到发展，我们非常希望得到中国的支持。

赵忆宁：你之前也和中国企业合作过，即便是两国政府间的项目，也需要主权担保。目前，由于油价下跌，南苏丹政府的自有资金减少，偿还贷款的能力也有所降低，政府有没有考虑过以新的模式与中国合作？

大卫：的确，我们的各项规划都将耗资巨大，因为南苏丹就是一张白纸，一切都是从零开始，即便油价不下跌，南苏丹政府想要同时进行所有项目也是非常困难的，所以我们必须将这些项目排出优先等级和次序。在我看来，最优先的是发展电力，因为对所有人来说电力都是极为重要的。关于我刚才提到的180兆瓦的发电项目，南苏丹政府正在考虑采用BOT（Build-Operate-Transfer，建造－运营－移交）模式。发电项目耗资巨大，投资方肯定需要一定程度的保证，确保未来能够收回成本，因此政府给出承诺和保证：发电项目在建设完毕并运转起来之后，可以靠收费来维持自身运转并收回成本。如果你有兴趣的话，在采访结束之后我可以联系电力部的同事，由他向你更详细地介绍发电项目和BOT模式。

希望与中国合作建立南苏丹航空公司

赵忆宁：除了发电，在航空、铁路、水运等你分管的各个领域中是否都可以采用BOT模式呢？

大卫：在朱巴国际机场一期项目中，我们是将机场运营收入作为还款抵押保证的。目前机场运营收入良好，足够偿还贷款。另外，交通部也为这个工程提供了担保。在经济好转之后，财政部将有能力一次性还清工程全部贷款。铁路项目的成本投入也很大，我们还没有和中国进出口银行商讨具体的还款保证方式。如果中国进出口银行要求，我们也可以采用BOT模式，并设计相关的商业模式，比如用铁路运营收入偿还贷款。这和其他国家修建公路，然后通过收过路费来偿还工程贷款是一样的。如果南苏丹有收费公路的话，我们也可以设计相应的商业规划，用过路费来偿还贷款。

赵忆宁：据我所知，南苏丹目前没有自己的国家航空公司，你作为分管领导，有什么设想？

大卫：南苏丹交通部负责空中、陆地和水上的所有交通运输。在航空领域，交通部研究要成立南苏丹国家航空公司。南苏丹是一个内陆国家，现在你可以看到，来往南苏丹的飞机非常多，每天有超过100架飞机的起降，成立南苏丹航空公司是非常有前途的，完全能够与其他来往南苏丹的航空公司竞争。我之前曾经在一家小型航空公司做过5年经理，这家公司只有几架飞机，但是经营情况很好，和其他大公司相比毫不逊色。我们希望能够在此基础上成立南苏丹国家航空公司，这已经得到了交通部和内阁的批准。

赵忆宁：推动此事目前存在什么困难呢？

大卫：我们一直在推动这项规划，目前正在寻找希望和我们并肩同行的投资者。南苏丹政府已经决定，这个航空公司将采用PPP（Public-Private-Partnership，政府和社会资本合作）模式，即政府与民营机构，包括外商法人机构合作，签订长期合作协议，授权民营机构代替政府建设、运营或管理航空公司。如果投资者投资金额较大，希望突破外国投资者49%（相对少数）的持股比例上限，我们也可以向内阁建言，提高比例。一切都可以视投资者的情况而定。

赵忆宁：一个国家应该建立属于自己的航空公司。

大卫：南苏丹政府只打算持有20%的股份，因为我们不希望政府在南苏丹航空中施加过大的影响力，也希望这个航空公司能够根据商业原则运营，通过经营收入维持自身运营，这也是为了吸引投资者。如果可能，政府的持股比例还可以继续下降，只维持一个象征性的水平。我所要表达的意思就是，南苏丹人民迫切希望建立航空公司。

赵忆宁：在外国直接投资中，投资者最关心的就是国家的安全稳定形势。你对国家未来的安全局势是如何展望的呢?

　　大卫：实现经济发展，停止战争与实现和平是前提条件。南苏丹政府正在夜以继日地利用最佳途径结束冲突，这也是南苏丹的唯一选择。持续多年的冲突，不仅使我们损失数百亿美元，而且错过了许多发展机遇。南苏丹原油总有一天会耗尽，如果丧失发展的时机，考虑到后续影响，那么造成的社会和经济损失会更大。但是我相信南苏丹在不久的将来会成为一个非常安全、稳定的国家。这就是我的展望。

留守南苏丹

访中石油苏丹尼罗河公司总经理贾勇

中石油走出去 25 年，可以说是为了国家石油战略出生入死，战争、武装袭击、绑架的威胁，霍乱、伤寒、疟疾等疾病，从来就没有间断过。"随便找一个人出来，都有传奇的故事。"贾勇说。

非洲之行我有两个最大的心愿，一是去苏丹的达尔富尔地区，另一个是到南苏丹采访，这两个地区都与中石油在苏丹/南苏丹的油气合作业务有直接关系。1995 年，中石油首先获得苏丹的达尔富尔地区 6 区的石油勘探开发权，而后中石油与其他合作伙伴又获得苏丹 124 区与 37 区石油勘探开发合同，这两个油田的大部分在 2011 年南苏丹独立后划归南苏丹。

在准备与协调采访阶段，我多次提出要求去油田一线采访，但最终因油区安全原因，达尔富尔采访临时取消，南苏丹油田的采访也因油区周边的武装冲突等安全原因未能成行，成为非洲之行的最大遗憾。

在苏丹采访期间，我与中国石油尼罗河公司总经理贾勇共进行了 5 次谈话。尼罗河公司负责中石油在苏丹/南苏丹的油气投资业务，贾勇是公司的第七任总经理，出生于 1965 年。

这篇访谈是他第一次接受采访时所谈到的内容。整个采访期间我很少提问，都是他在讲"南苏丹的故事"，没有任何渲染就把一个个"惊天动地"的情节呈现在面前，一步步地推进故事的进展。

这也是中石油第一次披露其在南苏丹的完整经历。

南苏丹独立带来的挑战

赵忆宁：2011 年 7 月 9 日，南苏丹独立，不仅仅使原来的苏丹一分为二，而且使油田一分为二。作为在第一线的人，你们当时都遇到了什么样的问题？

贾勇：南苏丹独立后，尼罗河公司面临着 4 个方面的挑战和考验。

首先，油气合作的资源国主体随着南苏丹的独立由一个苏丹变为苏丹和南苏丹两个。原来的 124 区、37 区油田也一分为二，124 区分为苏丹 124 区和南苏丹 124 区，油田划分基本为各占 50%。37 区项目也分成苏丹 37 区和南苏丹 37 区。其中 75% 的油气资源和油田归南苏丹 37 区，中心处理站和外输管道归苏丹 37 区。原来一个资源国就能拍板决定的事情，因为油田和设施分属不同资源国主体，石油利益格局发生了变化，油气合作的主体增加，所以从管理难度、利益平衡等方面，都增添了前所未有的难度。

其次，伴随着油田一分为二，资源国主体发生变化，尼罗河公司面临着一系列现实和历史遗留问题的挑战。从现实来看，原来与苏丹政府签署的协议，我们需要在南苏丹重新谈判协商。从历史来讲，资源划归两个国家后，原来存在的油田和管道等设备设施资产的归属分配，以及合作协议期限、产品分成比例和相应债务关系等如何解决，也是棘手的问题。

再次，运行管理和安全风险加大。南北分立后，南苏丹生产的原油须经苏丹的管道和码头，进入国际市场销售，而苏丹的中心处理设施和管道要通过输送南苏丹的原油，获得经济效益。从产业链的管理运行效率和成本来看，这显然使协调工作剧增，并伴随成本的大幅上涨。南苏丹独立后，武装冲突不断，并且冲突多发生在油田周边，加之经济落后等原因，油区偷盗、抢劫等恶性事件多发，安全风险增大，特别是苏丹自然环境非常恶劣，高温多雨、蚊虫肆虐，容易感染热带病。

最后，南苏丹是一个内陆国家，物资供给（货物交流）必须经过周边国家，这就难免被征收税费，加之基础设施薄弱，支撑油田运行需要大量的人力、物力和财力投入，因此油田运作成本巨大。

赵忆宁：南苏丹独立后，中国石油是怎样打开局面、第一时间进入南苏丹开展油气合作的？

贾勇：2011 年 7 月 9 日，南苏丹独立后，中国政府随即宣布承认南苏丹共和国，并同南苏丹政府建立外交关系。中国承认了南苏丹的国际地位，为我们企业后续运作提供了外交保障。

中石油在苏丹/南苏丹开展合作的油田是由多家国际石油公司（即合作伙伴）共同参股的联合作业公司运作，任何决策都需要经过合作伙伴磋商确定。合作伙伴间达成共识是必须的。在南苏丹独立前，中石油主要的合作伙伴已在朱巴开展了相关准备工作。2011 年 5 月，中石油派员到南苏丹自治政府拜会了相关人员，就在南苏丹开展长期石油合作进行了交流和商讨，取得了积极成果。南苏丹独立后，124 区、37 区联合作业公司于 2011 年 7 月 13 日至 20 日在南苏丹首都朱巴注册成立了相应机构。

同时，合作伙伴与南苏丹政府就石油合作协议进行了多轮谈判，最终于

2011 年 12 月达成共识，以中石油为主的合作伙伴分别与南苏丹石油矿产部签署
了南苏丹 124 区、37 区的 ESPA（苏丹东部和平协议）过渡协议（TA）谅解备忘
录，确定了合作伙伴与南苏丹政府石油合作的基本法律框架，保障了南苏丹独立
后油田安全平稳有序生产，以及石油的长期合作。

处理油田关停

赵忆宁：南苏丹政府在 2012 年关停的是哪几个区块？

贾勇：由于与苏丹石油利益冲突的升级，2012 年 1 月 20 日，南苏丹石油部
向南苏丹 37 区和 124 区联合作业公司下达了两天内关闭油田勘探开发生产等活
动的指令，包括南苏丹 124 区和 37 区两个区块的全部油田。这两个油田加起来
共有 700 多口生产油井，油井平均深度为 2 000 多米。如果停止油田生产，就必
须要把油井、连接油井的管汇和外输管道中的原油全部用饱和水置换出来，否则
油井、管汇和外输管道中的原油一旦凝固，油田和设施将面临全部报废的灾难性
后果。而根据原油品质、设施关停流程、饱和水处理要求等技术和管理规范，完
成上述油田和设施关停工作至少需要 10 天到两个星期的时间，但政府要求两天
之内关停油田。

赵忆宁：当时中石油是如何处理关停这件事情的？

贾勇：首先，关停南苏丹 37 区和 124 区油田勘探开发生产等活动的指令是
下达到联合作业公司的。联合作业公司接到指令后，马上向合作伙伴进行了汇
报。以中石油为主的合作伙伴一致表态理解南苏丹石油部的决定，并联合向南苏
丹政府解释：如果不按照科学规范的流程关停，两天之内强制性关停，只会对油
田和设施造成无法恢复的灾难性后果。但石油部仍然坚持必须执行其指令。经
过多方反复解说做工作，最后动员中国驻南苏丹大使馆出面向政府做解释说服工
作，南苏丹政府才勉强同意在最短时间内关停油田，并派出关停督导组到油田一
线监督，其间也做出一些极端举措。油田一线的中石油员工面临着巨大的压力和
挑战，原本两周的工作量，最终只用 7 天的时间就完成了，最后安全地把油田关
停了。

赵忆宁：如果强行关停造成油管凝固是否有解？

贾勇：如果不计成本，地面部分的管汇和外输管线可以采用高压热水反复冲洗，或者采用分段切割解堵，乃至分段置换等方法尚可解决。但油井 2 000 多米深的井筒如果凝固，则只能报废，重新打新井，特别是南苏丹 37 区千万吨级的油田，一旦发生凝管，基本无解。

南苏丹油田高效复产

赵忆宁：南苏丹油田关停了几次？

贾勇：自南苏丹 2011 年 7 月 9 日独立后，南苏丹 124 区油田关停过 2 次，南苏丹 37 区油田关停过 1 次。从 2012 年 1 月 20 日石油部下达关停指令，南苏丹 37 区油田和南苏丹 124 区油田停产至 2013 年 4 月底复产。自 2013 年 "12·15" 武装冲突爆发，南苏丹 124 区油田于 12 月 18 日关停后，到目前一直处于停产状态，尚未恢复生产。

赵忆宁：南苏丹政府决定油田复产的动力在哪里？

贾勇：首先，恢复油田生产是苏丹和南苏丹的共同需要。苏丹方面，南苏丹独立后，原来苏丹石油产量的 75% 划归了南方，并且苏丹 75% 的外汇收入来自石油。南苏丹方面，国民经济的 98% 依靠石油收入，油田停产等于直接断了国家的经济命脉。

其次，国际社会的推动协调。南苏丹油田停产后，国际社会由非盟主导，中国等积极促和，双方回到了谈判桌前。经过多轮谈判，终于在 2012 年 9 月 27 日签订了石油利益分配的协议。

最后，苏丹、南苏丹的石油工业现状决定了双方是相互依存、互为补充的合作关系。南苏丹的石油资源需要通过苏丹的管道输送、港口交易进入国际市场，而苏丹的管道和港口设施需要通过输送南苏丹的原油取得经济效益。如果南苏丹无限期停产，苏丹的管道会因自身低输油量运行而面临凝管风险，苏丹炼厂也会因原油供应减少而被迫降低加工负荷。

赵忆宁：2013 年 4 月，南苏丹油田是在什么环境和条件下复产的？

贾勇：南苏丹油田的复产面临很大的挑战。一是 15 个月的关停造成大量的油田设施设备甚至电站被战争破坏或被当地百姓盗抢，一些控制柜的门被拆回家当房门，电缆被砍断卖铜线；油田营地被百姓占领，部分营地已成一片废墟，原本脆弱的交通、通信全部瘫痪。二是南苏丹油田复产涉及苏丹管道同步复产方才可行，否则南苏丹油田恢复生产后，原油将无法输送到港口进入国际市场，容易造成储油罐溢出、影响环境的危险。三是南苏丹各种资源极其短缺，所有油田物资需要到国际市场采购，加上两苏边界尚未开发，一切物资均需要空中运输，协调办理各种入关手续等需要大量时间，以及南苏丹当地的员工大量流失，需要重新招聘人员，等等。油田恢复生产，面临诸多现实问题。

在南苏丹油田复产上，我们主要做了以下工作。一是在停产期间，组织管理、技术、操作人员，以确保安全为前提，制定了"先投产，再提产，后扩展"的复产"三步走"路线图，组织、方案、措施、安全 4 个落实的总体部署和人员、装备、物料、规程等 10 个到位的具体措施。二是接到苏丹和南苏丹政府复产通知后，立即组织协调合作伙伴和承包商投入复产实践。三是提前储备了主力的当地操作人员。以中石油为主的油田一线的复产员工，面对油田无通信、无电力、无营地、道路被毁、补给困难等情况，在气温高达 40 多摄氏度、疟疾伤寒高发、毒蛇毒蜂出没的非洲草原上挥汗如雨、以苦为乐、赤诚奉献，终于使荒芜沉寂的千万吨级大油田焕发盎然生机。

2013 年 4 月 13 日，停产长达 15 个月的南苏丹 124 区油田一次性成功复产。

2013 年 4 月 30 日，停产长达 15 个月的南苏丹 37 区油田一次性成功复产。

两个油田的复产时间比南苏丹政府预计最快的投产时间还早半年之多。2013 年 5 月 5 日，南苏丹石油部长亲自开启了油田外输阀门，并对中方员工在停产时坚持职业操守、严格履行技术规范、使千万吨级大油田得以保全的行为表达崇高敬意。

战火中的坚守

赵忆宁：南苏丹油田恢复生产不久，国家内部又发生了武装冲突。

贾勇：2013 年 4 月底复产后，南苏丹 37 区和 124 区联合作业公司都在实施油田稳产上产计划。但谁都没有想到的是，2013 年 12 月 15 日，南苏丹执政党——苏丹人民解放运动（SPLM）全国代表大会召开期间，党内产生严重分歧，在首都朱巴引发激烈武装冲突，并且延伸到南苏丹 37 区和 124 区油田所在地上尼罗河州和团结州。油田的员工按照突发事件应急预案，用短短的 4 天时间，完成了南苏丹 124 区油田 228 口油井、440 公里单井管线和 70 公里主管线清洗，实现油田安全关停，并实施撤离。南苏丹 37 区油田则由中石油 58 名油田管理人员带领关键岗位的南苏丹员工在战火中坚守岗位，维持千万吨级大油田的基本生产。

赵忆宁："12·15"冲突对油田影响大吗？

贾勇：对南苏丹 124 区油田来说，负责保卫油区安全的部队于 12 月 18 日晚宣布易帜后，南苏丹 124 区联合作业公司成立了应急委员会，协调处理现场情况，并向南苏丹石油部报告了现场情况，要求紧急关停油田生产，保全资产，并撤离油田现场全部人员。当时南苏丹 124 区油田有中外员工 500 多人，我们从 12 月 20 日到 12 月 26 日，共租用 13 架次包机，撤离中方人员 118 人、国际雇员和当地员工 413 人，现场共撤离总人数 531 人。南苏丹 124 区油田于 12 月 22 日完成停产准备工作后全面停产，至今因安全原因还没有恢复生产。

南苏丹 37 区油田是个千万吨级的大油田，油田现场有 773 名中方员工及近 2 000 名当地员工，他们开展钻修井作业、产能建设和基础建设，维护着日产原油 20 多万桶的油田。37 区油田是政府军的重点保护对象，也是驻军最多的油田。首都朱巴发生武装冲突后，战火迅速蔓延到 37 区油田所在的上尼罗河州。油田的公路上到处是持枪的军人和载有机枪的皮卡车，油田机场布置了坦克和高射炮。员工夜里巡井的时候，常有成群荷枪实弹的士兵突然涌出，对车辆进行拦截检查。当地员工纷纷放弃工作逃离保命，仅几天时间近 2 000 名当地操作员工仅剩下不到 150 人，而管理油田运行的大多是外籍员工，往日熙熙攘攘的油田营地瞬间冷清。最后，我们在油田现场关键岗位保留了 58 名管理人员，以继续维持 37 区主力油田的运行，随后又根据现场安全局势，将坚守现场的管理人员缩减至 23 名。

此外，"12·15"武装冲突前，南苏丹 124 区原油产量是近 5 万桶/日，武装冲突后被迫全面停产，产量为零；南苏丹37区原油产量武装冲突前是20万桶/日，武装冲突后仅维持主力油田的基本生产，产量下降到了11万桶/日。两个油田产量因"12·15"武装冲突减少了近14万桶/日。

紧急撤离保障员工生命安全

赵忆宁：对公司而言，战争来临，撤离人员是第一要务。

贾勇：是的。中石油始终将确保员工人身安全作为开展企业生产经营活动的"红线"，特别注重保护员工在生产经营中的生命安全和健康，并且制定了突发事件的应急预案，以确保员工的生命安全。

南苏丹"12·15"内战发生后，中石油集团第一时间启动应急预案，就南苏丹撤离非关键岗位人员做出部署和安排，并明确了"先非关键人员，再核心人员，直至全部撤离"的三步实施原则。12月21日至25日，中石油共动用14架次飞机撤离中方人员700名。经南苏丹政府向中国驻南苏丹使馆和中石油承诺，一旦南苏丹37区油区安全形势恶化，留守油田现场的58名中方管理人员可以第一时间撤离，还安排了一架应急飞机在油区机场24小时现场待命，以保障中方人员紧急撤离。

因为有完备的应急预案、信息预警体系、应急物资储备和日常演练，所以我们在2015年"5·20"武装冲突期间，在30个小时内动用8架次应急飞机资源，从南苏丹37区油田现场安全有序地紧急撤离中方人员404名，外方人员73名，并在油田现场安排一架飞机，24小时待命随时准备撤离极端情况下的中石油16名留守的管理人员。2016年"7·8"朱巴武装剧烈冲突期间，中石油组织协调包机12架次，安全有序撤离中方员工348名。

因为有相应完备的应急预案，所以保证了每次撤离过程中飞机资源充足、人员中转的每个中间环节安全有序。我们不仅仅撤离中石油的员工，还帮助中石化、山东高速等其他中资企业撤离中方人员。

赵忆宁：战争状态下，做出留守58人维持油田运行的决策要承担很大的风险。你当时心里矛盾吗？

贾勇：可以说，这是我人生当中最艰难的一次抉择，压力前所未有。当时，最大的压力是万一油田现场安全出现不可预见的情况，留守油田的中方人员安全出现闪失，自己在未来的岁月中将无法面对他们的家人。

"中国政府是我们的朋友"

赵忆宁：你们面临了一次次生死的考验。

贾勇：确实。2013 年 12 月 30 日，中国非洲事务特使钟建华到南苏丹斡旋停火，专程来到中石油朱巴驻地慰问看望全体员工。他动情地说："在关键时刻，是你们的坚守让南苏丹人民感动。在国家需要你们的时候，你们选择留下，挺住了，向国际社会展示了中国政府是负责任的政府，中国企业是有责任感的企业！"

2014 年 1 月 10 日，基尔总统召见中国驻南苏丹大使，对大使说："大使先生，我现在才深刻地理解了什么叫患难见真情，中国政府是我们的朋友。"

赵忆宁：这是一个完整的电影故事。

贾勇：这得益于国家的强大和我驻苏丹、南苏丹大使馆的坚强领导和正确指导。在"12·15"武装冲突中，使馆一共召开三次党委会，带领我们分析局势，并做出正确的形势判断。使馆经参处张翼参赞在安全状况严峻的形势下，代表使馆亲赴南苏丹 37 区油田现场慰问中外方员工，鼓励维持油田生产；马强大使对我们说：无论你们做出什么决定，出了任何问题，使馆都愿意与你们分担责任。现在回过头来看，如果没有使馆和大使、参赞的担当，我们非常有可能就都撤走了，那将有可能改写中石油在南苏丹的历史。

附录：中石油在南苏丹大事记

2011 年 7 月 9 日，南苏丹共和国成立。

2011 年 7 月 13—20 日，中石油参股的苏丹 37 区和 124 区联合作业公司南苏丹分公司先后在南苏丹首都朱巴注册成立。

2011 年 12 月 23 日，中石油及合作伙伴分别与南苏丹石油部签署了 37 区和

124 区过渡协议谅解备忘录，确定了合作伙伴与南苏丹政府石油合作的基本法律框架。

2012 年 1 月 20 日，南苏丹石油部向 37 区和 124 区联合作业公司下达关闭油田勘探开发生产等活动的指令。

2012 年 4 月 26 日，黑格里战事后，按照苏丹石油部安排，苏丹 124 区联合作业公司成立以中石油工程技术和建设服务为主体的维抢修队伍，中石油调集 2 000 多人参加油田复产，原本预计 3 个月才能复产，他们只用了 20 天。

2012 年 9 月 27 日，在非盟的主导下，苏丹与南苏丹政府在埃塞俄比亚首都亚的斯亚贝巴，就南苏丹使用苏丹管道及石油、经济等领域签署了 9 个协议。中石油等合作伙伴做了大量的配合支持工作。

2013 年 12 月 15 日，南苏丹首都朱巴爆发激烈武装冲突，随后蔓延并演变为内战。18 日至 25 日，按照外交部和中石油总部的要求，尼罗河公司组织撤离非关键人员。

2013 年 12 月 18 日，由于驻守南苏丹 124 区油田的政府军易帜，经石油部批准，南苏丹 124 区联合作业公司紧急关停油田生产并保全资产，撤离油田现场全体员工。

2013 年 12 月 23 日，南苏丹 37 区油区外围发生激烈战事。25 日经石油部批准，南苏丹 37 区联合作业公司紧急关停外围边远油田生产并保全资产，组织撤离油田现场非关键岗位员工。58 名油田管理人员带领关键岗位的南苏丹员工，在战火中坚守岗位，维持千万吨级大油田的基本生产。

2014 年 3 月 4 日，中石油捐资建设的南苏丹平民保护所项目在南苏丹外交部签署三方协议。南苏丹外交部、中国驻南苏丹大使馆、尼罗河公司领导及联合国驻南苏丹任务区官员等出席协议签署仪式和项目开工典礼。

2011—2014 年期间，中石油战胜上述挑战和困难，面临痛苦的抉择和考验，通过实际行动，最终赢得南苏丹总统的肯定：中国政府才是我们的朋友，我深刻理解了什么叫患难见真情。

（赵忆宁整理）

尼罗河上的南苏丹

访中国港湾南苏丹办事处经理张立忠

张立忠出生于1974年，从1995年开始进入中交四航局一公司南澳跨海大桥项目部，之后参加过多项公路桥梁施工，2010年开始在四航局一公司苏丹港项目部担任项目经理等职，目前为中国港湾南苏丹办事处经理、东非区域管理中心副总经理，他担任这个职务与南苏丹建国是同一天。

南苏丹朱巴国际机场

从苏丹首都喀土穆飞往南苏丹首都朱巴的航班提前 30 分钟到达,下飞机后随着人流往前走,箱子在碎砖头和土路上一蹦一跳地前行,最终来到海关,实际上就是个四面透风的"棚子",这里就是南苏丹办理出入境的海关。

周围没有一张亚洲人、阿拉伯人或者西方人的面孔,全部是身材高大的南苏丹人。20 多分钟后当我见到远处走来一个身穿西装的中国人时,那一刻眼泪都快流出来了,接我的人正是中国港湾南苏丹办事处经理张立忠。

中国港湾南苏丹办事处就在机场附近,其承接了朱巴机场的改扩建工程,这个工程也是南苏丹建国后唯一的一个大型基础设施项目。出于安全考虑,我被安排住在营地,房间有一扇面对营地围墙的窗户,是用钢筋做的护栏,围墙外几米远处就有第二次武装冲突时留下的弹坑,夜深人静的时候还可以听到不远处零星的枪声。

2016 年 7 月 8 日下午,总统基尔与第一副总统马夏尔在总统府商议解决争端事宜,总统卫队与副总统卫队于总统府外爆发激烈冲突。最终,冲突以 350 人副总统卫队仅余 10 人结束。2016 年 7 月 9 日上午,政府军与反政府军在朱巴山、UN House、副总统营地、机场附近展开了为期两天的大规模武装冲突。枪声四起、炮声连天,百姓流离失所,朱巴城瞬间被上帝遗弃。

这就是所有在南苏丹的中国企业所面临的环境,但是它们并没有放弃。原本南苏丹首都机场改扩建项目主体工程已经完工,但是内战的爆发使这一项目不得不暂停。当战事结束后它们迅即返回，目前南苏丹朱巴国际机场项目实体工程已全部完工，并实现了整体移交。

南苏丹与中国

赵忆宁：你担任南苏丹办事处经理与南苏丹建国是同一天？

张立忠：2010 年 7 月，我从四航局借调到中国港湾苏丹办事处，中国港湾办事处此前就一直关注开拓苏丹的南方市场，在南苏丹建国之前我来过一次，2011 年 7 月 9 日南苏丹建国时，中国港湾成立了南苏丹办事处，这是我再一次来到首都朱巴。

赵忆宁：苏丹是我们的传统友谊的国家，初始时期南苏丹对中国的态度是什么样的？

张立忠：我们刚来的时候，当地人对中国人的态度不是很友好，初期开展工作难度很大，比如在办理居住证件等事上态度相当恶劣。与此同时，他们对中国并不了解，很多人认为中国是一个很落后的国家，包括学生们使用的教材，天安门照片里的人还是穿着灰布衣与军装，骑着自行车。于是我们就邀请南苏丹政府官员访问中国，在北京机场，看到 T2 航站楼的规模，他们就震惊了。乘车从机场高速到公司，他们亲眼见到北京的城市规模，我们还带着他们坐了一趟北京到天津的高铁，所有的一切带给他们很大的震撼。

赵忆宁：南苏丹独立已经 6 年了，社会经济情况如何？

张立忠：国家治理一直是南苏丹面临的最大挑战。以汇率为例，建国前半年南苏丹使用苏丹的苏丹镑，当时美元兑换苏丹镑比率是 1∶2~2.2 区间，而现在黑市汇率已经变成 1∶162。首都朱巴国际机场经理在南苏丹已经是高级官员了，但其一个月的工资买不到 50 公斤玉米面，而且工资经常拖欠几个月。自 2015 年 12 月实行南苏丹镑对美元浮动汇率以来，南苏丹的货币贬值较建国时已高达 5 000%。

南苏丹没有工业，所有的消费品依靠进口，财政收入来源单一，只有石油和海关收入。原来石油占国家财政收入的 98%，现在石油价格下跌仍占财政收入的

70%左右。南苏丹还没有市政电力，所有单位与家庭都是用发电机发电。

国家的名片——南苏丹机场项目

赵忆宁： 2011年6月，你第一次来南苏丹做什么？

张立忠： 跟踪项目和做市场的开拓，初期我们跟踪过房建、公路、桥梁、市政、机场等很多项目。可以说，南苏丹的基础设施为零，需要建设的项目很多。虽然当时政府对中国人不是很友好，但是通过展示中国企业的实力，慢慢地政府开始和中国企业签合同，由于欧美企业目前以做咨询为主，在工程施工领域已经没有多少竞争优势了。最大的问题是项目如何落地，钱从哪里来。南苏丹政府无财力投资本国的各项基础设施建设，又无法对外国公司投资或融资的项目提供有力的主权财政担保，因此，前期阶段只能重点跟踪中国政府框架贷款项目。

赵忆宁： 转折点出现在南苏丹高级官员访问中国吗？

张立忠： 是的。两国政府关系层面的转折点是在2012年4月南苏丹总统基尔访问中国。在总统访问中国的那段时间，我们着力跟踪了机场项目，因为机场项目自身能产生收益，还款有保障，所以有可能获得中国的优惠贷款。2012年6月，我们中港公司与南苏丹交通部签署朱巴国际机场项目一期改扩建工程EPC总承包合同，合同金额约合1.58亿美元，我们协助南苏丹政府向中国进出口银行申请优惠买方信贷，这是南苏丹共和国自2011年7月建国后推进的首个重点项目。

赵忆宁： 机场项目都包括什么？

张立忠： 主要是对原有机场的场道进行修复，"场"就是停机坪，"道"就是跑道与滑行道，另外还有灯光系统和导航系统。你也看到了，朱巴机场是南苏丹唯一的国际机场，既简陋又破旧不堪，原跑道始建于20世纪60年代，滑行道面严重损坏，坑坑洼洼，雨后随处可以见到小水坑，现已作为滑行道使用，停靠联合国维和机构及一些非政府组织的飞机。20世纪80年代修建的一条长2 400米、宽45米的沥青混凝土跑道如今也已布满裂缝及坑洞，对飞机起降构成严重的安全隐患。在朱巴机场运营的各个航空公司都发信威胁停航。由于机场没有照明助航系统，就是说，只能在白天依靠目测起降，不具备 24 小时起降的条件。

赵忆宁： 这个项目对南苏丹就非常重要了。

张立忠： 南苏丹是一个内陆国家，没有港口，其国内公路交通运输基础设施极为匮乏，国土面积与法国相当的南苏丹仅有 300 公里左右的沥青公路。每平方公里国土面积修建的高等级道路公里数几乎为零。由于境内绝大部分为土质公路，雨季不能通车，公路通行情况极差，且沿途治安情况也不好，所以往各州运输货物主要靠飞机。首都朱巴国际机场可以起降 200 座以下的飞机，另有分散在各州重要城市的小型机场 12 座。所以机场对南苏丹来说极为重要。机场改扩建后，将改善朱巴国际机场的功能，使机场飞行区等级、机位数、航站区容量和陆侧交通保障得到有效提升。

赵忆宁： 从工程上讲，修复跑道对你们没有难度吧？

张立忠： 从工程上讲没有技术难度。这个项目是把跑道延长加宽，加上滑行道、联络道，重要的是增加通信、导航和灯光系统，完成后能够夜航，将来能停靠波音 767 机型。

从另外一方面讲，这也是一个非常有挑战性的项目，因为朱巴机场是这个国家交通运输的命脉，所以必须不停航施工，我们只能利用夜间有限的时间，在保障安全的情况下对现有设施进行升级改造，这对我们施工组织提出了很高的要求，必须保证第二天早上 7 点飞机能够在夜间刚刚施工后的跑道上起降。虽然国内有不停航施工先例，但是条件资源跟这里不可相提并论。

目前，机场场道工程已经完成并移交，南苏丹上至总统下至一般的商人对这个工程评价非常高，当然，最开心的应该是使用这个机场的飞行员了。

国家空中交通管制项目

赵忆宁： 朱巴机场一期项目已经完成移交，你们跟踪的下一个项目是什么？

张立忠： 鉴于中国港湾在朱巴国际机场改扩建一期项目中的优异表现，南苏丹交通部表达了由中国港湾承建其国家空中交通管制系统项目的意愿。我们于2016 年 10 月 14 日签署了该项目的 EPC 合同。这是一个非常有战略意义的项目，事关一个国家的主权尊严。由于这个项目非常专业化，为便于宣传介绍，我们制作了这个项目的动漫，在南苏丹内阁会上播放，播放结束的时候所有人起立鼓掌，总统当即拍板上马项目。

赵忆宁：这个项目的主要建设内容是什么？

张立忠：这个项目非常专业化，根据目前的项目可行性研究，主要建设内容包括雷达监视系统、航路导航系统、通信系统、空管系统及一个全国空管中心。另外，朱巴机场现有塔台高度仅为 15 米，朱巴国际机场一期扩建工程完工后，由于跑道的延长，现有塔台已经不能满足相关规范关于视角不小于 0.8 度的要求。为了满足相关规范要求、消除安全隐患，我们将在空管项目中为朱巴机场建设一座新的塔台及相应空管运营室。目前，南苏丹的领空是不设防的，由于没有雷达监测与导航系统，塔台是依靠对讲机指挥进机场的飞机。有一次基尔总统出访回来在朱巴机场空中盘旋了一个多小时没有下来，总统下来以后立即把机场经理关了两个月。

赵忆宁：如果没有雷达监测与导航系统，理论上他们都收不到领空过境费？

张立忠：是的。飞国际航线的航空公司，不管是客运还是货运，都要对飞越的国家缴纳飞越领空费（航路费）。以中国民航总局 1995 年下发的《关于调整外国飞机机场、航路费收费标准的通知》为例，关于航路费的收费标准是按照飞机最大起飞全重和实际飞行的航线距离为基础，飞过中国领空的外国飞机每公里费率 1 美元，而美国大陆约 0.33 美元/公里，英国约 0.44 欧元/公里。总之，这原本是国家财政收入的一部分，如同港口收费一样。但是由于没有相应的空中交通管制系统，南苏丹不知道谁使用了过境领空与航线，自然也就无法收到航路费。

赵忆宁：原本国家就没有钱，应该能拿到的钱又因为没有技术手段收不了。

张立忠：南苏丹现在的航路费还是由苏丹代管，事实上苏丹雷达监测系统也不能监控南苏丹的全部领空。因此，建设南苏丹空中管制系统是当务之急，国家非常需要这个项目。目前，项目正在申请中国进出口银行的优惠贷款，航路费为贷款的还款担保。

赵忆宁：南苏丹没有运营能力吗？

张立忠：目前，依靠南苏丹自身还运营不了，因为缺乏专业技术人才及相关管理人员,所以我们希望能够参与运营。除了签署这个项目的EPC合同外,我们为了项目建成后能够运营,又与南苏丹交通部签署了运营该项目的MOU(谅解备忘录)。总之,我们希望能帮助南苏丹完成这一战略性的项目。

立足长远发展,开发尼罗河航运

赵忆宁: 面对这样一个新生的、极端贫困的国家,国际社会一直在给予人道主义援助,但输血量总是有限的,当务之急是怎样帮助南苏丹建立自己的造血功能。

张立忠: 中国港湾很早就做过尼罗河流域航运综合开发的研究。上面谈到南苏丹交通基础设施非常匮乏,但是尼罗河干流贯穿南苏丹全境,白尼罗河覆盖现有主要城镇,尼罗河水量稳定充沛且水流平缓,具备建设高等级航道条件,水运具有得天独厚的优势,而且水运建设投资少,综合开发利用水运是解决南苏丹交通运输网建设的重要环节。发展尼罗河航运,可以支撑南苏丹国家经济与社会发展,意义重大。

赵忆宁: 目前,尼罗河航运的情况是什么样的?

张立忠: 非常可惜,南苏丹水网发达,但是一直没有被很好地开发利用。从尼罗河流域航运发展现状看,南苏丹没有现代化的河港,包括首都朱巴港,基本是利用自然岸坡,没有通航保障系统,目前有货船300多艘,最大的船舶为500吨级,而且是人工装卸,效率低下。

赵忆宁: 依照南苏丹经济发展的现状,是否对航运有潜在需求?

张立忠: 南苏丹尼罗河通航的主要目的是解决物资的运输。虽然目前南苏丹主要依靠石油收入,但石油收入下降了以后,开发多样性经济是大势所趋,包括农业与矿业等。目前,南苏丹所有的生活用品包括粮食、油品、建筑材料都要从外面运。而自产农产品因为没有运输条件,很多东西运不出来,仍然停留在小农经济的水平,所以开发尼罗河黄金水道将强力激活南苏丹自然资源及矿产资源的开发、农牧业发展、现代工业体系建立、市政基础设施建设、旅游业跨越发展,产生巨大运输需求。

赵忆宁：南苏丹尼罗河自然条件及发展可行性如何？

张立忠：南苏丹境内白尼罗河自然条件较好，且支流众多，覆盖全国，基本都具有通航条件。我们经过考察发现，南苏丹境内的尼罗河只需要略做航道整治，改善通航条件，增加通航保障设施，届时就可以通航 500 吨驳船船队。航道疏浚是中国港湾的专业，技术上没有任何问题。在我们的规划中，沿线将建设 7 个沿河港口，形成内河航运网络，同时，修建造船基地等配套设施。按照规划，初期项目大约需要 8 亿美元的投资。

赵忆宁：可是南苏丹没有钱，项目该如何进行？

张立忠：这是一个处于探讨阶段的方案。在《南苏丹尼罗河流域航运综合开发研究》中我们提出，希望尽快与南苏丹政府一起共同完善尼罗河航运发展规划，尽快开展航运建设工程，支撑国家经济发展。如果这个项目得以实现，将给南苏丹人民带来福祉。南苏丹交通部次长非常认可开发河道运输，并且对我们说，希望在他职业生涯中能够实现并完成这个项目，南苏丹人民的梦想也是希望把国家建设好，让每个人都能过上好的日子。

中企试水非洲民航业，AWA三年赢利

访加纳非洲世界航空有限公司董事长罗成

罗成出生于1968年，1990年毕业于南昌航空工业学院数学专业。毕业后，他又在中国民用航空飞行学院学习空中交通管制专业，从此投身民航业。2013年，他开始担任加纳AWA航空联合董事长兼CEO，2017年年初卸任回国，担任扬子江航空股份有限公司董事长。

加纳非洲世界航空有限公司（Africa World Airlines，简称AWA），是一家只有5架飞机的航空公司。但是这家航空公司在非洲西部非常著名，包括圣多美、普林西比及南苏丹政府都表示愿意同其大股东海航集团合作，或是共同建立国家航空公司，或是运营机场。

其一，重要的原因是，这家只投资了3 000多万美元的航空公司，在保证零安全事故征候的前提下，仅用3年的时间就开始盈利。在非洲大多数航空公司处于破产清算边缘的局面下，其业绩显得与众不同。

其二，目前在非洲可以看到很多中国企业投资矿产开发，基础设施工程承包及工业园、经济特区的开发项目，唯独少见非洲版"一带一路"的"三网一化"（建设非洲高速铁路、高速公路、区域航空"三大网络"和基础设施工业化）中的区域航空项目。加纳AWA航空公司是中国企业在非洲投资的第一家民用航空企业，突破性地实现了中国对非洲从传统意义的投资与承包领域向航空服务业的迈进。

其三，加纳AWA航空公司带来了正外部性，不仅完成了国际化经营及安全管理、企业文化、品牌建设、文化融合等方面的试验，更重要的是这个平台的建立，已经成为展示中国民航业发展水平的一个窗口。

加纳AWA航空公司就像一粒播撒在非洲大陆的种子，加纳AWA航空董事长罗成讲述了这粒种子是如何顽强地顶破厚重的土壤，度过市场痛苦及黑暗的冰霜期，进而生根开花结果，展露出不可阻挡的气势的。

联手中非基金成立合资航空公司

赵忆宁：在到非洲工作之前，你对非洲有多少了解？

罗成：2010年决定去境外工作的时候，我从联合国拿到了非洲交通现状的报告，在此基础上撰写了一份中英双语的"走进非洲"的思路和想法，主要是针对非洲地面交通很不发达的现状，通过数据分析提出如何通过搭建空中航线网络解决地面运输系统不完善的想法。后来，我主动提出到非洲任职。2010年7月，我以集团开罗办事处总经理的身份去埃及筹备办事处。在埃及，我们第一个航班客座率就高达 80%，后来由于当地局势的变化，中国政府为了中国人民生命财产安全宣布撤侨，开罗办事处和其他单位一道配合政府，圆满完成了中国历史上最大规模的一次撤侨任务。

赵忆宁：加纳的项目是什么时候开始的？

罗成：我并不是项目的最初参与人，在加纳国有航空公司破产清算后，加纳 SAS 金融集团作为项目发起人，寻找战略投资者拟共同投资在加纳组建一家航空公司。2010 年 9 月，集团与加纳 SAS 金融集团就在加纳合作成立航空公司事宜进行了前期探讨。

集团与中非发展基金就共同投资该项目进行了多次深入沟通，最终达成共识。集团利用航空主业优势，中非发展基金利用资金和非洲资源优势，与加纳 SAS 金融集团合作，并邀请加纳具有国有背景的企业入资，共同投资组建加纳 AWA 航空公司。至此，该项目正式启动。

加纳属于西非地区，从整体上看，西非的经济增速要高于非洲其他区域。加纳是西非第二大经济体，特别是近年发现了石油，并从 2016 年开始出油，因而整体经济形势开始向好，机场吞吐量逐年增加。当我们进入加纳市场的时候，西非地区共有 24 家航空公司，加纳 AWA 航空是最小的一个，也是最年轻的航空公司。

本地化降低支出走出困境

赵忆宁：你们的合作伙伴是个金融机构，合作方是怎么找到你们的？

罗成：我们当地的合作伙伴 SAS 是一家金融投资公司，公司的首席执行官是位酋长，毕业于耶鲁大学，并在哈佛大学和宾夕法尼亚大学沃顿商学院深造过，具有非常丰富的金融投资经历。而且，他怀有强烈的爱国情怀，真心想为加纳人民做点事。后面加入的另一个合作伙伴是 SSNIT（Social Security and National Insurance Trust），这是有政府背景的加纳社保基金。酋长于 2010 年开始筹建加纳 AWA 航空公司，投资 300 多万美元，到 2012 年年初投资快耗尽的时候还不知道从何处引进飞机。之后通过中非发展基金长驻加纳办事处牵线，决定与我们共同筹建加纳 AWA 航空公司。初始阶段我们只有两架飞机，且当地有 7 家航空公司在一个需求很小的航空市场竞争。刚开始，加纳 AWA 航空的两架飞机一天只能飞两个往返，飞机每天的利用时间不到两小时，连直接运营成本都无法覆盖，飞得越多亏损越多。当时最大的问题还不在经营上，而是如何处理好股东与股东之间、董事会与经营团队之间的关系，这也是全球所有跨国公司面临的共同挑战。

赵忆宁： 酋长有很多国际经验。

罗成： 虽然酋长有丰富的投资经验，但缺乏经营航空公司的经验。他更多关注的是投资回报，而对航空产业高风险低回报的特性全然不知。过高的投资预期和初期惨淡经营的现状形成了巨大的落差，曾一度使酋长产生放弃合作的念头。这就是我到加纳时的状况。我比较喜欢具有挑战性的工作，之前从事过运行管理，也有过市场营销的工作经历，加上之前积累的国际化经验，增强了抓住这个平台和机会历练自己的信心，于是接受总部的派遣到加纳 AWA 航空公司做董事长兼 CEO。

赵忆宁： 到了以后遇到的是什么问题？

罗成： 加纳 AWA 航空是一个国际化的公司，任命必须得到董事会的认可。如果酋长不同意我做 CEO，我只能打道回府。因此，我要在一周的时间里说服酋长，证明我将会是一个合格的 CEO。我在一周内与酋长见了两次面，每次一个半小时。因为他不懂运行，所以我就和他谈市场与公司未来的规划。最后，他向总部表达了让我出任 CEO 的明确意愿。

赵忆宁： 你是如何改变一家航空公司的亏损状况的呢？

罗成： 最大的问题是成本，必须削减不合理的支出。一方面，削减中方派驻人员的数量和薪酬标准，我希望带领公司走出困境后再谈薪酬，在证明自己前必须创造价值。另一方面，大力倡导员工本土化，这样既能够节约成本，又能帮助公司在当地履行社会责任。我们的核心飞机维修工程师和飞行员都有美国和加纳双重国籍，他们在美国工作了十几年再回到加纳，是全球职业化的人才，这是我决定员工本土化的关键性因素。目前，加纳 AWA 航空公司一共有 270 多人，中方派驻的仅有 4 人。

投资 3 年开始实现赢利

赵忆宁： 人才本地化不仅可以节约成本，最重要的是可以赢得当地社会的认同。

罗成： 我用一个月时间创立了 AWA 慈善基金。一个经营困难的航空公司为什么要把做慈善当作头等大事，一般人很难理解。但我认为，企业必须体现对社会的责任感。我希望以此首先树立公司良好的社会形象。我刚去的第二周，公司就同当地孤儿院建立了联系，并捐赠给孩子们一些日常生活用品。在加纳航空产业中，加纳 AWA 航空是唯一一家如此履行社会责任的航空公司。正好当时公司内的一个资深员工拥有自己的一个慈善基金，他认同我对慈善的态度，后来同意把这个慈善基金免费转给加纳 AWA 航空直接管理。他看到公司把 98% 的就业机会都给了当地人，因此全力支持我们设立慈善基金。

赵忆宁： 亏损状态下承担社会责任，带来了什么样的正外部性影响？

罗成： 在加纳，体现企业的社会责任感尤为重要。经营加纳 AWA 航空公司是一项长远的事业，不是短期行为，尤其是慈善基金的建立，会对公司发展起到非常关键的基础性作用。不仅是创立慈善基金，为了缩减运营成本，我们还减少中国驻派人员，增加本地员工比例，这些举措同时促进了当地的就业，获得了当地民众的认可。由于我们在社会责任方面的坚持和努力，公司得到了当地政府的认可和支持，并给予我们很多帮助。

我们在当地的业务也越做越好，获得了很多石油包机和政府包机的机会。泛非洲银行日前在一份研究报告中指出，加纳两个新油田的投产，把该国石油日产量推高到 24 万桶以上，加纳将在 2020 年前成为撒哈拉以南非洲的第四大石油生产国。石油公司现金流一般比较充裕，到塔克拉迪海上油田的包机业务出现盈利商机，这条包机线每小时有 10 万元人民币左右的收入。我们如期拿到了高收益的石油包机协议。另外，我们还拿到了加纳总统、利比亚总统、加拿大/以色列大使馆，甚至英国查尔斯王子的包机业务。我们公司的飞机 ERG145 机型有 50座，很适合包机。最关键的因素是我们能保证飞行安全，良好的安全管理和安全记录坚定了包机商选择加纳 AWA 航空公司的决心。

赵忆宁：加纳AWA航空公司现在的运营状况怎样？

罗成：我是2013年4月到加纳的，那时公司总共亏损400多万美元。2014年，因恶性竞争和埃博拉的影响，公司亏损了500万美元。2015年亏损开始减少，并从当年10月开始赢利。

在非洲，大多航空公司目前都处于亏损状态，比如非洲最大的肯尼亚航空、南非航空等，都处于巨额亏损状态。而我们始终把安全管理放在第一位，在没有发生一次安全事故征候的情况下，正点飞行超出同行。我们还对工作人员进行系统的培训，不断提升服务品质和流畅性，再加上我们坚持履行社会责任，最终快速实现了赢利。

赵忆宁：到2016年赢利多少？2017年的前景怎么样？

罗成：2016年9月底，净利润已经达到200万美元，这个结果大大超出我的预期。未来我们将再增加一些ERG145型飞机，同时考虑引进E190窄体机，以快速搭建加纳AWA航空在西非区域的航线网络，尽快将加纳AWA航空公司打造为西非规模最大、品牌最好的航空公司。

赵忆宁：目前总共实现的承运旅客人数是多少？

罗成：目前承运的旅客人数约30万人。

空姐正在为乘客服务

安全与品质的管理助力实现赢利

赵忆宁：一家小的航空公司在短短 3 年间实现赢利，你认为扭亏为盈最重要的因素有哪些？

罗成：我认为是安全与品质的管理。关于安全管理，我们在 2015 年通过 IOSA 审定（IATA Operational Safety Audit），这是国际航空运输协会（IATA）运行安全审计认证，也是国际航空运输协会制定的一项为国际所认可和接受的航空安全标准，用于系统性评估航空公司的安全运行管理和控制能力。虽然我们公司相对比较小，但我们已经达到了世界级的安全管理水平与能力。目前西非有 24 家航空公司，仅有 4 家航空公司通过 IOSA 审定，面对激烈的竞争，我认为未来 3 到 5 年后，可能只有 3 到 5 家航空公司能够存活下来。

赵忆宁：讲讲尼日利亚国际航线的事情。

罗成：加纳阿克拉飞往尼日利亚拉各斯这条国际航线，我们前期亏损了不少，首航的 2014 年就亏了约 250 万美元。当时有 5 家航空公司开通了这条航线，负责执飞的基本都是波音 737，而我们负责执飞的是 ERG145，因为整个市场的容量很小，所以运力投放太多一定会导致一些航空公司倒闭。在我们努力将管理和品牌建设做到最好的同时，2016 年严重依赖石油出口的尼日利亚遇到历史上从来没有过的经济大萧条，加上一直以来激烈的市场竞争，导致尼日利亚的两家航空公司（AERO CONTRACTORS 和 ARIK AIR）相继退出。现在 AWA 在该航线上每天有 5 个往返航班，这条航线已经成为赢利的主要来源。目前，加纳 AWA 航空公司还计划在此基础上开通阿克拉到尼日利亚首都阿布贾的直航。

赵忆宁：酋长该对你们刮目相看了？

罗成：随着公司经营状况的不断改善，酋长也逐步转变了对中方团队的态度。他之前总是拿西非区域其他规模较大的航空公司与加纳 AWA 航空公司比较，认为加纳 AWA 航空机队发展太慢，而现在看到那些"大规模"航空公司相继破产，酋长认识到，我们先进的管理理念以及丰富的国际经验，都是能够帮助加纳 AWA 航空公司实现最初设想的重要推动力。

赵忆宁：讲下最艰难的一件事情吧，比如拓展航线。

罗成：拓展加纳首都阿克拉到尼日利亚港口城市拉各斯的航线是个曲折和艰难的过程。开辟航线首先要对市场做出预先调研和预期判断，但事实证明，我们初期对市场的估计还是太过乐观，结果一进去就亏了几百万美元。考虑到暂停航线以后再进入这个市场的成本会成倍增加，我们坚持将加纳AWA航空公司做到极致的信念，相信不久的将来会在新兴市场迎来曙光。为减少亏损，我们首先减少航线频次，从每天两班减到一周4班。我们的坚持和信念终于为自己在市场中赢得了一席之地，并开拓出更广阔的市场空间。

非洲航空市场的前景与未来

赵忆宁：我在非洲旅行时，看到很多国家与国家之间不通航线，经常要绕道飞行。你对非洲航空市场的未来发展怎么看？

罗成：非洲大大小小的航空公司有130多家，目前非洲航空市场存在一种悖论。一方面是不能满足市场的需求，去一些国家经常要中转或者绕道，另一方面是虽然非洲航空市场有潜力，但是非洲市场容不下那么多航空公司同时存在。概括地说，非洲民航业发展远未成熟，资源尚未得到整合与开发利用，同时又面临着未来井喷式的发展机会。因此，根据加纳AWA航空公司的发展经历和对市场的判断，我们认为现在正是中国民航企业加速布局非洲的大好时机，结合中国的国家航空战略，顺应"一带一路"倡议大势，大力投资非洲民航基础设施建设，打造中国民航在非洲自己的航空公司品牌，并借助该品牌提升国产飞机的知名度和可信度，打造非洲航空枢纽的同时，助力实现中国的航空强国梦。

赵忆宁：鉴于非洲有很多国家没有自己的航空公司，甚至还没发展就遇到过剩问题，我们的目标是在非洲实现"三网一化"，其中包括航空网，这个问题你怎么看？

罗成：在如此巨大的发展潜力面前，如何发展是所有非洲国家面临的大问题。在我看来，最重要的是需要时间和耐心。

首先，非洲国家尤其是经济发展较为落后的国家，以及政局不稳定的一部分非洲国家，不建议马上成立国家航空公司。目前，很多非洲国家的航空更像是具有象征意义的国家标志，政府有过多的日常运营干预及以政治为导向的商业计划，再加上政治环境不稳定的影响，使得绝大多数非洲国家航空深陷泥潭。

其次，非洲国家发展航空业的观念要转变，从创建国家航空转变到创建适宜航空业发展的大环境。比如，实现市场开放与天空开放，落实《亚穆苏克罗决议》，在实现天空自由化的同时提升航空安全等级，创建适宜航空公司运行的大环境，充分给予航空市场自由化发展的空间，并以市场为导向。

再次，降低航空业的税负压力，包括降低航空煤油价格水平，提高海关清关效率等。

最后，要招商引资，加强航空基础设施建设，助力民航发展。

赵忆宁： 非洲的航空专业人才状况如何？

罗成： 航空业既是高技术密集型产业，又是高人力资本密集型产业，因而对高端人才的需求很大。非洲存在的普遍现象是优秀人才流失，能力强的优秀人才多选择在欧美就业。我认为，政府应该采取有竞争力的措施留住人才，同时也要吸引国际市场的航空业人才在非洲扎根。总之，非洲民航业有着美好的未来，但需要时间和耐心。

赵忆宁： 你认为现在是中国民航加速布局非洲的大好时机，但我感觉，在运营方面我们还没有很多的经验。

罗成： 是的。中国企业"走出去"的时间不长，相对来讲国际化能力还有一定的差距，国际化是中国大多数企业的短板。我认为，一定要着力培养自己的优秀人才，在一些关键领域、关键岗位上应当有自己的高端国际化人才。找职业经理人是一种治标不治本或者是不得已而为之的办法，因为职业经理人不会考虑提高资金使用效率的问题。比如，我在加纳的时候进行新办公室装修，外方给我们25 万美元的预算，但实际上我们只花了 6 万美元。我想说，"走出去"一定要培养中国自己的国际化高端管理人才。

我在中国港湾工作也是为国家做贡献

访中国港湾南苏丹办事处商务经理阿托伊·邓·阿克

阿托伊·邓·阿克（Athuai Deng Akok）1972 年出生在西加扎勒河州（省会是瓦乌），1986 年随全家到苏丹首都喀土穆。2008 年，阿托伊毕业于苏丹喀土穆埃尔内林大学法学院（Elneelin University Faculty of Law Khartoum Sudan），毕业后回到现南苏丹首都朱巴。在加入中国港湾之前，他在很多企业工作过，其中 2008—2010 年在阿托伊亚特公司（主业为道路建设）工作，后来又在南苏丹的一家道路建设公司工作。2013 年，其加入中国港湾南苏丹办事处，担任中国港湾南苏丹办事处商务经理。

与阿托伊站在一起会有压迫感，因为他身高 2 米多，据说阿托伊所在的丁卡族（Dinka），是世界最高与最黑的民族，平均身高在 1.82 米以上。南苏丹自 2011 年建国以后深陷内战，丁卡与努尔两大族群彼此冲突。

"这份工作是我的生日礼物"

赵忆宁： 您加入中国港湾不久就遇到了南苏丹的第一次战乱①。当时中方人员都撤离了，是您一个人看护公司和财产。等中方员工回来时发现，院子被打扫得干干净净，电脑只要插上电源就能工作。战乱来临，人们的第一反应是寻求安全的地方，您为什么选择留在这里？

阿托伊： 我在中国港湾工作的第一天是 2013 年 5 月 23 日，这一天也是我的生日，对我来说意义非常重大，甚至我的父亲和我的妻子也认为，这份工作是给我的一份生日礼物。而仅仅不到 7 个月，2013 年 12 月 15 日，南苏丹就发生了战乱。当天晚上 7 点左右，当时南苏丹执政党苏丹人民解放运动正在雅库隆（Nyakuron）文化中心召开会议，总统基尔的军队和被解职的前副总统马夏尔的军队爆发战争。

战争开始的那一天是星期天，而且就在离这里不远的地方开始的，接着 16、17 日的情势非常危急混乱，人们不敢相信发生了什么。我在家中感到非常地担忧，因为南苏丹同事都放假了，中国同事所住的院子只有几个保安，而那些保安手中只有棍子，连枪都没有。我想尽快见到中国同事，但是已经戒严管制没法出门，我只能在家待了 3 天。到 18 日早上，我跟我的叔叔说，我一定要碰碰运气，去营地见中国同事，叔叔坚定地告诉我："别出门！"但是我一心想确认中国同事是不是安全的。

赵忆宁： 您叔叔是做什么的？

阿托伊： 他是执政党苏丹人民解放运动的高级成员。虽然他拒绝了我，但我还是想试试。我给许多朋友打电话，希望确认当时外面的情况，看能够走哪条路

---

① 2013 年 12 月，南苏丹总统基尔突然将副总统马夏尔撤职，导致双方支持者——南苏丹两个最大部族丁卡人和努尔人爆发大规模冲突，南苏丹第一次内战爆发，战乱导致 500 多人死亡。

到达营地。朋友们纷纷告诉我哪些路可能是安全的。但是当时全城戒严，已经没有任何交通工具可以使用，所以我只能走路去营地。一路上我看到军人和坦克不断地射击，到处都是手持重型武器的军人和警察。有很多尸体在路边，看不到一个没有穿着军装制服的平民。我很害怕，有一段时间我僵在路上，不知道该怎么办，我问自己我要回去吗？

赵忆宁：您家离营地近吗？要走多久？

阿托伊：有 10 公里，但是这 10 公里路我走了 3 个多小时，因为我必须要四处观察有没有危险。等我到了营地敲门的时候，他们问："谁在敲门？"我说："是我，阿托伊。"当他们开门发现是我的时候，都感到非常惊讶。他们非常惊讶我是如何来到公司的，外面没有任何声音，除了枪支射击的声音。因为之前 3 天这里的局势非常糟糕，为了躲避外面的子弹和炮弹，我开门的时候看到有些人是从床下钻出来的。所幸的是大家都很安全。

赵忆宁：当时营地里有多少人？

阿托伊：一共有 9 个中国同事。我到了之后，张立忠经理召集会议，讨论如何撤离朱巴。最后决定由我找一架飞机送走中国同事。我花了将近两天时间，在机场和办公室之间跑来跑去，但是也没能找到一架能把中国同事带走的飞机，因为所有飞到朱巴的飞机都是接他们各自国家公民的。花了两天时间也找不到飞机，到 19 日晚上 8 点，我就跟张立忠经理商量，建议他们走公路，到南苏丹和乌干达接壤的小镇。陆路撤离的方案让张总很犹豫，他问了我很多问题，包括路上安不安全，要多久能到，等等，我告诉了他所有了解到的详细信息。从朱巴到边境小城尼穆莱（Nimule）只有 192 公里，路上相对比较安全。张经理和中国同事开了会，也和喀土穆总部联系汇报了情况，到晚上 11 点的时候，张总最终同意了我的提议，开始准备上路，决定在第二天一早 7 点钟出发。我们花了整整一晚上准备。从朱巴到尼穆莱的路程只花了 4 个小时，我一路陪着他们去的。到边境大概是中午 11 点。但那个时候尼穆莱小城变得非常拥挤，到处都是逃离的人和车。我让中国同事跟着车流走，自己打了摩的去移民局和海关帮他们办手续，因为不仅护照要盖章，还要给过境的车办过关手续。在边境有一座桥，过了桥到西岸就是乌干达了。我目送张总他们过了桥，然后在当天回到了朱巴。

赵忆宁：您是说，您一个人回到朱巴？是什么事情让您这么牵挂，非得回来不可呢？在回来的路上您都经历了什么？

阿托伊：进入中国港湾的这天是我人生最美好的一天，这份工作对我而言就是一份礼物，所以我决定留在朱巴，看管中国同事留下的营地和物资，我们在朱巴的办公室还有很多事情没做完，如果我也去了乌干达，就没有人看管营地了，所以我回到了朱巴的营地。那天从朱巴—尼穆莱的 A43 号公路只有我这辆车是从边境返回朱巴的，其他的车都在往边境方向走。虽然一路上没有看到军人或者武装分子，但是我还是有点害怕，整条公路只有我的这一辆车是向朱巴方向走的。

赵忆宁：当时您已经到边境线了，但是又返回了朱巴营地，这是您个人的决定还是公司给您的任务？

阿托伊：当时，张总还有中国同事都劝我和他们一起撤离到乌干达，但是我拒绝了，我选择回到朱巴营地照管公司留下来的物资。我在国家安全部、苏丹人民解放运动等组织有很多朋友，能时时了解最新的局势和情况。我也跟张总和其他同事经常联系，保持沟通。2014 年 1 月初，我接到中国港湾塞拉利昂办事处的电话，他们已经两个月没有拿到工资了。张总让我去乌干达拿钱回到南苏丹，然后再想办法把钱送到塞拉利昂。我赶紧去了乌干达，然后两天之内就回来了，我把钱交给南苏丹一位前任部长，他去了塞拉利昂。我不想离开朱巴和营地太久，当时留下来的只有两个司机和我。我就住在营地里，一共住了 3 个多月，直到后来所有的中国员工都回到朱巴。

在此期间，我没有中断跟进交通运输部和财政部的朱巴国际机场项目，等到我的中国同事回来后，4 月 15 日在中国驻南苏丹大使李志国和南苏丹财政与经济规划部部长马尼贝的见证下，签署了朱巴国际机场扩建改造项目合同，这也是南苏丹首个使用中国优惠买方信贷项目。

赵忆宁：当您的同事从乌干达返回朱巴时，是什么场景？

阿托伊：张总和几个同事是第一批回来的，看到他们回来感觉真是太棒了。我之前很担心，也许他们再也不会回来了，因为在战争的环境下如何搞建设呢。但是他们还是回来了，而且张总是第一个回来的。当时我特别希望那是最后一场战争，希望所有纷争都可以就此平息，让国家开始进入经济建设时期。

我在中国港湾工作是为国家做贡献

赵忆宁：虽然您希望那是最后一场战争，但是 2016 年 7 月又发生了冲突，您的同事又再一次被迫撤离。能描述一下当时的情况吗？

阿托伊：上次战乱之后一直到 2014 年 3 月，所有中国同事都回到了营地。从那之后到 2016 年 7 月冲突事件爆发之间，中国港湾在南苏丹做了大量的工作，也签署了很多项目的意向书。最主要的就是由中国港湾南苏丹办事处承建的朱巴国际机场一期工程。没有想到的是，2016 年 7 月初又爆发了冲突，情况更加糟糕，特别是 2016 年 7 月 8 日，总统基尔和前副总统马夏尔之间在总统府的战斗比 2013 年的那次更为惨烈，因为叛乱分子基本上遍布整个市区，每个地方都有激烈的战斗，包括我们在机场附近的工地。而我们办事处的情况也和上次不一样了。上次整个办事处只有 10 ~ 11 名中国同事，但现在规模大得多，包括项目团队、施工团队、办事处人员共有 73 人。为了机场项目，我们在这里的工作制度是每周 7 天，每天 24 小时不停歇，为的是按时完工。但是突然间又爆发了冲突，到处都是枪击声和炮声，战争持续了将近一个星期，许多平民丧生。关键是上次冲突的地点离我们较远，但是这次太近了，只有几米远。那些武装分子都拿着重型机枪，天上还有直升机扫射，整个场景连动作片都拍不出的。

赵忆宁：当时中国员工包机撤离到喀土穆，您和上次一样，又一次肩负起了照顾营地的责任。这次又是您自己的选择，还是因为这份工作是您的礼物吗？

阿托伊：是的。因为所有中国同事离开的时候，营地还有很多设备与车辆，而我们这里又是冲突中心。我花了几天时间思考怎样才能保护好这些施工设备，这对我而言是个很大的挑战，而且这次的营地规模更大了。战争总要过去，建设总会开始，如果设备坏了会给公司造成损失。留在这里是我自己的选择。但这个时候已经不仅仅是因为这份工作对于我而言是非常珍贵的礼物，我希望能够为公司做一点力所能及的贡献。所以这次我决定留下来，照管好营地。

赵忆宁：您想过家里人怎么办吗？

阿托伊：一开始要说服妻子的确不容易，我告诉她，我要留在中国港湾的营地，她和孩子留在家里。我尽可能地说服她，让她和孩子待在家里，但是她并不是很高兴。她说，如果武装分子要控制朱巴，首先就要控制重要的战略位置，其中之一就是朱巴机场。她问我："为什么要待在中国港湾的营地？"我向她解释说，希望能够为公司做一点事情。她说："即便是可能有生命危险吗？"我说是的。幸运的是，我没有遇到什么危险。

赵忆宁：您对公司有情感与责任感。南苏丹是个非常年轻的国家，非常需要建设，作为南苏丹人，您加入中国港湾为南苏丹建设工程的公司里，是不是也有一份对国家的责任在其中呢？

阿托伊：我在政府部门有很多朋友，我曾经告诉他们，我在中国港湾工作也是为国家做贡献，因为中国港湾在为我们国家做工程。在我到中国港湾工作之前，公司就已经在南苏丹开展了很多项目，这也是我选择在中国港湾工作的原因之一，因为通过我的工作，我可以为国家做一点贡献。

我希望中国港湾坚守在南苏丹

赵忆宁：南苏丹是您的祖国，您希望通过努力把它建设成一个什么样的国家？或者说您希望未来南苏丹成为一个什么样的国家？

阿托伊：首先，我的梦想就是看到内战能够结束，这是最重要的，如果战争一天不停止，国家就没法发展。我们的机场项目，本来这个月就可以完成的，但因为 7 月的冲突，工期不得不延迟。一个国家只有在局势稳定的情况下才能够发展。所以我的梦想第一个就是希望看到国家能够稳定，然后实现发展。目前，中国港湾和南苏丹政府合作正在建设一系列项目，但是大多数项目都因为战乱的原因而不得不暂停。如果没有战乱，很多项目很可能已经处在施工阶段了，比如，朱巴国际机场。但是因为战乱，项目都没法进行下去。其次，我希望中国港湾在南苏丹能够更好地发展。很多南苏丹人都说，如果自己是总统的话，会把所有的基础设施项目都交给中国港湾来做。因为大家都能够真切地看到，中国港湾在南苏丹所做的工作和成绩。目前，我们整个国家唯一的一个在建项目就是朱巴国际机场，政府自己没有项目在建。所以我的第二个梦想就是中国港湾能够拿到南苏丹重大工程项目。如果南苏丹要实现发展，就必须与中国港湾合作。在南苏丹搞建设并不容易，但正是在这种恶劣的条件下，中国港湾开展了多个项目，这非常不容易。现在我们正竭尽全力在这里开展业务。基础条件很差，政局也不是很稳定，但是中国港湾和南苏丹政府的各级官员都建立了良好的关系，这正是靠出色的员工完成的。

赵忆宁： 有一件事情我特别想感谢您。我知道能够来南苏丹采访，都是在您的帮助下得以成行的。我不仅参观了工程，还认识了您，我感到非常荣幸。您什么时候来北京，都可以联系我，希望能够在北京有机会见到您。

阿托伊： 如果我有机会去北京的话，一定会联系您的。我也非常感谢您从北京不远万里前来，从喀土穆来到朱巴。我也感谢中国港湾，感谢张总。在我刚到中国港湾来的时候，我就想好了，我来这里并不是要赚钱，而是要学到东西。

赵忆宁： 那么你在中国港湾工作的这段时间里都学到了哪些东西？能给我们举几个例子吗？

阿托伊： 第一点是效率。那时候我们还在之前的营地里，张总有时候会和我们说，要在什么时间之前完成一项什么工作。这种为工作规划好时间节点的方法让我受益很多。这并不是一种命令，而是给你设置了时间限制，必须在这之前完成，在很多公司或者政府部门里都做不到这一点。我学到的第二点就是合作。公司有市场推广、商务合作、行政等各个不同的部门，部门之间需要通力合作。同事之间并没有非常强的上下级关系，而是一个团队，共同来完成目标。有时候，我对一件事情不是很明白，会寻求同事的帮助，反过来有时候同事不懂的，我也会帮助他。不仅是中国同事，所有南苏丹、中国员工在工作中都很团结，向着同一个目标前进。我学到的第三点就是在新的组织、环境中工作。之前，我都是在喀土穆等苏丹的国有公司工作。但是我在适应新环境的过程中并没有遇到什么困难，同事都非常好，公司管理也是井井有条。在军队里，有上下等级之分，在其他公司也有职务高低之分，但是在中国港湾则没有严格的差别。我们一起工作，共同分享信息，关系非常融洽。

赵忆宁： 中国有一个词叫作"共同成长"，你加入中国港湾，其实就是与国家、公司共同成长。

阿托伊： 我还想对中国港湾在北京的总部说几句。我刚才也说了，在南苏丹做生意是非常困难的，南苏丹是一个年轻的国家，机会非常多，所以我们需要重视南苏丹这个市场。即使南苏丹有战乱，局势也不稳定，但是总有一天，局势会稳定下来，一切都会恢复正常。我希望告诉总部，中国港湾要坚守在南苏丹，在这里开展业务、建设项目，这是我们的机会。中国港湾现在是在南苏丹拿到项目的第一家中国企业，而且也是第一家在南苏丹建设项目的中国企业。南苏丹办事处为市场推广做了大量工作。我们在跟踪许多项目，除了朱巴国际机场之外还有很多别的项目，比如，河运等项目。我相信我们能够在南苏丹取得成功，在这里的各个项目最终都能取得成功，因为南苏丹的发展离不开这些基础设施的建设。

赵忆宁：我希望中国港湾的领导会看到您的这些话。感谢您和我们分享您的故事。在我眼里，您是一个英雄。

南苏丹内战撤离纪实

访中国港湾南苏丹办事处副经理、朱巴国际机场项目负责人王中浩

王中浩出生于1989年，2014年毕业于北京交通大学，获土木建筑工程硕士学位，参加工作一年后来到南苏丹至今。2016年，他和他的同事们经历了南苏丹总统基尔与第一副总统马夏尔爆发的激烈冲突事件。虽然南苏丹的战火硝烟已成往事，但夜深人静时，他的耳边还是会传来直升机的轰鸣声、枪炮的交战声，眼前仍能看到如潮水般逃生的人群，躲在掩体里交战的士兵。

战争能将人生的经历瞬间浓缩，希望、绝望、悲伤、死亡……原本活一生才能体会到的经验，在战时只需几个小时或者几天就能体会到。王中浩讲述了他们在第二次南苏丹内战中的险境、逃难与撤离的经过。他最为骄傲的是，面对生死选择的时候坚守了做人的准则，他说："自由能有多美，战争就能有多残酷，这些将是陪伴我一生的财富。"

机场遇险

赵忆宁：南苏丹局势一直紧张，在 2016 年 7 月 8 日总统基尔与第一副总统马夏尔的武装冲突中，你们都经历了什么？

王中浩：自 2013 年 12 月 15 日爆发武装冲突以来，南苏丹一直处于内战之中。在 IGAD（政府间发展组织）、JMEC(联合监督委员会)、联合国等国际社会组织多次调停下，经过两年的不懈努力，南苏丹政府方与反对派最终签署了和平协议、全面停火协议等象征两派和解的一系列文件。南苏丹，这个世界上最年轻而又满目疮痍的国家，终于看到了一丝希望。当反对派首领马夏尔回到朱巴就职第一副总统、政府方与反对派成立新内阁、乌干达军队撤出南苏丹等举措按照和平协议顺利进展时，每个人都认为，苦难正在离去，和平最终到来。

但是，2016 年 7 月 7 日晚的密集枪声，让南苏丹的和平再次蒙上阴影。由于南苏丹国情的特殊性，我们经常会听到枪声，早已见怪不怪。但是 7 月 7 日晚如此大规模的枪声，让我们隐隐觉得有大事发生。当时办事处经理张立忠立刻召集项目管理团队，询问食物、饮用水、柴油等物资储备情况，当得知战略物资能坚持 2 周左右之后，他下达了严格控制中方员工外出的命令，并暂停施工，一切等消息明朗之后再做决断；同时，通过多方渠道，还原事件真相，经过各方确认，我们得知是反对派强行冲击政府军安全检查点，并发生交火，在射杀 5 名、射伤 2 名政府军士兵后，反对派武装驾车逃逸。

赵忆宁：这只是一个开始。

王中浩：是的。7 月 8 日下午，我驻南苏丹使馆经商参处鲍维强秘书结束任期，将返回国内履职，经济参赞、大使馆政务主任、各中资企业代表至机场与鲍维强秘书道别。在候机时，机场路沿线爆发了激烈交战，但由于我们在候机厅内，当时并未察觉，待送走鲍秘，我和张立忠经理从机场返回营地，在即将抵达营地的时候，我们接到送行人员的求助电话：由于机场路交战激烈，送行人员已无法返回，与此同时，他们已经被从候机厅赶出来，处于室外的极度危险环境中。送行人员向我们询问能否进入机场内，接他们到我们的营地避险。因为朱巴机场项目，我们和机场各个部门都建立了良好的关系。当时我和张总没想太多，掉头向机场大门驶去，试图将其他送行人员接回我们的营地。没想到，正是这个简单的决定，让我们第一次身历险境。

赵忆宁： 遇到了什么险境？

王中浩： 当我开车和张总从营地返回至机场大门时，发现机场内已经增加了很多荷枪实弹的士兵，这些士兵有的在找掩体隐蔽，有的在设置路障，紧张而不慌乱，训练有素。我加快油门，想尽快到机场大门，早点接人回到营地。就在即将抵达门口之时，外面突然枪声大作，而且枪声越来越近。这时一个身穿军装的士兵激烈敲打副驾驶的门窗，嘴里喊着"down，down，down（下车）"。在那一瞬间，我以为自己能够处理紧急事件的镇定被恐惧打败了。只见人群如潮水般呈扇形向候机楼里面涌去，车窗外枪声大作且近在咫尺，我的大脑一片空白。听到士兵越来越急促地催我们下车躲避，我却无法完成关窗、摘档、熄火这一串简单动作。我能看到我的手脚试图去做这些事，但是偏偏每一件事都做不到，好像灵魂脱离了身体，当时那种孤独与无力感至今记忆犹新。

赵忆宁： 我能体会到你的感受。

王中浩： 在我即将崩溃的时候，张总拉着我喊道："赶紧下车，赶紧跑！"瞬间，我脑中的空白被下车、逃跑的指令代替，我们不顾积水、不顾泥泞，拉住士兵的胳膊，跟着跑进军方VIP的掩体中。跟我们一起跑进来的还有联合国的工作人员。其中一位来自埃塞俄比亚的女士，手中拿着类似于护身符的东西，走到楼梯间最深处，以头点墙，一边哭泣一边祈祷。我们被带到了二楼休息室，我一下瘫倒在沙发上，大口喘气，惊魂未定。过了好一会儿，我还能感受到腿在颤抖。情绪稳定一点之后，我发现我的手机、车钥匙都落在了车里，车窗是否摇上我已无法确定。然而这些已经不重要了，重要的是我和张总暂时都是安全的。

赵忆宁：枪声持续了多长时间？

王中浩：有半个多小时。中间我偷偷地向窗外望去，只见士兵有的趴在路边草丛中，有的躲在树后面，有的躲在掩体后面随时准备攻击。整个机场路除了士兵没有一个平民，有两三辆车杂乱地停在路中央。当枪声渐渐停歇后，我们被人引导着走出掩体，就在我们刚刚上车之时，枪声又急促起来了，我们又一次紧急撤离到掩体。有了上一次的经验，这次我拿上了手机，也拿上了车钥匙。"人总是能进步的"，我当时还跟张总自嘲道。又过了 1 个小时左右，枪声停止，我们终于可以回营地了。

然而没有想到的是，我们被总统卫队的士兵拦在了停机坪外。当我们解释我们是机场的承包商，我们营地在机场里面，我们有通行证的时候，士兵们并没有多余的话——举枪、子弹上膛。我和张总瞬间面无血色，进退不得，停在路中间。大概 10 秒钟的静默后，我把车停在了路边。与此同时，我们打电话给机场经理基洛（Kilo），让他协助我们撤回营地。在等待了 5 分钟后，全副武装的机场经理出现了，他身前绑着一把冲锋枪，腰间别着两把手枪，穿着防弹衣，防弹衣的弹夹里全部装满了子弹，那一瞬间，他有如来自古代的战神。基洛解救了我们，并亲自护送我们回到了营地。当我们进了营地门的一瞬间，我知道，我们安全了。我们拜托机场经理去护送其他送行人员一行来到我们营地，最终，大家都安全躲过了一劫。

包机撤离

赵忆宁：2016 年 7 月 9 日，本是南苏丹建国 5 周年纪念日。命运多舛的南苏丹再次遭受劫难。

王中浩：7 月 9 日是南苏丹的国庆日，但是，这一天没有庆祝，没有游行。空气中弥漫着紧张不安的气息。多方面的信息显示，第一副总统马夏尔开始失去对其武装护卫部队的控制。政府军加强了对朱巴的警戒，街道上到处都是荷枪实弹的士兵。7 月 10 日上午 11 点，在营地西南方三四百米左右，突然枪声大作，如此近距离、如此激烈的交火，难道是反对派要孤注一掷强攻机场送马夏尔离开？正当我们在反复确认究竟发生了什么的时候，第一发炮弹在空中爆炸了。房间剧烈的摇晃了几下，巨大的爆炸声一直在耳边回响，走出门去，扑面而来的是硝烟的味道。就在那一瞬间我意识到，我们的生命正在受到威胁，我们已经深陷战争中。

张总马上启动紧急预案，所有人员进驻加固过的集装箱。在集装箱里，我们这些生长在和平环境中的人第一次体验到战争的恐惧：有的人在抽泣，有的人在默默流泪，有的人长吁短叹，有的人面无表情。那一发发炮弹，瞬间让我们感受到战争的冰冷与残酷，我们已无法掌控自己的安危与生死。

赵忆宁：你们后来是如何组织撤离的呢？

王中浩：枪炮声渐渐停止后，中国港湾东非区域中心、中国港湾公司总部收到我们传去的现场情况后，反应迅速，立即启动紧急预案，由公司林懿翀董事长牵头指挥，指示我们采用包机撤离方案，同时通过外交部致函南苏丹，交涉保护南苏丹中方员工。当地时间下午3点左右，我国南苏丹驻华大使来电，称收到外交部意见，同意中国港湾采取包机撤离方案，并请求我们协助使馆部分随员进行撤离。在中交建集团、东非区域中心强有力的应急预案保障下，在张总临危不乱的统一指挥和安抚下，大家虽然身处枪炮声中，但是每个人都有了主心骨，而且都有了一个信念，那就是我们一定能安全撤出南苏丹！

赵忆宁：战乱中撤离最难的是找到交通工具。

王中浩：东非区域中心成立了由吴迪总经理领导的应急预案工作小组。寻找撤离的包机非常波折。2016年7月11日，东非区域中心联系喀土穆塔科（Tarco）航空公司，正式启动包机应急预案。但是Tarco航空公司驻南苏丹工作人员以南苏丹方不办理包机飞行许可手续为由，拒绝向南苏丹派飞机。当消息传来之后，我们迅速联系了南苏丹交通部次长以及朱巴机场经理，请他们协助我们办理包机手续。7月12日上午，前方完成了包机撤离手续，东非区域中心在喀土穆的同事立即将文件送往Tarco航空公司，并敦促航空公司立即派飞机前往朱巴，争取下午将全体人员安全撤回喀土穆。但是Tarco航空公司的反馈是：目前所有的飞机均有飞行任务，最早能完成任务并飞到朱巴的飞机也得晚上才能抵达，而朱巴机场并不具备夜航能力。这就意味着，7月12日我们无法撤离了。

赵忆宁： 太折磨人心了。

王中浩： 当我们得知这个消息之后并没有气馁。在办理飞行许可手续及包机手续时，我们得知，南苏丹有一家航空公司——金风（Golden Wind）也在进行包机业务。我们迅速通过南苏丹机场业主联系此航空公司，希望尽快完成各种手续，争取 7 月 12 日下午顺利撤离。业主也特别给力，下午 1 点左右向我们反馈：他们抢下了一架飞机，可以先行运送我们到喀土穆。

当我们即将下达收拾行李、准备出发的命令的时候，张总突然意识到一个严重的问题：这架飞机原本是属于谁的？通过了解，这架飞机本应该先飞内罗毕，而运送的正是我们的同胞——中石油的员工。无论是出于哪方面考虑或者做人底线，我们都不能做出抢自己同胞飞机的事，于是我们主动放弃了这个机会。

赵忆宁： 只有在生死危机的关头才能彰显人性的伟大，放弃这个机会意味着你们仍然身处险境。

王中浩： 可能我们会因为放弃这个机会，错过停战窗口期而无法包机撤离，但是我们没有因自己处在危险中就做出违背良心的事来。时至今日，我仍时时回忆起当时做决定的场景，而且我感谢当时我们做出了正确的选择。后来喀土穆那儿也传来了第二天早 8 点包机一定会从喀土穆到朱巴的好消息，正当我们心绪全部安定下来，按照 13 号早上 8 点起飞的计划准备之时，厄运之神再次光顾我们。12 号下午 5 点左右，喀土穆方突然传来消息，苏丹国安局下了禁令，禁止喀土穆的飞机飞往南苏丹，我们的包机也受影响，不能来朱巴接我们了。

那一瞬间，真是一片寂静，之后人们的心情开始躁动，几天的紧张、焦躁已弥漫在众人之间，好几个同事开始莫名其妙地拉肚子。如果此时让大家知道不能进行包机撤离，可能蔓延的绝望就足以击垮我们。张总当机立断，将这个消息只控制在 4 个人范围内。同时，立即同苏丹喀土穆区域中心的领导商量，采用南苏丹当地航空公司飞机，无论以何种代价，也要在 13 日将大家安全送往喀土穆。

赵忆宁： 结果呢？

王中浩： 可以想象，接下来就是紧张的联系、沟通，在前方和喀土穆区域中心的配合下，终于在 12 日晚上 7 点左右，确定了一架 75 座的飞机于 13 日早上将大家送往喀土穆。一夜无眠，但是精神却极度亢奋，因为不知道还会出现什么无法预知的事，必须要时刻做好准备。一切都在按计划进行着，虽然飞机抵达时间一拖再拖，但是我们能确定当天一定撤出南苏丹。正当大家刚准备喘口气时，又有一个噩耗传来。中国港湾南苏丹办事处和项目部共有 55 人，协助撤离一公局 10 人，使馆随员 6 人，还有其他单位 4 人，共计 75 人。没有想到的是，因为飞机改造的原因，原有 75 座的飞机现在变成了 72 座。这意味着，我们无法一次性撤离，要留下 3 个人在南苏丹。

赵忆宁：谁去谁留？留下之后怎么办？如何再进行撤离？安全如何保障？

王中浩：是的，这一系列的问题接踵而至。张总决定自己和其他单位的两位同事留下，等待下次撤离。但遭到了我们的强烈反对，我们不可能丢下任何一位同事，更何况他是率领我们走出南苏丹的精神支柱！我们向使馆经参处求救，希望能协调其他途径。最终在多方努力之下，其他单位的 3 位同事同中石油第二批撤离人员一起离开。这个问题终于解决了。

2016 年 7 月 13 日下午 2 点，全体 72 人登机完毕，在经历了种种磨难、考验之后，我们这批身心俱疲的人员终于撤回到喀土穆，远离了战火，重新回到人间。

法国

北京

毛里塔尼亚

苏丹

喀麦隆

南苏丹

刚果（布）

肯尼亚

纳米比亚

走进刚果（布）

刚果（布）：借鉴中国经验，挣脱"资源魔咒"

长期以来，"政治互信"是国家与国家之间深化合作的基础，而中国和刚果（布）两国关系的核心资产就是政治互信。2013年，国家主席习近平访问了非洲3个国家，其中包括刚果（布），习近平主席成为中华人民共和国成立以来出访该国的首位中国国家主席。

萨苏总统属于非洲老一代领导人，他对中国情有独钟，先后14次访问中国。他在欢迎习近平主席的宴会上说："有人说中国在非洲搞新殖民主义，这是别有用心。非洲人民经历过殖民主义，知道什么是殖民主义，绝不会被这种论调误导。"

2015年，中非合作论坛（约翰内斯堡峰会）通过了《中非合作论坛约翰内斯堡峰会宣言》和《中非合作论坛——约翰内斯堡行动计划（2016—2018）》，确定了重点实施的"十大合作计划"，中国将埃塞俄比亚、肯尼亚、坦桑尼亚和刚果（布）4个国家确定为产能合作"先行先试示范国家"，希望重点打造中非合作发展的示范区，起到以点带面的引领作用。

为什么是刚果（布）？除了两国的政治互信之外，还有3个重要的前提条件：首先，刚果（布）具备交通枢纽条件；其次，刚果（布）是典型的资源型国家；最后，刚果（布）有强烈的国家发展愿望。

刚果（布）与很多其他非洲国家一样，具有强烈的国家发展愿望，其提出在25年内完成实现新兴发展中国家的目标，并对完成这一目标深信不疑，因为刚果（布）遇到了中国。在中国的帮助下，刚果（布）正以前所未有的速度推进基础设施现代化，现代化的国际机场、国家主干高速公路网，以及众多新型城市化项目由此拔地而起。特别是与民生相关的基础设施建设，包括 12 个省会城市的市政道路、医院、学校、体育场建设等，服务人口覆盖面的广度，以及建筑本身的现代化程度，给人留下深刻印象。

刚果（布）还是典型的资源型国家，是撒哈拉以南非洲第三大产油国。在国际石油价格下跌、国家财政收入陡降的情形下，如何实现国家经济的多元化发展，特别是如何走出"资源魔咒"，以促进非洲国家实现工业化，刚果（布）正在借鉴中国发展经验。无论是建立经济特区，实现水泥从净进口到出口，还是探索金融合作，刚果（布）均可圈可点。

在 25 年内成为新兴发展中国家

访刚果共和国总理克莱芒·穆安巴

作者（左三）与克莱芒·穆安巴总理（右三）等人合影

克莱芒·穆安巴看起来不像 72 岁。他曾在法国蒙彼利埃大学学习，之后在法国巴黎第四大学学习并获得经济学博士学位。

穆安巴 1973 年入职中非国家银行，6 年后成为部门副职。萨苏担任总统后，他被任命为经济财政顾问。1985 年，他出任刚果国际银行行长及刚果商业银行行长。1992 年，刚果商业银行倒闭，并被人指责。1992 年萨苏未能连任总统，穆安巴随之脱离刚果劳动党，加入帕斯卡尔·利苏巴（Pascal Lissouba）总统泛非社会民主联盟党成立的新政府，出任财政部部长，1993 年因主张不同离职。1995 年，他重新回到中非国家银行，并出任央行理事长的经济顾问，直到 2001 年回到刚果（布）。1997 年 6~10 月，刚果（布）发生内战，前总统萨苏武力推翻利苏巴后再次执政。2015 年，穆安巴改变政治立场，转而支持总统萨苏提出的修改宪法主张，因而被泛非社会民主联盟开除。2015 年 10 月 25 日，刚果（布）举行宪法公投，通过了宪法修正案，允许总统担任三届，取消 70 岁的年龄限制，任期由 7 年改为 5 年，为萨苏第三次竞选连任总统消除了障碍。2016 年 3 月 20 日，萨苏再次当选为总统。2016 年 4 月 23 日，穆安巴被总统任命为刚果共和国总理至今。

采访是在总理府进行的。原本约定只是一次短时间的礼节性见面，穆安巴总理将以书面形式回答提出的问题。但是见面之后，总理先生拿着我的采访提纲逐一回答采访提纲中的所有问题，整个采访 1 小时 40 分钟。采访期间，他的经济顾问团队一直坐在我的对面，包括总理府秘书长、经济顾问与财政顾问。

希望中刚实现互利共赢

赵忆宁：总理先生，你访问过中国吗？

穆安巴：很久以前访问过中国，已经是 20 多年前了。

中国同刚果（布）的关系可以追溯到 20 世纪 60 年代。随着 2006 年中刚战略合作伙伴关系的建立和随之而来的一系列结构性工程建设的开展，比如公路、水电站、社会住房、医院建设及机场设施现代化改建等，两国关系在 21 世纪的前 10 年有了新的发展。事实上，中国已经成为刚果（布）第一大经济合作伙伴。

我希望两国能够进一步加强合作，实现双方互利共赢。

赵忆宁：你是愿意从事金融或经济方面的工作，还是像现在担任总理的工作呢？

穆安巴：我接受过经济学、金融学等方面的教育，并获得经济学博士学位。我人生中有相当一部分时间在金融领域工作，尤其是银行领域。我曾在类似于中央银行工作过，工作内容基本是发行货币、制定货币政策等，这是我职业生涯的起点。我也在商业银行工作过一段时间。像我这样的职业生涯，肯定会踏上从政的道路，这也是为什么20多年前我担任过经济部部长、计划部部长和财政部部长。2016年4月，我被任命为刚果（布）总理的职位。

赵忆宁：2016年让你最高兴的是什么？2017年你将会关注哪些问题？

穆安巴：2016年值得高兴的事情是我被任命为总理，这是我人生的一个里程碑。总理府目前的工作是实施一项全国性的计划，带领刚果（布）走向发展。这是一个非常大型的项目，涉及诸多领域，如经济、青年、失业，尤其是青年的就业问题。我们实施这一计划的背景是刚果（布）经济处于下滑期，由于经济不景气，我们只好缩减政府预算，因为政府的财政收入在减少、外债在增加，刚果（布）政府面临财政赤字。随着经济活动的减少，政府的总体债务，包括外债和内债，与其收入相比显得数额非常庞大。另外是失业问题，有一部分青年人无法就业。这一切令人担忧，如何重新建立宏观经济的平衡，如何重新搭建宏观经济的框架，如何重振国家经济都是需要去做的工作。在努力减少财政赤字和消除不平等的过程中，我们应该积极地吸引投资，从而实现总统提出的计划。我们面临的挑战是，在经济困难的大背景下将一个雄心勃勃的计划落到实处。之所以说困难，是因为我们回旋的余地受到了限制，我们那些充满抱负的计划的融资能力也受到了限制。这就是我最大的困扰。

多元化经济势在必行

赵忆宁：这是我第一次访问刚果（布），从西到南、从南到北沿着一号公路和二号公路参观了不少地方。因为之前采访了5个非洲其他国家，相比而言，刚果（布）的基础设施建设非常棒，有如此超长距离高等级的高速公路，是在其他国家没有见过的。可否简要介绍"2012—2016 年国家发展规划"启动实施以来，刚果（布）在社会经济方面取得了哪些进步？

穆安巴："2012—2016 年国家发展规划"旨在为总统制定的"未来之路"社会发展规划提供可操作性的具体落实方法。针对该规划进行的中期评估表明，在一些领域比如公路建设方面总体收效良好，其中相当一部分也得利于中国的相助，包括中国承包商的帮助和中国政府的资金援助。总体而言，大量的基建项目中有一部分已经完成，还有一些由于缺少资金尚未完成，但我们迟早会完成所有的基建项目。而在另一些领域如经济多元化发展方面，我们还存在不足。目前，我国的经济过度依赖石油，实现多元化经济势在必行。为了设立农产品生产基地，我们已经接见过多位来自中国的合作伙伴，他们表达了在我国从事农业生产的兴趣，我们对此深表欢迎。这些投资涉及农产品加工、出口等，总而言之是有利于农业发展的。这些都需要我们合作伙伴的支持。具体而言，涉及教育、培训、就业、健康、社会发展和包容性等方面的社会项目取得了重要进展，主要体现在多所学校和医院的建设。当然，要达成国家发展规划的目标，满足人民的期望，我们要做的还有很多。在进行 2012—2016 年规划的验收评估的基础上，我们将从中吸取经验教训，为制订 2017—2021 年规划做好准备。

赵忆宁：你提到经济结构的多元化调整，未来 10 年，这些产业将分别在刚果（布）国民经济中占多大的比重？它们将产生多大的边际收益？

穆安巴：过去 5 年来刚果（布）的经济增长率为 5%，达到了撒哈拉以南非洲地区的平均水平。2015 年，农、牧、渔、猎产业占国内生产总值的 6%，与手工业持平。第三产业占国内生产总值的 35%，而石油产业则占 41%。到 2021 年，各种产业所占比重必须做出调整，以减少国际环境对国民经济的制约，从而增强对抗外部打击的能力。

刚果（布）政府收入严重依赖石油，70% 的财政收入来源于石油，由于石油价格的暴跌，经济从繁荣陷入困境。因此，我们面临的首要挑战是如何走出"石油陷阱"。其解决方法如我之前所说，主要是通过发展农业、渔业、木材本地加工业、旅游业等，促进我国经济的多元化发展。我们有河流，围绕河流开展经济业务；我们有木材，刚果（布）是原木出口国，可以就地进行木材加工，使它们变成质量上乘的家具；我们还有旅游业，但这个产业目前还未得到充分发展。

当然，我们要有工业，发展工业是有条件限制的，并且我们还得让它变得有竞争力。第二产业的发展应当着重考虑我国的比较优势。关于经济特区建设问题，令我们感到高兴的是中国正同我国政府积极合作，推动 2017 年黑角特区的建设。刚果（布）有能力生产各种各样的东西用于出口，起码可以先出口到周边国家。

实现经济多元化并不是单纯地为了促进国内消费。我们必须要面对青年人的失业问题：他们即使接受了教育，仍找不到工作。（国民）经济需要为他们提供可靠的、有吸引力的工作岗位，从而使他们过上得体的生活。

改革需要中国高度参与

赵忆宁：刚果（布）何时能够成为新兴发展中国家？

穆安巴：我们认为在 25 年内可以成为新兴发展中国家，前提是它完成发展中国家这一发展阶段的任务。目前，我国属于不发达国家，但我们有什么理由不能变成发展中国家呢？将来我们可以成为像巴西一样的新兴发展中国家，像巴西一样具有良好、独立的经济结构，在国际舞台上参与竞争，成为一条真正的"龙"，这是有可能的。我们已经在技术领域加强对青年人的培养，刚果（布）要培养出一大批自己的工程师。我们正在力争使刚果（布）成为一个有能力养活全国人民的国家，成为一个有能力出口粮食的国家。我国有这方面的潜力：有受过良好教育的青年人，有肥沃的土地和适宜的气候，再加上我们有中国作为合作伙伴。我们对此深信不疑。

赵忆宁：在这个过程中，中国可以扮演什么角色？

穆安巴：中国将在其中扮演重要的角色。这是因为中国已经是我国的双边合作伙伴，而且和其他双边合作伙伴相比，刚果（布）对中国所欠下的外债也是最高的，所以，我们将实行的改革需要中国的高度参与。2016 年 7 月，萨苏总统访问了中国，并在中国是否愿意援助刚果（布）这一问题上得到了肯定的答复，这大大加深了两国的友谊。

赵忆宁： 刚果（布）的其他合作伙伴如何看待中刚两国的合作关系？

穆安巴： 我认为世界在发生变化。我国与其他国家的往来很好地表明了刚果（布）与亚洲国家和部分新兴发展中国家的国际交流日益密切，没有国家能指责另一个国家向其他国家抛出橄榄枝。我们在遵守国际规则、尊重国际合作的同时，也与刚果（布）的传统合作伙伴保持着良好的关系。刚果（布）虽然是个小国，但它拥有自己的主权，它正在尝试着将国家主权的应用与实用主义相结合。因此，与中国合作并不妨碍刚果（布）和其他国家，比如欧洲国家和美洲国家进行合作。刚果（布）积极参与国际合作这一点是广为人知的：它加入了一些区域性的国际组织。因此，今天的刚果（布）是一个开放的国家，它寻求与其他尊重其主权、有意提供资金和进行投资的国家建立合作关系。只要不与国际和区域内传统合作伙伴签订的协议相悖，经贸合作伙伴的多元化不会构成任何问题。这些国家可以在刚果（布）投资获利，可以将利润带回国内，这是一种双赢的哲学思维。

赵忆宁： 经济发展具有周期性，相信刚果（布）一定会度过现在最困难的时期，只要心中有国家的梦想。刚果（布）的国家梦想以及你个人的梦想是什么？

穆安巴： 请看看刚果（布）在非洲的地理位置：它是一个被包围的国家，不仅有靠海的一面，还有加蓬、刚果（金）、安哥拉等邻国，这些国家都是对刚果（布）友好的国家。刚果（布）国家的梦想就是有朝一日，我们这些国家能组成一个大型的国家联盟，共同建设一个真正团结的非洲，共同摆脱贫困。这不仅仅是我们一个国家的梦想，也是非洲大陆的伟大梦想。如果非洲成为一个在信用度和经济发展上都有成就的新兴经济体，它就能在国际舞台上掌握自己的话语权。刚果（布）作为其中的一员，如果能做到解决人民的温饱问题，会让这个国家里出生和成长起来的每个人都拥有一个美好的未来，等到二三十年后这代人成长起来，那么他们便能在这个国家很好地生活。

用二三十年的时间使刚果（布）人民提高生活质量，这是我自己的梦想，我认为这是可以实现的。为此，我们做出了许多努力，但还能做得更多。由于国家贫穷，很多工作难以开展，而财富的分配相对公平，我说的是"公平"而不是

"平均"，这其实有利于国家的团结，也有利于培养国家意识。作为总理，我经常问自己一个问题：我们需要多长的时间和多大的代价才能建设好我们的国家？这也是一个梦想，就是如何把刚果（布）建设成为我们心目中的样子。

20年后，我们的孩子长大了，他们会看到穆安巴先生在担任总理的那段时间在国家建设方面所做的工作。在我们看来，国家统一和人民团结就是我们要做的工作。虽然刚果（布）只是一个小国，但它（现在）也有需要面对的问题，二三十年后，这些问题都应该被解决。那时候的刚果（布）应该是一个人民可以安居乐业的国家，这是可以实现的，而且它还能拥有非常明智的公共政策。除此以外，刚果（布）还能够自己生产和供应粮食，能保证人民的安全和健康。这个理想虽然远大，但还是可以实现的。

我有自己的子孙后代，我的理想是希望看到我的后代生活在一个和平的刚果（布）与和平的非洲，乃至一个和平的世界。这要建立在非洲局势稳定、发展良好的基础上，如果刚果（布）非常富裕，而其他非洲国家却很贫穷，那么这个想法便显得非常贪婪！因为刚果（布）不可能脱离非洲其他国家而独自发展，所以我的愿望是非洲能均衡地发展。我也会有入土为安的一天，但我希望我的后代会过得幸福，会为他们的父亲或祖父感到自豪。

中刚非洲银行意义非凡

赵忆宁：非洲很多国家已经处于经济起飞阶段或者在经济起飞的前期，也许不用二三十年，非洲人的梦想就能够初步实现，正如你所说的"减少收入差距""减少地区差距""减少贫困"等等。作为总理，之前有担任过中刚非洲银行董事的经历，你对中刚非洲银行未来的发展有着怎样的期待？

穆安巴：谢谢你的祝福。首先我要强调的是，中刚非洲银行是在刚果（布）总统德尼·萨苏-恩格索阁下和中国国家主席习近平阁下的共同倡议下建立的，目的是推动两国的经贸合作伙伴关系更进一步。我十分满意地看到，自2015年7月1日，首个办事处在布拉柴维尔成立以来，中刚非洲银行已经逐渐在国家银行体系中占据了重要位置。中刚非洲银行有着在中非地区（中非经贸共同体和中非国家经济共同体）及西非地区（西非国家经济共同体）国家扩大活动范围的使命。我所领导的政府高度重视这一战略目标的重要意义。我希望中刚非洲银行日后不仅仅在刚果（布）成为一家大型银行，也能成为一家区域性的银行。所以除了融资以外，中刚非洲银行的另一项重要任务是帮助和支持刚果共和国在布拉柴维尔建立一个金融中心，以适应刚果（布）同正在崛起的亚洲国家包括中国、印度等，及其他英语国家包括南非、美国等的经贸往来。

赵忆宁：在约翰内斯堡会议上，中国国家主席习近平提出中国和非洲的"十大合作计划"，金融合作是一项非常重要的合作议题，所以中刚非洲银行的成立受到高度关注。你现在已经在总理的职位上，还会关心中刚非洲银行的事务吗？

穆安巴：2015 年 12 月，在南非约翰内斯堡召开的中非合作论坛峰会高度肯定了中非关系的发展。中国在未来 10 年提供的 600 亿美元资金支持涵盖了大部分非洲国家面临的主要问题，比如农业与食品安全、基础设施建设、工业合作伙伴关系、能源与资源、旅游业等等。这种积极务实的举措无疑将推动非洲大陆的快速发展。刚果（布）高度赞赏这一创举，并十分庆幸能够成为首批 5 个受援国之一。

我关注中刚非洲银行未来的发展，也关注它对刚果（布）事务的参与。前不久，我们开展了一项以债券形式向公众募资的行动，中刚非洲银行也参与了这一行动，并购买了一定份额的债券，数额颇具吸引力。我国在 1985—1986 年经历了一场严峻的金融危机，我们从中充分吸取了教训。当前，国家处于困难时期，例如急需四处筹集建设资金，但我们的责任是要确保银行业不会出现严重失衡的问题，刚果（布）以前经历过银行破产，我们对此是有教训和警惕性的。我们的职责是确保进驻刚果（布）的银行健康运行，确保银行业遵循良好治理的原则，而银行也应遵守行业本身所具有的相关标准。在我担任总理期间，刚果（布）政府不会出台可能使银行业陷入困境的政策，这是我们政府应该做的事情。虽然这项工作存在一些困难，但我们还是不应该对银行业施加太大的压力，我们关注银行的清偿能力以确保它们的稳固性，我们目前就应该把握这个大方向。

刚果（布）人民一定要实现粮食自给

访刚果（布）国务部部长兼农牧渔业部部长亨利·琼博

亨利·琼博出生于 1952 年，曾在苏联列宁格勒大学（现为俄罗斯圣彼得堡大学）学习。从 1977 年从政后，他先后担任过农村经济部部长、水与森林资源部部长、渔业和鱼类资源部部长、环境部部长。在 1986—1988 年，他担任刚果（布）驻保加利亚大使。德尼·萨苏－恩格索在 2016 年 3 月的总统大选中取得胜利之后，琼博于 2016 年 4 月 30 日被任命为国务部部长，负责农业、畜牧业和渔业事务。在担任环境部部长期间，琼博宣布计划成立两个总共将近 1 000 公顷的环境保护区，这两个占全国面积 11％ 的保护区，其中 90％ 是热带森林区。国际野生动物保护协会称，这是一个对刚果河整个流域都意义非凡的成就。

采访亨利·琼博是在他的官邸进行。

采访结束时，他拿出来两本中文书送给我，书的封面上写道：来自非洲大陆的部长作家。其中《渡河》一书讲述的是关于战争、信念、艰苦与自我救赎的故事，《考验》讲述的是理想与困境、正义与卑劣博弈的故事。亨利·琼博告诉我，除了送给我的两本小说以外，他还写了另外四本小说，但目前还未被翻译成汉语。

我问道："你公务这么繁忙，为什么还要写小说？"他回答，写作的目的是跟其他人分享他的想法、思考与疑问。"在人的一生中，为自己的灵魂找到伴侣是件很困难的事情，为自己的内心找到伙伴也同样不易，我是以写作这种方式跟自己的内心进行对话。写作本身是对内心和自我的放逐。"

农业居于首要位置

赵忆宁：我之前也访问过刚果（布）的几位部长，但都没有像你这个部长（头衔）之前冠有"国务农牧渔业部部长"的头衔。你能告诉我是为什么吗？

亨利·琼博：这是因为总统阁下赋予了我这个头衔。"国务部部长"是指在农业、渔业和牧业以外，我还处理其他级别更高的问题。通过"国务部部长"这一头衔，总统先生希望强调应当把农业摆在国家发展的首要位置。

与以往相比，我们正处在一个特别有利于经济多元化发展的国际环境之中，刚果（布）必须从依赖石油收入的经济模式转变为较少受石油价格波动影响的稳定经济模式。刚果（布）农业一直处于优先发展的地位，但是迄今为止已经采取的措施并不足以促使农业经济真正腾飞。如今，政治意愿与巨额资本结合，为刚果（布）农业的伟大复兴创造了良好条件。在我看来，"不能消费本国产品的人民不是自由的人民"，今天的刚果（布）人民渴望争取粮食自给与主权，我们的目标是"产在刚果，销在刚果"。

赵忆宁：刚果（布）拥有 1 000 万公顷可耕地（1.5 亿亩），其中只有 2% 得到了开发。农业只占国内生产总值的 4%，90% 的食品都需要从国外进口。政府如何才能改变本国落后的农业现状？

亨利·琼博：首先必须指出，自从 2012 年启动实施"农业机械化项目"、

2013 年建立多家私营农用工业公司以来，已开发耕地占全部可耕地面积的百分比已经有所提升。2015 年，得到有效开发耕地面积所占的百分比约为 5%~6%。当然，这一比例仍然偏低，面对挑战，刚果（布）采取了一系列措施来振兴本国农业，大幅度减少基本食品的进口数量。

刚果（布）即将实施一项"优先行动计划"（2017—2019 年），这项计划一方面依赖农业产业与行政部门的协调一致，另一方面依赖由各个机构组成的运行体系。在国家起着调配和推动作用的前提下，行政部门负责制定政策，对政策执行情况进行监管、评估和追踪，收集数据，并提供生产设备支持；实际操作框架则由各个机构负责，未来将成立分属农业、畜牧业和渔业的不同机构。

为了使刚果（布）走上可持续发展之路并享有食品自主权，该计划通过与银行和小额信贷机构协商，以优惠的利率为农业生产者发放贷款，鼓励和支持农业生产者进行农业生产。这些鼓励措施的目的在于通过农业资产的投入，掀起一场回归田间的大规模运动，通过商人、服务供应商、农用工业和渔牧业投资者的参与，鼓动新一代农村人口（无论男女老少）投身农业生产。

努力成为粮食出口国

赵忆宁：萨苏总统也提出经济发展的多元化发展目标，世界银行代表呼吁刚果（布）政府做出必要的改革，以促进刚果（布）经济多元化，减少对石油的依赖。这对农业来讲意味着什么？

亨利·琼博：刚果共和国与世界银行在农业方面存在着密切的合作关系，这种关系的重要性日益显著，无须赘言。我们和我们的合作伙伴都十分清楚我国的缺陷。刚果（布）经济主要依靠石油收入，但正如你所知，石油和原材料的价格都具有较大的波动性，这正是目前我们所面临的困境。因此，我们在获得石油收入的同时，还需要通过其他行业来扩大国民经济的规模，创造经济附加值，提供工作岗位，以及产生附加效应。

与此同时，我们需要发展食品工业，减少粮食进口的规模，从而达到节约外汇和平衡国际收支的目的。我们刚果（布）人应该努力使我国成为像其他国家一样的粮食出口国。事实上，面对挑战，刚果（布）已经采取了措施改变现有局面，力图重新成为生产型国家，政府十分注重能够为农牧业和渔业重新注入活力的手段和途径。

赵忆宁：刚果（布）具有很好的农业生产资源，比如广袤的耕地，适宜的气候条件。是什么因素制约了刚果（布）农业无法发挥出其潜力？

亨利·琼博：目前，我国农业有两种模式：第一种是乡村农业，其发展因缺少资金和技术支持而受到制约。这种农业模式广泛地存在于刚果（布），是它在支撑国民能吃饱肚子。但乡村农业受到粮食进口的冲击，进口粮食一般可以享受到生产国的补贴，进入我国市场后会让我国生产的粮食显得昂贵。消费者当然会购买低价格的粮食，因而农户对生产粮食的积极性受到打击，结果就是农户只生产满足自身需求数量的农产品，这种农业没有新的投资就没法获得发展。第二种农业模式是大规模生产农业，它出现于几十年前，主要在 Niari（尼阿里）省的山谷地区生产大米、花生、水果玉米和燕麦，随着经济环境的恶化，农户可能已经停止生产了。

在乡村农业方面，以前我们曾开设过一些"农业站"，例如大型牲畜农业站、咖啡豆农业站、可可粉农业站、烟草农业站等。这些农业站的任务是保证农户的生产，购买他们的产品并使产品商业化。但是，作为获得 IMF（国际货币基金组织）援助的前提：我们被要求出售国营和公立的企业，那些农业站首当其冲，以此让私有经济自然而然地从农业站中产生并获得发展，最终达到提高产量的目的。这样做根本是南辕北辙，没有任何东西从这些农业站中发展起来，这就是为什么我们当时会面临严重的困境。

优先行动计划

赵忆宁：刚果（布）实施"优先行动计划"的长期目标是什么？

亨利·琼博：这一计划覆盖了整个国家，能够确保国家财富的重新分配，同时兼顾刚果（布）社会各个阶层的利益。"优先行动计划"的主要影响在于通过在整个国土上建立密集的农业生产者网络来提高农牧业和渔业的产量。优先行动计划旨在：创造农业生产领域的直接或间接就业岗位；培养肉牛养殖佃农；培养绵羊和山羊养殖佃农；培养生猪养殖佃农；培养传统家禽养殖农户；创造半现代化家禽养殖就业岗位；创造水产捕捞和养殖领域的直接就业岗位。

优先行动计划的长期目标是解决刚果（布）食品和营养安全问题，最终实现食品的自给自足。重要目标是实现刚果（布）本土食品产量的必要提升和国外进口总量的显著下降。要大幅度减少食品进口，必须促进农业生产活动的开展，最大限度地推动农牧业和渔业生产，保证供给，避免食品匮乏。

赵忆宁："优先行动计划"执行的情况如何？目前有哪些正在进行的农业项目？

亨利·琼博：在农牧渔业部的监督指导下，有二十几个项目正在进行中。其中一些是多边合作项目，另一些是由刚果（布）独立出资、由外国"服务供应商"参与实施的项目。多边合作项目包括以下几个方面：对小生产者提供支持（补贴）；通过建立农民自主经营的互助储蓄信用银行，对动员农村地区人口存款提供支持；城郊园艺发展，重建大城市周边蔬菜种植带；对粮食生产提供支持，包括木薯、花生、玉米等；对牛羊养殖业提供支持；增加牛羊存栏总数，发展土地收益分成制；建设安弗巴新农村，发展肉鸡生产；建设恩可新农村，发展鲜蛋生产；发展木薯项目，建立具有丰富改良品种的大型生产基地，培育出健康的茎枝分发给农民种植；国家级可可种植发展项目；通过苗床达到更大产量和更高生产效率的香蕉种植项目等，还有就是农村公路改造；市场基础设施建设；发展农民培训中心（技术支持中心和蔬菜中心）；开展农业综合普查项目，建立收集和管理农业领域数据的永久性系统。这些项目旨在扶助农业生产者，其主要对象是合作社或社区农场，这样一来就能促使农民团结起来，形成社区经济利益共同体，这正是上述项目的特殊性所在。

在刚果（布）独立出资开发的项目中，特别值得关注的是以美国非政府组织"人类发展国际伙伴关系"（IPHD）为服务供应商的农业机械化重点项目。该项目建设了数个农机中心，为农民使用农业机械提供了便利。

国际合作与资金压力

赵忆宁： 刚果（布）政府在农业方面投入情况如何？

亨利·琼博： 2015 年，国家对农业投入了 400 亿西非法郎。然而，2016 年财政预算分配却严重不足，农牧渔业部的预算下降到了 289.35 亿西非法郎，由于执行预算的国内和国际形势不利，最终投入农业生产的实际支出只有 3.2%，即 1 048 076 157 西非法郎。这就是 2016 年农业生产收效不理想的原因。2017 年，农业投入预算提高到了 343.57 亿西非法郎：这为国家中短期食品、营养安全和粮食自给自足目标的实现带来了很大的不确定性。正因如此，尽管经济形式不甚良好，农牧渔业部仍然强烈要求大幅增加预算，加大农业投资力度，以促进国家经济向着多元化的轨道迈进，从而实现可持续发展。为了促进刚果（布）农业真正腾飞，我们必须坚决落实将国家财政预算的 10% 投入农业的决议，这一决议是在 2009 年非洲联盟马普托峰会上提出的，并在 2014 年马拉博峰会上得到确认。

赵忆宁： 刚果（布）政府为解决目前面临的问题，实施了哪些政策？

亨利·琼博： 刚果（布）政府负责制定农业政策，出台运行框架和各种战略，包括农业推广、宣传、农村动员、激励、农业技术培训、建立合作团体等方面的战略。政府为农业提供资金和补贴，实施鼓励性政策，例如对农业进口投资免征收关税，并采取其他措施吸引投资，支持生产者，促进价值链的发展。2017—2019 年"优先行动计划"的实施就是对当前刚果（布）面临挑战的积极回应。现在已经有很多投资者表达了他们对刚果（布）的投资意愿。

赵忆宁： 我读过你在 2016 年 10 月世界银行召开年度会议上的演讲，你曾宣布了刚果（布）农业发展的新战略。能否向中国读者介绍一下这一战略呢？

亨利·琼博： 2016 年 10 月，刚果（布）政府在华盛顿向世界银行和其他发展合作伙伴公布了农贸发展规划的主要内容，这一规划是农牧渔业部"优先行动计划"的组成部分。这一计划将鼓励发展前景良好的生产活动，促进农牧业和渔业产量的增长，从而推动我国出口能力的迅速提升。这一计划的基本目标是实现农业产区的道路疏通、电力供应和灌溉。"优先行动计划"的资金来源包括国家财政补贴、技术和金融合作伙伴，以及基金会的捐款和赠予。

赵忆宁：世界银行将投资 1 亿美元支持刚果（布）的农业发展计划。这笔投资将根据具体情况分次拨付，并且不需要刚果（布）提供配套资金。

亨利·琼博：对于世界银行承诺帮助刚果（布）政府实施"优先行动计划"，我们感到十分高兴，世界银行将主要通过农贸发展规划、对农牧渔 3 个农业机构的支持和资金援助（这些机构将在生产者的培训和后续发展方面起到重要作用）实现其承诺。此外，世界银行还支持刚果（布）的其他举措，帮助刚果（布）的技术和金融合作伙伴分担了部分任务。

目前的共同出资体系时常显现出它的局限性，由于刚果（布）无法支付配套资金，导致许多项目停滞不前，甚至难以为继。的确，如果中国和其他合作伙伴都能资助刚果（布）项目而不要求刚果（布）提供对口资金，那么这种状况会得到很大改善，项目的影响力也将大大提高。但是，我们刚果人必须用实际行动证明我们是负责任的国家，我们尊重合作伙伴的付出；对于合作伙伴而言，承担相应的配套资金是一种强有力的保证，这一行动能够向世界传递刚果人通过努力改善国家处境的决心。

借鉴中国经验

赵忆宁：2014—2016 年实施的农业发展计划，在多大程度上借鉴了 2012 年建立的农业技术示范中心模式？

亨利·琼博：农业技术示范中心是根据中非合作论坛北京峰会（2006 年）决议设立的中刚合作项目之一。农业技术示范中心通过研发、培训和推广技术程序，丰富农产品种类，提高农产品质量，从而实现支持生产的目的。项目周期为 15 年，分为 3 个阶段：立项阶段（2010—2011 年）；技术合作阶段（2012—2014 年）；农业开发和可持续发展阶段（2015—2024 年）。技术合作阶段，位于孔贝的农业技术示范中心在农业研究、实验和农牧业生产者本土语言（林加拉语和吉土巴语）培训方面都收到了可喜的效果。根据合作协议，自 2015 年 1 月 1 日起，项目正式进入可持续发展阶段，中国政府停止了对中心的经济援助。

为了支持中心的运转，农牧渔业部和中国热带农业科学院（项目技术合作伙伴）于 2015 年 5 月 25 日在布拉柴维尔签署了两项协议，分别涉及农业技术示范中心的商业开发和农业试验站的建设。这两项协议的签署将有助于促进蔬菜生产的发展；生产改良种子；生产牲畜饲料——这是刚果（布）畜牧业发展的瓶颈；改良牧场，促进肉牛和小型反刍类动物养殖业发展；建立科学技术交流与合作的平台；促进农牧业生产者技术能力的提升。这种合作方式涵盖了农牧渔业部 2017—2019 年"优先行动计划"关注的农业部门发展的主要问题。然而，这种合作方式相对来讲尚不成熟，尽管国家计划建立更多的农业技术示范中心，但我们仍需从更多角度对这一模式进行总结。

赵忆宁：中国的耕地只占全世界的 7%，却养活了占世界 22% 的人口。你认为刚果（布）能从中国的农业发展中吸取哪些经验？

亨利·琼博：刚果（布）目前仍然处于自给自足的小农经济阶段，人均种植面积是 1 公顷土地，另外，农业生产率低下，70% 的农业生产者主要为女性。中国经历了土地革命，农业发展的前提是从粗放型农业转变成了集约而有活力的农业，中国农业的现代化伴随着农业机械化、大工业生产、加工厂以及农产品包装和贮存的发展、库存基础设施建设、农牧渔产品生产条件的发展。刚果（布）必须在这些方面付出努力。

归农运动

赵忆宁：部长先生，德尼·萨苏-恩格索总统鼓励城市无业青年到农村去，政府的目的是为了缓解城市就业压力还是为了促进农业发展？

亨利·琼博：刚果（布）工业化要从农业开始起步。农业的地位至关重要，振兴农业是国家的当务之急。但是，青年占刚果（布）人口的大多数，没有他们的支持和参与，农业将无法得到有效发展。在刚果（布）400 万人口中，30 岁以下的青年占 63%，而两大城市布拉柴维尔和黑角人口占全国总人口的 56%。在目前的状况下，城市人口外迁对于补充农村地区人口和农业发展所需的劳动力而言是十分必要的。因此，农业的未来在于年轻人是否愿意投身其中，如果他们愿意，就能够享受农业在就业和收入两方面所带来的保障。既然农村地区能够提供让人大有作为的广阔空间，那为什么要在城市里忍受失业和拥挤的压力呢。鼓励城市无业青年到农村去是一举两得的好事，为此，需要创造良好的条件吸引他们，并使他们能够在那里安居乐业。

赵忆宁：刚果（布）农村地区有多少青年失业人口？政府采取了哪些鼓励措施？

亨利·琼博：目前，我们没有可靠的数据，需要等待农业普查项目的结果。不过，政府希望能够组织一场大规模的归农运动，通过当地的信贷优势吸引青年并使他们留在农村。前面详述的"优先行动计划"中制定了一系列鼓励性措施，促使年轻人扎根农村地区，以获得就业机会和稳定的收入。这些措施如提供信贷，赠送农业生产工具、种子等，将使青年免费受益，比起强制性要求更加有效、更加实际，效果更加显著。

此外，农业生产强度的降低、社区集群化的发展、农村地区生活条件的改善和企业经营的优厚条件都有利于这一运动的发展：安全；土地的自由使用权；轻松获取水、电、有线电视、网络和移动电话服务；良好的道路交通状况；城乡之间准时可靠的公共交通；（在附近的贸易中心）购买手工制品的便利性；轻松获取本地银行服务；学校及其他培训中心的建设等。如果乡村地区有电视、电影院和好学校，那么肯定有很多人宁愿待在乡下也不愿意住在城市里，城市里的消费水平还是太高了。

建设非洲版经济特区，实现经济起飞

访刚果（布）经济特区事务部部长阿兰·阿库阿拉·阿蒂博

刚果（布）是全世界唯一将经济特区事务部设立为部级单位的国家。从 2009 年设立经济特区事务部以来，阿兰·阿库阿拉·阿蒂博一直担任部长。虽然 2015 年 8 月10 日他被解职，原本已经出任刚果（布）驻法国大使，但 2016 年 3 月，他再次被任命为德尼·萨苏–恩格索的竞选经理。在 2002 年 3 月的总统大选中，他担任了德尼·萨苏–恩格索总统的竞选发言人。总统大选竞选胜利后，阿兰·阿库阿拉·阿蒂博于 2002 年 8 月 18 日被任命为政府公关部部长兼政府发言人。在德尼·萨苏–恩格索成功当选之后，他于 2016 年 4 月 30 日再次被任命为经济特区事务部部长。

作为经济特区事务部部长，阿兰·阿库阿拉·阿蒂博负责韦索（桑加省）、奥约–奥隆博（盆地省及高原省）、布拉柴维尔和黑角 4 个经济特区的建设。访谈中他强调，通过学习中国经验，发展经济特区，可以使刚果（布）的经济更加多样化，摆脱对石油经济的完全依赖。

黑角经济特区是非洲版的经济特区。2017年1月，中国外交部部长王毅访问刚果（布），他在布拉柴维尔表示，"充分发挥刚果共和国作为中非产能合作先行先试示范国家的优势，重点把黑角经济特区打造成为中非产能合作的旗舰项目和非洲集约发展的样板工程，支持刚果建设面向次区域的物流中心、制造业中心、航空中心以及能力建设中心，也可以把它简称为'1+4合作框架'"。

作为中非产能合作"先行先试示范国家"，刚果（布）希望借鉴中国改革开放的经验，把位于刚果（布）大西洋沿岸的黑角经济特区打造成中非产能合作的旗舰项目和非洲集约发展的样板工程。为此，中国毫无保留地与刚果（布）分享在国内建设经济特区的经验。根据黑角港的实际情况，中国的企业和金融机构将按照刚方国家发展规划，秉持商业化的原则积极参与特区的建设、运营和管理，以更好地适应中非合作由政府为主逐渐向市场运作转变的大趋势。毫无疑问，黑角经济特区将是中国版经济特区在非洲的一次重要实践。

与中国的合作提高了经济特区成功的可能性

赵忆宁：您知道，中国改革开放后设立了7个经济特区，改革开放之初国务院下设经济特区办公室，现在也撤掉了，而且在政府部级机构设置中并没有经济特区部。刚果（布）政府计划建立4个经济特区，它的决策背景是什么？

阿兰：首先要感谢记者女士对我进行采访，使我们有机会通过《21世纪经济报道》这份有分量的报纸向外界发出我们的声音，以及向读者介绍萨苏总统的经济发展布局。关于决策背景，促使萨苏总统建立经济特区的背景是在2009年，总统考虑国家经济发展规划时，希望出台一些措施以带动我国的现代化和工业化。您知道，我国的经济严重依赖石油。虽然石油的确是一项重要的资源，但我国的经济发展受到了石油的制约，这是我国经济结构中的一项缺陷。虽然我们承认石油经济在我国主体经济中占有重要地位，但倘若从创造就业机会的角度来看，我国对石油领域的投入巨大并未换来应有的劳动就业岗位。鉴于我国的发展阶段，总统先生认为要建立一个真正的国民经济——一个能在一定程度上提高我国经济独立性的国民经济，必须要发展多元化经济，也就是开发我国的其他自然资源。比如，通过对自然资源进行开发，创造较高的经济附加值，而不是通过出口未加工的原材料来换取消费品，建立一整条价值链，从而解决就业问题。总统先生正是希望通过建立刚果（布）21 世纪的新经济规划，创造一个能吸纳就业的新工业产业。而这个新产业将通过经济特区来带动新城市的产生，从而提高人民的生活水平，改变他们的生活质量。

赵忆宁：建立经济特区是否受到中国经济特区成功经验的启发？

阿兰：我认为，中国的经济模式对萨苏总统有所启发：他在很大程度上亲身经历了中国的发展历程，因为他不仅是 1964 年刚果（布）首批访问中国的成员之一，而且还与邓小平主席有过一次历史性的会面。在 20 世纪 80 年代，当时年约 40 岁的萨苏总统亲赴中国与邓小平主席见面。在那个年代，西方国家试图通过要求非洲国家承认台湾来给中国制造麻烦。面对邓小平主席，萨苏总统也谈到了这问题，他说："我们永远也不会承认台湾（的地位），我们只承认一个中国，也就是中华人民共和国。"在当时，承认台湾的非洲国家会收到来自西方国家或台湾的资金，而中国并没有可提供的资金。

赵忆宁：能披露一下当时他们谈话的更多内容吗？

阿兰：当萨苏总统跟邓小平主席谈到这件事的时候，邓主席回应道："年轻人，你非常勇敢！我们的国家虽然今时今日很贫穷，可 30 年后，我们的国家即使当不了世界第一号强国——也可能当不上第二或第三名——但它至少会是第四名。"他还说："中国现在力量有限，对非洲的帮助不多，现在中国正在向现代化的道路走，如果中国发展起来了，就可以对非洲人民尽更多的力量。"我认为，正是邓小平主席的这番话让萨苏总统受到鼓舞。他目睹了中国 30 多年的变化，从一个贫穷的国家走向今日的强国，萨苏总统从中深受启发。2010 年，我们被邀请参加上海世博会，萨苏总统在把我介绍给胡锦涛主席时说："这位部长将在我们国家建立经济特区，让中国企业在刚果（布）落户和投资，将刚果（布）的产品运往非洲其他国家，乃至全世界。"

赵忆宁：您今天给我的有些信息我也是第一次听到，比如邓小平先生对未来中国的预测，30多年前的预见今天已经成为现实，而且超出他的预想，中国已经成为世界第二大经济体。当然，刚果（布）有您这样一位经济特区事务部的部长——在全世界，至少在非洲您可能是独一无二的。

阿兰：刚果（布）设立经济特区事务部，我知道在非洲是独一无二的，世界其他国家我就不清楚了。但在非洲设立这样一个独一无二的政府部门，表明了萨苏总统的政治意愿。我毫不怀疑我国能在经济特区建设方面取得成功，萨苏总统先前受习近平主席的邀请，在2016年7月对中国进行了国事访问，双方签订了一系列的合作协议，其中就包括发展黑角经济特区的合作协议。这使刚果（布）有了中国这位强大的合作伙伴，也极大地提高了我们取得成功的可能性。前不久，我们在这里接见了中国开发研究所的有关人员，他们亲自到黑角进行实地考察，我多次跟他们会面并听取他们对黑角经济特区发展的意见。因此，我们对经济特区的成功很有自信。

赵忆宁：贵国规划了4个经济特区，其中黑角是以矿业为主，而其他3个经济特区的产业类别则有所不同。另外，中国的7个经济特区[①]大多处在沿海地区，但刚果（布）的经济特区大多在内陆。你们是怎么考虑4个经济特区的布局的？

阿兰：萨苏总统认为我国应在与喀麦隆交界的边境地区韦索，国家的中心地带，即奥约—奥龙博地区，刚果河畔的布拉柴维尔市，还有黑角市这4个地方设立经济特区。但必须明确的是，这4个经济特区并不会同时开始建设。目前，先从与中国建有合作伙伴关系的黑角经济特区开始，将其作为发展经济特区建设的龙头。在萨苏总统的规划中，这4个经济特区将在20到30年的时间内相继建成，由黑角经济特区作为牵引，成为发展的核心地带，也就是我国发展和经济腾飞的起点。设立4个经济特区的目的并不仅仅在于带动经济发展，还有带动新城市建设的目的。容我解释一下：我们首先考虑

---

① 中国的经济特区：深圳、珠海、厦门、汕头、海南、喀什和霍尔果斯。

到我国的地理位置——我国是几内亚湾唯一一个拥有深水港口的国家，同时拥有一条从黑角通向世界第二大河刚果河的铁路。这是我国在殖民时代已经具有的优势，当时外界的所有产品都是通过我国流向受法国殖民的法属赤道非洲各国，而且法属赤道非洲的产品也是经由我国出口到世界各地。这是我国地理位置优越性的体现。今时今日，非洲已经实现独立，非洲经济正逐步走向一体化。萨苏总统基于这点考虑，认为外国企业可通过在我国落户进入非洲区域市场，尤其是曾受法国殖民的非洲国家，包括全内陆和半内陆的国家，例如处于内陆的无港口国家刚果（金）、乌干达、卢旺达和布隆迪。在萨苏总统看来，刚果（布）经济，乃至非洲经济若想实现一体化，可从刚果（布）着手来开发一个拥有 3 亿至 3.5 亿人口的非洲市场。

赵忆宁：中国企业也是出于对非洲市场发展潜力的考虑而选择落户刚果（布）。

阿兰：是的。同时出于国土优化整治和兴建新城市的目标，这 4 个经济特区将在今后弥补殖民时代的缺陷。您可以看到在殖民者离开后，大多数的非洲国家只剩下两座建设相对完好的城市——经济中心和政治首都——而其他城市都是一片废墟：没有公路、没有医院、没有工业，什么都没有。造成这一切的原因就是全国 80% 的人口都聚集在这两座城市。以刚果（布）为例，国土面积 34.2 万平方公里，人口约为 400 万，但是却有超过一半的人口居住在布拉柴维尔市和黑角市。因此，我们需要为未来考虑，4 个经济特区将使城市里的工业得到发展，从而让刚果（布）的人口分布更加合理，让刚果（布）人民有机会在首都和经济中心以外的城市生活。

赵忆宁：部长先生，刚才您说出"殖民者"让我很吃惊。刚果（布）是我在非洲访问的第六个国家，之前访问的所有国家都曾经被英国、法国、德国等殖民过，但是采访中只要我提到"殖民"两个字，对方有时候甚至会非常气愤地向我表达不满。您为什么与众不同？

阿兰：这是由我们这一代人所受到的教育和所形成的思维决定的。我所受到的政治教育赋予我的灵魂以抗争精神，而我也了解我们的历史。我曾在法国工作过，先是在一家负责企业清算的会计师事务所工作，之后我在一家有 150 名法国员工的纺织公司工作了 27 年（？），并任职商务总监，后来我还在一家公关公司工作过。但在 30 年前，我决定回到我的祖国并成立一家公司。因此，我不仅是私有经济的参与者，而且还是一名刚果（布）公民。我没有那种厌恶殖民者的情绪，而且我也没觉得我和我们这一代曾在巴黎、莫斯科、伦敦、纽约和上海生活过的人有什么不一样的地方。从某种意义上来说，我能接受我们国家曾被殖民过的历史，而且我可以无拘束地谈论殖民的问题。因为我已经超越了这段历史，而这段历史在今天已经成为我的一笔财富。

赵忆宁：谢谢部长。在我没有来到非洲之前，我觉得中国和非洲国家有很多相似的地方，比如中国在近代曾经是半殖民地与半封建地国家，而非洲国家是受不同的宗主国殖民。但我发现到这里来后，除了您以外，我没有一个"知音"，好像这一段历史就从非洲抹去了。

阿兰：关于中国和非洲国家的相似性这一点我想再补充一下：中国是一个具有数千年历史的文明国家，它在世界上绝大部分国家产生以前就已经存在；而以埃及为代表的非洲文明，也延续了五千年之久。您可以看到埃及金字塔是非洲文明的见证，这就是中国和非洲国家在历史上的相似性。在我看来，中国从它的历史中汲取了力量，而非洲国家也应该做同样的事情，但现在还面临一些挑战，非洲要想战胜这些挑战，就需要学习中国的经验。在我们看来，中国成功很重要的原因是人们具有爱国精神，具有谦逊处事、辛勤工作的奉献精神，仅仅用了 30 年时间就彻底改变了国家落后的局面。我们非洲人拥有独特的文化和历史，应当从中国的发展历程中吸取经验，把我们的国家建设成为一个备受尊敬的国家，让我们的年轻人不再需要翻山越岭地前往意大利或者法国寻找财富，作为一位有良知的政治家，这是我所不愿意看见的。这也是为什么我们欢迎习近平主席为帮助非洲国家实现工业化而投入 600 亿美元的对非援助计划。我国有幸被选为中非合作伙伴关系中的示范国之一，本批共有 4 个示范性国家，包括埃塞俄比亚、坦桑尼亚、肯尼亚和刚果（布），中国政府选择这 4 个国家的原因，可能是由于这 4 个国家不仅有实现自身工业化的愿望，同时也具备相应的潜力。中国政府的 600 亿美元对非援助并不是平均地分配给非洲国家，而是只拨给非洲国家中工业化方案最完善、完成情况最良好、同时信用度最高的国家，也就是说并不是简单地给钱完事，因此我国要尽我们所能来证明习主席的决定是正确的。

赵忆宁：部长先生，您是我在刚果（布）见到的第一位政府的高级政要。见到您之前我已经去过北方和南方的韦索与黑角。沿途我看到萨苏总统从2004 年开始推进的"城市推进计划"的成果，刚果（布）修建了很多城市的公共设施，包括道路、医院、学校等。这些令人兴奋，我去过很多国家，其中也包括发展中国家。但像萨苏总统采取这种方式缩小地区差距、缩小收入差距的，我还是第一次见到。萨苏总统是一个社会主义者吗？

阿兰：总体而言，萨苏总统是位进步主义者，一位从社会进步角度看来的"社会主义者"。萨苏总统受到过的政治教育使他偏向于左派，也就是说他的教育经历让他站在了受压迫人民的这一侧。这也是为什么我们当时管老百姓叫作"人民群众"，这一点是不会改变的。而且也正如您刚才所说的，萨苏总统希望弥补我们国家在学校、水源、道路、公用设施、医院等领域的空白。如您所见，目前，我国还有相当一部分地方的人需要花一个月的时间才能走完 60 公里。因此，我们的工作是为了使我们的国家能实现一体化，为了让我们国家所有人都能同样有效率地出行，为了让老百姓能从黑角把车一直开到我国的最北端。这是一件非常了不起的事情，但这同样需要中国企业的参与、建设。

赵忆宁：从韦索到黑角，沿途全程走完了一号公路和二号公路，这可是1 500 多公里的高等级公路。当我把所拍的照片和所得到的信息发到我的微信朋友圈的时候，国内有一位专家给予刚果（布）非常高的评价，他认为这是发展中国家减少贫困的创新之举。

阿兰：我感谢这位专家所给予的评价。总统先生认为，实现这一整个发展历程首要的便是对基础设施的投资，而这些基础设施最终受益的都是刚果（布）人民。目前，我们面临的处境是石油价格下跌，这加大了我国的融资难度，因此，我们需要发挥想象力、创造力和决断力，也正因为如此，经济特区的建立被认为是一项创举。

制定特区法律吸引外资

赵忆宁：我大概在一年前开始关注黑角经济特区，这次去黑角的时候所看到的仍旧是一片沙滩，也就是说，还没有真正开始开发黑角经济特区。现在面临的困难是什么？您能告诉我吗？

阿兰：首先，我们面临的困难就是目前的经济环境，但在我看来，这项困难同时也是一种机遇。我们在与中国政府签订合作协议之前，花了几年时间完成准备工作和可行性研究；我们也和新加坡签署了协议——萨苏总统此前在对新加坡进行国事访问期间会见了李光耀总统。虽然这些研究花了我们几年的时间，但它们使得中国开发研究所的专家能看到我们已经完成的工作。目前，我们正在进行相关法律的制定工作，也就是如何在刚果共和国建立经济特区的法律，这些法律将涉及财政、海关等方面的内容。我们设立这些法律，是为了使我们国家能在对外资企业的吸引力方面不落后于其他国家，通过财政和海关等措施使得世界各国，尤其是中国的企业有兴趣在刚果（布）进行投资。4个经济特区的地点已经选好了，我们这边的前期工作也已基本完成，就等待相关法律的出台。我们认为这些法律将在2017年由部长会议通过，最终呈批刚果（布）总统（注明：特区经济法已经在2017年6月通过）。

赵忆宁：您所说的相关法律，是不是涉及优惠政策等方面？黑角经济开发区将给投资者提供什么样的优惠政策？

阿兰：当这些法律公布之后，您会看到这些法律不仅会确立刚果（布）经济特区的地位，也会指明刚果（布）政府如何对这几个特区进行经济和法律上的治理，也就是以什么样的组织架构来对这几个经济特区进行经济和法律上的管理。当然，您还会看到这些相关的措施与一般的财政和海关规定有所不同，它们将使外国投资企业，尤其是中国企业感受到这些法律与很多国家现行的同类法律是有区别的，进而选择来刚果（布）进行投资。由于在国家与国家之间也存在竞争关系，等相关法律出台之后，我们可以在合适的时候向您具体转达。

黑角经济特区三个"5 年"：GDP 由 15 亿美元到 35 亿美元

赵忆宁：从宏观层面，黑角经济特区将带来哪些溢出效应？

阿兰：这是非常值得关注的一点，通过前期的研究，我们不仅展示了经济特区所能带动的产业和将创造的就业岗位，还预估了它们将对刚果（布）经济增长和财富创造所产生的效应。举个例子：黑角经济特区可以在 15 年内提供 4 万个就业岗位，而在这 15 年内，黑角经济特区也将为刚果（布）创造财富。若以 5 年为一个区间，第一个 5 年它将产生 15 亿美元的 GDP，第二个 5 年将是 25 亿美元的 GDP，第三个 5 年则是 35 亿美元。按照这个发展态势，石油将不再是我国的战略依赖资源，我们的国家不仅能实现经济多元化，而且还能在经济上掌握自己的命运。

赵忆宁：根据你们的信息，黑角经济特区将以矿业，比如钾矿为支柱产业，除此之外，还有没有其他制造业的布局？

阿兰：我们准备将黑角改造成一个世界性的物流中心。确实，黑角港将会出口铁矿和磷矿之类的矿产，我们还准备在黑角发展石油化工、纺织业、木材加工、饮料、玻璃、塑料等 20 多个产业，其中包括旅游业、金融业等。但总的来说，黑角港还是以物流、矿业、加工、石油化工等产业为主。

赵忆宁：中国的深圳当时只是一个小渔村，它的初始条件跟现在的黑角相比差得很远，但 2015 年深圳的财政收入已经超过台湾。在深圳特区建立初期，中央政府也没有钱，只给了深圳特区一些优惠政策，让它发展到现在。我想知道，目前刚果（布）财政状况不是很好，对于黑角经济特区的启动，中央政府将给予什么样的支持？

阿兰：刚果（布）政府将在合适的时间公布有关决定。我相信，我国政府的首脑将在合适的时间做出决定。就我个人而言，我的工作是准备一套机制，尤其是相关的法律措施。但我们更希望吸引直接投资者，因为这样不需要提高我国的外债比率。人们将看到，我们制定有关法律的目的是出台吸引直接投资的财政措施。这不仅是就黑角经济特区而言，也包含了其他 3 个经济特区，但目前是先从黑角经济特区着手。这次出台的是一部经济特区的总法，它将赋予投资者一定的便利。例如：第一，在经济特区的治理结构方面，将设立一个全国性的运营与决策委员会，这个委员会的主席就是刚果共和国的总统，而委员将由与经济特区相关的且关键性的部长来担任；第二，将设立一个负责经济特区项目推动和规划的政府机构，这个机构有权与我们俗称的"开发商"签署合作协议，这里所说的"开发商"，可以指一位中国投资者，也可以指一家在法律地位上属于私人企业、国有企业或混合所有制企业的公司。届时我们将在私人领域和国有领域都有合作伙伴。这些"开发商"将完成开发工作，然后将开发好的区域交付投资者或运营商使用，之后运营商向"开发商"和提供基础服务的部门支付相应款项。我们出台的机制，将同时允许一国的政府和私人投资者进行投资。总结起来，就是政府会和私人的直接投资者或他国政府签订协议，允许他们来刚果（布）进行投资。

我国目前的财政状况确实不如以前，但正因如此，我们应该表现出吸引投资的决心。我们将拥有全国性的运营与决策委员会、负责经济特区项目推动与规划的政府机构和"开发商"，以及私人企业、运营商和投资者。而在这个法律框架下，我们将出台财政、海关，甚至货币方面的措施，以保证经济特区的吸引力。

赵忆宁：您从收入的角度阐释了经济特区发展的三个"5年"，除此之外，未来黑角经济特区项目建成，将给刚果（布）和周边国家带来什么影响？

阿兰：我认为，黑角由于它独特的地理位置，将在整个中非的经济中扮演重要角色。黑角经济特区将为区域经济一体化带来流动性，从而使区域经济一体化进程更为顺利。我们同样认为，有中国作为我们的合作伙伴，黑角将成为中非，乃至整个非洲一个重要的经济支点，将在非洲参与全球经济一体化的过程中扮演的角色从负面走向正面。非洲向其他国家出售原材料，但这并不能让非洲获得定价权，因此通过建立经济特区，我们将有机会在本土开发原材料的附加价值。萨苏总统的创举让我国乃至其他非洲国家积极地参与到全球经济的进程中来。当年，70岁的邓小平主席对40岁的萨苏总统说，中国将用两到三代人的时间走向富强；而萨苏总统也提出相同的想法，就是他将用两到三代刚果人的时间，通过经济特区的机制，使刚果（布）实现经济起飞。在 2016 年的国事访问期间，我们和萨苏总统一道参观了苏州（长三角）经济特区。在那里我们见到了两幅肖像画——一幅是邓小平的肖像画，另一幅是李光耀的肖像画。我们发现了一件很有趣的事情，就是在大约 40 年的时间里，萨苏总统先后和这两位人物都碰过面，而这两位人物，他们都曾使世界经济发生了改变。

刚果（布）就像展示中国基建公司作品的展览馆

访刚果（布）建设、城市规划和住房部部长
克洛德·阿方斯·恩西卢

恩西卢出生于 1954 年，是一位专业的建筑师。在参加国家高中会考（技术和数学类）之后，他获得由欧盟提供的奖学金，在罗马学习建筑专业，并在意大利获得建筑学博士学位。恩西卢大学毕业后、成为政府官员之前，曾在一家房地产开发公司（私营部门）工作，职务为公司总经理。1992 年 12 月，他曾被任命为政府设备和公共工程部部长，自 2002 年以来，他曾担任刚果（布）政府的建设部部长（国务级），也曾两次担任众议员一职。他会讲法语、意大利语、英语和德语。

刚果（布）正在开展大规模建设，以弥补基础设施的不足。中国企业在这里承包了众多大型项目，并以其高质量而受到广泛赞誉。

刚果（布）建设、城市规划和住房部部长克洛德·阿方斯·恩西卢是对这一状况最有发言权的高级官员。

中国企业是非常好的合作伙伴

赵忆宁： 过去的几年，刚果（布）在国家基础设施建设方面的成绩令人惊叹，已经完成上千公里的路桥、体育馆场、民生等工程，包括很多高水准的医院和学校建设。你是否能够介绍一下，2016 年刚果（布）政府在基础设施建设领域是否完成国家建设规划的所有项目？

恩西卢： 在经济方面，中国与非洲、中国与刚果（布）一直有着很好的关系，并且这种友好关系逐年在增强。正如刚果（布）国家总统萨苏–恩格索的意愿，刚果（布）一直希望能够加快基础设施建设的速度，因而我们求助于我们的中国朋友，一起合作完成了一些基础设施建设项目。中国企业是非常好的合作伙伴，它们高质量地完成了工程项目，使得刚果人民对此都非常满意。

这些基建项目涉及很多方面，在道路建设方面，中国人建设了直通黑角以及韦索的道路，还建设了很多住房、医院、供水、电力、体育场馆设施等几乎所有基建设施类型，中国建筑企业在刚果（布）建设的工程项目中所占比例是最大的。我们真诚地感谢中国给予刚果（布）的援助，中国不仅仅提供建筑设计，而且承包了基础设施建设项目，所有的基础设施建设质量都是过硬的。

通过与中国公司的合作，中国建筑企业非常好地表达了中国政府所说的"双赢"的合作伙伴关系。另外，中国企业在刚果（布）取得很多成就是因为它们在项目的建设方面一直都是采取非常严肃认真的态度，这种严肃认真的态度是令非洲人民非常赞赏和钦佩的。比如玛雅玛雅国际机场，刚果河边的高架桥，以及通往金特雷的高速公路和金特雷体育场等，中国建设的很多项目现在都已成了刚果（布）和刚果人民心中的骄傲。

赵忆宁： 布拉柴维尔玛雅玛雅国际机场，完全是按照中国标准建设的，美观大气。听说其他国家的总统访问刚果（布）的时候非常称赞这个机场，其中一些国家也邀请中国公司为它们建设了同样的机场。刚果（布）的基础设施建设对于其他非洲国家具有示范效应？

恩西卢：没错，当人们看到我们的机场，以及位于刚果河畔的高架公路与金色体育中心，总会问到这些都是谁建造的。实际上刚果（布）就像一个展览馆或者玻璃橱窗一样，展示着中国公司的作品。现在我们正在规划在刚果河畔建造一个城市综合体，所有的部长都会在里面工作。

十年基础设施建设计划

赵忆宁：我沿着一号公路和二号公路调研了 6 个省（奎卢区、布恩扎区、普尔区、高原区、盆地区和桑加区），这些省会城市无一例外都建有高等级的公路、医院、学校和体育场，还有一些政府办公楼，等等。2004 年，萨苏总统推行并实施"城市化推进项目"，做出这项决策的背景是什么？另外，在刚果（布）的12 个省会城市中，一共建设了多少道路、多少个学校、多少个医院，所服务的人口是多少？

恩西卢：萨苏总统做出这项规划决策的背景，是因为当时各个省会城市几乎没有像样的基础设施，学校、医院等也非常简陋。因此，当时就是从省会城市开始，先把省会城市建设起来，目的是希望地区与地区间的流动与出行相对方便一些。每个省都有超过 60% 的人口生活在城市，优先发展省会中心城市，之后再从省会城市辐射到省，提高城市人民生活水平。另外，政府的公共服务也可以朝着更加均等化的方向发展，以缩小地区差距。

根据 2015 年的统计数字，刚果（布）整个国家只有 462 万人，近 60% 的人口聚集在布拉柴维尔与黑角两个中心城市，因此 12 个省会城市的人口并不是很多，比较多的会有 10 万人，少的只有 5 万人，不能和中国相比。

赵忆宁：我想知道，在完成修建国家主干道之后，何时能完成连接的支线道路？建设部是否有规划完成城市的道路交通网，把土路改为柏油路呢？

恩西卢：自从刚果（布）独立以来，我们从来没有在如此短的时间内修建如此多的基建设施，也就是说，刚果（布）政府有着非常强烈的意愿改进基础设施不足的现状，目前还有很多事情需要我们去完成。我们的确是期待把这方面的建设再往前推进一步，以你目前所看到的所有道路来说，这些可能要花费 10 年左右的时间来完成。对于这些未完成的事，我们还是希望跟中国的朋友一起合作完成。

赵忆宁：按照萨苏总统对国家发展规划的设想，第一步是完成基础设施建设，第二步是推进工业化和农业现代化。你认为，基础设施建设还需要 10 年的时间吗？

恩西卢：的确是。我认为，萨苏总统发展规划设想的两个阶段在时间上是相互有交集的。目前，刚果（布）国家财政收入依赖最大的部分是石油，我们想发展工业，想发展矿业以及农业，以此来带动经济的发展，只有自己生产才能由自己来掌控发展。在基础设施建设方面，我们仍然比较落后，但我们才刚刚开始，还有很多的事情需要完成。我认为，基础设施建设伴随着工业化、农业化的整个进程，我们每一年都有基础设施建设规划，最基本的部分包括水、电、道路、卫生、医院、学校等工程项目。另外，我们还有一个 20 年城市规划的蓝图，特别是与中国合作的黑角经济特区建设已经开始实施，那里将会有很多基础设施需要建设。

应对石油价格下跌的冲击

赵忆宁：正是由于石油价格下跌，对于你这个部门，2017 年的建设规划会不会在投资方面受到影响？

恩西卢：是的，刚果（布）目前财政状况正处于低潮期，但这仅仅是暂时的困难。我们会通过增加石油产出量对目前的财政状况进行补偿。我们并不把"宝"押在石油价格回升上，而是押在增加石油的产量以及增加石油产品的种类上。萨苏总统的意愿也是保持基础设施建设以便我们拓展其他经济来源，比如工业、农业等，以此来增加国家财政收入。

赵忆宁：我在刚果（布）调研时接触了很多中国企业，目前很多存在工程欠款的项目都已停工，有些公司只能采取垫资的方式来完成项目。你认为政府将采取什么办法使得在刚果（布）进行的基础设施建设项目得以进行下去？

恩西卢：这是一个好问题。为了重新推进刚果（布）的经济发展，我们必须要为我们的承包商付款，债务也是必须要还清的，我们会逐步还清欠款。要重新推进刚果（布）经济的发展，就要保证中国企业都留在这里。刚果（布）的收入会增加的，到那时，首要的就是先付钱给这些企业，因为这些企业是我们的合作伙伴，并且这些企业有非常多的员工在刚果（布），所以我们最首要的任务就是让已经开工的工程项目能够完成。

目前有三种办法：第一，推进国家经济的发展，提高财政收入；第二，我们国家的央行已经发行了一种建设债券，面向国内的私营企业和金融机构融资，主要的作用就是偿还中资公司的工程债务；第三，目前刚果（布）处于经济困难的时期，我们已经与中国政府和中国企业协商，适当延长欠款的还款时间。

刚果（布）推动城市化建设的创新

访刚果（布）布恩扎省省长塞莱斯坦·通贝·康德

塞莱斯坦·通贝·康德

从 2004 年开始，刚果（布）一直在建设"加速城市化"项目，这也是刚果（布）总统萨苏的设想。刚果（布）"独立节"每年都要举办阅兵仪式，萨苏总统没有把阅兵仪式放在首都布拉柴维尔，而是放在 12 个不同的省会城市举行。"独立节"阅兵仪式后，各个省会城市也会随之发生巨大变化，因为这些城市因此得到了新的规划与建设。到 2016 年，这个项目已经全部完成，布恩扎省马丁古是最后一个执行这项规划的城市。

笔者就此专访了刚果（布）布恩扎省省长塞莱斯坦·通贝·康德。康德表示，公共民生领域的项目连同基础设施领域的建设，共同构成了国家经济社会发展的基础，改善了刚果（布）人民的生活，同时也是实现 2025 年新兴国家目标的前提。

"加速城市化"项目改善人民生活

赵忆宁：见到你之前，我参观了省府马丁古的市容，新的公路、新的广场、新的学校和医院，还有新的体育场，这给我留下深刻印象。萨苏总统把每年的阅兵放在不同的省会城市，以带动省会城市的公共基础设施建设，这种做法是一种创新。请问，刚果（布）从何时开始实施"加速城市化"建设项目的？现在有多少个省会推进了项目，起到了什么样的作用？

康德：我首先要感谢你从中国来到刚果（布）访问，中国离我们这里很远，感谢中国人民关注刚果（布）。现在我们两个国家的关系非常好，我们两国的领导人关系也非常好。如果从普通人的角度看两国关系，那么可以从我们的一号公路切入，这条从黑角到布拉柴维尔的高速路，是中国公司帮助我们建设的，这是非常不容易的。

"加速城市化"建设项目是从 2004 年开始启动的，这是萨苏总统的设想。刚果（布）"独立节"每年都要举办阅兵仪式，萨苏总统没有把阅兵仪式放在首都布拉柴维尔举办，而是放在 12 个不同的省会城市，"独立节"阅兵仪式后，这些省会城市也会随之发生巨大变化。因为这些城市得到了新的规划与建设，包括学校、医院、电力、道路、照明、体育场、机场、酒店、政府办公楼等。萨苏总统的目的是让生活在这里的老百姓得到较好的公共服务，整体推进省会城市化的建设。

赵忆宁：这个项目现在进展到什么程度？

康德：刚果（布）全国共划分为 12 个省，我们是最后一个执行这项规划的城市，到 2016 年这个项目已经全部完成。虽然马丁古是布恩扎省的省会，但是之前这里非常落后，就像一个大的村庄，完全不像一个省会城市。而现在变化非常大，你是否看到我们还有一个飞机场？飞机场也是中国公司帮助修建的，离这里只有 30 公里。现在我们也跟其他省会城市的发展水平差不多了。

赵忆宁：马丁古市整体推进市政建设，都是基础设施以及惠及民生的工程，所有的投资都来自中央政府财政的投入？所有的项目大概需要多少资金？

康德：马丁古的所有建设项目预算是 1 000 亿刚果（布）法郎（大约相当于 7.1 亿人民币）。这些投资都来自中央政府的预算。2015 年，刚果（布）国家财政重点支持桑加省及布恩扎省"加速城市化"项目，另外还包括各省综合医院建设项目，马卢库经济园区项目，2015 年布拉柴维尔非洲运动会基础设施及配套项目，"全民通水"项目和多利吉到布拉柴维尔公路项目。这些公共民生领域的项目连同基础设施领域的建设，共同构成了国家经济社会发展的基础，改善了刚果（布）人民的生活，同时也是实现 2025 年新兴国家目标的前提。

市政道路

赵忆宁： 布恩扎省管辖三个城市。"加速城市化"建设项目的完成是否对当地经济发展起到拉动作用？比如人口是否增加？就业岗位是否增加？

康德： 从这些基础设施建设中最受益的就是老百姓。道路修好以后，方便了人们的出行。我们这个省主要就是搞农作物，方便了人们从乡村出售他们的农产品，同时也带动了商品交易，比如我们这里在道路修完后增加了很多新的商店。另外，新的学校和新的医院建成后，老百姓不用跑更远的路去上学或者看病了。

与中国合作的新水泥厂带来新生机

赵忆宁： 说到布恩扎省的经济结构，除了你讲到的农业之外，这里还聚集了刚果（布）的一些工业企业，你能介绍一下它们目前的发展状况吗？

康德： 目前，我们农业的发展停留在自给自足的水平上，还没有做到像中国农业那样形成产业化。在工业领域，我们有年产 6 万吨的糖厂和果汁厂。我们还有铜矿和日产 40 吨的铜厂，这是与中国黄金集团合作的项目。我们这里有几家水泥厂，包括新水泥厂，这是中国与刚果（布）第一家合作经营的项目，也被誉为"中非合作典范"，除此之外还有尼日利亚水泥厂等 4 家。

赵忆宁： 有这么多企业在布恩扎省，中央财政和省级财政如何分享税收？

康德： 刚果（布）没有地方财政，只有国家财政，所有税收都是中央财政的税收，也就是说，只有国税而没有地税。省一级的所有支出也都是由中央财政统一拨付。

刚才我们讲到民生项目建设是由中央财政做预算并支付，省市级政府的行政开支以及人员工资也是由中央财政拨付。只有不动产占有税是由国家返还给地方，凡是在布恩扎省就业的人，每个月要缴付 1 000 刚果（布）法郎不动产占有税或者土地占有税（相当于 7.1 元人民币）。部分市政府工作人员的工资由此项返还税支出。这与中国有很大的差别，我们还没有能力达到每个省可以自己支付公务员工资的水平。

赵忆宁： 税收制度也带来另外一个问题，在中国，像你一样的省长非常欢迎国内外企业到他们的省份投资，除了拉动 GDP 增长之外，地方还可以和中央财政分税，分享税收多的省份可以为当地提供更多更好的公共服务。而你的收益是什么？

康德：我们最重要的目标是增加就业。举个例子，在刚果（布）新水泥厂之前，老的水泥厂因为经营不善倒闭了，倒闭后由于切断了所有的经济来源，一切公共服务设施包括医院、学校都瘫痪了。刚果（布）新水泥厂恢复生产后，这里重新焕发了生机，很多人带着家属回到这里，现在居住人口达到了 1.5 万人。为了满足需求，新建了很多房子，医院重新开始营业，还增加了很多商店。以前这里的居民没有清洁水，现在我们可以提供市政水。有了水泥厂的存在，因而增加了很多小学和中学。以前这里没有高中，现在也有了高中，如果没有水泥厂，那么这所高中学校肯定不会选择放在这里。从政府方面说，因为有了水泥厂，所以这里增加了海关部门和税务部门等其他的政府机构。

在刚果（布）失业率还是很高的，只要能够给人们提供工作岗位，就能让人们从贫困中走出来。虽然国家没有对各省下达就业岗位指标，但是我们政府有一个部门专门管理就业，它执行总统的政策，目前刚果（布）正在发展多元化经济，目的之一就是增加就业。

赵忆宁：在刚果（布）中央政府用什么指标考核 12 个省份？

康德：刚果（布）与中国处于不同的发展水平，在中国有省、市地方财政，因此可以编制地方预算来组织工作与人员，而且在中国无论是哪个省、市都有自己的电视台和广播，也有自己的商业银行。我们还没有发展到这样的水平，省长是由中央直接派出并代表中央的，一切行动都是听中央的，主要的工作就是执行中央的政策。刚果（布）在颁布的新宪法中有新的说法，以后每个省都要独立工作，这是新的政策，但是目前还没有开始执行新的宪法。

赵忆宁：你好像对中国非常了解？你访问过中国多少次？都去过哪些省和地方？

康德：我访问中国的地方非常多，去过北京、上海、广州等很多地方。2004年，我第一次访问中国，给我留下深刻印象的是三峡大坝，还有就是北京的长城。它们都太壮观了！现在我的女儿在中国华南理工大学学习。

目前，中国在非洲国家的影响越来越大，这种影响深入人心。比如说黑角有一段路坏了，那里的老百姓对政府说，你们为什么不让中国公司来帮助我们修这段路呢？我的意思就是说，很多老百姓非常喜欢中国公司，因为中国公司的人员工作很积极，而且不怕苦。交给他们的工程，都能按时完成。现在我们国家和中国决定要建设黑角经济特区，我很期待，因为经济特区的建设肯定可以增加水泥厂的产品销售。很多老百姓希望更多的中国公司到刚果（布）发展，因为中国人的到来，总是能够带来就业岗位，提高人们的收入。

与刚果（布）共度艰难的经济转型

访中国驻刚果共和国大使馆经济商务参赞杨佩佩

杨佩佩出生于1963年，长期从事对非经贸合作工作。
自2004年起，她先后担任中国驻黎巴嫩、毛里塔尼亚、
刚果共和国经济商务参赞。

进入 21 世纪以来，得益于国际石油价格攀升，刚果（布）经济得以高速发展，同中国的经贸合作大踏步前进：两国合作建设了大量的基础设施，包括机场、公路、港口、电站，以及众多的民生工程，包括学校、医院、体育中心等。刚果（布）的经济对石油依赖程度很高，石油收入占国家预算的 75% 以上，占出口额的 80% 以上，自 2014 年以来，由于石油价格的直线下跌，刚果（布）在经济和财政方面遭遇困难，支付能力大幅降低，一些在建工程被迫停工。刚果（布）经济陷入严重危机。

为改变单一的石油经济对经济的束缚，萨苏总统提出"经济多样化"的发展战略：从基础设施建设领域向生产性项目倾斜，包括支持创办农业企业、促进生产要素投入、对自然资源进行深加工等，以实现经济多样化，减少贫困，创造就业岗位。这不仅仅是一次重要的经济转型，也是众多依靠石油经济的非洲国家的一次重大实践。机遇与挑战并存。

在刚果（布）严峻的经济形势下，中国企业表现出对刚果（布）的兄弟情谊与责任感，它们想尽各种办法解开这个看似很难解开的"死结"，做了一些尝试性的创新，目的是能够继续深化双边经济合作，实现转型升级。

中刚关系的核心是政治互信

赵忆宁：2013 年，习近平就任中国国家主席后，首次出访 4 国就选择了 3 个非洲国家，其中包括刚果（布），这是中华人民共和国成立以来出访刚果共和国的首位中国国家主席。2014 年，刚果（布）总统萨苏对中国进行了回访。2016 年，应习近平主席邀请，萨苏总统再次对中国进行国事访问，两国元首一致决定将双边关系提升为全面战略合作伙伴关系。双方的政治互信建立在什么基础上？

杨佩佩：中国与刚果（布）的双边关系可以说是正处在蜜月期。萨苏总统从 20 世纪 60 年代起先后 14 次访华，受到我国历届领导人的接见，对中国非常有感情。习近平主席 2013 年就任国家主席后，第一次出访就选择了刚果（布），此后，萨苏总统两次对中国进行国事访问，两国领导人之间建立了良好的个人关系。2016 年 7 月萨苏总统访华的时候，习近平主席向萨苏总统赠送了厚厚三本记录其 14 次访华的影集，也分别给总统夫人和孩子准备了礼品，并逐一向萨苏总统介绍，就像老朋友一样。刚果（布）与中国建交 53 年以来，就像"铁哥们"一样，两国一直在国际舞台上相互支持，相互合作。因此，两国的政治关系一直很稳固。

赵忆宁： 中刚两国政治互信关系最重要的体现在哪些方面呢？

杨佩佩： 最重要的体现在两个方面。第一，2016 年，萨苏总统访问北京时，两国元首一致决定将双边关系提升为全面战略合作伙伴关系，刚果（布）也是非洲第一个与中国建立全面战略合作伙伴关系的国家；第二，2015 年，中非合作论坛约翰内斯堡峰会通过了《中非合作论坛约翰内斯堡峰会宣言》和《中非合作论坛——约翰内斯堡行动计划（2016—2018）》，确定了重点实施的"十大合作计划"。结合"十大合作计划"，在广泛合作的基础上，中国将埃塞俄比亚、肯尼亚、坦桑尼亚和刚果（布）4 个国家列为产能合作的先行示范国，目的是集中力量和资源着力打造若干个中非产能合作和产业对接的示范国家，在示范国家中重点打造中非合作发展的示范区，以成功的实践引领合作。

双边经贸合作面临挑战

赵忆宁： 能介绍一下目前两国的经贸关系吗？

杨佩佩： 中国与刚果（布）建交 53 年来，始终真诚友好，平等相待。两国间签署了贸易协定和投资保护协定，建立了定期会晤的经贸混委会机制。近年来，在中非合作论坛的合作框架下，两国经贸合作深入发展，合作领域不断扩大。2016 年，双边贸易额为 30 亿美元，其中我国对刚果（布）出口 7 亿美元，从刚果（布）进口 23 亿美元，刚果（布）仅次于安哥拉，是我国在非洲第二大原油进口来源地；我国对刚果（布）提供了力所能及的援助，截至 2016 年年底，我国在刚果（布）援建了近 50 个成套项目，开展了 14 个技术合作项目，向刚果（布）提供了 41 批援助物资；我们使用援助资金，为刚果（布）培训各类官员及技术人才近 2 000 人次；自 1967 年以来，我国向刚果（布）派遣医疗队 24 批次；在刚果（布）承揽了大批工程承包项目，中国公司以其过硬的技术、超强的履约能力赢得了广泛认同，成为刚果（布）重要的工程承包商；近几年，我国对刚果（布）投资合作方兴未艾，涉及石油、矿业、林业、建材、渔业、金融等领域，投资额超过 10 亿美元。中国与刚果（布）的经贸合作堪称中非合作的典范。

赵忆宁： 在基础设施建设领域，有哪些具有代表性的工程与投资项目？

杨佩佩： 这些年来，刚果（布）在中国的帮助下建成了一批基础设施项目，具有标志性的是从黑角到布拉柴维尔的刚果（布）国家一号公路。在没有修通这条路之前，从黑角到布拉柴维尔，要穿越原始森林、草原、沼泽地带，单程往往需要一个月的时间，而现在只要 5 个小时。这条路全线总长 536 公里，合同总额达 28.9 亿美元，是中刚建交以来，两国最大、最重要的合作项目。在投资方面，我国南方石化在刚果（布）获得了两个陆地石油区块，分为南北两块，总面积约为 930 平方公里，预计投资总额 30 亿美元。目前，对南区块的勘探已经完成，油气储量具有较好的开采价值。2016 年 7 月，南区块正式获得开采许可，预计 2017 年开采原油 30 万吨，目标产量为年产 400 万吨。北区块的勘探工作即将展开。该项目是油气领域我国在刚果（布）的第一个投资项目，受到两国高层的关注。此外，中国黄金集团在海外第一个投资项目——索瑞米铜资源开发项目已投入生产，并于 2016 年 7 月通过验收。这是刚果（布）第一个建成且正式运营的采、选、冶有色冶金矿项目，设计年产电解铜 1.5 万吨，公司拥有探矿权面积 5 000 多平方公里，采矿权面积 1 480 平方公里。目前，有员工总计 600 余人，其中 400 人为当地员工。该项目的经济和社会效益较好。

赵忆宁： 我们确定刚果（布）为产能合作的先行示范国，目前工作开展得如何？

杨佩佩： 在刚果（布）深陷经济危机的形势下，中刚经贸合作遇到了发展瓶颈，传统合作模式难以为继。从 2006 年起，刚果（布）进入石油大规模开采期，石油收入成为国家财政收入最主要的来源，加之国际石油价格一路上扬，刚果（布）经济得以高速发展，外汇储备有所增加。在这样的背景下，中刚开展了基础设施建设的大规模合作。2007 年以来，刚果（布）从中国融资并实施了道路、港口、机场、水电站、码头、医院、学校、住房、水泥厂等大批基础设施建设项目和生产型项目。然而，从 2014 年下半年以来，石油价格断崖式下跌，刚果（布）财政收入和外汇储备锐减，能够用于支付项目建设和偿还贷款的资金链断裂，多次出现拖欠公司工程款和银行账单的现象，债务违约风险骤增，国际信用评级机构也因此而连续下调刚果（布）的信用评级。这极大地影响到中刚的经贸合作，因此，现在是双边经贸合作特别困难的时期。

赵忆宁：怎么解开这个扣呢？

杨佩佩：困难的时候，更加需要双方加强合作。首先，要树立信心。刚果（布）经济发展困难是暂时的，虽然一时还难以摆脱对石油经济的依赖，但是作为一个资源禀赋非常好的国家，刚果（布）除了 37 亿桶石油的储量外，天然气储量约为 900 亿立方米，铁矿石储量约为 250 亿吨，钾盐可开采储量约为 60 亿吨，还有铝、锌、铜、金等矿产资源；刚果（布）森林面积为 2 200 万公顷，占非洲大陆的 10%；农业可耕地面积为 1 000 万公顷，仅开发了不到 5%，自然资源和气候条件适合农作物和经济作物生长；刚果（布）境内河流纵横，水利资源丰富。其次，刚果（布）政局基本稳定，民心思发展。近年来推出的经济多元化和"走向发展"战略提出了国家现代化和工业化目标，这与我国对非洲"十大合作计划"高度契合。目前，在建或正在推进的佳柔油田、新议会大厦、黑角经济特区等项目，将为两国全方位合作注入持久动力。

赵忆宁：我调研了几家中资企业，基本上都没有新的建设项目，基本处于停工状态。

杨佩佩：的确，刚果（布）财政危机严重影响到合作项目的实施和推进。大家都在想办法，包括刚果（布）政府和中资企业。从刚方政府来讲，刚果（布）已经面向中非共同体发行国家债券，这是政府市场融资的一次尝试。另外，从中资企业角度来看，他们也在想解决办法。比如，探讨以债务买断的方式缓解偿还债务的负担，即向进出口银行借款，做短期融资，还款期为三年至五年，以这种方式为刚果（布）争取延长债务期限。待三五年后，随着刚果（布）经济多元化战略的推进，将出现新的经济增长点，财政状况缓解，债务负担将会减轻。另外，根据刚果（布）的特点，做好、做足资源的文章，探索新的合作模式和领域，切实将经济互补优势转化为合作成果，实现中刚经贸合作的转型升级。

赵忆宁： 从长远的角度看，还是要让已经建设的基础设施发挥效益以促进经济增长，这才是根本。

杨佩佩： 是的。在中国公司的帮助下，刚果（布）建成了 1 000 多公里的高等级公路，还有水电站、河运码头等基础设施，我们希望这些项目能够发挥最大的效益。多思考怎么才能够让这些基础设施凭借自身的收益，实现良性滚动发展。目前，国内鼓励企业在海外开展"建营一体化"的模式。以前，中国企业大多采取EPC（设计采购施工）形式，项目建完了，一交钥匙就万事大吉。现在，为了保证运营收益，实现项目本身的造血、还款能力，鼓励引导施工的中资企业承担项目运营。这对中资承建企业而言，是一个不小的挑战，因为原本擅长施工并不是专业运营的公司，还要寻找具有专业经验和技术的合作伙伴去做运营。

赵忆宁： 在非洲法语区，以往是法国控制绝大部分公共事业公司的运营，但是现在中国紧随其后，与原来的法国公司合作共同运营，你怎么认识这个问题？

杨佩佩： 由于历史原因，法国与非洲法语国家有着千丝万缕的联系。法国人在管理方面具有优势，因此，法国长期以来垄断这些国家的港口、铁路等运营。随着时间的推移，过去这些基础设施大部分是由法国人帮助修建的，而现在这些基础设施大部分是由中国帮助修建的，我们建完以后交给非洲法语国家政府，由于这些国家缺乏管理经验，很可能交给西方公司运营，我们等于是给人家作嫁衣。在某个非洲国家，就发生过这样的例子，我们给当地援建了一所医院，建成后移交给他们。他们自己运营不了，找了美国人来管理，后来，当地人渐渐就忘了这所医院是中国援建的，都把它称之为美国医院。中国国内有世界上最多的港口，全球十大港口有八个在中国，中国铁路营业总里程为12.1万公里，居世界第三（美国、俄罗斯排位第一、第二），我们当然有管理能力。比如，即将建设的黑角港，我们开始强调建成后要参与运营，希望做一些尝试。另外，我们还帮助刚果（布）建了高等级的一号公路和二号公路，目前中建和中国路桥与法国公司组成联合体，正在参与运营的投标。

赵忆宁： 中国与刚果（布）的经贸合作有何特点？

杨佩佩： 首先，中国与刚果（布）的经贸合作是好朋友间的合作，建立在互利互惠、共同发展的基础上。我们在刚果（布）投资开发石油、林业、矿业、农业等资源，在客观上帮助其将资源优势转变成发展优势，为其增强了发展经济的能力。对中资企业来讲，如果只想自己赚钱，不立足互利双赢，也很难实现业务的可持续发展。其次，近些年来，中国加大了对当地运营管理人才的培养，除了政府组织的管理、技术培训外，许多中资企业也根据属地化原则，培养了大批项目所需的人才。只要看看蒙内铁路所做的就一清二楚了，中企"定向培养"外籍员工并帮助他们成才。当然，我们也会与西方公司合作，学习他们在海外的运营经验。

"一国一策"的顶层设计

赵忆宁： 看了几个国家的几十个项目，值得关注的是，所有项目都是中资公司根据所在国的需求或者规划推动的结果。你怎么看这个问题？

杨佩佩： 的确，目前非洲的大部分项目是由中资公司根据其相关的业务所推动的，这些项目大多数与所在国的国家战略有较大的契合度，很多时候也是由中资公司推着当地政府向中国政府贷款，让使馆经济商务参赞处出具意见支持函，甚至有倒逼政府的嫌疑。企业推动项目没有什么不对，因为它们嗅觉灵敏，熟悉市场，所推进的这些项目也与所在国的发展规划相匹配。为了规范企业的行为，避免不负责任地对外允诺，中国政府对企业开展对外合作提出了相关程序要求，推动项目应该符合程序要求。谈到国家层面的布局，一般会借助中非合作论坛峰会等平台统一对外公布，好比 2015 年中非合作论坛峰会提出的中非"十大合作计划"，企业通常会根据这个导向，去探讨合作项目。如果项目脱离了这个导向，那么所探讨的项目将很难得到政府、金融机构的支持。

赵忆宁： 中国出台的非洲政策文件是纲领性与原则性的，在政策文件之下，应该有一个中国在非洲战略下的总体规划，无论是五年或者十年规划，只有这样才能体现国家战略，分清政府和企业各自扮演的角色。

杨佩佩：是的。就这一点来讲确实是一个短板。中国多年来积累了国家中长期规划的能力，其间可能也帮助非洲国家或者地区做过发展规划。对外合作规划这块，近年来也做了一些尝试，以驻外使馆经济商务参赞处为例，我们按照商务部的要求，为国内建立国别项目库研提相关建议，一般做法是走访驻在国有关部门，征求意见，结合企业项目信息归纳整理后，报回入库项目建议。但是，非洲一些国家自身缺乏计划，随意性较强，因而入库的项目未必是优先实施的项目。今后，我们还需要加强与非洲国家的沟通，共同做好合作规划和落实工作。

赵忆宁：这需要对所在国中长期规划的理解与信息的掌握。

杨佩佩：此前曾提出过一个省承包几个国家的对口合作思路，比如现在的医疗队选派就是以省为单位对口援助的。目前，刚果（布）的国家发展目标是经济多元化，主要发展农业、林业、加工业与矿业等，对这几个重点发展的产业，我们国内有些省份具有比较优势。前一段时间，湖南省商务厅带着企业到刚果（布）考察农业，商务厅对非洲经贸合作非常重视，专门成立了非洲处，连续几年召开湖南与非洲合作项目对接洽谈会。湖南是农业大省，也是有色金属大省，发挥自身优势与刚果（布）开展互利合作，有广泛的空间。我认为，贯彻中非合作论坛"十大合作计划"，不仅仅需要中央政府参与，而且需要调动地方和企业的积极性。比如，中国路桥在肯尼亚做经济开发区，也是把广东省请进来合作。

推进黑角经济特区建设

赵忆宁：2016 年，国家主席习近平宣布将刚果（布）列为中非产能合作先行先试示范国家。按理说，两国合作应该进入快车道，但是由于受到经济危机的影响，这一进程并不顺利。

杨佩佩：中国与非洲的合作呈现出三个新变化：一是从政府主导逐渐向市场运作为主转型；二是从一般商品贸易逐渐向产能合作和加工贸易升级；三是从简单工程承包逐渐向投资建设运营领域迈进。结合刚果（布）的现实，需要与时俱进不断深化合作模式。在 2015 年之前油价高、石油收入多的时候，刚果（布）

进行了大规模的基础设施建设，建成了一些重要的基础设施项目，目前受石油价格下跌影响，刚果（布）没有财政能力投入大型基础设施建设，正处在经济转型的阵痛期。刚果（布）作为中非产能合作先行先试示范国家，重点项目就是建设黑角经济特区，这有助于加快两国产业对接和产能合作，把黑角经济特区打造成中非产能合作的旗舰项目和非洲集约发展的样板工程，在刚果（布）建设物流、制造业、航空和能力建设四大次区域中心。

赵忆宁： 黑角经济特区建设目前推进到什么程度了？

杨佩佩： 2016 年 7 月，萨苏总统访华期间，中非发展基金同刚果（布）领土整治与大型工程部签署了黑角经济特区顶层设计与基础设施融资方案合作备忘录，之后中非基金聘请中国（深圳）综合开发研究院启动了刚果共和国经济特区法制定的研究工作，同时开展了刚果（布）黑角经济特区的产业规划、空间规划、投资可行性研究和法规政策建议等相关规划工作。在双方的共同努力下，刚果（布）第一部经济特区法已经通过议会审议，于 2017 年 6 月正式颁布，经济特区的土地登记、划界工作也已完成，特区占地 36 平方公里，将涵盖石油化工、冶金、食品加工、建材等多个行业。

赵忆宁： 刚果（布）对建立黑角经济特区很迫切？

杨佩佩： 是的，刚果（布）方面非常迫切，特别是在当前经济危机形势下，刚果（布）迫切需要新的经济增长点。刚果（布）预测，该经济特区建成后，可创造 10 万个就业岗位，推动刚果（布）的经济增长，促进刚果（布）经济多元化发展。但是距离动工、建成，我觉得还需要有耐心。立法只是第一步，还要有特区建设的规划、人才培养以及可行性论证，等等，特区的建设涉及运营、融资、建筑、建设、管理、发展、土地供应、基础设施、服务等方方面面。目前，中国海外基础设施开发投资有限公司正在进行经济特区的产业规划、空间规划以及投资可行性研究等。合作双方还将就特区建设的融资方案进行商谈，中方希望刚果（布）能提供优惠政策和良好的营商环境，以吸引更多的投资者。为了配合经济特区的开发，商务部计划为刚果（布）举办特区建设与开发研修班，将有30 位学员赴华参加为期两个多月的专业培训。

赵忆宁： 建立黑角经济特区的资金来源呢？

杨佩佩：我个人感觉，刚果（布）当下正处在严重经济危机阶段，难以对经济特区投入较多的资金，但是完全依赖中国帮助也是不现实的。中国政府愿意同刚果（布）分享园区规划、政策设计、运营管理等经验，为刚果（布）培训相关人才，支持中国企业参与园区配套基础设施建设，选择成熟度较高的项目入园，先行先试，积累经验。中方愿同刚果（布）积极探讨并创新合作模式，拓展投融资渠道，与刚果（布）共同努力，妥善解决特区建设的资金问题。

为刚果（布）人民提供普遍金融服务

访中刚非洲银行行长张建羽

张建羽

纵观近年来中国商业银行的"走出去"，基本是基于"服务中国经济、贸易及对外投资高速增长"、"跟随中资企业'走出去'，提供金融服务"、"拓展海外市场、提升盈利能力"以及"国际化经营和全球战略布局需要"等动因，不过，中国农业银行在刚果（布）成立的中刚非洲银行是个例外。这家合资银行是应刚果（布）总统萨苏的请求而建立的，目的是"建立一家本土银行"以获得对国家金融的更大掌控权。事实上，这家银行的成立只是向目标跨进了一小步，中刚非洲银行并不是完全意义上的刚果（布）"本土银行"，而是股份对半的合资银行。由于受到中非银行委员会（COBIC）硬性规定的影响，6个国家不能独立设立自己的本土银行，必须引进外资。不过，刚果（布）引入的外资银行不是法国的银行，而是中国农业银行。

在刚果（布），长期以来银行只是为少数人服务的奢侈品，银行服务人口不足10%。2015年中刚非洲银行成立后的较短时间内，中国合作方——中国农业银行引入依托于现代通信技术、计算机技术和网络信息技术的电子银行，通过计算机、电话、ATM（自动取款机）等电子手段扩展金融服务，目的只有一个：为刚果（布）人民提供普遍金融服务，发行免收服务费的银行卡，引入智能终端支付系统，把银行服务从奢侈品的神坛上拉下来。有人曾经说过："银行的本质不是经营金钱，银行经营的是信息。"中国农业银行的理念则是"银行要为大多数人服务"，"既要为有钱人理财，也要为缺钱人融资"。

中刚非洲银行刚刚成立两年，不仅已经开始赢利，还使刚果（布）商业银行实现了跨越式发展。这种新的金融合作模式与理念，正在中非其他国家口口相传，人们期望中国农业银行能够在更多国家复制这一成功经验，将现代金融理念与工具带入并根植，促进中非地区工业现代化、农业现代化以及基础设施现代化的发展。

笔者就中刚非洲银行成立过程及业务开展情况专访了中刚非洲银行行长张建羽。

刚果（布）为什么要建立独立的银行？

赵忆宁：请问刚果（布）为什么如此渴望建立一家自己的商业银行？目的是什么？

张建羽：2014 年，在筹备中刚非洲银行之前，刚果（布）境内有 10 家银行，其中 8 家是外资银行，银行控股股东主要是法国或西非国家，比如摩洛哥等，实际上同样有法国背景。银行资产规模最大的是加蓬法国国际银行（BGFI BANK），刚果（布）本国只有两家小银行，一家是邮政银行，另一家是刚果（布）住宅银行（BCH），合计市场份额不足 5%。前几年，萨苏总统提出刚果（布）未来之路国家发展计划，特别提出金融是经济发展的基础，长期以来刚果（布）一直想建立一家自己的商业银行。中非六国有统一的央行、统一的监管机构，并统一发行中非法郎货币。但是中非银行委员会（COBAC），也就是银行监管机构，有一条硬性规定：6 个国家不能独立设立自己的本土银行，必须引进外资，与有经验的国际银行共同设立管理体系。

COBAC 一直认为中部非洲国家政府无法独自经营管理好银行。但是，非洲国家有自己的梦想，希望建立一家本土的商业银行，它们寻找了很多年，希望找到能够协助它们成立商业银行的外资银行。不言而喻，自己的本土银行代表着金融的独立性。

赵忆宁：中非央行没有独立的货币政策，部分外汇储备放在法国财政部，如何保障金融独立性？

张建羽：实际上，中非六国在金融领域是没有完全的独立性的，法国财政部对中非六国是有约束的。1994 年，各成员国签署了建立中部非洲经济与货币共同体的条约。从中非央行资产负债表可以看出，央行的外汇储备有一半放在法国财政部。2016 年，中部非洲六国外汇储备合计 5.9 万亿非郎（约 91 亿欧元），其中 51 亿欧元存放在法国财政部，剩下部分由自己支配。这种制度安排的原因之一是中非法郎与欧元挂钩。

赵忆宁：中非法郎区国家如何评价这种制度安排？利弊是什么？

张建羽：我看到过中非六国财长会议的报道，其中谈到过要和欧元脱钩，但这只是一个议题，最后的评估结果是不可能脱钩。由于这些国家经济体量都很小，币值的稳定对这些国家的经济发展非常重要，且目前各国欠缺独立管理货币的经验，一旦与欧元脱钩，或将不再使用统一的中非法郎，货币管理面临最主要的挑战是货币发行和通货膨胀。之前曾经出现中非法郎与西非法郎的贬值，但这并没有给货币体系带来毁灭性的破坏。现在国际原油价格下跌，资源型国家经济正处于困难时期，越是经济困难时期越要依赖货币体系以增加信心。

赵忆宁：所有的假设都是基于这些国家没有管理货币与制定货币政策的能力。撒哈拉以南有 54 个非洲国家，并不是每个国家都把部分外汇储备放在法国。

张建羽：所以刚果（布）人民一直希望建立一家自己的商业银行。其中的意图也很明显，中非六国部分外汇放在法国财政部，有点类似于我们原来的强制结售汇制度，外汇收入都上交给央行，一旦需要外汇则必须从央行购入。但如果有自己的银行，便可以进行外汇融资，就拥有了部分自主的外汇支配权。因此，2012 年刚果（布）就成立了银行筹备组，开始寻找能够协助刚果（布）成立银行的外资银行，但是进展并不顺利，一直没有找到一家可以跟其合作的银行。首先是刚果（布）经济体量不大；其次是股比问题，银行筹备组希望引入战略投资者只占 20% 的股份，并由刚果（布）来控制银行经营管理权；因而一直没有找到合适的合作者。

赵忆宁：你们是如何谈成 50%：50% 的？

张建羽：刚果（布）筹备组的底牌是：20% 股比是针对小银行合作者的策略，而针对有合作意向的大银行可以做出适当让步。

为什么与中国的银行合作？

赵忆宁：中刚之间金融合作的契机是什么？

张建羽：刚果（布）与中国银行业合作，主要是基于中刚战略合作伙伴关系。萨苏总统对中国非常友好，多年来，两国在政治互信方面从来没有动摇过，经济上，中国已经是刚果（布）的主要经贸投资合作伙伴，如果中国能够作为战略投资者帮助刚果（布）建立一家合资银行，将进一步促进中刚经济发展。因此，当 2013 年习近平主席访问刚果（布）时，萨苏总统提议合作组建银行。

在习近平主席访问刚果（布）之后，2013 年 10 月，萨苏总统召见中国驻刚果（布）大使，再次表达了与中国的合作意愿，时任大使关键也做了积极推动；2014 年，萨苏总统再次表达希望中国支持并加快银行的组建。

萨苏总统出席开业仪式

赵忆宁：萨苏总统一定是经过深思熟虑后提出这个请求的。

张建羽：据我们了解，刚果（布）方面早就有与中国银行业合作的想法，但是如果没有高层的推动，无论是中国哪家银行都很难做出决策。以中国农业银行为例，只有我们到了非洲，才知道非洲的客户在哪里，什么业务有保障，银行的优势是什么。如果没有进入非洲，坐在北京，则首先看的是专业评级机构的信用评级。世界三大评级机构包括穆迪公司、标准普尔和惠誉，这三家均认定刚果（布）主权信用为 B 级，而我们银行如果要投资国债，国家信用评级至少要三个 B。

赵忆宁：怎么会找到中国农业银行？农业银行为什么同意?

张建羽：审批中国银行在境外设立机构是银监会的职责，但是外交部在其中发挥了重要作用，外交部的一位副部长推动了此事。对各家银行而言，还是要根据尽职调查与项目评估来做决策。农业银行很重视这件事情，并请普华永道做尽职调查，结论是"风险可控""具有商业机会"。另外，当地最大银行加蓬法国国际银行盈利水平很好，显示出其具有商业机会。

中国农业银行之所以同意，也是出于错位竞争的考虑。农行的股权分置改革晚于其他几大行，因而设立境外机构也晚，如果大家都去法兰克福等国际金融中心设分行，会形成银行间的同质化竞争，监管部门并不鼓励中国所有银行都在同一地方开分行。对非洲而言，建行、中行在南非已经设立分行，工行以入股南非标准银行的方式进入，农行没有与这几大银行往一块凑。目前，农行有19家境外机构，近年来发展很快，农行当然也想走一条自己的路。

赵忆宁：谈判过程如何？能谈到50%对50%，核心是银行的专业能力，还是合作伙伴背景？

张建羽：最初刚果（布）想建立自己的本土银行，一直不希望由外资股东控股，这也是底线。但刚果（布）方面一致认为，农行是很好的合作伙伴，"股东背景好""实力很强"。从农行排位、境外机构发展状况，当然还包括其他中资银行的风险管理能力、盈利水平，农行都超过世界其他国家的大银行，这是综合性的大背景。谈判过程虽然艰苦，但农行有一定要把此事做成的强烈愿望。50%对50%是双方妥协的结果。另外，农行同意双方共注册1亿美元资本金，表现出极大的诚意。包括职位分配刚果（布）方面也是让我们先挑，在银行董事长和行长两个职位中，农行挑选了行长这个职位，拿到管理权。刚果（布）方面的股东是财政部、石油公司等四家，独立董事是现任刚果（布）总理，他原来担任过财政部部长，现在已经不再任独立董事了。

赵忆宁：此事进展很快？

张建羽：2014年开始谈判，当时就约定银行将在2015年7月1日对外营业。但是刚果（布）方面并不相信真能在这么短的时间内开业。农行在2014年7月成立中刚非洲银行筹备组，中间还因埃博拉疫情耽搁了一些时间。我是在2014年9月加入筹备组的，并担任筹备组组长。

以现代金融工具提高金融服务人口

赵忆宁： 银行成立一年多，你们做了些什么？

张建羽： 客户与产品体系是我们的工作重点。重点客户是当地企业，包括中资企业。目前能够提供的金融服务包括授信、贷款、贸易融资、票据承兑、信用证、保函等系列服务。其中做得有特色的是外汇业务，包括人民币结算，原来这里没有人民币币种，现在，在我们的银行就可以购买人民币。利用农行在境外的网络支持，中刚非洲银行在美元结算，特别是欧元结算方面呈现出迅速上升的态势。由于当地银行规模比较小，在国际金融市场融资困难，而我们背靠农行，在国际市场融资具有竞争优势。一年多来，我们做得最好的是国际结算及单证业务，银行收入的 60% 来源于此，另外 40% 的收入来自贷款利息。

赵忆宁： 目前企业客户已经达到多少？

张建羽： 企业客户现在有 950 多户。我们除了在首都之外，还在刚果（布）经济首都黑角开设了分支机构，进一步巩固了客户基础，把一些知名的企业吸引到我们这里来。对此，我们很有信心，因为我们是当地注册资本最大的银行，我们能够发放的单笔贷款金额也是最大的，所以能够满足大客户对融资的需求。

赵忆宁： 进门的时候，我看到有 ATM 机，这在非洲国家比较少见。

张建羽： 我们的电子银行产品已经开始成型，目前有了网上银行和手机银行。同时，我们还推出了系列银行卡产品，现在已经有银联卡、VISA 卡，一家新银行能在这样短的时间内成为银联卡与 VISA 会员，没有农行股东的背景是不可能的。刚果（布）经常到中国采购的小商贩对银联卡的反响非常好，我们把资金结算渠道打通了，方便他们出行。包括中资企业也都有对银联卡的需求。下一步我们将推出自己银行的私标卡。这三种类型的卡可以挂在同一个账户上，成为便捷的结算工具，其中私标卡不收手续费。这也是我们针对当地市场的策略。由于刷 VISA 卡和银联卡都收手续费，因而在非洲使用率很低，为了普及、提高金融渗透率，我们将发行私标卡吸引客户。我们还将安装更多的 ATM 机，以及建设一批自助银行，比如地点可以选在中国小商品市场，另外就是复制国内代发工资的做法。我们将两手抓，大客户和个人客户一个都不能少。

赵忆宁：除了黑角外，还有其他网点的扩张计划吗？

张建羽：我们希望以发展电子渠道替代网点扩张。针对刚果（布）智能手机普及率不高、电子支付不发达的现状，我们正在考虑引入智能终端支付系统。这个产品有个小屏幕，可以绑定账户，具有网上银行的功能，客户自己可以查询余额、转账。因为小额汇款需要很多人手，对我们来说并不经济。

　　赵忆宁：从 2016 年的收入看，能够覆盖银行的支出吗？

　　张建羽：到 2016 年 12 月，亏损约 200 万元人民币，处于盈亏平衡点的边缘，董事会确定 2016 年亏损额在 30 亿中非法郎，相当于 3 000 万元人民币。我们很有信心在 2017 年实现赢利。

　　赵忆宁：合作伙伴能给你们带来客户资源吗？

　　张建羽：我们毕竟是合资银行，在当地有一些客户资源，如果只是农行的分行，我觉得反而不容易经营。我们与合作伙伴能够优势互补，我们提供技术、管理和资金，他们提供客户资源。副行长专门负责我们的客户，他之前是当地最大银行加蓬法国国际银行布拉柴维尔分行行长。如果没有产品、服务和能力，也未必能够吸引客户过来，2015 年我们的主要业务是国际汇款，这里的银行之前都要通过中非央行的官方渠道来实现中转，一笔外汇汇款短则一周，长则一个月才能汇出去。而我们和国内银行一样，当天或者次日就汇出去了，竞争力就在这里。

　　赵忆宁：你们的合作伙伴满意第一年起步阶段的成绩吗？

　　张建羽：他们非常满意，可以概括为几个方面：第一，中国农业银行确实给刚果（布）金融带来了新的东西，那就是新金融产品，这些产品对国内人来说司空见惯，而这里不同。欠发达国家不仅仅是经济总量小，而且金融发展严重滞后。第二是引入银行现代化公司治理结构。我们引入了现代金融企业治理的新理念和新方法，在银行成立的这段时期，包括前后台分离的业务体系，从股东大会、董事会到管理层垂直的管理体系，以及风险和合规管理体系，贷款审查委员会制度等，全部建立起来了。刚果（布）方面多次表达，能够有中国农业银行这样的合作伙伴已超出其预期。因而中刚非洲银行成为周边国家羡慕的对象，有几个国家在打听中刚金融合作的模式与路径，已经有一个国家向中国政府表达希望复制中刚非洲银行的模式。还有一些国家正在寻找机会表达这一愿望。

银行要为实体经济和大众服务

赵忆宁：银行主要是服务于国家经济发展的工具，你们为刚果（布）国家的经济发展起到了什么支持作用？

张建羽：中刚非洲银行的股东——国家石油公司（SNPC）也是我们的大客户，我们为国家石油公司成品油的交易提供融资和结算。刚果（布）的成品油是专营的，汽油、柴油的供应都是通过国家石油公司获得的，相当于国家石油公司是一级批发公司。只要是国家石油公司加油站的销售收入，都会进入我们的银行。每年国家石油公司要从国外采购成品油卖给加油站，在它需要融资的时候我们会提供融资服务，以保证国家成品油的市场供应。

赵忆宁：中刚非洲银行有没有贷款的指导性原则？

张建羽：我们的贷款原则有三条：第一，为实体经济服务，特别是有前景的工业项目，这些项目既有市场需求，也是国家所急需的，比如生产性企业，就是说建个瓷砖工厂都可以，只要是实业，未来就会产生现金流；第二，向关乎民生的领域倾斜，比如说石油公司、电力公司等大企业，因为它们提供重要的生活产品，而且有现金流作为还款来源，所以我们会鼎力支持；第三，在黑角和布拉柴维尔这两个城市，帮助有效益、地段比较好的商业性房地产的项目，比如写字楼等，能够以房地产抵押的项目保证贷款的安全性。凡是不创造价值的楼堂馆所项目，我们坚决不贷，在刚果（布）目前的经济形势下，那些没有收入的基础设施项目我们也不会做。

赵忆宁：未来面临什么挑战与机遇？

张建羽：我们确实有很多机遇。中刚非洲银行是按照中资银行的模式建立的，从管理方式、国际市场的资源到产品体系，都比当地同行更有竞争优势，这些优势和刚果（布）当地客户的需求结合起来，将为刚果（布）经济发展带来巨大的外溢性。比如，从原来单一的短期贷款，延伸到中长期项目贷款；从对贸易链的始端生产的支持，到针对产品的销售提供配套的服务，涉及国际贸易业务，我们可以为客户提供结算及配套的远期与掉期的产品需求。另外，我们还把电子支付手段引入一个以现金为主的市场，当非洲国家市场需求与中国金融产品相连接时，能够显示出强大的互补性。特别是中国在刚果（布）的投资力度还在继续加强，比如黑角新港建设，开发区的建设等这些大型基础设施的建设，中刚非洲银行和中资银行将为它们提供有力的保障。

赵忆宁：你们将为经济特区提供金融服务吗？

张建羽：刚果（布）经济特区建设将复制中国经验，中国农业银行在国内为经济特区、高新技术区以及工业园区建设做过很多金融服务。一些分行的发展就是从支持工业园区建设开始的，比如农行在苏州是当地最好的银行之一。工业园区一般都处在城乡接合部，这是农行的传统服务地带，农行对工业园区的支持从土地开发贷款到园区企业入驻，到给企业项目贷款，直到最后支持它们的生产，所以说支持园区建设是农行的优势。中资其他银行也都有这方面的丰富经验，这是中资银行特有的优势，即可以提供一整套全方位的服务。

赵忆宁：说说面临的挑战吧。

张建羽：我们面临的挑战不少，最大的挑战是刚果（布）金融渗透率非常低。刚果（布）全国人口为512.6万（2016年世界银行统计），银行的客户只有几十万人，或者说拥有银行账户的人不足10%。因此，银行基本还是为少数人服务的奢侈品，距离普遍服务还有很长的路要走，未来如何让银行为大多数人服务，怎样激发人们的金融意识，是最为重要的。

赵忆宁：这是非洲国家的普遍现象吗？

张建羽：基本上差不太多。这里的人们习惯用现金而很少使用银行账户，虽然有习惯的成分在其中，但根本的问题还是银行收费太高。之前刚果（布）共有10家银行，每家银行只要风险管理比较好都能赚钱。包括我们自己，2016年60%的收入来自中间业务收入，这从另一个侧面也说明收费比较高，而且几乎所有金融服务收费都很高。另外，贷款利率也相对较高。大企业的贷款利率基本在7%~8%之间，而中小企业或者个人贷款利率在10%以上。

赵忆宁：如何才能让金融为大众服务？

张建羽：我认为这和观念直接相关。比如，为什么银行的收费高？为什么普通老百姓客户少？这和银行的制度安排直接相关。比如在中国，银行的大门为个人客户敞开，多数时候是等客上门，而这里的每位个人客户都有客户经理，一个客户经理负责 200~500 名客户，这样怎么能做到普遍服务呢？客户经理制度本身就是门槛，不可能给每个人都配客户经理，那样银行成本太高了。要让银行成为面向大众的服务提供者，必须通过国内银行所采取的方法把客户引进来，按照消费者习性去激发他们的金融需求。

我们将客户进行分层：一方面，对有消费能力或者有资产规模的客户继续沿用客户经理制，或者提升至私人银行服务；另一方面，我们通过大量发卡并且免收费用，吸引更多的普通老百姓成为银行服务的使用者，把银行服务从奢侈品的神坛上拉下来。

赵忆宁：最大的挑战应该是刚果（布）国家经济整体的现状？

张建羽：是的，最大的挑战是经济发展问题。这几年刚果（布）受国际石油价格下跌的影响，经济增长率下降。但是经济增长经常会受到周期性或者波动性的影响，若经济出现恢复性增长，当然会对银行更有利。在目前经济状况下，银行仍旧有发展，只是慢一些。

赵忆宁：你们已经发放了多少贷款？

张建羽：贷款发放得确实不多，截至目前信用资产为 1 100 亿中非法郎（约2.2 亿美元）。因为觉得不能够放开贷款，现在我们在认真挑选客户，严格遵守贷款原则。虽然银行才建立一年多，但是在 2016 年已基本上达到盈亏平衡点，预计 2017 年全年将实现赢利。

与刚果（布）共度转型调整期

访中国路桥刚果（布）办事处总经理李长贵

李长贵出生于1977年，2001年毕业于哈尔滨工业大学道路与桥梁专业。毕业后，他先后在中国路桥集团总公司埃塞俄比亚办事处与肯尼亚办事处工作10年，2016年8月开始担任中国路桥刚果（布）办事处总经理。

"我们现在就是要想办法帮助非洲走出目前的困境，让非洲人民实现自我发展。"李长贵说。

2016 年，李长贵赴任中国路桥刚果（布）办事处总经理的时候，面临双重挑战：首先，由于国际石油及矿产资源价格的下跌，刚果（布）处于艰难的经济调整期；其次，中国路桥与其他中资企业一样受到政府付款的影响。一方面，刚果（布）政府为了度过经济困难期不能再新开工程项目；另一方面，为了度过经济困难时期，又需要实现经济的多元化目标以度过困难时期。

大型基础设施项目的建设是刚果（布）实现经济多元化的前提条件。初看起来，这是两个对立的发展悖论，也是所有实现经济起飞国家几乎都曾面临过的问题。如何帮助非洲资源禀赋高的国家突破发展的瓶颈与"贫困陷阱"，成为一道待解的难题。

为此，中国路桥与其他中资企业没有选择逃离或者放弃，它们依然坚守在刚果（布），与刚果（布）共度转型调整期，并开始探索如何破解经济下滑时期的发展悖论。中资企业从工程承包的 1.0 版本升级到投资兼运营的 2.0 版本，强有力地推动了经济向多元化目标前进，中国路桥向进出口银行借款做短期融资，为刚果（布）争取 3 年至 5 年的时间，以这种方式为刚果（布）争取了缓解财政危机并解套的时间。

刚果（布）处于艰难的经济调整期

赵忆宁：非洲产油国受到这一轮国际油价下跌的影响非常大，不仅经济增长率低于预期，财政也处于最困难时期。刚果（布）的情况如何？

李长贵：刚果（布）国家财政收入来源的 80% 依靠石油，另外近 20% 的财政收入来自矿业，石油和矿业两大支柱产业支撑了整个国家的财政收入。2015 年，刚果（布）国家财政收入是 87 亿美元（现价美元），2016 年大约是 70 多亿美元，预计 2017 年刚果（布）国家财政收入将继续下降 20% 左右，约为 48 亿美元。刚果（布）经济体量较小，2011 年是刚果（布）经济增长最高的年份，GDP 总量达到 144 亿美元，一直维持到 2014 年。由于石油价格与矿产资源价格低迷，2015 年、2016 年 GDP 总量分别下降到 83 亿美元、78 亿美元，对刚果（布）影响特别大，周边中西非的赤道几内亚、加蓬、喀麦隆同样受到资源产品价格下跌的巨大冲击。刚果（布）有中资企业 20 多家，也受到连带性的影响。

赵忆宁：我看到了，很多工程都处于停工状态。

李长贵：2013 年，当刚果（布）开始筹建第十五届非洲运动会时，布伦特原油平均价格为 108.7 美元/桶，那时刚果（布）不缺钱，为举办这次非洲运动会，国家投入 50 多亿美元修建配套工程，包括体育馆、公路、桥梁、住房等等。2015 年，在刚果（布）举行的非运会很成功，但是由于刚果（布）国家人口太少，总共加起来才 450 万人口，所以运动会后体育场馆使用率不高，加之后期场馆需要维护费用，这些都成为财政的负担。

从 2015 年开始，刚果（布）出现欠中资企业应收工程账款的情况，加起来估计有 20 亿美元。现在西方公司的项目都停了，中资公司的这些在建项目大部分也处于停工状态。中国驻刚果（布）大使与参赞也在帮助中资企业，与政府进行沟通，希望政府能付一点钱，刚果（布）政府也力所能及地付一些钱。但不同的是，中国公司还是各尽所能来与刚果（布）共同度过困难时期。

过渡期可能达 4~5 年左右

赵忆宁：你如何预判未来经济形势的态势呢？

李长贵：面对严峻的经济形势，刚果（布）政府及时做出调整。一方面是搞经济多元化，或者说是供给侧的多元化，提高国家经济抗风险的能力与扩大就业；另一方面不上马新的工程，2015 年与 2016 年没有组织新的工程项目招标，而是集中力量清理承包商的工程欠款。目前，只有相关民生工程的紧急维护还在进行，这些投入比较小。

赵忆宁：经济转型过渡时要忍耐。中国路桥具有多国别经验，这种过渡期一般要经历多长时间？

李长贵：一般要 4~5 年左右的时间。从 2015 下半年开始，刚果（布）出现支付不及时的情况，估计未来还要有 3~4 年左右的过渡时间。我们经历过安哥拉过渡期的案例，安哥拉在 2002 年结束了持续 27 年的内战，并于 2002 年开始战后重建。安哥拉与刚果（布）一样，都是产油国，石油占安哥拉国民生产总值的一半。从 2003 年开始，中国向安哥拉提供贷款换取石油，目前安哥拉从中国借贷已经超过 200 亿美元，在安哥拉启动了很多基础设施建设项目。2008 年 7 月之前，国际市场石油价格在 140~150 美元一桶，但是 2008 年年底跌到 36 美元一桶，长达 6 年的石油高价格时期结束了。非洲产油国普遍遇到经济危机与较高债务的风险，石油主宰经济的安哥拉也陷入困境。安哥拉政府聘请包括荷兰、丹麦、瑞士等多个国家组成的咨询团队，做了 2010—2015 年的 5 年国家调整期规划，用 5 年时间做完未完成的项目，并付清以前所有工程欠款，随后国家财政出现好转态势。从 2015 年下半年开始到现在，中国企业陆续又启动了一些项目，整个中国企业在安哥拉的承包项目金额接近 100 亿美元。

赵忆宁：情况与苏丹差不多，苏丹政府也是欠中石油 20 多亿美元。

李长贵：刚果（布）与安哥拉既有相同之处，也有不同之处：相同的是，两国都是因石油生产而快速成长；不同的是，安哥拉经济体量大，2016 年非洲 GDP 排名中安哥拉排位第 8，刚果（布）排位第 31，而且安哥拉未开发的资源十分丰富，沿岸共蕴藏了超过 131 亿桶的石油，内陆出产钻石，另外，安哥拉人口多，回旋余地大。刚果（布）与苏丹情况也不同，中石油手里有石油资源，等石油价格回升就可以把钱收回来，而刚果（布）的这些中资企业只能等待财政状况好转。刚果（布）的铁矿石、铝矾土储量比较丰富，但是一些矿产资源掌握在外国人的手中，并没有被积极开发。另外，与之配套的公路、铁路，包括港口现在都没有完成，所以短时间内矿产资源对财政的贡献依然有限。

既是参与者，也是分担者

赵忆宁：我在刚果（布）调研的项目最多的是中国路桥的项目，其中二号公路沿线的项目就有 8 个，你们已经是刚果（布）基础设施建设的参与者了。

李长贵：中国企业走出来一直在扮演参与者的角色，参与到所在国家的经济建设，包括基础设施建设、投资与服务领域。从 2006 年中非合作论坛北京峰会暨第三次部长级会议，到 2015 年 12 月南非约翰内斯堡峰会，中国政府提出帮助非洲国家修建基础设施。我们是在非洲一线的企业，需要了解所在国急需建设哪些项目，尤其是国家主干公路，这是最急需的，当然也包括港口、机场等，这些项目的完成用了将近 15 年的时间。属于基本需求的基础设施已经建设得差不多了，剩下的都是超大规模的项目，比如铁路，这些项目投资与建设难度比较大。

赵忆宁：你认为中国大规模帮助非洲国家建设基础设施还将有多少年？假设 10 年之后能达到什么样的水平？

李长贵：就非洲基础设施建设而言，我估计至少还需要 10 年时间。中国帮助非洲大规模兴建基础设施始于 2005 年，其中道路建设成就最显著：从 2005 年到现在 10 多年时间，大多数非洲国家已经基本上完成国家主干道的建设，也就是从直辖市到省会，以及省府到省府间基本实现道路互联互通；现阶段正在修建县、乡级的道路，也许再用 10 年或者 15 年，非洲很多国家也能像国内一样基本实现"村村通"。

从交通领域来看，下一步的重点是铁路和航空，这将是未来非洲国家交通投资的重点与方向。其实这个过程已经开始了，包括中国帮助修建的蒙内铁路和亚吉铁路，未来还会有内马铁路，甚至大洋铁路，等等。

黑角矿业港项目

赵忆宁：我知道你们一直在准备黑角矿业港的建设，目前进展情况如何？

李长贵：2013 年 3 月，黑角矿业新港是习近平主席访问刚果（布）的重要成果之一。2002 年，刚果（布）国家战后重建，萨苏总统制定了国家愿景规划，其中最大的愿望就是要修建一个港口，而这个港口的控制权一定要掌握在刚果（布）自己手里。

赵忆宁：老黑角港的设施太陈旧了，很多地方甚至路面都没有硬化。

李长贵：对刚果（布）来讲，国家主权的诉求只是一个方面，政府要做新的黑角矿业港，主要还是基于国家要摆脱依靠石油单一经济的困局，实现农业、工业、矿业的多元化发展目标。新的黑角港是为了实现萨苏总统提出的未来工业化之路的配套基础设施。目前公路、机场都已经完成，只有港口和铁路这两项大的基础设施尚待建设。

2013 年 3 月，习近平主席访问刚果（布）期间，中国路桥与刚果（布）政府在两国元首见证下签署了黑角矿业港开发的战略合作协议；2016 年 2 月，中国路桥与刚果（布）国土资源整治及大型工程部签署了黑角矿业港项目商务合同。建筑总面积约 26 337.65 平方米，工程包括 30 万吨级铁矿石出口码头 1 座（2 个泊位），5 万吨级化肥泊位 1 座，5 万吨级多用途泊位 2 座，以及填海造地总面积约 139.6 万平方米，还包括 19 公里疏港公路及 29.6 公里铁路。一期港口通过能力为 4 195 万吨/年，该项目位于黑角老港北部约 8 公里处。

赵忆宁： 建设工程量比一般的港口大，比如有近 30 公里的铁路建设。目前刚果（布）处于财政困难时期，出资比例是什么样的？

李长贵： 刚果（布）政府和中国路桥各出资一部分，其余的通过金融机构进行融资，建成后中国路桥公司参与项目运营管理。黑角矿业港是中国路桥公司继国家二号公路、高架桥项目、斜拉桥项目等一系列重大项目之后，在刚果（布）的又一项标志性工程。

赵忆宁： 黑角港的功能主要是矿产？

李长贵： 刚果（布）的矿产资源大部分都在这里，建设港口将便于矿石出口，铁矿出口到巴西、中国以及印度等。另外，这里还有铜矿和两个钾盐矿，铜和钾盐属于战略物资。黑角港建成后将配套钢材深加工以及钾盐盐化工业，很

黑角经济特区新港口图

有可能建设一个小型钢铁厂，钢材除了满足本国需求外，还可以在周边国家销售。总之，黑角港项目是刚果（布）目前最亟须的，也是在中非合作论坛框架下的重点项目。港口建成后，将有效推动临港产业聚集、解决黑角老港通过能力不足和满足矿产品外运的需要，缓解刚果（布）对石油资源出口的依赖，促进刚果（布）经济多元化发展，进而带动整个国家乃至中西非国家的经济发展。所以我们希望能够尽早开工。

帮助非洲实现自我发展

赵忆宁： 你们不仅是项目的实施者，现在已经变成参与者与投资者。

李长贵： 是的。中国交通建设集团包括中国路桥和中国港湾在海外的办事处定位很清晰：第一个是要"守好点"；第二个是每年要完成公司的指标任务；第三个是还要辐射周边国家的开发。基本上是这三项任务。"守好点"包括两层意思：首先是要长期扎根在这里，我们有些办事处已经在所在国扎根了近40年，刚果（布）办事处也有15年的历史。其次是要守土有责，该拿的项目要拿到，最重要的就是要有担当，我们既要成为一个参与者，也要成为一个分担者，不能有项目的时候蜂拥而至，没有项目或者人家遇到困难的时候就逃离，中国企业从来不这样做。

赵忆宁： 从企业自身的角度来看，你们自己也正处在转型时期？

李长贵： 企业为了生存与发展，现在也必须主动转型升级，从原来单纯的工程承包，到目前必须要做一些投资项目才能保证相对长线的收益。只有这样，才能与所在国家共同成长。现阶段正是转型升级的时机，投资黑角港项目，帮助刚果（布）政府解决资金不足的问题，主动分担一部分投资。只有经济搞上去了，国家的能力得到提升，我们才会相应提高抗风险的能力。

刚果（布）如何从水泥进口国变为水泥出口国

访刚果（布）新水泥厂总经理李兴涛

李兴涛出生于 1987 年，22 岁大学毕业后进入中国路桥，经过半个月培训，被派到中国路桥刚果（布）办事处，分配到刚果（布）新水泥厂工作，从实习生到安全主管、销售主管，到厂长助理、副厂长，再到厂长、总经理，至今在水泥厂工作已经 8 年。

8 年时间里，李兴涛见证了工业基础十分落后的刚果（布）是如何从仅有一家水泥厂到形成新兴的水泥行业的过程，也见证了一个长期以来水泥依赖进口的国家变成水泥净出口的国家。

没有到过非洲的人难以想象，在非洲修建基础设施的成本有多高，基本建设中三大建筑材料，除了木材之外，钢筋、水泥都需要进口。无论是修建公路、港口、机场、铁路还是房屋，成本都是国内的 2~3 倍。

刚果（布）在中国的帮助下进行了近 10 年的基础设施建设，完成了 1 000 多公里的两条国家主干线公路和 12 个省会城市的城市化建设（基础水平），以及全非洲最大的体育场和一批标志性建筑，与这个过程相生相伴的就是刚果（布）水泥厂。它的产品支撑了很多国家重点项目的建设，当然也为这一轮基础设施建设节省了不少建设成本。

正是刚果（布）新水泥厂的示范影响作用，带动了对水泥行业新的投资，而且是外商直接投资，包括摩洛哥、印度、尼日利亚纷纷在刚果（布）兴建水泥厂，使水泥生产能力迅速提高到年产 260 万吨的水平，即便是在 2015 年为了举办非洲运动会、很多大工程上马建设的高峰期，刚果（布）全国水泥用量只有 170 万吨。

自此，刚果（布）不仅满足了国内日益增长的需求，还成为水泥出口国。很多非洲国家长期停留在以出口原材料换取外汇的阶段，包括石油、木材、咖啡、香料等不一而足。除少数国家外，非洲国家出口工业制成品的少之又少，刚果（布）水泥产业开始在中非共同体市场展示出独特的竞争优势潜力。基础设施是国家工业化的基础，建筑材料又是基础设施的基础。建筑材料本身就包含于工业部门，进而带动工业化的发展，工业现代化又能够加速基础设施的现代化。刚果（布）给非洲如何实现工业化和基础设施现代化提供了一个新的样本。

非洲国家工业化的艰难

赵忆宁：中国路桥是一家工程承包企业，为什么 2002 年进入刚果（布）做的第一个项目就是投资水泥厂？

李兴涛： 2002 年，中国路桥初进刚果（布）市场时也想做基础设施承包项目，但是刚进入一个国家，项目并不是即刻就能拿到。一个偶然的机会中国路桥得到刚果（布）准备恢复水泥厂建设的消息，当时刚果（布）办事处第一任总经理，也就是水泥厂第一任总经理李植淮同志与刚果（布）政府去接洽，包括商谈经营模式，以及与中国进出口银行商谈贷款等，在 2002 年下半年签订了刚果（布）新水泥厂合营公司的成立协议。中国路桥向中国进出口银行贷款两亿元人民币用于恢复水泥厂，占股 56%，刚果（布）政府占股 44%，刚果（布）政府以土地、遗留的老设备入股。

赵忆宁： 遗留的老设备？新刚果（布）水泥厂是改造项目？

李兴涛： 是在法国人与德国人留下的鲁特特水泥厂基础上改造的项目。新水泥厂的前身最早是 20 世纪 60 年代由东德援建的，于 1967 年建成，产量为每天 300 吨。1990 年东西两德统一后，法国人接手水泥厂，进行了一次改扩建，产量从每天 300 吨提高到 700 吨。1997 年刚果（布）内战爆发，法国人就全部撤离了。内战前前后后有 3 年左右的时间，水泥厂处于无人看管的状态，厂区荒草丛生，设备严重损坏，厂区火车头的发动机上布满弹孔，所有生产设备被机枪扫了一遍，惨不忍睹。

赵忆宁： 水泥厂当时应该算是刚果（布）最大的企业之一吗？

李兴涛： 水泥厂是当时唯一的工业项目。在战争状态，人的生命都没有保障，水泥厂被破坏并不惊奇。2003 年，我们接手水泥厂，进行恢复性建设，2004 年 5 月试生产。从 2005 年到 2010 年是发展的高峰期，那时随着国家政局的平稳和宏观经济形势的趋好，对水泥的需求量逐年增多，处于供不应求的状态，水泥厂门外排队等候的车辆长达两公里，最长的要等候 7 天。我们 24 小时三班倒，加班加点，即便这样仍旧供不应求，高峰期每天生产 1 000 多吨水泥。

为刚果（布）节省大量建设成本

赵忆宁： 新水泥厂成立以来，其产品支持了刚果（布）哪些重要的基础设施建设或者重要的标志性建筑？

李兴涛：到 2015 年，我们总计生产 100 万吨水泥（截至 2017 年 7 月共计生产 120 万吨）。刚果（布）国家一号公路和二号公路，2015 年和 2016 年建成的布拉柴维尔斜拉桥、高架桥、中国黄金集团铜矿重建项目，以及早期建成的布拉柴维尔标志建筑布拉柴维尔纪念馆等，都是由我们提供水泥。这里的绝大部分基础设施建设与投资项目都是由中资公司承包，它们几乎都是我们的大客户。而当地客户的项目基本上是房建项目，用量相对少。

赵忆宁：非洲这片土地正在进行有史以来最大规模的基础设施建设，但是很多国家却没有生产水泥的工业能力，进口水泥价格高出国内 2~3 倍的价格。你们在当地生产水泥，可以为刚果（布）节约多少建设成本？

李兴涛：如果没有我们生产的水泥，肯定要购买进口水泥。比如 2007—2008 年，进口水泥的平均价格每吨约在 1 350 元人民币左右，而我们生产的水泥在布拉柴维尔的销售价格为每吨 1 050 元人民币，当地人买到我们的水泥，转手就可以卖到 1 300 元人民币。如果在门店销售价格更高，一吨水泥高到 2 600 元人民币。

可以说，中国路桥投资的新刚果（布）水泥厂为上一轮刚果（布）完成基础设施的建设节约了大量建设资金。比如，2015 年完工的非洲运动会配套项目高架桥，以及位于总统府后面的标志性建筑斜拉桥，两个项目总计用水泥 12 万吨。在基建项目中，桥梁建设水泥用量最大，未来刚果（布）打算与刚果（金）协商共同建设跨越刚果河大桥，大桥长约 3 公里，按照规划需要水泥 20 万吨左右。中国路桥正在规划城市综合体项目，将会有大量的房建需求，水泥用量预计超过 20 万吨。

刚果（布）水泥产业的新挑战

赵忆宁：这一轮全球大宗商品，特别是资源性产品价格下跌，水泥的价格如何？

李兴涛：现在进口水泥很便宜，到港价每吨 385 元人民币，这对我们是一个挑战。除了国际市场价格挑战之外，我们现在面临最大的挑战是来自刚果（布）

国内市场的挑战。自我们的水泥厂建成之后，目前境内在生产的水泥企业算上我们是 3 家，其中包括 2011 年湖南路桥在多立提建设的规模和我们同样的 1 000 吨水泥生产线。摩洛哥公司在奎卢省距黑角 20 公里的英达建立了水泥粉磨站，并于 2015 年 8 月开始生产，这是一个年产加工 50 万吨的水泥粉磨站。第三家是离我们 70 公里在明都里的印度水泥厂，生产规模也是每天 1 000 吨的生产线，预计于 2017 年年底投产。除此之外，2016 年非洲首富尼日利亚唐哥特集团在刚果（布）投资了一家水泥厂，生产能力为每天 3 000 吨，是我们产能的 3 倍，预计于 2017 年 7 月投产。

赵忆宁：现在刚果（布）加起来一共有 5 家年产 30 万吨以上的水泥厂？在未来的竞争中，你们处于一个什么样的地位？

李兴涛：目前大趋势是需求下降，市场骤减，这几年大型项目需求都没有了，只有少量民宅建设需求，市场从以前国家重点工程转向现在的民用设施。2016 年，我们的生产和销售都只有 12 万吨，几乎所有的水泥厂都减少了生产量。加上几家水泥厂在同一个市场竞争，摆在我们面前的只有两条出路：一是拼产品价格，谁的价格低谁就能卖多一点，量也是有限的；二是出口，销往周边国家，比如刚果（金）、加蓬和喀麦隆。我们在刚果（布）有七八家水泥经销商，2016 年 11 月，其中一家水泥经销商第一次将我们生产的水泥出口到刚果（金），虽然只有 1 000 吨，但这是一个开始，后来因为政局不稳，出口暂缓进行。另外，黑角港不久就要开始建设了，随着进口水泥的关停，我们有希望打入黑角市场。

赵忆宁：非洲国家搞基础设施建设不容易，搞工业化更不容易，后来者在市场有其先天性的弱点，你们在这做市场也很不容易。

李兴涛：我们不能在市场不好的情况下束手待毙，我们将对燃料进行改造以降低成本，从重油改成燃煤。以往制约生产最主要的问题就是重油供应的问题，我们正常点火生产一个月，需要通过铁路运输重油 40 罐，每一罐有 5 万升。但是国家石油公司每个月只能供应 20 罐，有的时候炼油厂停产，或者设备检修突然停止供应，从法国空运配件维修要等很长时间，这使企业的生产处于被动境地。

另外，一升重油采购价格是 332 中非法郎，以 90 升重油能烧一吨计算，每吨熟料的燃料费将近 300 元人民币。如果烧煤的话，每吨熟料下降到 135 元人民币，相当于仅燃料费一项，一吨水泥能减少成本支出 165 元人民币。整个改造工程需投资 2 000 万人民币左右。尼日利亚和印度新上马的两家水泥厂也设计了燃煤系统。我们将保留两套系统并行运行，增强市场的竞争力。

牵头成立水泥行业协会

赵忆宁：5 家水泥厂是否已经形成一个行业？你们之间相互有联系吗？

李兴涛：我们成立了水泥行业协会，是由我们牵头做的，几家水泥公司的老总每个月定期聚会。其实同行是冤家，开始协调的时候，尼日利亚水泥公司财大气粗，显得比较冷淡，于是我们制定了协会的章程并要求大家共同遵守。一开始在内部形成统一意见比较困难，比如在定期聚会的时候，摩洛哥水泥公司总经理提出一个议题——企业与企业之间不能相互挖人，当时尼日利亚水泥公司的老总就说：不想人被挖走你就提工资。

因为我们有很多需要面对的共同问题，比如限制进口水泥的问题，所以最终还是达成了高度的一致。

赵忆宁：刚果（布）新水泥厂是最老的企业，你们是否遇到过同样的问题？

李兴涛：抱怨的其实应该是我们，其他水泥厂都在我们这里挖过人。我们是刚果（布）第一家水泥厂，目前已经有 15 年的历史，生产的各个环节技术成熟，管理人员也都有多年的经验，加上刚果（布）市场原本就人才比较匮乏，水泥行业又是一个新的行业，所以我们的人经常被新的公司高薪挖走，成了刚果（布）水泥行业的人才库和输送基地，也成为刚果（布）水泥工业人才的培养基地，当然，能为刚果（布）其他水泥厂输送一些人才，也是我们对刚果（布）人力资本所做的贡献。

赵忆宁：如果上升到人力资本的贡献，你们的境界要高于一般企业。

李兴涛：虽然在内部有些磕磕绊绊，但是为了维护共同的利益，我们会联合起来抱团形成合力。2016 年，刚果（布）水泥总需求大概 80 万吨，实际进口水泥量在 40 万~50 万吨左右，进口水泥对当地生产企业造成了巨大冲击。因此，我们联合起来，就进口水泥问题给工业部写了一封信，工业部部长召集水泥协会开了一次座谈会，讨论进口水泥的问题。后来这个问题还举行了听证会，国家总理也参加了。

赵忆宁：水泥协会从形式到内容都在彰显刚果（布）一个新的行业就此诞生，不仅实现了进口替代，节省国家外汇储备，还能够实现出口，关键是向着工业化目标迈出了一大步。

李兴涛：由水泥进口国变成水泥出口国，确实是一个巨大的飞跃，这对刚果（布）来讲意义重大，但是问题也接踵而来。如果按照发展中国家对弱小民族工业的保护，国家应该制定产业保护政策，做大做强自己的产业，并采取一定措施保护这个产业。但是刚果（布）政府欠缺管理工业行业的经验，刚果（布）水泥已经有能力满足国内需求，而且有能力对外出口，其实应该提高进口水泥关税，保护本国企业。

赵忆宁：刚果（布）新水泥厂获得成功后，中国路桥也在其他国家复制这一成功经验？

李兴涛：目前，中国路桥在尼日尔建设水泥厂的项目已经获批，待尼日尔当地手续完备后，可立即开始施工建设；中国路桥还准备在东南亚一些国家进行市场考察，利用本身基建项目的优势，拓展公司水泥板块的业务。无论是中国路桥还是中交建都正处于转型期，目前还缺少工业化的复合型人才，整个集团的业务目前大部分是基础设施领域的，工业化项目前期市场开发与调研都比较少，但是我认为这也是一个方向。

一家民营企业在刚果（布）有巨大影响力的背后

访威海国际刚果（布）正威技术有限公司总经理王力钧、
副总经理郭永新

王力钧

郭永新

威海国际是最早进入刚果（布）市场从事国际工程承包的公司之一，20 年来完成了 70 多个大大小小的项目，这些项目涉及基础设施建设的多个领域，最小的项目包括一个七排房屋的学校建设，还有一个仅 2 000 多平方米的酒店装修。

这还不是全部。这家公司具有超前意识，比较早地围绕工程拓展其产业链的周边产业，包括物业和物流，等等。同时，威海国际还向多元化发展，从 2007 年开始探索不相关多元化发展之路，比如开发矿业，其手中有钾盐矿、金矿、铜矿以及石油开采权。在刚果（布）的"经济寒冬"中，威海国际早就给自己开辟出另一条发展之路。

笔者就威海国际在刚果（布）业务发展情况对威海国际刚果（布）正威技术有限公司总经理王力钧和副总经理郭永新进行了专访。

一个机场建成后的示范效应

赵忆宁：我走访了几个国家，与所在国政要交谈时，他们大多提到的是中国央企，但是在刚果（布）经常提到的是"威海国际"。你们做了什么给他们留下深刻印象？

王力钧：威海国际是进入刚果（布）最早的公司之一，1997 年通过援外项目马桑巴·代巴体育场开始进入到这个市场，我们是通过援外项目带动承包工程发展起来的。2001 年，我们在当地注册了威海国际刚果（布）正威技术有限公司。除援助项目外，我们在刚果（布）做了大大小小 70 多个项目，包括布拉柴维尔玛雅玛雅机场项目、黑角体育场、布拉柴 815 住房、奥旺多建设部社会住房、国家统计局办公楼项目以及学校、医院等。

赵忆宁：最大的项目应该是修建机场？

郭永新：玛雅玛雅国际机场项目于 2007 年启动施工，项目分为两期，分别于 2011 年 8 月 15 日刚果（布）国庆前和 2014 年 8 月 15 日前交工。这个项目属于中非合作论坛一揽子协议项目，合同金额达 2.3 亿美元。

这是我们公司的第一个机场项目。当时参与竞标的有三家中资企业，包括江苏国际、北京建工，三家公司都没有机场建设的经验。我们公司是一家以房建施工为主的企业，但是我们有专业工程师 400 多人，中标后公司抽调精兵强将组建了机场项目组，工程公司总裁担任机场项目组组长。机场建设有很多专业化特点，对于我们不擅长的专业领域，我们通过分包的方式引入专业公司。这种分包的方式也让我们培养了很多自己的人员。项目建成后，得到了广泛的认可，萨苏总统亲自给项目组组长颁发了刚果（布）公务勋章。2011 年，机场一期落成后，萨苏总统邀请了周边国家的多位总统来参加国庆节庆祝活动，其中重要的看点就是新的机场。

赵忆宁：当时来了哪些国家的总统？

郭永新：中非六国的总统都来了，包括赤道几内亚、加蓬、喀麦隆、乍得、中非共和国，还有多位共同体以外的国家总统也来了。这些总统对刚果（布）拥有如此现代化的机场感到震惊。比如，多哥总统询问机场是哪个公司建设的，知道是我们公司后，专门邀请机场项目组组长访问多哥，进行进一步沟通。后来我们拿到了多哥洛美纳辛贝·埃亚德马国际机场新航站楼项目，项目合同金额为1.5 亿美元，2016 年 6 月多哥新国际机场竣工。这是威海国际公司第一次以联合体名义实施的大型项目，包括新建航站楼、滑行道、站坪、服务车道等。后来，

玛雅玛雅国际机场

我们又拿到赤道几内亚马拉博机场项目，合同金额是 2.1 亿美元，这个机场项目马上就要竣工了。此外，我们公司还中标刚果（金）恩吉利机场项目，合同金额为 3.65 亿美元。

"威海国际是一支打硬仗的队伍"

赵忆宁： 为什么你们能够承接 70 多个项目？

郭永新： 这么多年下来，刚果（布）道路建设一般由中建和中国路桥来做，体育场、房建项目基本给我们做，这已经形成了习惯。为什么我们能够拿到这么多项目，这跟我们公司在这 20 年来给刚果（布）政府留下的良好印象分不开，而这种好印象又是通过做项目留下的。就拿我们做黑角体育场项目来说，黑角体育场是为 2007 年在刚果（布）举办非洲青年杯足球赛准备的，从政府决定建设体育场到开幕式，中间只有 6 个月的时间。

赵忆宁： 6 个月建一个体育场？

郭永新： 我们要在 6 个月时间内，获得方案审批、从国内发运物资、定船期、清关和建设。建设过程经历了太多艰难，雨季是项目施工最大的困扰，为保障工期，全体人员加班加点，甚至厨师和门卫也全部上阵绑钢筋。6 个月时限到的时候，我们一天都没有耽误，按期完成。这件事在刚果（布）引起了轰动，得到萨苏总统、工程大工委、建设部、体育部的高度认可，一举打出威海国际的品牌，"能打硬仗"的名声从此确立。

赵忆宁： 应该不止一个项目才对你们有信心的？

郭永新： 我们企业真正获得刚果（布）政府信任的项目是伊丰度机场航站楼项目。2005 年，刚果（布）政府国庆活动确定在利夸拉省省会伊丰度举办。刚果（布）国庆活动是一个推动当地城市化的举措，需要建设很多基础设施工程，有不同的中标公司。伊丰度机场航站楼项目金额不大，但是接到项目后工程款没有到位，我们公司决定垫资先把项目做了。竣工后，刚果（布）总理来视察，他说："在工程预付款没有到位的情况下，威海国际完成了项目，这是对我们政府的信任，以后要给这样的公司更多的工程项目。"

此外，在刚果（布）经常会遇到一些赶工期的项目，比如，手球馆将举办一场比赛，比赛前4天告诉我们，要将体育馆粉刷、吊顶以及重新安装光源。我们调集了60人24小时工作，也是在4天时间之内完成。又比如，总统府300米木质围挡，要在两天内完成。我们在这儿20年了，他们的计划性差一些，这种急茬儿的活是经常性的。所以上至总统下到部门，都知道威海国际能抢工，称"威海国际是一支打硬仗的队伍"。

现在是艰难时刻

赵忆宁：2014年之后，刚果（布）处于财政非常困难的时期，你们的状况怎么样？

王力钧：中资企业的大致情况差不多，这几年政府收缩基础设施建设项目，没有上马新的政府框架项目。但是我们的情况稍好一些，在机场项目建设完成后，陆陆续续有一些附属设施项目，比如，我们承建了总统登机楼，目前已经完工。玛雅玛雅国际机场项目完成后，周边项目的开发是一个比较大的整体规划，项目名称是机场村，包括酒店区域、办公商务区域等。我们已经完成四星级机场酒店、刚果（布）航空公司办公楼等项目建设。

另外，公司已经中标另外一个五星级酒店，合同金额为4 000多万美元，按照规划，那里将建成机场的酒店区。还有就是商务区办公楼的建设，其中意大利人设计的桶形建筑，我们称之为绿塔项目，建成后高度为52米，将成为该区域的标志性建筑，地上13层，地下2层，现在正在施工。此外，还有Q系列的四栋办公楼，合同金额为2亿美元，我们也已经参与投标，这些都是现汇项目。一旦中标机场周边项目，我们可以再做5年。

赵忆宁：听起来你们的日子很好过？

郭永新：并不是这样的。我们在刚果（布）经营了20年，已经有一定基础，除了基地以外，我们还有一个制砖厂和搅拌站，另外还有一个占地80多亩的综合保障基地，项目所需的运输车辆、特种车辆以及周转材料都放在那里。仅存储各种规格的钢筋就有一万多吨，都是为项目准备的，目前基地有好几个亿的资产堆在那儿，心里很着急。

赵忆宁：在经济形势不好的状况下，是不是所有的项目都停下来了？包括民生项目？

郭永新：城市推进计划项目已经完成。刚果（布）建设部每年都有年度计划，大多是与民生有关的项目。虽然现在财政状况不好，但是市政工程、民生工程没有停。2016 年计划中有 150 亿非郎（3 500 万美元）的市政道路建设，包括排水沟、绿化、人行道等建设，还有住宅项目，小学校的维修，等等。世界银行向刚果（布）提供了 1.9 亿美元的融资，其中 1.2 亿美元用于改善棚户区住房，另外还有 7 000 万美元用于改善教育设施。我们承接姆皮拉住房项目是为数不多仍在施工的项目，这个项目总建筑面积达 9 万平方米，一共 58 个单元，这是 2012 年后重建的福利住房项目，合同金额为 1.1 亿美元，目前已经是在收尾阶段。

赵忆宁：你们的项目大多是现汇项目，有工程欠款吗？

王力钧：有，很多。目前，我们深受欠款拖累，主要因为是现汇项目，如果是一揽子协议项目，欠款情况会好很多。刚果（布）出现欠款始于 2015 年举办非洲运动会时的项目建设。2014 年石油价格开始下跌，而非洲运动会的建设早几年就开始了，我们承接非洲运动会项目的时候，正是高油价时期，政府相对有钱，而运动会结束后，政府确实没有钱了。我们参与了运动员公寓、配套商务中心和酒店建设，两个项目合同金额约 1.8 亿美元，目前只给了 30% 的工程款。很多项目都有些欠款，如果加上其他项目的工程欠款，总共约 3 亿美元。

赵忆宁：3 亿美元对一个企业来说也不是小数额。

郭永新：国企毕竟家大业大，但是对威海国际来说，我们几乎陷入转不动的境地。机器设备已经买了，工资不能拖欠，剩下的就是自己应该赚取的利润，或是发展的流动资金。这些钱几乎就是我们的家底，所以说现在非常困难。目前，我们这里有 400 多名工人，每天产生的费用就是 30 多万元人民币。刚果（布）政府目前工程欠款近 20 亿美元，中资企业大约为 17 亿~18 亿美元。不少其他国家的公司只要不给钱就停工，从来不会垫资施工；而我们不是，我们还要从国家与国家之间的关系出发，好在我们在其他非洲国家还有项目，比如在刚果（金）、莫桑比克、赤道几内亚、多哥、肯尼亚、塞内加尔、马达加斯加、加蓬等地。那些不依靠石油为主要经济来源的国家经济状况好很多，只能是东方不亮西方亮，在我们自己内部进行调整。

与刚果（布）一起实现经济多元化发展

赵忆宁： 现在的困难程度，与刚进入这个市场的时候比较如何？

郭永新： 我觉得这是两种不同的困难，现在我们已经积攒了一些人脉和资源，做事已经是不慌不忙了，或者说很有底气，关于资金上的困难，这是所有公司都在面对的问题。总体对比的话，我们现在的条件比之前创业时的条件好很多倍，无论是办公条件还是住宿条件。

赵忆宁： 对未来你们有什么想法？如何才能度过这个时期？

王力钧： 必须要坚持，因为我们对这个市场还是非常有信心的。我们是最早进入的公司，长时间以来已经打下一片江山，应该说是与国企处于平起平坐的地位，在刚果（布）获得了方方面面的肯定，这对一家民营企业来说是非常不容易的，所以我们一定要坚守阵地。

赵忆宁： 你们要研究或者追踪什么样的项目或者领域才能坚守下去？

王力钧： 目前，刚果（布）国家的发展目标转向多元化发展，国家与企业多元化战略目标是一致的。我认为，国家抵御风险一定要走横向多样化、多向多样化与复合多样化的发展道路，而企业也必定要选择相关多元化与不相关多元化的发展道路。对此，我们公司起步比较早，从2007年开始探索不相关多元化发展之路，比如开发矿业，这正是刚果（布）的资源优势与政府急需开发的领域，现在来讲，在经济发展多元化目标中，我们能够创造就业岗位、增加出口、缓解财政困难等。因此，我们很早就在刚果（布）搞钾盐矿，探明储量后引入国内某矿业公司作为战略合作者。

我们在转让股权后不久，由于2014年中国青海首次发现大储量新型钾盐资源，加上全球资源性产品价格普遍下降，所以合作者放缓了开采的进度。但是这个尝试给公司带来了信心与可观的收益，更加鼓励我们后期加大在资源性产品领域的跟踪。

赵忆宁： 投资和勘探钾盐矿之后呢？

王力钧： 因为拿到项目没有什么难度，所以我们又尝试在石油、金、铜等矿产领域进军。我们的金矿在位于布拉柴维尔与黑角之间的西比提，另外我们还有铬矿与黄金矿。我们首先拿到勘探权，之后又拿到开采权，再引入专业的合作伙伴。比如金矿，刚果（布）金矿的品位非常高，铬矿也非常好，中国黄金集团已经有意与我们合作。在石油领域，我们与当地两家公司分别合作成立了两家公司，一个是石油技术公司，另一个是石油勘探公司。

赵忆宁： 你们利用威海国际在刚果（布）基础设施建设中积累的品牌效应和优势，从工程承包转向矿业勘探与开发，进行多元化的发展？

王力钧： 首先，我们与刚果（布）政府长期以来建立了彼此互信的关系，具有良好的口碑；其次，我们与地矿部维持了非常好的关系，这些都是非资本资源。我们在矿产领域多方面拓展，得到公司的支持与鼓励，公司专门出台措施，鼓励我们围绕工程拓展产业链和周边产业，包括上游和下游，比如物业和物流等。除此之外，根据刚果（布）政府多元化的发展目标，公司出台了拓展开发矿权的奖励制度。

走进毛里塔尼亚

我见证中国走上国际舞台的中心

访毛里塔尼亚伊斯兰共和国总统阿齐兹

作者与阿齐兹总统

毛里塔尼亚现任总统穆罕默德·乌尔德·阿卜杜勒·阿齐兹（Mohamed Ould Abdel Aziz）出生于1956年，1977年从摩洛哥皇家军事学院毕业后回国从军，并很快在军界崭露头角。20世纪90年代，阿齐兹创建了总统卫队。

2009 年 7 月 18 日，毛里塔尼亚举行总统选举。7 月 19 日，毛里塔尼亚内政部宣布，前"最高国务委员会"军政权领导人穆罕默德·乌尔德·阿卜杜勒·阿齐兹在当日举行的总统选举中获得 40.9 万张有效选票，以 52.6% 的得票率赢得这次总统选举。

2009 年 8 月 5 日，毛里塔尼亚当选总统阿齐兹在努瓦克肖特奥林匹克体育场宣誓就职。阿齐兹在就职仪式上说，政府今后一个时期的主要任务是大力整顿国家管理机构，重点整顿公共财产管理机制，改善普通民众的生活条件，同时坚决打击境内的恐怖活动。执掌国家大权以来，阿齐兹提出"建设性变革"的主张，开展"肃贪纠偏"运动，加强首都基础设施建设，对贫困阶层实行救济和补贴政策，获得大批民众的支持。

2014 年 6 月 21 日，阿齐兹再次当选总统。2014 年 8 月 2 日，他在首都努瓦克肖特举行宣誓就职典礼，开始他的第二个 5 年总统任期。在就职典礼上，阿齐兹回顾了自己在第一个总统任期内所取得的成绩，特别是在反恐安全领域的成绩。他说，自 2009 年以来，通过对军队进行改革，毛里塔尼亚已经多次对"基地"恐怖组织的分支"伊斯兰马格里布基地组织"进行"预防性打击"，恐怖组织在毛里塔尼亚境内进行的所有恐怖活动均以失败告终。阿齐兹还重申政府打击腐败的决心，承诺将改善贫困人口的生活条件，并表示将为实现一个繁荣富强的毛里塔尼亚而努力奋斗。

2016 年，阿齐兹总统担任阿盟轮值主席。同年，毛里塔尼亚独立 55 年来首次在首都召开了第 27 次阿盟会议，尽管巴以问题以及中东问题尚待解决，但在也门战事后阿拉伯国家四分五裂的情况下，阿盟成员国能够聚在毛里塔尼亚，这极大地提高了毛里塔尼亚在阿盟地区的影响力。

经济社会发展成果令人满意

赵忆宁：毛里塔尼亚尽管在政治制度方面与中国不同，但两国在国家治理方面却有共同语言。2011 年，毛里塔尼亚制定实施了五年发展规划（2011—2015年），在经济增长率、人均 GDP、贫困人口比例、矿业对国民经济贡献率等方面提出了一系列发展目标。毛里塔尼亚五年发展规划的核心内容是什么?

阿齐兹: 我们制定一切政策的首要目标就是要消除贫困,这是政府经济社会发展计划的核心所在。近几年来,我们在这一方面采取了果断行动,并取得了前所未有的成果。我们将大量公共资源进行了重新规划,并将其投入基础设施建设和基本公共服务领域,其中致力于改善贫困人口生活条件的项目更是重中之重。我们对市郊的街区进行了重建,使得数万名市民摆脱了不稳定的生活状态。自这项工作开展以来,等待了数十年的市民终于有了宜居的住房,享受到了健康、教育、水源和电力等服务。在农村地区,我们也着重为居民提供这一系列服务,针对长期以来相对封闭乃至"被遗忘"的区域制定了特别的发展规划,使得这些地区也能享受公路、水源、电力、健康和教育等服务。其中一个条件特别恶劣的地区曾被称为"贫困三角区",经过几年的规划和建设,如今已经变成了"希望三角区",这是颇具代表性的一个例子。与此同时,我们还开展了一些大规模的社会项目,主要目的是保障全国范围内的贫困人口能够长期以低廉的价格在"希望商店"购买食品。这些都是政府实施的普遍服务性政策有效减少贫困的直观例证。从2008年到2014年,我国的贫困率从42%下降到了31%,与之相伴的是不平等现象的明显减少,由此可以证明,政府采取的一系列政策是行之有效的。

赵忆宁: 五年规划中基础设施建设的完成情况如何?

阿齐兹: 由于制定了宏伟的目标并做出了不懈的努力,我国近年来的发展势头良好。2009年至今铺设的柏油公路长度超过了自1960年国家独立以来铺设的公路总长。2009年至2016年,电力产量迅猛增长,毛里塔尼亚从2009年的能源不足国一跃成为能源出口国,并且生产原料不断多样化。此外,我们还完成了新机场和现代化港口的基础设施建设。其他方面的发展也在逐步实现,主要是依靠同中国的合作。

赵忆宁: 从完成的情况看,毛里塔尼亚上一个五年发展规划制定的目标有没有实现? 新的发展规划又制定了哪些新目标?

阿齐兹: 我们实施的政策和项目取得了令人满意的成果。在一些领域,我们超额实现了目标,在另一些领域取得了显著的进步。我们将保持好现有成果,并在此基础上加大行动力度,以实现经济和社会的包容性发展。我国的发展目标十分远大，其中包括普及基本公共服务、为年轻人提供以培养职业技能为导向的优质教育、为绩效良好的多样化经济打好基础，最终目的是彻底消除贫困。

赵忆宁： 作为国家元首，你对毛里塔尼亚的未来发展有着怎样的期许？

阿齐兹： 正如我刚才所言，我们为毛里塔尼亚设立了远大的发展目标。我们希望毛里塔尼亚能够在本区域内成为社会安全、机会均等、政治清明、管理透明和可持续发展的典范。我们也希望毛里塔尼亚能够维持、巩固和推动个体、集体自由与人权的保护。我们已经开始朝着这一方向稳步迈进，组织、装备并训练了武装安全力量，以保障我国的领土安全。

与此同时，基本服务的逐渐普及、对弱势社会阶层的特别关注、就业机会的均等以及国家治理的改善等也是毛里塔尼亚经济社会快速发展的重要因素。我们相信，政府采取的改革措施和毛里塔尼亚强大的人力与物质资源潜能是国家实现发展目标的可靠保障。

赵忆宁： 根据统计数据，毛里塔尼亚的经济 2014 年年均增长 5.4%，2015年下滑为 1.2%，2016 年政府是否采取了相应措施克服经济困难？你对经济增长的前景预判是什么？

阿齐兹： 2016 年以来，我国经济有了显著回升。虽然原材料价格下跌对国家预算收入产生了一定的负面影响，但我们成功地应对了这一困境，保持了宏观经济平衡（2016 年毛里塔尼亚经济增长率为 3.2%）。能够取得如此成果，全靠我们坚定地选择了合乎理性与道德的治理方式。在这一方面，我们政府充分体现了前瞻性、严谨性和坚韧性。由此，我们才能大幅度减少公共支出、整顿吏治、开辟财政收入新来源。这种预防性政策有效地遏制了由原材料贬值产生的经济危机。

中毛合作"功在当代，利在千秋"

赵忆宁： 你能否回顾一下中毛两国半个世纪以来的重要合作？

阿齐兹： 中国与毛里塔尼亚之间牢固的友谊可以追溯到半个多世纪以前，两国的合作涉及各个领域，不仅卓有成效，而且历久弥新。毛里塔尼亚首都努瓦克肖特的主要公共建筑就是在中毛合作框架下修建起来的，中国还在毛里塔尼亚开展了港口、水利、公共卫生和农牧业等大型工程建设。两国之间的合作是持久而多样性的，应该说是"功在当代，利在千秋"。我们两国的关系从未像世界许多其他国家与地区那样经历过动荡，因为我们之间的关系是真挚的，并且是建立在互利共赢的深刻牢固基础之上的。中毛两国的合作一直在不断深入，水平也在日益提升。

赵忆宁：你曾两次访问过中国，你对这两次访问的印象如何？特别是你对中毛两国关系的前景有何期待？

阿齐兹：我有幸第一次到访中国是在 20 世纪 80 年代初，后来作为毛里塔尼亚伊斯兰共和国的总统，我又在 2013 年和 2015 年到中国访问了两次。通过最近两次访问中国，我见识了中国翻天覆地的变化和令人惊叹的发展，中国从一个发展中国家迅速变成了世界经济强国，同时我也见证了中国走上国际舞台的中心。如今，中国已经成为世界上扮演举足轻重角色的国家。正是依靠人民的智慧和创造力，中国开创了一种成功的社会、经济、外交范例。至于对两国关系的期待，我相信，我们之间的伙伴关系将为两国的合作开辟光明的未来。

我们的目标是"加速增长与共享繁荣"

访毛里塔尼亚政府总理哈达明

叶海亚·乌尔德·哈达明（Yahya Ould Hdyn）出生于 1953 年 12 月 31 日，1979 年荣获加拿大蒙特利尔理工学院（École Polytechnique de Montréal）冶金工程学位。完成学业回到毛里塔尼亚之后，哈达明在国家工业矿业公司（SNIM）工作，这是毛里塔尼亚最大的国有企业，主要开采铁矿，1979 年，哈达明成为这家钢铁厂的负责人。1985 年到 1988 年，他担任国家工业矿业公司采购部主管，1989 年升职为阿拉伯钢铁协会（国家工业矿业公司附属公司）首席执行官。2008 年，他被任命为卫生维护和交通工程公司总经理。2010 年 12 月，哈达明成为设备和运输装备部部长。2014 年 8 月 21 日，他被总统任命为毛里塔尼亚总理。

为了促进妇女参与政治、经济和社会的发展，哈达明在成为总理3天后，任命了7名女性官员。2015年12月，哈达明在一次农业会议上发表了讲话，强调政府完全支持国际干旱地区农业研究中心（ICARDA），主动"扩大小麦生产，增加小麦产量，在全国加强国家粮食安全和减少对进口的依赖"。

制定新战略促进经济快速增长

赵忆宁：毛里塔尼亚已经完成2011—2015年五年发展规划，该规划侧重发展基础设施和民生项目，涵盖的项目总投资额约为48亿美元（不包括对国营工矿公司的投资）。你如何评价这一规划对过去5年来毛里塔尼亚经济社会发展的影响？另外，新的五年规划的主要内容是什么？

哈达明：正如你所强调的那样，近15年间，我们出台了一项国家发展战略，名为《减贫战略框架》（CSLP），已于2015年年底完成实施。该战略由3个五年计划组成，其中2011—2015年为最后一个五年计划。这一战略的实施产生了诸多积极的影响。具体来说：毛里塔尼亚宏观经济得以稳定，经济持续增长，2011—2015年平均增长率为4.5%；反贫困取得很大成就，2000年贫困率为51%，2008年下降到42%，2014年降至31%；贸易环境得到改善，根据经商容易度指数（Ease of Doing Business），我国的国际排名在不断提升（2016年世界排名第165名，2017年排名第160名），这是世界银行建立的评价经济政策的一项指标；与此同时，我们建设了大批基础设施，尤其是在医疗、交通、能源、供水、农业等领域，使民众的生活条件得到了显著的改善；另外，税务部门的工作效率得到极大改善，公共开支管理更加合理；还有就是反腐败方面取得了成就。

随着2015年《减贫战略框架》的完成，毛里塔尼亚又制定了《加速增长与共享繁荣战略》（SCAPP）。该战略主要是通过发挥私营企业的主动性，改革创新，以及提高出口能力，吸引外商直接投资，来实现经济结构性转变，促进经济的快速增长，使那些财富和就业创造型行业得以发展壮大，同时确保社会融合和满足内需。

赵忆宁：从毛里塔尼亚的经济结构看，铁矿业和渔业是国民经济的两大支柱，油气产业是新兴产业。目前，对依托相关资源优势对接世界市场，特别是中国市场，推动上述产业获得快速发展，毛里塔尼亚政府是否有专门的规划或政策设计？你对已经建成宏东渔业加工企业以及中国路桥正在筹建的渔业加工区有什么样的评价以及期待？它们对毛里塔尼亚渔业加工的工业化水平发挥了什么样的作用？

哈达明：我们国家的资源政策就是要促进资源的合理开发利用，提高开发的竞争力。在这一背景下，政府持续对相关法律法规，包括矿业协定进行修订，同时政府还开始着手制订一项新的矿业发展战略。

自 2014 年以来，渔业领域经历了重大改革，出台了 2015—2019 年国家渔业与海洋经济可持续发展管理战略。该战略有三大主要目标：可持续管理渔业资源、提高渔业对国民经济的参与度、公平分享渔业带来的红利。

至于宏东渔业，我们认为其落户努瓦迪布：首先表明了毛中极好的友好合作关系，尤其是在渔业与海洋经济领域；其次也彰显了我们致力于发展高附加值渔产品加工产业、提高渔业对国内生产总值的贡献度及提高就业的决心。

赵忆宁：从毛里塔尼亚国情来看，通过粮食增产消除饥饿、通过普及教育减少国民文盲率，是当务之急的两项工作。在这两方面，政府是否有专门的规划或政策设计？在推进上述工作中，面临的较为突出的困难是什么？

哈达明：关于消除饥饿，政府出台了重大紧急情况预警机制，通过相关方案使弱势群体免于饥饿，提高他们对突发情况的适应能力。另外，政府还注重发展农业和畜牧业：在农业方面，我们实施了一些重大项目，其目的是增加可耕地面积，加强水源利用，保护农业环境，帮扶农民，围绕农业多样化、科研和革新采取相关措施；在畜牧业方面，政府通过提高公共资金投入、吸引私人投资和加强公私合作，挖掘畜牧业的潜在价值。

教育方面取得明显进步，以小学总入学率为例，国家独立之初只有 14% 的入学率，到 2015 年已经达到适龄总人口的 102%（总入学率可能超过 100%，因为包含了较早或较晚入学及复读的超龄和小龄学生）。近些年政府为提高教育质量做出了诸多努力，尤其重视对优先教育学区给予支持，以提高入学率并降低文盲率。为了落实所有这些项目，我们将一如既往地动用自有资金，同时依靠与兄弟国家和友好国家之间的合作，扫除摆在我们面前的资金和技术障碍。

中国贸易优惠政策给我们带来机会

赵忆宁：中国是非洲最大的贸易伙伴，其对非洲商品的需求推动了近年来非洲大陆的经济增长。根据中国海关总署发布的数据，2015 年，非洲对中国出口下降近 40%。毛里塔尼亚的情况如何？

哈达明：近些年来，毛里塔尼亚出口主要面向中国，其中主要是铁矿石的出口，我们向中国出口的货物占比由 2007 年的 42%，提高到 2015 的 65%。中国不仅是一个不断增长的市场，而且也是坚定地瞄准我们市场的合作伙伴。

赵忆宁：中国国务院关税税则委员会发布通知称，从 2015 年 12 月 10 日起，中国对最不发达国家的 97% 税目产品实施零关税待遇，其中包括毛里塔尼亚。从中国方面来看，希望此举将有助于减少双边贸易逆差，提高毛里塔尼亚输华产品的竞争力。自"零关税待遇"实施以来，毛里塔尼亚向中国出口的产品品种以及贸易量是否增加？

哈达明：虽然现在进行评估还为时尚早，但是这项政策将会惠及相关的所有国家。"零关税待遇"贸易优惠政策将会给我们带来一些经济与贸易机会，将有利于毛里塔尼亚私营企业进入中国市场，以及吸引轻工制造业在毛里塔尼亚的投资。

赵忆宁：在南非举办的中非峰会上，中国宣布向非洲提供 600 亿美元的援助和贷款，这一举措是否可以缓解中国对非洲产品需求下降以及直接投资减少的影响？未来毛中两国的合作优先领域是什么？

哈达明：约翰内斯堡行动方案使中非关系在有组织的框架内发展，这是一种全面战略合作关系，其特点是政治上平等互信、经济上互利共赢、文化上相互交流、安全上相互团结。

至于中毛优先合作领域，我们两国签有经济技术合作协定，在这一经济合作框架内，中国将对双方确定的各个领域，如医疗、渔业海洋经济、装备运输、水利、排水、文化、青年体育事业、农业、畜牧业、能源等优先项目提供无偿援助或政策性贷款。

赵忆宁：非洲有许多不同区域、不同领域的国家间组织，如非洲联盟、西非国家经济共同体（ECOWAS）、南部非洲发展共同体（SADC）以及毛里塔尼亚参与其中的阿拉伯马格里布联盟（Maghrib Arabī）等等，总数达 10 余个。你认为对毛里塔尼亚的政治经济发展影响最重要的地区性组织是什么？它们是如何对毛里塔尼亚产生重要影响的？

哈达明：我们国家是阿拉伯马格里布联盟和非盟的缔造国。我们积极发展富有建设性的区域外交关系。在这一背景下，2014 年，毛里塔尼亚担任的非盟轮值主席国得到了各方一致认可，这期间，阿齐兹总统在维护非洲乃至世界和平、安全和稳定方面发挥了非常积极的作用。为了将来西非区（CEDEAO①+毛里塔尼亚）与欧盟之间的经济合作协定的签署，我们已承诺与 CEDEAO 商讨加入 CEDEAO 协定。双方已签署备忘录，并将尽最大努力尽快商定这一协定。

赵忆宁：最后一个问题，毛里塔尼亚的国家梦想是什么？

哈达明：毛里塔尼亚国家的梦想首先是国家的稳定，其次是提高人民生活水平，进一步消除贫困人口，最后是政府要为民众提供更多的公共服务。我们的目标是"加速增长与共享繁荣"。

---

① CEDEAO 是指西非国家经济共同体。

毛里塔尼亚开国总统：中国是唯一令我铭记的援助国

对话毛里塔尼亚开国总统夫人玛丽亚姆·达达赫

作者与玛丽亚姆·达达赫

玛丽亚姆·达达赫（Mariem Daddah）出生于1933年，原名玛丽·泰蕾兹·加德霍伊（Marie Thérèse Gadroy），她与穆克塔尔·乌尔德·达达赫（Moktar Ould Daddah）总统相识在法国巴黎法学院。她曾是一名年轻的律师，也是法国法官候选人。1958年，玛丽亚姆与达达赫在巴黎结婚，达达赫当时是毛里塔尼亚管理委员会副主席。1959年，玛丽亚姆跟随达达赫来到毛里塔尼亚，她以毛里塔尼亚第一夫人的身份生活了18年。1974年至1977年间，她曾经陪同丈夫三次访问中国。此间，她在促进毛里塔尼亚妇女儿童事业、创立国家教育与政治学习学院、创立并领导毛里塔尼亚红十字会等方面做出贡献。直至1978年发生了军事政变，达达赫总统被推翻下台。2004年，玛丽亚姆成立了穆克塔尔·乌尔德·达达赫基金会，并担任基金会主席。2012年4月，中国人民对外友好协会又一次邀请她重访中国。

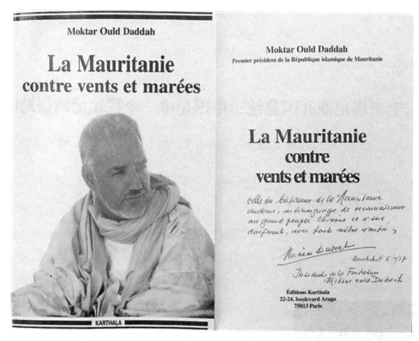

达达赫总统回忆录《迎风破浪中的毛里塔尼亚》

  达达赫总统是毛里塔尼亚的开国总统，也是中非关系的开拓者和先驱之一。达达赫总统生前曾三次携夫人玛丽亚姆·达达赫访问中国，曾两次见到毛泽东主席和周恩来总理。达达赫总统于 2003 年去世，玛丽亚姆以总统的名字成立了"达达赫基金会"，该基金会最重要的成果是撰写和出版了达达赫总统的回忆录《迎风破浪中的毛里塔尼亚》。

  总统夫人在送给我的回忆录扉页上写道："以现代毛里塔尼亚奠基人的名义，用我们全部的友情，向伟大的中国人民和他们的领导人致敬！"

  采访总统夫人玛丽亚姆是在达达赫基金会进行的。基金会客厅的一面墙上挂了一幅达达赫总统的巨型版画，另一面墙上挂着毛里塔尼亚地图。在达达赫目光的注视下，总统夫人讲述了毛里塔尼亚与中国的特殊友好关系。她回忆了三次访问中国的往事。

  此次大型专题调研"21 世纪的中国与非洲"展现的是新时代中非关系的接力过程。玛丽亚姆的亲历讲述，让我们得以纵深观察历史延续性视角下具有深厚历史根基的中非关系，她所叙述的历史往事把我们带回中国与非洲国家建立关系的起点。半个多世纪过去了，中国对非洲国家支持与援助的历史记忆仍然深藏于非洲国家人民的心中。

在新的历史条件下，虽然中非关系已经从主要支持非洲国家的民族解放运动变为全面落实中非合作论坛约翰内斯堡峰会成果，大力助推非洲工业化和农业现代化，但是发展中国家是中国外交基础的主旋律这一点从来没有改变。具有历史延续性的中非关系，为新时期扩大我国在国际舞台上的活动半径，以及强化我国在处理国际事务中的主动权和影响力奠定了坚实基础。

达达赫总统是构建中非关系的先驱之一

赵忆宁：总统夫人，很高兴见到你，你见证过去半个世纪毛里塔尼亚与中国传统友谊的历史，感谢你接受我的采访。

玛丽亚姆：对你的来访我非常高兴，但是并不令我感到惊讶，因为我有幸经历了中国对毛里塔尼亚坚贞的友谊，这种友谊诞生于几十年前。在毛里塔尼亚建国初期，达达赫是毛里塔尼亚的元首，那时非洲人对中国人并不是很了解，我现在还能记起那时有些非洲人对达达赫说：天哪，你要跟中国打交道吗？我们是属于西方国家的阵营……中国嘛，我们不了解。但是总统了解中国的历史，中国几千年以来就是一个伟大的国家，他还知道中国革命对中国人民乃至全世界人民产生了怎样的重要影响，所以他认识到与中华人民共和国发展亲密关系的重要性和必要性。坦白地说，达达赫总统是构建中非关系的先驱之一，至少在西非国家他是第一人。

赵忆宁：当时总统先生是如何做出这个决断的呢？

玛丽亚姆：1963年11月，达达赫总统对几内亚进行国事访问期间首次会见了中方人员，此后经过多番会晤，毛里塔尼亚伊斯兰共和国于1965年7月19日同中华人民共和国正式建立了外交关系。这自然意味着同台湾断交，这是主权国家的自主选择。达达赫总统认为，代表中国的就是中华人民共和国，是北京的中国。他曾说过："在全世界与我打过交道的国家中，我偏爱中国，是因为钦佩。"

这种友谊造就了两国亲密无间的关系。

赵忆宁：是什么让达达赫总统对中国产生钦佩之情？

玛丽亚姆：是一个贫穷国家的尊严。在与我们合作 50 多年的国家当中，有两个国家特别值得提起。20 世纪初法国协同其他国家在毛里塔尼亚殖民，之后毛里塔尼亚独立并成立了毛里塔尼亚伊斯兰共和国，与法国的关系是殖民历史和摆脱殖民历史的一部分。但毛里塔尼亚与中国是完全不一样的关系，是彼此需要与相互选择的关系，中国选择了毛里塔尼亚，毛里塔尼亚也选择了中国。如今毛里塔尼亚与几十个国家保持合作关系，并相互尊重。在达达赫担任国家元首期间，毛里塔尼亚与中国的关系是非常紧密的，今天签个合作协议，明天组织一个宴会，一次次亲切地会谈，那是因为毛里塔尼亚需要被认可，毛里塔尼亚需要国际援助。

中国为毛里塔尼亚做了很多了不起的事情，比如修建了"友谊港"、公路、"文化之家"和"青年之家"，等等。中国对毛里塔尼亚的援助也激起了毛里塔尼亚与某些国家的矛盾，当然是曾经殖民过毛里塔尼亚的那些国家，它们认为它们才有权决定毛里塔尼亚哪些事情能做，哪些事情不该做。毛里塔尼亚是一个独立的国家，也是联合国成员，这个国家的每个人都有自己的尊严，在国际关系中，毛里塔尼亚应该被有尊严地对待。在这一点上，中国做得非常完美。

中国的援助充满细致入微的体谅

赵忆宁：我该如何理解"非常完美"呢？能讲个例子吗？

玛丽亚姆：1966 年 10 月 20 日至 23 日，我们首次访问中国，正是在这次访问中，达达赫总统交给周恩来总理一些资料，其中两份是请求中国帮助修建两项重要基础设施的项目，一个是努瓦克肖特—内马"希望之路"（公路），另一个是努瓦克肖特深水港。这两个项目没有任何西方国家愿意为我们提供经济援助，因为工程造价太高。周恩来总理虽然没有正式应允，但他答应将会认真研究这两个项目的可行性并尽快答复。与此同时，他一手推动了中国援助毛里塔尼亚的农业、健康、水利、文化和青年发展等不同领域许多项目的实施。

1974 年 9 月 16 日至 27 日，我陪同总统再次访问了中国。正是在这次访问期间，中国政府确认将开展努瓦克肖特港口的建设工程。达达赫向接待我们的邓小平副总理说，"希望之路"争取到了阿拉伯石油国家的援助，这样会减轻中国朋友的负担。达达赫心里清楚，中国朋友那时也并不宽裕，难以出资援建两项如此昂贵的工程，但是他知道，出于两国友谊中国又不愿意言明。

所以达达赫在他的书中写道：中国是唯一一个令我铭记的援助国。他们对第三世界国家没有丝毫的炫耀或是傲慢，并且比西方国家实施得更为迅速。他们始终充满了人道主义关怀和细致入微的体谅。每当我们对他们的慷慨表示感谢时，他们总是说不客气，他们做得还不够，因为中国还是一个发展中国家。要是全世界的援助国都能向中国学习该多好。

赵忆宁：我参观了友谊港。总统先生请中国帮助毛里塔尼亚建设港口，这个港口对毛里塔尼亚的国家独立和经济独立来说意味着什么？

玛丽亚姆：在中国援建友谊港之前，首都只有瓦尔夫港（Wharf），它是只能停靠小型船只的高桩突堤码头，达达赫总统渴望能为他的国家做点什么，他一直在争取建设一座深水港，用以取代这个小瓦尔夫港，深水港对毛里塔尼亚的经济、贸易以及对外交流具有决定性的意义。今天，我还是要感谢中国援建了这一造价昂贵的大工程。原本中国可以什么都不做，毛里塔尼亚自己没能力做，有钱的西方国家不愿意做，但中国做了，因为中国自己本身就面临发展落后的局面，只有中国才能够理解什么是发展的落后。所以说中国是世界上独一无二的国家，虽然西方也为我们做了点事，但是都是按照他们自己的方式去做，仅仅在毛里塔尼亚建个使馆是不够的。没有中国，就不会有毛里塔尼亚现有的发展。我由衷地认为，中国是进步与发展的典范，中国充满生气，还会不断地发展。

不平坦的独立之路

赵忆宁：建设一个独立的国家很难。

玛丽亚姆：达达赫成为开国总统，他所接受毛里塔尼亚留下的遗产就是1 000 多年的伊斯兰文化和 60 年混乱不堪的殖民历史，他没有选择，必须成立一个独立的国家。国家的概念是由彼此享有相似权利和义务的公民所构成，但是要建设一个真正独立的国家实在太难了。

总统在位时，我目睹了很多事情的发生，例如阿尔及利亚问题。阿尔及利亚于 1830 年成为法国殖民地，这种依附关系让阿尔及利亚成为法国的一个省。1962 年，阿尔及利亚宣告独立，当时正是法国戴高乐将军当政时期。达达赫本来可以顾忌自身利益，谨慎地对待法国，但他毫不犹豫地站在了反对殖民统治的一方，将声援阿尔及利亚人民的斗争凌驾于本国利益之上。为了支持一个需要摆脱依附国家的民众，潜在地牺牲了自己国家的利益与法国的关系。

当时的这个事件对于达达赫总统来说很棘手，他非常敬重戴高乐将军。戴高乐与达达赫，一位是集荣耀于一身的前辈，一位是年轻的未来之星，他们在道德观上有某些一致的地方，彼此的分歧主要是在意识形态方面。因此，法国人自认为毛里塔尼亚的独立，是他们给毛里塔尼亚的一份礼物。戴高乐将军有自己的政治理念和自己的利益，而达达赫总统有自己的立场，所以我觉得他也是一个伟人。

赵忆宁： 在法国对毛里塔尼亚还有一些援助的情况下，总统先生支持阿尔及利亚国家独立，这会引起法国不满吗？

玛丽亚姆： 毛法两国没有断交，法国也没有中断对毛里塔尼亚的援助，但这个事件引起法国不快，并产生了一些问题。戴高乐将军不是普通的国家元首，他是一位历史性的人物，正因为是历史性人物，所以就要顺应历史潮流，20 世纪五六十年代是非洲国家争取民族独立风起云涌的时期，挡是挡不住的。我想，如果是另外一个人，这件事情就没有那么简单。问题在于达达赫做出支持阿尔及利亚人民独立之前，并不知道会发生什么结果，包括与中国保持关系，这些决策是具有革命性与远见性的，并不是所有的国家领导人都能这样做。

访华回忆

赵忆宁： 你是目前见过毛泽东主席和周恩来总理为数不多的健在者，能否回忆当时他们给你留下深刻印象的故事吗？

玛丽亚姆：我陪同总统一共访问过中国三次，每一次访问都受到高规格的接待。我有幸能够两次见到毛泽东主席和周恩来总理，他们就像兄弟和亲戚一样地招待我们，除了正式宴请，周恩来总理还与我们共进了两三次午餐或晚餐，用餐时他甚至亲自给我们盛菜。首次访华印象最深刻的事件是参加了达达赫总统与毛泽东主席的长谈。毛泽东是这一时代的历史伟人，两个多小时的会谈毫无拘束。他向达达赫询问了许多关于非洲、阿拉伯世界和毛里塔尼亚的问题。他对我们谈及的问题有着令人震惊的深刻见解。

赵忆宁：中毛两国的关系从来都是相互的，尤其是在中国与邻国关系方面，达达赫总统曾经对中国给予了很多帮助。是这样的吗？

玛丽亚姆：达达赫本性是一个不喜欢争端的人，他鼓励人们彼此亲近，而不是去制造分裂。达达赫总统是一位外交家，他善于倾听，也是一个爱好和平的人，善于调解人们之间的关系。他有很多次接受中国或其他非洲国家的请托解决争端，目的都是促进团结。尽管他的能力很小，但他总是尽可能地维护地区间、国家间的和平，每次被人请求，他都会去做。

共同利益的理念造就了毛里塔尼亚

赵忆宁：总统先生在世的时候，他希望将毛里塔尼亚建设成为一个什么样的国家？

玛丽亚姆：达达赫总统最大的梦想就是建立一个具有多民族共存，且文化多样性承载共同命运的国家。在达达赫总统之前，毛里塔尼亚存在各种可能的差异，比如不同的部落、地区、种族等。他的最大贡献是为毛里塔尼亚人灌输了一个共同利益的理念，是共同利益的理念造就了毛里塔尼亚。另外，达达赫总统也是提出《建国愿景》的先驱。毛里塔尼亚幅员辽阔，100多万平方公里，差不多有两个法国那么大，但人口稀少。经历60年的殖民统治，在毛里塔尼亚独立之后的18年里（1960—1978年），他虽然没能全部做到，但他为这个全新的国家打下了最重要的基础。他常说，我们是个多元化民族的国家，我们有足够的资源，且人口不多，那我们在等什么？我们要走出一条自己的发展道路，不仅仅要成为联合国成员，还要发展经济，成为屹立于世界之林的国家。这就是达达赫对国家建设的重要理念。

赵忆宁： 采访你的地点在达达赫总统基金会，这个基金会的主要工作是什么呢？

玛丽亚姆： 1978 年 7 月，在一场军事政变中达达赫被逮捕，总统经历了 10 个月牢狱生活后，1979 年获准去法国治病，在经历了 23 年的流亡生活后，于 2001 年 7 月回到了毛里塔尼亚，当时他的身体已经很脆弱了。达达赫同中国人的最后一次接触是在 1979 年 6 月，当时他在基法医院，事实上，当时这家医院不对外开放，专门接待总统养病。总统再次与前一年冬天医治过他的中国医疗队相逢了。

有一天，总统做检查时与一位医生独处，这位医生对总统说：我和我的医疗队是在您的政权被颠覆之前来到毛里塔尼亚的。出发之前，国内对我们谈了很多关于您的事。他们说您是中国人民和领导人的老朋友，您为中国恢复在联合国的合法席位以及发展同非洲人民的友好关系帮过大忙。

中国为毛里塔尼亚提供了一些援助，比如援建了这家医院，并配备了设施、药品，还派遣了医疗队帮助医院正常运行。

赵忆宁： 中国人民永远不会忘记帮助过我们的老朋友。

玛丽亚姆： 2003 年 10 月 14 日，总统在他 78 岁时去世了，总统被安葬在他的故乡布提里米特，距离努瓦克肖特大约 150 公里。他去世之后，我就决定成立一个以他的名字命名的基金会。我要做的是撰写达达赫的回忆录，因为达达赫总统本身就是毛里塔尼亚历史的一部分，要让这段历史启迪后世并服务于未来。

"友谊港"让毛里塔尼亚一代人受益无穷

访友谊港港务局局长哈森纳·乌尔德·艾力，
技术经理穆罕默德·费萨尔·乌尔德·贝鲁克

作者与哈森纳（中）、费萨尔（左）

哈森纳·乌尔德·艾力（Hassena Ould Ely）出生于 1962 年，在法国普瓦捷大学（Université de Poitiers）获得经济学学士学位，在美国缅因大学 (The University of Maine) 获得经济学硕士学位。他早年曾在缅因大学执教，为宏观经济学、国际财经和货币经济课程负责人，回国后先后担任毛里塔尼亚央行货币政策委员会成员，毛里塔尼亚航空公司总经理、董事，毛里塔尼亚天然气公司总经理，渔业部部长，2016 年被任命为努瓦克肖特自治港港务局局长。虽然从政，艾力依旧致力于"新兴经济体的发展战略"、"在非洲和马格里布直接投资"与"撒哈拉非洲反贫战略"的研究。

穆罕默德·费萨尔·乌尔德·贝鲁克（Mohamed Faycal Ould Beirouk）出生于 1966 年 4 月。1984—1989 年间，其留学中国，就读于武汉水运工程学院，获得港口工程学士学位。甚至从实习开始，他的职业经历就一直与友谊港紧密相连。他前后担任过友谊港车间部主任、吊机部主任、友谊港扩建（4、5 号泊位）项目设计负责人、世行与毛里塔尼亚装备运输部（毛里塔尼亚港口发展项目）之间的协调人，2016 年 2 月至今担任友谊港技术经理。

努瓦克肖特自治港

在 20 世纪六七十年代，中国有两项令人瞩目的对非洲援助项目，一个是坦赞铁路，另一个就是援助毛里塔尼亚的友谊港——努瓦克肖特自治港。关于坦赞铁路我们可以查找历史文献记录，甚至还有专门记载修建坦赞铁路的书籍，但是友谊港的决策与修建过程则鲜有文献记录。友谊港港务局局长哈森纳与技术经理费萨尔为我们讲述了这段已经过去将近半个世纪的历史往事。

一件最令人震撼的事情是，在中国答应为毛里塔尼亚援建友谊港的 1974 年，中国外汇储备账户的显示为零，即便在外汇储备如此捉襟见肘的状况下，中国仍毅然做出"援建"的重大决策。中国政府为什么要这样不惜代价地帮助一个远在撒哈拉沙漠的偏远国家？事实的真相直到今天才全部呈现出来：毛里塔尼亚独立后的第一任总统达达赫，曾经在 20 世纪 70 年代初到非洲尚未同我们建交的国家，一个一个地亲自做工作，或是派他的特使做工作，先后促成 9 个国家和我国建立了外交关系。

由于老一代领导人的高瞻远瞩，他们在遥远的非洲开辟了中国走向世界舞台中心的一片绿地。可谓"前人种树，后人乘凉"，我们至今还在收获非洲的外交红利。

中国动用 1 亿多美元帮助毛里塔尼亚建设友谊港，这份感情至今让毛里塔尼亚人民没齿难忘。当你行走在毛利塔利亚全境，凡是遇到公路检查岗，只要说"我们是建设友谊港的中国人"便会一律放行，而且还会得到一个微笑。

友谊港是毛中两国友谊的象征

赵忆宁：我访问毛里塔尼亚调研的第一个项目就是友谊港。中国在 20 世纪六七十年代援助非洲的两个大项目，一个是坦赞铁路，另一个就是友谊港。迄今为止，我们没有找到中国援建友谊港决策过程的文件，你们能介绍一下吗？

哈森纳："友谊港"，字如其名，就是友谊，它是毛里塔尼亚与中国之间友谊的象征，也是中国对毛里塔尼亚慷慨援助的标志，是任何人都不能带走的。自 1978 年开始建设到 1988 年正式开港，这个项目已经使毛里塔尼亚一代人受益无穷，接下来还会使几代毛里塔尼亚人从中获益，而且不仅仅是毛里塔尼亚人民受益，马里人民也因这个项目获得很大的收益，这都是得益于中国的慷慨解囊。据我所知，建设友谊港起源于 20 世纪 60 年代，这个想法是从 1970 年到 1975 年这段时间提出来的。中国政府在这期间答应了毛里塔尼亚的请求，同意援建这个项目，并给出了明确的答复。

赵忆宁：事情的起源是毛里塔尼亚政府向中国政府提出请求，这是在什么时候？谁向中国政府提出的？向哪一级政府提出的请求呢？

哈森纳：是毛里塔尼亚时任总统达达赫在访问中国时提出的请求。达达赫总统撰写了名为《迎风破浪中的毛里塔尼亚》的回忆录，书中记载了这段历史。他写道：1966 年 10 月 20 日至 23 日，达达赫总统首次到访中国，在多次会谈中，他向周恩来总理提交了建设努瓦克肖特深水港项目的资料。周恩来总理虽然没有正式应允，但他答应会认真研究项目的可行性并尽快给予答复。1974 年 9 月 16 日至 27 日，达达赫总统再次访问了中国，正是在这次访问期间，中国政府确认将开展努瓦克肖特港口的建设工程。1977 年 4 月 5 日至 10 日，总统对中国进行了第三次也是最后一次正式访问，中国政府主动说，将完成前任领导人承诺的援助项目，不仅仅是援建努瓦克肖特港口，还包括体育场馆、姆布里耶平原整治工程、卫生保健项目，等等。

赵忆宁：为什么毛里塔尼亚会向中国提出援建的请求？

哈森纳：毛里塔尼亚希望建设一个自己的深水港，这是国家长期以来的梦想，这是毛里塔尼亚主权独立的象征。努瓦克肖特原有一个老港区，不仅设备非常陈旧，而且连 5 000 吨级船都要过驳卸载，年吞吐量仅有 30 万吨，因而国家大宗物资进出口都要经过塞内加尔的达喀尔港。毛里塔尼亚政府为自主发展本国经济，促进出口贸易，一直迫切希望再建一个新的深水港。此前就港口建设问题，毛里塔尼亚曾向其他几个友好国家提出过请求，但是没有任何西方国家愿意提供经济援助，因为工程造价太高了，只有中国给予了非常积极正面的回答。

确定"友谊港"建设方案

赵忆宁：你们曾经向哪些国家提出过建设深水港的请求？

哈森纳：法国与荷兰。那时我们刚刚从法属殖民地获得独立，某种程度上讲，向法国提出这个请求比较尴尬，但是毛里塔尼亚获得独立法国也是认同的，况且刚独立时并不是完全的独立。尴尬之处在于，如果建了这个深水港，则一定会加速毛里塔尼亚的独立性，相当于向完全独立迈出了重要的一步，因而法国没有同意。而荷兰是当时全世界港口建设技术水平最高的国家，但荷兰人觉得毛里塔尼亚的海岸环境并不适合建深水港，这是最大的理由，其次确实也有资金原因，因为要建个港口需要花很多钱。

赵忆宁：在 20 世纪 60 年代，中国自己修的港口并不多，当时中国修建港口的技术无法与法国、荷兰相提并论。我看了一些友谊港的历史资料，开放性沿海的海浪和地理条件确实在技术层面面临挑战。你们为什么笃定中国工程师能够解决这个技术问题？

哈森纳：在开敞的大西洋沿岸建设万吨级码头，在技术上面临许多困难。这里的气候条件恶劣，风大浪高，每年海面上高达 1.5 米的波浪就占 70%，最低也有 0.8 米高，行内认为，一般浪高超过 0.5 米就不能施工。另外，我们这里海岸平直，不能停靠施工船舶，近岸海底流沙变动剧烈，极易造成港口淤积。这也是荷兰没有实施的技术原因。

1974 年 9 月，中国政府决定援建港口，其实在此之前的 1971 年中国就派出交通部一航局等单位的技术专家在毛里塔尼亚进行了 8 个月的实地考察，考察组经过认真调研，认为新建万吨级杂货码头可行。之后才有 1974 年决定援建的港口项目。对于中国政府派出第一批技术人员到毛里塔尼亚进行地质考察，时任总统达达赫感到非常震惊，他没有想到中国的行动会这样快。

1975 年 6 月，中国又派出港口专业考察组，进行了一年多的考察和勘测，取得了大量建港所必需的第一手资料。经过数年的准备，中国确定了友谊港的建设方案，工程造价预计超过 1 亿美元，由中国政府提供无息贷款，工程从 1979 年 4 月正式开工。

中国当时外汇储备为"0"

赵忆宁： 我有一组数据，可以说明当时一亿多美元对中国意味着什么。1973—1974 年，中国的外汇储备从 –0.81 亿美元上升到 0，1978—1979 年的数据是从 1.67 亿美元上升到 8.40 亿美元。在这种情况下，中国仍旧做出了这个决策，等于是举全中国之力帮助毛里塔尼亚修建深水港。我感到很震惊。

哈森纳： 我个人认为：首先，这充分说明中毛两国的关系非常特殊，以及毛中友谊深厚的程度。毛里塔尼亚自 1965 年与中国建交以来，一直处于中国朋友圈第一阵营的首要位置，而且将来也不会动摇。中国是社会主义国家，既不霸权也不干涉别国内政，跟中国的合作是非常健康的关系。中国虽然是一个大国，但是中国大使从不对我们指手画脚。其次，也和当时的政治环境相关，西方国家拒绝了毛里塔尼亚，而中国对非洲国家的民主独立伸出援手。中国与非洲国家在寻求独立的意识形态上是非常一致的。最后，在 1971 年中国恢复联大席位时，我们坚决站在了中国一边。

赵忆宁： 非常像中国援建的坦赞铁路，当时赞比亚和坦桑尼亚也是出于国家的独立角度考虑，希望能够修建一条自己的铁路，也是遭到国际组织的拒绝，最后是中国政府帮助他们修建了坦赞铁路，提供无息贷将近 10 亿元人民币。

费萨尔： 中国政府看到了这个项目的重要性，所以派出了代表中国的高水平的技术人员，我本人也曾经和中国的技术人员一起工作过，在有限的条件下做出这么好的工程非常不容易。

赵忆宁： 当时你多大年纪?

费萨尔： 我那时只有 22 岁，正在武汉水运工程学院学习，两次实习都是回国并选择在友谊港。1979 年 11 月 5 日，港口开始打第一根钢桩，1986 年 6 月完工，9 月正式开港投产，从考察调研到完工投产，一共历时 15 年之久。我见证了近千名中国港口技术专家和工程技术人员克服了重重困难，在一些西方人士认为不可能建设大型深水港口的大西洋岸边，奇迹般地建成了一座年吞吐量 90 万吨的码头。港口对毛里塔尼亚的主权维护和社会经济发展起到了不可或缺的作用，被毛里塔尼亚人誉为"国家之肺"。

修建克服重重困难

赵忆宁： 你所说的"重重困难"都包括什么?

费萨尔： 首先是选址。现在的友谊港所在地，荷兰人认为是不适宜建港的，因为建港最好的先天条件是有一个港湾，而我们这里的海岸线平直开敞，必须要人为造一个港湾出来，这在当时是一个难题。当时有两套方案，一个是通过内挖式建设，另一个方案是通过建设栈桥伸到深水处。无论是哪种方案都存在困难，当时毛里塔尼亚没有任何技术方面的支持，也没有大型设备，工程开始的时候连一个水泥厂都没有，所有东西都要靠进口，中国公司使用的钢筋、水泥都要从西班牙进口。

另外，毛里塔尼亚面向大西洋海岸，背靠撒哈拉沙漠，友谊港海岸的泥沙来源包括海岸侵蚀供沙、海底来沙和风力作用下的沙漠供沙。因此，沿岸输沙的方向和输沙量是确定港口防护建筑物的布置和维护疏浚量的关键影响因素。中国工程师的选择就是打板桩和挡沙墙堵住流沙。无论是从财政、技术以及人力资源方面，中国工程技术人员对友谊港的贡献都是非常大的。当时毛里塔尼亚没有港口（水工）建设的人才，中国通过这个工程为毛里塔尼亚培养了工程技术人员，我就是其中一个。

赵忆宁： 这个港口在当时来说应该是一个非常现代化的港口了。因为 20 世纪殖民者留给非洲人民的大多是很小的港口。当时你们的邻国是如何评论毛里塔尼亚友谊港的呢？

哈森纳：其实早年法国在努瓦迪布建了一个矿港，当时毛里塔尼亚属于法统殖民地，很多物资都是通过努瓦迪布港转运到毛里塔尼亚内陆，这个港口是由法国人管理的，从首都到努瓦迪布有近500公里的路程。自从友谊港建成以后，物资可以直接运到首都，大大节约了运输成本。当时法国公司和塞内加尔非常不高兴，因为没有这个港口的时候，毛里塔尼亚所有的物资都是通过塞内加尔进来的，从首都努瓦克肖特到塞内加尔圣路易斯港口只有200多公里。当时马里非常高兴，因为马里是内陆国家，其很多货物可以从我们这里转运。

希望与中国继续合作

赵忆宁：局长先生，请你介绍一下4、5号泊位扩建工程？

哈森纳：4、5号两个泊位扩建工程是在2014年完工的，包括一个5万吨级油码头和一个年吞吐量集装箱为7.2万TEU（国际标准箱）的多用途泊位，这个项目建成对港口以及国家都起到了一个缓解的作用。友谊港设计之初年吞吐量为90万吨，随着毛里塔尼亚经济不断发展，原有的港口基础设施已经满足不了实际需要，2013年实际吞吐量超过了350万吨，经常引起船舶装卸延迟、海上运输成本以及港口通行费增加等问题。友谊港4、5号泊位的建成，使得友谊港年实际吞吐能力超过400万吨，大大缩短船舶滞港时间，提高友谊港作业效率，从而对毛里塔尼亚及周边地区经济发展起到巨大的推动作用。

赵忆宁：未来友谊港还有新的规划吗？

哈森纳：目前，毛里塔尼亚当务之急是需要建设一个油泊位。现在的临时油泊位只能停靠1万吨的油船，我们希望建设一个能够停泊6万吨油船的泊位。因为如果不算努瓦迪布的燃油消耗量，仅仅是首都和内陆地区每年燃油需求量就要70万吨，再加上马里对燃油的需求，目前港口原油储备能力与需求有缺口，我们非常担心会造成燃油短缺，所以希望新的扩建规划能在2020年左右完成，当然，我们还是希望与中国继续合作，在友谊港，我们不会跟其他任何国家合作。

在撒哈拉沙漠援外 50 年

访中国路桥毛里塔尼亚办事处总经理范顺平

范顺平出生于 1964 年 1 月，1987 年毕业于上海同济大学道路工程专业，先后担任中国路桥工程公司市场开发部投标处处长及国内事业部总经理。他有多国别的海外工作经历，先后在中国路桥马达加斯加办事处、卢旺达办事处工作，2002—2005 年担任菲律宾办事处副总经理，2008—2013 年担任中国路桥马达加斯加办事处总经理兼中马公司总经理，2014 年至今担任中国路桥毛里塔尼亚办事处总经理。

中国路桥毛里塔尼亚办事处是中国对外援助与"企业走出去"的典型样本。

20世纪六七十年代，中国援助非洲最著名的两大工程就是坦赞铁路和毛里塔尼亚友谊港，其中友谊港是中国路桥公司参与修建的工程。那时，中国为了支持刚刚获得民族独立的国家，与强大的西方国家争夺话语权，争取第三世界国家对中国在国际事务上的支持，可谓举全国之力进行国际援助，可视为政治驱动的中国对外援助1.0版本。特别是在非洲，我们至今还在收获这一阶段对外援助的红利。

改革开放之后，中国开始以经济建设为中心，外交向为国内经济建设服务转变，在20世纪90年代末期与21世纪的前10年，对外援助的经济意义超越了政治利益的诉求，推动受援国的经济发展和社会进步与推动中国和受援国之间的经济技术合作并重，可视为经济驱动的中国对外援助2.0版本。此阶段也是中国国际承包企业在海外迅速成长的阶段。中国路桥毛里塔尼亚办事处继续承接友谊港建设的后续工程、城市给排水工程以及公路建设项目等，其中既有使用国际组织援助贷款的工程，也有中国政府提供"两优贷款"的工程。这是时下很多中国企业在海外正在做的事情。

进入21世纪第二个10年以来，特别是自国家主席习近平在2015年中非合作论坛约翰内斯堡峰会上提出"十大合作计划"以来，助推非洲国家实现现代化与工业化，共同发展、共同富裕成为主旋律，可视为经济与政治双驱动的中国对外援助3.0版本。中国企业开始在非洲国家进行较大规模的直接投资，除了中石油、中广核等对矿产资源的投资之外，原来的工程承包企业也开始向所在国进行经济开发区，各类工业园、产业园的投资。中国路桥正在筹办的中毛海洋综合产业园就是这个阶段的又一个典型案例。

对范顺平的采访是非洲七国大型专题调研采访的最后一个专访。在从毛里塔尼亚途经法国回国的路上，眼前总是浮现出那个远在撒哈拉沙漠深处的小小驻外办事处：正是这个办事处，浓缩了中国对外援助半个世纪的历史进程和演变，这种沉留在记忆深处以及浓缩的精彩并不是随处可见。他们肩负国家不同时期的历史使命与重任，整整两代人，在远离祖国的一隅，坚守并持续不断地贡献，经历了十几位办事处总经理的坚守与传承，人们至今都不知道他们的姓名，正是这些无名英雄，在非洲大地坚持建设并留下了一个又一个象征着中非友谊发展的历史丰碑！

中国对外援助的标志性工程——友谊港

赵忆宁：中国路桥毛里塔尼亚办事处，是目前中交建（中国路桥、中国港湾合并）在海外的 100 多家办事处中历史最长的吗？

范顺平：应该说是历史最长的办事处之一，同时期成立的办事处还有马达加斯加、卢旺达、也门、伊拉克与科威特办事处。我们公司的前身是交通部援外办公室，从 1958 年开始走出国门，承担中国政府对外援助项目建设，1979 年注册成立了中国路桥公司。

毛里塔尼亚友谊港的援建最初始于 1971 年，项目于 1979 年 4 月动工，1986 年 9 月竣工，历时 15 年。这是 20 世纪中国第二大援外项目。经过数年艰苦细致的工作，国内有关部门动员了几乎当时国内最强的水工设计和施工力量，进行了无数次反复试验和商讨，确定了友谊港的建设方案：新港平面布置为环抱式单突堤码头，通过高桩栈桥与陆地连接，港口命名为"友谊港"，工程造价 1.2 亿美元，由我国以无息贷款形式提供建设资金。近千名中国港口技术专家和工程技术人员克服重重困难，在一些西方人士认为不可能建设大型深水港口的大西洋岸边，奇迹般地建成了一座年吞吐量 90 万吨的深水港，共修建了 3 个泊位。

赵忆宁：1974 年做出援建决策时，中国外汇储备账户显示为"0"，到了动工前的 1978 年，中国外汇储备为 1.68 亿美元。在当时 1 亿多美元对中国而言不是一个小数目。

范顺平：在海外建设工程，其中一部分当然是需要外汇支付的，比如当地采购砂石、油料以及本地人工费等。一般 1 亿多美元的项目，其中 30%~40% 左右是要换成外汇支出的。从这个意义上看，中国是一心一意要援助毛里塔尼亚的，尽管自己国家当时非常困难。说友谊港是毛里塔尼亚国家的命脉一点都不为过，友谊港在毛里塔尼亚是一个妇孺皆知的专有称呼，实际上毛里塔尼亚官方的说法是努瓦克肖特自治港，有别于努瓦迪布港。毛里塔尼亚虽然有丰富的矿产资源，但制造业非常薄弱，几乎所有消费品都要从国外进口，而且那时道路不通，更没有桥梁，每年几百万吨的物资运到首都，陆运运输成本是海运成本的 6 倍。毛里塔尼亚的国家财政原本就非常困难，消费品又全部依靠进口，民众若要生存下去并达到一定的生活水准，降低物价非常关键。加上毛里塔尼亚既是阿拉伯国家又是非洲国家，既是阿拉伯联盟成员国（阿盟成立于 1945 年），又是非洲联盟成员国（非盟成立于 1963 年），中国政府当然意识到毛里塔尼亚对中国的意义，这就是援助修建友谊港的双重意义所在。

赵忆宁：撒哈拉大沙漠占据了毛里塔尼亚 80% 的国土面积，当时西方人一致认为这里不适于修建深水港，为什么？

范顺平：友谊港的建设确实面临复杂的技术难题。由于友谊港海域常浪向与强浪向都与海岸斜交，在近岸破碎带形成强盛的由北向南的沿岸流。滩岸泥沙在波浪的掀动下起落，被沿岸流挟带不断向南漂移，形成了由北向南的输沙，经多年波浪观测资料分析及历年沿岸地形观测分析，沿岸输沙量多年平均值约为 100 万立方米。

所以说，毛里塔尼亚大西洋海岸线上的泥沙运动非常剧烈。你可以从照片上地形的变化来看，20 年前或者 30 年前的照片与现在的照片相比，地形发生了很大的变化。法国人在这儿修建的瓦尔夫港之所以成为废港，就是因为没有解决输沙问题。因此，他们断言这个地方没法修建港口。

赵忆宁：你们是如何解决沿岸输沙淤积的问题的？

范顺平：1986 年，随着友谊港防沙堤堵口工程的建成，港北岸线因沿岸输沙被拦截，大量泥沙在此落淤，使其不断向西推进，在港北形成三角形淤积岸线。友谊港始终面临着泥沙在港北淤积和港南岸线蚀退的两大难题，而这些全部在意料之中，是可以通过工程措施不断化解的。中国工程技术人员做了很多实验，包括物理模型实验，他们通过实地勘察及数理模型预测，港北积沙将在2016 年前后绕过友谊港 1—3 号码头西端防波堤，入侵友谊港港池和航道，危害港区有效水域，对港口正常运营造成影响。为了保证友谊港的正常运营，我国政府又于 2014 年以无息贷款形式，援助毛里塔尼亚政府 2.9 亿元人民币用于建设挡沙堤。挡沙堤建成后，将保证友谊港在今后数年不受北侧淤沙的侵扰。友谊港从建成到现在的 30 多年来没有进行过疏浚。友谊港与瓦尔夫港虽然相距只有 4.8 公里，但这两个紧邻港口的命运却截然相反：瓦尔夫港已经淡出人们的记忆，而友谊港则实实在在地生存着，并表现得越发顽强和富有朝气。

20 世纪 90 年代，流沙堆积到防波堤

友谊港建港初期，引桥两侧没有流沙

2017 年 8 月 20 日 卫星照片

为毛里塔尼亚修建基础设施工程

赵忆宁：友谊港目前有多少个泊位？

范顺平：现在一共有 8 个泊位。随着毛里塔尼亚经济的不断发展，2012 年友谊港实际吞吐量达到 350 万吨，集装箱达到 10 万个，原有的 3 个泊位已远远不能满足高速增长的吞吐量需求，常常引起船舶装卸的延迟，急需扩建友谊港。面对友谊港的迫切需求，中毛两国随即开启了港口扩建的合作。友谊港扩建使用的是中国的优惠贷款 2.88 亿美元。二期扩建建设包括两个 2 万吨级多用途泊位、通用泊位和 1 个 5 000 吨级油泊位。其中，4 号泊位是以靠泊集装箱船为主的多用途泊位，年吞吐量集装箱为 7.2 万 TEU（国际标准箱）；5 号泊位是一个以靠泊杂货船为主的通用泊位，年吞吐量为 43.9 万吨。两个泊位均可以接纳 2 万吨级的集装箱船。另外，还建成一个油码头，以进口燃料油、成品油及液化石油气（LPG）为主。建设工程项目始于 2009 年 10 月 3 日，并于 2014 年 6 月 30 日竣工。

赵忆宁：如果这个港口对周边国家还有辐射作用，那么集装箱码头是不是已经饱和了呢？

范顺平：我们已经做了规划。当然，经济发展到一定程度就可以动手做了，极有可能修建可以停泊 5 万吨级的集装箱专用码头。从 2013 年开始，中国成为毛里塔尼亚第一大贸易伙伴，整个毛里塔尼亚国内生产总值在 50 亿美元左右，其中有 23 亿是和我们进行交易的。2014—2016 年间贸易额有所下降，主要是受到铁矿石价格下降的影响。铁矿石价格的历史最高点曾达到 180 美元/吨，而现在只有 50~60 美元/吨，所以集装箱专用码头可能还要等几年。

赵忆宁：如果经济开始复苏，比如周边辐射国家的需求增加呢？

范顺平：目前，毛里塔尼亚政府正在与马里谈判，商议建设友谊港马里货物保税区。马里是一个没有港口的内陆国家，无论是达喀尔港还是友谊港，距离其首都巴马科都有 1 000 多公里，友谊港保税区的建设将大大增加马里使用这个港口的概率。马里经济总量相当于毛里塔尼亚的 3 倍，人口将近有 1 800 万，是毛里塔尼亚的 4.5 倍，这几年受全球资源性产品价格下降的影响较小，2014—2016 年经济增长率分别为 7%、6%、5.3%，高于毛里塔尼亚的 5.4%、1.2% 和 3.2%。毛里塔尼亚与马里目前都处于恢复性增长的态势，如果两国政府能够达成建设保税区的协议，这对两国而言是一件双赢的事情，因而过几年港口扩建是有需求的。

赵忆宁：未来你们还将参与友谊港的扩建吗？

范顺平：友谊港是中毛友谊的象征，一期、二期全是使用中国政府无息或者优惠贷款修建的，友谊港后期的扩建我们会积极参与，我们也具备优势条件，能够做得更好。

赵忆宁：中国路桥毛里塔尼亚是一个有较长历史的办事处，除了建设友谊港，还做过其他的项目吗？

范顺平：毛里塔尼亚地处广袤的撒哈拉大沙漠，水资源匮乏，加上干旱造成地下水位下降，传统水井的表层水已经干枯，许多居住点缺乏基本的生活用水条件，用水量受到限制，包括毛里塔尼亚首都努瓦克肖特。自独立以来，首都用水一直靠伊迪尼地下水供应，为了缓解水资源的匮乏，1987—1988 年我们完成了"伊迪尼—努瓦克肖特供水复线援建工程"，基本解决了毛里塔尼亚首都努瓦克肖特的供水需求。这项援外工程在当时影响很大、评价很高，友谊港被誉为"国家独立的象征"，而供水复线被赞为"生命的源泉"。毛里塔尼亚曾经制定了乡村牧区水利工程十年框架计划（1992—2002年），目前已经解决城市和乡村70%~80%的用水需求。为了从根本上解决首都饮水问题，毛里塔尼亚完成了塞内加尔河至首都努瓦克肖特的引水工程，即南水北调的阿夫杜－萨埃勒引水工程。

赵忆宁： 你们参与过公路的建设吗？

范顺平： 毛里塔尼亚一共有2 000多公里的柏油路，我们参与了其中8条公路的修建，总里程约700公里，包括位于毛里塔尼亚内马市（Néma）的Bangou–Bassikou公路。内马距离首都努瓦克肖特1 000多公里，这条公路是连接内马和马里边境城市的干线道路。原来的公路雨季路况极差，基本无法通行，严重影响两国之间边境贸易往来。新公路建成后，意味着毛里塔尼亚至马里的沥青公路正式打通，两国边境居民出行变得更为便利，从而极大地促进了两国之间的贸易往来，带动两国边境地区经济的发展。

打造全产业链渔业加工园

赵忆宁： 目前，中交建集团正在从工程承包向商业投资转型，就"五商中交"（五商中交，即工程承包商、城市综合体开发运营商、特色房地产商、基础设施综合投资商、海洋重型装备与港口机械制造及系统集成总承包商）战略而言，你们未来有什么新想法吗？

范顺平： 这是一个站在新起点、谋求新发展、实现新跨越的企业转型的长远战略。从2014年6月提出"五商中交"战略后，我们根据毛里塔尼亚的实际情况，开始考虑如何打造升级版的中国路桥毛里塔尼亚办事处。我们利用资源与平台优势，经过两年多的调研准备，即将在首都努瓦克肖特市南部距离友谊港约28公里处，建设一个渔业加工园区。毛里塔尼亚渔业资源得天独厚，全球除了太平洋沿岸秘鲁等国外，毛里塔尼亚在大西洋沿岸应该是渔业资源最丰富的地区。全国海岸线长700公里，这块水域处于冷暖交界的地方，更适宜鱼类的生存和繁衍。一些海岸段是世界鱼类富集的地方，年产量很高。目前，渔业占毛里塔尼亚国家财政预算的 30%，占国库收入的 20%，在国民经济中占有重要位置。我们准备以毛里塔尼亚政府使用中国进出口银行优惠贷款的方式，先建设一个首都渔港，之后依托首都渔港，联合几家专业公司投资建设 1 平方公里的渔业加工园区，通过深加工增加渔业资源的附加值。

赵忆宁：700 公里沿海的渔业资源大概是个什么样的情况？

范顺平：之前，毛里塔尼亚政府与中国政府有过一个合作项目，专门对毛里塔尼亚鱼类资源做过资源普查以及前景分析，承接这项调研的是中国水产科学研究院东海水产研究所，为此我们邀请他们帮助做前期可行性研究报告，结论是每年有 150 万吨的可捕捞量。

赵忆宁：你们要在海外建立自己的岸上基地？

范顺平：是的。我们正在向毛里塔尼亚政府申请捕捞配额。欧盟国家目前获得毛里塔尼亚每年 25.9 万吨的捕捞配额，它们是直接运到欧盟国家销售。而我们将整合国内优质资源在这里建立渔业加工产业园，大约投资 3 亿美元。这种直接投资与欧美国家赚快钱的方式截然不同，它们只是拿走资源，而我们是以建设产业园的方式为毛里塔尼亚创造更多的税收与就业岗位，并促进毛里塔尼亚渔业资源开发的现代化进程。因此，我们向政府申请的配额目标将不低于欧盟国家的配额，当然这还需要最后与政府谈判确定，包括优惠政策，等等。我坚信这个项目将提升毛里塔尼亚整个国家的渔业产业发展水平。另外，我们的加工产品也将销往非洲、欧盟国家以及中国。

赵忆宁：毛里塔尼亚政府已经制定了《毛里塔尼亚渔业发展战略规划（2015—2019）》，你们是否在这个发展规划引导下进行投资？

范顺平：是的。根据毛里塔尼亚的渔业发展战略规划，毛里塔尼亚政府对渔业资源可持续开发、渔产品加工，不断加强和完善基础设施建设，以及提升上岸率和附加值等做出了具体规定，核心就是渔业产业的转型升级。目前，毛里塔尼亚捕捞技术落后，很多渔民使用的是十几米长的独木舟，打到鱼后扔到船舱里，没有任何保鲜措施，等渔船回来后，鱼已经不新鲜了，只能贱卖成做鱼粉的原材料，大大降低了应有的价值。这片海域有沙丁鱼、鲭鱼、金枪鱼、鳗鱼、河豚、章鱼、龙虾和海参等，其中中上层鱼储量较大，如果因为捕捞技术原因使得中上层鱼只能做鱼粉，那么这对毛里塔尼亚来说是很大的损失。

赵忆宁：你们准备采取什么措施来解决落后的捕捞技术呢？

范顺平：首先，我们将选择合适的方式与毛里塔尼亚政府合作，对现有的手工渔船进行改造升级，引进有夹板和保鲜措施的渔船。其次，我们规划通过招商吸引国内沿海的工业捕捞船来毛里塔尼亚进行捕捞作业，并将捕捞的渔获物投售产业园，作为产业园的原材料。上述这些船的投资并不在建设渔业加工园区的3亿美元范围内。

通过对手工渔船的改造升级，我们将这些渔船出租给毛里塔尼亚渔民，渔民捕捞的鱼货再投售给产业园，这样不仅解决了一部分产业园的原材料，还提高了毛里塔尼亚渔民的作业安全性。他们可以到更远的海域捕鱼，捕捞的选择性更大了，捕捞的产量也将随之提升，收入也就增加了。

更为重要的是，渔船的改造升级和引进国内工业捕捞船，可以增加毛里塔尼亚的就业岗位。我们的渔港和产业园预计将为毛里塔尼亚提供7 000个就业岗位。其中，在达产年，捕捞渔船预计可提供3 000个就业岗位，产业园的生产经营预计可提供2 000个就业岗位，渔港可提供2 000个就业岗位。如果算上连带就业人口，估计新增2万个以上的就业岗位。目前，产业园所在地是一片荒漠，渔港和产业园的建设将带动医院、学校、商店等设施的建设，也包括旅游设施。以渔港及海洋综合产业园为依托，未来将形成一个5万至10万人的小城镇。

赵忆宁：你们的合作伙伴都是谁呢？中国交通建设集团扮演什么角色？

范顺平：合作伙伴包括毛里塔尼亚政府、宁夏回族自治区政府，中国、毛里塔尼亚及其他国家的渔业加工企业和捕捞企业。我们既是搭台的人，也是唱戏的人。所谓搭台，是指我们在这里已经有几十年的历史，有较强的商务运作能力与资源整合能力，特别是政府关系。毛里塔尼亚渔业部和经济财政部非常期待我们的这个项目，应该说这将是毛里塔尼亚最大的一笔外商直接投资项目，因而期望我们尽快建成，为毛里塔尼亚创造新增财富。

赵忆宁：预计渔港与产业园将在何时建成？

范顺平：渔港建设与渔业加工产业园工程将同时进行。渔港建设工期为30

个月，产业园的设计按照 40 万吨加工能力分两期建成，一期工程需要两年多，预计在 2019 年建成并投产。目前，毛里塔尼亚三大产业比重为"三三四"，即第一产业占比 30%，第二产业占比 30%，第三产业占比 40%。在第二产业中，主要以矿产与渔业为主，原来国家财政主要依靠矿业支撑，但在全球矿产品低迷的状态下，原有渔业产业对财政收入近 1/4 的贡献就显得更加重要了。水产加工业横跨农牧渔业与工业加工两大产业，渔业产业园不仅将提高当地海洋资源的上岸率和加工利用率，而且也必将提升毛里塔尼亚加工业的水平，这是一个多赢的选择。

非洲朋友总是在关键时刻投中国一票

访中国驻毛里塔尼亚前任大使武东

武东大使 1977 年毕业于西安外国语学院（现为西安外国语大学）德法西系法语专业。他先后在驻毛里塔尼亚大使馆、外交部干部司、办公厅工作，先后任职中国驻法国大使馆参赞、驻斯特拉斯堡副总领事、驻法属波利尼西亚帕皮提领馆馆长领事，2014 年出任驻毛里塔尼亚伊斯兰共和国大使，2017 年 3 月 12 日卸任。

　　毛里塔尼亚是非洲七国之行采访的最后一个国家。从出发前 2016 年 3 月联系到武东大使，到 2017 年 1 月在努瓦克肖特见到他，时间过去了近 10 个月。一路 6 万公里的采访行程，笔者一直期待与武东大使的会面，因为他从一开始就对笔者的非洲之行采访给予了巨大的鼓励与殷切的希望，特别是采访中遇到意想不到的困难的时候，笔者一直怀揣在撒哈拉沙漠一隅的武东大使对这次采访的期望——这是一次让人们"理解中非关系和中国对非政策的壮举"，有什么样的困难能够与最后的结果相提并论呢？

　　在努瓦克肖特中国驻毛里塔尼亚使馆见到武东大使的时候，我就像见到了一位认识很久的老师。笔者把一路所观察的疑惑以及正在思考的问题向他和盘托出，他用 40 多年的外交实践作为案例，从政治、经济、文化的多维、多层的利益构成，讲述了中非关系的重要性，特别是非洲对中国和平崛起所发挥的重要作用，打开了一扇深刻了解非洲对中国的核心利益的重要性的窗口，即对中国主权利益和发展利益所做出的历史与现实的贡献。有什么能与坚定地支持中国维护国家核心利益与重要利益相提并论的事情呢？

毛里塔利亚首都努瓦克肖特的美丽风光

在毛里塔尼亚采访期间，武东大使发照会并亲自联系总统办公室，安排采访毛里塔尼亚阿齐兹总统与哈达明总理，以及毛里塔尼亚开国元首达达赫总统遗孀玛丽亚姆·达达赫夫人。

笔者从他们那里获得承载了中毛两国传统友谊的历史信息。只有穿越过去半个世纪具有历史厚重感的叙述，才能真正理解中国老一辈领导人对中非关系所奠定的历史性基础，这就是 20 世纪 60 年代提出的"中国与非洲关系的五项原则和中国对外援助的八项原则"。即便在当时外汇储备如此捉襟见肘的状况下，老一辈领导人毅然做出"援建"的重大决策，其中坦赞铁路和毛里塔尼亚友谊港是最具代表性的两项重大工程。

中国政府为什么要这样不惜代价地帮助一个远在撒哈拉沙漠的偏远国家？事实的真相直到今天才全部呈现出来：毛里塔尼亚独立后的第一任总统达达赫，曾经在 20 世纪 70 年代初到非洲那些尚未同我们建交的国家，一个一个地亲自做工作，或是派他的特使做工作，先后促成 9 个国家与中国建立了外交关系。1971 年，在中国重返联合国的时候，投票结果以 76 票赞成，35 票反对，17 票弃权的压倒性多数，通过了恢复中华人民共和国的合法席位。投赞成票的国家中有 26 个非洲国家。中国老一辈领导人高瞻远瞩，在遥远的非洲开辟了中国走向世界舞台的一片绿地，可谓"前人种树，后人乘凉"，我们至今还在收获与非洲合作的外交红利。

武东大使于 2017 年 2 月 10 日告别毛里塔尼亚，结束任期离任回国。离任前他先后辞行毛里塔尼亚总统、总理和议长等高级政府官员。阿齐兹总统签署政令授予武东大使国家荣誉指挥官勋章，并单独宴请。毛里塔尼亚总统对华事务顾问说，阿齐兹担任总统 8 年，宴请大使是没有先例的，也从未宴请一国离任大使。为什么会是中国大使？当然是对武东大使在毛里塔尼亚期间做出贡献的肯定，最重要的还是他所代表的中国——中国政府、中国企业为毛里塔尼亚的独立与经济发展做出了重要的贡献。

帮助受援国增强自主发展能力

赵忆宁：1974 年，中国政府正式答应为毛里塔尼亚援建友谊港的时候，港口建设的投资为一亿多美元，但是当时中国人均 GDP 只有 155 美元，1974 年外汇储备账户显示为 "0"。为什么中国在收入极低的情况下，如此慷慨地援建毛里塔尼亚友谊港？

武东：20 世纪 50 年代，中华人民共和国成立后不久，中国在自身财力十分紧张、物资相当匮乏的情况下，开始对外提供经济技术援助。20 世纪 70 年代末，中国实行改革开放以来，虽然综合国力显著提升，但依然是一个人均收入水平低、贫困人口众多的发展中国家。尽管如此，中国仍量力而行，帮助受援国增强自主发展能力。要说明的是，很多人并不清楚对外援助资金的构成，中国对外援助资金是以无偿援助、无息贷款和优惠贷款三种形式存在。援建友谊港是由我们提供的无息贷款。友谊港承担了毛里塔尼亚 90% 的货物进出口，它的建成对毛里塔尼亚国家独立与主权的意义非常重大。

另外，中国为什么要援助遥远的非洲国家？我认为有两个重要的考虑：第一，老一辈领导人一贯支持非洲国家民族独立，因为中国与非洲国家有着相似的半殖民与殖民的历史。中国百年的近代史就是一部中华民族抵抗侵略的抗争史，最后中国取得了成功。第二，中国虽然是世界上的人口大国，但是中华人民共和国在联合国的席位曾经长期被台湾当局占据。事实证明，最后在众多西方国家的多次阻挠下，我们是被"非洲朋友抬进联合国"的。只有为世界上最为困难的朋友"雪中送炭"，才能"得道多助"。

赵忆宁：1965 年，毛里塔尼亚才与中国建交，为什么 20 世纪中国对非洲两个最大的援助项目，其中之一是在毛里塔尼亚，而不是在其他国家？

武东：1963 年年底至 1964 年 2 月，周恩来总理在访问非洲 10 国时提出了对外经济技术援助八项原则，成为中国开展对外援助的重要指导思想。中国最早援助的国家是马里，中国曾帮助毛里塔尼亚修建了公路、煤厂、港口、火电站、供水工程等项目。马里人与毛里塔尼亚人习惯煮茶，马里和毛里塔尼亚都是茶叶净进口国，每年要从中国进口大量茶叶，马里政府为了减少外汇支出，决定自己种茶。两国建交后，马里请求中国帮助他们种茶，因为马里的前宗主国断言马里种不出茶叶。但是没想到只用了一年时间，茶叶就试种成功了。马里总统凯塔派人专程送给好友毛里塔尼亚总统达达赫，凯塔用事实说明中国是可以信赖的朋友。此举促使正在犹豫不决的达达赫总统下定决心与中国建交。这件事情对达达赫影响很大，在 20 世纪 70 年代初，他拿着"八项原则"在非洲尚未同中国建交的国家一个一个地亲自做工作，先后促成 9 个国家和中国建立了外交关系。

非洲铁哥们儿是我们倚重的国际基础力量

赵忆宁： 这是一个多么重要的贡献。1971 年联合国恢复中华人民共和国合法席位的时候，76 张赞成票中有 26 张来自非洲国家。

武东： 进入 21 世纪，中国外交的总体布局可以概括为"大国是关键，周边是首要，发展中国家是基础，多边是重要舞台"四句话。特别是中国要推动国际格局向着多极化方向发展，扩大我国在国际舞台上的活动半径，以及强化我国在处理国际事务中的主动权和影响力，我们倚重的国际基础力量还是这些非洲国家的铁哥们儿。比如，联合国安理会改革，在联合国内无论国家大小都是每个国家一票，这本外交与政治账该怎么算？由于政治意义极为重大，每一张票的价值无法用金钱衡量。再比如，2016 年世界贸易组织（WTO）解决争议机构选举上诉机构成员，成立了一个上诉机构成员国选举委员会，也是一国一票，这个委员会在听取了 57 个代表的意见和 30 个代表的书面建议以后，中国从 7 名候选人中胜出。世界贸易组织争端解决机构的上诉委员会，是世界贸易组织成员方最激烈的诉讼场所，20 年受理约 500 个案件，它不仅有政治影响，还有巨大的经济利益在其中。另外，2016 年国际刑警组织主席竞选，中国被来自 164 个国家的 830 名警官和高级执法人员选出，而且是高票当选，该组织是仅次于联合国的第二大政府间国际组织，这是该组织历史上首次由一个非西方国家担任主席，意义非常重大。在每一次投票中，都有非洲国家的鼎力支持，显然它的意义比我们给非洲国家援助的意义要大得多。

赵忆宁： 在中国南海问题上呢？有一种观点认为，中国已经足够强大，不需要别人的声援与支持。

武东： 这是信口开河，我们当然需要支持。虽然我们国家是联合国安理会常任理事国，已经是世界第二大经济体，但还需要一步步地实现向强国迈进。比如，南海问题，刚开始时只有 13 个国家在这个问题上支持我们。（2016 年）5 月，在海牙国际仲裁法庭对南海仲裁案做出所谓的"最终裁决"之前，我多次约见毛里塔尼亚外交部部长和总统办公厅主任，向他们表达中国政府的愿望：希望他们在南海问题上支持我们，中国不接受所谓南海问题的仲裁结果。（2016 年）5 月 6 日，毛里塔尼亚与委内瑞拉在南海问题上表示坚定地支持中国立场。毛里塔尼亚执政党争取共和联盟主席马哈姆在 2016 年 6 月 24 日表示：支持中国在南海问题上的立场，中方在南海问题上的主张是公正的，符合《联合国海洋法公约》。在中国外交部与各位驻外使节共同努力下，一下子就有 68 个国家以及 90 多个国家的 230 多个政党公开表示支持中国在南海问题上的立场，其中 34 个是非洲国家。

赵忆宁：这些非洲国家都了解南海或者知晓它对维护中国国家主权的重要性吗？

武东：说实话，中国南海对非洲这些国家来说非常遥远，南海问题不像台湾问题，非洲国家都知道台湾问题是中国的核心利益，但是可能会有一些人甚至搞不明白南海在哪里，所以我们驻外使馆必须去做工作。当非洲国家纷纷都站到了中国政府的立场上的时候，将会直接影响到国际舆论的氛围，也会影响到其他地区的国家支持我们，所以每个国家的表态都非常关键。鉴于毛里塔尼亚在南海问题上支持中国发表的声明所起到的示范作用，王毅外长专门为此发来了感谢电，感谢毛里塔尼亚在南海问题上对我们的支持。之后，我与阿齐兹总统有过一次非正式谈话，阿齐兹总统表示：在南海问题上，以及在国际和地区其他问题上，毛里塔尼亚将坚定地站在中国政府这边，我们会永远支持中华人民共和国。2015 年访问中国的时候，阿齐兹总统向习近平主席表示："积极参与'一带一路'框架下有关合作。"非洲朋友总是在关键的时刻投中国一票。

赵忆宁：我们都知道中国在亚洲有被称为"巴铁"的巴基斯坦，毛里塔尼亚就是中国在非洲的"毛铁"。

武东：现在的驻外使节责任非常重大，对每一位外交官而言，我们都要做到"守土有责、守土负责、守土尽责"。当然政治上的责任是最重要的，虽然毛里塔尼亚是个小国家，但是在国际组织中拥有自己的一票，中毛拥有传统友谊，两国之间还有很多的务实合作，我们也给他们提供了援助，作为大使的任务之一，必须要拿到这一票，维护国家利益。所以驻外使节脑子要清醒，要为守住国门、维护国家利益尽全力，这是我们义不容辞的义务和职责。

"真实亲诚"的"四字主张"诠释中非关系真谛

赵忆宁：谈到国家利益，中国在非洲的核心利益、重要利益、一般利益分别是什么？

武东：2011年，在国务院新闻办发表的《中国的和平发展》白皮书中，明确了中国六大核心利益：国家主权，国家安全，领土完整，国家统一，中国宪法确立的国家政治制度和社会大局稳定，经济社会可持续发展的基本保障。

从理论上讲，中国国家核心利益的相关内容可以视为中国在非洲地区的核心利益。在中国对非洲的外交实践中，主要涉及的是主权利益和发展利益，比如台湾问题与中国南海问题，都涉及国家主权、国家统一与领土完整。2013年1月28日，习近平总书记在主持十八届中共中央政治局第三次集体学习时强调："任何外国不要指望我们会拿自己的核心利益做交易，不要指望我们会吞下损害我国主权、安全、发展利益的苦果。"

什么是中国在非洲的重要利益？重要利益虽然与国家的生死存亡无关，但是涵盖政治、经济、安全、文化等诸多领域，直接关系到国家的发展，也关系到国家尊严与国家形象。如同前面讲到的，中国目前正在推动国际格局向着多极化方向发展，正在积极参与全球治理，正如习近平总书记所说："中国将积极参与全球治理体系建设，努力为完善全球治理贡献中国智慧，同世界各国人民一道，推动国际秩序和全球治理体系朝着更加公正合理方向发展。"如果世界众多的国际性组织中没有中国人参与或者担任领导职务，我们就无法有效地贡献中国智慧，也无法扩大中国在国际舞台上的活动半径，更不能强化中国在处理国际事务中的主动权和影响力。在常态下，中国在非洲的重要利益是保障中国公民在非洲的生命及财产安全。近几年，中国的几次海外撤侨行动就是国家硬实力和软实力的综合体现，也突显了国家与人民的尊严。

赵忆宁：目前，在非洲的工程承包中，开始引入中国标准，按照《中国的和平发展》白皮书的定义，这肯定不是中国的核心利益。中国标准是属于重要利益还是一般利益呢？

武东：从 20 世纪 90 年代中叶开始，中国政府已经越来越有意识地将非洲或中非合作纳入中国国家战略，特别是发展战略之中。进入 21 世纪后，经济利益已成为中国对非关系的基础，是中国与非洲国家互动的重要驱动力，对非经贸合作成为中国对外经贸工作的一项长期的战略性选择，并且日益紧密地融入国家发展战略之中，成为其中不可或缺的重要一环。总体来看，中国企业在非洲的商业行为包括工程承包、投资、并购等，直接影响的是非洲地区与国家的发展、贸易、投资与安全，也会间接影响到全球性或地区性经济利害关系。因为这些行为均属于参与性的商业活动，具有随机性、可变性或可分割性等特征，从可以谈判、妥协甚或退让的商业特点考量，它们应该属于一般利益，一般利益是为维系或拓展中国在非洲更为重要的利益服务的，包括为国家核心利益服务。

赵忆宁：这个划分很有意思。

武东：比如，中国在毛里塔尼亚修建的友谊港，中国在那种困难的条件下援建了友谊港非常不容易，尽管过去了几十年，我们还是要向这些建设者表示崇高的敬意，因为有了他们的辛勤付出才有今天的友谊港，所以对于中国援建友谊港、青年之家等决定，当地人至今还会竖起大拇指，很多人都说自己是伴随着中毛友谊而成长的。比如说毛里塔尼亚国民议会议长，让我看他头上的一个瘢痕，说这是中国援建基法医院的大夫给他做手术留下的刀口，他当时在萨巴省任省长，从基法到首都努瓦克肖特有 600 公里的路程，交通很不方便，中国医生当年救治的病人如今已经成为国家新一代领导人，他本人就是中毛友谊的受益者和见证者。基法医院耗资 1.4 亿元人民币，建筑面积一万多平方米，规模相当于地市级的综合性医院，并配备了一整套现代化的医疗设备，还有我们的 10 名医生也在那里工作。我们现在是给了人家一些帮助，或者也给了一点援助，不是不算经济账，而是应该算政治大账。

赵忆宁：为什么非洲国家成为中国的"铁哥儿们"？

武东：2013 年，习近平主席在坦桑尼亚尼雷尔国际会议中心发表了题为

《永远做可靠朋友和真诚伙伴》的重要演讲，在中方发展对非关系上，习近平强调：对待非洲朋友，我们讲一个"真"字；开展对非合作，我们讲一个"实"字；加强中非友好，我们讲一个"亲"字；解决合作中的问题，我们讲一个"诚"字。

"真实亲诚"的"四字主张"诠释了中非关系的真谛。作为发展中国家，中国和非洲国家都肩负着发展经济、改善民生、富国强邦的历史使命，如果说国家利益是国家间互动的产物，那么，这种互动关系必定是建立在互有所需的基础上的。非洲大陆面积 3 000 万平方公里，有 10 亿人口，很多国家目前正处于经济起飞中，并制定了各自的发展规划和战略目标。作为成长中及成长性最好的市场，非洲可谓是中国最具潜力的海外市场，特别是习近平主席提出的"中非十大合作计划"，助推非洲国家工业化、现代化进程，这将是 21 世纪最激动人心的故事。

毛里塔尼亚在兴建国家基础设施的路上

访毛里塔尼亚前任装备与运输部部长拉乌夫

艾哈迈德·萨利姆·乌尔德·阿卜杜勒·拉乌夫

毛里塔尼亚首都的努瓦克肖特国际机场，与笔者在其他非洲国家见到带有中国建设风格的机场不同，这个机场是毛里塔尼亚政府通过本国一家联合体公司融资修建的国际机场，是由一家毛里塔尼亚私企修建的，设计客流量每年200万人次。

出了机场，沿着大漠深处一条35公里双向四车道高速路，半小时即可到达首都努瓦克肖特。谁曾想，20世纪60年代毛里塔尼亚独立之初，首都努瓦克肖特有的只是帐篷，甚至连政府会议也是在帐篷中召开的。

如今，努瓦克肖特已成为全国的政治、经济和文化中心。行走在努瓦克肖特市区，满眼所见带有标志性的建筑，大多都是由中国政府援建的，包括总统府、总理府、外交部大楼、国际会议中心、青年之家和奥林匹克体育场等等。除此之外，凡是关乎毛里塔尼亚民生的重大项目，中国都会出手相助。20世纪60年代，中国派出援外专家，在距首都努瓦克肖特60公里处的伊迪尼找到水源，解决了首都生活供水问题。如今，当首都面临城市给排水问题时，依然是中国帮助修建了覆盖努瓦克肖特19.6平方公里的城市排水工程项目，项目建成之日将给首都人们的出行带来便利。

最可贵的是，虽然毛里塔尼亚作为中国援助的重点国家，中国政府与企业每年都在这里有一些项目，但是毛里塔尼亚还是自力更生，依靠自己的力量修建了新的国际机场以及机场高速路。毛里塔尼亚对基础设施的修建还有更大的目标，他们希望有朝一日能够建成萨赫勒五国集团之间的铁路网规划，让铁路把所有非洲国家连接起来，这是非洲人民的梦想。

就中毛在基础设施建设合作方面的成果，毛里塔尼亚前任装备与运输部部长艾哈迈德·萨利姆·乌尔德·阿卜杜勒·拉乌夫接受了笔者的专访。

8年修建了近3 000公里柏油路

赵忆宁：我们用了4个月的时间对非洲7个国家进行采访，毛里塔尼亚是本次采访的最后一个国家。很高兴能够见到你。

拉乌夫：感谢你选择了毛里塔尼亚，这是明智之选。为什么这么说？首先，这是因为毛中有着几十年的友好关系，中国与毛里塔尼亚合作例子有很多，比如在我出生的那个城市，当时就有中国医生为我们治病。其次，毛里塔尼亚在阿齐兹总统阁下的带领下，正在成为一个大"工地"，许多公路已经修建完工，有很多在建项目，还有一些大型基础设施项目待建，比如努瓦克肖特—布提里米特高速公路、萨赫勒五国集团之间的铁路网。总之有若干个项目待建，如油码头。毛里塔尼亚好比偏安一隅的小岛，安全可靠，也因此才能获得发展。毛里塔尼亚正在兴建国家基础设施的路上。

赵忆宁：请简要描述下这些年毛里塔尼亚在公共交通基础设施和装备领域做了什么？

拉乌夫：在基础设施领域，毛里塔尼亚取得诸多成绩。我们兴建了努瓦克肖特国际机场，并于 2016 年 6 月 23 日投入使用，该机场每年能运送旅客 200 万人次。2016 年，我们修建了约 43 公里的努瓦克肖特市政道路。该项目属努瓦克肖特城市扩建项目的一部分，同时也是为了迎接阿盟峰会在毛里塔尼亚召开，阿齐兹总统目前是阿盟轮值主席。我们启动了多个项目，如达尼特渔港，该项目由中水电承建，还有 N'diago 多功能港口，里面还会建一个造船厂。

公路方面，从 2009 年至 2016 年，政府投入自有资金 2 560 亿乌吉亚用于道路基础设施建设，这并不是全部，其中没有包括其他投资银行的合作资金。这些投入使我们修建了现有全部沥青路的 52%，也就是说，2009—2016 年期间修建的道路，已经超出 20 世纪 60 年代独立后至 2009 年这段时间所修建的道路，新增了大约 3 000 公里。这说明在总统制定的发展规划中基础设施建设的重要性。

制定实施两大交通规划

赵忆宁：我在毛里塔尼亚国家统计局 2016 年统计年鉴中没有找到公路总里程数据。目前毛里塔尼亚柏油公路总里程有多少？毛里塔尼亚政府制订实施了《公路安全战略计划》和《2012—2016 年度优先行动计划》。请问这两项计划所提出建设目标的完成情况如何？

拉乌夫：自国家独立以来，目前我们拥有 1.4 万公里的道路，其中 5 500 公里为沥青路。在《2012—2016年度优先行动计划》的框架下，制定了《交通运输规划》，它属于国家规划的一部分，目前约有1 100公里的公路在建项目。关于运输，我们成立了公共运输公司（STP）。国家公共交通是需要国家支持的，因此我们成立这家公司来支持公共运输，以方便社会上弱势群体的交通出行。我们免除了小巴税费，以增加私人运输公司的数量：一方面鼓励私人投资交通运输领域，另一方面为城市间的交通运输提供便利。近些年，城市间的交通运输也因此得到了极大的改善。以上就是我们在五年规划内为交通运输所做的事情。

在五年规划框架下，毛里塔尼亚航空公司2016年采购了一架新的波音737-800飞机，并计划在2017年购置第二架737-800飞机。在萨赫勒五国集团框架内，为了方便成员国之间的交流，除了前面提到的铁路运输网外，我们还将在2017年年底前成立萨赫勒航空公司（Air Sahel），以便利成员国之间的空中联系。由于毛里塔尼亚政府所付出的努力，非洲航空公司协会（AFRAA）给毛里塔尼亚授予荣誉称号，对其在航空领域所做的努力表示认可，具体表现在新机场的修建，以及对毛里塔尼亚航空公司的投资。

交通运输囊括陆运、空运、铁路运输、海运，对激发经济活力非常重要，但我们十分清楚我们国家很辽阔，在103万平方公里的土地上，只有约430万人口，做到公路全覆盖还有一段路要走。现在我们的规划是通过国道将各省连接起来，然后把县与省会城市连接起来，再以后，我们将把镇与县连接起来。目前只剩一个省没通国道，还有7个县没与省会相连，将要完成的公路总长度约1 500公里。

萨赫勒五国集团铁路网

赵忆宁：在毛里塔尼亚的铁路上，内燃机车牵引居然牵引了200多节车厢，火车长度有2.5公里，应该是世界之最。

拉乌夫：目前，毛里塔尼亚拥有唯一一条铁路，铁路总长853公里，该铁路始建于20世纪50年代，1963年正式投入使用，这是一条标准轨道铁路，连接铁矿产区 F'Dérik、Zouérat 和努瓦迪布矿业港，每节车厢有效荷载为 80 吨，最高时速 50 公里。该铁路主要用于铁矿运输，目前年铁矿运输量达 1 400 万吨。但是，为了方便内陆地区人们的出行，有时有些火车后面会挂几节客运车厢，从舒姆镇（Choum）到努瓦迪布有 460 公里。

赵忆宁：能介绍一下萨赫勒五国集团之间的铁路网规划吗？

拉乌夫：2010 年 6 月在布鲁塞尔召开的援助者圆桌会议上，毛里塔尼亚介绍了中期铁路项目规划，这是萨赫勒五国集团之间铁路网规划的一部分，中期规划的铁路始于毛里塔尼亚与西撒哈拉边境的舒姆，经过首都努瓦克肖特，最后直达马里边境城市卡伊（Kayes），铁路总长 1 290 公里，总造价为 13.8 亿美元。对于这个项目，毛里塔尼亚完成了制度建设，政府制定了支持 PPP 模式的法律框架，现在我们正在寻找合作者。萨赫勒五国集团之间的铁路网规划，包括建设尼日利亚连接摩洛哥、阿尔及利亚、毛里塔尼亚，最后到达尼日利亚的铁路。

赵忆宁：为什么要修这条铁路？

拉乌夫：连接舒姆镇段的铁路现在已经有了，这里的铁矿石可通过铁路运往努瓦迪布出口。现在我们希望将这里的铁矿石运往努瓦克肖特。毛里塔尼亚是矿产资源丰富的国家，凯迪（Kaédi）地区有个磷酸矿，修建铁路能够方便磷酸矿的运输。另外，Akjouit 是一个矿业城市，这里有金矿和铜矿。修建一条铁路可以把这些资源方便地运出来。这条铁路的沿线区域也是农业区，能为农产品的运输提供便利，这些都将方便毛里塔尼亚与萨赫勒五国集团中其他国家之间的贸易往来。目前，马里与塞内加尔之间已经有铁路了，这条铁路将是其中的一部分。此外，铁路还能把我们的渔产品运往内陆国家，当然最直接的是向马里运输货物。我们有港口，而马里是个内陆国家，他们的货物从我们的港口上岸。

赵忆宁：目前这条铁路的规划有没有信息披露？有没有合作者的意向？

拉乌夫：还没有，我们在寻找资金与合作者。目前，我们已经完成前期的研究，如果中国企业有兴趣，我们可以提供项目规划的资料。

希望每年接待 100 万中国游客

赵忆宁：中国很多公司参与建设了毛里塔尼亚的基础设施项目，我看到"贫困三区"的一条公路，你能评价一下这条公路对缩小地区差距带来的影响吗？

拉乌夫：在共和国总统的规划里，这条公路建设是一个非常重要的项目。因为 Aftout 区域人口众多，非常贫困。总统希望通过修建公路、供水设施、儿童学校和实施农业项目来改变这一地区长期贫穷的境况。这条公路项目的建成即完成了总统的愿景，不仅提高了这一地区的通行安全，而且民众的生活条件也得到了改善，道路的畅通直接减少了商品的价格。以前这个地区叫作"贫困三角区"，现在总统把它称之为"希望三角区"。

赵忆宁：我很惊叹毛里塔尼亚有如此丰富的旅游资源，比如撒哈拉之眼与四大古城。很多发展中国家的经验已经证明，开发旅游资源将加快减少贫困人口。

拉乌夫：我们有四座古城，包括瓦拉塔古城、提希特古城、瓦丹古城和兴格提古城，这四座古城在 1996 年被联合国教科文组织列为世界物质文化遗产。瓦拉塔古城是古代穿越撒哈拉大沙漠的贸易通道之一，提希特古城是地处撒哈拉沙漠恶劣环境中的石头城，兴格提古城曾经被称为伊斯兰教第七大圣城，当然还有你说的撒哈拉之眼，它就在瓦丹古城附近，是地球十大地质奇观之一。但目前这四座古城大部分只有硬化土路连接，机场也只有一条起降跑道，只能接待小型飞机。未来我们打算为它们修建沥青公路，我们做过测算，下一步实现镇与县城的连接总共还需 11 000 公里公路，那时将方便更多的人前往历史名城，了解毛里塔尼亚 900 年历史的文明，还有撒哈拉之眼。

我们希望更多的中国人来我们国家，如果毛里塔尼亚每年能够接待 100 万中国游客就太好了。我们现在已经开始着手发展旅游业，这对毛里塔尼亚来说很重要。

赵忆宁：习近平主席在约翰内斯堡峰会上提出了中非"十大合作计划"。未来中国和毛里塔尼亚在交通基础设施领域还有哪些可以进一步合作的空间？

拉乌夫：在约翰内斯堡峰会以后，毛里塔尼亚经济与财政部收集了各部门提出的优先项目，它们都是已经完成相应研究的项目。财政部已经向北京提交了重要的项目资料、项目清单。从交通装备部来讲，我们有 14 个项目，包括高速公路、铁路，还有港口集装箱泊位的建设，这些都是我们优先考虑的大型项目。我们还优先考虑PPP合作模式，希望中国企业能在 14 个项目里选择，欢迎中国企业到毛里塔尼亚投资。

撒哈拉之眼，位于毛里塔尼亚境内，撒哈拉沙漠西南部

要让所有的疾病都能在毛里塔尼亚得到治疗

访毛里塔尼亚卫生部部长凯恩·布巴卡尔

凯恩·布巴卡尔（Kaen Boubakar）出生于 1961 年，曾是一位专业的外科医生。他于 1986 年留学突尼斯大学医学院普通外科专业，1992 年在突尼斯苏斯医学院获得医学博士学位。回国后，他进入毛里塔尼亚最著名的综合医院——国家医疗中心工作，并在 2005—2014 年期间担任该中心的副院长、院长；2014 年 3 月至 2016 年 2 月担任卫生部部长顾问；2016 年 2 月被总统任命为毛里塔尼亚卫生部部长。

毛里塔尼亚在 1960 年独立后至今，人均预期寿命从 43.5 岁提高到 63.5 岁。这一成绩背后，是整个医疗体系的爆发式发展。

毛里塔尼亚国家层面从 2012 年起开始构建面向 21 世纪的医疗体系，以进一步提高医疗服务水平。毛里塔尼亚卫生部部长凯恩·布巴卡尔详细介绍了正在建设中的医疗新体系和遇到的挑战。

"良治"放在首位

赵忆宁：能介绍一下《2020 国家卫生发展规划》吗？为什么把"良治"放在第一位呢？

布巴卡尔：这个规划的全名叫"国家卫生发展规划"（Programme National de Développement Sanitaire，PNDS），为什么规划把"良治"放在首位？现在的 PNDS 始于 2012 年，截止时间到 2020 年，还有 3 年就要结束了。在这个规划里，有对工作的组织要求，有对人的引领，使他们得到良好的组织、培训和激励。因此，如果没有这个长期规划，并根据我们掌握的新的数据对其进行修正和补充，那么我们所能做的一切，比如投资等都将寸步难行。

《2020 国家卫生发展规划》的目标是重组我们的医疗体系，以便更好地面向 21 世纪。我们围绕实现目标规划设置了三大方针：构建良治；拥有良好的公共卫生政策，尤其在传染病和非传染病预防方面；形成高端可治愈机制，使我们的医疗卫生独立，实现所有毛里塔尼亚人的疾病都能够在国内得到治疗，而不再需要将病人送往国外。这就意味着需要良好的组织，良好的培训政策，良好的医疗和辅助医疗政策，良好的私人和政府投资政策。关于"私人"，我指的是发展伙伴、银行等。还需要一个良好的卫生融资机制，即组织好国家医疗保险工作。

如果没有行动指南，没有组织方式，没有实施路径，也没有短期、中期计划，要实现一个目标基本上是不可能的。"良治"是一个很宽泛的术语，我认为，对人的组织是获取成功的第一要务。我们有中央机制，即卫生部，还有区域机制，以及一些独立管理的其他机构。简而言之，就是要尊重计划，杜绝腐败，让人们在最好的条件下得到医疗服务。

争取医疗卫生独立

赵忆宁："医疗卫生独立"是什么含义？是技术所不能及导致的医疗不能独立吗？什么样的疾病在毛里塔尼亚是不能治疗的？

布巴卡尔：你的理解是正确的。我所说的独立，就是要让所有的病都能在毛里塔尼亚得到治疗。如今我们还在向国外转移病人，2015年向国外转移了500多个病人，治疗费用占了国家医疗保险公司（注：国家医疗保险公司是毛里塔尼亚国营医保公司，成立于2007年，主要受理所有公务员的医保）预算的25%，在国外治疗疾病很贵。以前有三种疾病需要去国外治疗：首先是心脏病，但自2016年起可以不用去国外治疗了；其次是癌症，2017年之后也不用去国外了；最后是创伤类的疾病，比如有人得了骨关节炎病，需要置换关节，这还是需要去国外治疗，但这类疾病所占比例不大。

赵忆宁：中国医疗队在毛里塔尼亚多年，做出了突出的贡献，下一步是否需要根据毛里塔尼亚三大疾病更有针对性地派出医疗队，提供人力资源的培养呢？比如心脏病和关节置换，中国拥有世界上最优秀的技术与临床医生。

布巴卡尔：你说出了我们的心里话。如果中国能够帮助我们培养自己的医生那真是太好了，特别是培养治疗心脏病、癌症与关节置换的人才。我们自己也没有放弃努力，2016年我们计划派出60名医生到世界各地进行专业培养，其中也包括中国。

长期以来，我们与中国保持良好的合作，包括公共卫生医疗合作。我们跟中国大使馆联系非常密切，几乎每个月都要在这儿碰一次面。2015年，我们接待了两个中国代表团，确定了4个合作计划：一是修建传染病门诊部来改善国家医院的治疗水平；二是为中国"光明行"医疗队建设一个眼科医疗中心；三是完善公共卫生研究中心的计划，该中心负责病毒检测，还会组织检测水、食品质量，这个研究中心也是中国援建的；四是扩建位于努瓦克肖特市区的一家医院，以及与基法医院开展医疗合作，这家医院也是中国援建的。总之，这些都是很大的合作计划，会使毛里塔尼亚卫生医疗水平获得良性发展。

疫苗接种覆盖率超过 85%

赵忆宁：毛里塔尼亚卫生医疗机构中公共与私人的比例是多少？

布巴卡尔：医疗机构大部分是公共的。截至 2016 年年底，公共医院大概有 2 000 个住院床位，而私人医院最多只有 500 个床位。

赵忆宁：在毛里塔尼亚有哪类传染病？你们如何预防传染病的传播？在新的规划里有没有什么新的想法？

布巴卡尔：《2020 国家卫生发展规划》第二个目标就是控制预防传染病。关于疾病预防有两点：第一是预防传染病，通过接种疫苗来预防，如脊髓灰质炎、白喉、破伤风、麻疹等，我们精心制订了疫苗接种方案，接种覆盖率超过 85%；第二是针对一些重大急性传染病的预防与控制，最近几十年来出现了艾滋病疫情，然后是 2015 年出现的埃博拉和塞卡，还有登革热。这类疾病只能通过系统的组织，从疾病进入的源头进行预防。也就是说，从国境线到明确疾病整个传播路径，再到病人入院如何准备、如何进行治疗、怎样进行隔离等。对此，我们还在进行摸索。很庆幸，虽然埃博拉离我们很近，但毛里塔尼亚没有发生一例病例。可是，2015 年毛里塔尼亚发生了小规模的登革热疫情。艾滋病始于 20 世纪 80 年代末，某些非洲国家的艾滋病发病率达到 15%，正是因为我们采取了预防措施，所以毛里塔尼亚艾滋病的发病率一直维持在 0.6% 左右。我们这儿还有肝炎和阵挛性疾病，我们对新出生婴儿实施疫苗接种，病毒性肝炎已经得到了控制，希望再过 20~25 年，不会再有这类疾病的发生。我们认为只有通过预防，才能降低疾病治愈的成本。

赵忆宁：在毛里塔尼亚，导致死亡的前三大疾病是什么？是传染病还是慢性病？

布巴卡尔：现在我们处于流行病过渡时期。你知道，当国家很不发达的时候，你会发现这些国家有很多的传染病，比如腹泻、各种病毒、肺炎等，直到 20 世纪 90 年代中期，我们国家也是如此。那个时候，我们没有诸如糖尿病、高血压、癌症之类的非传染类疾病。但随着国家的发展，我们在抵御传染病的同时也要与非传染病做斗争，如今我们处于二者之间。当前，非传染病致死率远不如传染病，如腹泻、肺炎、疟疾等；同时，这些疾病又多多少少弱化了非传染病如癌症、高血压、糖尿病等的影响。现在我们有越来越多的人患癌症，这是因为人均寿命更长了，生活节奏也发生了变化，患糖尿病和高血压的人也越来越多，这或许是因为我们更多地发现了它们。我确信，再过 10 年如果你再来毛里塔尼亚采访，那么你会发现非传染病要比传染病多。

公共卫生支出逐年上升

赵忆宁：根据世界卫生组织的统计，毛里塔尼亚在 1960 年独立后至今，人均预期寿命从 43.5 岁提高到 63.5 岁，这是一个了不起的成绩。毛里塔尼亚是如何做到将人均预期寿命提高 20 年的？政府都采取了哪些措施？

布巴卡尔：您知道，卫生事业反映的是一个国家综合国力的水平。毛里塔尼亚国土面积为 103 万平方公里，人口约 430 万人。但是在 20 世纪 60 年代国家独立之初，毛里塔尼亚只有 85 万人。当时国家没有公路，没有通信设施，80%的人为游牧民。游牧民那时能弄到什么就吃什么，也没有能力治疗疾病。我认为，预期寿命的提高：一方面反映的是国家独立后整个经济社会发展，即公路的修建，产业的发展，饮食的改善；另一方面也反映出整个卫生医疗体制得到爆发式发展。

1992 年，我完成学业回到毛里塔尼亚，我到各地转了一圈，你可能无法想象当时人们的卫生水平，一个肺部感染就会要人命。有人出了事故，只能转移到国外治疗，其中大部分都是在塞内加尔或摩洛哥等国家接受治疗。现在我们之所以能够降低治疗成本，是因为我们的卫生体系得到了改善，我们有不断发展的医院。要不了多久，大部分医院都将与 21 世纪的规范靠拢。因此，卫生体系的改善是显著的。与此同时，国家得到发展，人们吃得更好，生活水平得到提高等。事实上，卫生事业综合了全部。

赵忆宁：我看到一个历史统计数据，毛里塔尼亚在公共卫生方面占 GDP 的支出逐年上升，2015 年的数据显示已经占了 GDP 的 3.9%。2020 年的规划中对公共卫生的投入将占到 GDP 的百分比是多少？

布巴卡尔： 事实上，毛里塔尼亚最新的财政预算对公共卫生的支出已经接近 5%，但其实这还不是政府卫生投入的全部，这 5% 没有包括来自卫生部与住房部的投资。另外，毛里塔尼亚国家工业与矿业公司（SNIM）也有很大的卫生投资（该公司产值、销售收入占国内生产总值 12%、国家财政预算 15%、国家外汇收入 40%）。如果包括所有这些，那么你会发现，毛里塔尼亚在卫生方面的预算支出应该差不多占国家预算的 8%。

此外，25% 的民众加入了医疗保险，还有其他发展伙伴，比如中国与世界银行在毛里塔尼亚也有投资。

扩大享受医疗保险人口范围

赵忆宁： 只有 20% 的人享受医疗保险，为什么投入这么高，快接近美国的数据了，在《2020 国家卫生发展规划》中，有没有扩大享受医疗保险的人口范围？

布巴卡尔： 目前，毛里塔尼亚只有 20% 的民众加入了医疗保险，发展规划的目标是使 50% 的民众可以享受医保。关于医保覆盖大致有三类人群：第一类是国家工作人员，即国家公务员和在企业工作的员工，如 SNIM、Tasiast 金矿公司等的员工。这类人全部加入了医保，医保缴纳比例为 9%，其中 5% 由雇用单位承担，4% 由个人承担。第二类是一无所有的人，没有钱，我们称之为"穷人"，约占全国人口的 40% 左右。第三类人介于这两类之间，我们称之为"自由职业者"，如农民、公证员等，这部分人占了 30%~40% 左右。现在的问题是"自由职业者"没有固定的收入，我们不知道得让他们缴纳多少医保。这方面的工作需要很好的组织，需要一步一步来，甚至需要 4~5 年的时间。

而后就是大多数的穷人，这需要国家的资助。但在帮助穷人之前，国家必须先实现"自由职业者"加入医疗保险，这样穷人才能逐步得到所需资金。当然，国家要承担穷人治病的责任，政府将从烟税或交通税、通信税中提取一部分资金，让穷人受益。

赵忆宁： 最后一个问题。完成《2020 国家卫生发展规划》还有 4 年时间，根据你的预测，规划的主要目标的完成情况如何?

布巴卡尔：完成规划所有既定的目标还是很不容易的。比如，在改善孕产妇卫生方面，尤其是产妇在分娩期间，我们做得还不够好。虽然我们的婴儿死亡率从国家独立之初的 135‰ 下降到 2016 年的 43‰，5 岁以下的儿童死亡率为 54‰，2008 年至 2015 年间，10 万例孕妇分娩中，由原来的 750 个孕妇死亡，降低到 510 个，但是距离联合国《千年发展目标》的要求还有差距。主要原因是在特别落后地区，我们没有足够的人力。在这一点上，我们打算在 2017 年投入更多的资金加以改善，尤其是在人力资源方面。另外，目前医保覆盖人口还没有实现 50%，因此我们还有很多路要走。

希望中国医疗队派出更多拥有高技术水准的医生

访中毛眼科中心主任西迪、中毛眼科中心援外医生张春巍

西迪博士出生于 1964 年，1984—1992 年期间先后在塞内加尔医科大学和阿尔及利亚医科大学学习，之后在意大利、摩洛哥王国、突尼斯共和国接受过培训，1997—1999 年在马里共和国巴马科市非洲热带眼病研究所工作，从 2000 年起，担任法国图卢兹 Rangueil 医科大学的眼科专家。2010 年，他回国担任努瓦克肖特医科大学的眼科副教授，2011 年起，出任地中海眼科协会毛里塔尼亚代表，并担任法国眼科协会毛里塔尼亚外籍顾问。2000—2014 年，他担任努瓦克肖特市 Bouamatou 眼科医院院长，2015 年开始担任努瓦克肖特总医院眼科中心（中国）的负责人，该中心于 2015 年 7 月改名为中国—毛里塔尼亚眼科中心。

张春巍出生于1972年，1995年毕业于哈尔滨医科大学眼耳鼻喉专业，2001年获得同一所大学眼科学硕士学位，2004年获得哈尔滨医科大学眼科学博士学位，2009年于美国密苏里大学哥伦比亚分校眼科中心从事博士后工作，2013—2015年在美国加州大学圣迭戈分校Shiley眼科学院继续从事博士后工作与访问学者项目。

2015年、2016年，她两次参与印度泰米尔纳德邦Arasan眼科医院"拯救弱势生命基金会"（Save Slight Foundation）白内障复明项目，2016—2017年赴毛里塔尼亚国家首都医院中毛眼科中心做援外医生。从2001年至今，她是哈尔滨医科大学附属第一医院眼科医院副教授、副主任医师与硕士研究生导师。

采访坐落于毛里塔尼亚国家医院内的中毛眼科中心是一次临时动议的安排。原本只是在援外医疗队驻地采访张春巍医生，谈话渐入佳境时我们把谈话地点转移到眼科中心，用语言描述设备总没有身在其中更为直观。眼科中心主任西迪博士闻讯后，中断休假参与进来，并带领笔者参观了眼科中心。西迪博士介绍了眼科中心的所有设备与用途，其中大部分是中国医疗队两次毛里塔尼亚"光明行"留下的最先进设备（中国派出眼科医生为所在国盲人免费施行复明手术），也有一些设备是眼科中心自己购置的。西迪博士希望将中毛眼科中心建成集科研、医疗于一体的西非地区著名的眼科中心之一。

西迪博士非常有信心，因为中国眼科医生张春巍为毛里塔尼亚带来了羊膜移植技术。1995 年，韩国医学博士 Jae Chan Kim 和中国台湾医学博士 Scheffer C. G. Tseng，首次把保存的羊膜运用于兔角膜重建术中并取得成功。此后，羊膜技术受到眼科医生的青睐。1998 年，我国陈家祺医生将新鲜羊膜移植运用于人的眼科手术中并取得成功，自此羊膜移植技术开始在中国眼科临床应用。2016 年，45 岁的张春巍医生——中国第 32 批援毛医疗队队员、中毛眼科合作中心首位援外中方专家，带着羊膜移植技术来到毛里塔尼亚。

地处撒哈拉大沙漠深处的毛里塔尼亚日照时间长，紫外线强烈，约 430 万人口中，有 15% 的人口患有眼疾，罹患白内障、青光眼等眼疾的比例非常高。通过一组数据可以印证，张春巍医生引入的羊膜移植技术对毛里塔尼亚的重要性：在眼疾的五大主要疾病中，仅以角膜移植为例，从美国购买新鲜的角膜材料每例1 000 美元，而新鲜羊膜免费；之前毛里塔尼亚人做角膜移植要到欧洲国家，仅仅手术费就需要 4 000~5 000 欧元，而在本国使用新鲜羊膜移植手术费用仅需 50美元。正如毛里塔尼亚卫生部部长所介绍，很多疾病在毛里塔尼亚国内无法治疗，因而每年有 500 多人需要到国外医治，花掉全国医疗保险的 25% 的经费。

正因如此，张春巍医生在毛里塔尼亚被视为"女神"。在一年的援外时间里，她实施眼科手术近 600 例，接诊患者近 5 000 人。2017 年 7 月 10 日，毛里塔尼亚总统阿齐兹向张春巍博士授予国家荣誉勋章，以表彰她为推动中毛卫生合作所做出的突出贡献，她也是中国援助毛里塔尼亚医疗队第一个个人受勋者。眼科中心主任西迪博士强调说，中国援外医疗队应该派出更多像张春巍这样具有精湛医术、能够为毛里塔尼亚引入新技术的医生，当下的毛里塔尼亚需要更多、更新、更前沿的医疗技术。

中国更了解毛里塔尼亚的现状、条件和需求

赵忆宁：能在毛里塔尼亚看到这样高水平的眼科中心感到十分意外。

西迪：没有中国就没有这个眼科中心。第一批中国医疗队来到毛里塔尼亚是在1968年，到2016年已经有49年了，大约有32批800多名中国医生为毛里塔尼亚人民提供了医疗服务。在首都国家医院的医生只是其中一部分，还有很多人在基法和塞乐巴蒂医院，其中塞乐巴蒂医院地处偏远地区，经济不发达，外部环境非常艰苦。作为医务人员，我们对中国医生的献身精神非常钦佩，我见证了中毛之间的友谊。

我在努瓦克肖特市Bouamatou眼科医院担任院长10年，这是一家私立眼科医院。3年前，毛里塔尼亚政府想成立自己国家的眼科中心，我从私立医院来到国家医院。刚到眼科中心的时候，实际上就只有我一个人在这里做全职工作，另外两名医生一周只来一两次，我天天工作，两年以来这是我第一次休假。我一直希望在眼科中心建立一个团队。我向中国驻毛里塔尼亚大使馆提出了申请，巧合的是，2014年8月，中国卫计委主任李斌女士作为习近平主席特使出席了毛里塔尼亚总统的就职典礼，在她与我们的卫生部部长会面时，部长提出了希望中国能派眼科专家到毛里塔尼亚的请求。2016年7月，张春巍医生和两名护士、一名麻醉师来到了毛里塔尼亚。

赵忆宁：武东大使向记者介绍说，2015年在中毛建交50周年之际，中国政府出资1 300万元人民币，启动援助毛里塔尼亚白内障手术"光明行"活动。

西迪：是的。2015年"光明行"是第一次，是李斌主任、武东大使，还有我们的卫生部部长，包括我们的总统一起探讨才最终落实的"光明行"。北京协和医院派出10名眼科专家组成了援毛医疗队，在努瓦克肖特首都医院开展为期两周的"光明行"活动，免费为200多名患白内障的病人做了手术。他们离开的时候，把价值1 400多万元的设备、药品全部无偿地留给了我们。在这次"光

明行"活动结束的时候，"中毛眼科合作中心"正式挂牌。2016 年 12 月，黑龙江省眼科医院受国家卫计委委托，派出 7 名医生来毛里塔尼亚实施第二次"光明行"活动。中国医生医术精湛，不怕苦、不怕累，在非常有限的时间内完成了235 例免费白内障手术，并把价值几十万元的眼科药械留给了我们。中毛眼科中心是在两次"光明行"活动的基础上建立起来的。

赵忆宁：毛里塔尼亚和法国有着传统的联系，法国在眼科医学领域具有很高的技术，而且你还担任过法国眼科协会毛里塔尼亚外籍顾问，当时你为什么首先想到求助于中国政府，而不是法国？

西迪：法国是一个老牌的发达国家，当然，法国的医疗技术与培训都是很强的，但是我们不花钱就得不到这些技术和设备，法国人从来不会出钱的。我认为最重要的是，中国政府知道什么是发展中国家和欠发达国家的需求，因为中国自己也是一个发展中国家，所以只有中国才能够更好地理解贫穷国家的需求。毛中之间有这么多年的交流，因而中国更了解毛里塔尼亚的现状、条件和需求。我经常阅读中国的英文报道，知道中国现在发展得非常快，取得了骄人的成绩。才过了 60 多年，中国已经成为一个世界经济大国，现在的中国什么都可以自己做，中国的航天、中国的高铁都是世界领先的技术，中国的发展是一个典型，因此我们愿意与中国人合作。我们知道谁是在真心实意地帮助我们。

羊膜移植让更多低收入者得到治疗

赵忆宁：你选择中国作为合作伙伴，但是在中国眼科医生没有来之前，你对中国眼科技术在国际上的水平有多少了解？

西迪：诚实地说，之前我对中国同行的眼科技术水准了解并不多。但是中国医疗队在这里已经有半个世纪了，他们 20 世纪 60 年代就在这里，在当时的那种条件下，毛里塔尼亚很穷，甚至连路也没有，但是他们照样做事，基于这一点，我就很想跟中国的医生合作。其实医生是个技术活，医生总不能停留在口头上说怎么做，必须要能够治好病人的疾病才行。中国人总是想把事做成，而且非常地认真，中国医疗队能做事、想做事，甚至在极其有限的资源条件下也能做很多的事。眼科中心就是一个例子，最开始这里什么都没有，但是我们也照样能够做很多事。

赵忆宁：在张春巍博士来之前，两次"光明行"活动帮助毛里塔尼亚做了一批白内障手术。对你来讲，是"光明行"活动留下一些硬件设备重要，还是像张医生这样的人力资源更重要？或者两者都很重要？

西迪：对眼科来说，器械设备跟人力资源的重要性是并重的。尽管"光明行"是一个短期的行动，但他们走后留下来的这些设备对病人而言，是可以看得见摸得着的，此前我们这里什么都没有，现在已经有了两台超声乳化仪、裂隙灯显微镜、AB超机和眼底照相机等。我并不是说设备比人还重要，没有设备不能做事，但是有了设备没有人还是不能做事。从这个意义上说，人还是最重要的，比如张春巍博士的到来。

赵忆宁：包括总统先生都如此重视建立眼科中心，难道相对于其他的疾病来说毛里塔尼亚患眼疾的人更加普遍一些？以致如此迫切拓展眼科医学领域？

西迪：2004年，国家卫生部牵头制定了《防盲治盲计划》，这是一项防盲治盲抵抗失明的全国性方案，后来在这个框架下做过一次全国普查，通过调查发现，毛里塔尼亚人口中有15%的人视力是有问题的，在患有眼疾的人口中，80%是可以通过医疗手段治愈的，包括角膜移植等。从技术上说，这不是一个很复杂的事情，但是由于医疗资源的缺乏，很多人不能得到及时治疗。在张医生没有带来羊膜移植技术之前，我们自己不能做眼角膜移植手术，人们只能选择去突尼斯或者法国治疗，手术费一般是4 000~5 000欧元。毛里塔尼亚参加全国医疗保险的人只有25%，有医疗保险的人才能负担得起费用，剩下75%没有参加保险的人，一旦患上眼疾就只有坐等失去光明。

赵忆宁：张医生，能介绍一下羊膜移植技术吗？

张春巍：羊膜就是婴儿胎盘上的那层膜，用羊膜修复眼结膜、角膜缺损区的创面，可提供一个理想的基底膜，能迅速愈合创口。1995年，韩国医学博士Jae Chan Kim和中国台湾医学博士Scheffer C. G. Tseng，把保存的羊膜运用于兔角膜重建术中并取得成功。此后，羊膜技术受到眼科医生的青睐。1998年，我国陈家祺医生将新鲜羊膜移植运用于人的眼科手术中并取得成功，自此羊膜移植技术开始在国内眼科临床应用，在眼科手术中属于二类技术等级。目前一些大医院自己生产塑封好的羊膜成品，拿过来可以直接用，但是毛里塔尼亚之前并不了解及掌握新鲜羊膜提取、中长期保存的技术。当我提议开展这个项目时，西迪主任说他们国家没有这个东西。我对他说咱们可以用新鲜的羊膜，因为新鲜的羊膜术后效果更好，但是这需要跨学科的合作。于是，我们迅速联系了妇产科主任，主任非常爽快，让我们随时来取。新生婴儿胎盘羊膜有两层结构，血管层和我们需要的羊膜移植层，术前必须排除肝炎、性病和艾滋病等疾病。第一次取羊膜是我们俩一起取的，我教他如何分离、处理与保存。西迪主任担任努瓦克肖特医科大学的眼科副教授，他的学生在我们这里实习，现在他们也掌握了剥离处理等技术。

赵忆宁： 羊膜移植治愈哪类眼疾？

张春巍： 羊膜移植主要用于眼表重建和角膜溃疡等疾病，修复角膜创面，减轻炎症，避免穿孔。毛里塔尼亚紫外线辐射强度特别高，无论是在城市地区还是乡村地区，眼疾发病率都比较高，很多人患有角膜溃疡和角膜炎，特别是在农村地区，如果不能得到有效的治疗，溃疡创面会越来越大，最终导致角膜穿孔。在非洲，翼状胬肉发病率特别高，这与日照量大有关，治疗翼状胬肉最好的办法是，自体角膜缘干细胞移植或羊膜移植，对病灶区进行修补。

赵忆宁： 能将做羊膜移植手术的成本与欧美国家做眼角膜移植手术的成本做一个比较吗？

张春巍： 羊膜材料取自妇产科是免费供应的，一次手术费只需要 50 美元。在毛里塔尼亚第一例眼新鲜羊膜移植手术是我做的，同时把哈医大眼科医院眼库多年成熟的羊膜移植技术传授给了西迪博士，第二例是西迪博士在我的协助下做的。在毛里塔尼亚一年间，我主刀做了 8 例羊膜移植手术，西迪博士做了 20 多例，总共做了 30 多例。另外，这里最常见的眼科疾病是白内障与青光眼，据医学统计，黑种人青光眼发病率是白种人的 4 倍，而且黑人一旦得青光眼后病情恶化非常快，如果不使用药物干预，白人从发病到失明的时间可能是 20 年，而黑人只有 10 年。所以对低收入国家而言，特别是对有 42% 贫困人口的毛里塔尼亚而言，医疗费用支出的高低决定人们是否可以得到及时有效的医疗服务。

赵忆宁： 这是问题的核心。

张春巍：现在除了羊膜移植外，我们也带来角膜缘干细胞移植技术，角膜缘干细胞移植术是治疗眼表疾病、重建角膜结构的有效手段。自体移植有移植成功率高、没有排斥反应等优点。总之，我希望能把我们所掌握的成熟技术带给毛里塔尼亚，让当地医生掌握这些技术，并为当地人更好地服务。

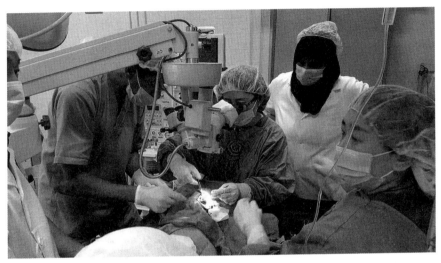

张春巍在做羊膜移植手术

"我们需要更多、更新、更前沿的医疗技术"

赵忆宁：在援外一年的时间里，张医生为多少病人提供了医疗服务？

西迪：张医生独立实施眼科手术近 600 例，接诊患者近 5 000 人，门诊量日均 100 人。眼科中心只有我和张春巍两个全职医生，这是很大的工作量。张医生经常在下班后接外伤急诊，眼科外伤必须争分夺秒，而且越早治疗越好。他们在这里的一年，中国的所有假期基本上都没有休息，而且雷厉风行，毫无怨言。我们在中国医生身上看到了专业与敬业的精神。

赵忆宁：张医生带来的羊膜移植技术是否已经传授给当地更多的医生了？

西迪：她教会了我。我们这里不仅仅是一个治疗病人的地方，还是一个培训基地，也希望为国内更多的眼科医生搭建一个学习新技术的平台。张医生在这里一共做了 11 次专题讲座，有将近 600 人次接受了培训。针对毛里塔尼亚青光眼发病率高的问题，我们成立了青光眼俱乐部，为人们做科普宣教，张医生把中国《黄帝内经》"上工治未病，中工治欲病，下工治已病"的理念带到这里，给人们传授早治疗、早预防青光眼的知识。

赵忆宁：中毛眼科中心除了治疗与科普之外，还有科研与教学功能吗？

西迪：我们国家眼科医生非常缺乏，只有 20 多位有专业执照的医生。我在担任国家医院眼科主任的同时，还在两所大学的医学院负责眼科教学，我们要为国家培养更多的眼科医生。所以我希望未来毛里塔尼亚所有眼病都能在这个中心得到治疗，还希望将眼科中心打造成一个集科研、医疗、预防于一体的区域性中心。目前，我们在这里培训当地的医生，未来也希望有其他国家的眼科医生到我们这里来学羊膜移植的新技术，特别是北非地区的国家。中国优秀的医生能够帮我们实现这个目标。

赵忆宁：我所到之处，包括武东大使、毛里塔尼亚卫生部部长以及西迪博士都对张医生非常认可，最重要的因素是你带来了新的医疗技术，是当地医生还没有掌握的技术。你是这样认为的吗？

张春巍：毛里塔尼亚虽然是低收入国家，但是医生都属于社会中的精英，包括卫生部部长是从法国留学回来的，西迪主任也有法国工作的背景，在国家医院很多医生都有留学的经历。在精英聚集的领域，特别是医疗领域，要想获得别人的尊重，没有一定的专业水平非常难，而且也很难开展工作。首先是要做到语言通，其次是临床医生要达到中国医疗平均水平之上，如果能够带来所在国没有的新的实用技术就更好了。中国自 1963 年向非洲派遣第一支援外医疗队以来，在非洲 51 个国家和地区救治患者超过 2.6 亿人次，给非洲人民留下了非常好的口碑。但是随着中国与非洲国家对卫生服务的新需求，我们应该选拔具有一定医疗水准的临床医生到非洲来。援外医生的派出要与中国整个医疗水准相匹配，要与中国综合国力相匹配。我认为，医疗队既是为非洲人民救死扶伤的服务者，也是输出中国"软实力"的践行者。

赵忆宁：中国并不缺少技术优秀的医生，但是作为优秀的医疗工作者，还是要有国际主义精神与奉献精神，就像白求恩医生那样。西迪博士，你如何评价张医生和她的团队在这里的工作？

西迪：我是眼科博士，张医生也是，我们每天都一起工作，我们经常在一起探讨病例，跟她一起做手术。评价张医生的工作，我用两个词来形容是"Very excellent"（非常优秀）。最重要的是她为我们带来了新的技术。当她告诉我可以使用羊膜移植的时候，我当时的欣喜程度无法描述，我请来医学院的老师们一起向张医生学习，我们必须要掌握这项技术，让那些因为没有钱不能做角膜移植的病人得到治疗。希望中国援外医疗队派出更多像张春巍这样具有精湛医术、能够为毛里塔尼亚引入新技术的医生，当下的毛里塔尼亚需要更多、更新、更前沿的医疗技术。

更可靠、更长远的友谊红利

非常庆幸非洲七国采访的最后一个国家是毛里塔尼亚。毛里塔尼亚是撒哈拉沙漠深处人口约 430 万的小国，却因与 20 世纪中国援助非洲的历史事件联系在一起而闻名。20 世纪六七十年代，中国援助非洲两大"世纪工程"之一的友谊港，就坐落在毛里塔尼亚。

迎风站在大西洋沿岸友谊港的栈桥上，心头骤升探寻援助友谊港建设始末的渴望：1974 年，在中国政府做出援建友谊港决策时，中国外汇储备是"0"，即便在动工前的 1978 年，中国外汇储备为 1.68 亿美元。为何中国在外汇储备如此捉襟见肘时还要为毛里塔尼亚提供 1.2 亿美元的无息贷款修建友谊港？友谊港对当时的毛里塔尼亚意味着什么？要想了解这段历史，必须要找到历史的见证人。

在首都努瓦克肖特的一个小院落中，笔者拜访了毛里塔尼亚开国总统达达赫的夫人玛丽亚姆·达达赫，她曾在 20 世纪六七十年代陪同总统三次访问中国，她是这段中毛关系历史的亲历者与见证人。当听到夫人转述达达赫总统说"中国是唯一令我铭记的援助国"时，那种发自内心的感谢是能够令人感受到并震撼人心的。在友谊港港务局，出生于 20 世纪 60 年代的港务局局长与技术经理讲述了中国工程技术人员援建友谊港的诸多细节，对历史事件的脉络叙述如此清晰而没有丝毫的断裂，"友谊港已经使毛里塔尼亚一代人受益无穷，接下来还会使几代毛里塔尼亚人从中获益"。这如同"雪中送炭"，在最需要的冬天送上了友谊之炭。

中国驻毛里塔尼亚前任大使武东，用 40 多年的外交实践，以非洲作为案例，为笔者从政治、经济到文化的多维、多层利益构成，讲述了中非关系的重要性，特别是非洲对中国和平崛起所发挥的重要作用，为我们打开了一扇窗——深刻了解非洲对中国的核心利益，即主权利益和发展利益所做出的历史与现实的贡献。他道出了为什么非洲朋友总是在关键时刻投中国一票的缘由，话语振聋发聩："中国推动国际格局向着多极化方向发展，扩大我国在国际舞台上的活动半径，以及强化我国在处理国际事务中的主动权和影响力，我们倚重的国际基础力量还是这些非洲国家的铁哥们儿。"

在毛里塔尼亚短短 20 天的采访，时时刻刻被面前展现的中非关系半个世纪的历史画卷感动。中国在非洲国家具有的声望与吸引力远远超出西方国家，这是因为中国对非洲国家的支持毫无功利之心，唯有动机决定人们行为的价值。正是鉴于此，毛里塔尼亚总统阿齐兹表示：在国际和地区重要问题上，毛里塔尼亚将坚定地站在中国政府这边，我们会永远支持中华人民共和国。这是毛里塔尼亚人民对全体中国人民的庄重承诺，也是一份沉重的厚礼。历史是记忆的生命，是传到将来的回声。

这次采访告诉我们：为什么中国一定要对发展中国家，特别是非洲国家给予更多的发展支持，帮助它们减少贫困、实现工业化和可持续发展，我们还会获得更可靠、更长远的友谊红利。这是最典型的互利共赢。

当中国醒狮与非洲雄狮相遇，将震惊世界

中国崛起成为当今世界最大的事件，也是现代世界历史的一个奇迹。进入 21 世纪，中国成为世界第二大经济体，非洲经济增长率超过了 5%，呈现出前所未有的经济起飞态势。隔着浩瀚的印度洋，中国与非洲之间到底有什么关系？中国能够为非洲带来什么？当 14 亿人口的中国与 10 亿人口的非洲相遇，携手共同发展，必将重塑世界经济地理，震惊世界！

但是伴随着中国走出去投资非洲大陆，我们听到两种质疑的声音：首先是西方国家说的"中国是新殖民国家"；其次是来自国内的，认为中国尚未消灭贫困，没必要到非洲"撒钱"。这两种声音要么是西方国家的别有用心，要么是对现实与历史无知的短见。

2000 年以来，我和我的同行遇到一项挑战：西方主流媒体不遗余力地渲染中国与非洲的合作是"新殖民主义"。我们的前辈讲述过巴黎和会的屈辱，见证了鸦片战争的割地赔款，英法联军火烧圆明园，14 年抗战中国军民伤亡总数达 3 500 万人以上……一个在百年来受尽屈辱与磨难的国家，今天转身变成新的殖民国家了吗？

面对西方媒体的众多报道，对一个记者而言，最摧折人心的是不了解真相以及无力反击！当一个个迷惑叠加而无法承受的时候，最简单的是行动！

2016 年 9 月至 2017 年 1 月，我用 120 天调研了 7 个非洲国家，分别是南非的纳米比亚，中非的喀麦隆与刚果（布），东非的肯尼亚，北非的苏丹、南苏丹，以及西非的毛里塔尼亚，总行程 6.5 万公里；实地考察了 102 个项目，包括 19 个投资项目（包括铀矿、石油、银行、航空公司、橡胶园、经济特区、渔业加工园等），65 个工程承包项目（包括机场、电站、深水港、公路、铁路、电信、住房等），9 个贸易项目（包括重型卡车、飞机、电信产品、一般性消费品等），4 个人力资源项目（包括孔子学院、政府培训、机械加工培训等），以及 5 个对外援助项目（包括农业示范区、医疗队等）；共访谈 302 人次，包括 3 位总统、3 位总理、18 位部长与 8 位中国驻所在国大使、代办与经济参赞等。《21 世纪经济报道》使用 73 个版面报道了这些来自非洲一线的调研报道。

中国不是新殖民国家，而是"非洲最后的希望"

"中国拿走非洲的初级产品，然后将制造品出售给非洲，这是殖民主义的本质所在"，这是英国《金融时报》给中非合作的结论，但这是一个颠倒是非的结论：因为在非洲，事实上是一些西方国家仍旧在收取后殖民红利。众所周知，从 16 世纪到 19 世纪中期是欧洲国家对非洲进行殖民统治的时期，诸位可能不会相信，20 世纪 50 年代以来，虽然非洲国家实现了国家独立，但殖民统治的延续条约依旧存在，前宗主国仍在收取后殖民红利。比如：一些非洲国家还在向宗主国偿还殖民统治期间基础设施的建设费用，已经偿还了 50 年债务，也许还要再支付 100 年；一些非洲国家必须将本国货币储备存入前宗主国财政部；前宗主国对这些非洲国家的自然资源拥有优先取舍权，只有在宗主国表示不感兴趣后，这些非洲国家才可以寻求其他的买方。

100 年前殖民者在东非主持修筑的"疯狂铁路"，目的是为了帮助非洲国家减贫或者促进经济增长吗？当然不是，除了军事目的外，当然是获取非洲资源。这些前殖民国家根本就没有资格指责中国是新殖民主义国家。中国与西方国家性质不同、理念不同、价值观不同，因而投资的目的和做法也不同。

为此，中国创新了独特的国际合作模式，即互利共赢模式。

中非合作绝非掠夺资源与殖民，而是互利共赢的合作。比如，中广核在纳米比亚投资了 50 亿美元，开发了世界第二大在产铀矿，是中国在非洲最大的单体投资项目之一。可以大胆预测，地下的资源如果不能及时开发利用，随着技术进步，它们将不再拥有现在的价值。中核集团与比尔·盖茨合作的"行波堆"技术研发已处于试验阶段，这一技术可以直接利用被废弃的铀而无须换料。一旦商用成功，铀矿的前景不言而喻。纳米比亚前任总统波汉巴并不是铀专家，但他在几年前说过：铀埋在地下不能当饭吃，如果不开发就没有效益。湖山铀矿提供了 8 000 个就业岗位，每年对纳米比亚国内生产总值贡献 5%。这种互利共赢的国际合作模式大有前景。

中石油苏丹项目是中非能源合作的样本。中国在非洲与 10 多个产油国合作，西方国家说我们拿走了非洲的原油。但是，请注意，只有中国在非洲建设了规模最大、工艺最先进的上下游一体化的石油全产业链。500 万吨炼化能力的喀土穆炼厂，标志着帮助苏丹建成既在上游有油田、管道，又在下游有炼厂、销售，形成从勘探、开发、管道、炼化到销售完整的石油工业产业链。苏丹样本受到非洲国家的追捧，凡是到苏丹访问的非洲国家总统，都恳请中石油"为我们建设一个一模一样的炼油厂吧！"之后，中石油帮助阿尔及利亚、乍得与尼日尔等国共修建了四座炼油厂，让这些非洲产油国第一次实现了成品油自给，让它们从成品油净进口国变为出口国，提高了自主自生发展的能力。

美国前国务卿希拉里·克林顿（Hillary Clinton）曾警告非洲国家："与那些攫取非洲资源的国家合作时要谨慎。"但是非洲国家领导人并不认同，他们却认为"只有中国不遗余力地帮助我们，中国是非洲最后的希望"。

中国在非洲基础设施建设占"半壁江山"

中国与非洲最大的合作领域是基础设施建设。当你访问非洲国家，走下飞机后，迎接你的是中国人帮助修建的一座座现代化机场，国际航运标准化集装箱码头数不胜数，长距离输变电线路把一座座电站的能源送往千家万户，非洲有超过 5 亿人使用移动网络，很多国家的国家高速公路绵延上千公里。在非洲拥有的 6 万公里铁路存量中，中国帮助修建的铁路占到 1/10，占到新修建铁路份额的 90% 以上。根据国际工程权威期刊《工程新闻纪录》2017 年最新数据，中国在非洲工程承包额占到 58.6%。在喀麦隆首都雅温得希尔顿酒店吃早餐，偶遇法国万喜（VINCI）公司（在 2017 年国际承包商世界排名中，这家公司排名第四，中交建排名第三）的一位工程师，他感叹道："西方承包公司现在已经很难与中国公司竞争，我们只是一家公司单打独斗，而中国公司背后有意愿强大的政府以及政策性银行。"中国政府与中国企业合力帮助非洲建设基础设施成效显著，突破了阻碍经济起飞的硬瓶颈。

基础设施建设为非洲经济起飞奠定了基础。这些新修建的基础设施为非洲国家带来了什么？我讲个故事：8 月 15 日是刚果（布）独立纪念日，萨苏总统从 2004 年开始有创意地把每年的阅兵仪式放在不同的省会城市，推行并实施他主导的"城市化推进项目"。建设部部长恩西卢告诉我：萨苏总统这项规划的决策背景，是源于 12 个省会城市几乎没有像样的基础设施，道路、学校、医院非常简陋。我看到，只有十几年，刚果（布）的 12 个省会就全部修建了城市道路、机场、学校、医院、政府办公楼和酒店等，而这些基础设施的建设大多是由中国承包商完成的。基础设施的修建促进了各类生产要素的流动并形成集聚效应，政府的公共服务正在朝着均等化的方向前进，缩小地区差距与收入差距。

中国在帮助非洲国家奠定工业化的基础

没有工业就没有真正意义的现代化。2015 年约翰内斯堡峰会，习近平主席在中非合作论坛约翰内斯堡峰会提出中非"十大合作计划"，首推就是帮助与促进非洲国家实现工业化。从工业革命至今的世界经济史告诉我们，所有发达国家几乎都是依靠建立工业体系为基础而发展起来的。

我讲两个例子。没有到过非洲的人难以想象，如果要在非洲修建基础设施，三大建筑材料中除了木材外，钢筋、水泥都需要进口，成本是国内的 2~3 倍，因为很多非洲国家不能生产水泥。中国承包工程项目的水泥大部分从中国或者欧洲进口，长途海运免不了受潮，直接影响工期。中国路桥公司于 20 世纪 80 年代在刚果（布）投资一家水泥厂，在当地生产的水泥支撑了很多国家重点项目的建设，直接为刚果（布）的基础设施建设节省了成本，而且水泥厂的效益也非常好。源于刚果（布）新水泥厂的示范效应，带动了外商对水泥行业的投资，包括摩洛哥、印度、尼日利亚在内纷纷在刚果（布）兴建水泥厂，使刚果（布）从水泥净进口国变为出口国，并形成了水泥产业。

中石油尼罗河公司苏丹化工项目处于苏丹完整石油产业链的末端，投资建聚丙烯装置的初衷是"吃干榨净"，以炼厂剩余产品为原料，生产高附加值的化工产品。但聚丙烯产品却带来了意想不到的传导作用与溢出效应，为苏丹催生了一个全新的产业——塑料加工业。短短 10 多年间，苏丹"无中生有"了 200 多家塑料加工企业，其中最大企业的雇员超过了 1 000 人，不仅实现了部分塑料加工制品的进口替代，而且提高了苏丹制造业增加值的比重，促进了苏丹经济的转型。

为什么西方媒体的"中国殖民论"甚嚣尘上？原因非常简单，非洲很多国家是西方国家的传统附庸国，随着中非关系的深入发展，西方国家开始变得很不舒服，所以妖魔化中国与非洲的合作。

我们知道，19 世纪和 20 世纪有三个地缘政治理论：麦金农的"陆权理论"，他把欧、亚、非大陆统称为"心脏地带论"，认为谁控制了心脏地带就等于控制了世界；历史学家马汉的"海权理论"，认为若是一个国家要想成为强国，就必须掌握在海洋上自由行动的能力；德国卡尔将军的"生存空间理论"，认为生存空间是国家发展的必要条件，因而掠夺更多的生存空间是合理的。这三个理论成为殖民者、帝国主义与霸权主义的理论依据。特朗普前任首席战略专家班农说，中国的"一带一路"加"一洲"的大胆之处是将三大地缘政治因素结合在一起的完整计划，以前从来没有人做过。中国的"一带一路"加"一洲"与前三者最大的不同在于，中国拓展陆、海、空三个空间的目的与殖民者、帝国主义和霸权主义不同，中国与非洲的关系正如习近平主席所说是"合作共赢"以及构建"人类命运共同体"。

让所有国家都认同"构建人类命运共同体"的理念需要一个过程，但是"周边命运共同体"（东亚）、"中拉命运共同体"已经开始深入人心。而"中非历来就是命运共同体"已经得到非洲国家的广泛认同。

中非合作中无法用金钱衡量的中国红利

合作就是双赢，如果仅仅是一方的赢而另一方的输，双边关系肯定不能长久，除非是在武力的威逼下。审视历史，中国与非洲的合作大致可以分为 3 个时期：

第一阶段是中国站起来的时代。20 世纪 50 年代至 70 年代，中国以无息或者低息贷款帮助非洲国家修建大型基础设施，其中最著名的两个项目：一是中国低息贷款帮助坦桑尼亚、赞比亚修建的 1 860 公里的坦赞铁路，另一个同样也是以低息贷款为毛里塔尼亚修建的友谊港。获得民族独立之初的非洲国家，在政治上独立后需要经济上的独立作为支撑。以毛里塔尼亚的友谊港为例，1978 年中国政府决定以低息贷款 1.2 亿美元帮助修建友谊港，而 1978 年中国的外汇储备仅有 1.67 亿美元，可见是举全中国之力帮助毛里塔尼亚实现国家的经济独立。

第二个阶段是中国由穷变富的时代。从 20 世纪 80 年代至今，中国为许多非洲国家援建了很多带有标志性的建筑。几十年下来，现在非洲国家的标志性建筑几乎都是中国人建的，包括政府大楼、体育场馆、会议大厦、文化宫等。而反观前殖民国家，它们并没有给非洲留下标志性建筑。标志性建筑虽然影响力大，却并不能直接带动经济增长。特别是在中国改革开放初期，中央财政非常困难，如何探索中非之间新的合作模式呼之欲出。

第三个阶段是中国由富变强的时期。中国已经是世界第二大经济体，与非洲合作的实力今非昔比。从过去靠自己勒紧裤腰带援助非洲，到现在以全新、可持续性的方式，中国找到了与非洲合作的方向，在 20 世纪 90 年代末期，我们创新了"两优贷款"的政府框架合作模式。正是在这种合作模式下，一大批中非合作的基础设施项目在非洲落地开花。中非"十大合作计划"前所未有地燃起非洲国家对加快经济发展的憧憬。另外，把中非合作提高到"人类命运共同体"的高度，也是前所未有。

纵观每个阶段的中非合作，中国援助非洲当然有"大爱无疆"，但我认为，国与国之间的交往总是有利益诉求的。中国在非洲获得了什么样的利益呢？我还是举毛里塔尼亚的例子。中国不惜代价地帮助偏远的撒哈拉沙漠国家修建深水港，我们得到的回报是无法用金钱来衡量的。毛里塔尼亚开国总统穆克塔尔·乌尔德·达达赫在他的自传《迎风破浪中的毛里塔尼亚》中记述，他曾经在 20 世纪 70 年代初，手中拿着"中国与非洲关系的五项原则和中国对外援助的八项原则"，到非洲尚未同我们建交的国家做工作，先后促成 9 个国家与中国建交。1971 年在中国重返联合国的时候，非洲 26 个国家投了赞成票，所以才有毛泽东主席"是非洲国家把我们抬进联合国"的说法。

关于中国在非洲的利益诉求，如果把国家利益分为核心利益、重要利益与一般利益，那么从过往的外交实践来看，中国在非洲最主要的是主权利益和发展利益。主权利益就是台湾问题。2017 年，圣多美和普林西比与中国复交，目前在非洲只有几个非联合国成员国未与中国建交。关于发展利益，应该说非洲对中国的和平崛起发挥着重要作用。比如，扩大中国在国际舞台上的活动半径，强化我国在处理国际事务中的主动权和影响力，中国依靠的基础力量还是这些非洲国家的"铁哥们儿"。2008 年林毅夫教授担任世界银行副行长，2011 年朱民先生担任国际货币基金组织副总裁，都是轰动的新闻。而今，鞍山钢铁集团总经理张晓刚当选国际标准化组织主席，公安部副部长担任国际刑警组织主席，北京燃气集团董事长当选国际燃气联盟主席等，则没有引起那样的轰动，因为我们已经有 20 多人走上国际组织的重要岗位了。

中国驻毛里塔尼亚前任大使武东对我说，每当国际组织竞选，他们都要去做工作，驻外外交官必须做到"守土有责"。而非洲朋友总是在关键的时候投中国一票。毛里塔尼亚总统阿齐兹说：在南海问题上，以及在国际和地区其他问题上，毛里塔尼亚会永远支持中国。

中非合作是非洲摆脱贫穷落后的历史机遇

在喀麦隆杜阿拉空军机场，我遇到空军司令的儿子，刚刚驾驶中国新舟60 执行任务回来，他的中文名字叫李小龙，说着一口流利的中文，他之前曾在中国学习。过去，非洲国家的高级官员或者知识精英都是把孩子送往西方国家学习，而现在他们更愿意把孩子送到中国学习，这就是中国的吸引力与软实力。在飞机上我遇到另外一个人，他在刚果（金）下飞机，而我在只相隔一条河的刚果（布）下飞机。他告诉我，流亡总统要回来竞选，美国某基金会给了他些钱，他的任务是组织"群众运动"。我在刚果（布）的时候，中国使馆和中资企业担心爆发内战，把女生从刚果（金）撤离到刚果（布）。如今在非洲，经济发展处于上升态势，但是政局问题是保证经济发展的前提。事实是，只要境外干涉势力插手，这些国家就会在政治上出现不稳定。非洲的主旋律是稳定与发展两大问题。

非洲有 54 个国家，不妨把非洲划为三个板块。第一个板块是经历了"阿拉伯之春"的国家，在 2010—2015 年间，年增长率为 1.3%。比如突尼斯、埃及、利比亚等，都不同程度上遇到"四高一低"：高通胀、高失业、高贫困和高外债；一低就是低的经济增长率。事实已经证明，西方民主是用来分配政治而不能用来治国理政的。第二个板块是非洲 10 多个产油国家，过去 5年GDP平均每年增长率为 5.1%，如尼日利亚、安哥拉、赞比亚和刚果（布）等。2008 年之前，最高原油价格 120 美元，后来低到 20 美元。原油价格的下跌，使这些国家失去了两位数的经济高增长，处于宏观经济不稳定期，有些国家处于财政困难时期。第三个板块是"内生性"增长国家，2010—2015年GDP平均经济增长率为 5.8%，如赞比亚、肯尼亚、科特迪瓦等，这些国家不是依赖于资源，而是依靠推进经济体制改革来提高产业竞争力。这些国家是非洲未来发展的方向。毫无疑问，非洲最大的需求是稳定，只有稳定才能发展,稳定压倒一切同样适用于非洲。

目前,第一,中国是非洲最大的贸易伙伴,2014 年中非贸易总额相当于 2000 年的 22 倍,中国也是非洲的最大出口国;第二,中国成为非洲外商直接投资的最大投资国,中国对非洲非金融类投资存量相当于 2000 年的 60 倍,中国占非洲 FDI 总量的 39%,相当于美国比重(12%)的 3.25 倍(来源:FDI Markets/The Africa Investment Report 2017);第三,中国是非洲最大的援助国,中国对非洲的"十大合作计划"(2016—2018 年)提供了 600 亿美元资金支持,相当于非洲人均 60 美元[①]。这如同"雪中送炭",中国正以实际行动践行习近平主席提出的"真实亲诚"的对非政策理念。

当强起来的中国与非洲雄狮相遇,必将令世界震惊!随着中国与非洲全方位的经济融合与合作,非洲大陆正迎来前所未有的曙光;今日的非洲,处于前所未有的为经济起飞打基础、准备条件的阶段;2000—2015 年,撒哈拉以南的非洲 GDP 年平均增长率高达 5.3%,高于同期世界平均增长率 3.7% 的水平。

中国无偿帮助非洲开发人力资源,投资于打好人力资本基础;中国全力帮助非洲建设基础设施,为加速工业化、城市化、信息化奠定基础;中国对非洲最不发达国家实行零关税等贸易优惠政策,直接为非洲出口增长提供巨大的中国市场。总之,非洲大陆将成为最有希望的大陆,这也是非洲数百年来真正摆脱"一贫如洗""一穷二白"走向繁荣富强的历史机遇。

最后,我首先感谢中国交通建设有限公司企业文化部副总经理查长苗,正是在他的提议与帮助支持下,才能让我顺利完成对非洲 120 天的采访。在我碰到困难和问题时,有的时候我半夜从非洲给他打电话、发微信,他总是在全力帮助我解决问题。因此我才能像接力棒一样,从一个国家无缝衔接到另外一个国家。在这 7 个国家采访的日日夜夜,与负责接待我的小伙伴们朝夕相处,他们是中国港湾的徐玉青、刘唯汉、买洪亮、王中浩,以及中国路

---

① 600 亿美元包括:50 亿美元无偿援助和信贷;350 亿美元优惠贷款及出口信贷额度;为中非发展基金增资 50 亿美元;为非洲中小企业发展专项贷款增资 50 亿美元;设立中非产能合作基金,首批 100 亿美元。

桥的谢李娜、陆锃亮、张春阳、毛元春等。他们有的陪伴我纵行上千公里调研一个个项目，有的帮助我联系采访当地政府官员并一次次地会面，而书中并没有他们的名字，但在我心中，他们是成就这次采访与成就这本书的幕后英雄，直到现在，我仍旧怀念与他们共同相处的日子，怀念他们传递给我坚持下来的力量与温暖。

　　非洲调研结束了，对拉美与加勒比海调研的新征程就要开始了，我有理由期待。

赵忆宁

2018 年 4 月 15 日